Cartes de référence
et
tableau généalogique

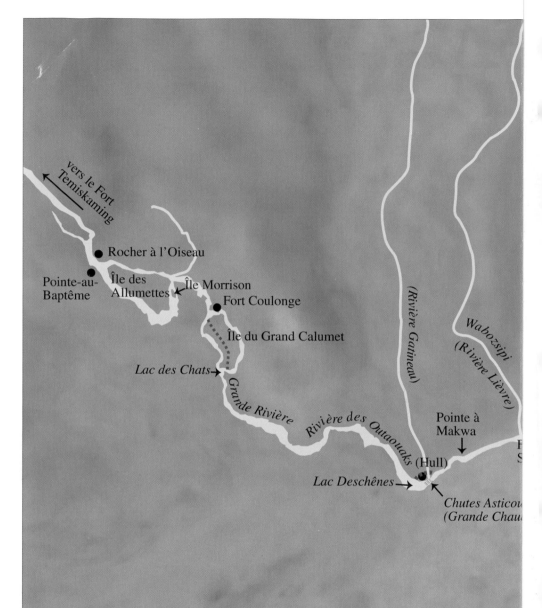

vers le Fort
Témiskaming

Rocher à l'Oiseau

Pointe-au-
Baptême

Île des
Allumettes

Île Morrison

Fort Coulonge

Île du Grand Calumet

Lac des Chats→

Grande Rivière

Rivière des Outaouaks

(Rivière Gatineau)

Wabozsipi
(Rivière Lièvre)

Pointe à
Makwa

(Hull)

Lac Deschênes →

Chutes Asticou
(Grande Chau

·········· Piste par voie terrestre
·········· Piste par voie d'eau

Feu

Tome 2
L'étranger

« La raison des hommes est le plus grand instrument de leur malheur et [...], s'ils n'avaient point la faculté de penser, de raisonner et de parler, ils ne se feraient pas la guerre, sans aucun égard à l'humanité et à la bonne foi. »

Kondiaronk,
chef des Ouendats
réfugiés à Michillimakinac.

Résumé du tome 1,
La rivière profanée

En excluant les Inuits, deux grandes familles amérindiennes vivaient en Amérique du Nord à l'arrivée des Européens, soit la famille algonquienne qui, basée sur la chasse, attribuait à l'homme le rôle de pourvoyeur, donc des mœurs patriarcales, et la famille iroquoienne qui, vivant de l'horticulture, attribuait ce rôle à la femme, et avait donc des mœurs matriarcales.

Avide de fourrures, l'Européen emprunta et bouleversa le réseau des échanges commerciaux de ces deux grandes familles. C'est ce que nous apprend *La Rivière profanée*, le premier tome de *Feu*. Loup-Curieux, marchand ouendat[1], échange le maïs cultivé par les femmes de son village contre des fourrures, auprès des bandes de chasseurs qui estivent le long de la Grande Rivière (la rivière des Outaouais). De l'un d'eux nommé Lynx-des-Neiges, il reçoit un oki, c'est-à-dire un talisman censé le protéger. Les convois de marchands dont fait partie Loup-Curieux acheminent les fourrures chez les Français qui, en retour, leur fournissent des chaudrons, des armes et des outils de métal, d'où l'appellation Peuple du Fer pour désigner ces Européens.

---

1. Confédération des Ouendats : confédération des Hurons de la famille iroquoienne fondée sur le système matriarcal.

Petit à petit, le fer impose ses conditions, telle celle d'accepter les missionnaires à la robe noire, au fabuleux pays des Ouendats. Contrairement à son ambitieux cousin doué d'éloquence, Loup-Curieux est réfractaire à leur venue.

Les deux hommes sont amoureux de la belle Aonetta, mais Loup-Curieux est finalement choisi comme l'heureux élu grâce à ses qualités d'habile marchand. Il remarque que la maladie suit les traces des Robes Noires, fauchant autant de vies sous les longues maisons iroquoiennes que sous les wigwams des chasseurs. À ce fléau s'ajoutent celui de l'alcool et l'émergence des guerres pour l'obtention du fer ainsi que pour celle du bâton de feu, l'arme suprême.

Impuissant à combattre la maladie qui lui arrache ses deux enfants et qui a déjà détruit la moitié de son peuple, Loup-Curieux, accompagné d'Aonetta, suit les traditionalistes qui veulent renoncer au fer, se séparant ainsi de sa communauté et de son cousin converti devenu défenseur des missionnaires.

Hélas, alors que Loup-Curieux est absent, l'Ennemi extermine la petite colonie vivant en marge des nouvelles lois du marché. Muni du bâton de feu que lui échangent les Hollandais, cet ennemi iroquoien connu sous le nom d'Iroquois est également l'ennemi ancestral des Algonquiens. Lors d'un raid, les Iroquois capturent le fils unique de Lynx-des-Neiges : Wapitik alors âgé de dix ans. N'Tsuk, sa sœur aînée, élevée comme un garçon jusqu'à sa naissance, aidera leur père à ramasser des fourrures afin de mettre sur pied une petite expédition armée d'arquebuses pour aller délivrer Wapitik. Mais, apprenant la mort probable de ce dernier, Lynx-des-Neiges sombre dans l'alcool.

Supérieurs en nombre, et possesseurs du bâton de feu, les Iroquois sèment partout la terreur et deviennent maître des routes de la fourrure. Même les Français les craignent. Raids, combats, invasions, massacres se multiplient alors que la maladie poursuit ses ravages. Jadis puissant, le peuple des Ouendats est réduit à de faméliques survivants qui se dispersent. Plutôt que de s'exiler à Kébec, Loup-Curieux choisit de remonter la rivière où il a reçu son oki. Victime d'un accident, il est recueilli par N'Tsuk qui l'a charmé lors des trocs annuels. Veuve de guerre et mère de deux fils dont le benjamin porte le nom de Wapitik en mémoire de son jeune frère disparu, N'Tsuk a, pour sa part, toujours été impressionnée par ce fier Ouendat.

Au cours du printemps 1652, les Iroquois attaquent une bande de chasseurs à laquelle appartiennent Loup-Curieux, N'Tsuk et Aonetta, leur fille de un an à qui il a légué son oki. À l'exception de cette dernière, de sa mère et de son demi-frère Wapitik, tous sont massacrés. N'Tsuk doit leur salut à son frère disparu qui, devenu Iroquois, faisait partie des assaillants. Elle le retrouve suicidé sur la plage. Son fils Wapitik ne voit qu'un ennemi en cet oncle dont il porte le nom. N'Tsuk, elle, se souvient d'un frère. Avec Aonetta bébé et Wapitik, treize ans, elle se réfugie dans le territoire de chasse de Lynx-des-Neiges afin d'échapper à la tourmente.

Première partie

Chapitre 1

La parole

1682, au début de la lune des fleurs naissantes (mai), Piwapitisipins (ruisseau du Lac-du-Cerf).

Mingam et sa grand-mère N'Tsuk arrivent enfin au campement. Langue pendante, le vieux chien Atim qui les a accompagnés manifeste peu d'entrain à l'accueil de ses deux rejetons qui vont et viennent, le museau inquisiteur, le souffle haletant, la queue fouettant l'air avec excitation. Moitié loup, moitié chien, il traîne sa maigre carcasse puis tourne un moment en rond avant de s'affaler sur le flanc.

– Je suis un peu fatiguée, avoue N'Tsuk prenant appui sur l'épaule de Mingam.

L'adolescent se débarrasse prestement du grand panier d'écorce qu'il porte à l'aide d'une tomlane[1] passée sur son front et aide son aïeule à prendre place près du feu maintenu en permanence devant le wigwam.

Curieusement, il lui semble qu'aujourd'hui, à l'instar d'Atim, elle se fait plus hésitante, plus lente, plus maladroite. Tenant son petit panier à poignée d'une main, elle

---

1. Tomlane : courroie à portager.

n'en finit pas de s'installer, se pliant et se dépliant les jambes l'une après l'autre devant elle, se déplaçant les fesses tantôt à droite, tantôt à gauche, un peu vers l'arrière ou vers l'avant, comme si aucune de ces positions ne lui convenait. Finalement, elle soupire et, à la façon dont elle s'affaisse le haut du corps en calant son panier sur ses cuisses, Mingam en déduit que sa grand-mère vient d'arrêter son choix sur la moins inconfortable des postures.

Il s'assoit alors à ses côtés, les jambes repliées devant lui. Aussitôt, la main chaude et affectueuse de la vieille femme lui caresse l'avant-bras. Ah! Comme il aime ces gestes qui lui descendent droit au cœur et au ventre! Comme il aime sa grand-mère et comme il est heureux d'être allé avec elle aux quenouilles et d'en avoir ramené plein de rhizomes, dont ils tireront la farine, et tout plein d'épis ouateux, qui servent, outre à soigner les brûlures, à recueillir le sang perdu par les femmes à chaque lune.

La main de grand-mère se promène maintenant dans les balles duveteuses de sa récolte, et Mingam l'observe, fasciné, troublé par cette matière qui touchera le sexe des femmes.

– C'est doux comme un nuage, dit grand-mère en lui effleurant la joue d'un tampon.

Mingam ferme les yeux, rêvant d'introduire son pénis dans un vagin chaud et moite.

– Quand ta femme aura des bébés, cela servira aussi à recueillir leurs besoins, ajoute N'Tsuk.

Encore faudra-t-il qu'il ait une femme, pense Mingam. Qu'il en rencontre une qui ne soit pas de son sang. Ici, au lac Piwapiti, ne vit que leur famille, et à l'île du lac Tapani[2], où ils ont pris l'habitude de visiter d'autres

---

2   Dans la municipalité de Sainte-Anne-du-Lac.

familles, les filles sont ou trop jeunes ou trop vieilles ou prises. Pour en trouver une, il lui faudra faire comme l'oncle Wapitik et se rendre beaucoup plus au nord chez les Attikameks[3]. Hélas, grand-mère s'oppose à ce qu'il accompagne son oncle lorsque celui-ci s'y rend pour échanger leurs peaux, fourrures et écorces de bouleau. Il aimerait tellement partir! Découvrir et rencontrer d'autres gens! Voir d'autres visages et entendre d'autres voix! Ah oui! Il aimerait se rendre ailleurs, mais grand-mère maintient qu'il faut rester ici, parce que, ailleurs, le castor exerce encore sa vengeance.

Mais, ici, il y a seulement leur famille... Et lui, il pense aux filles. De plus en plus. Il en rêve la nuit et s'éveille le matin tout collé de sperme séché. Un rien déclenche une érection. Un toucher, une parole, une pensée. Quand il se masturbe, il s'imagine avec des filles au sexe palpitant offertes à ses désirs. Des filles rieuses et généreuses, assoiffées du mâle autant qu'il l'est de la femelle. Des fois, quand il regarde dormir sa cousine, l'envie lui prend de la pénétrer. Elle se laisserait faire, il en est persuadé – et peut-être même aimerait-elle cela –, mais jamais il ne le fera. Elle est tellement malade, maigre et faible. Âgée de dix-huit ans, elle ne peut les suivre ni à la chasse, ni à la pêche, ni à la cueillette, et elle demeure au campement à s'occuper du feu et à dormir, ce qu'elle fait en ce moment. Elle n'en a plus pour longtemps à vivre et quand elle ira au Royaume des Morts, l'oncle Wapitik et sa femme resteront désormais sans enfant auprès d'eux, leurs deux autres filles ayant suivi leur mari. Il aurait fallu que sa tante enfante des garçons pour que les femmes de ceux-ci

---

3. Attikameks: signifie «poisson blanc». Algonquiens vivant en Haute-Mauricie au bord de la rivière Manouan et des lacs aujourd'hui inclus dans le réservoir Gouin. Diverses appellations de ce groupe faisant présentement l'objet d'études, je m'en tiens à celle revendiquée depuis 1970 par les Algonquiens de cette région.

viennent vivre ici. C'est ainsi dans la grande famille des Anishnabecks (Algonquiens).

Chez les Ouendats, en revanche, grand-mère raconte que les hommes allaient vivre dans la maison de leur femme. Comme il a hérité du sang ouendat de son grand-père Loup-Curieux, il ne verrait aucun inconvénient à suivre une fille pourvu qu'elle le contente, mais ses parents considèreraient sûrement ce départ d'un mauvais œil. Surtout grand-mère qui, le préférant à son jeune frère Ashini, compte sur lui pour perpétuer la présence de leur famille sur l'ancestral territoire de chasse. Mais, sans femme, comment pourrait-il y parvenir?

– Ne t'inquiète pas, Mingam. Sois bon chasseur, apprends tout ce qu'il faut savoir pour que la vie soit bonne, et toutes les femmes voudront être tienne, rassure grand-mère en lui pétrissant de nouveau l'avant-bras avec affection.

Comment a-t-elle deviné sa pensée? Médusé, il la regarde et rencontre ses yeux perspicaces.

– Toutes?

– Toutes.

Puisqu'elle le dit, il la croit. Elle sait tant de choses. C'est par elle et grâce à elle qu'ils ont survécu ici. Le garçon sourit à l'Ancienne et lui caresse les mains avec respect. En sa compagnie, aujourd'hui, il a connu une journée unique et magique.

Tôt ce matin, alors qu'il se préparait à accompagner les autres membres de la famille à la pêche, elle lui a empoigné doucement la main en disant: «Toi, tu restes avec moi.» Dans son geste, dans sa manière et sa voix transparaissaient le solennel et l'indiscutable. Il se sentait choisi, désigné pour accomplir une mission.

À peine les pêcheurs avaient-ils disparu dans les méandres du ruisseau que N'Tsuk l'avait informé de son intention d'approvisionner leur groupe en farine. Depuis le milieu de l'hiver, ils en manquaient et, sans aucun doute, cela avait-il contribué à aggraver l'état de faiblesse de sa cousine. Mais grand-mère n'était plus très jeune, ni sa vue très bonne, ni son pied très sûr pour accomplir un travail aussi ardu. Un faux pas en terrain accidenté, et elle risquait de devenir impotente. Bien des fois, il a entendu sa mère Aonetta la mettre en garde. Grand-mère avait dû se résigner à ne plus accomplir les tâches comportant des risques sérieux pour une personne de son âge, comme extirper les racines de quenouilles. Toutefois, ce matin, elle avait décidé d'y aller malgré tout, faisant de lui son complice.

Mingam marchait derrière elle. Dans ce sentier qu'elle a tracé il y a fort longtemps et qu'elle aurait pu suivre les yeux fermés. Atim sur les talons, elle avançait lentement, le dos courbé, les yeux à terre, son panier d'écorce joliment décoré de motifs floraux d'une main, son bâton de l'autre. Lui, il suivait, freinant ses élans de jeune lièvre, réglant ses pas sur ceux de la vieille femme, et épousant tous ceux des années antérieures qui l'avaient conduite au marais.

En amont du lieu de récolte, une digue de castors avait rendu le terrain encore plus impraticable. Parcouru d'étroits et d'imprévisibles canaux jonchés de bois mort, il offrait cependant de nombreuses mares où s'était multipliée la plante convoitée.

Après avoir retiré leurs mocassins, ils les ont accrochés à la branche d'une épinette sèche et grise. Puis, grand-mère a relevé sa jupe et l'a attachée à sa ceinture avant de s'accroupir péniblement sur les talons. Elle a plongé les mains dans l'eau et, de ses doigts, s'est mise à creuser au pied d'une quenouille. «Dans le sol, à profondeur d'une main, la racine court d'une plante à l'autre… Elle est solide, parfois grosse comme un doigt d'homme… d'autres fois, comme un doigt d'enfant… Tâte, Mingam.»

Ses mains ont rejoint celles de grand-mère. «Suis le chemin de la racine.» À tâtons dans la boue, il a suivi le trajet du rhizome sentant céder les radicelles. Puis, il a tiré, et le rhizome est apparu, ébranlant les plantes qu'il reliait entre elles. Grand-mère lui a montré où le couper et comment le secouer dans l'eau pour le nettoyer. «Ainsi tu feras. Hier, c'était un ouvrage de femme… Aujour-d'hui, c'est un ouvrage de vie. »

Seuls comptaient ces mots et cette tâche. Comme une taupe, il creusait à la recherche du vaste réseau souterrain auquel il s'accrochait comme à un cordon de vie. Dans son ardeur à travailler, il s'était mouillé les fesses en s'accrou-pissant, mais cela ne l'incommodait pas. Les mains sur les rhizomes, il avait l'impression d'être relié à tout l'Univers, conscient d'être une partie du Grand Ensemble. L'effluve de la vase et celle particulière des quenouilles montaient vers lui et l'enivraient. Par moments, il jetait un coup d'œil vigilant vers grand-mère qui tassait dans son panier les épis de l'an passé devenu des cônes ouateux. Les traits sereins, elle se déplaçait avec d'infinies précautions pour ne pas se blesser. Jamais encore, il ne s'était senti aussi uni à elle!

Une fois la récolte accomplie, ils ont rechaussé leurs mocassins et sont revenus au campement. N'Tsuk, toujours devant, avec son chien, attaché comme l'ombre à ses pas, et lui, toujours derrière, à porter le lourd panier de rhizomes qui cachait son postérieur mouillé. Les voilà maintenant assis devant le feu, heureux de leur cueillette et de leur journée.

— Tes fesses mouillées n'ont pas froid? s'informe grand-mère d'un ton taquin.

Il rit, amusé de voir que rien ne lui échappe.

— Mes fesses n'ont pas froid, répond-il simplement en s'emparant d'un long rhizome qu'il lui offre.

— Nous aurons de la bonne farine. Le manitou[4] des plantes est bon. Il faut le remercier, dit-elle en présentant la racine au ciel.

---

4. Manitou, manito ou mento : esprit.

Mingam imite le geste et se recueille. À treize ans, il communie aisément avec le monde invisible et sait n'être qu'une vie parmi tant d'autres et dépendante de ces autres. Tout est intimement relié : les plantes, les animaux, les hommes, l'eau, le vent, le soleil, les bons et les mauvais manitous.

Il pense à son esprit protecteur qui s'est manifesté à lui, l'été dernier, lorsqu'il s'est retiré seul pour jeûner : l'esprit du loup. L'animal est apparu dans ses songes. Avec ses os et ses dents solides. Son regard perçant et ses longues pattes. Cet esprit était-il lié à celui de Loup-Curieux à qui, selon grand-mère, il ressemble tant par sa taille élevée et sa peau plus pâle ?

— Grand-père peut-il être mon esprit protecteur ?

— Il est avec ton esprit protecteur.

Grand-mère exerce une légère pression sur ses doigts et le couve d'un regard plein de tendresse. Elle le préfère entre tous, il le sait. Et son jeune frère Ashini aussi le sait et en prend ombrage. Mais il n'y peut rien. C'est ainsi.

— Parles-tu à Loup-Curieux des fois ?

N'Tsuk abandonne ses doigts et, sans un mot, reprend le rhizome qu'elle épluche de ses ongles. Mingam fait de même, hypnotisé par la blancheur immaculée de la racine tranchant avec le brun rouille de la pelure. Ensemble et en silence, ils en pèlent quelques autres qu'ils étendent sur les pierres tièdes cernant le feu.

— Il était de la Confédération des Ouendats, commence enfin l'Ancienne en poursuivant sa tâche.

Mingam sent le moment arrivé. Grand-mère va lui transmettre la Parole. C'est ainsi. Il a été choisi. Peut-être à cause de la préférence qu'elle a pour lui. Peut-être pas. Grand-mère lui a dit que le jour venu, il saurait à qui léguer la Mémoire des choses.

— Il avait une famille... une autre femme et d'autres enfants...

– Vas-tu le retrouver dans l'au-delà ?

– Les Ouendats n'habitaient pas près de nous, les Oueskarinis[5], mais ils nous rencontraient pour l'échange… Ils cultivaient du maïs vers le soleil couchant et vivaient dans des «maisons arrêtées», groupées en village. Au royaume des âmes, c'est encore ainsi. Les Ouendats rencontrent les Oueskarinis pour troquer du maïs contre des fourrures et de la viande, mais, au royaume des vivants, il ne reste presque plus personne de l'un et de l'autre peuple… Le castor nous a punis.

– Avec qui restera Loup-Curieux ? Avec toi ou avec sa femme et ses enfants ouendats ? Et toi, resteras-tu avec ton premier mari ?

– Dans l'au-delà, ce sera comme avant l'Étranger au visage pâle. Loup-Curieux continuera à voyager pour échanger les produits de son peuple contre les produits de mon peuple… Nous serons heureux de nous rencontrer pour le troc et heureux de repartir vivre ensuite avec les nôtres et à notre manière.

Soudain, ils entendent criailler au loin les outardes. Une grosse, très grosse volée, s'approche à tire-d'aile. N'Tsuk tend l'oreille pour les repérer.

– Là, au-dessus de l'épinette, indique-t-elle.

Mingam regarde les oiseaux en formation que sa grand-mère ne doit distinguer qu'à grand peine. Pourtant, lorsque la volée passe au-dessus d'elle, elle renverse la tête comme pour les contempler.

– Tu les vois, grand-mère ?

– Je les verrai toujours… Les outardes aussi seront dans l'au-delà… Tout sera comme avant l'Étranger dans l'au-delà… Avant lui, quand Nipinoukhe, le manitou de la saison chaude, envoyait les outardes au nord pour pondre

---

5   Oueskarinis : Algonquiens nommés Petite-Nation par Champlain. Peu nombreux, ils auraient été exterminés vers 1652.

leurs œufs, il avertissait notre famille de descendre la Wabozsipi (rivière du Lièvre) et de s'installer à l'endroit où elle rejoint la Grande Rivière (rivière Outaouais)... Nipinoukhe savait que les marchands ouendats viendraient à passer, car il les avait avertis eux aussi par le retour des oiseaux. Après l'échange, notre famille et celle des trois sœurs de mon père se rendaient à la Oueskarinisipi (rivière Petite-Nation) pour y chasser l'outarde... Il y en avait autant que de grains de sable dans une poignée... J'entends encore leurs cris et le bruit de leurs ailes quand elles s'envolaient toutes ensemble... Nipinoukhe les faisait s'arrêter à cet endroit pour nous permettre de faire des provisions et des festins à tout manger.

— Il y avait beaucoup de ventres à remplir ?

— Plusieurs fois les doigts des mains et des pieds[6]. C'était le temps des pow-wows[7]... Le temps de se raconter nos hivers, de célébrer nos naissances, nos mariages... Puis venait le temps des baignades, de la pêche, de la cueillette des petits fruits... Mon jeune frère s'amusait à taquiner les filles avec ses cousins. Moi, j'étais toujours avec Nesk, ma cousine qui était comme ma sœur. Elle me peignait les cheveux au bord de l'eau en parlant des garçons. C'était ainsi... avant l'Étranger.

Cela aurait été ainsi pour lui également si l'Étranger n'était venu, songe Mingam avec ressentiment. Tout en l'entraînant dans le rêve, le passé de sa grand-mère lui fait mesurer l'ampleur de la perte. Ce qu'il aurait aimé avoir des filles à taquiner. Des filles à approcher, à toucher, à séduire. Des filles à impressionner par ses prouesses et par son habileté au tir à l'arc. Des filles avec qui il pourrait s'accoupler.

---

6. De 150 à 300 Oueskarinis chassaient dans l'aire de rassemblement des outardes à l'embouchure de la rivière Petite-Nation.
7. Pow-wow : grande fête, réjouissances.

Descendant de peuples en déroute, l'adolescent serre les poings. Inutilement, il le sait. Son être entier revendique ce temps béni d'avant l'Étranger. En vain, il le sait aussi. Anciennement nomades, les voilà confinés au territoire ancestral des chasses d'hiver, ne s'aventurant qu'à l'île du lac Tapani chez d'autres chasseurs qui, comme eux, ne descendent plus à la Grande Rivière où l'ennemi rôde. Cet ennemi dont faisait partie le jeune frère de grand-mère qu'elle nomme Frère-Perdu et que l'oncle Wapitik appelle Le Traître. Personnellement, de ce traître ou frère perdu, il ne sait que penser, épousant parfois l'horreur qu'en éprouve son oncle Wapitik, parfois la pitié qu'en ressent sa grand-mère.

— Où sera Frère-Perdu dans l'au-delà ? Avec ta famille ou avec l'Ennemi ?

La lèvre inférieure de grand-mère tremblote, et son regard s'assombrit. Aussitôt, Mingam regrette sa question. Un silence intimidant remplace le cri des outardes qui disparaissent à l'horizon, et N'Tsuk cesse son occupation. Embarrassé, le garçon entrecroise quelques branches sèches sur le feu afin de l'aviver. Parler de ce fantôme a toujours dérangé. D'une main, ce grand-oncle a massacré certains des leurs, de l'autre, il en a épargnés. Comment le haïr tout à fait ? Ou l'aimer ?

N'Tsuk réfléchit. Mingam est le premier à formuler cette question qu'elle-même se pose depuis le massacre au lac Nominingue. Son corps usé l'avertit que, bientôt, au Royaume des Morts, elle saura ce qu'il est advenu de son jeune frère. Pour l'instant cependant, son esprit n'en a aucune idée. Elle pourrait se taire, mais, héritier de la parole, Mingam mérite une réponse. À rebours, elle visite son âme jusqu'au jour fatidique, parlant avec lenteur. Avec douleur.

— Mon esprit ignore où est l'âme de Frère-Perdu. Quand j'ai trouvé son corps abandonné sur la plage, j'ai demandé à l'âme de mon père de venir chercher celle de Frère-Perdu pour l'emmener au paradis des chasses éternelles, mais l'âme de mon frère s'était peut-être déjà égarée dans l'au-delà, car il s'est lui-même enlevé la vie… Tant d'âmes sont parties en même temps pour le grand voyage ce jour-là… Avec ton oncle Wapitik, j'ai rassemblé tous les corps et joint les objets personnels que j'ai pu trouver… Je ne voulais pas les quitter en les laissant tels qu'ils étaient tombés sous la main de l'ennemi… Je ne pouvais pas.

La voix de N'Tsuk s'étrangle, et Mingam remarque un léger tremblement de ses doigts sur le rhizome à demi pelé. Grand-mère n'a jamais raconté le lendemain du massacre. L'oncle Wapitik non plus. Dans leur compte rendu des événements, ils s'entendent à dire la même chose sur l'avant-massacre, et ils résument l'après-massacre par la fuite et le refuge trouvé ici. Ni l'une ni l'autre n'ont relaté ce qui s'était passé après. Tout de suite après. C'est là un sujet tabou d'où naissent leurs sentiments divergents envers le frère de grand-mère à qui ils attribuent des noms différents. En le nommant Le Traître, l'oncle Wapitik tient à rappeler que cet homme lui a ravi son frère et son beau-père en la personne de Loup-Curieux, mais, en le désignant Frère-Perdu, grand-mère plaide qu'il s'est racheté en lui sauvant la vie ainsi que celle de ses deux autres enfants, Wapitik et Aonetta, base de leur famille actuelle. Conscient qu'il n'a pas à adopter le sentiment de l'une ou de l'autre, mais qu'il doit simplement enregistrer la parole, Mingam écoute attentivement le récit de N'Tsuk.

— Les corps étaient aussi lourds à traîner que notre chagrin… Souvent, il fallait s'arrêter pour se reposer… J'ai vêtu mon fils Amiconse de son plus beau vêtement… J'ai peint son visage de rouge et je l'ai paré de ses ornements… Je le voulais beau pour le grand voyage…

J'ai peint aussi le visage de Loup-Curieux avec ce qui restait de couleur rouge… Les morceaux de métal crachés par le bâton de feu avaient déchiqueté le beau tatouage de loup sur sa poitrine… J'ai lavé sa blessure et l'ai laissée ainsi en guise d'ornement. Près de lui, j'ai placé ses armes et, sur sa cicatrice de scalp, son drôle de chapeau d'écorce… Wapitik m'a aidée à rendre hommage aux dépouilles, sauf à celle de Frère-Perdu. Il avait ton âge, et une grande colère l'habitait. J'ai respecté sa pensée et j'ai traîné avec peine le corps de mon frère pour l'étendre non loin des autres… Je ne voulais pas… Je ne pouvais pas l'abandonner tout seul sur la plage… Mon père et moi avions tué tant de castors pour aller le délivrer… Nous avons vu deux chiens flairer les cadavres, alors, avec Wapitik, j'ai recouvert les corps d'écorces de bouleau et de sable, mais les forces m'ont manqué pour couvrir celui de mon frère. J'ai dû le laisser ainsi. Wapitik a craché sur lui et s'est réjoui à l'idée que les animaux allaient le dévorer. Cela m'a offensée, car il crachait aussi sur mon père et ma mère. Et aussi sur moi. J'avais respecté sa pensée, mais lui ne respectait pas la mienne. Chacun a droit à sa pensée. Chacun a droit à son sentiment. Nous sommes partis en emmenant les deux chiens. Longtemps, le corps de Frère-Perdu a hanté mes nuits. Avec le temps, j'ai compris que l'âme avait plus d'importance. L'âme, Mingam, importe plus que le corps. N'oublie jamais cela. Ton corps, l'ennemi peut le détruire. La faim, la maladie, les accidents peuvent le faire mourir. Mais ton âme, personne ne peut l'atteindre, sauf si tu le permets. Tu en es le gardien et le protecteur, Mingam. Le jour approche où j'entreprendrai le grand voyage… Ce jour-là seulement, je saurai ce qui est arrivé à l'âme de Frère-Perdu.

— Ce jour-là, j'aimerais qu'il n'arrive jamais. Je ne veux pas te voir partir…

N'Tsuk lui sourit d'un air espiègle.

— Ces paroles sont étranges dans la bouche d'un garçon qui rêve de partir pour se trouver une fille, glisse-t-elle affectueusement.

Mingam ravale sa salive, intimidé de voir démasqués ses projets les plus secrets. Ses pensées les plus intimes.

— C'est dur pour moi de ne plus voyager, Mingam.

Cet aveu le sidère. Il a toujours cru qu'avec le poids de son existence et des années, il était facile pour grand-mère de demeurer en place comme une roche.

— Chaque fois que les outardes passent, elles emportent un morceau de mon cœur. Je souffre de ne plus mettre mon canot à l'eau pour retourner à la Grande Rivière. Depuis des lunes et des lunes, quand je plonge ma main dans l'eau de notre ruisseau qui finit par la rejoindre, j'abandonne un partie de mon être... Quand mon fils Wapitik part pour le pays des Attikameks, j'abandonne aussi une partie de mon être. Mais, je ne peux le retenir et il partira encore. C'est ainsi. Et toi aussi... tu partiras.

Mingam baisse les yeux, se sentant vaguement fautif.

— Fils, dans tes bagages, je veux que tu emportes mes paroles. Que tes oreilles m'entendent. L'Étranger a traversé le Grand Lac Salé pour s'emparer de nos terres et de nos fourrures. Pour notre plus grand malheur, nous sommes allés dans les bois arracher la robe des animaux, surtout celle du castor qui s'est vengé en poussant les Peuples d'Ici sur les sentiers de la guerre et en mettant le bâton de feu dans les mains de l'ennemi iroquois. Que tes oreilles m'entendent... Le Français se prétendait notre allié. Il parlait par la bouche de la Robe-Noire, et la Robe-Noire parlait par sa bouche. C'était une même langue pour deux bouches... Une langue empoisonnée et trompeuse, capable de voler nos âmes et de jeter des mauvais sorts pour rendre nos corps malades. Le Français et la

Robe-Noire ont agi comme les pires des ennemis, car ils n'ont pas eu besoin d'armes pour nous tuer. Que ta mémoire se souvienne… Le bâton de feu à la main, l'ennemi iroquois a remonté nos rivières, les rougissant de notre sang. Il s'est rendu jusqu'à Nékouba[8], le lieu de traite où les pères des pères de nos pères échangeaient avant l'Étranger. Devant l'Iroquois, le Français maintenant tremble et renie ses alliances. Seule la fourrure l'intéresse, peu importe celui qui l'amène à son comptoir. Pour l'obtenir, il est prêt à négocier des trêves avec l'Iroquois et à lui offrir des festins. Que tes oreilles m'entendent… La terre a parlé, fils. Elle a rappelé la colère du castor… Pendant des lunes, elle a tremblé, jetant les arbres les uns contre les autres, déplaçant des rivières, faisant glisser des montagnes[9].

– Mon oncle Wapitik dit que la terre a rappelé la colère de nos ancêtres qui nous demandent de libérer nos terres de l'Ennemi et de l'Étranger.

– La colère de nos ancêtres et celle du castor sont une seule et même colère. Ton oncle rêve d'ouvrir le ventre de l'ennemi, mais notre pire ennemi n'a pas de ventre à ouvrir. C'est la maladie. Elle attaque en silence sans faire de différence entre les guerriers, les femmes ou les enfants. Après le long terre-tremble, elle a fait mourir les parents attikameks de ma mère, que ton oncle Wapitik a retrouvés

---

8. En 1661, les Iroquois agniers (Mohawks) remontent le Saguenay pour la première fois et massacrent la tribu algonquienne des Écureuils près de Nékouba, ancestral lieu de traite.

9. Le 5 février 1663, vers 17 h 30, un bruit comme un grondement se fait entendre de l'île de Percé à l'État de New York. La glace fend sur les rivières et le fleuve, des jets de boue, de sable et de vapeur montent haut dans les airs, des rivières changent de lit dont la Saint-Maurice. Ainsi débutait le plus long, le plus terrible et le plus étrange séisme qui allait se poursuivre par intermèdes jusqu'au mois d'août. Français et Amérindiens y voient une semonce de l'au-delà. Les Éboulements sont un vestige de ce long terre-tremble.

à la Manouansipi[10]… Entends les paroles d'une vieille femme. Par sa bouche parlent tous ceux et celles, aujourd'hui morts, qui sont responsables de la colère du castor. Voici quatre conseils comme les quatre directions du monde[11]. Le premier : ne renie jamais ton âme en tuant le castor pour sa seule fourrure et ne tue pas plus d'animaux qu'il ne t'en faut pour te nourrir, sinon Windigo[12] viendra t'avaler tout rond. Le deuxième conseil : ne trompe pas ton âme en buvant l'eau-de-feu. Quand tu avales cette eau, le mauvais esprit qui l'habite s'empare de ta volonté. Il agit par ton bras et parle par ta bouche, te faisant faire des choses contre ta pensée et les tiens. Des choses que tu regretteras par la suite et que ta mémoire ne retient pas. L'eau-de-feu a détruit la raison de mon père, trompant ainsi son âme. Le troisième conseil : n'abandonne pas ton âme aux Robes-Noires en adoptant son Grand Esprit. L'Esprit de ton esprit se trouve partout et en toute chose. Sa voix est celle du vent, du torrent, des oiseaux. Son souffle est celui de l'animal et de l'homme. Sa vie est celle de l'insecte, de la plante, du poisson et de tous les êtres du Grand Ensemble. Le Grand Esprit des Robes-Noires habite une « maison arrêtée » et ne parle que par leurs bouches. Dans l'au-delà des Français, bien peu ont droit au bonheur, et la plupart brûlent au poteau de torture pour le temps qui ne s'achève jamais. Le quatrième et dernier conseil : ne mets pas ton âme en danger en faisant confiance à l'Étranger au visage pâle. Nous l'avons fui vers le nord, mais, maintenant, l'Étranger

---

10. En 1670, la petite vérole décime des tribus entières et dépeuple le nord du Canada dont les Attikameks du Haut-Saint-Maurice. À Tadoussac, la population innue (montagnaise) passe de 1 200 âmes à 92. À Sillery, quelque 1 500 Amérindiens sont atteints, et aucun ne guérit.
11. L'Amérindien appelait ainsi les quatre points cardinaux.
12. Windigo : esprit indien de la mythologie algonquienne. Windigo venait dévorer le chasseur qui avait tué plus d'animaux que nécessaire.

y est déjà. Il ne parle pas la même langue que le Français, mais son langage est le même, car c'est celui de la fourrure[13]. Suis ces conseils qui amèneront la paix dans ton âme et dans celle du castor.

La voix de N'Tsuk chancelle, et une contraction de douleur fige ses traits. Alarmé, Mingam l'entoure d'un bras protecteur.

— Tu as mal, grand-mère?

— C'est passé... Le mal est passé, rassure-t-elle après un moment en reprenant son souffle. Il en est ainsi quand approche le jour du grand voyage.

— Je ne veux pas voir arriver ce jour, répète Mingam.

N'Tsuk tourne vers lui son visage bienveillant et lui caresse la joue comme pour le consoler d'avance.

— Tu es beau. Les Étrangers ont d'affreux poils sur le visage. Méfie-toi d'eux... Toi seul peux les empêcher d'atteindre ton âme.

— Je suivrai tes conseils qui sont comme les quatre directions du monde. Je transmettrai ta parole, promet Mingam, l'air malheureux.

— Ainsi, nous nous retrouverons dans l'au-delà. Du royaume des âmes, je ferai tout mon possible pour vous aider. Ne sois pas triste à présent, car je suis là. Et je peux encore vous aider, termine l'aïeule en se remettant au travail.

L'essentiel a été dit. Mingam s'empare à pleines mains des racines de son panier, les dépose entre eux et poursuit sans un mot la fastidieuse besogne. N'Tsuk l'observe à la dérobée. Compte tenu de son âge, il possède déjà une grande sagesse. Très tôt, il a manifesté une propension à aborder les questions d'ordre spirituel tout en démontrant sa force de caractère. Pour ces raisons, elle le préfère

---

13. En 1668, les Anglais abordent les rives de la baie d'Hudson en vue d'y pratiquer la traite des fourrures.

à son frère Ashini qui, grandement influençable, ne lui inspire pas confiance pour transmettre la parole à sa descendance.

Le vieux Atim émet des glapissements plaintifs dans son sommeil, et ses pattes s'agitent comme si, en rêve, il poursuivait des wapitis. L'attention de N'Tsuk dévie vers lui et, tout en travaillant machinalement, elle se remémore la naissance de la bête qui remonte à peu de temps avant celle de Mingam.

Par une nuit de pleine lune, la mère d'Atim leur avait faussé compagnie pour rejoindre les loups. Reviendrait-elle? C'était à espérer, car, sans elle et sans les deux autres chiens morts accidentellement auparavant, la chasse au wapiti se trouvait grandement compromise et, par le fait même, leur survie aussi. C'était grâce aux chiens que, femme seule secondée d'un adolescent, elle avait pu pratiquer la chasse de ces grands cervidés. Issus de ceux trouvés sur les lieux du massacre, les chiens étaient devenus d'indispensables partenaires qu'elle avait entraînés à débusquer, à traquer et à rabattre le gibier. Fruit de croisements choisis et d'un patient dressage, la mère d'Atim constituait un achèvement. De plus, cette chienne épousait totalement sa constante préoccupation d'assurer la survie des siens. On aurait dit qu'elle considérait les membres de la famille comme ses propres petits, distribuant équitablement ses coups de langue entre ses chiots et les fillettes de Wapitik. Tous les habitants du wigwam étaient devenus son monde à qui elle devait ramener ses proies. Monde que, cette nuit-là, elle avait déserté.

Et, cette même nuit, pour la seconde fois, N'Tsuk avait envisagé la possibilité de quitter le territoire ancestral afin de se joindre à la bande du lac Tapani. La première fois qu'elle y avait songé remontait au printemps où Wapitik s'était enfui, lui aussi à la faveur de la noirceur, se soustrayant ainsi à la peur qui régissait leurs vies. Cette peur d'une vengeance de l'esprit du castor en colère. Cet esprit avait-il attiré son fils de dix-huit ans hors du territoire pour la pousser à quitter à son tour ce lieu de refuge et s'en prendre à elle à travers ses enfants, la tuant à travers sa propre chair comme il avait fait lors du massacre? Elle s'accorda jusqu'à l'automne avant de partir et, par bonheur, Wapitik revint à la fin de l'été, ramenant avec lui une compagne et le jeune frère de cette dernière qui devint plus tard le mari d'Aonetta, père de Mingam.

La chienne aussi était revenue, des odeurs de loup et de forêt à son pelage. Elle portait Atim ainsi que trois autres rejetons étrangement mort-nés. Seul chiot vivant, Atim bénéficia d'un lait abondant et de l'exemple de sa mère. Avec elle, il apprit à chasser en meute avec les humains tout en mettant à leur service le formidable instinct de prédateur hérité de son père.

Le regard de N'Tsuk s'attarde à la vieille et maigre carcasse de la bête endormie. Il n'est pas d'usage de garder si longtemps un chien. Mais Atim est-il un chien? Est-il un loup? Ou encore l'esprit de Loup-Curieux venu s'accoupler, par une nuit de pleine lune, à sa meilleure chienne afin de revenir à ses côtés lui prêter main-forte?

Du royaume des âmes, Loup-Curieux ne voyait-il pas tout ce qu'elle accomplissait pour venir à bout de nourrir, vêtir, loger, soigner et protéger sa petite famille? Ne l'entendait-il pas pleurer tant sa fatigue était grande certains soirs? Ne la sentait-il pas grelotter tant le froid l'écrasait de sa main glacée alors qu'immobile, elle se tenait à l'affût du gibier? Ne l'observait-il pas dresser ses chiens de manière à suppléer la pénurie de chasseurs? N'Tsuk le croit. Du royaume des âmes, Loup-Curieux veille sur elle et sur sa descendance, tout comme elle le fera quand elle s'y rendra à son tour.

Tout à coup, les deux jeunes chiens s'excitent signalant la remontée du ruisseau par le reste de la famille de retour de la pêche. Atim ne fait que bouger les oreilles, demeurant étendu. N'Tsuk sait qu'il ne se lèvera que si elle bouge. Mais elle est trop fatiguée. Cette cueillette de racines de quenouille l'a épuisée. C'est normal à son âge. Sa fille Aonetta lui adressera sans doute de silencieux reproches. Wapitik aussi, probablement. Ils craignent qu'en se blessant, elle ne devienne un fardeau. C'est mal la connaître. Elle se laisserait plutôt mourir.

D'un seul élan, Mingam se retrouve sur ses pieds et se dirige vers le ruisseau. N'Tsuk l'accompagne du regard. Comme elle aime ce garçon en qui repose la Parole ! Son âme ne pourrait souffrir de le perdre. Elle a tant pleuré, cette âme que la peur garde sous son emprise. La peur de mourir de nouveau à travers ceux et celles qu'elle aime. De les voir quitter le territoire. Mais Mingam partira. C'est dans l'ordre des choses. Il accompagnera son oncle Wapitik sans qu'elle n'en souffre. Le garçon ne sait quand. Elle, oui. Wapitik aussi. Mingam partira en même temps que la peur. Après qu'elle soit partie.

Chapitre 2

Au passage des outardes

1682, en la lune des fleurs naissantes (mai),
Piwapitisipins.

Des rires de fille, portés par l'eau attirent l'attention de
Mingam. Furtivement, il s'approche, longeant la grève en
canot. Que font-elles là? Qui sont-elles? Le bruit des
gouttes s'écoulant au bout de sa pagaie lui fait craindre de
révéler son approche. Le cœur battant, le sexe durci, son
être entier s'émeut. Elles se baignent derrière une petite
pointe de sable. Sans les voir, il sait qu'elles sont belles. Et,
sans les connaître, il sait qu'elles le désireront. N'est-il pas
beau et bon chasseur? Alors, toutes les filles voudront de
lui. Grand-mère l'a dit.

Comme cette langue de sable entre elles et lui semble
éloignée! Il se fait violence pour glisser en silence dans
son embarcation, retenant son souffle et réprimant tout
geste précipité comme lorsqu'il s'approche d'une proie en
remontant le vent. À l'instant même où il double la pointe
et aperçoit les superbes corps perlés de gouttelettes, une
volée d'outardes s'abat d'un coup dans une confusion de
battements d'ailes et de cris rauques, faisant fuir les

désirables créatures vers la forêt. Vite, il doit les rattraper. Avec vigueur, il plonge la pagaie dans l'eau, mais les oiseaux l'empêchent d'avancer. «Mingam, Mingam», invitent doucement les filles alors que les outardes criaillent de plus belle et l'arrachent par magie à son canot.

Mingam s'éveille, le souffle haletant, le ventre engourdi par d'agréables sensations. En rase-mottes au-dessus de leur wigwam passent des outardes qui, à peine envolées, organisent leur formation aérienne dans un tintamarre de cris.

L'adolescent referme les yeux dans l'espoir de rejoindre ces jeunes femmes dans son rêve. En vain. Peu à peu l'ivresse des sens fait place à la réalité. Le voilà bel et bien éveillé.

Allongé face à la paroi d'écorce de l'habitation, il suit au son l'éloignement des bernaches. Grand-mère les a sans doute entendues, elle aussi, et attend qu'il se tourne vers elle pour le gratifier de son habituelle caresse du matin sur la joue. Mingam se retourne alors sur sa couche et aperçoit l'aïeule, allongée sur le dos, les yeux fixes et la bouche grande ouverte. Près d'elle, le vieux chien Atim semble la veiller, la tête posée sur sa poitrine.

— Grand-mère, souffle-t-il en s'assoyant, observé par le chien qui suit ses mouvements.

Sont-ce les outardes qui ont capturé son âme au passage? La voilà morte, il le sait, et pourtant son regard plonge dans les yeux ouverts pour constater avec douleur qu'ils ne le voient plus.

Désemparé, le garçon saisit la main inerte et froide pour s'en caresser la joue. Mais grand-mère n'est plus dans sa main. Ni dans ses yeux. Ni dans cette bouche maintenant muette. Ni dans ces oreilles maintenant sourdes. Elle n'est plus dans son corps et ne peut plus communiquer avec lui. Ni lui avec elle. Dorénavant, quand il lui parlera, il n'y aura plus de réponse immédiate. Tout viendra par après-coups et par signes de l'au-delà. Saura-t-il toujours les voir, ces signes ? Les interpréter ? Et si son message se perd au Royaume des Morts, comment le saura-t-il ?

Mingam se recueille, caressant les mains noueuses et ridées qui ont assuré leur survie et leur subsistance. Des mains savantes et dévouées, sans cesse occupées, et maintenant immobiles. L'Ancienne les a quittés éveillant dans son âme un sentiment d'injustice.

— Elle est partie pour le grand voyage avant moi, murmure faiblement sa cousine.

Mingam regarde la maigre fille aux yeux trop grands et trop creux, trouvant dans ses prunelles une résignation semblable à celle du chien-loup qui le surveille toujours.

— Je n'ai plus peur… Elle sera là pour m'accueillir.

L'adolescent approuve. Oui, grand-mère se trouvera dans l'au-delà pour accueillir la malade, mais plus avec lui. Elle ne sera plus. Brusquement, il se lève. Atim dresse la tête, retrousse les babines, puis, le voyant sortir du wigwam, reprend sa position.

Dans la fraîcheur de l'aube, Mingam cherche à l'horizon la pointe de flèche du vol d'outardes. Ses yeux piquent et sa vue s'embrouille. Est-ce ainsi que grand-mère voyait les choses quand elle disait que sa vue n'était plus très bonne ? Pourquoi est-elle partie alors que les oiseaux reviennent ? Pourquoi s'est-elle endormie à l'heure où l'ours vient à peine de s'éveiller ? N'Tsuk aimait tant la venue de Nipinoukhe. À chaque printemps, elle remerciait le Grand Esprit de les avoir aidés à traverser l'hiver. « Ne sois pas triste à présent, car je suis là », lui disait-elle hier. Savait-elle qu'elle allait partir durant la nuit ? Il a tant redouté ce jour. Maintenant qu'elle n'est plus là, une immense tristesse se mêle à son indignation.

Mingam inspire profondément et parvient à refouler ses larmes. Il ne veut pas, ne doit pas pleurer pour être à la hauteur de son grand-père Loup-Curieux. De l'au-delà, il veut que N''Tsuk soit fière de lui. « Grand-mère, retrouve ton âme que tu laissais filer avec l'eau de notre ruisseau, prononce-t-il tout bas en s'adressant à l'horizon où disparaissent les oiseaux. Retrouve les tiens… Retrouve Loup-Curieux et guide-moi tout au long de ma vie. » Puis, il revient à l'intérieur du wigwam où les membres de la famille, assis en silence autour de l'Ancienne, constatent son départ.

*

Le soleil achève sa course dans le ciel, donnant le signal à Wapitik et à Mingam d'entreprendre leur voyage pour reconduire la dépouille de N'Tsuk aux Grandes Chutes. Il y a quelque temps, l'aïeule a fait part de ses dernières volontés à son fils, précisant que ce voyage devait se faire de nuit, et que seul Mingam aurait droit de l'accompagner.

— Pourquoi seulement Mingam, rétorque Ashini.

— Elle en a décidé ainsi, tranche Wapitik.

Le front plissé de mécontentement, Ashini déguerpit vers la forêt. La préférence de sa grand-mère à l'endroit de son frère l'a toujours blessé et lui a fait jalouser ce dernier. Sans l'approuver, Aonetta comprend sa réaction. Maintenant que N'Tsuk est décédée, la frustration d'Ashini tombera-t-elle ? Et elle, se sentira-t-elle libérée de la peur ? Comme elle a craint la mort de sa mère la première fois que Wapitik est parti ! Elle n'avait que six ans alors et angoissait à l'idée de demeurer seule, exposée à la faim, au froid, aux ennemis et aux bêtes. « Si je ne reviens pas au wigwam, prévenait N'Tsuk, tu feras comme ceci et comme cela pour t'alimenter en attendant Wapitik. » Mais si

Wapitik ne revenait pas ? Cette question l'obnubilait, dès que sa mère tardait à regagner leur habitation. Maintenant que la voilà partie, la peur disparaîtra-t-elle aussi ?

Aonetta considère la défunte allongée au fond du canot près duquel le vieil Atim monte la garde. Revêtue de sa plus belle robe, les cheveux soigneusement nattés, N'Tsuk arbore le collier de wampums [1] qu'elle a reçu de son père. À sa gauche, Aonetta a déposé son panier d'écorce de bouleau décoré de motifs floraux dans lequel elle a mis une aiguille et des poils de porc-épic dont sa mère se servait pour broder. À sa droite, elle a placé son arc et une flèche, car, si N'Tsuk a su confectionner les vêtements comme une femme, elle a su chasser comme un homme. Les âmes de ces objets rejoindront la sienne dans l'au-delà.

La jeune femme évite de regarder le visage de sa mère. Ce matin, en préparant la dépouille avec La Martre, femme de son demi-frère Wapitik, elle a été incapable de remonter la mâchoire inférieure et de baisser les paupières, de sorte que les traits sont figés dans une expression de surprise horrifiée.

Afin de ne pas voir l'angoisse sur le visage de sa mère, Aonetta fixe son attention sur le collier de wampums dont N'Tsuk lui a maintes fois raconté l'histoire. Y figure un arbre stylisé avec son réseau de racines et de branches dont l'une, de couleur noire et rouge, n'a aucune feuille. Noire comme la mort et rouge comme la guerre. « Cette branche sèchera et finira par tomber, disait N'Tsuk, mais l'arbre vivra. L'Arbre des Peuples d'Ici… Les hommes donnent leur sang pour le protéger, mais, par leur ventre, les femmes font pousser de nouvelles branches et de nouvelles feuilles. Cet arbre ne doit pas mourir. »

---

1. Wampum : terme générique dérivé de l'algonquien *wampupeake* ou *wampumpeag*, signifiant « cordelettes de blanc » ou « muscle » et faisant référence aux coquillages marins d'où est extraite une perle blanche ou pourpre que l'on perfore, taille en petit cylindre et polit.

« Ne pas mourir, est-ce vivre ? » se questionne intérieurement Aonetta. Comme elle a rêvé de pouvoir emprunter les chemins d'eau et d'entremêler les branches de leur famille à celles des Peuples d'Ici ! Hélas, la peur l'en empêche. Les en empêche. La peur a pourchassé tous ces peuples et les a disséminés. En ce qui concerne sa famille, la peur les a maintenus ici, sur le territoire de chasse du lac Piwapiti. Seul Wapitik remonte la Wabozsipi vers le nord pour échanger avec les Attikameks, mais, jamais, il ne l'a descendue vers le sud où l'Iroquois est susceptible de rôder encore. Pourquoi N'Tsuk a-t-elle désigné Mingam pour accompagner Wapitik ? Malgré elle, Aonetta dévie son regard vers le visage de sa mère. Un visage inhabité, comme un wigwam abandonné avec son ouverture béante. De l'au-delà, N'Tsuk se serait-elle rendu compte du danger de l'entreprise ? Est-ce pour les avertir de ne pas respecter ses dernières volontés qu'elle est demeurée la bouche ouverte d'horreur, comme si, du royaume des âmes, elle avait aperçu l'Iroquois tapi avec son bâton de feu aux Grandes Chutes ?

D'un geste machinal, Aonetta touche la petite tortue de pierre suspendue à son cou. « Par ce oki, ton père veille sur toi », assurait N'Tsuk. Que de fois elle a eu recours à ce talisman quand il lui semblait que les bruits de la forêt trahissaient l'approche des ennemis ! Que de fois elle a supplié l'âme de Loup-Curieux de protéger sa mère et de leur ramener Wapitik sain et sauf ! « Cet oki protégera celui ou celle à qui tu le légueras. » L'idée de l'attacher au cou de Mingam lui traverse l'esprit. Ce faisant cependant, elle contrariera Ashini qui croira que, tout comme N'Tsuk, elle lui préfère son frère aîné. Or, il n'en est rien. Les fils que son ventre a portés, son cœur désormais les porte. Les deux occupent la même place, bien qu'elle démontre plus d'affection envers Ashini, moins favorisé que son frère par la nature. Lequel devra hériter du oki ?

À cette question, N'Tsuk répétait invariablement à Aonetta qu'elle connaîtrait la réponse le moment venu. Mais comment peut-elle savoir si le moment est arrivé? Est-ce alors que Mingam s'apprête à entreprendre ce voyage risqué?

– Nous reviendrons, ma sœur, promet Wapitik en lui entourant les épaules de son bras.

Aonetta se laisse aller contre l'homme, de douze ans son aîné, qu'elle considère comme son père. Sans lui, ils auraient probablement vécu renfermés sur eux-mêmes. En effet, traumatisée par la vengeance du castor, N'Tsuk s'éloignait à peine de leur territoire, y voyant là un sacrilège. Or, ce sacrilège, Wapitik a osé le commettre. Parti en cachette au printemps, il est revenu à l'automne avec La Martre et son jeune frère Arbre-Coupé. Ensuite, tous les printemps, il partait et il revenait toujours à l'automne, rapportant des marchandises, des nouvelles et des informations sur ce qui se passait ailleurs au pays. Chaque fois, il est revenu. « Pourquoi en serait-il autrement aujourd'hui? » se convainc Aonetta.

D'un air grave, Mingam dépose ses effets dans le canot, signifiant ainsi à son oncle qu'il est prêt à partir. Aonetta le contemple. La pensée de ne plus le revoir fait naître un frisson dans son dos. Elle lui sourit, luttant intérieurement contre cette peur qu'elle a bue en même temps que le lait au sein de N'Tsuk. Mingam lui rend son sourire, cachant mal une certaine excitation à l'approche du départ, malgré son chagrin dû au décès de sa grand-mère.

Wapitik jette un coup d'œil vers la forêt dans l'espoir d'y voir apparaître Ashini.

– Il restera caché, déplore Aonetta.

– C'est selon sa pensée, intervient Arbre-Coupé qui partage avec son fils de la frustration à l'endroit de la défunte.

— Je te donne mon collier de dents d'ours, dit-il en déposant l'objet avec une certaine brusquerie près de la tête de N'Tsuk. Tes bras m'ont accueilli comme ceux d'une mère, mais tes yeux ont refusé de me voir grandir… Ils m'ont toujours vu comme un petit garçon, même quand j'ai tué l'ours. Vois comme ses dents étaient longues. Dans le cœur du petit garçon, il y a le respect et l'amour… Dans celui de l'homme a pris place la colère, car, cet homme, tes yeux ne l'ont pas vu… Et tu ne l'as pas choisi pour t'accompagner aux Grandes Chutes, lui préférant un garçon de treize ans… Le collier de dents d'ours te parlera de moi dans l'au-delà… De l'homme que je suis devenu et qui a pris ta fille Aonetta pour femme.

Arbre-Coupé se tait et se range près d'Aonetta qui attache de nouveau son regard sur le collier de wampums. La Martre s'approche alors, soutenant sa fille. La jeune malade se penche vers sa grand-mère et lui passe au poignet un bracelet constitué de petites vertèbres. De facture grossière, l'ornement traduit toute l'affection de celle qui a employé ses maigres forces à le confectionner, pour l'offrir à celle qui s'est employée à la soigner sans parvenir à la guérir.

— Attends-moi au pays des âmes, souffle-t-elle en se relevant péniblement.

La voyant chanceler, Wapitik s'empresse auprès d'elle, pendant que La Martre se penche à son tour pour caresser la tête de l'aïeule.

— Mes yeux ont vu l'Iroquois tuer ma mère et ont longtemps pleuré… De mère, on n'en a qu'une… Avec toi, j'en ai eu deux. Veille sur nous, ma mère, termine-t-elle en rejoignant Wapitik et leur fille.

Aonetta n'ose exprimer les sentiments confus qui se bousculent en elle. La colère qu'Arbre-Coupé a avoué avoir dans son cœur réside aussi dans le sien. Comme elle a rêvé, adolescente, de partir avec lui! De s'éloigner de sa mère! De cette peur qui les maintenait autour d'elle. Il suffisait de mettre un canot à l'eau comme avait fait Wapitik... Puis de partir. Partir pour se libérer de cette peur... De cette mère qui avait survécu au massacre des siens... Il suffisait de mettre un canot à l'eau, mais ni Arbre-Coupé ni elle ne l'ont jamais fait. Partir, c'était aussi quitter N'Tsuk. Elle se rappelait alors avec quel abandon elle s'endormait contre son corps chaud de mère, confiante que le lendemain, son travail inlassable lui procurerait l'abri, la nourriture, le feu, les vêtements et les soins.

Que de connaissances et de savoir-faire N'Tsuk lui a transmis! Aonetta sent la honte l'envahir. Pourquoi lui tient-elle donc rigueur de la peur comme si elle n'avait reçu qu'elle en héritage? Qu'a-t-elle à donner, à dire à sa mère avant qu'elle ne quitte définitivement le territoire où elle s'était réfugiée? Avant qu'elle ne parte pour toujours. Pour toujours...

Ressurgit alors avec force dans le cœur d'Aonetta l'image de la petite fille tremblante, guettant par l'ouverture du wigwam le retour de sa mère. Cette fois-ci, elle ne reviendra pas... Elle ne reviendra plus. Et la petite fille se met à pleurer. Abondamment. Sans retenue. Elle s'agenouille près du corps, touche les mains déjà roides et regarde enfin ce visage qui, à travers le voile de ses larmes, ne la glace plus d'effroi. La douleur a chassé la colère de son cœur et l'emplit tout entier. Et les larmes tombent comme autant de paroles, autant de présents pour accompagner sa mère au royaume des âmes.

Chapitre 3

Le territoire

1682, en la lune des fleurs naissantes,
Grandes Chutes [1].

Assis l'un près de l'autre, adossé au tronc d'un pin immense, Wapitik et Mingam fument religieusement. À quelques pas d'eux, la terre sablonneuse fraîchement remuée indique l'endroit où ils ont enseveli N'Tsuk avec les divers objets qui pourront lui être utiles ou agréables dans l'au-delà. C'est ici que fut enterrée sa jumelle avec sept autres parents morts de maladie, il y a près de soixante ans. C'est auprès d'elle qu'elle voulait reposer.

Le vacarme de l'eau qui tombe toute blanche du large escarpement rocheux ramène Wapitik au temps où les siens, remontant la rivière vers le territoire de chasse, s'arrêtaient devant cet obstacle majeur pour y passer la

---

1. Grandes Chutes (High Falls) : située à environ 40 kilomètres de l'embouchure de la rivière du Lièvre, elle fut déjà considérée comme l'une des plus belles chutes du Canada. Sur une largeur de deux acres, elle tombait de 40 mètres du haut des rochers. En 1913, la compagnie James Maclaren y érigea un barrage et un glissoir en béton, et, en 1929, une centrale hydro-électrique.

nuit avant de le franchir. Ils en profitaient alors pour rendre hommage au manitou des Grandes Chutes et demander sa protection, ce qu'il fera avec Mingam avant de repartir.

Habituellement, l'évocation de ce passé lui fait serrer les dents et les poings, mais, à cet instant, un certain apaisement de son âme le surprend. Comme un baume posé sur la brûlure de son impuissance à exercer la vengeance. Racheter le sang par le sang est impossible. Il le sait désormais. Sa mère avait compris cela bien avant lui. Il a fallu qu'elle meure pour qu'il saisisse toute la portée de son enseignement. On entend mieux les paroles d'une bouche une fois qu'elle s'est tue à jamais.

Wapitik considère le tertre de terre humide sous lequel repose N'Tsuk. Il a l'impression d'avoir enterré à la fois sa mère, sa femme, son enfant. Que le corps de l'Ancienne se soit arrêté de vivre ne le chagrine pas vraiment. Il devait en être ainsi pour que son esprit survive et que ses dernières recommandations prennent tout leur sens. Voilà à présent N'Tsuk délivrée de la peur, et lui, délivré de l'obsession de la vengeance. Sa mère est parvenue dans ce royaume où le gibier, les petits fruits et le bois de chauffage ne manquent jamais.

Wapitik hume avec délectation le parfum sucré des aiguilles de pin et savoure le contact de l'épaule de Mingam contre la sienne. En le désignant pour l'accompagner désormais dans ses voyages, N'Tsuk lui a fait don du fils qu'il n'a jamais eu et du frère qu'il a perdu.

Pourquoi n'a-t-elle pas désigné son gendre Arbre-Coupé? Tout simplement en raison d'une implacable et prudente logique. «Comme Frère-Perdu… un arbre coupé de ses racines est facilement couché par le vent ou emporté par le courant, lui a-t-elle affirmé. Par trois fois, Arbre-Coupé a été adopté. Si votre canot rencontre celui des Iroquois, tentera-t-il de se faire adopter par eux une quatrième fois pour sauver sa vie, en sacrifiant ainsi la tienne ? Mingam est le plus apte à partir avec toi. »

Apte : ce mot clarifie tout. Dicté par la sagesse, ce mot justifie le choix. Explique la préférence. Plus robuste, plus adroit et doué d'une grande mémoire, Mingam se révèle le plus capable de l'accompagner et, éventuellement, de lui succéder. Seule comptait pour N'Tsuk l'assurance que sa descendance survive et se prolonge. Là réside la seule victoire possible pour eux. Assouvir leur vengeance n'est plus compter les ennemis morts après la bataille, mais se multiplier sur leurs territoires.

Wapitik observe avec quel sérieux Mingam lui repasse la pipe après en avoir tiré la dernière bouffée. Le voilà homme. Quand ils seront au pays des Attikameks, il lui procurera une pipe et du tabac. Ainsi, Mingam pourra faire ses propres offrandes aux manitous et témoigner de ses propres amitiés aux hommes.

Les projets s'ébauchent dans la tête de Wapitik comme dans celle d'un père pour son enfant. Il désire en faire part au principal concerné, mais ne sait trop comment aborder le sujet. Sa femme lui a donné trois filles dont deux ont suivi leur mari au lac Tapani. La benjamine ira bientôt rejoindre sa grand-mère, si ce n'est déjà fait. Quand il a quitté leur campement, il a saisi ses adieux dans son attitude. « Je n'ai plus peur », lui a-t-elle chuchoté, semblant s'excuser d'être une fille, malade de surcroît. Fautif et malheureux de cela, il l'a serrée dans ses bras et lui a caressé la tête comme jamais auparavant. Bien qu'il aimât ses filles, il regrettait de n'avoir pas eu de fils et enviait Arbre-Coupé d'en avoir eu deux. Sans doute a-t-il été un mauvais père, le cœur plein d'amertume envers la malédiction qui s'abattait sur lui. Car, il interprétait bel et bien comme une malédiction la naissance de ses trois filles. Sera-t-il un meilleur père cette fois-ci ? Sera-t-il digne de la confiance de N'Tsuk ?

– De l'au-delà, grand-mère appelait Atim, laisse échapper son neveu songeur.

– Ne t'en fais pas. Atim la retrouvera quand il quittera notre monde, le rassure Wapitik en tournant la pipe entre ses mains.

– Il hurlait si fort, rappelle Mingam encore impressionné par la réaction du vieux chien à leur départ.

Il les a d'abord escortés en courant le long du ruisseau, puis, parvenu à la rivière, il les a suivis quelque temps à la nage avant de regagner la berge et de hurler. Et plus il hurlait, plus vite ils pagayaient pour ne plus l'entendre et le faire taire.

Wapitik se souvient d'avoir pensé tuer Atim afin de l'inhumer avec sa maîtresse. Mais cela les aurait retardés tout en signalant leur présence à d'éventuels ennemis. Alors, ils ont poursuivi leur route, écoutant les hurlements dont l'intensité diminuait en même temps que le jour déclinait.

– Atim retrouvera N'Tsuk et chassera avec elle, répète Wapitik.

– Elle a dit que, dans l'au-delà, ce sera comme avant l'Étranger.

– Hmm… Comme avant… l'Étranger.

La voix de Wapitik chevrote, trahissant sa rancœur envers celui-ci. Mingam se tourne vers lui, disposé et désireux de communier avec sa pensée.

– Ceux qui renieront le Grand Esprit auront à vivre avec l'Étranger au Royaume des Morts.

– Je sais, grand-mère me l'a dit. Elle m'a donné les quatre conseils qui sont comme les quatre directions du monde.

– Ces conseils sont parfois difficiles à suivre dans le monde des vivants, car l'Étranger au visage pâle s'installe sur nos terres. Ainsi, notre famille respecte le castor, n'en tuant que pour son usage, mais, dans les échanges, l'Étranger donne plus pour une fourrure de castor… Beaucoup de familles chassent aujourd'hui le castor pour l'apporter à l'Étranger en échange de ses chaudrons, de son fer et de ses étoffes. Je t'enseignerai comment faire autrement, mais cela ne sera peut-être pas toujours possible. Je te regarde comme mon fils et comme mon frère, Mingam. De fils, je n'en ai jamais eu, mais, de frère, oui. Il était plus vieux que moi, et, ensemble, nous avons construit notre premier canot. Le Traître lui a ouvert le ventre sous mes yeux, et, depuis, la haine vit dans mon cœur. J'ai longtemps rêvé du jour où cette haine serait dans ma main qui tuerait l'Iroquois, mais ce jour n'arrivera pas, je le sais maintenant… N'Tsuk t'a désigné pour être de tous mes voyages. Elle connaissait ta valeur. Le Grand Esprit t'a voulu plus grand, plus fort et plus vif d'esprit que ton frère Ashini. Le Grand Esprit t'a voulu ainsi pour que tu prennes soin de ton frère et des autres… Quand je partirai au Royaume des Morts, c'est à toi et à ton frère que reviendra le territoire de chasse. Il s'y trouve du gibier en quantité pour deux familles et plus. Tu devras t'entendre avec Ashini et veiller à protéger le territoire. De frère, tu n'en as qu'un. N'entretiens pas de colère envers lui parce qu'il aurait aimé naître avec les qualités que le Grand Esprit t'a données.

– Je ferai ainsi.

Wapitik acquiesce, promenant un doigt distrait sur le fourneau de sa pipe. Un secret lui pèse. Un secret que sa mère, par respect pour lui, n'a pas divulgué dans la transmission de la Parole et qui pourrait très bien mourir avec lui, mais il a envie de s'en libérer.

– La haine envers Le Traître sera toujours dans mon cœur. Son visage est pour moi celui de l'ennemi. Pour ta grand-mère, celui d'un frère perdu. Ce que ma mère éprouvait envers cet homme échappe à mon entendement. Toi, tu n'as pas vu Le Traître participer avec les

Iroquois au massacre des nôtres. Moi, je l'ai vu. Toi, tu n'as pas vu, comme ta grand-mère, grandir cet homme à tes côtés… Qu'y a-t-il dans ton cœur envers lui?

Mingam hausse les épaules, pris au dépourvu, car il ne s'est jamais posé cette question. En compagnie de sa grand-mère ou de son oncle, il épousait facilement les sentiments de l'une et de l'autre sans chercher à définir ce que cet homme représentait pour lui.

— Dans mon cœur, cet homme est Le Traître et Frère-Perdu, finit-il par avouer.

— Les deux à la fois?

— Les deux à la fois.

— Ta grand-mère et moi avons tu son nom lorsqu'il vivait auprès d'elle. Chez les Iroquois qui l'avaient capturé puis adopté, il portait un nom qui nous était inconnu. Pour le désigner, elle et moi avons dû en inventer un nouveau… La langue de ta grand-mère ne remue plus dans sa bouche pour prononcer le nom de Frère-Perdu… Un jour, ma langue ne remuera plus pour prononcer le nom de Traître… Tu as hérité de la Parole, Mingam. Il te faudra la transmettre. Quel nom emploieras-tu pour désigner cet homme, Le Traître ou Frère-Perdu?

— Je ne sais pas.

— Je vais te dire le nom que tu utiliseras quand mes oreilles ne pourront plus l'entendre. Il a un sens et reconnaît notre occupation du territoire au lac Piwapiti. Quand je serai au pays des âmes, vous pourrez l'accorder à vos descendants. Ainsi, la reconnaissance du territoire se perpétuera. Par mon lointain ancêtre, ce nom a été donné à un fils comme offrande de progéniture à l'esprit des wapitis afin d'attirer sa faveur. Ce nom, c'est celui que je porte.

— Wapitik?

— Wapitik, confirme l'homme qui enveloppe avec soin sa pipe refroidie d'une petite peau souple. Près de lui,

Mingam ouvre des yeux étonnés. Le bruit puissant de la chute d'eau remplit le silence un long moment, avant que Wapitik poursuive.

– Notre territoire était destiné au Traître... N'Tsuk me l'a transféré. « Ce territoire est celui de Wapitik », m'a-t-elle dit... Wapitik, c'était lui, mais c'est aussi moi. N'Tsuk a dressé des chiens pour que les héritiers de ce territoire y chassent toujours le wapiti... Cette terre te reviendra ainsi qu'à ton frère Ashini. Entendez-vous à l'occuper et à le respecter. Que jamais l'un de vous ne lève la hache contre l'autre, car vous êtes du même sang et avez bu le même lait.

Chapitre 4

Le pow-wow

1684, à la fin de la lune des fruits sauvages
(fin août), lac Obédjiwan [1].

Jour de jeux et de festin pour marquer la fin des échanges. Depuis ce matin, les feux rougeoient sous les chaudrons et sous les tripodes qui servent à rôtir les pièces de viande. Dans les cendres accumulées cuisent des baniques et des poissons enduits de glaise. Femmes et filles s'affairent, préparant les mets et mettant à la disposition des gens des récipients remplis de savoureux bleuets. Les enfants y plongent la main au hasard de leurs courses, les avalant goulûment sans interrompre leurs jeux. Ils crient, rient, s'amusent et se taquinent accompagnés par des chiens tout aussi enjoués. Parfois, ils se jettent à l'eau pour se

---

1. Lac Obédjiwan : signifie « le courant du détroit ». Ce lac est aujourd'hui noyé dans les eaux du réservoir Gouin créé par la construction d'un barrage sur la rivière Saint-Maurice. Le lac Obédjiwan aurait été situé non loin de la source de cette rivière et, par un de ses affluents, on pouvait rejoindre la baie d'Hudson. Selon le père Bonaventure Fabvre, jésuite, cet endroit a constitué jusqu'en 1695 un lieu de troc et de rassemblement estival.

rafraîchir et se désaltérer en cette journée exceptionnelle-
ment torride. Leur exubérance atteint alors l'apogée et
interpelle Mingam. Malgré ses quinze ans, il se sent tout
aussi émoustillé que ces gamins. Gagné par l'effervescence
du pow-wow, il est de surcroît transporté par un merveilleux sentiment qui lui donne envie d'éclater de joie
comme un enfant, tout en se comportant comme un
homme.

Au cours de la journée se sont déroulés d'amicaux
concours d'adresse entre les membres des différentes
tribus réunies ici. Son oncle Wapitik s'est distingué dans
la course de canot avec un seul pagayeur et, personnellement, il a réussi à se classer parmi les meilleurs archers.
Fébrile, il assiste maintenant aux préparatifs de la dernière
compétition réservée aux adolescents. Il espère la remporter afin de briller aux yeux d'Aile-d'Outarde. Verra-
t-elle sa valeur, cette fille qui a refusé ses avances ?
Comprendra-t-elle qu'avec lui, elle ne risque rien ? Que
jamais il ne permettra que l'on touche à un seul de ses
cheveux ni un seul poil de son pubis ?

Au souvenir de la narration du viol de cette jeune fille,
Mingam sent un courant vindicatif déferler en lui. C'est
Uapistan, grand-père de la victime et intermédiaire pour
l'oncle Wapitik, qui le lui a raconté. C'est un homme
d'une grande sagesse à qui il s'est ouvert à la suite du refus
manifeste d'Aile-d'Outarde de partager avec lui les jeux
amoureux.

Effectivement, bien qu'il eût fait miroiter à la jeune
fille ses qualités de chasseur, elle le fuyait, l'évitait et
interposait entre eux son espiègle petite sœur nommée La
Souris. Pourquoi cette fille le repoussait-elle contrairement aux autres qui avaient satisfait sa sexualité ? Grand-
mère s'était trompée : il ne suffisait pas d'être bon
chasseur. Paradoxalement, plus Aile-d'Outarde lui résis-
tait, plus il se sentait attiré par elle. Que lui manquait-il

donc pour la séduire? Elle se fermait au moindre regard, se raidissait au plus anodin des touchers, comme s'il la dégoûtait. Déconfit et excédé, il l'avait accusée de se croire supérieure aux autres parce qu'elle venait de Métabéroutin (Trois-Rivières), où elle ferait mieux d'ailleurs de retourner. Sur ce, elle s'était mise à pleurer, maudissant Métabéroutin entre des hoquets convulsifs. Et lui, malheureux de sa maladresse, s'en était allé voir Uapistan.

Le crime avait été commis l'année précédente alors qu'elle était âgée de treize ans. Trois Français l'avaient surprise au moment où elle visitait ses collets à lièvre. Ils lui avaient d'abord offert de l'eau-de-feu pour la convaincre de se plier à leurs désirs, mais, devant son refus, ils l'avaient empoignée. Elle les avait mordus pour se libérer d'eux, excitant par là leur colère. Ils l'ont alors frappée, puis l'ont violée, chacun son tour, avant de l'abandonner à moitié morte. Et à moitié folle de peur. Orpheline de père depuis peu, Aile-d'Outarde ne trouva qu'une mince consolation auprès de sa mère qui envisageait de se convertir dans l'espoir de trouver du travail comme servante. Plutôt que de chercher les coupables, les Robes-Noires se sont contentées de tenir Aile-d'Outarde responsable de son malheur puisqu'il ne seyait pas à une jeune fille de flâner seule en forêt. La voix de Uapistan tremblait encore d'indignation au souvenir de la molle résignation de sa bru aux propos des Robes-Noires. Cette faiblesse inacceptable de la part d'une mère à défendre son enfant le poussa à kidnapper Aile-d'Outarde et La Souris et à les emmener avec lui, chez les Attikameks. Y sont-elles en toute sécurité? Uapistan en doute depuis que quatre Ouendats sont venus par la Métabéroutinsipi (rivière Saint-Maurice) échanger leur farine de maïs. Il se méfie de ces hommes qui arborent des croix et agissent en tant qu'intermédiaire pour le compte des Robes-Noires. Qui sait s'ils n'ont pas également le mandat de ramener ces filles à leur mère pour les convertir?

« Sois patient avec Aile-d'Outarde. Il lui faut du temps pour oublier que le membre de l'homme lui a fait mal, lui a conseillé Uapistan. Garde tes yeux sur elle et sur sa petite sœur, car les Ouendats ont peut-être l'intention de les reprendre. À chacune, j'ai rapporté deux clochettes qu'elles utilisent comme ornements. La Souris les a attachées à ses chevilles, et Aile-d'Outarde, à ses cheveux tressés. En réalité, par ces clochettes, j'entends leurs déplacements. Toi aussi, avec tes oreilles, tu peux les suivre et ainsi veiller sur elles. »

Des tintements ravivent le merveilleux sentiment dans le cœur de Mingam. Il aperçoit La Souris, vivace et si minuscule en raison de ses neuf ans, qui se faufile hardiment parmi les spectateurs entraînant sa sœur par la main. Les joues barbouillées de bleuets, la fillette le salue d'un geste large alors que son aînée ébauche un sourire avant de baisser les paupières. Le sentiment de Mingam redouble d'ardeur devant ce sourire timide. Il lui permet d'espérer qu'un jour, il pourra réconcilier Aile-d'Outarde avec le sexe de l'homme. Il se connaît assez patient pour y parvenir, et gare à ceux qui lui voudront le moindre mal.

Le regard de Mingam se porte sur les quatre Ouendats. Ils se distinguent autant par leur habillement dénotant leur dépendance envers l'étoffe des Étrangers que par leur incapacité à communiquer verbalement. Ils ne s'expriment ni dans la langue des Français[2] que La Souris connaît un peu, ni dans celle des Anishnabecks. Sans doute est-ce la langue que son grand-père Loup-Curieux parlait. Leur ressemblant par sa peau plus pâle et sa stature plus élevée, Mingam s'est senti un lien de parenté

---

1. Afin de garder la mainmise sur les convertis, les jésuites apprenaient leur langue au lieu de leur apprendre la langue française. Les autorités du pays leur reprochèrent d'ailleurs de ne pas favoriser ainsi l'intégration des Amérindiens convertis à la population française.

avec eux lors de leur arrivée. Ayant encore en mémoire les paroles de l'Ancienne sur les puissants et fiers Ouendats, il eut tôt fait cependant d'être déçu. Ces hommes se tiennent à l'écart, et leur vie semble dirigée par les Robes-Noires. Ils cachent leurs parties génitales lorsqu'ils se baignent et évitent de danser ou de jouer aux osselets. Assurément, ils ont abandonné leur âme ainsi que le contrôle de leur commerce aux Robes-Noires à qui ils rapporteront les fourrures obtenues en échange de leur maïs[3]. Ont-ils l'intention cette fois-ci de leur ramener par la même occasion Aile-d'Outarde et La Souris ?

La dernière compétition est enfin prête à se dérouler. Un homme explique les règles du jeu. Au sommet d'un poteau lisse de près de 4 mètres de hauteur et abondamment enduit de graisse d'ours est placée une épée. Elle appartiendra à celui qui, à mains nues, parviendra à s'en emparer en grimpant tout en haut. Bien que le désir de vaincre brille dans tous les regards, Mingam ne craint que la concurrence de Simon Pierre. Du même âge, de même stature et musculature, ce Ouendat n'a cessé de se mesurer à lui de subtile manière. Transportait-il une charge pesante que ce converti s'arrangeait pour en transporter une un peu plus lourde. Nageait-il jusqu'à une île que l'autre se rendait encore plus loin. Mingam s'efforçait d'ignorer cette sourde concurrence, mais à présent qu'elle s'établit ouvertement, il s'en réjouit.

Déterminé par le hasard, l'ordre de participation place Mingam à la toute fin, Simon Pierre juste avant lui. Si plusieurs garçons réussissent l'exploit, on procédera à l'élimination en comparant le temps d'exécution. Les premiers concurrents se lancent à l'assaut du poteau, mais finissent tous par glisser bien avant d'atteindre l'objectif,

---

2. À la mission de l'Ancienne-Lorette, les Hurons continuaient à habiter leurs maisons longues et à cultiver le maïs.

amusant les spectateurs par leurs comiques et bien involontaires pirouettes. À l'aide d'un contenant attaché au bout d'une perche, on verse, au besoin, de la graisse liquide pour que le poteau reste visqueux. Mingam remarque quelques aspérités qui pourraient lui servir pourvu qu'il puisse sauter assez haut du premier coup pour les atteindre. Cependant, il soupçonne Simon Pierre, dont le tour se présente, de les avoir également remarquées.

Au pied du poteau, le jeune Ouendat se concentre, puis se signe. Mingam s'en offense. Pourquoi cet adversaire mêle-t-il son Grand Esprit à leurs jeux ? N'est-ce pas déloyal de réclamer l'aide de l'au-delà ? Simon Pierre recule de quelques pas, s'élance, saute et s'agrippe au poteau à hauteur des aspérités. Mingam retient son souffle, alors que Simon Pierre se plaque contre le poteau qu'il étrangle de ses jambes. Rassemblant ses efforts, il parvient à se hisser. Le voilà si près du but qu'il n'a plus qu'à étirer le bras et se donner un petit élan pour s'emparer de l'épée. L'adolescent s'arrête un moment pour reprendre haleine, mais, soudain, ses bras commencent à trembler sous l'effort soutenu de ses mains cramponnées au poteau, et il descend quelque peu. La foule l'encourage. Vitement, dans une tentative pour regagner le terrain perdu, il dégage une main, mais glisse alors jusqu'en bas.

Au tour de Mingam. « Aide-moi, grand-mère », murmure-t-il, réclamant, à l'instar de Simon Pierre, l'aide de l'au-delà. Les yeux levés vers l'épée, il s'accorde un moment de réflexion. Pour lui, cette arme représente plus que le simple enjeu de cette compétition. S'en emparer signifiera s'inscrire comme protecteur dans le cœur d'Aile-d'Outarde et obtenir la certitude que, du pays des âmes, l'Ancienne peut l'entendre et l'aider.

Une dernière fois, il examine le poteau. Selon lui, la meilleure stratégie consiste toujours à sauter à hauteur des aspérités, comme l'a fait Simon Pierre, tout en évitant d'y rester cramponné trop longtemps. Il note alors une légère fissure où, avec de la chance, son orteil pourrait prendre appui. « Grand-mère, donne-moi l'agilité de l'écureuil et la force des serres de l'aigle », implore-t-il avant de s'élancer. D'un bond, il prend appui sur les aspérités et, s'y cramponnant de la main droite, il se hisse aussitôt en s'aidant de ses jambes. Sa main gauche parvient à s'agripper à un étranglement, ce qui lui permet de gagner assez de terrain pour que son gros orteil s'insère dans la fissure et le propulse, bras tendu vers l'épée. Du bout des doigts, il parvient à la faire basculer de son socle, la plaque contre le poteau, s'en empare et, incapable de tenir plus longtemps, se laisse tomber. Il atterrit rudement, perd l'équilibre et se retrouve sur le postérieur, l'épée toujours en main sous les acclamations et les rires. La Souris sautille sur place, faisant tinter les clochettes à ses chevilles, et Aile-d'Outarde lui accorde un regard admiratif. D'un pas sûr, Mingam se dirige vers elle, chaudement félicité au passage par son oncle Wapitik. Dès qu'elle en a la chance, La Souris l'agrippe par le bras et l'oblige à s'asseoir entre elle et sa sœur. Il se plie volontiers à ce désir qui épouse le sien et prend soin de déposer l'épée près d'Aile-d'Outarde.

Ainsi prennent fin les compétitions de la journée. Course à pied, course de canots, tir d'adresse, transport de charge, concours de force et d'agilité ont amusé et diverti, tout en révélant les talents de certains participants. Acclamés aujourd'hui, ces vainqueurs seront pressentis demain pour hériter de responsabilités. Ainsi l'a voulu le Grand Esprit, les plus doués devenant chef, intermédiaire ou guide. Mingam peut se compter de ceux-là, mais, pour l'instant, il n'aspire qu'à gagner le cœur et la confiance d'Aile-d'Outarde dont l'attention se détourne de l'épée à la vue de son grand-père s'avançant pour s'adresser à la foule.

Dans la soixantaine avancée, Uapistan est considéré comme un homme d'expérience et de bon jugement sur le plan de la traite des fourrures. Natif de Métabéroutin, ses souvenirs remontent à l'époque où les Peuples d'Ici s'y rendaient pour échanger avec les Français. Mingam lui voue autant d'admiration qu'à son oncle Wapitik et dispose son esprit à recevoir sa parole.

Uapistan effectue quelques pas au centre de la place comme pour en prendre possession, puis il s'immobilise, bras ouverts vers le nord.

« Avec mes frères kristinots[4], je me suis rendu à la baie où les trompettes sonnent (baie d'Hudson), débute-t-il. Mes yeux y ont vu Tête-de-Porc-Épic[5], et mes oreilles ont recueilli les paroles de cet homme de courage, frère de tous les Peuples d'Ici. Tête-de-Porc-Épic a dit que les bateaux des Français craignaient les glaces de la mer du Nord. Ces Français donnent moins de marchandises que les Yangisses[6] en échange de nos fourrures, et ces marchandises ne sont pas livrées quand leurs bateaux sont incapables de traverser les glaces. Tête-de-Porc-Épic a dit que les Yangisses connaissaient toutes les mers du monde, que leurs bateaux étaient grands, robustes et capables de toujours franchir les glaces… Parce qu'il veut le bonheur des Peuples d'Ici, Tête-de-Porc-Épic s'est uni aux Yangisses. Entendons sa parole. Les rivières nous mènent aussi facilement vers le nord que vers le sud. Poussons-y nos canots remplis de fourrures, et nous les ramènerons remplis de marchandises. »

---

4. Kristinots : abréviation de Cris. Ils occupaient presque toute la partie sud du littoral de la baie d'Hudson et de vastes territoires du nord de l'Ontario, du Manitoba et de la Saskatchewan.

5. Tête-de-Porc-Épic : nom donné par les Cris à Pierre-Esprit Radisson qui, s'estimant floué par la France, passe du côté des Anglais qui forment, en 1670, la Compagnie de la baie d'Hudson.

6. Yangisses : appellation des Amérindiens pour désigner les Anglais. Elle viendrait du mot hollandais *janke* signifiant « petit Jean » ou « *little John* » utilisé pour désigner les Anglais.

Uapistan fait volte-face et tend son bras nerveux vers le sud tout en poursuivant d'un ton persuasif. « J'ai longtemps vécu près des Français. À leurs yeux, la valeur d'un homme ou d'un peuple se mesure au nombre de fourrures que cet homme ou ce peuple peut rapporter. Pour cette raison, quand ils font la paix avec les Iroquois qui leur apportent alors des fourrures, les Français méprisent ceux qui, avant, étaient leurs alliés… Rappelez-vous que la terre a tremblé. Pendant des lunes, les os de nos ancêtres ont tremblé de colère contre les Français qui ont apporté le malheur parmi les Peuples d'Ici. »

Mingam pense à ceux qui ont fermé le ventre d'Aile-d'Outarde au désir de l'homme. Avec quelle satisfaction, il leur trancherait le pénis d'un coup de son épée !

Uapistan marque une pause et commence à marcher lentement sur le périmètre d'un cercle imaginaire. Impressionné par le silence qui règne, Mingam observe son oncle Wapitik qui, assis à quelques pas de lui, est suspendu aux lèvres de l'orateur. Uapistan marche toujours, laissant grandir l'intérêt. Après avoir accompli deux tours, il s'arrête et leur présente ses mains.

« Beaucoup de fourrures sont passées par mes mains… Beaucoup de marchandises françaises sont passées par mes mains en échange de ces fourrures. Quand l'Iroquois et la maladie ont fait mourir les vôtres, vous avez évité de vous rendre à Métabéroutin, préférant demeurer dans vos terres et échanger à Nékouba comme vos ancêtres. Mais, comme les loups reniflent le sang de la bête blessée, les Iroquois ont reniflé l'odeur de vos fourrures jusque là. Il n'y avait alors pas une grotte assez profonde ni une forêt assez épaisse pour vous cacher d'eux… Voyez mes mains. Les marchandises des Yangisses passent par elles à présent. Tête-de-Porc-Épic a promis qu'elles seraient livrées à temps et en grande quantité par les bateaux qui ne craignent pas les glaces. Il a promis que les Kristinots du Nord et les Attikameks de l'intérieur des terres y trouveraient de la farine de maïs, des chaudrons, du fer, du tabac, des couvertures chaudes, de l'étoffe et des bâtons de feu… Que toujours les peuples où le bouleau se fait rare pourront s'en procurer[7] pour construire les canots au lieu d'utiliser la peau de l'orignal. »

Mingam capte un coup d'œil entendu entre Uapistan et l'oncle Wapitik devenu un de ses fournisseurs d'écorces. Prélevées dans la forêt du lac Piwapiti, celles-ci prennent de la valeur au fur et à mesure qu'elles transitent vers le nord. Bien sûr, ces écorces ne leur procurent pas autant de marchandises en retour que les fourrures de castor, mais elles les maintiennent dans le réseau de la traite tout en leur permettant de demeurer fidèles à la parole de l'Ancienne. Sur ce point, tous s'entendent dans la famille, à l'exception de son père Arbre-Coupé. Celui-ci reproche à l'oncle Wapitik de regarder en arrière comme une vieille femme et non en avant comme un homme avisé. Il rêve d'un bâton de feu, convaincu que la vengeance du castor s'est éteinte avec l'Ancienne. Mingam se désole de l'attitude de son père. Plus que jamais, il croit en la parole de sa grand-mère et en sa protection dont il vient d'avoir une preuve concrète. Du bout des doigts, il caresse le plat de l'épée dont le pommeau effleure la cuisse d'Aile-d'Outarde. Cette épée, il s'en servira emmanchée au bout d'une pique pour abattre, selon leurs coutumes, le wapiti cerné par les chiens, et il la lèvera contre quiconque menacera Aile-d'Outarde. Le cœur gonflé d'espoir, il fait marcher ses doigts sur l'épée vers celle qu'il pense lui être destinée.

« À l'avenir, Uapistan regardera vers le nord et les marchandises des Yangisses passeront par ses mains… Est-ce

---

7. Radisson veillait à la satisfaction de ses clients en s'assurant de faire venir au poste de Nelson les marchandises essentielles, telles la farine de maïs et l'écorce de bouleau.

que vos fourrures passeront aussi par les mains de Uapistan ? » demande celui-ci en présentant dans un geste théâtral ses paumes ouvertes.

« Ho ! Ho ! Ho ! scande-t-on en chœur marquant ainsi l'approbation. Ho ! Ho ! Ho ! » reprend Mingam unissant sa voix à celle de la foule enthousiaste.

Paix et force coulent en lui, car la parole de Uapistan concorde avec celle de l'Ancienne. Le commerce avec les Anglais est approuvé, et leur rôle de pourvoyeurs d'écorces, assuré. L'oncle Wapitik et lui rapporteront aux leurs amplement de farine de maïs pour tenir jusqu'à l'été prochain sans avoir recours à celle de la quenouille si difficile à récolter et longue à préparer. Ils rapporteront aussi du tabac, deux haches, trois couteaux, de nombreuses pointes de flèche en fer, des pierres à feu, une alène, de la corde et un filet de pêche. Arbre-Coupé critiquera, selon son habitude, mais son désaccord ne saurait altérer la paix que trouve Wingam dans l'assurance que sa grand-mère le guide et l'assiste. D'indubitable manière, ce pow-wow l'a rattaché à elle et à tous ses ancêtres qui festoyaient ensemble le long de la Grande Rivière.

Aile-d'Outarde se tourne vers lui et, d'un air amusé, fait marcher ses doigts vers les siens. Avec ravissement, Mingam les voit parcourir le pommeau et s'engager sur le plat de la lame. Bientôt, leurs regards se fondent l'un dans l'autre, et leurs doigts s'unissent sur l'épée anglaise.

Chapitre 5

La Souris

1687, en la lune des fruits sauvages (août),
Weymontachie [1].

Depuis ce matin, Aile-d'Outarde se prépare à la venue de Mingam. Elle s'est coupée une frange de cheveux qui lui tombe sur le front, indiquant par là qu'elle est disposée à ce qu'il la demande pour femme à son grand-père. Ce dernier, qui encourage cette union, lui a donné un peigne en ivoire, de la teinture rouge avec laquelle elle a dessiné des rayures sur ses joues et un petit miroir qu'elle consulte à tout moment.

— Il va te trouver belle, assure La Souris pour la nième fois, s'employant à isoler de l'épaisse chevelure de son aînée des mèches qu'elle tresse et décore à leur extrémité de blanc duvet des cygnes.

Installées près de l'eau, elles bénéficient de la fraîcheur de l'ombre tout en profitant de la lumière, inexistante

---

1. Weymontachie, Wémotashick, Weymontachique ou Weymontaching : signifie « montagne d'où on observe » en langue algonquienne. Montagne de roc située à la confluence des rivières Saint-Maurice et Manouan, non loin de la confluence de cette dernière avec la rivière Ruban.

dans le wigwam où leur grand-père dort ou fait mine de dormir. Aile-d'Outarde soupire, les yeux pleins de rêves et d'anxiété comme si elle doutait de ses charmes et des sentiments de Mingam. Cette attitude agace La Souris. Elle aimerait bien être à la place de sa sœur, posséder comme elle ce corps superbe et vigoureux, ces yeux à peine bridés et cette masse de cheveux qui lui descend jusqu'aux fesses. Ah! Si elle était à la place de son aînée, il n'y aurait que du désir dans son regard. Du désir fou pour Mingam. La chanceuse! Il l'aime, c'est évident, mais Aile-d'Outarde ne lui a pas témoigné toute la passion qu'il mérite en refusant de partager sa couche avec lui. Est-ce aujourd'hui qu'elle le fera? Elle, La Souris, il y a belle lurette qu'elle se serait offerte tout entière à ce beau mâle. Depuis qu'elle a des menstruations régulières, elle s'imagine souvent recevoir dans son vagin le sexe rigide de Mingam. Elle n'a alors qu'à manipuler légèrement sa vulve pour atteindre l'orgasme. Si, à elle toute seule et par la simple pensée, elle peut connaître la jouissance, elle ne doute nullement que dans les bras de Mingam elle goûterait l'apothéose du plaisir sexuel.

La Souris entreprend de tresser la dernière mèche à laquelle elle a l'intention d'attacher une clochette de manière à pouvoir suivre sa sœur lorsqu'elle s'éclipsera avec son prétendant. Probablement iront-ils au sommet de la montagne où, depuis près d'une lune, Aile-d'Outarde est montée pour surveiller l'arrivée de Mingam. De là-haut, la vue embrasse la forêt à l'infini. On y voit venir de loin quiconque sillonne l'une des trois rivières qui confondent leurs eaux au pied de la falaise. La Souris a presque toujours accompagné sa sœur par le sentier abrupt et rocailleux qui mène à ce poste d'observation où les guerriers surveillent les cours d'eau.

De là-haut, La Souris se sentait une géante. À ses pieds, la Manouansipi n'était qu'une couleuvre d'eau, et Mingam, qu'un petit point lorsque son canot est apparu. Sa sœur et elle ne faisant qu'une dans la même attente, elle en était venue à ne faire qu'une avec sa sœur dans le même amour. De là-haut, elle en oubliait ses seins encore au stade de bourgeons gonflés, et tout lui paraissait possible. Hélas, quand Mingam l'a saluée d'une pichenette sur le bout du nez, elle a compris qu'il la considérait comme une enfant. S'il savait. Ah ! S'il savait quelle femme passionnée son corps malingre cache, il lui accorderait peut-être une toute autre attention. Ou peut-être pas. Mingam est si entiché d'Aile-d'Outarde bien qu'elle ait refusé l'acte procréateur. Jusqu'à présent, il s'est montré bien patient, satisfaisant ses besoins avec d'autres filles, mais, à la façon dont il a mis Aile-d'Outarde au pied du mur en lui proposant soit le mariage soit la rupture, il appert que cette patience a atteint ses limites.

Depuis cet ultimatum, Aile-d'Outarde est fort troublée. À l'image du village de Weymontachie, la voilà coincée au confluent de deux rivières. Ou elle continue de patauger dans celle du passé qui la ramène au viol, ou elle emprunte celle qui la mènera au pays de Mingam.

De ses doigts agiles, La Souris fixe la clochette au milieu d'un bouquet de duvet. Un rien de culpabilité l'effleure à l'idée qu'elle s'en servira pour épier sa sœur. Elle veut, elle doit savoir si Aile-d'Outarde partira avec Mingam. Son avenir en dépend. Celui de grand-père aussi d'une certaine manière. Depuis qu'elle a passé le cap de l'enfance, sa petitesse qui la rendait mignonne autrefois est considérée comme une tare. Cela n'est pas sans ajouter aux tracas de Uapistan qu'une violente douleur dans la poitrine a foudroyé à son retour de la Mer des glaces. Ses compagnons de voyage attribuent ce mal au choc causé par la guerre que les Français ont menée là-bas, avec succès, contre les Anglais[2].

Uapistan s'en est remis tant bien que mal et parvient à vaquer à de légères occupations, mais il s'épuise rapidement. La conviction d'avoir été floué par Tête-de-Porc-Épic combinée à la perte de ses capacités le ronge d'inquiétude et le rend parfois irascible. Il n'y a pas si longtemps, il était reconnu comme un sexagénaire d'une exceptionnelle vitalité et voilà qu'aujourd'hui, il doit se résigner à abandonner les voyages de traite, consacrant son énergie déclinante à assurer leur avenir.

La perspective de perdre son grand-père afflige La Souris, mais celle d'être séparée d'Aile-d'Outarde l'atterre. Elle éprouve à son endroit une affection et un attachement presque filiaux. D'aussi loin qu'elle peut se rappeler, cette grande sœur, douce et patiente, a fait office de mère. Elle l'a bercée, l'a portée, l'a protégée. Ensemble, elles ont vécu la déchéance de leurs parents, victimes du mauvais esprit de l'eau-de-feu. Elles ont pleuré leur père mort d'en avoir trop bu, et elles ont mendié, à l'exemple de leur mère. Ensemble, elles ont été enlevées par grand-père et intégrées ici parmi les Attikameks où elles se sont adaptées. Ensemble, elles ont attendu Mingam.

La tristesse s'abat sur La Souris. Il lui paraît inconcevable que Mingam puisse retourner dans son pays avec Aile-d'Outarde, la laissant seule avec grand-père qui, dans un avenir plus ou moins rapproché, partira à son tour pour le dernier voyage. Elle enroule ses bras minces

---

2. En 1686, sous les ordres du chevalier de Troyes, une expédition dont font partie trois des frères Le Moyne (D'Iberville, Sainte-Hélène et Maricourt) se met en branle par voie de terre au mois de mars. Elle atteint la baie James au mois de juin. Alors qu'officiellement la paix règne entre la France et l'Angleterre, les membres de l'expédition s'emparent des forts Monsipi (Moose Factory) et Kitchitchouane (Albany) et font main basse sur 50 000 peaux de castor.

autour des robustes épaules de sa sœur et se presse la tête contre son cou. « Il va te trouver belle », répète-t-elle en refoulant ses larmes.

Aile-d'Outarde lui tapote tendrement les avant-bras, puis elle approche le miroir de façon à s'y apercevoir toutes les deux. Dans le rectangle de fer blanc, elles apparaissent tête contre tête. Leurs yeux se parlent. Combien de temps leur reste-t-il à être ensemble ? Un sourire s'esquisse sur le visage d'Aile-d'Outarde faisant naître un sourire vacillant sur celui de La Souris qui tire la langue pour cacher sa détresse. Son aînée réplique d'une grimace. Ensemble, elles émettent un petit rire qui n'a rien de joyeux.

— La belle vision, s'exclame Mingam en approchant en canot.

Les deux sœurs sursautent, surprises de ne l'avoir pas vu ni entendu venir. La Souris se précipite à l'eau jusqu'aux genoux et saisit la pince avant de l'embarcation. Mingam enjambe lestement le plat-bord pour débarquer. Son pagne se déplace un peu, laissant entrevoir la naissance du pénis dans la noire toison du pubis. La Souris en frémit d'excitation et contemple le torse aux muscles bien découpés que des bandes rouges, blanches et noires mettent en évidence.

— C'est moi la belle vision ? demande-t-elle avec un soupçon d'ironie.

— Toi et ta sœur, réplique-t-il en lui administrant encore une fois une amicale pichenette sur le bout du nez.

La Souris fulmine. S'empresse de hisser toute seule le frêle esquif sur la grève pour montrer de quoi elle est capable. Inutile manège. Mingam n'a d'yeux que pour Aile-d'Outarde et ne prête aucune attention à sa sœur lorsqu'elle gagne le wigwam à pas saccadés, faisant sonner furieusement les clochettes à ses chevilles. À l'intérieur, elle s'accroupit auprès de son grand-père allongé qui lui tourne le dos et, mortifiée, elle regarde s'éloigner les amoureux. Aussitôt qu'ils disparaissent de son champ de vision, elle se débarrasse de ses clochettes.

– Pourquoi les enlever, petite Souris? interroge grand-père.

– Pour les faire sécher, répond-elle avec assurance.

– Hmm… Les faire sécher, reprend Uapistan d'un ton dubitatif en se tournant vers elle.

La Souris dénoue les lacets des clochettes, évitant le regard du vieil homme qui semble connaître à cet instant ses pensées les plus secrètes.

– Ah! Petite Souris! Le bruit de tes clochettes est une musique à mon cœur, dit-il affectueusement.

Touchée par le compliment, elle n'ose revendiquer d'être nommée simplement La Souris. Le terme ne parle-t-il pas de lui-même? Évoquant un des plus menus animaux de la création, il n'est nul besoin d'y rajouter «petite».

– Je ne suis plus une petite fille, rappelle-t-elle.

– Je sais, je sais… Tu as tes lunes[3].

Uapistan l'observe accrocher les clochettes à une perche.

– Mingam et ta sœur sont partis?

– Oui.

– C'est bien… c'est bien…

Un silence. Tous deux devinent pourquoi Mingam s'est isolé avec Aile-d'Outarde avant de faire sa demande officielle, et tous deux se sentent concernés par la question.

– Tu accepteras?

– Oui… Mingam lui fera un bon mari.

La réponse de son grand-père la dévaste, bien qu'elle l'ait connue d'avance. Pour lui, le mariage d'Aile-

_____
3. Avoir ses lunes: avoir ses menstruations.

d'Outarde représente un souci de moins, alors que, pour elle, il constitue une grande perte.

— J'espère vivre jusqu'au jour où un homme te prendra pour femme.

— Il te faudra vivre longtemps, grand-père. Quel homme voudra de La Souris pour épouse? Quel homme verra une femme en elle?

Uapistan s'assoit sur sa couche et la considère longuement avant de flatter ses cheveux hirsutes et éclaircis du plat de la main. Ses yeux révèlent autant d'affection que d'angoisse. Qu'adviendra-t-il d'eux? Une fois Aile-d'Outarde casée, ils seront un fardeau l'un pour l'autre, lui, handicapé par l'âge et la maladie, elle, par une taille anormalement petite.

— Un jour, un homme verra une femme en toi.

La Souris ne se fait pas d'illusion: c'est là un souhait plus qu'une prédiction.

— En attendant, des familles pourraient te prendre ici… À Métabéroutin, c'est trop dangereux, ajoute-t-il.

La Souris acquiesce. Il fut un temps où elle avait envisagé d'aller retrouver sa mère à Métabéroutin. De cet endroit, elle a conservé quelques souvenirs heureux. Des odeurs de résine de pin qui régnaient dans la bâtisse où son père montrait à des Français comment construire des canots d'écorce. Des mots de consonance étrangère qu'elle a appris inconsciemment en se liant d'amitié avec un gamin curieux qui, comme elle, venait observer le patient travail des hommes. Un goût de sel que son ami lui mettait sur le bout de la langue pour la voir grimacer… Il s'appelait Jacques Gareau. À Métabéroutin, il serait le seul qu'elle pourrait retrouver, mais sans doute l'a-t-il oubliée comme la langue algonquienne qu'elle lui avait enseignée. Là-bas, bien que convertie, sa mère quémande toujours sa pitance, et on dit qu'elle échange ses faveurs contre l'eau-de-feu. Là-bas, les Robes-Noires volent les âmes des Anishnabecks. Y retourner est effectivement aussi inutile que dangereux.

– Tu es jeune encore… Un jour, il y aura un homme pour toi.

Cet homme, La Souris le connaît déjà. C'est Mingam. Peut-être n'est-il pas pour elle, mais elle, elle se sait pour lui.

– Un jour, il y aura un homme pour moi, dit-elle, faisant mine d'y croire et impatiente de mettre fin à l'entretien.

Uapistan lui effleure la joue du bout des doigts.

– Le bruit de tes clochettes sera toujours une musique à mon cœur, répète-t-il.

La Souris pense à ce cœur malmené, s'empare de la main rugueuse du vieil homme et l'embrasse.

– Je sais, grand-père. Elles ne se tairont pas long-temps. Je les porterai quand elles seront sèches.

– Hmm… Quand elles seront sèches…

Il lui sourit d'un air bienveillant et dubitatif. Il devine ce qu'elle a en tête et la laisse aller.

*

La sonorité d'une clochette récompense La Souris de ses efforts, alors qu'elle progresse en catimini jusqu'au sommet de la montagne. Ainsi qu'elle l'avait prévu, les amoureux ont choisi de se retirer quelque part sur les hauteurs. Ce quelque part, la clochette d'Aile-d'Outarde vient de le lui dévoiler.

Son cœur s'emballe. Si près du but, il lui faut redoubler de précautions. Mingam a l'oreille fine d'un chasseur, et le moindre bruit pourrait la trahir. Elle perçoit de doux chuchotements et en profite pour effectuer quelques pas sur la pointe des pieds. Par malheur, elle fait craquer un cône d'épinette par terre et se paralyse aussitôt. Dans un silence vertigineux, elle entend passer la faible brise à travers les aiguilles des conifères. Mingam aurait-il entendu craquer ce satané cône ? Qu'aura-t-elle à dire pour sa défense s'il la découvre accroupie derrière un bouquet d'ifs ? De quoi aura-t-elle l'air, sinon d'une enfant ? Elle pense à rebrousser chemin, mais le tintement de la clochette mêlé au froissement de vêtements qu'on enlève l'en dissuadent. Elle arrive juste au bon moment, semble-t-il.

La Souris se faufile entre les obstacles, se glisse dans une dépression tapissée de mousse et se cache finalement au pied d'un monticule de roches à proximité du couple. Là, elle attend un peu, histoire de se calmer et de s'assurer qu'on ne l'a pas entendu s'approcher.

Des essoufflements lui parviennent. Elle risque un regard à travers les rameaux des conifères derrière lesquels le couple s'est aménagé une couche. À son grand désappointement, elle discerne à peine le corps de Mingam étendu au-dessus de celui d'Aile-d'Outarde dont elle n'aperçoit que la chevelure étalée au sol. Un trouble délicieux la saisit. Tant qu'à ne rien voir, elle choisit de retourner vers sa cachette pour s'y lover sur elle-même, yeux fermés et sens aux aguets.

Le souffle précipité de Mingam l'excite. Elle s'imagine à la place de sa sœur, voit se dresser dans la noire toison le pénis dont elle a aperçu la naissance quand le pagne s'est déplacé. Dur et puissant, ce pénis la pénètre, bute sur l'hymen et s'enfonce en elle. Volupté. Mingam halète et la fait frissonner de plaisir. Des sensations euphoriques parcourent ses membres et gagnent son ventre. Bientôt, à la respiration saccadée d'Aile-d'Outarde, elle sait que le traumatisme du viol a fait place à l'extase. Son aînée s'abandonne enfin et se donne, laissant l'instinct reprendre ses droits.

La Souris s'insère les mains entre les cuisses et rejoint son sexe palpitant. Elle se retient d'y toucher, étirant sa jouissance au rythme des souffles entremêlés et des gémissements langoureux. Dans son nid de mousse, elle flotte. Hors du temps. Hors de son corps devenu celui de sa sœur dont elle adopte la respiration. Mingam lui fait l'amour, s'essouffle et geint de passion au-dessus d'elle. Avec elle. Doucement, elle se caresse. La voilà transportée dans une autre dimension. Dans un état second où seule la nécessité de taire ses propres plaintes amoureuses la relie à la réalité. La jouissance grandit. La porte. L'emporte avec sa sœur vers l'orgasme qu'elles atteignent simultané-ment. Une longue lamentation comme une explosion de joie et un cri de libération s'échappe de la gorge d'Aile-d'Outarde. La Souris jouit en silence, puis réintègre son corps et la réalité. Alors qu'elle entend Mingam étouffer un genre de grognement en éjaculant, ses larmes jail-lissent. Maintenant, elle sait : Aile-d'Outarde partira.

Chapitre 6

Retour à la Grande Rivière

Quinze ans plus tard.
1702, en la lune de la ponte des oiseaux aquatiques
(juin), confluent de la Wabozsipi
et de la Grande Rivière[1].

C'est ici. C'était ici. Il y a longtemps… Le cœur d'Aonetta bat d'émotion alors qu'elle débarque du canot.

– C'est elle, balbutie son mari Arbre-Coupé en mettant pied à terre à son tour, les yeux rivés à la Grande Rivière qu'ils viennent d'atteindre.

Derrière eux suivent trois canots avec le reste du groupe familial. Pas un mot d'homme. Ni d'enfant. Seul le bruit des pagaies, le chant des oiseaux et celui de l'eau en mouvance. De l'eau de la Wabozsipi qui s'écoule dans celle de la rivière mythique, qui, elle, s'en va se perdre dans le Grand Lac Salé… Très loin en aval… Par-delà des rapides et des lacs.

La Grande Rivière. Enfin, devant eux. Tant de fois imaginée quand l'Ancienne en parlait avec nostalgie.

---

1. Confluent de la rivière du Lièvre et de la rivière des Outaouais.

Enfin là. Plus belle et plus large que dans leurs rêves.

« C'était quelque part ici », songe Aonetta en portant la main à son amulette. Le campement était probablement installé à cet endroit surélevé et plat, à proximité de ce qui ressemble aux vestiges vermoulus d'un chaudron de bois. Il y avait sa mère accompagnée de Frère-Perdu. Et, venu d'en amont, Loup-Curieux, son père.

Elle se l'imagine dans un grand canot rempli de maïs, de riz sauvage, de tabac, de filets de pêche, de cordes de chanvre, de peaux d'écureuil noir, de couteaux, de chaudrons et de haches. Comme elle ne l'a pas connu, elle lui prête le physique de Mingam. C'était quelque part ici, lieu d'échange depuis toujours des familles oueskarinies dont les territoires de chasse bordaient la Wabozsipi. Loup-Curieux était venu du très lointain pays des Ouendats où les femmes cultivaient le maïs. À court de peaux et de fourrures, son grand-père chasseur avait dû offrir cet oki afin d'obtenir la précieuse denrée.

De l'index, Aonetta caresse distraitement la petite tortue de pierre. Elle a l'impression de sentir la présence de son père. Loup-Curieux est là. Si présent par son esprit. Il est là… en cet endroit où il a noué l'oki à son cou pour la première fois. Elle communie avec ce fantôme et s'avance près de l'eau pour y boire dans sa main fermée en forme d'écuelle. Recueillie, elle s'abreuve longuement à la source de ses origines avant de regarder en amont, vers ce fabuleux pays d'horticulteurs où s'élevaient jadis de gros villages de mille à deux mille âmes. Ils ont tant rêvé de ce voyage… De ce pèlerinage à la Grande Rivière.

Mais la terreur de la guerre planait toujours tel un gros nuage noir prêt à éclater à tout moment. Sans qu'ils ne l'aient jamais vu, l'Ennemi les paralysait. Cependant, l'été passé, cet ennemi a fumé le calumet de la paix avec les

Français et les autres nations[2]. « La langue des Français et des Iroquois est empoisonnée », leur a rappelé son demi-frère Wapitik demeuré dans leur territoire auprès de sa femme souffrante. Aonetta étreint son oki et, dans son for intérieur, demande à Loup-Curieux de veiller sur eux.

Arbre-Coupé ne cesse de regarder la Grande Rivière comme une mère retrouvée après bien des années de séparation.

— C'est elle, balbutie-t-il avec incrédulité comme s'il cherchait quelque chose qui lui éveille l'âme. Quelque chose qui lui fasse se sentir qu'il est bel et bien un de ses enfants. Adopté par les Attikameks à l'âge de trois ans, il n'a pour souvenirs que ceux de La Martre, sa sœur aînée, femme de Wapitik. Ses yeux se portent là où, jadis, sur une île, les siens étaient maîtres de cette rivière. Aujourd'hui, cette île (île aux Allumettes) n'est plus qu'un simple lieu de portage, et son visage s'assombrit.

Arbre-Coupé ressent son âme partir à la dérive sur ces eaux majestueuses. Il aimerait pouvoir s'accrocher à du tangible, tel l'oki d'Aonetta. Son passé à elle est jalonné de certitudes. Ici, son ancêtre a creusé un chaudron de bois, ici sa mère et sa grand-mère ont recueilli l'eau, ici son père a reçu le oki. Elle a des souvenirs. Et, bien que transmis, ils la rattachent à la famille et au peuple de son père et de sa mère. Ces souvenirs légitiment son retour à la Grande Rivière. Lui, dans son passé, rien ne le rattache à ce cours d'eau.

— La Grande Rivière, laisse échapper Mingam dans un souffle de ravissement en s'approchant de l'importante artère.

Arbre-Coupé jette un coup d'œil à son fils aîné. En cet instant et en cet endroit, il se rend compte à quel point

---

2. Le 4 août 1701, le traité de la Grande Paix est digné à Montréal entre les Français, leurs alliés et les Iroquois.

celui-ci l'irrite et le rend plus démuni encore. Il envie Mingam à cause de la richesse des souvenirs que sa grand-mère lui a transmis. Il le jalouse aussi d'avoir pris sa place dans le canot de Wapitik et aussi à cause de l'Ancienne qui n'a pas su voir l'homme en lui.

Arbre-Coupé tourne brusquement les talons et se dirige vers le canot qu'Aonetta commence à décharger.

— Que fais-tu là ?

— Je prends les écorces pour dresser les abris.

— Nous les dresserons plus loin, réplique-t-il.

— Père, ici, nous pourrions en profiter pour pêcher et nous reposer un peu, explique Mingam. Ce lieu est un endroit sacré pour ma mère.

— Il ne l'est pas pour moi. Nous partons.

— Attends. Les enfants et les femmes sont fatigués, argumente Mingam.

— Mon frère, ta femme et ton fils sont fatigués. Moi, je suis prêt à repartir. Et ma femme aussi, intervient Ashini en lançant un regard autoritaire à cette dernière.

— Tu as raison, reconnaît patiemment Mingam, mais cela ferait du bien à chacun de nous de s'arrêter ici, et nos ancêtres se réjouiront de notre présence là où ils ont vécu.

Ashini défie son frère du regard. Si Mingam avait dit « nous partons », il aurait dit « nous restons ». Mingam ayant dit « nous restons », alors il dit « nous partons », malgré son désir inavoué de s'arrêter C'est ainsi depuis toujours entre eux, et selon Ashini, depuis toujours, Mingam a le dernier mot.

— Cela nous ferait du bien, admet la femme d'Ashini en évitant de le regarder.

Ce dernier serre les mâchoires, furieux qu'elle ait pris position contre lui. Il la soupçonne de vouloir devenir la troisième femme de Mingam, parce que celui-ci est plus grand, plus fort et meilleur chasseur que lui. Sans un mot, il se dirige vers son canot, s'empare d'un paquet de fourrures et le lance violemment sur la grève.

*

Les femmes ont érigé les abris d'écorces de bouleau et se sont occupées du feu pendant que les hommes et Ours-Têtu, le fils aîné de Mingam, se sont employés à jeter leurs filets à l'eau. Heureux de se retrouver libres de leurs mouvements, les trois plus jeunes ont joué à cache-cache dans les buissons. De leur canot, Mingam et Ashini les entendaient rire et s'interpeller. Cette joie de vivre enfantine établissait une trêve entre les deux frères qui permettait d'apprécier le moment présent. Le soleil était doux, la brise, légère, et le brochet, vorace.

Avec grand appétit, ils se sont régalés de leurs captures, puis les femmes ont suspendu les poissons qui restaient au-dessus du feu recouvert de bouleau pourri afin de les fumer.

Petit-Renard s'est endormi sur les cuisses de sa mère La Souris. D'un geste affectueux, elle lui caresse les cheveux et, de temps à autre, lui accorde un regard plein de tendresse. Tout comme elle, le garçon est plus petit que la normale. Âgé de sept ans, il en paraît à peine quatre. Cependant, comme le renard, il est rusé, vif et fait déjà preuve d'astuce. Quoi qu'en dise son beau-frère Ashini, elle a confiance en l'avenir de son fils unique. Ce que la nature ne lui a pas donné en os et en muscles, elle le lui a donné en intelligence et en caractère. C'est ce que croit aussi son père.

La Souris échange un regard complice avec Mingam, et son ventre s'émeut. Ce soir, c'est avec elle qu'il s'accouplera. Comme elle aime se retrouver dans ses bras, sentir sa morsure dans son cou et son membre dur la pénétrer! Comme elle aime Mingam qui a accepté de la prendre pour seconde épouse et comme elle s'estime privilégiée de pouvoir le partager avec Aile-d'Outarde qui, étant dans sa lune, s'isole le plus possible des autres. Aile-d'Outarde représente la force tranquille et la générosité. Elle a donné deux enfants à Mingam : Ours-Têtu et Brume, une fille de neuf ans. Des enfants colossaux, paisibles et vaillants à l'image de leurs parents.

La Souris goûte avec délice ce moment de repos. C'est en partie à cause d'elle qu'ils se sont arrêtés ici, le portage des Grandes Chutes ayant eu raison de ses forces, et aussi à cause de la profonde émotion qu'inspire ce lieu à sa belle-mère Aonetta. Mais, tout le monde y a trouvé son compte et, à l'exception d'Ours-Têtu fouinant le long de la berge à la recherche de poules d'eau, ils sont regroupés autour du feu, chacun rentré en lui-même, à regarder danser les vaguelettes dorées de la Grande Rivière.

Large et majestueuse, elle lui rappelle le fleuve à Métabéroutin. Gonflée par les eaux de ses nombreux affluents, dont la Wabozsipi, elle proclame son importance. Pour les membres de sa belle-famille, elle est comme un cordon ombilical qui les abreuve et les relie à leur passé. À leurs ancêtres. À l'Ancienne à qui ils ont rendu hommage au pied des Grandes Chutes où Mingam et Wapitik l'ont enterrée. Son beau-frère Ashini en a profité pour lui présenter sa fille. « Grand-mère, voilà N'Tsuk. À sa naissance, il y a huit ans, je te l'ai offerte en lui donnant ton nom. J'espérais que tu étendes ta protection sur moi et ma famille, mais j'ai perdu mes deux fils en bas âge… Vois comme ma fille N'Tsuk est belle. Je te l'offre encore une fois et te demande de déposer un fils vigoureux dans le ventre de ma femme comme tu en as déposé un dans le ventre d'une des femmes de Mingam. » Sur ce, Ashini avait lancé un regard mauvais à Petit-Renard en le qualifiant de moitié d'enfant. La Souris en avait éprouvé un vif chagrin, Mingam, de la colère, Aonetta et Arbre-Coupé, de l'indignation. Cependant, personne n'avait répliqué.

Ashini avait droit d'exprimer sa pensée, et sa femme Feuille-Verte, habituée à ne pas exprimer la sienne, avait baissé les yeux. Depuis, les frictions entre Mingam et Ashini se sont multipliées au grand dam d'Aonetta pour qui ce voyage revêt un caractère sacré. La Grande Rivière parviendra-t-elle à réconcilier les deux frères ?

— Des ennemis ! Des ennemis ! crie soudain Ours-Têtu en faisant irruption, les yeux exorbités. Là-bas, ils s'en viennent sur l'eau.

En un bond, ils se retrouvent tous sur pied, les hommes s'emparant de leurs armes, les femmes reculant avec les enfants vers la forêt.

Arbre-Coupé s'empresse vers la rivière, devançant ses fils. La rage décuple ses forces. Cette rage accumulée depuis tant d'années et transformée en amertume. Cette rage qui l'a miné et grugé de l'intérieur, sapant son identité et le plaçant en état d'infériorité dans sa famille. Elle couvait sous ses cendres, cette rage. Et voilà qu'une phrase, tel un coup de vent, fait rougeoyer les tisons. «L'ennemi s'en vient. » Et la flamme grandit. Grandit en lui qui se tapit dans les broussailles. L'ennemi responsable de son infortune s'approche. Vengeance !

La silhouette de cinq canots se découpe sur un ciel de feu. Aveuglé par le soleil et les reflets sur l'eau, Arbre-Coupé ne peut en identifier les occupants. Ses fils le rejoignent, l'arc prêt à être tendu. Une main en visière, ils tentent vainement à leur tour de deviner à quelle tribu appartiennent ces rapides canotiers.

Un craquement de branches derrière eux les fait tous trois sursauter. Ils font volte-face et aperçoivent Ours-Têtu dont les membres démesurés de jeune animal en croissance lui donnent une allure pataude.

— Retourne avec les femmes, chuchote Mingam.

— Je veux être avec les hommes…

— Va les protéger. Va.

Ours-Têtu s'accroupit près d'eux. À son expression butée, tous comprennent que rien ne le fera bouger de là. Avec détermination, l'adolescent encoche une flèche à la corde de son arc. Ne le considère-t-on pas comme un homme quand vient le temps de faire équipe dans le canot avec La Souris ? Pourquoi alors serait-il exclu au moment de combattre ? questionne tout son être.

La vision de ces hommes pagayant avec force et adresse sur des vagues de lumière évoque dans l'âme d'Arbre-Coupé l'image de son peuple disparu. Qui sait, peut-être y a-t-il eu des survivants qui auraient repris leur commerce et leur poste sur l'Île ?

— Ils ont les cheveux relevés, chuchote Ours-Têtu.

— Des Outaouaks [3], souffle Arbre-Coupé en plissant davantage les yeux.

— Je vois des cheveux relevés, moi aussi, informe Mingam.

— Moi pas, réplique aussitôt Ashini.

— Attendons.

La flottille se rapproche et permet bientôt d'identifier les canotiers.

— Des Outaouaks... Soyons quand même prudents, maugrée Arbre-Coupé, sentant sa rage redevenir à l'état latent.

De mémoire d'homme, ces Anishnabecks n'ont jamais été en guerre contre eux. Par contre, ils n'ont jamais été intimement associés à la Grande Rivière comme le furent ses ancêtres de l'Île et, pour cette raison, Arbre-Coupé les considère comme des imposteurs.

Apercevant la fumée de leur campement, les Outaouaks se dirigent vers elle et accostent en douceur.

---

3. Outaouaks, Outaouais, Odawas ou Ottawas : appartenant à la famille algonquienne, ils occupaient la région de Michillimakinac. Après la destruction du pays des Ouendats, ils sont devenus les principaux intermédiaires entre les Français et les peuplades de l'Ouest.

Parlant un dialecte de la langue algonquienne, ils parviennent à se faire comprendre. Ils descendent vers un gros village de Français (Montréal) pour la foire de la fourrure. Jetant un regard calculateur sur leurs paquets de pelleteries, ils offrent de les prendre pour les échanger à leur place, promettant de leur ramener les marchandises désirées.

Décidé à réinstaurer sa légitimité de négociateur, Arbre-Coupé devance Mingam et répond qu'il croit sa famille en mesure d'effectuer elle-même le troc avec les Français. D'un ton hautain, le chef du groupe outaouak lui souligne que leur tribu a été la première à fumer le calumet lors du traité de la Grande Paix, l'année dernière, signe que les Français les tiennent pour leurs plus importants alliés et partenaires[4]. Donc, s'ils les laissent troquer à leur place, les Outaouaks obtiendront plus de marchandises, car ils connaissent la valeur des articles et se débrouillent en français, quoique, la plupart du temps, les Français s'efforcent de parler leur langue.

— Nous connaissons la valeur des articles pour avoir traité avec les Yangisses, et une de mes femmes sait parler français, intervient Mingam avec aplomb se montrant ainsi solidaire de son père.

— Pourrait-elle t'avoir un bâton de feu comme celui-ci qui n'a pas besoin de trépied ? réplique l'homme en exhibant un mousquet[5]. Moi, je peux. Je peux aussi t'avoir de la poudre et des balles… Les Yangisses ne vont plus à la Mer des glaces[6], et leurs bâtons de feu ne sont pas d'aussi

---

4. Craignant que les Outaouaks (Outaouais) ne deviennent alliés des Iroquois et n'établissent ainsi des liens commerciaux avec les Anglais, les Français leur accordèrent une place prééminente lors de la Grande Paix.

5. Après 1700, le fusil à platine à silex ne nécessitait pas un trépied.

6. Signé en septembre 1697, le traité de Ryswick confirme les conquêtes de D'Iberville dans la baie d'Hudson qui demeureront à l'avantage des Français jusqu'en 1713.

bonne qualité que ceux des Français… Vous êtes de bons chasseurs, ça se voit, mais avec cette arme, vos chasses seraient meilleures… Regardez dans nos canots. Regardez comme nos chasses ont été bonnes.

Effectivement, de nombreux ballots emplissent les embarcations à tel point qu'Arbre-Coupé se demande comment elles pourraient en contenir davantage. Toutes ces fourrures représenteront une formidable monnaie d'échange une fois rendues chez les Français. Cela confirme ce qu'il a toujours soutenu : Mingam et Wapitik auraient mieux fait de leur obtenir des mousquets plutôt que de s'entêter à respecter les conseils de l'Ancienne en leur rapportant des épées anglaises.

Voyant revenir femmes et enfants de la forêt, l'Outaouak poursuit en haussant le ton à leur intention.

— Il y a la maladie aussi. L'an passé, il y avait des morts tout le long de cette rivière… Et des morts à Molian[7]. Si les Français peuvent donner la maladie, ils peuvent aussi nous protéger d'elle. Notre chef a demandé à Onontio[8] de nous protéger pour le voyage de retour, et il l'a fait. Parler français ne suffit pas, il faut être leur ami.

— Nous leur offrirons notre amitié, réplique Mingam.

— Où sont vos colliers de perles[9] pour Onontio ? Où dresserez-vous votre campement ? Onontio ne voudra pas vous recevoir en sa demeure, mais nous, depuis deux générations, nous y allons, et les Français ont donné notre nom à cette rivière. Ce qui vient de nous aura plus de valeur que ce qui vient de vous, termine l'homme en bombant le torse d'orgueil.

---

7. Molian, Moniang ou Monian : indianisation de Montréal.
8. Onontio : nom donné à tous les gouverneurs et représentants de l'autorité en Nouvelle-France, en l'occurrence à Callières. Lors du traité de la Grande Paix, une épidémie meurtrière sévissait à Montréal.
9. Colliers de perles : wampums. Cadeau d'usage lors de trocs, de traités ou d'ententes.

– Nous verrons bien, lance Ashini jusqu'alors silencieux, assurant par son attitude la cohésion des hommes de la famille.

– Oui, nous verrons, répète Arbre-Coupé, soulagé mais surpris de voir ses fils se ranger d'un commun accord derrière lui.

Les Outaouaks repartent alors en les regardant de haut. Et eux restent sur la grève, le cœur givré par le désenchantement. Ils ont tant rêvé de cette rivière, tant de fois descendu en pensée la Wabozsipi. Et voilà qu'elle a perdu jusqu'à son nom et porte celui de ce peuple que, demain, une guerre ou la maladie pourrait faire disparaître. Arbre-Coupé la contemple d'un œil perplexe. Comment se rattacheront-ils à elle désormais ?

*

Le lendemain.

Le canot de Mingam ferme la marche de leur convoi. En tête navigue le canot de son père et de sa mère qui ont pris Petit-Renard à bord. Presque à la même hauteur suivent Ashini avec sa femme et leur fille N'Tsuk. Dans le canot juste devant celui de Mingam prennent place Aile-d'Outarde, sa première épouse, et leur fils Ours-Têtu. Ce matin, le garçon s'est montré soulagé d'être jumelé à sa mère plutôt qu'à sa tante, car La Souris n'est pas de taille à faire équipe avec lui. Mingam se reproche d'ailleurs de ne pas s'en être aperçu plus tôt. C'est au cours de la nuit qu'il s'est rendu compte à quel point sa deuxième épouse se dépensait physiquement. Elle reposait contre son flanc, à peine plus grande qu'une enfant. Avec elle, il goûtait des jouissances qu'Aile-d'Outarde ne lui procurait pas. Sa main était plus audacieuse, sa bouche plus gourmande, son sexe plus mouillé. Avec elle, il pouvait recommencer, mais, cette nuit, quand il a voulu la reprendre, elle dormait si profondément qu'il n'a osé la réveiller. Sa main s'est alors promenée doucement sur le corps de la femme. Comment des bras si minces parvenaient-ils à pagayer au rythme des autres? Et comment de si fragiles épaules transportaient-elles de si lourds bagages? Il lui palpait les bras et les cuisses, partout de chair ferme tendue sur l'ossature délicate. La force de La Souris résidait dans sa volonté. Sa constance. Sa ténacité. Curieusement, lui si grand et si puissant se sentait petit près d'elle qui, sans une plainte, donnait toujours son maximum. Quelle bonne idée il a eue de placer sa fille Brume au centre de l'embarcation et La Souris à l'arrière!

Le regard de Mingam se porte sur la berge où les pins séculaires déploient leur imposante ramure. Un vent régulier de l'ouest combiné au sens du courant favorise leur course vers l'est. Son esprit vagabonde. Se pose ici, là. Dans le passé, le présent, l'au-delà. Son esprit voyage, rejoint celui de l'Ancienne. Ne lui avait-elle pas prédit que toutes les femmes désireraient devenir siennes s'il devenait bon chasseur? «Voilà grand-mère, a-t-il murmuré devant sa sépulture au pied des Grandes Chutes, je te présente mes deux femmes. Elles sont sœurs et elles comblent mes désirs. Et moi, je les satisfais toutes deux et je leur apporte quantité de gibier. Avec moi, elles n'ont ni faim ni froid. Pas plus que nos enfants. »

Mingam se remémore sa demande auprès du grand-père d'Aile-d'Outarde afin de la prendre pour femme. Affaibli par la maladie, celui-ci avait longuement réfléchi avant de desserrer les lèvres. «Tu es un bon chasseur et je t'aime bien, avait-il dit. Aile-d'Outarde aussi t'aime, et elle te fera une bonne épouse. Mon cœur se réjouit de votre union, mais celui de La Souris souffre d'être séparé de sa sœur. Elle s'est proposée de devenir ta seconde épouse. Elle est petite, mais son courage est grand, et elle saura t'être agréable. De plus, elle parle un peu le français. Cela pourrait te servir, car les Français se sont rendus là où les trompettes sonnent pour porter la guerre aux Yangisses. Tu me demandes la plus vieille. Prends donc la jeune aussi. Avec toi, elles seront bien. Tu es un bon chasseur, et jamais ta langue n'a goûté l'eau-de-feu. Prends-les toutes les deux, et j'aurai l'esprit en paix. » Alors, il les a mariées toutes les deux et, durant l'hiver qui suivit, le grand-père de ses femmes partit pour le grand voyage.

Le soleil brille à son zénith dans un ciel exempt de nuages. En route depuis la barre du jour, ils pagaient avec constance et au même rythme, l'enthousiasme des uns s'étant ajusté à l'inexpérience des autres. Ainsi, sans s'épuiser, ils ont parcouru une distance appréciable, émerveillés par la splendeur de la rivière, par les terres basses qui la bordent de chaque côté et où s'élancent les pins majestueux, par les îles nombreuses où foisonnent cèdres et plantes variées et par d'innombrables oiseaux de toutes sortes qui s'envolent, plongent, barbotent. Une lumière crue, totale, rebondit sur l'eau et les éblouit, provoquant une fatigue oculaire. Il serait sage de s'arrêter pour prendre du repos et manger un morceau, mais d'après les indications de l'oncle Wapitik, ils sont si près de la Oueskarinisipi, et leur désir est si grand d'atteindre ce lieu ancestral de rencontre qu'une énergie commune les stimule à continuer. Qui sait, peut-être que d'autres survivants de la guerre des Iroquois se sont déplacés comme eux et sont regroupés à l'embouchure de cette rivière ?

Mingam devine la fébrilité de sa mère. Que de fois il a surpris dans ses yeux l'étrange lueur du rêve quand grand-mère en parlait. Plus que tout autre, Aonetta a soif de ce lieu, et c'est pourquoi il a suggéré que son canot prenne la tête du convoi. Hélas, Ashini la talonne de si près qu'en quelques vigoureux coups de pagaie, il pourrait la devancer.

Peut-être est-ce souhaitable? Pour il ne sait quelle raison, Mingam craint que sa mère ne soit déçue. Ce pèlerinage sur la Grande Rivière prend une drôle de tournure. Son père se montre facilement irritable, alors que son frère Ashini ne cesse de le contredire et de remettre en question ses décisions, obligeant sa femme à l'appuyer par d'éloquents regards. Ils ne devraient pas attendre trop de choses de la Grande Rivière, mais simplement apprécier le voyage à l'instar des enfants et de ses deux femmes qui n'ont aucun lien avec le cours d'eau. Ni de souvenirs transmis comme celui de ces deux cousines se parlant des garçons en se faisant belles au bord de l'eau. L'Ancienne lui a-t-elle offert le charmant spectacle d'Aile-d'Outarde et de La Souris se regardant dans le miroir au bord de l'eau afin de l'influencer à accepter la plus jeune comme seconde épouse? Il croit que oui. Cet esprit l'accompagne et, d'imprévisible façon, sa grand-mère communiquera avec lui au cours du voyage. Peut-être sera-ce à la Oueskarinisipi, qu'Aonetta devrait apercevoir sous peu.

Soudain, cette dernière cesse de pagayer et demeure interdite. Comme pétrifiée. Est-elle saisie d'émotion? D'admiration? Le canot d'Ashini la rejoint et s'arrête aussi. Que se passe-t-il? Mingam arrive à leur hauteur. Et là, il voit. Puis il comprend.

À l'embouchure de la rivière, une habitation de rondins se dresse et, venus d'en aval, cinq canots contenant chacun trois hommes s'apprêtent à accoster.

— Des Étrangers au visage pâle, laisse échapper Aonetta, en branlant la tête de gauche à droite comme pour nier une telle évidence.

— Des Français, précise Mingam en observant ces hommes débarquer des canots et commencer à les décharger sur la plage. Deux autres individus sortent de la cabane et se portent au-devant d'eux. Rires et exclamations fusent. Ils ont l'air heureux de se rencontrer et font sûrement affaire ensemble puisqu'ils transportent à présent des paquets dans l'habitation [10].

Mingam rencontre les yeux de sa mère où la lueur du rêve s'est muée en colère. Brutale, la réalité s'impose. Les Français sont là, installés en ce lieu de rencontre depuis des siècles. Là où des générations de Oueskarinis ont chassé l'outarde au printemps et célébré leurs fêtes et mariages en été. Effrontément là où les leurs étaient. Ils ont pris possession de l'endroit et semblent s'y trouver bien à leur aise. Comme dans leur pays.

Un de ces hommes lève le bras dans leur direction, indiquant leur présence sur la rivière et presque aussitôt, par grands signes, le groupe entier les invite à s'approcher.

Mingam consulte les siens. Bien sûr, ils s'attendaient à voir des Français, mais pas si en amont. Ni en si grand nombre. Qui sont ceux-là et que font-ils sur la rivière ? Amplifiées par l'eau, des paroles leur parviennent.

— Comprends-tu ce qu'ils disent ? demande Mingam à La Souris.

— Ils disent d'aller les voir… ils ont des marchandises pour nous.

— Allons-y, s'empresse de proposer Ashini. Les Outaouaks s'en allaient chercher des marchandises. Eux, ils ont apporté les marchandises jusqu'ici. Ma femme aimerait bien avoir un chaudron, ajoute-t-il, fournissant ainsi à celle-ci un motif valable de le seconder.

— Allons plus loin, propose Aonetta qui, instinctivement, se braque contre ces usurpateurs.

— Pourquoi ? Les Français sont ici avec leurs marchandises… La Grande Rivière est à tout le monde maintenant, lance Arbre-Coupé.

---

10. Dès 1670, les Français avaient établi un comptoir de traite à l'embouchure de la rivière Petite-Nation.

La véracité de cette affirmation provoque un silence de réflexion. En effet, à quoi bon faire cet amer constat de kilomètre en kilomètre?

Les invitations des Français se font insistantes.

– Ils ont de beaux grands chaudrons, traduit La Souris, de grandes couvertures de laine… de l'étoffe…

– Ils ont peut-être la maladie aussi, fait remarquer Aile-d'Outarde d'un ton méfiant.

Plus que tout ils craignent ces maladies que les Français, par maléfices et sortilèges, ont le pouvoir de leur transmettre. Bien plus que les guerres, ce sont elles qui ont décimé des tribus entières. Des peuples entiers.

Si sûr de lui il y a un instant à peine, même Ashini semble maintenant hésiter. Sa femme a perdu deux garçons en bas âge et pour rien au monde il ne voudrait perdre la fille qui leur reste.

– Ils ont de la farine de maïs… beaucoup de farine de maïs, poursuit La Souris dans son rôle d'interprète.

– On dit que la maladie est dans leur farine… qu'il ne faut pas en manger, prévient Aonetta.

C'est ce que l'on raconte dans le secret des wigwams. La farine des Ouendats n'a jamais rendu malade. Jamais tué. Mais celle des Étrangers au visage pâle, c'est selon. Après une brève concertation, ils décident de poursuivre leur route.

De nouveau, des paroles les rejoignent, cette fois-ci en langue outaouake prononcée avec un fort accent.

– Nous sommes amis… Amis.

Arbre-Coupé ralentit la cadence.

– S'ils sont amis, nous n'avons pas à craindre la maladie.

– Leur parole est empoisonnée… Tout ce qu'ils veulent, ce sont nos fourrures, réplique Mingam au souvenir de la mise en garde de Wapitik au moment de leur départ.

– Nous sommes amis... Notre farine est bonne... Notre tabac aussi... Venez fumer avec nous... Du bon tabac noir [11].

Comment refuser une telle offre ? Fumer ensemble n'est-il pas un acte officiel scellant l'amitié, le partenariat ou la paix ? Ces Français ne leur offrent-ils pas de traiter d'égal à égal avec eux ? Ne leur garantissent-ils pas leur amitié, si nécessaire pour se protéger de la maladie ?

– On ne peut refuser l'amitié, déclare Arbre-Coupé en faisant faire demi-tour à son canot.

Vivement, Aonetta lui manifeste son désaccord. Aussi vivement, il lui décoche un regard sans équivoque. Il revient à l'homme de décider, non à la femme. C'est lui le doyen du groupe, et il va reprendre le rôle que Mingam lui a usurpé avec l'aide de sa grand-mère. Il n'a pas d'amulette au cou ni n'a été choisi pour accompagner Wapitik dans ses voyages, mais ses ancêtres ont jadis été maîtres des échanges à partir de leur Île, et il sait reconnaître une offre de partenariat.

Ashini lui emboîte le pas et, avec un léger retard, Mingam. Ce fils-là a contracté la mauvaise habitude de passer par un intermédiaire, songe Arbre-Coupé. De plus, il a accordé sa préférence aux Anglais du nord qui y ont été délogés par les Français. Où qu'ils aillent désormais, c'est avec ces derniers qu'ils doivent faire le troc.

Arbre-Coupé se considère personnellement invité à fumer avec eux. Premier à réagir, il s'apprête à accoster. Sur la plage, on court vers son embarcation et, à la façon dont on l'accueille, il comprend qu'on le considère comme le chef du groupe, ce qui le ravit et le raffermit dans sa décision.

---

11. Tabac noir : tabac du Brésil qui passait par La Rochelle, plus prisé que le tabac blanc cultivé en Nouvelle-France.

– Viens fumer avec moi, offre un homme d'autorité en tassant le fourneau de sa pipe d'un tabac odorant. Puis, avec cérémonie, il sort un petit bâton de sa poche et en frotte un bout, faisant naître le feu par magie. Ébloui par la promptitude avec laquelle la flamme a jailli au bout de l'allumette, Arbre-Coupé ne peut cacher ni son admiration ni la fascination qu'exerce sur lui l'éventuel partenaire. Lui, pour obtenir une telle flamme, il aurait d'abord dû allumer une petite éclisse de bois bien sèche au moyen d'étincelles produites par le choc de deux pierres à feu, pour enflammer ensuite de l'écorce de cèdre pulvérisée en soufflant doucement dessus.

Respectant leurs coutumes, cet homme capable de faire naître instantanément le feu lui présente la pipe afin qu'il en tire la première bouffée.

– Vois comme mon tabac est bon.

Arbre-Coupé inspire avec émotion. Il se sent honoré, restauré dans sa dignité. En expirant, il regarde monter la fumée, souffle visible de l'alliance. Le Visage-Pâle fait de même, et leurs souffles se mêlent, montent vers le Grand Esprit, témoin de leur geste.

– Ton tabac est bon, confirme Arbre-Coupé en reprenant la pipe de nouveau offerte.

– J'en ai pour toi… Viens voir. Viens.

L'homme pose une main amicale sur l'épaule d'Arbre-Coupé et l'entraîne dans l'habitation, pendant que le reste du groupe demeure en présence des autres Français sur la plage. Ceux-ci reluquent leur cargaison en s'échangeant des commentaires que La Souris traduit à voix basse à Mingam.

– Ils disent que nos vieilles couvertures[12] de castor valent beaucoup… Ils veulent tout prendre pour éviter

---

12. Couverture constituée de fourrures cousues ensemble, elle servait aussi comme robe ou mante. Portée contre le corps, les longs poils en étaient éliminés, ce qui donnait à la fourrure une plus grande valeur, les Européens n'utilisant que le duvet pour la fabrication du feutre à chapeau.

que nous allions plus loin… Ils pensent que ce sera facile avec nous, car aucun n'est vêtu d'étoffe… C'est là un signe que nous ne sommes pas habitués au commerce.

Sachant que ces hommes les tiennent pour des ignorants en la matière, Mingam se garde bien de leur faire savoir qu'il connaît les valeurs d'échange pour avoir commercer avec les Anglais. À l'exception de ses femmes, aucun d'entre eux n'a encore rencontré de Visages-Pâles en chair et en os. Silencieux et attentifs, ils observent donc ces hommes poilus qui dégagent une forte odeur et qui, sans vergogne, examinent le contenu de leurs canots, supputant le profit à en tirer.

Le temps passe. Mingam s'impatiente. Il lui tarde de voir revenir son père afin de l'informer des intentions de ces marchands, espérant qu'il n'ait pas déjà conclu de marché. Ashini se rapproche de lui, inquiet de voir un des hommes caresser les nattes et les joues de sa fille. D'une beauté exceptionnelle, N'Tsuk semble saisie d'effroi devant l'étranger qui lui parle d'un ton doucereux.

– Qu'est-ce qu'il lui dit? demande Ashini à La Souris.

– Qu'elle est belle… très belle pour une petite Sauvagesse… Qu'il est dommage qu'elle soit avec nous… Qu'avec lui, elle serait mieux.

Mingam sent le corps d'Aile-d'Outarde se contracter tout entier à ses côtés. Elle a les poings noués, les mâchoires serrées, le regard fixe et haineux. Petit-Renard s'interpose alors entre son inséparable compagne de jeu et le Français qu'il dévisage avec curiosité. Les yeux vifs et fortement bridés du gamin fixent la barbe noire et touffue bariolée de gris.

– Bouh! lance l'homme en faisant de gros yeux pour l'effrayer.

Plutôt que de reculer, Petit-Renard plonge la main dans la broussaille poilue et tire de toutes ses forces. Aussitôt, une formidable gifle l'envoie rouler par terre, et

Mingam bondit sur l'agresseur de son fils. À cet instant précis, Arbre-Coupé revient vers eux. Il a tout vu. Le chef des Français aussi, qui condamne avec force gestes le coupable que Mingam libère de ses mains furieuses.

Arbre-Coupé relève Petit-Renard encore tout étourdi et lui pose affectueusement la main sur la tête. Il doute maintenant des paroles de paix échangées avec le chef du groupe. Ainsi, pendant qu'il accomplissait un geste de fraternité à l'intérieur de l'habitation, à l'extérieur, on frappait son petit-fils. De quel droit s'est-on permis cela ? La rumeur veut que les Français battent leurs enfants. Soit. Mais ils n'ont pas à battre les enfants de ce pays. Wapitik et Mingam ont-ils raison de prétendre que ces étrangers ne les aiment que pour leurs fourrures ?

— Nous sommes amis, plaide le chef des Français, et en amis, nous allons réparer l'offense.

Un ordre bref, un coup d'œil sévère, et le fautif détache le couteau à sa ceinture pour l'offrir à Petit-Renard qui se presse contre la cuisse de son grand-père.

— Prends, morveux ! ronchonne-t-il avec humeur.

Petit-Renard hésite. Prudent, il étudie celui qui, en si peu de temps, est passé d'un geste d'agression à un geste d'amitié. Pourquoi accepterait-il ce présent, questionnent ses prunelles d'un noir profond. Jamais un adulte ne l'a frappé. Pourquoi celui-ci l'a-t-il fait ? Que cache ce sourire aussi faux que soudain, dans cette touffe de vilains poils ?

— Allez, prends, morveux. C'est à toi. Regarde comme il est beau.

Petit-Renard examine le fil de la lame du bout de l'index. À n'en pas douter, il est beaucoup plus tranchant que celui de son petit couteau de silex. C'est là un cadeau de qualité. Mais, peut-on qualifier de cadeau un objet offert avec réticence ? Il sent l'homme si hostile en dépit de ses simagrées censément amicales.

— Accepte-le au nom de ton petit-fils, suggère le chef des Français à Arbre-Coupé.

— Ce n'est pas moi l'offensé, répond ce dernier d'un geste de dénégation, laissant Petit-Renard déterminer l'issue de leurs échanges.

Moment de silence. Tous observent l'enfant. Mingam sait à quel point les Français souhaitent que Petit-Renard accepte le couteau. Auparavant si sûrs d'eux, ils lui paraissent à présent décontenancés. Ils ne s'attendaient pas à une telle attitude de leur part et, à voir leur expression, ils craignent de perdre une belle affaire. Mingam n'a aucun désir de faire la traite avec ces gens cupides et avides qui les considèrent comme des moins que rien. Ils répondent parfaitement à la description négative qu'en avait donnée l'Ancienne, et leur farine est sûrement contaminée. Il sent l'esprit de son aïeule planer. Esprit qui a guidé le geste de Petit-Renard révélant le vrai visage des Français. Qui a parlé par la bouche de son père et qui inspirera la décision de son fils.

— Tiens, morveux ! C'est à toi. Qu'on en finisse ! s'impatiente l'homme en ouvrant de force les doigts de Petit-Renard pour y insérer l'arme.

L'enfant la regarde. C'est à peine si ses doigts courts peuvent se refermer sur elle. Il tend le couteau à l'homme afin qu'il le reprenne. Celui-ci recule.

— Non, non. C'est à toi, maintenant.

Un sourire astucieux se dessine sur les lèvres du gamin. D'un geste lent et posé, il retourne la main et laisse choir l'arme sur le sable.

Voilà. L'esprit a parlé.

*

Longtemps, la Grande Rivière les a mis en confiance avec son cours lent et paisible. « Mais non, leur susurrait-elle de ses vaguelettes inoffensives béquetant le flanc de leurs

91

canots, mais non, je ne suis pas vilaine. Regardez comme je suis tranquille. »

Sereine et souveraine, elle prenait des allures de lac et s'étendait, docile, entre ses rives de plus en plus distantes. Comment croire qu'elle leur barrera la route quelque part en aval avec les redoutables rapides de Kichedjiwan [13] ? L'Ancienne parlait souvent d'eux. De leur incroyable vitesse. De leur violence. Et de la nécessité des portages ou des passages à la cordelle qu'ils imposaient.

Kichedjiwan comprenait une série de trois chutes correspondant à des gradins de dénivellations [14]. À la descente du courant, il était parfois possible de les sauter. Pour cela, il fallait s'arrêter en un endroit précis en amont du premier saut où l'on pouvait laisser les embarcations dans le contre-courant pour aller vérifier à pied la faisabilité de la manœuvre. Tout dépendait de la crue du printemps et, habituellement, on profitait de l'occasion pour offrir du tabac au manitou du torrent.

Depuis qu'ils l'ont empruntée, la rivière leur a fait miroiter un parcours sans problème. Hypnotisés par la régularité et la facilité de leurs coups de pagaie, tous ont commencé à y croire. Mais voilà qu'ils perçoivent un grondement au loin. « Bien avant d'arriver, disait l'Ancienne, les oreilles entendent le tonnerre de Kichedjiwan. » Oui, ça gronde au loin. De façon puissante et menaçante. À quelle distance ? Personne ne saurait le dire, mais d'après la langueur du courant, ce doit être encore assez loin. « Bien avant d'arriver », répétait l'Ancienne.

D'instinct, tous les canots se rapprochent les uns des autres, et Mingam prend la tête du convoi.

---

13. Rapides de Kichedjiwan : mot algonquien signifiant « grand courant » et désignant les rapides du Long-Sault à hauteur de Carillon, sur la rive nord, et de Pointe-Fortune, sur la rive sud, et lieu du célèbre combat de Dollard des Ormeaux..

14. Ces trois rapides s'étendaient sur une longueur de 16 kilomètres.

– Tu crois que nous trouverons l'endroit où il faut descendre ? lui demande Ashini.

– Oui, grand-mère m'a décrit cet endroit.

– Ça fait plus de soixante ans qu'elle y est passée. Les choses changent.

– Pas ces choses-là.

– L'eau n'est ni trop haute ni trop basse sur les berges. Ça nous permettrait de sauter les rapides.

– Nous irons vérifier. Il faut être prudent. Nous avons nos familles avec nous… Et puis, Ours-Têtu n'a pas beaucoup d'expérience.

– Oui, je sais. C'est plus prudent. Sacré Ours-Têtu ! taquine Ashini en faisant gicler l'eau sur son neveu d'un coup de pagaie.

– Je suis prêt, moi. Je n'ai pas peur, assure le garçon en tentant de remettre le coup à son oncle qui se défile en abordant le canot de ses parents.

– Et toi, mon père, tu crois que nous pourrons sauter ?

– Possible… d'après l'eau des berges, mais je dis comme Mingam : il faut aller vérifier avant et demander la protection du manitou, conclut Arbre-Coupé en fronçant les sourcils.

Aucun d'eux ne sait vraiment à quoi s'attendre, et l'appréhension se lit sur les visages. On entend au loin comme une bête en colère, rugissante et impatiente de les avaler.

Tantôt enjoué et fanfaron, Ashini se montre grave et vigilant. Hier encore, il prétendait pouvoir s'engager dans les rapides sans les avoir vérifiés au préalable, alors que tous les autres préféraient user de prudence. Seul Ours-Têtu abondait en son sens. Mais, à cet âge, on n'a guère conscience du danger et, à l'instant présent, Ashini mesure la légèreté de ses paroles. En réalité, il les a lancées à la figure de Mingam pour le contredire sans penser qu'Ours-Têtu y prêterait foi. Maintenant le garçon se croit de taille à affronter l'obstacle inconnu, et il est doté d'un telle force doublée d'un tel entêtement que le pire est à craindre. Ne suffirait-il pas qu'il y ait confusion entre ses intentions et celles de sa mère faisant équipe avec lui ?

Jusqu'alors endormi, le cours de la rivière frétille sous l'embarcation. Alerte et vif, il semble vouloir les entraîner.

– Ça gronde pas mal fort là-bas, remarque Ashini d'un ton soucieux à l'adresse de son neveu.

– Oh ! Ça ne me fait pas peur.

– Je sais… Le courant est plus rapide aussi.

– Oui, j'ai remarqué.

– Il vaut mieux aller voir avant.

– Si j'étais seul, je n'irais pas.

– Mais tu n'es pas seul…

– Avec vous, je ferai comme vous. Seul, je foncerais dans les rapides… Ils ne me font pas peur, ajoute Ours-Têtu en lançant un regard de défi à l'horizon.

– Oui, je sais, répond Ashini à demi rassuré sur la volonté de son neveu à se soumettre à celle des autres.

Une ligne blanche apparaît au loin. « Ils sont si blancs d'écume, disait encore l'Ancienne, qu'on n'en voit pas l'eau. » Le courant s'accélère peu à peu, et chacun constate qu'il plonge la pagaie dans une masse en mouvement. Une masse qui file vers cette nappe blanche bouillonnante et bruyante d'où surgissent des îlots.

Mingam scrute la rive nord, tentant de repérer l'endroit où ils pourraient mettre pied à terre. L'eau se déplaçant de plus en plus vite, il dissèque d'un regard anxieux bosquets et rochers à la recherche d'une configuration répondant à la description de sa grand-mère. Saura-t-il la reconnaître ? L'esprit de l'Ancienne l'accompagne-t-il encore ?

La rivière en marche va droit devant, les charriant sur son dos. À présent, on distingue de traîtres rochers se dressant dans les remous, et l'on imagine les autres encore plus sournois cachés à fleur d'eau. La température de l'air ambiant chute sensiblement, et le bruit s'amplifie.

Le temps presse et presse Mingam de découvrir l'endroit où s'arrêter. Serait-il déjà passé devant ? Dans les trois canots qui suivent, on se fie à lui parce qu'il a hérité de la parole. Mais s'il se trompait ? Après tout, comme disait Ashini, cela fait plus de soixante ans. À écouter parler l'Ancienne, c'était là chose simple, mais il ne sentait pas, comme il sent actuellement, cette puissance en mouvance sous son canot. Cette puissance vivante et indépendante qui l'entraîne là où il ne veut pas aller. Une puissance aveugle et incontrôlable qui se jette depuis des siècles dans l'abîme par un étroit chemin bourré d'obstacles, tel un être indomptable capable de lui faire perdre la maîtrise de son canot. Déjà, sa pagaie se fait moins efficace. Il pressent l'urgence, et son sang se glace. Tout à coup, il aperçoit l'endroit en question.

– Ici ! crie-t-il d'une voix forte pour couvrir le tumulte.

Il ralentit sa course en plongeant profondément la pagaie où l'eau est moins rapide qu'en surface.

– Là ! a crié Ashini simultanément en indiquant un autre endroit plus en aval.

– Non, ici ! Non, là ! crient à pleins poumons les deux frères.

La confusion règne, et la rivière n'attend pas. Les canots d'Ashini, d'Arbre-Coupé et d'Ours-Têtu se font soudain happer par le courant. En vain, leurs occupants pagaient afin de rejoindre le rivage, exposant ainsi le flanc de leur embarcation, ce qui risque de les faire chavirer. Devant ce danger, Arbre-Coupé et Ashini décident de se laisser emporter par le courant plutôt que de le combattre.

En un éclair, Mingam aperçoit les yeux apeurés d'Aile-d'Outarde qui, à l'arrière, persiste à revenir vers la rive, et le front buté d'Ours-Têtu qui, à l'avant, travaille à gagner le courant.

– En avant ! En avant ! hurle-t-il en se propulsant vers eux, convaincu que là réside le seul moyen d'en réchapper.

Les voilà tous emportés par la rivière, entraînés comme de vulgaires morceaux d'écorce. Furieuse, maligne, elle se creuse, faisant mine de les avaler, puis, soudain, elle se redresse, bondit et les lance contre des rochers en leur crachant au visage. Impétueuse, elle leur donne à peine le temps de parer ses coups. À droite, à gauche, à l'envers, à l'endroit, les pagaies plongent et poussent.

Les canots tantôt descendent au creux des vagues, tantôt grimpent sur les crêtes. Et Mingam parfois les voit, parfois les perd de vue. S'il fallait que la rivière en engloutisse un ! S'il fallait que le manitou des chutes soit offensé parce qu'ils n'ont pas eu le temps de lui faire offrande de tabac !

– Protège-nous, grand-mère, protège-nous, supplie-t-il.

Pendant près d'une demi-heure, la rivière les éclabousse et les malmène pour finalement les rejeter, tous indemnes, au pied des rapides.

Éberlués, trempés de sueur autant que d'eau, les membres tremblants, ils s'échangent des regards de survivants. Plus blanc que l'écume vaincue, Ours-Têtu se met à vomir. Mingam s'approche de lui et lui pose une main sur la tête.

– Tu as fait là une chose d'homme.

– J'ai... j'ai eu peur, bredouille le garçon honteux.

– Tout homme connaît la peur. Seul le brave la surmonte.

Un sourire presque imperceptible apparaît sur les lèvres encore tremblotantes d'Ours-Têtu, alors que ses yeux s'illuminent de fierté.

Ashini lance un grand cri victorieux, déclenchant dans les poitrines essoufflées de semblables exclamations de joie et de triomphe. Les voilà dignes de la rivière. Les voilà à la hauteur de leurs ancêtres.

Arbre-Coupé sent qu'un lien très fort et mystérieux le rattache désormais à ces eaux. Exalté, il porte sur Aonetta un regard complice et chaleureux tout en frottant la tête de Petit-Renard, excité par ces sensations fortes.

Ours-Têtu et Mingam mêlent leur cri à ceux des autres, se libérant de tout ce qui leur est passé par la tête au cours de la descente. De tout ce qui a noué leurs tripes et raidi leurs muscles.

— Hier, j'ai dit qu'on pouvait sauter les rapides sans aller voir, rappelle Ashini avec une pointe d'orgueil.

— C'est parce que tu n'as pas voulu t'arrêter au bon endroit pour aller voir, rétorque Mingam.

— Ce n'était pas le bon endroit.

— Oui. C'était là qu'il fallait débarquer. Il y avait un contre-courant assez fort. On aurait pu approcher la rive sans problème. C'est ainsi que grand-mère le décrivait.

— Tu te sers toujours de grand-mère pour avoir raison. Moi, je dis que ce n'était pas là.

— Oui, c'était là. Par ta faute, nous avons risqué nos vies.

— Par ma faute, nous avons réussi. Arrête de te prendre pour le chef parce que grand-mère te préférait. Je peux faire comme je veux en tout temps.

Cette phrase clôt la discussion. Ashini invoque le droit au libre arbitre inhérent à leurs coutumes. Personne ne peut dire à quiconque de faire ceci ou cela. Pas même un chef.

Silence. Seul s'entend encore le grondement des rapides. Est-ce après avoir vécu ensemble un moment d'une telle intensité qu'ils vont se séparer ?

Un fort de pieux leur apparaît alors sur la rive nord d'où un canot s'élance à leur rencontre.

— Des Français, grogne Arbre-Coupé.

– Mon frère qui sait tout a-t-il l'intention de traiter avec eux? lance ironiquement Ashini.

Mingam s'abstient de répondre. S'il dit oui, l'autre dira non, c'est officiel. De toute façon, il ne sait pas s'il a envie de marchander ou non avec ces hommes qui foncent sur eux, têtes baissées, poings crispés sur la pagaie.

Un sentiment de supériorité se faufile dans l'âme de Mingam. Ces gens seraient-ils capables de sauter les rapides de Kichedjiwan avec femmes, enfants et bagages? Plus que jamais, ils lui apparaissent comme des intrus rapaces. Viennent-ils leur réclamer un droit de passage ou autre chose du même genre?

– Mon frère à la langue qui contredit va-t-il traiter avec eux?

Pour toute réponse, Ashini colle son canot contre le sien.

– Ils n'ont pas l'air de gens qui veulent traiter, remarque Arbre-Coupé en se rangeant à son tour aux côtés d'Ashini afin que leurs trois embarcations fassent front à celle des Français dont l'approche leur paraît agressive.

Petit-Renard profite de l'occasion pour attraper la main de N'Tsuk. Le visage encore tout émoustillé, il partage avec elle les impressions que leur a laissées cette formidable et longue glissade sur des montagnes d'eau. La fillette glousse en se rentrant la tête dans les épaules, comme pour réprimer de petits frissons retardataires.

Mingam les observe. Les envie de ne pas encore connaître les enjeux de la présence des Étrangers au visage pâle. Il aimerait pouvoir comme eux savourer l'euphorie d'avoir vaincu l'obstacle dressé sur leur chemin, mais les envahisseurs sont là qui les abordent et les empestent aussitôt de leur odeur répugnante.

– Vous avez vu des Français? s'informe l'un d'eux en les dévisageant l'un après l'autre.

– Oui, répond La Souris.

– Où ?

– Oueskarinisipi.

– Combien ?

– Beaucoup.

– Combien de « beaucoup » ?

L'homme exhibe ses deux mains, doigts étendus. La Souris répète le geste, plus une autre main.

– Les coquins ! grommelle l'homme qui semble être un chef. Ils ont dû passer de nuit, sur l'autre rive.

– Un de nos guetteurs a cru les entendre il y a quelques jours, mais le ciel était couvert et il n'a rien vu, explique, penaud, un subalterne.

– Ah ! Les diables de coquins. Ils nous sont passés sous le nez pour aller quérir des pelus[15] en se servant du comptoir de la Petite-Nation. P't'être qu'on leur mettra la main au collet à leur retour. Elle est point facile à faire respecter, c't'ordonnance[16].

Puis s'adressant à La Souris :

– Ils ont échangé avec vous ?

– Nous, voulaient point.

– C'est bien. Eux, ils n'ont point le droit.

L'homme jette un regard furtif sur les paquets.

– Nous, nous avons le droit, insinue-t-il, éveillant des regards avides et complices chez ses compagnons. Venez voir. Nous avons de beaux chaudrons… des couvertures de laine… de la belle étoffe… Ça sèche vite, l'étoffe. Beaucoup plus vite que c'te guenille.

D'un geste dédaigneux, l'homme indique le vêtement en cuir trempé de La Souris.

_____

15. Pelu : unité monétaire du commerce des fourrures, qui valait une peau de castor.

16. En 1696, dans le but d'enrayer la traite clandestine et de mettre fin à la contrebande, une ordonnance supprima les congés (permis de traite), interdisant la course des bois sous peine d'amendes sévères et de cassation pour les officiers.

– La peau sèche lentement et demeure raide. L'étoffe est toujours souple. Touche. Vois comme c'est souple, poursuit-il en offrant de palper la manche de sa chemise.

La Souris a un mouvement de recul.

– Je connais.

– Ouais, tu connais... mais tu n'as point.

Mingam déteste la façon dont l'homme discute avec sa femme.

– Qu'est-ce qu'il veut? demande-t-il avec impatience.

La Souris traduit ce qu'elle croit avoir compris, c'est-à-dire que les Français de la Oueskarinisipi n'avaient pas l'autorisation de pratiquer le troc et que, ceux-ci l'ayant, ils surveillent ceux qui passent.

– Moi, je n'échange pas avec quelqu'un qui empêche un autre de faire comme il veut, déclare Ashini en donnant un coup de pagaie pour s'éloigner.

– Moi non plus, ajoute Mingam en imitant son frère.

– Ni moi, renchérit Arbre-Coupé en se joignant à ses fils.

– S'ils se conduisent ainsi entre eux, un jour, ils seront ainsi avec nous, prédit Aonetta.

– Holà! Sauvages! Holà! Nous sommes amis. Nous avons ickote wabo[17] pour vous... Ickote wabo, crie l'homme en mettant sa main en porte-voix alors qu'ils s'éloignent.

Ickote wabo, l'eau qui trouble la raison. Mingam serre les mâchoires, furieux. Est-ce là le seul mot de leur langue que cet individu connaît? Comment peut-il prétendre être un ami et leur offrir cette boisson qui a déjà détruit bon nombre des siens?

Il accélère la cadence pour s'éloigner au plus vite, alors que la pagaie d'Ashini demeure une fraction de seconde

---

17. Ickote wabo: «eau-de-feu», boisson alcoolisée, rhum ou vin qu'on coupait d'eau pour les Amérindiens non habitués à en consommer.

en suspens dans l'air comme si, tenté par l'offre, il hésitait tout à coup.

Ce simple geste suffit pour plonger l'âme de Mingam dans l'inquiétude. Le jour où lui refusera l'eau-de-feu, son jeune frère l'acceptera-t-il?

Chapitre 7

Ickote wabo

Le lendemain.

À peu de distance de Kichedjiwan, à l'embouchure d'une petite rivière venant du nord, quelques maisons d'écorces en forme de tonnelle attirent leur attention. Ils remarquent alors des gens de grande taille, les hommes portant les cheveux dressés au centre de leur crâne rasé. Voilà l'Ennemi. L'euphorie d'être les vainqueurs des rapides tant redoutés fait place à l'amertume d'être les vaincus d'une longue guerre les ayant opposés à ces Iroquois qui les toisent de la berge. D'un même élan, ils se dépêchent d'échapper à cette réalité, chacun se remémorant la terreur vécue pendant des générations. Que vaut la paix conclue l'an dernier? Si elle existe en paroles, elle n'habite pas encore leur cœur que la simple vue de l'Iroquois remplit de haine.

Par moments, Mingam est tenté de rebrousser chemin et de ramener les siens dans leur refuge. Il ne craint rien pour lui-même, mais s'inquiète pour sa mère, pour ses femmes et ses enfants. Que leur réserve la Grande Rivière qui va en s'élargissant de plus en plus? Soudain, il aperçoit une fumée au-dessus d'une pointe de terre au loin, là où la rivière semble s'ouvrir toute grande. Il s'arrête, aussitôt imité par les autres qui se rapprochent afin de se consulter.

– Des Iroquois ou des Français? interroge Arbre-Coupé, visiblement encore troublé.

Haussement d'épaules. Impossible de savoir à cette distance.

– Il y a plus d'un feu, remarque Ashini.

– Plusieurs feux. Ils sont nombreux, confirme son père.

– Les Outaouaks ont parlé d'un gros village de Français, glisse Mingam.

Sans se prononcer ouvertement, les femmes trahissent leur inquiétude à la façon de regarder leur progéniture. Leur famille ne se retrouve-t-elle pas en un pays totalement étranger, portée par une rivière qu'ils ne connaissent que par les souvenirs transmis?

– Dressons nos abris pour la nuit. Le soleil achève sa course. Quand il reviendra, il éclairera nos esprits, suggère Arbre-Coupé au grand soulagement de Mingam qui voit Ashini adhérer à la proposition de leur père.

⋆

Le lendemain. Pointe de terre s'avançant dans le lac Canassadaga (Pointe de Oka, lac des Deux-Montagnes).

Ce matin, ayant entendu ou crû entendre des chants durant leur sommeil, ils ont décidé de poursuivre leur route jusqu'à cette pointe aperçue la veille. Avec bonheur, ils y ont trouvé de nombreux campements d'Anishnabecks que la nouvelle du traité de paix avait attirés. Survivants comme eux de la guerre et des maladies, héritiers de la Parole et de la Peur, sans s'être consultés, ils étaient revenus occuper ce site ancestral de séjour estival.

Sous la direction d'Aonetta, les femmes ont vite fait de dresser les abris, d'allumer le feu, de quérir l'eau et d'installer les perches à fumer. Voisins et voisines se sont présentés, offrant de petits cadeaux de bienvenue tels des fraises et des épis de quenouille, de la viande séchée, du poisson et des galettes de maïs. En un rien de temps, les enfants se sont envolés, participant aux jeux des autres, et Ours-Têtu s'est imposé dans un groupe d'adolescents, faisant valoir l'exploit d'avoir sauté les rapides de Kichedjiwan.

Tout au long de la journée, Mingam a eu un peu l'impression de vivre les grands rassemblements dont parlait l'Ancienne, sauf qu'on ne pouvait qualifier de retrouvailles ce groupement de gens issus de bandes et de tribus disloquées. Ils en étaient à l'établissement des liens, se cherchant des parentés de sang ou d'âme. Ainsi, il s'est lié d'amitié avec Le Hibou, arrivé la veille de l'île de Montréal. Avec lui, il a jeté ses filets à l'eau et ramené de grands maskinongés que leurs femmes apprêtent tout en conversant. Avec lui, il fume, enrichissant la Parole de celle léguée à cet homme en quête d'un territoire de chasse d'hiver. Père de trois fils dont l'aîné est de l'âge d'Ours-Têtu, il a toujours vécu dans le voisinage des Visages-Pâles. Mingam aurait bien aimé qu'Arbre-Coupé et Ashini assistent à l'entretien plutôt que d'aller s'enquérir des modalités du troc en usage ici. Personnellement, il juge la démarche prématurée, mais, depuis quelque temps, son père et son frère n'ont que faire de son opinion.

— Cette paix a le goût d'un liquide amer qu'il nous faut boire, lui confie Le Hibou.

— Pourquoi ?

— Parce que c'est le castor qui a acheté la paix… Pour la garder, les Français font des présents aux Iroquois et les accueillent avec éclat au marché des fourrures à Molian.

— Le castor a aussi été cause de la guerre.

– Le castor fait tout. De l'ennemi, il a fait un partenaire. De nous, les anciens alliés, il a fait des serviteurs… Des Outaouaks, il a fait les amis d'Onontio. Le castor fait l'homme. Le castor rend un peuple important et influent… C'est ainsi… Un homme sans castor est un homme pauvre et méprisé.

– L'Ancienne disait que l'Étranger nous aimait seulement pour nos fourrures.

– Pour nos fourrures et aussi pour nos guerriers, car, quand un homme se convertit, il devient porteur d'épée pour Onontiogoa[1]. Avec les Robes-Noires, il va porter la petite guerre[2] contre les Yangisses ou contre les tribus qui s'opposent à l'invasion des Français. À Molian, un non-converti sans castor ne vaut rien. S'il a des castors, parfois on cherche à lui faire boire l'eau-de-feu pour le voler par la suite. Ma langue a goûté une fois cette eau maléfique qui m'a rendu fou, faible et méchant. Je ne veux pas que la langue de mes fils goûte ce poison. Dans les missions, l'eau-de-feu est interdite, mais pour y habiter, il faut se convertir et je ne veux pas que mes fils deviennent porteurs d'épée. Voilà pourquoi je quitte cette île.

Mingam s'inquiète de son père et de son frère partis avec trop d'assurance pour leur peu d'expérience en matière de troc. Ils auraient mieux fait d'apprendre les rouages et les conditions du marché actuel avant d'aller se présenter en tant que fournisseurs de fourrures.

– Mes yeux ont reconnu que ton épée venait des Yangisses, glisse Le Hibou.

– Oui. Avant, ils traversaient la Mer des glaces pour nous apporter leurs marchandises. Pour un même castor, les Yangisses donnaient plus de marchandises.

---

1. La conversion faisait de l'Amérindien un sujet du roi de France (Onontiogoa) et, par conséquent, un milicien (porteur d'épée).
2. Petite guerre : guerre de raids. Forme de terrorisme que les autorités de la Nouvelle-France exerçaient par le truchement des Amérindiens.

– Il en est encore ainsi… À Molian, le castor ne procure pas beaucoup de marchandises. Il est préférable de l'échanger avant d'arriver à cette île, car alors le castor prend le chemin des Yangisses.

– Au pied de Kichedjiwan, des Français empêchaient les autres de remonter la Grande Rivière. Comment le castor prend-il le chemin des Yangisses sans être arrêté par les Français ? s'informe Mingam.

Un sourire ironique effleure les lèvres de Hibou qui considère l'épée de Mingam rangée près de lui.

– Les Français empêchent les Français d'aller porter les fourrures aux Yangisses, mais ils n'empêchent pas les Iroquois convertis d'aller visiter leurs familles qui sont voisines des Yangisses.

– Si le castor rend un peuple important et influent, les Français s'affaiblissent en laissant les mains des Iroquois porter les castors chez les Yangisses.

– Le peuple s'affaiblit, mais par les hommes à qui les Iroquois remettent les marchandises des Yangisses qui font d'eux des hommes riches et respectés. Parmi ces hommes se trouvent même des chefs et des Robes-Noires [3].

– Passer par l'Iroquois pour que mes fourrures prennent le chemin des Yangisses offense ma mémoire.

– Tu peux aussi passer par des Français qui savent tromper la vue des guetteurs d'Onontio. Il faut user de prudence. Beaucoup offrent l'eau-de-feu pour voler nos fourrures. À Molian, j'ai appris à les connaître. Je sais avec qui faire affaire et qui éviter. Deux Français m'ont parlé hier par la bouche d'un certain Pikamu. Cette bouche sentait l'eau-de-feu. J'ai décidé d'attendre. D'autres Français viendront.

---

3. Dans ses lettres et mémoires, Ruette d'Auteuil, procureur général du conseil souverain de la Nouvelle-France, accuse Philippe Rigaud de Vaudreuil, gouverneur de Montréal, ainsi que les jésuites de la mission Saint-Louis (Kahnawake), de se livrer à la contrebande.

— Si tu m'enseignes à connaître les Français, je t'indiquerai où installer ton wigwam pour tes chasses d'hiver, propose Mingam.

— Cela me convient, accepte Le Hibou. Que le Grand Esprit soit témoin de nos souffles réunis en une seule fumée.

Mingam éprouve quelque scrupule à avoir conclu une entente avec Le Hibou sans avoir consulté au préalable son père et son frère. Sans doute s'offusqueront-ils. La Grande Rivière les a rendus tellement ombrageux et pointilleux sur le sujet du libre arbitre. Un doute s'infiltre. N'a-t-il pas agi avec trop de précipitation ? Comment réagirait-il, lui, si Arbre-Coupé et Ashini concluaient des ententes sans l'en informer ? Pour toute réponse, le doute fait place à l'inquiétude.

*

Assise près de l'eau, Aonetta tremble de froid, de chagrin, de colère et d'angoisse. Comment oublier la démence engendrée par l'eau-de-feu ? Comment oublier la métamorphose chez qui la consomme ? Tout ce qu'elle connaissait de son homme, tout ce qu'elle connaissait de son fils s'est subitement volatilisé. Ne reste d'eux que leur corps, vulgaire enveloppe identifiable. Mais c'était bien Arbre-Coupé qui lui martelait la figure de ses poings, et c'était bien Ashini qui frappait sa femme à grands coups de pied. La pauvre Feuille-Verte avait osé mentionner le nom de Mingam. C'était suffisant. On aurait dit qu'il n'attendait qu'un prétexte pour décharger sur elle des années de frustration et de jalousie. Devant ce fils en proie à la furie, elle s'est interposée. Arbre-Coupé s'est alors rué sur elle, plein de haine et de rancœur lui aussi, l'accusant de tout et de rien.

Leurs cris alertèrent Mingam qui, pour la première fois de sa vie, a frappé son père et son frère. Sous l'effet de l'eau-de-feu, ceux-ci semblaient animés d'une force destructrice, et il a dû les assommer[4].

Comment oublier? Ils gisaient par terre, la bouche entrouverte, de la bave au menton. Brume et N'Tsuk pleuraient en s'étreignant, tandis que Petit-Renard venait à elle, puis allait à Feuille-Verte pour les consoler. Il appliquait doucement sa menotte sur leurs blessures comme si celle-ci avait le pouvoir de les soulager. Et curieusement, cette sollicitude de l'enfant agissait comme un baume.

Ours-Têtu était arrivé après coup. Désemparé, il questionnait son père, cherchant à comprendre. «Ickote wabo», a répondu simplement Mingam. Ce mot expliquait tout.

L'eau-de-feu. Arbre-Coupé et Ashini s'en étaient vu offrir par Pikamu, l'homme de main des Français, avec qui ils avaient effectué le troc. En échange de la totalité de leurs fourrures, ils avaient rapporté pour toute marchandise un vieux bâton de feu dont le trépied était brisé.

La poitrine oppressée, Aonetta inspire avec difficulté. Que de choses elle a perdues au cours de ce voyage! Elle aurait dû rester à leur territoire avec ses illusions et les souvenirs de sa mère, n'ayant pour seule crainte que celle de l'Iroquois. Mais le danger ne vient plus de lui. Il est sournois, le danger, et se cache dans une bouteille. Non seulement il lui a ravi son époux et son fils, mais il les privera de maïs cette année. Qu'adviendra-t-il d'eux si le gibier se fait rare?

Devant elle, la Grande Rivière s'écoule dans le lac immensément beau. Depuis toujours et pour toujours,

---

4. N'ayant aucune accoutumance à l'alcool, les Amérindiens étaient possiblement atteints d'une particularité génétique nommée «bouffée orientale» ou intoxication pathologique due à un dérèglement de la fonction enzymatique qui se traduit par une sensibilité extrême à l'alcool même absorbé en petite quantité.

semble-t-il. Ce n'est jamais la même eau qui passe entre les rives immuables. Ni jamais les mêmes hommes qui la sillonnent. Fut un temps où c'était son père. Plus d'une fois, il est passé par ici pour se rendre à Kébec dans un convoi de guerriers-marchands. À quoi pensait-il en pagayant ? Entrevoyait-il un avenir d'abondance pour les siens ? Aurait-il pu concevoir qu'un jour sa propre fille puisse se retrouver près de ce lac sans un grain de maïs ni une seule fourrure ? Peut-il lui venir en aide de l'au-delà ?

Le pas léger de Petit-Renard se fait entendre. Il s'assoit à ses côtés et s'appuie la tête contre elle, épousant discrètement sa détresse. Est-ce là une réponse ? Aonetta entoure de son bras les épaules du gamin et le presse contre elle. Qu'il est petit !

– Pourquoi grand-père t'a fait mal ?

Ce n'était pas grand-père, aimerait-elle lui dire. C'était un autre ; un démon à qui l'eau-de-feu a donné naissance. Comment expliquer ces choses à un enfant de son âge ?

Petit-Renard se lève et, selon son habitude, la pénètre du regard. Un regard qui fouille et cherche la vérité dans les tréfonds de l'âme.

Une étrange sensation envahit Aonetta. Elle n'est plus en présence d'un enfant. Le gamin excité par la descente des rapides s'est envolé pour faire place à celui qui se tient gravement devant elle et qui insiste et persiste à la garder prisonnière de son regard tant qu'elle n'aura pas répondu.

– Parce que grand-père a bu l'eau-de-feu. Il y a un mauvais esprit dans cette eau.

Petit-Renard acquiesce, mais garde ses yeux pleins d'intelligence braqués sur elle. Que voit-il en elle ? Au-delà d'elle ? Un trouble grandit dans l'âme de la femme devant cet être à la fois si différent des autres, mais si sensible aux autres. Vaguement, elle pressent que, malgré sa taille, Petit-Renard sera grand à sa manière.

L'enfant avance la main pour lui caresser la tête. Aonetta ferme les yeux. Il lui semble que ce sont les doigts de Loup-Curieux qui peignent doucement ses cheveux emmêlés par les doigts furieux d'Arbre-Coupé. Et ces doigts-là lui tiennent un langage sans paroles, lui faisant savoir qu'un jour cet enfant sera d'un secours quelconque pour ses semblables. Elle ne sait ni quand ni comment, mais le pressent avec tant de force que cela la terrifie. Elle ouvre les yeux, croyant chasser le trouble qui, au contraire, s'amplifie à la vue du garçon délicat. N'est-il pas plus vulnérable que tout autre? Comment le protéger?

Aonetta dénoue alors le cordon de cuir de son amulette. À cause de la jalousie d'Ashini à l'endroit de Mingam, elle était tiraillée par la décision de léguer l'oki à l'un ou l'autre de ses fils. « Tu sauras le moment venu », lui disait l'Ancienne. Maintenant, elle sait.

– Voilà ton oki, ton bon esprit. Il te protégera.

Petit-Renard caresse avec fascination la tortue de pierre tant de fois touchée dans les moments de peur, tant de fois consultée dans ceux d'incertitude. Gage de sécurité venu de l'au-delà et lien tangible entre les générations, cette pierre cause un vertige chez Aonetta lorsqu'elle s'en départit. Puis, une grande paix l'inonde à l'instant où elle l'attache au cou de son petit-fils.

*

Dix jours plus tard.

C'est ici. C'est elle: la Wabozsipi. Désormais sa rivière. Leur rivière.

Mingam se presse de laisser la Grande Rivière derrière eux. Il pagaie vigoureusement. Presque désespérément. Comme s'il pouvait ainsi retourner en arrière dans le temps et faire en sorte que les choses redeviennent ce qu'elles étaient auparavant. Du temps de leurs rêves… Et de leurs espoirs.

C'est absurde, il le sait. Jamais plus les choses ne seront comme avant. Sa mère Aonetta et Arbre-Coupé, son père, ne sont plus. La Grande Rivière les a repris. Totalement et pour toujours, gardant jusqu'à leur corps dans ses entrailles. Pendant des lunes et des lunes, elle les avait appelés, les visitant dans leurs songes et occupant leurs pensées. Confiants et envoûtés par ses sortilèges, ils sont allés vers Elle. Et Elle les a avalés aux rapides de Kichedjiwan.

Cela s'est passé si rapidement. Ils avaient tous remonté le premier saut à la cordelle, l'un d'entre eux se tenant dans l'eau pour éviter que le canot ne se brise sur les roches et les autres le halant à partir de la berge. Arbre-Coupé se trouvait derrière lui et, étant parvenu au deuxième saut, il semble qu'il ait décidé de le remonter à force de pagaie. C'était là pure folie que de s'engager dans les bouillons avec à son bord Aonetta et Petit-Renard. Avait-il encore l'esprit perturbé par l'eau-de-feu ou voulait-il prouver par cette audace qu'il était de la trempe de ses ancêtres ?

Mingam se souvient des cris d'épouvante qu'il a entendus malgré le tumulte des rapides. Vivement, il s'est retourné et a vu le canot d'Arbre-Coupé se faire soulever par un énorme remous, puis se faire jeter sur des écueils à fleur d'eau, chavirant instantanément. En l'espace d'une fraction de seconde, il a vu sombrer son père, sa mère et son plus jeune fils, bras levés, doigts tendus vers le ciel comme pour s'y accrocher. Puis, plus rien, sauf le canot à l'envers emporté par les eaux endiablées.

Comme un fou, il s'est mis à courir le long de la berge en criant leurs noms, tombant sur les pierres, se relevant et poursuivant la bête qui venait de dévorer les siens. Ses yeux paniqués cherchaient à voir apparaître une tête, mais, le ventre plein, la bête fluide s'enfuyait, ses flancs noirs et lustrés couverts d'écume.

Il s'est retrouvé au pied des rapides. Écrasé d'impuissance au sol. Essoufflé, meurtri, hébété.

Le canot est réapparu, flottant toujours à l'envers. La rivière se moquait-elle de lui en rejetant l'embarcation vidée de ses occupants?

Un flot d'injures monta à ses lèvres comme autant de sacrilèges envers le manitou du torrent. La Souris arriva à son tour et s'écroula près de lui. Sans cri. Sans pleurs. Mais avec le regard hagard d'un être à qui l'on vient d'arracher le cœur. C'est alors qu'ils entendirent la voix de Petit-Renard amplifiée par la coque du canot. Ils se précipitèrent à la nage et le ramenèrent sur la grève. Le palpant de partout. L'embrassant. Le serrant dans leur bras.

L'enfant tremblait. Et de froid. Et de peur. Et d'émoi. Répétant qu'il avait senti des mains accrocher les siennes à la barre centrale du canot. S'agissait-il des mains d'Aonetta ou de celles d'Arbre-Coupé? En lui enlevant ses vêtements pour le faire sécher et le réchauffer près d'un feu, ils remarquèrent l'oki noué à son cou.

– C'est mon bon esprit, a-t-il dit, grand-mère me l'a donné.

Et si c'étaient les mains de ce bon esprit qui l'avaient sauvé?

Depuis, Mingam considère ce fils désigné pour recevoir la Parole. Les craintes au sujet de son avenir se dissipent. Craintes qu'il n'avait jamais partagées avec La Souris. Elle avait éprouvé tant de douleurs et de difficultés à accoucher qu'il avait fait semblant de se réjouir de la naissance de ce tout petit bébé mâle et, par la suite, d'avoir confiance en son avenir.

Leur flottille approche de l'endroit du vieux chaudron de bois vermoulu où, il n'y a pas si longtemps, Aonetta a porté avec émotion la main à son talisman. Rien à ce moment ne laissait présager qu'elle allait bientôt s'en départir.

— C'est ici, indique Mingam à Petit-Renard assis devant et face à lui.

Le garçon observe le lieu d'où provient l'objet sacré dont il a hérité. À la manière d'Aonetta, il le touche respectueusement tandis que le canot passe.

Mingam multiplie les coups de pagaie pour s'éloigner de ce site de campement où les yeux de son fils s'attardent. Il ressent de nouveau en lui le vide immense plein de questionnement et de douleur qu'amène la mort. N'étaient-ils pas, somme toute, heureux et riches lorsqu'ils se sont arrêtés ici pour pêcher et se reposer? S'ils avaient accepté l'offre des Outaouaks de négocier à leur place, ils auraient pu y écouler des jours merveilleux comme au temps de grand-mère. Mais, ce n'était pas ainsi que la Grande Rivière voulait les choses.

Le regard de Mingam croise celui de son fils à qui il voulait offrir la Grande Rivière. Sans fourrure et sans maïs, ayant perdu père et mère, il se sent dépossédé, humilié, offensé. «Un homme sans castor est pauvre et méprisé», lui avait appris Le Hibou. Il en est ainsi aux yeux des Visages-Pâles qui accaparent la Grande Rivière, mais ces yeux-là ne le verront plus. Dorénavant, il pratiquera le troc avec Le Hibou qui a choisi de venir exploiter un territoire de chasse voisin du sien.

— Tourne-toi, mon fils. Vois comme la Wabozsipi est belle.

L'enfant obéit, le libérant de son regard. Mingam sent les larmes lui brûler le bord des paupières puis couler sur ses joues. De peur que son fils ne s'en aperçoive, il dit encore :

— Regarde devant, Petit-Renard. C'est ta rivière.

Chapitre 8

Près du ruisseau mystérieux

1709, en la lune des changements de couleur (septembre), Piwapitisipins.

— Tu seras un grand mashhkiki-winini[1], prédit N'Tsuk, amusée de le voir éternuer sans arrêt.

Le bout du nez teinté de poudre rouge, des larmes pleins les yeux, Petit-Renard sourit. La confiance de sa cousine en ses capacités vient de transformer son intérêt pour l'herboristerie en une décision de s'y consacrer. « Un jour, tu seras un grand mashhkiki-winini. » Ainsi le voit-elle dans l'avenir. Ainsi, il le sera. Atchoum! Oui, il deviendra guérisseur. Atchoum! Un excellent guérisseur. Atchoum! Il va connaître toutes les plantes qui soignent et guérissent. Atchoum! Atchoum!

Des sécrétions coulent sur la lèvre supérieure et, du revers de la main, il les essuie vitement. Quelle idée il a eue de priser la poudre de miskod jibik[2]! Son grand-oncle

---

1. Mashhkiki-winini: celui qui connaît et soigne par les plantes.
2. miskod jibik: signifie « racine rouge » et désigne la *Sanguinaria canadensis* ou sang-dragon.

Wapitik l'avait bien prévenu qu'elle provoquait des éternuements et lui avait recommandé d'en faire un usage très modéré, car elle peut se révéler dangereuse. Mortelle même dans le cas d'un jeune fœtus. Autant une plante peut guérir, autant elle peut parfois tuer. « Tout est dans l'usage qu'on en fait », prône Wapitik. Heureusement, Petit-Renard n'a utilisé qu'une très faible dose pour expérimenter les propriétés de cette plante propre à soigner les maladies respiratoires. Peu à peu, ses éternuements s'espacent, entraînant chez lui une légère torpeur et lui donnant une foi absolue dans l'enseignement du vieillard.

Tapi avec N'Tsuk dans leur cachette, près de l'endroit où le ruisseau mystérieux réapparaît après son nébuleux parcours souterrain, il contemple les eaux qui n'en finissent pas de naître à l'air libre dans un débordement de remous et de petites cascades bordées d'écume. Il se sent uni à ce lieu tout autant qu'à son inséparable amie assise à ses côtés dans la mousse.

— Tes yeux ont vu : miskod jibik ne sert pas seulement à teindre le visage et les vêtements, lui dit-il après un long moment.

— Mes yeux ont vu, répond N'Tsuk en recueillant de l'index un restant de poudre sur son nez pour la priser à son tour.

— Non. Pas toi, intervient Petit-Renard en lui saisissant le poignet.

— Pourquoi ?

— Il peut y avoir danger.

— Comment peut-il y avoir danger ? J'ai fait saigner plus d'une fois au printemps la racine de cette plante pour obtenir de la teinture.

— À l'automne, c'est différent. La racine est cueillie quand sa feuille meurt.

— Je suis libre de faire comme je veux, glisse-t-elle avec un sourire aussi charmeur que sceptique.

Petit-Renard la libère, privé d'arguments contre le principe du libre arbitre invoqué ad nauseam par le père de sa cousine pour tuer plus de castors que nécessaire.

— Quand la feuille meurt, la plante cache tout son pouvoir dans la racine, explique-t-il dans l'espoir de la convaincre.

Elle rit, insouciante et belle. Si belle. Partout où elle va, elle fait tourner la tête des garçons. Comment pourrait-il en être autrement? Ses yeux magnifiques donnent envie de s'y noyer. Son père s'enorgueillit de sa beauté et prévoit n'accorder son approbation au mariage qu'à un homme de grande valeur. Petit-Renard craint le jour où cet homme se présentera, car alors N'Tsuk s'en ira avec lui.

— Tu crains pour moi? demande-t-elle.

— Oui.

— Tu n'auras qu'à me soigner.

— À quatorze ans, je ne suis pas encore un mashhkiki-winini. Beaucoup de connaissances me manquent.

— Tu en possèdes déjà beaucoup, termine-t-elle en s'approchant l'index du nez.

— Ce que je sais n'est qu'une goutte dans la rivière de la connaissance, argumente-t-il, déduisant à son air espiègle qu'elle s'apprête à priser.

Comment l'en empêcher? S'il fallait que chez elle l'effet soit différent et qu'elle ne s'arrête jamais d'éternuer! Il en sait si peu. Le grand-oncle Wapitik lui-même avoue qu'il n'en sait pas assez pour prétendre au titre de mashhkiki-winini. La transmission des connaissances a été perturbée quand l'Iroquois et la maladie des Visages-Pâles ont dépeuplé les Anishnabecks, tuant les guérisseurs autant que la foi en leurs pouvoirs. À l'instant où N'Tsuk vient pour se toucher le nez, Petit-Renard lui plaque un baiser sur la bouche.

Il demeure d'abord saisi, car, contrairement à sa cousine, il n'a jamais encore séduit le sexe opposé. Sans doute est-ce dû à sa taille inférieure à la moyenne. N'Tsuk presse ses lèvres sur les siennes, faisant jaillir des tréfonds de son être une forte pulsion sexuelle. À l'image du ruisseau mystérieux qui ressurgit des profondeurs de la terre, son amour émerge des replis de son âme. Cet amour, depuis toujours en lui, pour la cousine, la compagne, la complice, la confidente… la femme.

N'Tsuk lui caresse les cheveux, éveillant des frissons le long de son échine. Il suffoque, son sexe bande, ses mains tremblent. Il l'aime comme on aime une femme. Inconditionnellement. Fatalement.

Elle se laisse glisser au sol en l'entraînant par-dessus elle. Au contact de la peau brûlante de son cou, l'irrépressible désir s'empare de Petit-Renard. Elle lui présente ses seins, se cambre les reins, pousse son pubis contre le sien, le faisant bénéficier de son expérience en la matière. Elle a déjà eu des relations avec des garçons attikameks au lac Tapani sans pour cela être infidèle à leur amitié. Vient-elle de découvrir en même temps que lui que cette amitié avait évolué vers un attachement d'un autre ordre? L'aime-t-elle comme une femme aime un homme?

Soudain, un choc brutal l'étourdit.

— Moitié d'homme! hurle Ashini, en l'empoignant par les épaules pour l'arracher à sa fille.

Petit-Renard n'a pas le temps de réagir. Son oncle le soulève et le projette avec violence contre un rocher.

— Elle est de ton sang, vocifère-t-il. S'accoupler avec quelqu'un de son sang peut donner des enfants infirmes.

Le sexe débandé, les côtes meurtries d'avoir heurté le rocher, la honte au visage, Petit-Renard explique en bredouillant que le coït n'a pas eu lieu. Ashini ricane.

— Ainsi, elle ne risque pas de mettre un infirme au monde. Même si un sang différent coulait dans tes veines, N'Tsuk ne serait jamais pour toi. Elle s'unira à un vrai homme, pas à un demi-homme, crache son oncle avec mépris avant de partir en poussant rudement devant lui sa fille en larmes.

Petit-Renard s'écroule dans la mousse où flotte encore le parfum suave de N'Tsuk. Il s'y recroqueville, sa joue absorbant comme une dernière caresse la moiteur de la couche où tantôt elle allait l'initier à l'acte charnel entre une femme et un homme... Ou un demi-homme.

Amoindri à ses propres yeux, il craint aussi de l'être à ceux de N'Tsuk. Cette pensée le fait cruellement souffrir. Il retient ses pleurs pour être à la hauteur de ses ancêtres et se prouver que, malgré son apparence physique, il est un homme. Ses efforts pour réprimer ses sanglots lui provoquent de vives douleurs aux côtes. Sans doute, l'une d'elles s'est-elle brisée au moment de l'impact. Cette blessure ne l'inquiète pas. Elle finira par guérir contrairement à celle infligée à son âme. À travers le clapotis du ruisseau, il réentend N'Tsuk lui prédire qu'il sera un grand mashhkiki-winini. «Je le deviendrai», jure-t-il en s'enfouissant le visage dans la mousse.

Oui, il deviendra le guerrier qui combat la maladie. L'audacieux qui défie la mort. Il deviendra celui dont la science et le pouvoir sont recherchés. Celui qu'on respecte. Il deviendra grand.

Chapitre 9

L'autre mal

1712, en la lune des fruits sauvages (août),
Piwapitisipins.

Après avoir brillé intensément tout au long de la journée, le soleil tire maintenant sa révérence, illuminant les nuages à l'Occident de teintes roses et or. Les suaves parfums de la forêt s'exhalent, et les oiseaux chantent à s'étourdir. Heure douce de la fin du jour près du ruisseau mystérieux.

D'un air satisfait, Aile-d'Outarde et La Souris remplissent de framboises séchées des contenants d'écorce. Elles travaillent à l'unisson comme si leurs quatre bras n'obéissaient qu'à une seule volonté : celle d'accumuler le plus de provisions possible en vue de l'hiver. Cette année, leur famille n'a pas pu participer au troc, car Ashini s'est enfui au printemps avec toutes leurs peaux et leurs fourrures. Avait-il mijoté ce coup tout au long de l'hiver, sa relation avec Mingam s'étant envenimée au sujet des castors qu'il capturait en trop grand nombre ? Possible, mais un étrange et singulier événement lui permit de leur fausser compagnie sans crainte d'être poursuivi. À l'aube du même jour, la femme de Wapitik avait entrepris le voyage au Royaume des Morts, alors que la fille d'Ours-Têtu avait entrepris le sien chez les vivants. À la fois consternés et réjouis, ils préparèrent avec grande émotion les hommages à rendre à la défunte ainsi qu'à la nouveau-née, et Ashini profita du moment pour s'enfuir avec leur butin.

Aile-d'Outarde observe sa bru en train d'allaiter cette petite nommée Sève-du-Printemps. Son grand têtu de fils n'aurait pu choisir meilleure épouse que Neige-d'Été. D'un caractère souple, elle s'accommode de ses entêtements et, par sa douceur, elle seule peut parfois l'amener à changer d'avis. Attikamek du lac Tapani, elle s'est facilement adaptée à leur famille qu'elle a doté d'un fils il y a quatre ans. Un merveilleux fils nommé Loup-Tranquille qui s'amuse présentement au bord du ruisseau à produire des éclaboussures d'eau.

Aile-d'Outarde savoure l'instant, consciente qu'elle n'a de prise ni sur les jours passés ni sur ceux à venir. Seule compte pour elle cette heure douce où se vivent les bonheurs du quotidien, telles la satisfaction de fermer le couvercle d'un contenant plein à ras bord de fruits, la sérénité de sa bru nourrissant l'enfant, l'application de Mingam à réparer le filet de pêche, l'excitation d'Ours-Têtu qui termine la construction d'un canot, la patience de Petit-Renard à retourner ses plantes médicinales en voie de séchage, la méditation du vieux Wapitik près du feu et l'indéfectible attachement de sa sœur La Souris.

Soudain, les chiens dressent la tête, alertés. Cela suffit pour que tous interrompent leurs occupations et prêtent l'oreille aux éclats de voix provenant en amont du ruisseau. Quelqu'un s'en vient, rythmant en chantant ses coups de pagaie comme l'on fait sur de grandes distances pour maintenir la cadence. Ainsi annoncée de loin, cette visite n'a rien d'inquiétant et pique leur curiosité. Depuis quelques années, la paix aidant, des groupes pratiquent la chasse d'hiver sur les territoires vacants du voisinage. Parmi ces nouveaux venus figure la famille de Hibou que sa fille Brume a intégrée en épousant l'aîné des garçons. Peut-être s'agit-il de cette dernière. Cette possibilité réjouit Aile-d'Outarde qui s'empresse vers la rive, poussant les autres à l'imiter. À l'exception du vieux Wapitik, ils s'assemblent près de Loup-Tranquille qui s'amuse de plus belle à patauger, se croyant sans doute le sujet de leur intérêt.

— Ashini, lâche Mingam d'un ton contrarié après un moment d'écoute.

— Ashini, confirme Ours-Têtu avec mécontentement.

Déception. Sourde colère réanimée au fur et à mesure que la voix s'intensifie. Wapitik quitte ses méditations près du feu pour les rejoindre. Les lèvres tremblantes, il porte son regard vers le ruisseau, les traits durcis. Il ne pardonne pas à son neveu d'avoir profité des funérailles de sa femme pour les voler.

Le coupable apparaît, les saluant joyeusement à l'avant du canot. Il brandit victorieusement un bâton de feu au bout de son bras, laissant le soin de pagayer à sa fille et à sa femme qui, la tête basse, ont l'air honteux et malheureux.

— Je suis ici pour vous sauver, lance-t-il visiblement sous l'effet de l'alcool.

Seuls lui répondent les « petif, petaf » du jeune Loup-Tranquille de plus en plus excité d'arroser les adultes près de lui.

— Vois, mon frère… le bâton de feu dans mes mains. Moi, Ashini, je possède le bâton de feu… Voyez ! Avec lui, personne n'aura à craindre la charge du wapiti quand vient le temps de le mettre à mort… Range ta lame d'épée, mon frère… Range ton arc et tes flèches… Moi, Ashini, je mets le bâton de feu au service des chasses que nous ferons ensemble. Voilà mon offre.

Devant le silence interdit du groupe, N'Tsuk et Feuille-Verte s'arrêtent de pagayer. Ashini leur fait signe de continuer, les houspillant à voix basse. Elles s'exécutent, les yeux toujours baissés dans le canot qui se révèle presque vide.

— Mon frère a-t-il du maïs? demande Mingam.

— Ton frère possède beaucoup plus que du maïs, rétorque fièrement Ashini en montrant son arme.

— Le bâton de feu ne se mange pas quand l'eau gèle et dégèle.

— C'est le castor qui donne le maïs… Tuer le castor avec le bâton de feu est plus facile que le prendre au piège… Le bâton de feu procurera des fourrures de castor en quantité.

— Ainsi, tu offenseras Windigo, et il viendra tous nous manger, prédit Wapitik, tremblant d'indignation.

Ashini le toise d'un air cynique.

— Windigo… Que fait ton Windigo? Partout, les castors se font arracher leur robe sans qu'il sévisse. Les Visages-Pâles disent que Windigo n'existe pas. Ils amassent des montagnes de fourrures, et Windigo ne fait rien contre eux. Non… Windigo ne fait rien contre les Français… Ni contre ceux qui apportent des castors aux Français. Ceux-là ont du maïs, de l'étoffe, du fer, des bâtons de feu. Ceux-là vivent mieux que vous tous qui craignez Windigo.

— La parole de mon frère est troublée, parce qu'il trompe son âme avec l'eau-de-feu, intervient Mingam cherchant à excuser aux yeux de Wapitik les propos sacrilèges d'Ashini.

— Ma parole est celle de l'avenir, s'exclame Ashini. Le temps est passé où tu décidais pour nous en laissant Le Hibou échanger en notre nom au lac Canassadaga. J'ai voyagé jusqu'à ce lieu et je reviens avec le bâton de feu. Avec lui, vos jours seront meilleurs. Regardez comme il est beau et puissant.

Ce disant, Ashini tente de se lever et fait chavirer l'embarcation. Sans danger en cette eau peu profonde, la fausse manœuvre amène un sourire sur les visages tendus, et Loup-Tranquille éclate de rire. Étant parvenues à se mettre debout, N'Tsuk et Feuille-Verte retournent le canot à l'endroit, alors qu'Ashini, tout éberlué, se débat cherchant l'arme autour de lui comme si elle pouvait flotter. Enfin, il met le pied dessus et la sort de l'eau. De la vase s'échappe du canon quand il l'exhibe maladroitement, titubant et criant :

— Regardez ! Moi, Ashini... je possède le bâton de feu.

Les sourires se figent à la vue de son expression subitement agressive. De la crosse de son mousquet, il fait gicler l'eau vers Loup-Tranquille pour mettre fin à son rire que la douche froide ne fait qu'amplifier. Ours-Têtu s'interpose entre son fils et l'ivrogne qui déverse alors toute sa hargne sur sa femme et sa fille en train de remettre dans le canot la cargaison qui a coulé à pic.

— La poudre ! Où est la poudre ? s'affole-t-il cherchant en vain d'une main exaspérée parmi les effets récupérés. La poudre ! La poudre ! hurle-t-il, lançant des regards furibonds aux deux femmes comme si elles étaient responsables de la perte.

Celles-ci s'immergent la tête à la recherche de la précieuse marchandise pendant qu'Ashini passe en revue tous les articles en les rejetant au fur et à mesure hors du canot. Mingam le rejoint afin de le raisonner, alors que Petit-Renard prête main-forte à sa cousine et sort presque aussitôt de l'eau un sac de cuir mouillé qu'Ashini lui arrache des mains.

— Ne ruine pas ma poudre, moitié d'homme !

— C'est l'eau qui a ruiné ta poudre, intervient Mingam. Les Visages-Pâles transportent la poudre dans des barils... pas dans des sacs.

– Que sais-tu des Visages-Pâles? Que connais-tu à la poudre? Tu n'as jamais fait éclater le tonnerre au bout du bâton… Jamais! Moi, je sais comment. Je sais… Ta moitié d'homme de fils a ruiné ma poudre.

– Le mauvais esprit de l'eau-de-feu t'habite.

– Mauvais? Non, pas mauvais… Cet esprit est clairvoyant et puissant. Il me rend plus fort que vous tous. Je suis venu ouvrir vos yeux fermés sur le passé. Grand-mère n'est plus, Mingam, pour te préférer à moi… Les Yangisses ne sont plus à la Mer des glaces pour échanger tes écorces de bouleau… Ouvre tes yeux. Ouvrez vos yeux. Oubliez Windigo si vous ne voulez pas connaître la faim et la misère. Oubliez la vengeance du castor.

Ashini promène un regard méprisant sur les membres de sa famille sidérés et gardant un silence réprobateur, pendant que N'Tsuk et Feuille-Verte entassent de nouveau dans l'embarcation les articles qu'elles récupèrent au fond de l'eau. L'homme grimace un sourire.

– Ce territoire peut fournir des castors en grande quantité.

– C'est le territoire de Wapitik, pas le tien, s'exclame le vieil homme dans un souffle de colère.

– Garde ton territoire… J'irai ailleurs, rétorque Ashini en crachant dans le ruisseau avant de repartir.

*

Quand le mauvais esprit de l'eau-de-feu habite Ashini, N'Tsuk et Feuille-Verte se taisent, évitant tout ce qui pourrait le contrarier. Elles se font petites, inexistantes, lui obéissant au doigt et à l'œil.

De peine et de misère, elles ont remonté le ruisseau et pagayé jusqu'à l'Île Longue où Ashini s'était arrêté pour boire afin de trouver le courage de rencontrer les siens. Cette visite ayant tourné au vinaigre, Ashini gesticulait tant sur le chemin du retour à l'avant du canot qu'elles ont failli chavirer plus d'une fois. Secouant son mousquet à bout de bras, il blâmait l'Ancienne pour tous ses déboires. Cette Ancienne avec qui, présentement, il semble la confondre, comprend N'Tsuk, terrorisée de voir son père foncer vers elle.

— C'est toi qui as fait chavirer le canot, l'accuse-t-il en lui mettant sous le nez le sac de poudre mouillée.

La jeune femme n'ose le contredire, et sa mère, prendre sa défense. Elles se gardent même de le regarder, espérant trouver l'occasion d'aller se cacher dans la forêt comme elles en ont l'habitude en pareille circonstance.

— C'est l'Ancienne qui t'a dit de faire chavirer le canot?

— …

— Ton silence est un signe… C'est l'Ancienne.

— L'Ancienne ne m'a pas inspirée… C'est toi… C'est toi en te levant qui l'as fait chavirer.

Une formidable gifle renverse N'Tsuk.

— Moi… Ashini… j'ai ruiné ma propre poudre! Tu accuses ton père d'être assez fou pour ruiner sa propre poudre.

L'homme revient à la charge et administre une seconde gifle à sa fille en train de se relever. Celle-ci retombe de tout son long par terre. Feuille-Verte s'empare alors du mousquet.

— Laisse ma fille! rugit-elle en menaçant de l'assommer.

— L'Ancienne a pris le corps de ta fille… J'ai donné son nom à notre fille pour qu'elle dépose un fils dans ton ventre… Où est ce fils? Montre-moi ce fils.

— Il n'y a pas de fils.

— Non… Il n'y a pas de fils, et l'Ancienne a pris le corps de N'Tsuk pour ruiner ma poudre. Le bâton de feu est à moi.

Le voyant bondir sur elle, Feuille-Verte lève le mousquet pour lui en asséner un coup, mais se voit brutalement renversée et désarmée.

— Tu as mis au monde deux fils, et l'Ancienne les a tués. Qui chassera pour nous quand je serai trop vieux pour le faire ? Qui ? Pikamu s'est offert à devenir mon fils en prenant N'Tsuk pour femme.

— Pikamu a presque ton âge, intervient Feuille-Verte tout aussi récalcitrante que sa fille à la demande en mariage de cet ivrogne qui entraîne Ashini dans son vice.

— Pikamu a un territoire et il connaît les Français de Molian avec qui échanger. N'Tsuk lui donnera des fils.

— Je ne veux pas d'un mari qui boit l'eau-de-feu, déclare la jeune femme.

— L'Ancienne parle par ta bouche. Sors de ma fille, l'Ancienne, ordonne Ashini se saisissant du mousquet par le canon pour assommer dans un même élan sa femme et sa fille.

Voyant N'Tsuk immobile, un filet de sang s'écoulant d'une entaille profonde à l'œil, il s'acharne à lui labourer le ventre de coups de pieds, hurlant dans sa démence :

— Sors de ma fille, l'Ancienne… Sors de ma fille… Va retrouver ton Mingam…

*

N'Tsuk repose, comateuse, le souffle faible. Petit-Renard lui caresse la joue du bout du doigt, l'âme nouée de chagrin. Il se sent impuissant, tellement impuissant face à la mort qui veille avec lui ce corps qui se vide lentement de son sang comme en un incessant flux menstruel. Quelque chose a été brisé dans le ventre bleu et gonflé de sa compagne de toujours. Quelque chose qu'il ne voit pas et qu'il ne peut soigner.

— Reviens, ma belle N'Tsuk, reviens, lui murmure-t-il à l'oreille avant de couvrir son front de tendres baisers.

Il ne peut plus rien. Il a épuisé son bagage de connaissances transmises par Wapitik ainsi que par une vieille guérisseuse de Weymontachie rencontrée au cours d'un voyage avec son père. Il a soigneusement lavé la plaie s'étendant de la joue à l'arcade sourcilière avec une infusion de queue d'écureuil[1], pour ensuite y appliquer des feuilles fraîchement broyées de la même plante dans le but de prévenir l'infection. Après, pour aider à cicatriser, il a étendu sur la coupure du latex d'asclépiade[2] qui a séché en une fine pellicule protectrice. Là se sont arrêtés ses soins, N'Tsuk étant inconsciente donc incapable de boire l'infusion de queue de renard[3] qu'il lui a préparée afin d'arrêter l'hémorragie. Il ne peut plus rien pour elle qui sera condamnée à être borgne et défigurée si elle survit.

— Tu seras toujours belle, ma belle N'Tsuk, chuchote-t-il en appuyant délicatement sa joue contre celle indemne de sa cousine. Tu es dans mon cœur pour toujours, ma belle N'Tsuk… Reviens… Reviens dans le monde des vivants.

Encore une fois, il lui embrasse la tête et le visage prenant soin d'éviter l'enflure causée par la blessure à l'œil et à l'arcade sourcilière. Pourquoi N'Tsuk reviendrait-elle dans le monde des vivants, s'interroge-t-il soudain. Que retrouvera-t-elle à son éveil outre un père démoralisé qui ne se souvient pas de l'avoir agressée? Comment pourra-t-elle de nouveau aimer la vie et espérer en l'avenir? Qui donc la prendra pour épouse? Ce Pikamu de malheur qui, ayant perdu femme et enfants, désire refonder une famille? Pourquoi, pour qui N'Tsuk réintègrerait-elle le monde des vivants?

---

1. Queue d'écureuil : achillée millefeuille, A*chillea millefolium L.*
2. Asclépiade : asclépiade commune, *Asclépias Syriaca L.*
3. Queue de renard : prêle fluviatile, *Equisetum fluviatile L.*

Petit-Renard enferme l'oki dans son poing. « Esprit de mon ancêtre Loup-Curieux, me protéger, c'est protéger cette femme… Sa vie, c'est comme la mienne… Quand elle souffre, je souffre. Si elle meurt… » Non, il ne peut envisager cette éventualité. N'Tsuk ne peut mourir à dix-huit ans. Non, elle ne peut le quitter de cette façon, le laissant prostré d'impuissance à son chevet. C'est pour lui qu'elle doit rouvrir les yeux, même si l'un d'eux restera crevé. C'est pour lui qu'elle doit revenir à la vie, car c'est pour elle qu'il veut s'accomplir. Elle qui croit en sa vocation de mashhkiki-winini et qui jamais ne l'a vu petit. Une vague d'amour l'inonde, aussitôt suivie d'une vague de haine à l'endroit d'Ashini. Lamentable et piteux, celui-ci a demandé l'hospitalité de Wapitik, sachant très bien que celui-ci ne peut la refuser, même à un ennemi. Ashini a promis de ne plus boire et a jeté au feu tout son tabac en guise d'offrande à l'Ancienne afin qu'elle ne rappelle pas N'Tsuk auprès d'elle. Ashini se montre si affligé qu'il attire la pitié de tous, sauf celle de Petit-Renard : non, il n'a pas pitié de son oncle ni ne lui pardonne.

La blessée geint, balbutie quelques mots inaudibles. Petit-Renard se penche vers elle et essuie une larme qui file entre les paupières tremblotantes de l'œil valide.

– Je suis là… Reviens vers moi, chuchote-t-il pour l'arracher au cauchemar qui la tourmente. Je suis là… Reviens vers moi.

Elle roule la tête, murmure son nom, bouge la main qu'il prend aussitôt dans la sienne et qu'il embrasse passionnément.

– Mal au ventre, gémit-elle.

– Je sais, ma belle N'Tsuk. Bois pour guérir le mal.

Il lui soulève la tête pour l'aider à avaler l'infusion hémostatique.

– Bois pour guérir le mal, répète-t-il, conscient de l'existence d'un autre mal qu'il ne sait soigner.

Chapitre 10

Le canot

*1714, Piwapitisipins, en la lune de la ponte
des oiseaux aquatiques (juin).*

– Ce canot-là, mon frère, c'est mon plus beau canot,
confie Ours-Têtu en s'éloignant de quelques pas pour
vérifier la fixation du plat-bord supérieur.

Il incline la tête d'un côté et plisse les yeux pour soustraire de son champ visuel tout ce qui pourrait le distraire
de son œuvre puis, finalement, sourit de satisfaction.

En cet instant, rien n'est plus beau que ce sourire,
pense Petit-Renard en observant son aîné contempler
l'embarcation qui, selon la Parole, aurait été inspirée par
l'anatomie du castor, la conformation de ses côtes devenant celle des varangues, la forme de sa queue propulsive,
celle de la pagaie, et sa fourrure imperméable étant rem-
placée par l'écorce imputrescible du bouleau.

Ours-Têtu s'est mis en tête de lui construire un canot
lorsqu'il a exprimé le désir de faire un voyage d'études en
herboristerie. Mingam, leur père, comprend sa quête mais
s'inquiète, car ce voyage l'amènera ailleurs, loin de la
Wabozsipi. Cet « ailleurs », synonyme de corruption et

d'invasion par les Visages-Pâles, où son propre frère Ashini a sombré dans la déchéance de l'eau-de-feu.

Mingam est déçu aussi. Cela se voit. Cela s'entend à la façon dont il a parlé de la Wabozsipi comme d'une mère que l'on abandonne. Et lui, Petit-Renard, il se sent vaguement fautif envers cette rivière qu'il a sillonnée avec son père de son embouchure jusqu'au-delà de sa source au pays des Attikameks, s'enrichissant, au contact des autres bandes de leurs connaissances et de leur expérience en matière de plantes médicinales.

Peut-être aurait-il retardé ce voyage d'une année si Ours-Têtu n'avait pas eu l'idée de concevoir et de construire ce canot. Étant donné qu'il voyagera seul la plupart du temps, l'embarcation se doit d'être la plus légère possible afin qu'il puisse facilement la transporter sur ses épaules dans les portages, tout en ayant la capacité de supporter une bonne charge et, peut-être, un autre passager. De plus, elle se doit d'être maniable et de répondre rapidement à ses coups de pagaie dans les eaux rapides. Une idée, dans la tête d'Ours-Têtu, c'est comme un hameçon dans la gueule d'un poisson. Elle s'y implante et ne fait jamais marche arrière. Dès l'instant où son grand frère a manifesté l'intention de lui fabriquer ce canot, Petit-Renard a su qu'il partirait.

Déjà, au cours de l'automne, Ours-Têtu repérait dans la forêt un bouleau enveloppé d'une écorce de grande qualité ainsi qu'un cèdre[1] au grain droit et régulier duquel il tirerait les différentes pièces de l'armature. Le printemps arrivé, son grand frère a patiemment taillé et dolé à l'aide

---

1. Cèdre : nom vernaculaire au Québec du thuya occidental.
2. Couteau croche : couteau typique aux Algonquiens, dont la poignée a une forme spéciale permettant au pouce de s'appuyer complètement en longueur. Cette forme a l'avantage de favoriser une poigne solide et de permettre ainsi un bon contrôle du travail. Il était utilisé encore après les années 1950, alors que sa lame était fabriquée à partir d'une lime.

de son couteau croche[2] les varangues, lattes du bordage, traverses et longerons dans le bois du cèdre qu'il avait fendu aux dimensions requises. Puis ayant prélevé l'écorce de bouleau, il l'a mise à tremper.

Avant de débuter la construction comme telle, Ours-Têtu l'a invité dans la tente de sudation[3] afin d'y invoquer avec lui l'assistance du manitou des eaux. Ils étaient nus, assis l'un en face de l'autre, et unis une seule volonté. La sueur ruisselait sur leur corps, tombait en gouttes au bout de leur nez et leur plaquait les cheveux sur la tête. On y voyait à peine dans cet endroit sombre et suffocant où tous deux se sentaient comme dans le ventre de la terre d'où ils allaient renaître.

De tout temps très attachés l'un à l'autre, leurs esprits s'étaient interpénétrés dans cette étuve. Il était à la fois lui et à la fois son frère. À la fois Petit-Renard et Ours-Têtu. À la fois plus petit et à la fois plus grand que la moyenne des hommes. Il était celui qui désirait connaître les végétaux et celui qui transforme les arbres en canots. Il était celui dont la flèche est précise et celui dont le coup de hache est puissant. Il était celui qui pense et celui qui agit. Il était à la fois l'humus où germent d'innombrables et diverses semences, et l'eau qui retrouve obstinément son lit.

Jamais, Petit-Renard n'oubliera cette communion d'âme ni les rires qui ont fusé de leur gorge lorsqu'ils se sont jetés dans l'eau glacée du ruisseau au sortir de la tente, réintégrant chacun son corps et son identité.

À petits pas incertains, le grand-oncle Wapitik s'avance vers eux. Quasi aveugle, il vient voir. Ours-Têtu le guide à travers les monceaux de copeaux par terre et lui

---

3. Tente de sudation : petite tente réchauffée par des pierres incandescentes sur lesquelles on jetait de l'eau afin d'y prendre des bains de vapeur dans un but de purification du corps et de l'esprit.

pose les mains sur la pince avant où une planchette consolide le plat-bord au moyen de chevilles de bois.

– Elle fendra bien les eaux, déclare-t-il enfin.

Puis, comme il le fait chaque jour, Wapitik inspecte l'armature de ses doigts sensibles, corrigeant la moindre irrégularité de son couteau croche. Cette tâche n'est absolument pas essentielle, mais elle permet au vieil homme de se sentir encore utile. Cette fois-ci, cependant, il hoche plusieurs fois la tête après sa méticuleuse inspection.

– Il est temps de gommer[4], annonce-t-il.

– Ton opinion m'est précieuse, grand-oncle. Merci de me la donner, répond Ours-Têtu. Ce sera fait. La Souris a mélangé juste ce qu'il faut de graisse d'ours à la résine[5]. Ainsi, elle ne craquera pas au froid mais ne fondera pas trop à la chaleur.

– Tu as un bon canot pour ton voyage, Petit-Renard, affirme Wapitik en tournant la tête dans sa direction. Puisse-t-il t'éviter la rencontre d'ennemis et te mener chez de grands mashhkiki-wininis.

Ce souhait équivaut à une approbation, et Petit-Renard s'approche de l'aïeul. Une trouble émotion s'éveille dans son âme à l'instant où la main de Wapitik lui touche l'épaule. Il se sent compris. Encouragé. Béni.

– Il faut de la patience… et du temps pour devenir mashhkiki-winini. Le jour où tu le deviendras, je serai au royaume des âmes. Le canot fabriqué par ton frère est bien fait. Je n'aurai pas le temps de voir ce que tu feras, mais je sais que tu l'accompliras bien.

---

4. Gommer : enduire de résine toutes les coutures des écorces faites au moyen de racines d'épinette nommées watap. Dans la même opération, on calfeutrait de résine les moindres imperfections susceptibles de faire prendre l'eau à l'embarcation.

5. Résine : gomme de pin mêlée à de la graisse d'ours servant à imperméabiliser les coutures.

Les yeux opaques de Wapitik regardent au-delà du pays et du temps. Remué, Petit-Renard lui presse l'avant-bras.

— Guide-moi quand tu seras au royaume des âmes.

— Tu as déjà un guide, répond Wapitik en glissant la main jusqu'à l'oki noué à son cou.

— Je sais, mais deux guides, c'est mieux.

Wapitik sourit, mais ses lèvres tremblotent tout autant que ses doigts sur la petite tortue de pierre.

— C'est là le canot d'un homme seul, poursuit-il d'un ton désolé.

Petit-Renard sait à quoi son grand-oncle fait allusion, et cela l'embarrasse. À dix-neuf ans, il n'a pas encore pris de femme, et se marier ne semble pas faire partie de ses priorités.

— Mais son canot peut facilement prendre un passager… une femme, intervient Ours-Têtu qui tient à démontrer à quel point l'embarcation a été conçue en prévision des besoins de son jeune frère.

— Le jour où je serai au royaume des âmes, si tu n'as pas de femme avec toi, je te guiderai vers celle qui te conviendra, promet Wapitik d'un ton solennel avant de les quitter.

De femme qui lui convienne, il n'y en a qu'une: N'Tsuk. De tout temps, elle a été les yeux, le sourire, la voix, la main, l'attrait, le parfum, le mystère et la félicité d'une compagne. À la suite de la brutale agression de son père qui l'a défigurée et rendue borgne, elle a consenti à suivre Pikamu et, depuis, elle n'est plus revenue au ruisseau mystérieux.

— Peut-être la reverrons-nous, dit tout bonnement Ours-Têtu comme s'ils poursuivaient tous deux une conversation au sujet de leur cousine.

Son frère lit si facilement dans son cœur. C'est pour lui aussi simple que de voir la mouvance d'une rivière.

– Oui, peut-être… Mais… peut-être aussi qu'Ashini l'a rencontrée et qu'il a bu l'eau-de-feu.

Petit-Renard n'éprouve plus qu'un mépris grandissant à l'endroit de son oncle. « Tu es un lâche d'avoir fait cela à ta propre fille, lui a-t-il dit lorsque N'Tsuk fut hors de danger. Si tu lèves encore la main sur elle, je te tuerai… Partout et toujours, tu auras à craindre ma flèche. »

– Il ne la touchera pas, assure Ours-Têtu. Ashini prétend ne pas te craindre. Ses paroles sont comme des poussières que le vent éparpille partout. Moi, je sais qu'il te craint, car tes paroles à toi sont comme le roc : elles sont là pour rester.

Petit-Renard adresse un sourire de reconnaissance au grand frère qui calme ses inquiétudes. Comme il lui manquera au cours de son voyage ! Autant Mingam et Ashini n'ont pu développer une relation harmonieuse, autant lui et Ours-Têtu ont tissé des liens solides et serrés basés sur la complicité et la complémentarité.

– Oui, c'est vrai. La parole d'Ashini ne vaut pas plus qu'une poussière dans le vent. Encore une fois, elle a trompé notre père.

– J'aurais dû le surveiller durant la nuit.

Une ombre passe sur le visage d'Ours-Têtu au souvenir de leurs chasses d'hiver encore soldées par la fuite d'Ashini, cette fois-ci avec leurs fourrures de castor, ne leur laissant que les peaux tannées de wapiti et d'autres fourrures de moindre valeur. Il aurait dû se méfier. N'était-ce pas la deuxième fois qu'il leur faisait le coup ? Pourquoi a-t-il cru à ses promesses ? C'était compréhensible de la part de Mingam de vouloir croire aux bonnes résolutions de son frère qui avait de nouveau demandé l'asile avec sa femme en se plaignant que son gendre Pikamu n'avait pas voulu de lui et qu'il n'avait nul endroit où pratiquer la chasse d'hiver.

— J'aurais dû le surveiller durant la nuit, répète Ours-Têtu.

— Il aurait attendu une autre nuit… Puis, une autre, jusqu'à ce que la fatigue ferme tes yeux.

Au tour de Petit-Renard de déchiffrer facilement l'âme de son frère. Parce qu'il a l'habitude de charger ses fortes épaules des plus lourds bagages, Ours-Têtu a aussi développé celle de se charger du poids des responsabilités.

— Aucun d'entre nous n'aurait pu l'empêcher. Vois comment il est parti avec un canot qui prend l'eau. Nous rencontrerons peut-être son cadavre sur notre route.

— Peut-être… mais, selon moi, il s'est arrêté pour le réparer. Ashini est des nôtres, mais il n'est plus comme nous depuis qu'il trompe son âme, conclut Ours-Têtu.

Les deux frères se considèrent un long moment en silence, lisant dans leurs yeux respectifs les serments de demeurer fidèles à leurs coutumes et à leurs croyances. Bientôt, ils partiront, chacun dans un canot, Ours-Têtu avec la mission de retrouver Ashini et de procéder au troc avec ce qui leur reste et ce qu'il pourra récupérer, Petit-Renard avec son désir d'apprendre à soigner et à guérir ses semblables. Peut-être rencontreront-ils le cadavre d'Ashini, flottant gonflé sur la Wabozsipi. Plus vraisemblablement, ils trouveront son âme noyée dans l'eau-de-feu.

Peut-être reverront-ils N'Tsuk, avec cet œil qui ferme à demi… Ou ouvre à demi mais qui, de toute façon, ne voit plus rien.

Et Petit-Renard aura mal, puisque le simple fait d'y penser le détruit et le chavire.

*

Droit devant, les rapides de Kichedjiwan. Ours-Têtu les entend. Les hume. Les sent.

Grondement puissant. Odeur d'eau. Fraîcheur de l'air.

Déjà la griserie s'empare de lui. Enfin, ils se retrouvent. Lui et ces fichus rapides qui l'ont fait vomir.

Il avait treize ans. Trop de témérité et pas assez d'expérience.

La peur, il l'avait connue là. Un nœud dans son ventre, une bouche sans salive et des poumons sans air. Son père lui avait fait valoir que la peur n'était rien et que la surmonter était tout. Cela l'avait consolé... rassuré. Pour un temps.

Mais, cette peur, il voulait la retrouver et régler ses comptes avec elle. Et elle était là qui l'attendait dans tous les rapides. Et toujours, il allait au-devant d'elle malgré la réprobation de ses parents.

C'était fixé dans sa tête. Incontournable. Le moindre soubresaut d'un cours d'eau le provoquait. Là où les siens s'arrêtaient pour portager, il fonçait droit devant, tripes nouées, mains cramponnées à la pagaie. «Je suis là. Viens me prendre si tu en es capable», lançait-il à l'eau agitée. Et plus d'une fois, elle l'a pris, chavirant ou broyant son canot.

Alors que Mingam lui reprochait son entêtement, d'un seul regard, Aile-d'Outarde lui faisait évaluer la démesure de la peur contenue dans son ventre de mère. Et chaque fois, il se promettait de ne plus recommencer.

Mais c'était plus fort que lui. Il répondait à l'appel. Ou au défi. Il n'aurait su le dire.

Un jour, il a compris. Il ne devait pas combattre l'eau, mais s'unir à elle. Devenir comme elle pour mieux la connaître et la deviner. La peur n'était pas une ennemie à terrasser, mais une force à laquelle s'allier. Et, à partir de ce jour, aux yeux des autres, il est devenu Maître-des-Eaux-Blanches, mais pas à ses yeux à lui. À cause des rapides de Kichedjiwan qu'il avait franchis sans trop savoir comment, conscient qu'avoir été épargné d'un naufrage ne faisait pas de lui un vainqueur.

Maintenant, la rivière n'est que blancs bouillons qui tournoient entre des îles et des rochers. La peur s'amène, ouvrant plus grand ses yeux et ses oreilles et durcissant ses muscles. Elle est là, avec lui. Et lui, il est avec la rivière. Il est LA rivière. Son sang devient impétueux comme le courant. Ses hanches, souples comme les ondulations des vagues. Ses gestes vifs comme les remous.

L'âme en paix après avoir fait offrande de tabac au manitou du torrent, il a laissé Petit-Renard sur la berge pour lui permettre de descendre les rapides à la cordelle. Celui-ci a demandé à le suivre, mais il a refusé. « Cela ne regarde que moi et Kichedjiwan », lui a-t-il dit. Petit-Renard a compris et a même semblé soulagé.

La rivière file de plus en plus vite sous ses genoux repliés. Elle se rue, pressée de se jeter dans l'abîme. Un courant le soulève, l'entraîne. Le voilà emporté, chevauchant les vagues, plongeant, remontant et se glissant entre les obstacles. L'exaltation le gagne tout entier. Ses retrouvailles avec les rapides de Kichedjiwan le libèrent de sa vomissure d'enfant inconscient et établissent sa mesure d'homme. Il crie d'excitation à chaque saut, à chaque parade de la pagaie mettant à l'épreuve la rapidité de ses réflexes.

Bientôt, trop tôt, il se retrouve dans des eaux calmes. Encore étourdi par le vacarme, il goûte l'ivresse de l'action et du danger. Léger tremblement de ses muscles dans tout son être. Dans toute son âme.

Maintenant, à ses propres yeux, il est le Maître-des-Eaux-Blanches.

*

Pointe s'avançant dans le lac Canassadaga.

Côte à côte dans leur canot respectif, Petit-Renard et Ours-Têtu remontent dans leurs souvenirs à mesure qu'ils approchent de ce lieu de rendez-vous estival. L'un avait sept ans et l'autre, treize, la première fois qu'ils sont venus ici. Ils y avaient goûté l'euphorie de se fondre dans la masse, confirmant leur identité lors des rencontres, des jeux et des prouesses. C'est d'ici qu'ils étaient repartis à la hâte, abandonnant les relations à peine ébauchées et se dissociant de l'ensemble sécurisant pour retourner à l'exclusivité de leur groupe au territoire de Piwapitisipins.

Heureusement, Le Hibou était arrivé avec sa famille en début d'automne dans l'intention de pratiquer la chasse d'hiver sur le territoire voisin du leur au lac Obanakaw (lac des Îles), leur apportant des cadeaux de remerciement sous forme de tabac et de maïs. Peu à peu, l'amitié s'était développée entre les membres de leurs groupes ainsi qu'une idylle entre l'aîné des garçons et leur sœur Brume qui, après avoir enfanté d'une fille il y a deux ans, vient de mettre un fils au monde. L'accouchement ayant été laborieux, Le Hibou avait décidé d'attendre quelque temps au lac Obanakaw afin que la mère et l'enfant récupèrent avant d'entreprendre le voyage vers cette pointe du lac Canassadaga où convergent fournisseurs et preneurs de fourrures.

Ils accostent. Aussitôt, les hommes s'empressent autour d'eux. Accueillants et curieux, ils s'adressent à Ours-Têtu pour savoir d'où ils viennent. Qui ils sont. L'accent varie un peu, mais c'est la même langue. Alimentant comme le réseau d'un même sang le corps de la grande famille anishnabecke.

À peine Ours-Têtu les a-t-il présentés qu'une femme s'avance, disant avoir un message pour lui de la part d'Ashini vers qui elle se propose de les conduire. Ils lui emboîtent le pas en même temps qu'une ribambelle d'enfants énervés par leur arrivée. Visiblement impressionnés par la stature colossale d'Ours-Têtu, ceux-ci tentent de reproduire la longueur de ses foulées.

— Il est grand, ton père, remarque l'un d'eux.

Quoi? Ces gamins le prennent pour un des leurs, se désole Petit-Renard. Ne voient-ils pas qu'il est déjà un homme? Est-ce dû au fait qu'il est si petit ou à celui qu'Ours-Têtu est si grand?

— Ashini a dressé son abri près de Pikamu, mentionne leur guide à l'instant où Petit-Renard vient pour rectifier les faits auprès des bambins.

Il tressaille à l'idée de retrouver N'Tsuk. Et si elle le voyait comme une moitié d'homme maintenant qu'elle peut le comparer à quantité d'autres de taille normale? Et si Ashini lui avait fait mal? Son cœur s'emballe. Lui fait presser le pas malgré son désir insensé de s'enfuir loin d'elle. En lui, un géant marche à grands pas pour la défendre. La protéger. Un si grand géant qu'aucun corps ne saurait jamais le contenir. Qu'aucun humain ne pourrait jamais se l'imaginer.

Un chien s'approche, prend connaissance de son odeur et repart comme s'il n'avait rien flairé de son impatience. Voilà que Petit-Renard devance Ours-Têtu et talonne la femme, fouillant les lieux de ses yeux vifs. Soudain, il aperçoit Ashini assis par terre, l'air égaré, une jambe étendue devant lui. Vêtu d'un loufoque capot français, il laisse un garçon lui enfoncer une perruque blanche jusqu'aux yeux.

— Je savais que tu viendrais, bredouille l'oncle à l'intention d'Ours-Têtu en replaçant les cheveux postiches par-dessus les siens.

— Je savais que tu réparerais le canot, répond Ours-Têtu en demeurant debout devant lui.

Avant de s'éloigner en riant, le gamin s'amuse encore à déplacer l'incongru couvre-chef que, cette fois-ci, Ashini laisse en place, les boucles emmêlées pendouillant sur son nez.

— J'ai gardé des fourrures de castor pour vous, annonce-t-il.

– Toutes celles qui portaient notre marque ? s'informe Ours-Têtu.

– Pas toutes…

– Ah, j'allais te remercier de les avoir transportées, laisse tomber Ours-Têtu avec une pointe d'ironie. Combien en as-tu gardées ?

– La moitié… au début… Peut-être moins… Prends place à mes côtés. Je ne peux me lever. Vois mon pied.

Ours-Têtu jette un bref regard aux graves brûlures de la plante du pied droit et consent à s'asseoir face à son oncle. Petit-Renard demeure debout, aux aguets, espérant l'apparition de N'Tsuk.

– Un mauvais esprit m'habite, confesse Ashini. Ce n'est pas moi qui ai volé vos castors mais lui… C'est lui qui a fait tout le mal… pas moi… C'est lui qui a brûlé mon pied.

– Et qu'est-ce qu'il a fait à N'Tsuk ? intervient Petit-Renard d'un ton de rage contenue.

Ignorant sa question, Ashini poursuit, s'adressant à Ours-Têtu sans jamais accorder la moindre attention à son jeune frère.

– Le mauvais esprit m'a forcé à mettre mon pied dans le feu…

– Et que t'a-t-il forcé à faire à N'Tsuk ? Lui crever l'autre œil ? demande brusquement Petit-Renard.

– Pour avoir de l'eau-de-feu, j'ai parié que je pouvais tenir sur un pied dans les braises. J'ai tenu… Vois mon pied : il est brûlé.

S'apitoyant sur lui-même, Ashini se regarde longuement le pied sans rien dire puis poursuit, se réfugiant derrière les bouclettes de sa perruque.

– C'était ça… ou échanger les castors qui restaient. Je n'ai pas crié… J'ai même ri avec eux. Oui… ils ont beaucoup ri de me voir tenir debout… sur mon pied. Ils m'ont donné de l'eau-de-feu et les cheveux d'Onontio…

Là, sur ma tête… les cheveux d'Onontio… le chef des Français.

— Et les cheveux de N'Tsuk? Qu'est-ce que tu en as fait? redemande Petit-Renard.

— Onontiogoa (Louis XIV) a fait la paix avec le Grand Chef des Yangisses, mais… les scalps des Yangisses valent encore beaucoup, poursuit en bredouillant Ashini comme s'il n'entendait pas Petit-Renard.

Excédé, ce dernier bondit sur son oncle et d'une claque fait voler la perruque. Fermement, il lui empoigne les cheveux et lui renverse la tête.

— Et N'Tsuk? Tu lui as pris les cheveux comme ça? Tu l'as battue encore? Réponds! Tu ne dis rien?

— Je n'ai rien fait à ma fille, grogne Ashini en tentant de se dégager.

— Toi, non, mais ton mauvais esprit, lui, qu'est-ce qu'il a fait?

— Rien… Il ne l'a pas touchée, mais il l'a punie quand même.

— Qu'est-ce que tu dis? Qu'est-ce que tu dis? répète Petit-Renard en écrasant le pied blessé sous le sien.

Ashini laisse échapper un cri et lance en vain un regard à Ours-Têtu le suppliant d'intervenir.

— Vois comme tu cries… Tu n'es qu'un lâche et tu lui as fait mal.

— Non, je ne lui ai rien fait. Rien! hurle l'ivrogne. Ce n'est pas ma faute si son ventre ne porte pas d'enfant.

Sur ce, N'Tsuk apparaît, humiliée par les dernières paroles de son père. Confus, Petit-Renard abandonne Ashini.

— Vois… Elle n'a rien…

Petit-Renard la regarde et la retrouve dans l'œil valide posé sur lui. L'œil capable de voir en lui l'amour d'un géant.

— Elle n'a rien dans le ventre non plus. Pas de bébé depuis son mariage. Elle est bien punie… oui, bien punie d'avoir voulu d'une moitié d'homme, vocifère Ashini pour se venger.

Ours-Têtu intervient avant que la situation ne dégénère.

– Combien de castors as-tu gardés? demande-t-il à son oncle, rappelant le sujet de leur discussion.

– La moitié... au début... peut-être moins... C'est juste, car j'ai tué plus de castors que Mingam. J'ai vidé des cabanes au complet. Windigo me visite pendant la nuit. Il a dit qu'il me mangera au complet un jour à cause de tous les castors que j'ai pris...

– Combien de castors?

– Moins que la moitié... parce que c'est moi que Windigo va manger. Vois, il a commencé par mon pied. J'avais caché vos castors, mais le mauvais esprit a découvert la cachette. Il est plus puissant que moi... Je n'ai pas pu l'empêcher de fouiller.

– Le mauvais esprit a laissé combien de castors?

– Moins que la moitié, balbutie Ashini en se fixant le pied afin d'éviter le regard d'Ours-Têtu.

– Combien?

– Quatre castors, répond N'Tsuk d'une voix ferme mais désolée.

Tout dans son attitude trahit son chagrin et son impuissance devant la dépendance d'Ashini. Depuis le jour où il a avalé le poison des Visages-Pâles, elle a perdu son père. Celui qui autrefois lui disait qu'elle était la plus adorable des petites filles lui répète aujourd'hui qu'elle n'est qu'un sujet de déception.

Comme une crue de printemps, Petit-Renard sent monter la tendresse en lui et se fait violence pour ne pas prendre sa cousine dans ses bras et la consoler. Ce qu'il donnerait pour se retrouver seul avec elle, derrière les rochers du ruisseau mystérieux! Ce lieu unique et magique où, dans le tumulte des bouillons, ils avaient appris le langage de leurs yeux, gestes et moindres soupirs, de sorte qu'en cet instant il saisit toute la détresse de N'Tsuk sans pouvoir y remédier.

— Je veux voir les castors, demande Ours-Têtu.

N'Tsuk pénètre dans l'abri d'écorces sommairement dressé près de celui de son père. Alors qu'elle ressort au bout de quelques minutes avec les fourrures, des grognements et des bâillements se font entendre. Petit-Renard les attribue à Pikamu qu'il n'a encore jamais rencontré, mais qu'il juge paresseux de dormir à l'heure où l'astre du jour est levé depuis longtemps.

— Ce sont nos fourrures, certifie Ours-Têtu après avoir reconnu leur marque.

— Oui… celles-là… le mauvais esprit ne les a pas eues… Oh ! il voulait les échanger contre de l'eau-de-feu, mais j'ai choisi de rester debout sur un pied… dans la braise… J'ai ri avec eux.

— Avec qui as-tu ri ?

— Avec ceux qui font les échanges… les Français. Ils… ils m'ont donné les cheveux d'Onontio… là… sur ma tête…

Ashini se touche le dessus de la tête. L'absence de sa perruque le ramène un instant à la réalité. Il s'étend le bras pour la reprendre et la remettre en place.

— Quand Onontio parlemente de paix avec ses ennemis, il met ses cheveux blancs, des cheveux de sage. Je mets les cheveux d'Onontio pour faire la paix avec toi.

— Je ne suis pas ton ennemi, réplique Ours-Têtu, mais ton neveu.

— Oui, mais le mauvais esprit en moi a agi comme un ennemi. Fume avec moi, neveu. Faisons la paix, demande Ashini en sortant sa pipe de l'étui accroché à sa ceinture.

— Tu n'as plus de tabac, grommelle Pikamu d'une voix traînante en se glissant la tête hors de l'abri.

Petit-Renard subit un choc à l'apparition du maigre visage où clignotent des yeux de fouine enfoncés dans leur orbite. Il savait que le mari de sa cousine avait le double de son âge, mais jamais il ne l'aurait imaginé si vieux et si défait. Prenant appui sur les coudes, l'homme les regarde d'un air abruti et demeure allongé à plat ventre comme si le reste de son corps appartenait encore au sommeil.

— C'est vrai, je n'ai plus de tabac, mais toi, il t'en reste, insinue Ashini.

— Il m'en reste, mais je n'ai pas à faire la paix avec ton neveu.

— Alors, donnes-en au père de ta femme...

— Un chasseur qui a des fils peut se montrer généreux. Mais sans fils, un chasseur ne vaut pas grand-chose. Regarde-toi. Tu n'as eu qu'une fille qui, elle, n'a pas encore d'enfant. Qui chassera pour toi quand tu ne seras plus capable ? Qui chassera pour moi ?

Pikamu s'extirpe péniblement de l'abri, s'étire de tous ses membres en bâillant et, se prenant la tête à deux mains, il vient s'écraser près de son beau-père en face d'Ours-Têtu, tandis que, les yeux rivés sur N'Tsuk, Petit-Renard ne bronche pas.

— L'eau-de-feu donne mal à la tête. Elle est comme un poison ensorcelé, confie Pikamu à Ours-Têtu. Une fois qu'on l'a bue, on veut en boire encore... Toi, tu n'as jamais bu l'eau-de-feu ?

— Non. Jamais je ne laisserai le mauvais esprit rentrer dans mon corps.

— Tu me regardes comme si j'étais un faible... Ou un sot... Mais, ce mauvais esprit-là, il a des pouvoirs pour rentrer dans le corps d'un homme. Fais attention. Il est plus fort et plus malin que toi.

Ours-Têtu ne répond rien. Pour lui, cette question est réglée. Pikamu ne le connaît pas pour douter ainsi de sa détermination, mais Petit-Renard sait très bien que rien ne le fera changer de ligne de conduite.

— Des parents sont arrivés avec leurs fourrures… Ils ont eu beaucoup d'eau-de-feu en échange… Ils ont donné un festin, explique Pikamu.

— Ils ont fait des mauvaises affaires à cause de l'eau-de-feu, ajoute Ashini.

— Oui, moi aussi, j'ai fait des mauvaises affaires, admet Pikamu, mais il me reste du tabac… et des peaux tannées que ma femme avait cachées. Elle est avisée, ma femme. Elle prépare bien les peaux et elle sait poser des pièges, précise-t-il comme pour se défendre de l'avoir choisie. Toi, tu dois aussi avoir quelques peaux tannées en plus de ces quatre castors.

— Oui, plus d'autres fourrures que celle du castor.

Petit-Renard fulmine. Pikamu l'ignore totalement. Comme s'il n'existait pas. Ou n'existait qu'à demi, et que cette demie n'était digne d'aucun intérêt. Que lui a dit l'oncle Ashini à son sujet? Pourquoi le traite-t-il de si humiliante façon?

— Ce qu'il y a dans mon canot ne m'appartient pas, ajoute Ours-Têtu. Et ce qu'il y a dans le canot de mon frère ne lui appartient pas non plus. Tout est à notre famille. Nous avons chassé et pêché ensemble. Les femmes ont séché de la viande, et mon frère a préparé de bonnes herbes de médecine.

Pikamu lui accorde enfin un regard étonné, comme si, tout d'un coup, il venait de s'apercevoir de sa présence.

— Les herbes ne valent plus grand-chose, souligne-t-il d'un ton dénigreur.

— Il sait parler français, ajoute Ours-Têtu.

— Les Français donnent trois fois moins que les Yangisses… et leurs couvertures sont moins bonnes, moins belles. Savoir parler français est moins utile que savoir parler iroquois, car ce sont eux qui connaissent le chemin pour aller chez les Yangisses. Les Français et les Yangisses ont fumé le calumet de la paix. De l'autre côté du Grand Lac Salé, ils se sont partagés nos terres par-dessus nos têtes. Les Yangisses et les Français se sont donnés chacun la moitié du pays des Iroquois, mais, pour les Iroquois, leur pays n'a pas changé. Ils vont où ils veulent et font des affaires avec qui ils veulent[6]. Ils ont de l'eau-de-feu aussi, mais la tête ne réfléchit pas bien avec l'eau-de-feu. Toi, tu ne bois pas.

Pikamu s'arrête et considère Petit-Renard avec plus d'attention.

– Vous deux… vous ne buvez pas… Je connais un homme du nom de Joseph à la mission des Iroquois. Il parle notre langue. Par lui, vous aurez les marchandises des Yangisses. J'ai confiance de vous envoyer vers lui pour échanger à ma place. Vous pourrez échanger pour vous en même temps.

Pikamu prend sa pipe et se met à tasser lentement le tabac dans le fourneau.

Sans que personne ne l'ait demandé, N'Tsuk court chercher une petite branche dans le feu voisin et, en soufflant, en fait rougeoyer le bout.

– Fumons à cela, offre Pikamu en présentant la pipe à Ours-Têtu afin qu'il l'allume au tison de la branche et en tire la première bouffée.

Froissé de se voir encore une fois éclipsé, Petit-Renard n'en laisse rien paraître. L'empressement avec lequel N'Tsuk est allée chercher du feu révèle à quel point elle désire la conclusion de cette entente et, de tout cœur, il espère qu'Ours-Têtu acceptera.

Par bonheur, celui-ci se tourne pour lui passer la pipe, l'incluant dans le marché.

– Si mon frère est d'accord…

---

6. Par le traité d'Utrecht (11 avril 1713), Terre-Neuve, la baie d'Hudson et l'Acadie passent à l'Angleterre qui s'arrange pour stipuler dans le traité «la pleine liberté pour les Indiens de se fréquenter pour le bien du commerce […] et de visiter les colonies anglaises ou françaises».

*

Mission de Saint-Louis, Kahnawake[7].

Ils ont traversé le lac Canassadaga, dans cette contrée nouvelle où quelques coteaux couverts de pins rompent la ligne faiblement ondulée de la plaine. Puis, ils ont sauté un petit rapide entre deux îles où des Français tenant un poste de traite leur faisaient signe d'arrêter. Mais ce n'était pas l'endroit décrit par Pikamu, et ils ont poursuivi leur route débouchant dans un autre lac d'envergure rempli de belles et grandes îles couvertes de prairies (lac Saint-Louis). Longtemps, ils ont pagayé vers le soleil levant et voilà qu'ils accostent enfin au pied d'une palissade de pieux en amont d'imposants rapides (rapides de Lachine).

Bien que les narines d'Ours-Têtu frémissent à l'odeur des eaux tumultueuses, celui-ci demeure d'un calme absolu. Ils viennent de mettre pied chez des inconnus, et rien ne doit transparaître de leurs émotions, sentiments ou passions. Chemin faisant, ils se sont préparés à rencontrer les Iroquois, puisant dans la Parole ce qui pourrait servir leur cause. Ces gens sont d'une autre langue, d'un autre sang, d'une autre culture. Autrefois ennemis de leur peuple, ils entretiennent aujourd'hui des liens commerciaux avec lui, mais tout doit les inciter à la prudence. Voire à la méfiance. Dans cette optique, ils n'osent pénétrer l'enceinte du village et déposent sur la grève le butin qu'ils prévoient échanger, attendant qu'on vienne à leur rencontre. Ce qui ne tarde guère.

------

7. Kanahwake: signifie « aux rapides ». Caughnawaga, une déformation hollandaise du mot kanahwake, fut longtemps employé par les Anglais et les Français. En 1981, le Centre culturel mohawk Kanienkehaka Raotitiohkwa travailla pour restaurer le nom traditionnel. En 1985, Kanahwake devint officiel sur les panneaux routiers.

Joseph, l'homme dont Pikamu a parlé, se porte au-devant d'eux. Âgé d'une quarantaine d'années, assez grand et vêtu de tissu à l'exception de ses mocassins, cet Iroquois porte en pendentif la croix des convertis et des colliers de perles de verre.

Avant même de prendre le temps d'examiner leur butin, il leur propose, d'un air louche, de boire de l'eau-de-feu. Vraisemblablement vexé de leur refus, il évalue alors d'un simple coup d'œil ce qu'ils ont déchargé et fait une offre insignifiante comportant une flasque d'alcool.

– Pas d'eau-de-feu, répète Petit-Renard, prenant en main les négociations selon le souhait d'Ours-Têtu.

Leur attitude ne semble pas faire partie des marchandages habituels et, après avoir manifesté sa contrariété, l'homme se met à tâter leurs peaux et fourrures d'une main dédaigneuse.

– Nos peaux de wapitis sont grandes et bien tannées. Nous sommes de bons chasseurs.

– Les bons chasseurs ont beaucoup de castors, lance l'homme avec une pointe de sarcasme.

– Il est arrivé un accident à nos fourrures, réplique-t-il, incapable d'accuser son oncle de vol. Toutes les provisions de viande que nous t'offrons et toutes ces glandes séchées de castor prouvent que nous sommes de bons chasseurs.

Sur ce, Petit-Renard ouvre un panier d'écorce plein des précieux organes servant en médecine[8]. L'homme y jette un œil avec indifférence.

– Nous avons aussi des plantes pour soigner, ajoute Petit-Renard.

---

8. Souvent confondues avec les rognons ou les testicules, ces glandes produisent le castoréum, une huile rougeâtre utilisée, à l'époque, en médecine amérindienne et française.

— Les Visages-Pâles veulent des castors, laisse tomber laconiquement le trafiquant en examinant maintenant leurs canots à la dérobée.

— Qui a construit les canots?

— Mon frère, le Maître-des-Eaux-Blanches.

Petit-Renard affiche une expression de fierté. Joseph la capte aussitôt et se tourne alors vers Ours-Têtu pour lui demander son avis sur la capacité de ses canots à franchir leurs rapides.

Avec un flegme étonnant, Ours-Têtu affirme que ses canots sont bien équilibrés, légers, solides et facilement maniables et que, pour ce qui est de franchir les rapides, cela dépend de celui qui tient la pagaie.

— Si tu tiens la pagaie de ton canot, saurais-tu être le maître de nos eaux blanches? questionne Joseph en le mettant au défi.

À la façon dont Ours-Têtu répond par l'affirmative, Petit-Renard sait que, désormais, l'intention de relever ce défi est implantée dans le cerveau de son frère et que, quoi qu'il advienne, il la mettra à exécution.

Les yeux calculateurs de Joseph se promènent de leurs canots à leur butin en passant par Ours-Têtu. Finalement, le plus sérieusement du monde, il propose une offre alléchante en échange d'Ours-Têtu lui-même avec son canot. Devant leur stupéfaction, il précise:

— Les Français recherchent des hommes grands et forts pour faire la petite guerre.

— Il n'est pas converti, réplique Petit-Renard qu'un tel marché déroute.

— Pas besoin d'être converti pour porter la guerre aux Autagamis[9].

---

9. Autagamis: les Renards, de la grande famille algonquienne. Ils occupaient une position stratégique sur l'importante voie commerciale du fleuve Missisippi. N'ayant pas signé le traité de la Grande Paix de 1701, les Français leur firent la guerre pendant plus d'un quart de siècle jusqu'à leur quasi-extermination.

– Pourquoi porter la guerre aux Autagamis ?

– Ils sont mauvais pour les échanges.

Petit-Renard ne connaît pas les Autagamis. Encore moins le lieu où ils habitent, mais il se désole d'apprendre que des forces puissantes s'allient contre eux. Est-ce la vengeance du castor qui s'en prend maintenant à ce peuple qu'il se sent enclin à défendre plutôt qu'à attaquer ?

Cela lui paraît absurde. Indécent. Révoltant. Il regarde son frère aussi indigné que lui et, d'un commun accord, ils commencent à ramasser leurs effets.

– Oublie mes paroles. Ce soir, pendant la prière, Atsehaiens fera une offre.

À la façon dont Joseph prononce le nom d'Atsehaiens, Petit-Renard et Ours-Têtu comprennent qu'ils auront affaire à un homme de pouvoir dans le réseau des échanges avec les Yangisses.

*

À l'intérieur de l'enceinte de Kahnawake.

Les voilà dans une des grandes maisons d'écorces de cèdre qui se dressent de chaque côté du chemin traversant le village. Discrètement, ils observent cette habitation familiale qui diffère tellement de la leur. Ici, chaque groupe occupe un espace donnant sur une allée centrale où brûle son feu. Au plafond sont suspendus des poissons séchés et, sur des planches soutenues par des poteaux situés au centre, s'empilent différents objets tels vêtements, raquettes, poteries, contenants, etc.

Atsehaiens, qui signifie « celui qui contrôle le feu », est assis sur une des plateformes courant le long des murs latéraux en compagnie d'une très vieille femme. Petit-Renard et Ours-Têtu prennent place sur des nattes par terre. La rencontre a quelque chose de solennel et de clandestin à la fois, car, à l'exception de jeunes enfants et de Joseph faisant le guet à la porte d'entrée, la maison est déserte. Plus tôt, une cloche a sonné, invitant les adultes du village à se rassembler dans la maison du Grand Esprit des Français et, par intervalles, un bourdonnement mélodieux leur en parvient.

Atsehaiens devise avec la vieille, lançant à l'occasion un regard chargé de questionnement dans leur direction. Dans la cinquantaine, il dégage sagesse et autorité. Le torse nu, il exhibe de nombreuses cicatrices sur ses muscles encore saillants, et son corps robuste ainsi que sa taille élevée révèlent un homme de combat. Cependant, quelque chose dans son regard pénétrant trahit l'homme de réflexion. Il porte pour tout vêtement de jolies midass[10] décorées de rubans colorés et de fleurs brodées de poils d'orignal teints en rouge et en jaune. Sa chevelure est ramassée au centre de la tête et maintenue dressée par de la graisse mêlée à de la poudre rouge. Trois mèches plus longues émergent de la coiffure, chacune portant une plume.

Assis près d'Ours-Têtu, Petit-Renard attend. Quoi ? Il ne sait pas. Tout lui paraît étrange. Irréel. Sont-ils des invités ? Des prisonniers ? Des otages ?

Toute la journée, il a eu l'impression de vivre un rêve éveillé et de renouer avec l'esprit de ses ancêtres. Son arrière-grand-père Loup-Curieux marchait avec lui dans le village composé de plus de quarante maisons et l'accompagnait dans les champs de maïs qu'on lui a fait visiter. Les jeux des gamins à l'orée des cultures et le bavardage des femmes et des fillettes désherbant au pied des plants trouvaient écho en lui. Tout cela, il l'avait déjà

---

10. Midass : longues jambières remontant jusqu'aux cuisses et attachées à la taille pour protéger des ronces et des épines. « Mitasse » chez les Français.

vu et vécu par la Parole, et son cœur a pleuré tous leurs morts. Ceux des maladies, ceux des guerres, ceux du massacre sur la plage de Nominingue. Sans cesse, il se remémorait que des armes iroquoises avaient fait couler le sang des siens, mais la vengeance ne parvenait pas à nouer ses poings. Inquiet, il s'interrogeait si les esprits le lui reprochaient.

Pour sa part, incapable de résister à l'appel des rapides, Ours-Têtu s'était retiré près d'eux. Longtemps seul. À les étudier. Puis, il était revenu, l'âme en paix de s'être entretenu avec le manitou qui les habitait.

Avant de les conduire ici, Joseph les avait emmenés voir une joute de baggataway[11]. Pour la première fois, ils assistaient à une telle compétition sportive et, vers la fin, un joueur s'étant blessé, Joseph proposa à Ours-Têtu de le remplacer.

Avec quelle fougue son grand frère s'était donné au jeu! En lui, il voyait Loup-Curieux, sautant, courant, lançant la balle avec précision et, encore une fois, une voix lointaine chuchota: «Vois, je jouais comme eux… Je faisais partie de l'équipe de mon village… Ils m'ont tué… Venge-moi… Venge-nous… Ils nous ont massacrés… »

Mais, au lieu de crisper ses muscles, la colère cette fois-là se mua en un enthousiasme partisan. Ce n'était ni Ours-Têtu ni Loup-Curieux qui se distinguait sur le terrain par ses performances, mais tout son peuple, les morts comme les vivants, les jeunes comme les vieux, hommes, femmes ou enfants, longtemps pourchassés et isolés en forêt. C'était lui, c'étaient sa famille et les bandes réunies au lac Canassadaga. C'était leur sang… La réponse de leur sang enfin porteuse d'une victoire.

Alors que, par gestes, ses coéquipiers le félicitaient, Ours-Têtu échangea avec lui un regard où se lisait cette

---

11. Baggataway: jeu de la crosse.

même satisfaction profonde d'avoir démontré la valeur de son peuple à travers la sienne.

— Frère à toi bien joué, débute leur hôte.

Petit-Renard s'étonne de se voir adresser la parole en une langue que les Iroquois sont censés ignorer. Il se demande aussi comment Atsehaiens a bien pu deviner qu'il en connaissait les rudiments. Il ne montre rien de sa surprise et de ses interrogations, résolu à se comporter comme s'il allait de soi que l'entretien se déroule en français.

— Frère comprend point langue des Français, précise-t-il cependant.

— Atsehaiens comprend point langue de frère à toi. Voici Teionshio, cousine de mère.

Sur ce, Atsehaiens se tourne vers la vieille qu'il salue avec respect et poursuit :

— Teionshio parle langue des Kanienkehakas [12] et langue des Yangisses.

— Je traduis à frère, tu traduis à Teionshio.

L'homme approuve d'un hochement de tête et les considère pendant de très longues minutes.

— Frères très différents, note-t-il.

— Père bon chasseur : a deux femmes.

— Ici, Robes-Noires : pas bon dire « père a deux femmes »… Si Robe-Noire interroge, tu dis « première femme morte »… Dans village, Robe-Noire aime voir nous tous adopter Grand Esprit des Français.

— Je dis première femme morte… Mais, moi point adopter Grand Esprit des Français.

Petit-Renard tient à établir d'emblée ses exigences. Avant son départ, Mingam lui a rappelé les conseils de l'Ancienne qui sont comme les quatre directions du

---

12. Kanienkehaka : ainsi se nommaient eux-mêmes les Iroquois agniers ou Mohawks.

monde, et il est bien déterminé à les suivre. Si, pour bénéficier de contacts permettant d'obtenir des marchandises anglaises, il lui faut abandonner son âme aux Robes-Noires, il préfère dès à présent mettre fin à l'entretien.

Atsehaiens se penche vers Teionshio. La traduction qu'il lui fait éveille aussitôt une lueur dans les yeux de la femme qui prononce quelques mots d'une voix éraillée.

– Teionshio demande qui cueille plantes.

– Moi. Je connais plantes, mais encore beaucoup à apprendre.

Nouvelle traduction à Teionshio. Nouvelle question de celle-ci de sa voix d'outre-tombe.

– Toi, très petit... Esprit puissant entré dans toi quand toi naître?

L'idée qu'il puisse être d'origine surnaturelle en raison de sa petite taille ne lui a jamais effleuré l'esprit, puisque sa mère est presque d'aussi petite taille. Par contre, il devine l'immense intérêt que cette idée représente chez la vieille femme et répond de façon à ne pas la décevoir, expliquant qu'un esprit l'a sauvé de la noyade lorsque ses grands-parents ont péri aux rapides de Kichedjiwan.

Un léger sourire anime les multiples rides de Teionshio. Cette fois-ci, elle s'entretient plus longuement avec Atsehaiens. Après un moment, ce dernier résume à Petit-Renard les propos de la vieille: ses plantes ainsi que ses glandes de castor sont bien préparées et s'il veut parfaire ses connaissances en ce domaine, elle est disposée à lui transmettre les siennes et à lui montrer des plantes inconnues de lui. Il termine en indiquant que Teionshio signifie «femme-médecine».

Séduit par l'offre, Petit-Renard sent poindre en lui le fol espoir de découvrir dans la pharmacopée de Teionshio une plante susceptible de rendre N'Tsuk féconde.

Teionshio fait signe à Atsehaiens de se pencher vers elle et lui chuchote à l'oreille. Après un bref regard vers

Joseph posté devant la porte, il prédit sur un ton confidentiel;

— Toi désigné pour devenir homme-médecine... Un jour, dans songe, esprit puissant donner des pouvoirs à toi.

Lui? Désigné? Non. Il ne croit pas. Pourtant... en lui, ce désir de guérir... Et puis, non. Elle se trompe. Qu'importe! S'il le faut, il jouera ce jeu pour devenir son apprenti.

— Robe-Noire dit connaissances à nous venir de Mauvais Esprit, mais Robe-Noire veut connaître connaissances à nous... Teionshio veut garder connaissances à nous.

Nouvelle pause de Atsehaiens qui, maintenant, semble réfléchir à haute voix.

— Frère veut point être guerrier pour Français... Toi et frère, hommes de paix?

À n'en pas douter, Atsehaiens cherche à connaître le fond de leur pensée. Petit-Renard se rend compte tout à coup que le but de la visite du village ainsi que la participation d'Ours-Têtu à la joute de baggataway s'avéraient en fait des moyens pour les étudier et aussi pour les impressionner par la suprématie de la société iroquoise. N'est-elle pas stable, bien logée et bien nourrie? Ses champs de culture ne lui fournissent-ils pas maïs et semences? Les expéditions guerrières ne lui rapportent-elles pas des prisonniers qui servent de main-d'œuvre ou des enfants qui, à la longue, deviennent iroquois? De plus, cette société n'est-elle pas autant courtisée par les Français que par les Anglais? Petit-Renard ne maîtrise pas suffisamment la langue pour s'aventurer à traduire leur position et leur opinion face aux politiques iroquoises et, par mesure de prudence, il choisit de s'en tenir à une réponse qui exclut toute allusion à ce sujet.

– Moi et frère suis conseils des ancêtres. Fais point confiance à Visages-Pâles… Laisse point âme à Robe-Noire… Trompe point âme avec eau-de-feu… Tue point animaux seulement pour fourrure.

Son hôte rapporte ces propos à Teionshio qui opine de la tête en marmonnant.

– Teionshio est sourde… Entend point paroles à toi… Entend point paroles à Robe-Noire.

Petit-Renard regarde tour à tour Teionshio dont l'expression se teinte de bienveillance maternelle et Atsehaiens dont le visage demeure imperturbable. Il est incertain d'avoir compris cette histoire de surdité subite, mais n'ose demander des explications.

– Langue à toi, muette? observe finalement Atsehaiens.

– …

– Oreilles sourdes?

– …

Comme il ne sait que répondre, Petit-Renard maintient son silence. Curieusement, son interlocuteur semble apprécier cette attitude et, avec un subtil sourire :

– Tu comprends maintenant, dit-il.

Toujours aussi intrigué, Petit-Renard demeure coi dans l'espoir d'apprendre ce qu'il est censé avoir compris.

– Avec Robe-Noire, tu fais comme moi. Avec Robe-Noire, tu comprends point langue des Français.

– Avec Joseph? s'enquiert-il.

– Joseph parle langue des fourrures.

Voilà. Il y a deux mondes, ici. Deux paires d'oreilles. Deux langues. Deux visages. Dans l'un de ces mondes, il peut dire les vraies choses, dans l'autre, il doit dire ce que les Français ou la Robe-Noire veulent entendre. Cela lui semble assez simple, mais quelque chose l'agace.

– Si Joseph parle langue des fourrures, pourquoi frère et moi assis devant toi et Teionshio?

– Quand Joseph va chez Yangisses, Joseph habite dans famille de Teionshio.

Voilà donc d'où relève l'importance de la vieille, en déduit Petit-Renard. Elle représente le lien entre les deux communautés iroquoises qui, chacune, vit à proximité des Visages-Pâles. C'est par son influence que circulent fourrures et marchandises anglaises.

– Joseph dit offre venir de toi, rappelle Petit-Renard.

Atsehaiens acquiesce et s'informe sur le nombre de canots qu'Ours-Têtu serait capable de construire et d'acheminer à Kahnawake au printemps prochain. Prenant bien garde de dissimuler le contentement que lui procure l'intérêt suscité par ses canots, Ours-Têtu évalue ce nombre à sept. Atsehaiens propose alors l'arrangement suivant. La viande séchée, les castors et autres pelleteries qu'ils ont apportés seront échangés contre des marchandises anglaises. Les sept canots qu'Ours-Têtu acheminera au printemps prochain seront échangés aux conditions des Français, car ces canots leurs sont destinés. Par contre, la viande séchée, les castors et autres pelleteries qu'il y aura à l'intérieur de ces canots prendront le chemin des Anglais. Atsehaiens assure ne pas douter que les membres de leur famille soient de bons chasseurs. Pour cette raison, il offre de dédommager l'accident arrivé à leurs fourrures en payant d'avance la valeur d'un canot à condition que Petit-Renard demeure auprès de Teionshio pour être ses pieds et ses jambes car elle ne peut plus aller en forêt, pour être ses yeux car sa vue baisse, pour être ses mains car les siennes tremblent, pour être ses bras car elle ne peut plus pagayer.

Conscient que cette offre fait de lui un otage déguisé en apprenti, Petit-Renard ne peut cependant pas l'écarter. La possibilité d'apprendre auprès de Teionshio éclipse tous les risques et inconvénients qu'elle pourrait comporter. Cependant, il craint qu'Ours-Têtu ne s'y oppose et il s'interroge sur la pertinence de lui traduire intégralement la proposition.

— Ton visage est songeur, mon frère. Ne me cache pas la vérité, lui glisse Ours-Têtu.

Comment ce colosse parvient-il à lire en lui avec autant de finesse ? Jamais, il ne pourra lui cacher quoi que ce soit. Aussi bien tout lui dire.

Cette fois-ci, Ours-Têtu flanche dans la maîtrise de ses émotions, et un nuage d'inquiétude passe sur son visage.

— Pourquoi te garderaient-ils ? Dis-leur que ma parole est bonne… Que je viendrai au printemps avec les canots.

— Je ne peux pas leur dire cela, Ours-Têtu, car mon intention est de rester auprès de Teionshio… Mon voyage commence ici.

Triste comme un adieu, le regard d'Ours-Têtu descend en lui avec tout ce qu'il a de pureté et d'attachement.

— Si tu restes avec nos anciens ennemis, quelle garantie ai-je, mon frère, de te revoir vivant ?

— Et moi, quelle garantie ai-je, mon frère, de te revoir vivant quand tu te lanceras avec ton canot dans leurs rapides ?

Ours-Têtu comprend. Le temps est venu pour eux d'aller chacun dans son canot et de prendre chacun ses risques.

Et, tandis que le grand frère se recompose un visage impassible, Petit-Renard annonce à Atsehaiens qu'ils acceptent son offre.

Chapitre 11

Tehonikonrathe (Esprit-Brillant)

1715, en la lune où les oiseaux perdent leur duvet et gagnent leurs plumes (juillet), lac Canassadaga.

Un canot sur le lac immense. Bien petit devant les vagues énormes que projette sur sa pince un fort vent du sud-est accompagné de pluie.

À la gouverne, muscles tendus et corps ployé, Petit-Renard pagaie de toutes ses forces. « Pourvu que j'atteigne la terre avant l'orage », pense-t-il.

Il lève la tête, entrevoit au loin la lisière sombre du littoral qui lui paraît toujours à la même distance. La pluie abondante lui gifle le visage et coule sur son corps se mêlant à sa sueur. Une soif intense le tenaille, mais il ne peut se permettre de délaisser la pagaie pour puiser l'eau, alors il se contente de boire la pluie.

Jamais il n'a tant peiné avec l'impression de faire du sur-place. Est-ce là un message du grand-oncle Wapitik décédé au cours de l'hiver ? Est-ce pour lui manifester sa désapprobation qu'il aille séjourner une autre année chez les Iroquois qu'il a fait s'accumuler les nuages d'orage ? Ce matin, rien ne présageait un changement si subit des éléments. Il s'était séparé des siens, embarrassé de retourner auprès de Teionshio, la femme-médecine, plutôt que de revenir avec eux à leur territoire, tel que convenu.

Une rafale le fait reculer. Ce vent qui freine sa course ne favorise-t-il pas justement sa famille qui navigue en sens contraire? N'est-ce pas là une réponse claire qu'il voyage dans la mauvaise direction? Il n'ose y croire et invoque l'esprit de son oki afin qu'il le protège. Le guide. L'éclaire. Mais cet esprit-là saura-t-il s'entendre avec celui du grand-oncle défunt?

«Wapitik, marmonne Petit-Renard entre ses dents serrées par l'effort, si tu m'en veux, fais chavirer mon canot… et ce sera ainsi.»

Oui, il finira ainsi. Mort noyé dans ce lac où se noient les eaux de la Grande Rivière, y rejoignant avec retard, sa grand-mère Aonetta et son grand-père Arbre-Coupé. Mort noyé à vingt ans. Sans témoin. Ni femme ni enfant à bord. Ni personne pour s'apercevoir de son naufrage et chercher son corps, sa famille le croyant reparti vers Teionshio, et elle le croyant avec sa famille.

Ce sera ainsi. Il sombrera avec son amour de géant plein le cœur et sa tête pleine de questions. On ne le pleurera pas vraiment, car il ne serait pas vraiment mort. Simplement disparu. Et, de part et d'autre de l'immense bassin des lacs, deux femmes guetteront son retour. L'une, jeune, son œil valide fixé vers le sud-est. L'autre, vieille, ses yeux presque éteints tournés vers le nord-ouest. N'Tsuk et Teionshio.

Et lui, il ne saura jamais si l'une a donné la vie ni quand l'autre aura perdu la sienne. Ce sera ainsi. La Mémoire comme la Parole s'éteindront avec lui. Et le silence règnera dans l'ignorance des choses.

Dans sa famille, la vie continuera sans lui comme durant ces dernières lunes alors qu'il était à Kahnawake. À

160

ses deux fils, Ours-Têtu enseignera à lire les traces des bêtes et à construire des canots. Peut-être… peut-être leur parlera-t-il quelquefois de ce drôle de petit oncle parti pour étudier les plantes et qui n'est jamais revenu… Peut-être racontera-t-il à son dernier-né que ce drôle de petit oncle a eu le privilège d'assister à sa naissance et de mettre la poudre de vesse-de-loup[64] séchée sur son nombril pour l'aseptiser.

Quel moment inoubliable, se remémore Petit-Renard. Il peut bien mourir maintenant qu'il a vu naître. Ses mains tremblaient de se retrouver là où celles de son frère auraient pu se retrouver, mais, par obstination ou malaise, Ours-Têtu s'était éclipsé. Oui, il se souvient, ses mains tremblaient. Qu'il fût là lui parut une chance extraordinaire, car rares étaient les hommes qui assistaient à un accouchement. Avec émotion, il observait sa tante Aile-d'Outarde faire des pressions sur l'abdomen au moment des contractions pour faciliter l'expulsion. « Il t'attendait », disait la femme d'Ours-Têtu entre ses poussées comme pour justifier sa présence. Alors que tout au long du voyage vers le lac Canassadaga, on avait redouté que ce bébé ne naisse en chemin, une fois rendu à destination, celui-ci s'attarda dans le ventre de sa mère. Et, de la façon dont les choses s'étaient déroulées, on aurait vraiment cru qu'il l'avait attendu pour voir le jour.

En effet, la livraison des sept canots ayant mis fin à sa mission d'otage-apprenti, il n'avait pas quitté Kahnawake en même temps qu'Ours-Têtu et ses beaux-frères associés dans l'affaire, mais seulement le surlendemain, après avoir fait convenablement ses adieux à Teionshio et pris soin de consolider leur partenariat avec Atsehaiens. Il était arrivé les bras chargés de cadeaux pour chacun et chacune. Avec empressement, il avait distribué pipes, tabac, couteaux,

---

1. Vesse-de-loup : champignon commun, *Lycoperdon perlatum*.

colliers de perles de verre, peignes et miroirs. Quel bonheur il goûtait de les voir accepter. À N'Tsuk, il avait donné des racines rendant les femmes fécondes. Il les avait lui-même cueillies et les avait fait longuement sécher à l'ombre, les retournant plusieurs fois par jour. Toujours en pensant à elle. La remercier d'accepter ce présent fut un moment troublant. Cette racine que les Iroquois nommaient garentauguing[2] présentait un peu l'apparence d'un enfant. À l'instant où N'Tsuk la recevait, la femme d'Ours-Têtu eut de fulgurantes contractions. Elle alla s'agenouiller dans l'abri en compagnie d'Aile-d'Outarde et de La Souris, alors que son frère en profita pour aller lever les filets avec Mingam.

Demeuré seul avec N'Tsuk, Petit-Renard avait le cœur chaviré rien qu'à respirer le même air qu'elle. « C'est un signe, tu crois ? » lui demanda-t-elle, faisant allusion aux racines de garentauguing qui semblaient avoir déclenché les contractions. « Oui, c'est un signe », répondit-il, comblé de voir naître un sourire d'espoir sur ce visage aimé que les cicatrices ne pouvaient enlaidir.

Les yeux rivés à l'abri, tous deux écoutaient la respiration courte et saccadée de la femme en travail. Tous deux subjugués par le même mystère auquel ni lui jamais, ni elle encore, ne pouvaient accéder.

La parturiente le demanda auprès d'elle, interprétant la coïncidence de son arrivée et des premières contractions comme un désir de son bébé d'être reçu entre ses mains.

Et elles tremblaient, ses mains, alors que la femme accroupie, sans un cri ni une plainte, poussait hors de son vagin une petite tête noire et visqueuse. Il se sentait tellement dépassé par ce rôle réservé aux femmes. Un

---

2. Garentauguing ou garent-oguen : signifie « les cuisses de l'homme », racine de ginseng (*Panax quinquefolius*).

dernier effort, et le corps entier se retrouva tout chaud, tout mouillé dans ses mains dès lors calmes et responsables.

Lui qui voulait apprendre les choses de la vie, quel rare privilège il avait de la recevoir dans ses paumes dès le premier instant! Et quel bonheur connaissaient ses oreilles d'entendre le vagissement du nouveau-né!

Le tonnerre gronde au loin. Se confond à ce cri de la naissance qui annonce peut-être sa mort. Avec consternation, il constate que l'eau a rempli à tel point son canot qu'un simple ballottement de cette masse liquide peut le faire chavirer. Pas de doute, il lui faut écoper. Rapidement, il troque la pagaie pour le récipient d'écorce et se met à vider l'embarcation. En l'absence de gouverne et de propulsion, cette dernière se trouve à la merci du vent qui, bientôt, détourne la pince et expose le flanc aux vagues. « Ne laisse jamais le vent s'emparer de ta pince », lui a toujours recommandé Ours-Têtu. Vite, Petit-Renard reprend la pagaie juste à temps pour déjouer une traître masse d'eau l'assaillant de côté.

« Ce sera ainsi, Wapitik, mais je ne me laisserai pas mourir, moi », grommelle-t-il sur un ton de défi. Nouveau roulement de tonnerre. « Tu entends? » crie Petit-Renard en augmentant la cadence de ses coups de pagaie. « Pourquoi tu n'as pas mangé de mon maïs, Wapitik? » crie-t-il une autre fois. Le bruit du vent, de la pluie et des vagues en guise de réponse. Insaisissable. Intraduisible. Comme la mort de Wapitik et le silence de son agonie. Et sa bouche fermée à toute parole et au moindre grain de maïs venant des Iroquois. Plus rien n'entrait, plus rien ne sortait de cette bouche. Wapitik parlait avec son corps entier qui allait s'amenuisant. S'affaiblissant.

Wapitik parlait avec son silence. Et plus il se taisait, plus les autres entendaient son cri. Sa révolte. Et son combat. Avant même d'entrer dans l'éternité, Wapitik était entré dans le silence éternel. Et l'on se mit à vouloir entendre ce vieillard que l'on n'écoutait plus tellement.

Chacun s'est mis à le harceler, les hommes à leur manière, les femmes à la leur afin qu'il ouvre enfin cette bouche. Pour parler. Pour manger. Mais il ne l'a pas fait.

« Tu te trompes, Wapitik, poursuit mentalement Petit-Renard. Je ne suis pas un traître. »

Un éclair zèbre le ciel bientôt suivi d'un coup de tonnerre, puis le vent se met à tourner d'un côté et de l'autre, annonçant l'imminence de l'orage. Petit-Renard évalue la distance le séparant du littoral et se rend compte qu'il ne pourra pas l'atteindre malgré ce vent qui, maintenant, le pousse dans le dos. Se servant alors de la pagaie plaquée sous l'aisselle droite pour maintenir la direction, il écope de la main gauche. Soudain, avec un bruit effroyable, la grêle s'abat, blanchissant la surface sombre du lac d'une multitude de particules rebondissantes. Elle s'abat et le lapide de grêlons aussi gros que des œufs de tortue.

Les yeux fermés, la pagaie toujours fichée sous l'aisselle droite, il se résigne à la torture de centaines de projectiles le meurtrissant sur tout le corps. C'est Wapitik qui l'atteint avec chacun d'eux. C'est Wapitik qui lui répond de l'au-delà et qui veut le faire souffrir. Avant de le faire mourir. Son silence immortel s'est mué en tambourinement de rage sur la surface du lac. Et il frappe sur sa peau comme frappaient les guerriers sur la peau tendue de leur tambour.

Petit-Renard porte la main à son oki. « Wapitik ! hurle-t-il à pleins poumons, vivre chez les Iroquois n'a pas fait de moi un traître. Arrange-toi avec mon oki… si tu veux ma vie. »

Un léger engourdissement fait place à la douleur, et sa tête tourne. Il se sent dans un non-lieu et devient un non-être. Peu de temps avant dans le ventre même de l'orage, le voilà à présent nulle part et partout à la fois. Mort et vivant. Ailleurs et ici. « Tu m'en veux, Wapitik, songe-t-il, tu m'en veux de retourner vers Teionshio… C'est ainsi… J'ai fait un songe… Un songe… Mais il y a autre chose. »

Oui, autre chose que ce songe étrange qu'il veut raconter à la vieille femme. Et qui le force à revenir vers elle alors qu'il lui a déjà fait ses adieux. Cette autre chose qui s'est développée au fur et à mesure qu'il apprenait la langue iroquoise et entendait ainsi les paroles de la bouche même de la femme-médecine. Cette autre chose constituée d'attachement, de respect, de confiance et de besoin. Car il a besoin d'elle, et il sait maintenant qu'elle a besoin de lui. Pourtant, jamais elle ne le lui a dit, et lui jamais n'a voulu se l'admettre.

Lorsqu'il est allé la saluer avant de partir, elle lui a raconté l'histoire de son fils, mort attaché par des chaînes à une pagaie d'un bateau français de l'autre côté du Grand Lac Salé. Il ignorait qu'elle avait eu deux fils, ne connaissant que l'ivrogne reparti près d'Albany à la fin de l'hiver afin de boire à son aise loin d'elle. Ce premier fils, qu'elle a tant pleuré, avait été capturé par traîtrise et lâcheté à l'époque où les Français voulaient les détruire en brûlant leurs récoltes[3]. C'était un guerrier qui faisait toute sa fierté, et, tout comme elle, il n'était pas converti… L'histoire finissait là. Puis, elle avait ajouté de sa voix éraillée : « Je te donne un nom pour montrer que je t'ai accepté comme fils. Où que tu ailles chez les gens de la Grande Maison[4], tu diras t'appeler Tehonikonrathe, du clan de l'Épervier, fils de Teionshio. Ces gens te reconnaîtront

---

3. En 1687, lors d'une expédition contre les Iroquois, Denonville capture traîtreusement trente-six d'entre eux en les convoquant à des pourparlers de paix. Il les envoie en France pour servir d'esclaves sur les galères de la flotte royale française en Méditerranée. Treize d'entre eux survécurent.
4. Grande Maison (Kanonsion-ni) : la confédération iroquoise des Cinq-Nations.

comme l'un des leurs, car Atsehaiens portera ce nom jusqu'à eux. »

Tehonikonrathe, l'Esprit-Brillant. Ainsi le voyait-elle. Le définissait-elle aux yeux des autres. Lui n'estimait pas mériter ce nom, mais, pour ne pas la froisser, il l'avait accepté avec la désagréable impression d'être un imposteur. Pas un songe révélateur ne l'avait visité lors de son séjour et, bien qu'il eut appris beaucoup sur les plantes, il commençait à peine à comprendre ce qui, chez ses hôtes, engendrait et motivait leurs actions. Toutes leurs guerres, traités, alliances, échanges et trocs entremêlaient leurs racines loin dans le temps passé et tentaient de les prolonger loin dans le temps futur. Étant issu d'un peuple de chasseurs, sa notion de territoire différait de la leur et, donc, toute la politique qui en découlait lui était étrangère. Comment Teionshio pouvait-elle voir en lui un esprit brillant ? « Un jour, tu auras un songe », prédisait-elle. Il doutait de cela, n'ayant eu que des rêves, mais, cette nuit, ce fut un songe. « Lorsqu'un songe te visitera, tu sauras le reconnaître », avait-elle aussi prédit. Et il l'a reconnu... Alors, il revient vers elle, car elle sait des choses sur lui qu'il ignore. Il doit lui raconter ce songe. Une racine de ginseng s'est mise à grandir et grandir jusqu'à atteindre puis dépasser de beaucoup la taille d'Ours-Têtu. Devenue grande comme un arbre, ses formes vaguement humaines se sont précisées en un corps de femme à l'exception des pieds demeurés enracinés. Puis un homme est venu lui tirer dessus avec un bâton de feu. La sève a coulé sur le corps de la racine géante qui tentait de s'enfuir, mais qui ne pouvait à cause de ses pieds-racines. Des dizaines puis des centaines d'hommes sont venus avec leurs armes et, de partout, la racine perdait sa sève, incapable de fuir et de se défendre. Cette sève était rouge comme celle de la sanguinaire et elle coulait en ruisseau puis en rivière et en torrent. Elle inondait les champs de maïs et les maisons du village, faisant fuir les gens. Mais lui, il demeurait devant la porte de Teionshio et regardait venir une grosse vague rouge se disant qu'il allait s'en peindre le visage comme pour aller la guerre. Quand il a plongé la main dans la sève, il s'est aperçu qu'elle avait la tiédeur et l'odeur du sang, et quand il s'en est appliqué sur le visage, il lui a trouvé le goût du sang… Il s'est réveillé en sursaut, une sueur froide l'inondant de la tête aux pieds et une douleur lui enserrant les reins. Près de lui, Ours-Têtu ronflait, enlaçant sa femme qui, elle, se lovait sur leur petit nouvellement né. À son retour de la pêche, son grand diable de frère n'avait pu retenir une expression de joie et de fierté à la vue de son deuxième fils, et tout ce qu'il avait retenu d'affection et d'inquiétude s'était concrétisé en un baiser sur le front de sa femme.

Assis sur sa couche, Petit-Renard s'essuyait le visage, écoutant les souffles lents et réguliers des siens abandonnés au sommeil. Il les écoutait dormir, accordant son attention à chacun d'eux, car il savait qu'au matin il allait s'en séparer. Comment leur annoncerait-il qu'au lieu de partir avec eux, il s'en retournerait vers Teionshio ? Il allait les décevoir, c'est sûr. Incapable de se rendormir, il se demandait quoi leur dire, mais au lever du soleil, il n'avait rien trouvé. Alors, il n'a rien dit, et ils ont tous compris quand il s'est mis à charger son canot. La Souris est venue lui caresser la joue du revers de la main avec un sourire triste, alors que Mingam serrait les mâchoires. Récalcitrant à s'éloigner de la Wabozsipi, son père s'était déplacé afin de l'accueillir à la pointe du lac Canassadaga, et il se faisait une joie de revenir avec lui à leur territoire. La veille, Mingam s'était de nouveau brouillé avec Ashini dont il n'avait pas besoin, disait-il, pour récolter des fourrures, ses deux fils pouvant le faire. Ce matin, de fils pour la chasse, il ne lui en restait qu'un.

Pendant un long moment, Ours-Têtu avait lorgné son canot avec l'air de regretter de le lui avoir construit. Puis, il lui a donné de la résine et du watap pour le réparer en cas de besoin. Le visage fermé, il évitait de le regarder. Juste avant de pousser son canot au large, il a laissé tomber trois mots : « Chasser sans toi… » Et ces trois mots traduisaient le vide immense de leur séparation. Petit-Renard s'est revu, chassant les wapitis avec son frère. L'un traquant, l'autre guettant. À eux seuls, ils formaient une meute de redoutables prédateurs, et avec nul autre il n'aurait pu connaître une telle complicité.

Petit-Renard entrouvre les yeux et remarque son récipient d'écorce flottant à portée de sa main droite. Abandonnant la pagaie, il s'en empare et commence à écoper malgré les grêlons qui lui mordent les jointures. « Je chasserai encore avec toi, Ours-Têtu, répète-t-il chaque fois qu'il vide son contenant. Encore avec toi, encore avec toi. » Et il vide et vide. Toujours. Étourdi et vacillant, se rattachant à cette phrase et à ce geste pour ne pas sombrer corps et âme.

Au-dessus de sa tête, les éclairs se multiplient. Peut-être que l'un d'entre eux le foudroiera et qu'ainsi l'oncle Wapitik aura enfin ouvert la bouche. En attendant, il vide et vide, scandant la même phrase pour accompagner son mouvement.

« Encore avec toi, encore avec toi. » Son esprit s'embrouille. Est-ce à Teionshio qu'il parle ? « Encore avec toi, Teionshio… à apprendre, assis à tes genoux… à recevoir de toi… et à te donner… comme si j'étais ton fils… libéré enfin des chaînes l'attachant à la grande pagaie d'un bateau… Encore avec toi, mon frère, à pousser le wapiti vers ta lance.

« Encore avec toi, ma belle N'Tsuk… Encore avec toi à féconder ton ventre par la racine de garentauguing.

« Encore avec toi, Wapitik. Ne vois pas en moi Le Traître qui a ouvert le ventre de ton frère... Par la Parole, je suis avec toi comme je suis avec Aonetta, ma grand-mère et comme je suis avec l'Ancienne, ta mère et notre aïeule. Encore avec toi, Wapitik... même quand je suis avec Teionshio. Aie confiance en moi comme tu avais confiance quand je suis parti... Du séjour des morts, guide-moi comme tu l'as promis vers la femme qui me convient... Encore avec toi, Wapitik. »

Des vagues énormes le soulèvent et le poussent vers la rive au loin. Une seule d'entre elles suffirait à l'engloutir, et il s'acharne à rejeter dans le lac toute cette eau que, par leurs éclaboussures, elles projettent dans son canot.

« Encore avec toi, ma belle N'Tsuk... ma compagne de toujours et pour toujours... qu'il m'est permis d'aimer par mon esprit et de féconder par le pouvoir d'une plante... Encore avec toi, N'Tsuk... »

Les grêlons s'amenuisent, se muent en grosses gouttes de pluie pour finalement devenir de fines gouttelettes. Au-dessus des pins du littoral, un arc-en-ciel apparaît. Mystérieux et merveilleux, signant de ses couleurs l'entente des esprits dans l'au-delà. Ceux de Wapitik et de son oki. L'un comprenant son plaidoyer et s'en retournant en paix dans l'éternité, l'autre l'accompagnant dans ce qu'il lui reste à vivre.

Chapitre 12

Pouvoir de l'esprit

1716, en la lune des changements de couleurs (septembre), mission Saint-Louis, Kahnawake.

Teionshio s'est allongée pour mourir, et Petit-Renard la veille. Gardien fidèle et dévoué à son chevet, il l'accompagne sur l'obscur sentier qu'elle a choisi et qui mène dans l'au-delà. « Si quelqu'un a dans son esprit qu'il va mourir, il va mourir quoi que tu fasses », lui avait-elle appris.

Elle a choisi, et lui, Tehonikonrathe, ne peut rien pour la retenir parmi les vivants.

Elle aurait pu se suicider. Elle connaît des plantes à cet effet. Mais, ce faisant, elle se condamnerait à errer dans le néant, pleurant durant l'éternité ce fils qu'elle a pleuré toute sa vie. Alors, il veille. Car Teionshio craint d'être baptisée à son insu et de se retrouver ainsi au paradis des Français, où ce fils non converti n'a pu être admis.

Depuis cinq soleils et quatre lunes, il veille, accroupi près de sa couche. Au début, elle parlait beaucoup et il ne cessait de lui humecter les lèvres et de l'abreuver. Maintenant, c'est comme si elle dormait, mais le souffle est lent, faible et étrange. Et, dans sa tête, il se remémore tout ce qu'elle a dit. Pour ne rien oublier et se tenir éveillé au cas où la Robe-Noire viendrait lui voler son âme.

Petit-Renard comprend pourquoi elle a choisi de partir. Et il le respecte malgré le chagrin que cela lui cause. Pour elle, il a été un fils et pour lui, elle a été la Mère… Celle de toutes les mères… Celle de tous les peuples qui auraient pu et auraient dû faire partie d'une Seule Très Grande Maison pour chasser les Envahisseurs. Mais maintenant que ces peuples s'entretuent au lieu de s'unir, il ne reste à Teionshio que de se taire pour toujours.

Le départ de centaines de guerriers de la mission pour aller brûler les récoltes des Autagamis a provoqué le départ de Teionshio. C'était trop pour elle. Trop lourd à porter. Trop semblable aux Visages-Pâles. Trop à accomplir. Elle n'avait plus la force. Plus le goût. Plus le temps. Ces porteurs d'épée que les Français enrôlaient lui faisaient honte et horreur. Brûler le maïs engrangé et les maisons, c'était faire mourir par la faim et le froid les enfants, les femmes, les vieillards, et cela n'était pas digne d'un guerrier. Dans le cas d'une victoire au combat, on promettait de les récompenser en eau-de-feu et de payer les scalps arrachés au crâne des ennemis. Et les Autagamis étaient devenus leurs ennemis, parce qu'en adoptant le Grand Esprit des Français, les Iroquois convertis avaient adopté leur drapeau.

Mais c'est le drapeau réunissant tous les Peuples d'Ici que Teionshio rêvait de voir flotter au-dessus d'une Seule Très Grande Maison. Un seul drapeau, contre un seul ennemi : le Visage-Pâle. Le jour où, menés par un chef français, les porteurs d'épée sont partis[1], Teionshio a

---

1. En septembre 1716, sous les ordres de Louis de La Porte de Louvigny, 400 coureurs des bois et autant de convertis partent en expédition contre les Renards (Autagamis) avec l'intention de brûler maisons et récoltes.

compris que jamais ce drapeau ne flotterait au-dessus d'une Seule Très Grande Maison. Du moins, pas de son vivant.

Les lois du marché ne le permettaient pas, et ces lois, maintenant, régissaient tout. Comme la cloche de la chapelle et le calendrier qui régissent les heures et les jours des convertis, leur disant quand prier, quand manger de la viande et quand travailler.

Ces lois du marché n'avaient ni dieu ni patrie. Ni père ni mère. Ni cœur ni honneur. Seuls comptaient les profits à réaliser. Ainsi, les Robes-Noires se permettaient d'échanger, par l'entremise des Iroquois, avec les Anglais qui ne reconnaissaient pas leur dieu. Et les seigneurs faisaient pareille chose avec ces mêmes Anglais qui ne reconnaissaient pas leur roi. Pourvu que trois fois plus de marchandises leur reviennent, Robes-Noires et seigneurs pouvaient, semblait-il, s'arranger avec leur dieu et leur roi.

Ces lois avaient tout changé. Tout bousculé. Tout corrompu. De trophées qu'on exhibait fièrement au retour du combat, les scalps sont devenus de vulgaires produits de marchandage. Tant que ceux-ci appartenaient à des Français ou à des Anglais, Teionshio n'y voyait aucun inconvénient, chacun d'eux représentant un intrus de moins. Mais quand les lois du marché ont réclamé la tête des Autagamis, Teionshio s'y est opposée. Les Peuples d'Ici devaient s'unir en une Seule Très Grande Maison, a-t-elle fait valoir au Conseil, mais les porteurs d'épée sont partis quand même et, fatiguée, Teionshio s'est couchée.

Oui, elle s'est couchée, écrasée par une défaite de plus. Une défaite de trop. Durant tout l'été, elle avait usé de ruse envers la Robe-Noire pour l'empêcher de mettre la main sur du ginseng. Selon elle, le songe qu'il avait eu d'une racine géante saignant abondamment des blessures occasionnées par l'arme des Visages-Pâles présageait que cette plante courait un danger. Lequel? Elle n'aurait su le dire lors de l'interprétation de cette vision, mais le jour où le Père est venu la questionner avec, en main, une racine déshydratée de ginseng venant d'un lointain pays, elle a su que le danger venait de lui[2].

Connaissait-elle les vertus de cette plante? Où la trouvait-on? N'était-ce pas celle que Tehonikonrathe, son protégé, avait fait sécher l'année précédente? Sourde, elle n'avait pas répondu. Vieille, elle n'allait plus en forêt. Le Père avait alors envoyé la petite-fille de Teionshio poser les mêmes questions avec l'innocence de ses dix ans. Et la grand-mère, avec la sagesse de ses quatre-vingt ans, avait sans arrêt parler de tout et de rien. Tenace, le Père était revenu à la charge auprès de son apprenti, insistant sur le fait qu'il tolérait sa présence païenne en sa mission catholique. Tehonikonrathe avait feint alors de ne pas encore bien maîtriser la langue iroquoise et d'ignorer totalement la langue française. À l'exception du ginseng, il lui avait rapporté des spécimens de toutes sortes, démontrant ainsi à la communauté sa bonne volonté d'aider le Père.

Ce jeu avait duré une partie de l'été, ce qui lui avait permis de comprendre l'importance du rôle de Teionshio et la précarité de son propre statut de protégé. En fait, Tehonikonrathe ne devait sa présence au sein de la mission qu'au désir de la vieille femme de l'avoir à ses côtés. Ambassadrice de la faction pro-anglaise de la région d'Albany, elle avait autant d'influence que le Père, considéré comme une sorte d'ambassadeur des Français. L'une et l'autre étaient essentiels à la bonne marche des

_____

2. Renseigné par le père Pierre Jartaux, missionnaire en Chine, que les Chinois sont de grands consommateurs de ginseng pour ses propriétés aphrodisiaques, le père Joseph Lafitau, missionnaire à Kahnawake, se met à la recherche de la plante fabuleuse que ses ouailles lui feront connaître. En 1716, il s'en attribue la découverte.

affaires, et personne n'avait intérêt à déplaire à l'une ou à désobéir à l'autre, de sorte qu'à la fin de l'été quelqu'un avait indiqué au Père l'endroit où s'agenouiller dans la forêt pour récolter du ginseng. Et, quand la main de la Robe-Noire a extirpé de son sol d'humus la racine à l'apparence d'un enfant, les racines du cœur de Teionshio ont commencé à céder. « Garentauguing subira le sort des castors, avait-elle prédit. » « Dis-moi quoi faire », lui avait-il demandé, alarmé par cette sombre perspective. Teionshio avait branlé la tête, haussé les épaules. « Tu n'es pas prêt. Il te faut être sorcier comme lui pour l'affronter... mais tu ne crois pas encore en toi. »

Croire en lui. En ses pouvoirs. En son origine surnaturelle. Petit-Renard ne le pouvait pas, car il ne le sentait pas. Cependant, il le devait. « Si toi, tu ne crois pas en toi, personne ne croira en toi. Connaître les herbes et les plantes est une bonne chose, mais savoir convaincre l'esprit du malade que tu as le pouvoir de le guérir est encore mieux. »

Est-ce parce qu'il ne croit pas suffisamment en lui que N'Tsuk n'est pas encore enceinte ? Il a tant et tant essayé, sous la conduite de Teionshio, d'accéder au rang d'initié, mais il ne sait ce qui l'en empêche. Le doute ? La raison ? Ses croyances ? Comment savoir ? Il ne peut se résoudre à prononcer des incantations sans se sentir un imposteur. Après tout, n'est-il pas parti de chez lui pour apprendre du monde végétal tout ce qu'il faut savoir pour devenir un mashhkiki-winini ? Loin de lui, à cette époque, l'idée de vouloir atteindre une quelconque dimension surnaturelle. Cependant, à son arrivée ici, dès les premières paroles de Teionshio, il s'est rendu compte que la perception qu'elle avait de lui différait de la sienne. Elle le voyait comme un être choisi par le Grand Esprit et envoyé parmi eux pour contrer le prêtre qui prétendait également être choisi par son Grand Esprit pour venir parmi eux. Sa petite taille, son discours, sa connaissance des plantes, l'oki à son cou et le fait qu'il pratique l'abstinence sexuelle le mettent sur un pied d'égalité avec la Robe-Noire.

Alors que le jour lentement s'éveille, Tehonikonrathe somnole. Sa tête oscille. Son âme balance. À moitié endormi, il redevient Petit-Renard et retourne au ruisseau mystérieux qui n'en finit plus de naître, et où ses premiers ébats avec N'Tsuk n'en finissent pas de mourir. Bien sûr, Tehonikonrathe pratique l'abstinence sexuelle. Teionshio croit que c'est pour conserver sa force de caractère, mais Petit-Renard sait bien qu'il n'en est rien. Le cœur de Petit-Renard se languit de N'Tsuk, et son corps a soif d'une femme. En apparence, Tehonikonrathe fait preuve de volonté en se passant des plaisirs de la chair, mais, en réalité, Petit-Renard n'est qu'une moitié d'homme qui en brûle de désir. Comment pourrait-il être d'origine surnaturelle ?

Soudain, une lamentation… Qu'est-ce donc ? Pourquoi cette femme pleure tant ? Assise par terre, elle se berce d'avant en arrière en serrant un bébé contre sa poitrine. « Ils ont brûlé notre maison et nos provisions… Je n'ai plus de lait, balbutie-t-elle. Plus de lait pour ma petite fille… plus de lait, plus de lait », répète-t-elle. Inerte, le bébé dans ses bras, et intense, le froid tout autour. Il penche la tête vers elle afin de comprendre ce que marmonnent ses lèvres gelées. Son fils aîné est parti chercher de la nourriture chez les Anglais, dit-elle. Ils en donnent, paraît-il, à ceux que les Français ont tenté d'exterminer. Son autre fils, âgé de sept ans, réclame à manger près d'elle, mais elle n'a rien, plus rien. Tehonikonrathe penche la tête vers elle, penche la tête, puis brusquement il s'éveille en sursaut. « Plus de lait… plus de lait », gémit faiblement Teionshio.

Tehonikonrathe s'assoit près d'elle et, doucement, lui caresse le front, ne sachant que dire pour la soustraire à son cauchemar. Teionshio revit un moment douloureux de son existence et il ne peut, hélas, rien changer aux événements qui se sont produits. Faute de lait, la petite avait rendu l'âme, quand le fils était revenu avec des vivres. À partir de cet instant, dans le cœur de Teionshio, s'est installée la haine des Français venus en leur pays accompagnés de quatre Robes-Noires pour tuer leurs guerriers, incendier leur village et détruire leurs récoltes[3]. Son mari étant mort au combat, elle se retrouvait seule avec ses enfants dans un pays dévasté. S'était présentée alors la possibilité d'accepter la nourriture et les couvertures des Anglais qui s'assuraient ainsi l'approvisionnement des fourrures qui transitaient par les mains iroquoises. L'année suivante, pour limiter la fuite de ces fourrures, les Français fondaient une mission près de Montréal[4] où la survie de bon nombre de ces veuves et orphelins se monnayait en conversion et dévotions. Ainsi s'affermissaient les factions pro-anglaises et pro-françaises esquissées dès l'apparition des premiers missionnaires qui s'étaient alliés les clans du Loup et de la Tortue. Membre du clan de l'Épervier, Teionshio, la femme-médecine, avait acquis une grande influence dans le camp des pro-Anglais. « Plus de lait... plus de lait », se lamente-t-elle encore à l'article de sa propre mort. « C'est fini, c'est fini », lui souffle-t-il à l'oreille. Que veut-il dire par là ? Qu'est-ce qui est fini ? Sa vie à elle ? Il se sent idiot d'avoir prononcé ces mots, mais, voyant qu'ils parviennent à la calmer, il les répète.

---

3. En 1666, dans le but de détruire l'Iroquoisie qui nuisait au commerce des pelleteries, Tracy part en campagne à la tête de 1300 soldats du régiment de Carignan-Salières et de 100 Algonquiens convertis. Maisons, villages et récoltes sont incendiés. « Par la faim, on en fera périr bien plus que par la poudre », d'écrire le jésuite François Le Mercier.
4. Mission de Saint-François-Xavier à Laprairie, fondée par le père Pierre Raffaix en 1667 et où aurait vraisemblablement vécu Kateri Tekakwita. Quelques années plus tard, cette mission fut transférée à Kahnawake.

La femme soulève la main, cherche à saisir la sienne à l'aveuglette. Aussitôt, il la lui donne et sent les doigts osseux s'y agripper.

— Reste, reste.

— Je reste, Teionshio. Dors… Je suis là… Je reste.

Les doigts se serrent davantage sur les siens.

— Crois en toi…

— Je reste.

— … force de ton esprit…

— Oui, je suis là.

— … de l'esprit… pouvoir… de l'esprit.

La mourante relâche son étreinte et s'assoupit au moment où la Robe-Noire surgit avec sa croix et son eau pour la faire couler sur son front. Tehonikonrathe bondit sur ses pieds et s'interpose entre lui et la moribonde. Derrière le prêtre suivent la femme très dévote du fils ivrogne de Teionshio, la femme d'Atsehaiens et Joseph, tous membres du clan de la Tortue.

— Je suis venu la conduire vers le seul vrai Grand Esprit, déclare le prêtre en tentant de l'écarter de son passage.

— Elle n'a pas besoin de toi pour aller vers le Grand Esprit, réplique-t-il.

Atsehaiens arrive à ce moment et, d'une voix autoritaire, lui signifie de céder la place au prêtre. Décontenancé, Tehonikonrathe hésite. Jamais encore Atsehaiens ne s'est prononcé ouvertement sur les choses de l'âme. Membre du clan de l'Épervier mais converti parce que sa femme l'est, il fait affaire avec nombre de païens. Pourquoi, maintenant, prend-il parti? Est-ce parce que Teionshio ne lui sera d'aucune utilité une fois morte?

— Écarte-toi, répète Atsehaiens en lui appuyant le plat de la main contre le front pour le repousser.

L'homme est physiquement très grand et plus puissant qu'un chef en raison de son importance dans le réseau des échanges. Tehonikonrathe est petit, et son statut de protégé ne vaudra bientôt plus rien. À regret, il s'éclipse et laisse le prêtre s'accroupir au chevet de Teionshio. Éveillée par tout ce remue-ménage, celle-ci promène un regard hagard autour d'elle en tâtonnant dans le vide.

– Tehonikonrathe, appelle-t-elle de sa voix quasi éteinte.

Sa bru lui répond, l'assurant des bienfaits de l'eau du baptême qui la nettoiera de tous ses péchés.

– Tehonikonrathe ! lance alors la moribonde avec ce qui lui reste de forces.

– Je suis là, répond-il aussitôt.

Épuisée, Teionshio tourne la tête dans sa direction. Le voit-elle, tout piteux, à l'écart, dénué d'influence et d'importance ? « Ne les laisse pas me voler mon âme », supplient les prunelles fixées sur lui.

À l'instant où le prêtre commence à prononcer des incantations magiques, le regard de Teionshio tourne à l'épouvante. Elle se voit entreprendre son voyage dans l'au-delà sans aucune possibilité d'y rejoindre son fils et sa petite fille morte au sein. Tout en le suppliant, ce regard accuse Petit-Renard de ne pas intervenir. Mais que peut-il faire ? Il n'est que le protégé… Et puis, non. Elle a fait de lui Tehonikonrathe et elle croit en ses pouvoirs surnaturels. Ou il y croit lui-même et les utilise, ou il laisse la Robe-Noire utiliser les siens. En ce cas, il aura toujours vrillé dans sa mémoire ce dernier regard de supplication, d'accusation et de déception.

Tehonikonrathe dénoue le oki à son cou et, tout en s'approchant de Teionshio, il lui dit :

– Je suis là, Teionshio. Le Grand Esprit m'envoie te chercher pour te mener vers ton fils et ta petite fille.

– Recule, petit homme du Diable ! Tu n'es qu'un démon, un mauvais esprit ! riposte le prêtre en approchant le crucifix des lèvres de l'agonisante.

Tehonikonrathe saisit la Robe-Noire par la manche de sa soutane.

— C'est toi, le mauvais esprit… Tu apportes la maladie. Teionshio ne veut pas de ton Grand Esprit.

La Robe-Noire se lève et, après s'être brusquement dégagée, le toise.

— J'ai parlé au seul vrai Grand Esprit et il veut avoir Teionshio auprès de lui, avance-t-il avec assurance.

— C'est à moi que le Grand Esprit a dit cela, riposte Tehonikonrathe en soutenant le regard méprisant de son rival.

— Le Grand Esprit, le seul vrai, ne peut te parler. Il faut pour cela être baptisé.

— Le seul vrai Grand Esprit se trouve en toute chose et en tout être vivant. Il n'a pas besoin d'une maison comme le tien, ni de fourrures car il est la chaleur même.

La Robe-Noire fait signe à Atsehaiens de le débarrasser de sa présence. Tehonikonrathe se tourne alors vers l'homme et brandit son oki.

— Est-ce qu'Atsehaiens n'entend maintenant que le langage des fourrures? Si oui, il devrait se rappeler que pour un Français il se trouve au moins dix Yangisses. Cela fait dix Visages-Pâles qui croient en un Grand Esprit pour un seul qui croit en un autre Grand Esprit. Lequel est le vrai? Moi, je te dis: ni l'un ni l'autre. Le vrai m'a sauvé la vie, enfant, et m'a guidé en ta maison afin que je me lève devant la Robe-Noire et l'empêche de voler l'âme de Teionshio.

Après une courte hésitation, Atsehaiens ébauche le geste de le saisir par les cheveux. Tehonikonrathe ne bronche, ni ne sourcille, mais poursuit avec conviction:

— Le Grand Esprit m'a dit que j'aurais à me lever devant la Robe-Noire seulement. Pas devant toi.

Atsehaiens se ravise. C'est là un duel entre deux prêtres servant deux Grands Esprits différents. S'allier à l'un, c'est devenir l'ennemi de l'autre et avoir à craindre ses pouvoirs.

– C'est à Teionshio de parler, déclare-t-il. Offrez-lui chacun vos talismans. Elle choisira celui qui lui convient.

Le crucifix et la petite tortue de pierre se balancent au-dessus du visage cireux de la mourante. Fixes, les yeux de Teionshio n'en suivent pas le mouvement, ce qui fait craindre à Tehonikonrathe que ces yeux-là ne voient plus. Soudain, une lueur passe… À peine perceptible… puis disparaît… Et revient, un peu plus vive et reste un peu plus longtemps… avant de disparaître de nouveau. Alors, faiblement, la main maigre et ridée de Teionshio se soulève, puis s'élève très lentement en tremblant. Ému, Tehonikonrathe contemple cette main qui, tant de fois, s'est enfoncée dans la terre pour rejoindre le Grand Esprit présent dans les racines et qui, maintenant, s'élève pour le rejoindre dans la petite tortue de pierre.

Et, avant que le regard ne se glace pour l'éternité, il revoit passer une lueur douce dans les yeux… comme un sourire d'adieu à son intention et un sourire de retrouvailles à l'intention des siens au Royaume des Morts.

Chapitre 13

Petit homme du Diable

*1720, en fin de lune de la ponte des oiseaux
aquatiques (juin), confluent de la Grande Rivière
et de la Wabozsipi (confluent des rivières
Outaouais et du Lièvre).*

Une habitation et un entrepôt de bois ronds s'élèvent
maintenant sur les vestiges du vieux chaudron. La Souris
lui servant d'interprète, Mingam a plaidé la revendication
de cette parcelle de terre où, à l'instar de leurs ancêtres,
certains utilisateurs de la Wabozsipi, dont sa famille, ont
pris l'habitude de se réunir au printemps. Vaine tentative.
La soixantaine de personnes descendues de leur territoire
de chasse hivernale ont dû dresser leurs abris à l'extérieur
des limites prévues de la palissade qui ceinturera éventuellement ces bâtiments. « Ce fort [1] est pour vous protéger de vos ennemis », a garanti l'homme responsable des
travaux. Des ennemis ? Donc, la guerre couve toujours.
Où et quand va-t-elle les frapper ? Nul n'a pu y répondre

---

1. Fort du Lièvre : factorerie ou comptoir de traite bâti en 1720 et qui n'a
jamais servi à des fins militaires.

jusqu'à ce jour où les futurs défenseurs du lieu apparaissent sur la Grande Rivière. Rassemblées sur la grève, les bandes de chasseurs les attendent, déçues de ne compter que trois canots et huit hommes. Sont-ce là tous les guerriers qu'on envoie afin de les protéger ?

– Ils viennent pour nos fourrures, laisse tomber Mingam d'un ton défaitiste.

Au même instant, une salve de mousquets éclate pour saluer les arrivants, donnant l'impression de contredire Mingam par la bouche des armes. Cette détonation inattendue les a saisis de stupeur et d'étonnement. Quelques femmes ont laissé échapper un cri, tandis que d'autres, par mesure de précaution, ont reculé vers la forêt avec les enfants. Une odeur âcre flotte, et le pleur d'un bébé s'élève. « Iroquois », murmure-t-on quelque part. Ce mot ressuscite la peur, répand la rumeur. « Les ennemis ont déterré la hache de guerre… Les Français ont érigé un fort pour empêcher ces ennemis de remonter la Wabozsipi… Les Français assurent leur protection avec les bâtons de feu. » Sceptique, Mingam observe la foule se presser au-devant des embarcations qui accostent, accueillant les hommes à bord comme des sauveurs.

– Tu dis vrai, père. Ils viennent pour nos fourrures, corrobore Ours-Têtu en apercevant la cargaison constituée d'articles de traite et de tonnelets d'eau-de-feu.

Piqués par la curiosité, attirés par la nouveauté, les gens reluquent les paquets, impatients de voir et de toucher ces marchandises qu'habituellement des intermédiaires leurs rapportent en échange de leurs pelleteries. Ces marchandises à leur portée les excitent et font miroiter la possibilité de troquer directement avec les Français. Combien de castors pour ce chaudron de cuivre ? Une peau de wapiti suffit-elle pour obtenir en retour une couverture de laine ? À voix basse, l'on suppute et l'on conjecture. Qu'importe si les sauveurs sont aussi des trafiquants. Le partenariat commercial n'est-il pas tributaire de l'alliance militaire, et vice versa ?

Mingam échange un regard avec son fils. Ils savent très bien que, contrairement à eux, la majorité de ces chasseurs n'ont aucune expérience en matière de traite avec les Visages-Pâles. Hélas, ils savent également qu'offrir leurs services est inutile pour l'instant. À regret, Mingam s'éloigne, laissant les exploiteurs accaparer les lieux et les désirs.

*

— De nouveaux nuages assombrissent le ciel de notre mari, remarque Aile-d'Outarde guettant avec sa sœur le retour de Mingam par la rivière.

Cet après-midi, quand les Français ont étalé leurs marchandises et convié les gens au son de la joyeuse musique d'un violon, leur homme s'est rembruni, se tenant à l'écart, bras croisés, visage fermé. La fille d'Ours-Têtu, maintenant âgée de huit ans, s'est mise à danser pendant que son jeune frère accomplissait des cabrioles qui amusaient les Français. Ces derniers leur ont donné quelques perles de verre, encourageant ainsi d'autres enfants à sauter et à tourner sous des rythmes endiablés. Bientôt, les parents les ont imités, battant des pieds et répétant la mélodie de l'instrument. Dans la mémoire collective s'éveillait le souvenir des festins clôturant les alliances et les échanges avec l'Étranger.

— Mingam devra s'habituer à ces nouveaux nuages, estime La Souris en tâtant une pièce d'étoffe rouge obtenue en échange de ses services d'interprète.

— À ses yeux, ce lieu est sacré.

— Je sais, mais les restes du vieux chaudron de bois lui parlent d'un temps qui ne reviendra plus. Personne ne creuse de ces chaudrons[2]. Ils sont si lourds qu'on ne peut les transporter.

Aile-d'Outarde considère sa sœur d'un air perplexe. Elle la croit partiellement responsable du départ de leur mari, mais ne lui en tient pas rigueur pour autant. Sans retenue, La Souris a tâté, examiné, soupesé les marchandises des Français, se prêtant même à la traduction pour faciliter quelques trocs. Ce comportement a sûrement vexé Mingam. Sa seconde épouse n'approuvait-elle pas ainsi l'Envahisseur de s'être approprié ce lieu pour y écouler ses marchandises? Par son comportement, elle reniait les revendications qu'elle avait traduites peu de temps auparavant et, par son exemple, elle incitait parents et amis à étouffer la voix de leurs ancêtres pour des considérations mercantiles.

Taciturne, Mingam avait vu les gens succomber à la tentation de se procurer des articles et s'improviser partenaires directs. Quel besoin avaient-ils désormais d'un intermédiaire pour effectuer le périlleux voyage jusqu'aux marchandises quand ces marchandises venaient à eux. Ours-Têtu s'était également désolé de cet état de choses et se tenait à distance de cette place du marché en compagnie de ses beaux-frères associés dans la fabrication des canots. Quand les Français ouvrirent un tonnelet d'eau-de-feu, Aile-d'Outarde aperçut Mingam s'en aller seul sur la rivière. Qu'il ne soit pas encore revenu en cette fin de journée commence à l'inquiéter, ce qui ne semble pas le cas de sa sœur.

— Veux-tu un chaudron de cuivre? s'enquiert-elle, cherchant à comprendre sa cadette.

— Oui. Il est facile à transporter… L'âge diminue ma force qui a toujours été beaucoup moins grande que la tienne.

---

2. Avant l'arrivée des Européens, les Amérindiens creusaient à la hachette leur chaudron dans une souche ou une grosse bille de bois. Ils y portaient l'eau à ébullition en y jetant des pierres incandescentes.

Aile-d'Outarde se range à cet argument : elles ont vieilli. Depuis qu'elles n'ont plus leurs menstruations, la fatigue se fait sentir plus vite dans les portages. Que sa sœur, d'une constitution délicate, veuille alléger ses fardeaux lui paraît tout à fait légitime. Souhaitable même. Personnellement, elle n'a pas osé s'approcher des Français, mais elle doit admettre que leurs articles l'attiraient et que, malgré elle, son corps répondait à la musique du violon.

— Il n'y a pas de mal à vouloir améliorer son sort, laisse échapper La Souris comme si elle avait lu dans la pensée de son aînée. Puis, elle ajoute :

— Les temps changent... Les choses changent... C'est ainsi... Nos hommes rapportent des haches, des épées, des couteaux, des fers de flèche, des filets, parfois un bâton de feu... Ce sont là des choses d'homme... Moi, je veux un chaudron de cuivre... Moi, je veux d'autres étoffes comme celle-ci. Touche comme elle est souple... Vois comme elle est d'une belle couleur. Je veux aussi des couteaux qui se croisent pour la tailler. Et des aiguilles pour la coudre... Et du fil... J'ai vu, j'ai touché toutes ces choses. Les faire nôtres est possible sans trahir notre âme. Mingam doit comprendre cela.

— Tant de choses s'attaquent à notre âme... Mingam n'a pu souffrir de voir couler l'eau-de-feu en ce lieu.

— Aucun membre de notre famille n'a avalé ce poison, souligne La Souris.

— Je sais, mais d'autres langues ont goûté ce poison aujourd'hui. Les marchandises ne viennent pas sans l'eau-de-feu qui trompe l'âme... Les marchandises ne viennent pas sans les Robes-Noires qui prennent les âmes... Comme moi, Mingam se tourmente pour notre fille, confie Aile-d'Outarde.

Compatissante, La Souris caresse le dos de son aînée. L'inquiétude est grande dans leur famille à propos de

Brume dont le mari songe à se convertir. Qu'adviendra-t-il d'elle dans une telle éventualité? Mère de trois enfants et enceinte d'un quatrième, pourra-t-elle empêcher que les Robes-Noires volent l'âme de ses petits?

— Quand elle se marie, une fille nous échappe, déplore Aile-d'Outarde qui voit de moins en moins souvent la sienne.

En effet, depuis trois ans, dès le dégel, Brume se rend avec son mari sur l'île de Montréal afin de passer toute la saison chaude aux abords d'une mission installée près de la rivière[3].

— Fille ou garçon, nos enfants nous échappent, rétorque La Souris. Ainsi, ton gendre a échappé à son père Le Hibou qui a fui Molian.

— Crains-tu que Petit-Renard nous échappe? Il n'est pas encore revenu.

— Il reviendra. Son oki le protège, affirme La Souris.

— Oui, son oki le protège, répète Aile-d'Outarde qui souhaite dans le secret de son âme qu'il en soit ainsi.

Parti d'ici au cours de l'été dernier avec l'intention de visiter les régions où se rendent les Visages-Pâles par la Grande Rivière, Petit-Renard leur a donné rendez-vous au début de cette lune qui tire à sa fin. Lui est-il arrivé malheur? S'attarde-t-il chez d'autres peuples pour enrichir ses connaissances? Tous et toutes l'attendent avec une certaine anxiété, que nul cependant n'ose formuler de peur de lui donner une infrangible réalité.

— Il sera satisfait des canots, glisse La Souris d'un ton insouciant.

— Ours-Têtu et les frères de sa femme ont bien travaillé, enchaîne Aile-d'Outarde que le ton de sa sœur ne trompe pas.

---

3. Mission de la Nouvelle-Lorette établie près des rapides du Sault-au-Récollet par les sulpiciens, seigneurs de l'île de Montréal.

Avec fierté, elles contemplent les dix embarcations renversées sur la grève. Si le fils de l'une veille à leur fabrication, le fils de l'autre veille à leur commerce. C'est là une œuvre commune et familiale.

— Les Français désiraient échanger deux canots contre des marchandises. J'ai refusé, car mon fils obtiendra le double de ce qu'ils offrent, lance La Souris avec une pointe d'orgueil.

— Petit-Renard possède le don de la parole. Ours-Têtu a grande confiance en lui ainsi que la famille de sa femme et la nôtre. Son retour réjouira nos cœurs.

— Peut-être y aura-t-il une femme dans son canot, soupire La Souris.

— La femme qui lui ferait oublier N'Tsuk existe-t-elle ?

— Il ne s'agit pas d'oublier N'Tsuk, mais de prendre épouse... Je crois qu'il ne cherche pas.

— Ou qu'il ne veut pas... Petit-Renard n'est pas comme tous les hommes. Il ne désire peut-être pas de descendance... Vois, Pikamu a pris une deuxième femme parce que N'Tsuk est incapable de lui donner des enfants.

— Au premier bébé de cette femme, N'Tsuk perdra ses droits de première épouse. Notre nièce est bien à plaindre.

— Sa mère Feuille-Verte aussi est à plaindre. Les langues racontent qu'Ashini la bat souvent.

Les deux sœurs hochent la tête, navrées pour ces parentes dont, depuis bientôt cinq ans, elles n'ont que les nouvelles rapportées par les bandes qui séjournent à la pointe du lac Canassadaga où Mingam n'est plus retourné. À la suite de la rupture avec son frère Ashini, leur mari a choisi d'estiver à l'emplacement du vieux chaudron, mais voilà que les Français viennent de s'y établir et que Mingam est parti seul en canot, les épaules écrasées par l'impuissance, le cœur lourd des tourments que lui causent sa fille Brume et son fils Petit-Renard qui n'est pas encore revenu. En homme, il n'a rien dit, rien avoué, rien expliqué, partant vers l'amont de la rivière avec son ciel plein de nuages.

Le soir tombe, et ses deux femmes l'attendent comme elles l'attendaient ensemble en haut de la montagne à Weymontachie. Après trente ans de vie commune, elles connaissent le langage de son silence, mais celui de cette absence prolongée les confond. Tristement, La Souris tourne et retourne son morceau d'étoffe rouge, se sentant coupable d'avoir désiré un chaudron de cuivre.

Le violon s'est tu depuis longtemps, et, par intervalles, le démon de l'eau-de-feu fait gueuler ceux qui l'ont laissé pénétrer dans leur corps les influençant à négocier de mauvais échanges. Les deux sœurs s'appuient l'une contre l'autre, partageant la même anxiété. Elles attendent leur mari, protecteur et pourvoyeur, père de leurs enfants. Reviendra-t-il? Avant, cette question concernait Petit-Renard… Maintenant, elle concerne aussi Mingam.

*

Le lendemain.

Rapiécé de toutes parts, le canot de Petit-Renard prend l'eau, ce qui le retarde considérablement. Malgré sa hâte de retrouver les siens, il se résigne à de fréquents arrêts pour vider, assécher et colmater l'embarcation qui fut grandement endommagée au portage de la chute Asticou[4]. Qu'elle puisse encore lui servir après l'impact violent qu'elle a subi tient presque du miracle.

---

4. Asticou : signifie « le gros chaudron » en langue algonquienne et désigne la chute Chaudière entre les villes de Hull et d'Ottawa. La poussière d'eau qui s'en dégage sous forme de nuage de vapeur et la présence d'un trou en forme de chaudron creusé sous l'action de l'eau seraient à l'origine de ce nom.

L'accident s'est produit en aval de l'immense chaudron creusé dans la pierre où l'eau s'engouffre et tournoie. Du haut d'une falaise, il fallait descendre le canot au moyen d'une corde le long d'une paroi rocheuse à la verticale. Ce passage s'avère des plus difficiles et, à l'aller, il avait bénéficié de l'aide d'un groupe d'Outaouaks pour hisser le canot. Cette fois, il était seul pour accomplir la manœuvre contraire. Il avait lové sa corde dans l'étranglement d'un rocher situé au sommet et, à partir du bas, doucement, il lui donnait du jeu. À mesure que le canot descendait, il s'enroulait la corde autour du corps pour éviter qu'elle ne lui échappe. Il se félicitait de sa méthode quand, tout à coup, la corde s'est rompue laissant choir le frêle esquif sur l'étroite berge rocailleuse avec un craquement sinistre. L'admirable voiture d'eau qu'Ours-Têtu avait conçue spécialement pour lui gisait à ses pieds, l'écorce déchirée, des varangues défoncées. Devait-il y lire un message ? L'avarie de son canot d'homme seul annonçait-il la fin de ses voyages d'études ? Il se pose encore la question après avoir réussi à le rafistoler. De toute évidence, la nécessité d'un nouveau canot s'impose. Sera-t-il plus grand ou identique à celui-ci ? Tout dépend de l'usage qu'il en fera. Tout dépend de ce qu'il deviendra. Marchand ou mashhkiki-winini ?

Ce voyage lui a beaucoup appris. Lorsqu'il l'a entrepris, il voulait se rendre là où la Grande Rivière menait les nombreux Français qui la remontaient chaque printemps avec des marchandises et la descendaient à l'automne, leurs canots chargés de fourrures. Derrière cette intention mercantile s'en profilait une autre plus chère à son cœur : l'enrichissement de la Connaissance. Le voilà maintenant de retour, plus indécis qu'au point de départ sur l'orientation à donner à sa vie.

À la suite du décès de Teionshio, il a dû quitter Kahnawake où les Robes-Noires l'avaient surnommé le

« petit homme du Diable ». Dès lors, sa réputation s'était propagée par les lèvres des Robes-Noires jusqu'à la région de Michillimakinac[5] et par celles des Iroquois jusqu'à la région d'Albany. Pour les convertis, il était le sorcier maléfique qui avait empêché une vieille femme d'accéder au bonheur éternel. Pour les parents de Teionshio, il était celui qui avait permis à cette vieille femme de jouir du bonheur de retrouver les siens dans l'au-delà. En défendant ainsi à leurs ouailles de l'approcher, les Robes-Noires lui reconnaissaient un pouvoir surnaturel. Si, officiellement, les convertis le fuyaient, quelques-uns d'entre eux venaient se faire soigner en cachette, tandis que les non-convertis lui accordaient une confiance illimitée.

Son surnom de « petit homme du Diable » faisait de lui un être doté de pouvoirs qu'on craignait et respectait. Un être que les femmes recherchaient pour le goût de l'inédit et de l'interdit. De demi-homme qu'il se croyait condamné à être à leurs yeux, il se voyait considéré comme homme plus grand que nature, capable d'inquiéter la Robe-Noire. Au cours de ce voyage, plus d'une femme s'est retrouvée sur sa couche, mais aucune n'a voulu prendre place dans son canot comme si l'inédit et l'interdit devenaient insoutenables à la longue.

Durant son périple, il a assisté aux funérailles d'un vieux mashhkiki-winini dont le fils a reconnu en lui un successeur, lui léguant avec le sac à médecines de son père sa quête de pierres capables de guérir le mal qui ronge le corps en se multipliant[6].

---

5. Michillimakinac : signifie « sa grosse tortue » en langue algonquienne. Fort, poste de traite et mission situés sur la rive sud du lac Huron dans le détroit entre ce lac et le lac Michigan.
6. Pierres ériennes : on les broyait pour guérir « fistules, ulcères rebelles et cancers ». François Gendron, chirurgien français, en a rapportées en France et en fit le principe de sa célèbre cure contre le cancer. En 1664, Anne

Selon les informations laissées par le défunt, ces pierres se trouveraient sur les rives d'un des Grands Lacs où un peuple, aujourd'hui disparu, en faisait le commerce. Teionshio avait fait mention d'un peuple nommé Erieehronon [7] vivant à l'ouest de la Grande Maison et qui fut exterminé par celle-ci. Pour quelle raison? Teionshio ne l'a pas dit, mais elle semblait porter le fardeau d'une certaine culpabilité. Sans doute est-ce ce peuple qui, jadis, connaissait les vertus de ces pierres fabuleuses. Comme il aimerait les découvrir! Qui sait si en plus du mal incurable ces pierres ne guérissent pas également les maladies des Visages-Pâles? Il est convaincu que l'Esprit de son esprit a conçu dans sa Création un remède pour chaque mal et que, dans son petit esprit d'homme, le Grand Manitou a implanté le désir de comprendre son œuvre. Ah! Comme il aimerait se consacrer à la compréhension de cette œuvre grandiose de la vie et de la mort!

Qu'est-ce qui l'en empêche? N'est-il pas célibataire et sans enfant, donc sans obligation? Qu'a-t-il besoin d'un territoire de chasse d'hiver quand partout où il passe et soigne on le reçoit et on le récompense? Qu'a-t-il besoin que son prochain canot soit celui d'un marchand?

L'eau s'infiltrant dangereusement, Petit-Renard décide d'accoster. Il pagaie avec précaution vers la rive, car toute brusquerie risque de faire ballotter la masse liquide et de provoquer ainsi le chavirement. Il croise une flottille de cinq canots remontant le cours de la Grande Rivière. À

---

d'Autriche fait appel à lui pour guérir un cancer du sein. Dérivé naturel de carbonate de calcium, elles seraient composées de calcaire ou de gypse ou un mélange des deux additionné de sel gemme.

7. Erieehronon ou Rhiierhonon : Ériés ou Nation du Chat ayant vécu sur la rive sud du lac qui porte aujourd'hui leur nom. Ils faisaient l'échange de ces pierres qui guérissent et possédaient le secret d'un poison dont ils enduisaient leurs flèches.

bord, les Visages-Pâles pagaient vigoureusement, pressés de se rendre au pays des fourrures. Petit-Renard les accompagne d'un regard courroucé. Ils ne sont ni les premiers ni les derniers qu'il rencontre. Il leur en veut tout à coup d'exister, car c'est à cause d'eux qu'il hésite à donner une nouvelle orientation à sa vie.

À cause de ce qu'ils font et des manquements qu'ils font faire aux quatre conseils de l'Ancienne. Il s'est rendu jusqu'à Michillimakinac, à la fois comptoir de traite de grande envergure, mission et modeste fortification. Habité par les Outaouaks et d'anciens réfugiés ouendats, ce lieu est devenu le carrefour des routes de la fourrure. L'eau-de-feu y coule en abondance, les Robes-Noires y volent les âmes, et les entrepôts s'y remplissent. Il doute du rêve d'une Seule Très Grande Maison qui réunirait les Peuples d'Ici pour chasser les Visages-Pâles. Il est trop tard pour se débarrasser d'eux, car cela équivaut à se débarrasser aussi de leurs marchandises. Ces marchandises que tous recherchent et que l'on achemine maintenant directement aux Peuples d'Ici. À l'ouest des Grands Lacs, les Visages-Pâles font la course entre eux pour atteindre des bandes jamais rencontrées afin de les duper plus facilement.

Cela l'a fait beaucoup réfléchir. Il connaît la valeur des échanges, maîtrise les deux grandes langues des Peuples d'Ici, et il a perfectionné au cours de ce voyage la langue des Français. Ses liens avec Atsehaiens l'unissent aux Anglais d'Albany grâce à la famille de Teionshio. Nul n'est mieux placé que lui pour faire profiter les siens de ses atouts de marchand, tout en les soustrayant à la rapacité des Visages-Pâles. Mais ce faisant, il devra remettre à plus tard sa quête des pierres qui guérissent.

Alors que son embarcation approche de la rive, elle heurte une roche à fleur d'eau et s'ouvre par le fond. Petit-Renard a tout juste le temps de lancer ses effets sur la grève qu'il gagne ensuite à la nage. Ne reste échouée sur la roche que la pince avant du canot.

*

En sortant de l'eau, Petit-Renard a remarqué de gigantesques esturgeons qui se roulaient sur le fond rocailleux. Cette découverte fortuite, qui le dispensait de la recherche de nourriture, le consola un peu de son naufrage. En effet, rien n'était plus facile que de harponner ces poissons en période de frai. Ce qu'il ferait au moment opportun. Encore sous le choc, il s'est assis, jambes repliées devant lui et, depuis un bon moment, il regarde filer la rivière. Par la pensée, elle le fait remonter à l'Ancienne de qui vient la parole à propos de l'âme. Bien précieux et unique à chaque être, l'âme est à la fois fragile et forte. Son regard s'attarde sur la pince de son canot coiffant la roche perfide qui l'a déchiré. Cette épave émerge de l'eau tel un vestige de ses aspirations de jeunesse. Que lui commande son âme ? À son épaule, il a passé en bandoulière le sac à médecines. Contenant des herbes, un couteau d'obsidienne pour les opérations ainsi que le nécessaire pour faire des tisanes et des décoctions, ce sac était plus vieux que le plus vieil homme de la tribu. Habituellement, il est transmis de père en fils mais, plus intéressé par la traite des fourrures que par l'herboristerie, le fils le lui avait légué en même temps que le désir de trouver les pierres qui guérissent. À quoi riment tous ces messages ? Rien n'est le fruit du hasard, croit Petit-Renard. Pourquoi lui, descendant d'une lignée de marchands, a-t-il reçu ce sac à médecines qui ne fait qu'augmenter sa soif de connaissances ? Pourquoi ce canot qui était en mesure d'étancher cette soif a-t-il sombré dans la rivière des marchands de toute race et de tout temps ?

Pour toute réponse, Petit-Renard entend passer une volée d'outardes. Ah ! Les fidèles oiseaux qui obéissent aux lois immuables de la Création sans se poser de questions ! Jadis, ses ancêtres obéissaient aux mêmes lois, mais, aujourd'hui, d'autres facteurs motivent leurs déplacements. Ainsi, Mingam s'est réapproprié le site du vieux chaudron, et il a abandonné les voyages d'échange. Ayant perdu ses contacts à la suite de l'absence prolongée des Anglais à la Mer des glaces[8], il s'en est remis à lui ainsi qu'à Ours-Têtu pour négocier les échanges de leur famille et des utilisateurs de la Wabozsipi.

À grands coups d'aile, les outardes s'éloignent, laissant Petit-Renard brûlant d'impatience de retrouver les siens. Il estime leur campement à un peu plus d'une journée de canot. S'y rendre à pied le long de la grève est possible, mais nécessitera temps et efforts. Par contre, s'il se construit un radeau, il pourra profiter du courant descendant et se diriger au moyen de sa pagaie.

Avant de se mettre à l'ouvrage, Petit-Renard se tourne vers le lieu de sa destination. Une silhouette lointaine attire alors son attention : celle d'un homme seul en canot. D'emblée, il se sent une affinité avec le voyageur solitaire et décide de l'attendre.

Quelque chose de familier chez le canotier se précise à chacun de ses coups de pagaie. Éberlué, Petit-Renard croit reconnaître son père et s'inquiète. Quel malheur aurait poussé Mingam, seul sur la rivière ? Il se lève, agite les bras pour signaler sa présence.

— Heureux de te revoir, fils, lance une voix forte.

Au fur et à mesure que le canot approche, Petit-Renard est tiraillé entre la joie et l'anxiété. La maladie a-t-elle sévi en son absence ? Où sont les autres ?

Avant même d'accoster, Mingam le rassure en lui apprenant que le reste de la famille l'attend à l'endroit convenu. Petit-Renard en éprouve un grand soulagement,

---

8. De 1697 à 1713.

mais demeure inquiet. La présence de son père lui paraît aussi insolite que bienvenue. Mingam accorde un coup d'œil aux débris de la pince coincée sur le haut-fond qu'il contourne. Avec habileté, il dirige son canot et débarque avant de toucher la rive rocailleuse de crainte d'endommager son embarcation. Petit-Renard se précipite et le hisse sur la grève.

Mingam l'enveloppe d'un regard rempli d'affection et de tourment.

– Le vieux chaudron est profané… Les Français ont dressé une habitation à l'entrée de notre rivière.

Petit-Renard prend conscience de tout ce que cela représente, et de tout ce que lui demande son père sans le formuler.

– Avec Ours-Têtu, je construirai un canot de marchand pour mes prochains voyages, répond-il simplement.

Chapitre 14

L'insoumise

*1723, en la lune où les oiseaux perdent leur duvet
et gagnent leurs plumes (juillet), Kahnawake.*

Atsehaiens l'a fait venir dans sa demeure, alors qu'Ours-
Têtu, son fils de quinze ans Loup-Tranquille, ses deux
beaux-frères ainsi que deux de leurs parents sont invités
dans celle de Joseph.

Dans la matinée, leurs canots ont accosté, les uns
chargés de fourrures et de provisions de viande séchée, les
autres, tout neufs, destinés à l'échange.

Assis face à Petit-Renard, Atsehaiens bourre sa pipe de
tabac noir et la lui présente afin qu'il l'allume, l'offre au
ciel et à la terre et en tire la première bouffée. « Qu'a-t-il
donc à lui dire de si important et de si secret », pense Petit-
Renard en accomplissant ce rituel avec solennité.

Bientôt, il saura. Pour l'instant, il mêle la fumée de son
souffle à celle de son hôte notant un changement en la
personne de celui-ci. Sont-ce les plis d'amertume aux
commissures des lèvres ou la ternissure du regard qui le lui
font paraître plus vieux ? Atsehaiens a toujours incarné à
ses yeux un être de combat doublé d'un être de réflexion,

mais l'homme qui fume présentement en sa compagnie semble n'être ni tout à fait l'un ni tout à fait l'autre.

— À la mort de Teionshio, commence l'Iroquois à voix basse, tu m'as demandé si je n'entendais que le langage des fourrures…

Atsehaiens fait une pause. Est-ce dans le but de l'embarrasser en évoquant leur confrontation au chevet de la femme-médecine ? Ou dans celui d'affaiblir son pouvoir de négociation en rappelant l'interdit dont la Robe-Noire l'a frappé à ce moment ?

— Longtemps, je n'ai entendu que le langage des fourrures, Tehonikonrathe.

À la façon dont Atsehaiens prononce avec respect le nom que Teionshio lui a donné, Petit-Renard comprend que leur entretien ne sera pas celui de deux marchands mais celui de deux enfants du Grand Esprit. Il tend son âme et son esprit au discours de son hôte.

— Tu as dit vrai pour bien des choses, mais longtemps je n'ai entendu que le langage des fourrures. Tu as dit que la main de la Robe-Noire qui a cueilli garentauguing ne voudra cesser d'en cueillir. Depuis, sur la montagne [1] et dans les environs, nos mains cueillent cette plante pour la Robe-Noire. Une fois séchées, les racines s'en vont par le bateau des fourrures aux pays des Français. De là, on m'a dit que ces racines allaient en un pays encore plus lointain [2]… L'an dernier, j'ai été pris d'un mal violent aux reins, et tu m'as fait boire des tisanes de ta préparation me disant que je serais rétabli en dedans de deux soleils… Cela s'est produit comme tu as dit, mais la Robe-Noire m'a conseillé d'éviter d'avoir recours à toi pour les maladies, car un esprit malfaisant te guide. J'ai écouté la

---

1. Le mont Royal.
2. Via le port de La Rochelle en France, le ginseng était exporté en Chine où les jésuites avaient des missions.

Robe-Noire, car son langage est aussi langage de four-rures : son Grand Esprit en a besoin pour se tenir chaud comme il a besoin d'une maison pour habiter. Toi, tu as dit que le Grand Esprit était la chaleur même et qu'il se trouvait en toute vie… Ton langage ne plaisait pas à mes oreilles, Tehonikonrathe. Je lui préférais celui des fourrures et j'ai fermé mes oreilles… ne les ouvrant que pour faire affaire avec toi, ce qui satisfait mes frères d'Albany qui te considèrent comme l'un des leurs. Les fourrures ont fait en sorte que je reçoive le baptême, mais depuis la mort de mon petit-fils… j'ai l'âme inquiète. Ce garçon était comme un fils dans mon cœur… Il remplaçait son père tué lors d'un combat contre les Autagamis…

— Je me souviens de lui.

— Lui aussi se souvenait de toi quand tu as séjourné ici. Il recherchait ta compagnie.

Tehonikonrathe sourit tristement au souvenir de ce gamin intelligent qui le bombardait de questions. Est-ce en raison de sa petite taille que les enfants sont attirés par lui ? Partout où il est passé, il a observé ce phénomène.

— De quoi est-il mort ?

— Il y a dix soleils, lorsqu'il est revenu d'un séjour chez les Robes-Noires pour s'instruire, il a été pris d'une forte fièvre et m'a demandé de te faire venir pour le soigner… Je voulais envoyer des gens au-devant de toi, mais la Robe-Noire m'en a dissuadé. Mon petit-fils était baptisé et à cause de l'esprit malfaisant qui te guide, il était dangereux que tu sois à ses côtés… J'ai cru…

La voix d'Atsehaiens flanche, l'obligeant à se taire un long moment pour lui permettre de se ressaisir.

— J'ai cru la Robe-Noire quand elle m'a dit qu'elle allait sauver mon petit-fils… ou… non… peut-être…

Atsehaiens s'arrête encore. Il ferme les yeux et secoue la tête, en lutte avec ses propres pensées, puis, après une profonde inspiration, il poursuit :

— J'ai voulu croire la Robe-Noire, mais, en réalité, c'est le langage des fourrures que j'écoutais au lieu de la voix de mon petit-fils qui te demandait… Plus sa voix allait en faiblissant, moins je l'entendais, et plus j'entendais celle de la Robe-Noire. Elle a fait des incantations et tracé des croix partout sur son corps pour le sauver, mais il est mort quand même… La Robe-Noire prétendait qu'elle l'avait sauvé, et que je devrais me réjouir, car mon petit-fils allait être heureux pour toujours auprès du Grand Esprit… Mais je ne parviens pas à me réjouir, et cela augmente le tourment dans mon âme.

Un nouveau moment d'arrêt. Atsehaiens pose sur Petit-Renard un regard angoissé.

— Ce que je te dis, Tehonikonrathe, je le dis parce que je sais que jamais mes paroles ne franchiront tes lèvres pour atteindre d'autres oreilles. Je te le dis parce que tu es Tehonikonrathe, et que Teionshio t'a reconnu… Lorsque je me suis levé devant toi, à sa mort, mon esprit a recueilli toutes tes paroles et les a semées en moi. Je suis resté longtemps sans aller visiter mon âme où tes paroles avaient germé et grandi… Tu as dit que la Robe-Noire était un mauvais esprit, car elle apportait la maladie. Et mon petit-fils est mort. Toi, aurais-tu pu le sauver?

— Je ne peux répondre, car je n'ai pas vu les yeux de ton petit-fils… Je n'ai pas senti son haleine ni touché son front. Le pouvoir de médecine n'agit pas toujours avec une maladie de Visage-Pâle.

— Tu parles avec franchise, car les maladies des Visages-Pâles nous emportent facilement… Tu parles aussi avec justesse, car tu as dit qu'il y avait dix fois plus de Yangisses que de Français, et que les Yangisses ne croyaient pas au même dieu que les Français… Tous deux prétendent que leur dieu est le bon… À Albany, des parents se sont faits instruire du dieu des Yangisses et m'en ont parlé… Depuis, le doute me ronge… Si le dieu de la Robe-Noire n'est pas le bon, qu'est-il arrivé à mon petit-fils? Comment me réjouir s'il se retrouve auprès d'un Grand Esprit qui n'est pas le bon et qui ne peut lui assurer de bonheur dans l'au-delà?

La question d'Atsehaiens contient sa réponse, et Tehonikonrathe se tait. Il n'y a rien à ajouter qui puisse le consoler ou le rassurer.

– Avec toi, le langage des fourrures est facile à comprendre, Tehonikonrathe. Tu demandes en échange des chaudrons, du maïs, des couvertures, des fusils, de la poudre, des balles, des couteaux, des haches. Tu m'apportes aussi des canots qui sont de plus en plus grands comme je le demande. Jamais tu n'as voulu prendre l'eau-de-feu, disant qu'elle nous détruit. Parfois, ce que dit la bouche est une chose, et ce que fait le reste du corps est une autre chose. L'eau-de-feu faciliterait tes échanges, car celui qui boit perd conscience de la valeur de ses fourrures. Tu pourrais fermer les yeux, Tehonikonrathe, sur tes propres agissements et te servir de l'eau-de-feu pour me rapporter beaucoup plus de fourrures, mais ce que dit ta bouche, ton corps le fait. C'est pourquoi le langage des fourrures est facile à comprendre avec toi… Avec les Visages-Pâles, ce langage se confond avec celui de la Robe-Noire. Les choses de l'âme sont liées à celles du corps à cause du Grand Esprit qui a besoin d'une maison et de fourrures. Ce que dit leur bouche, leur corps ne le fait pas toujours. Le langage des fourrures est devenu un tourment pour moi, mais je ne peux cesser de le parler et de l'entendre, car, sans lui, les miens perdraient leur pouvoir et leur influence.

Tout est dit. «Chez les Visages-Pâles, le spirituel est inextricablement mêlé au matériel, et serait bien éclairé celui qui pourrait départager l'un de l'autre», songe Tehonikonrathe. Ainsi, depuis bientôt deux étés, un manoir[3] s'élève sur la pointe s'avançant dans le lac Canassadaga et, derrière ce manoir, des Robes-Noires ont déménagé des convertis de leur île de Montréal[4]. En majorité iroquois, ces convertis cultivent déjà du maïs et ils lui ont assuré que les Pères ont échangé avec eux un wampum leur garantissant la possession future de ces terres. À cette annonce, ses poings se sont serrés malgré lui, et la notion d'ennemi a refait surface. Pour le peuple chasseur des Anishnabecks, ce territoire est sien par l'ancestrale occupation d'été. Jadis, les Français qui avaient choisi d'y faire la traite avec eux faisaient la guerre à leurs côtés contre l'ennemi iroquois. Mais voilà qu'à cet ennemi d'hier devenu converti et acteur commercial important, les Français promettent le territoire de leur ancien allié anishnabeck devenu acteur de moindre importance. En lui, le sang des siens a crié au sacrilège et ce sang crie encore vengeance mais, en présence d'Atsehaiens, Tehonikonrathe se tait, conscient que cet état de choses ne relève pas de son hôte, mais d'une organisation fort complexe où guerres, religion et profits dictent la conduite.

– Quand j'ai été pris d'un mal, tu m'as soigné comme on soigne un ami, Tehonikonrathe, sans rien demander en retour. À cause de cela, je te fais aujourd'hui une faveur. Je reprends le langage des fourrures sans oublier ton amitié. Cette année, les Français n'ont pas de couvertures[5]. Aucun

---

3. En 1721, Louise Denis de la Ronde, veuve de Pierre d'Ailleboust d'Argenteuil, se fait construire un manoir seigneurial sur la pointe qu'occupaient les Algonquiens durant la saison estivale.

4. En février 1721, sur la glace et la neige, les sulpiciens, seigneurs de l'île de Montréal, déménagent les Indiens convertis de leur mission du Sault-au-Récollet. Iroquois pour la plupart, ces nouveaux chrétiens s'installent sur un site à faible distance du village actuel d'Oka.

5. En 1723, une épidémie en France empêche la fabrication de couvertures destinées à la traite des fourrures à la manufacture de Saint-Gely de Montpellier.

de leurs bateaux n'en a déchargées à Kébec, lui annonce Atsehaiens.

La couverture étant, avec les chaudrons, la marchandise d'échange la plus prisée, les Français auront grande difficulté à attirer les chasseurs, calcule Petit-Renard. Cela pourrait avantageusement aider à les concurrencer sur la Wabozsipi si jamais Ours-Têtu et lui-même en obtenaient.

— Les bateaux ont-ils déchargé des couvertures chez les Yangisses, s'informe-t-il.

— Oui, en très grandes quantités. Il m'en reste quelques-unes ici, mais, ce soir, mes hommes reviennent d'Albany avec de plus grandes quantités encore. Tu fais la traite sur ta rivière avec ton frère et tu m'apportes des fourrures que les Yangisses apprécient beaucoup.

— Si j'ai des couvertures et que les Français n'en ont pas, je pourrai rapporter plus de fourrures pour les Yangisses.

— Les Français voudront les remplacer par l'eau-de-feu, mais les couvertures des Yangisses sont très recherchées[6]. Demain, tu auras la quantité nécessaire pour te permettre d'étendre ton réseau, mais tu ne les recevras pas ici… à cause du Père. Mes hommes iront les cacher de l'autre côté du lac. Cet après-midi, ton frère partira avec un petit nombre de couvertures, et le Père croira que ce sera tout.

— La Robe-Noire ne peut vous empêcher d'aller à Albany et d'en revenir avec des couvertures.

— Tu dis vrai, mais elle n'a pas à savoir combien nous en ramenons et avec qui nous les échangeons. Quand tu reviendras avec tes fourrures au printemps prochain, tu laisseras le surplus de l'autre côté du lac.

---

6. De drap rouge avec une large bordure noire, les couvertures anglaises étaient plus recherchées que les couvertures françaises, de drap bleu et de moindre qualité.

– Cette entente me satisfait. Concluons nos échanges à l'instant. Après, je partirai avec mon frère, car la Robe-Noire n'aime pas ma présence.

– J'ai à te proposer autre chose quand ton frère sera parti.

– Lui et moi n'avons pas de secret.

– Cette proposition ne concerne pas les échanges… Il est inutile d'en parler en sa présence. Je vais faire chercher ton frère chez Joseph pour procéder aux échanges et, quand il sera parti, tu entendras cette proposition.

*

Un peu à regret, Ours-Têtu est parti à la tête de la petite flottille et a promis de l'attendre sur une île à l'entrée du lac Canassadaga. Satisfait par le marché conclu avec Atsehaiens, son grand frère entretenait cependant de la suspicion à propos de toute l'affaire. Cette histoire de couvertures cachées et de départ retardé au lendemain ne lui plaisaient guère. «Sois prudent, lui a-t-il soufflé à l'oreille après avoir chargé les embarcations. Quand l'eau paraît trop belle, elle cache parfois un écueil», a-t-il ajouté.

C'est vrai que l'eau paraît belle. Trop belle, car des couvertures, Atsehaiens lui en a promis beaucoup. Y a-t-il un écueil quelque part?

Les trois canots de la flottille ne sont maintenant que trois petits points à l'horizon, et Petit-Renard se promène sur la grève, se demandant s'il a eu raison de rester en arrière. Peu à peu, l'inquiétude de son frère le gagne. Enfin, il voit apparaître Atsehaiens, l'air préoccupé.

– Suis-moi, je vais te montrer.

Montrer quoi? Qu'est-ce qui justifie tant de mystère?

L'homme l'entraîne à l'extérieur du village, traverse les champs où travaillent les femmes, puis emprunte un sentier en forêt. Au bout d'une quinzaine de minutes, il lui indique un abri d'écorces dressé hâtivement entre les arbres.

– Elle est là-dedans, dit alors Atsehaiens avec gravité.

– Qui, elle?

– L'esclave pawnise[7].

– Tu as une esclave?

– Elle n'est pas à moi.

– À qui est-elle?

– À personne. Je croyais pouvoir la vendre aux Français, mais aucun n'en veut.

– Pourquoi?

– Trop vieille.

– Quel âge?

– Dix-neuf ans, peut-être vingt. Les Français préfèrent acheter des esclaves qui ont entre dix et quatorze ans. Passé cet âge, ils disent que c'est difficile de leur apprendre à obéir.

– C'est là une coutume de Visages-Pâles. Pourquoi vends-tu des nôtres, Atsehaiens?

– Parce qu'il y en a pour les acheter. Onontio en a achetés et plusieurs chefs[8] aussi. Les Yangisses en achètent beaucoup et en font venir d'un pays où ils sont tout noirs de peau, et ils les font travailler dans les champs[9].

– Si tu ne peux la vendre, garde-la pour toi.

– J'ai tenté de la faire travailler, mais c'est impossible.

– Elle ne peut pas?

---

7. C'est sous le régime français que l'esclavagisme est le plus florissant. En majeure partie, les esclaves proviennent de la région du Mississippi, et les premiers à servir les Blancs de Nouvelle-France sont les Pawnis (Pawnees) que les Blancs nomment « Panis ». Ce vocable désignera par la suite « esclave indien ».

8. Chef: seigneur, officier.

9. Beaucoup d'esclaves noirs travaillaient déjà dans les champs pour les Anglais et les Flamands de New York.

— Elle ne veut pas… Elle est solide et forte, mais elle n'a pas l'esprit docile des siens. Viens la voir.

Piqué par la curiosité, Tehonikonrathe suit l'homme dans la cabane. Une femme aux cheveux emmêlés et au regard farouche est ligotée agenouillée à un poteau. Des blessures purulentes zèbrent son dos et ses bras.

— Pourquoi l'as-tu frappée ? interroge-t-il en se penchant vers elle.

— Elle s'assoit par terre au lieu de travailler.

— Ses blessures sont infectées.

— Je veux que tu la soignes et l'amènes avec toi.

— Je n'achète pas des nôtres.

— Je te la donne… Amène-là loin d'ici : elle doit partir. La Robe-Noire le demande.

— La Robe-Noire a aussi demandé qu'elle soit mise à l'écart ?

— Oui.

— Pourquoi ?

— Le mal est en elle. Elle lui a craché au visage alors qu'il voulait lui parler de son dieu. Sois prudent ; elle mord et elle griffe.

Tehonikonrathe prend garde à ce que ses mains n'approchent la bouche de la femme et examine les lacérations profondes, remarquant la robustesse du corps et la musculature des membres.

— C'est moi qui l'ai amenée parmi nous… C'est à moi de nous en débarrasser.

— En me la donnant ? Je veux bien la soigner, mais pas la prendre avec moi.

— Tu n'as pas à la garder… Un accident est vite arrivé. J'ai pensé à la tuer, mais la Robe-Noire me l'interdit, car je suis baptisé. Toi, tu ne l'es pas.

— Je n'ai pas à la tuer pour toi… Pourquoi la gardes-tu attachée ?

— Parce qu'elle cherche toujours à s'enfuir.

— Libère-la. Tu en seras débarrassé.

— La Robe-Noire dit que si on la libère, elle viendra rôder durant la nuit pour nous voler nos âmes et capturer nos enfants pour se venger. Le mal est en elle. La Robe-Noire dit qu'elle a fait mourir mon petit-fils par sa simple présence. Regarde-la, le mal est en elle.

Des traits rudes, un corps massif et solidement charpenté, la femme a une allure rébarbative. Elle lance à Tehonikonrathe un regard de défi mêlé de mépris. Mais ce regard éveille en lui non pas de la compassion, mais une certaine admiration. Bien qu'elle soit ligotée et rouée de coups, elle lui apparaît libre et forte. Plus libre et plus forte que ne le sera jamais Atsehaiens, car, plutôt que de renier son identité d'être libre, elle a préféré la mort. Il approche son visage de celui de la femme pour sonder ce regard.

— Que fais-tu? Elle va t'arracher le nez, avertit Atsehaiens.

— Je regarde au-dedans d'elle.

— Est-ce que tu y vois le mal?

— J'y vois le fils de Teionshio mort attaché à la pagaie d'un bateau français.

Court moment de malaise chez Atsehaiens.

— Mais le mal, le vois-tu, toi qui as un don?

Longtemps, Tehonikonrathe capture le regard de la femme à l'affût de la moindre défaillance, implorant son indulgence, mais rien ne se produit. Rebelle, insoumise, l'esclave le dévisage effrontément.

— Ce qui est un mal pour la Robe-Noire ne l'est pas pour moi, déclare-t-il en revenant auprès d'Atsehaiens.

— Alors, prends-la.

— …

— La Robe-Noire cesserait de me reprocher sa présence, et les femmes cesseraient de craindre qu'elle vienne capturer leurs enfants… Sans compter qu'il faut la nourrir. Elle est une bouche inutile, car ses bras ne travaillent pas pour nous.

— Elle sera une bouche inutile pour moi aussi.

— Tu as obtenu beaucoup de couvertures...

Voilà l'écueil : ce service à rendre à Atsehaiens en le débarrassant de la Pawnise. Service déjà payé par des couvertures.

— ... beaucoup de couvertures qui rapporteront beaucoup de belles fourrures pour les Yangisses, ce qui est bon pour toi et moi. Je vais te débarrasser de cette femme par amitié pour toi... Le tourment de ton âme est déjà grand, et tu es bien à plaindre d'avoir à parler le langage des fourrures à la manière des Visages-Pâles.

*

Le lendemain.

Le Père les rejoint près de l'eau en exhibant bien haut l'homme torturé sur une croix qui représente son Dieu. Derrière lui suit un groupe de femmes répondant en chœur et par intervalles réguliers aux formules magiques qu'il prononce.

Atsehaiens termine de ligoter la Pawnise à la traverse centrale du canot. « Attachée de cette manière, elle ne pourra pas te faire chavirer. Je ne voudrais pas qu'il t'arrive malheur et qu'elle nous revienne », dit-il d'une voix forte à l'intention du Père, démontrant ainsi avec quel soin il veille à les débarrasser d'elle. « Un accident est vite arrivé », ajoute-t-il, réitérant, cette fois-ci à son intention, la suggestion de la tuer en cours de route.

Ligotée de la sorte, pense Tehonikonrathe, la pauvre fille ne peut pratiquement pas bouger. Tout est planifié, facilité par Atsehaiens pour qu'un accident se produise, car, à l'exception de quelques effets personnels et marchandises sans grande valeur, son canot est pratiquement vide. Lorsqu'il sera hors de vue, il lui suffira de se faire chavirer lui-même, d'attendre simplement qu'elle se noie, de couper ses liens pour la laisser sombrer, de retourner l'embarcation, de l'écoper, de remonter à bord et de se rendre à la fabuleuse cachette de couvertures sur la rive nord.

Au moment où il prend place à l'arrière, sa passagère se détourne vers lui et le darde d'un regard lucide. Elle sait que, pour elle, on prévoit la mort quelque part entre cette rive et l'autre, et cela ne semble pas l'effrayer. Il n'y a chez elle ni supplication ni abdication. Lentement, elle promène ce regard sur chacune des personnes rassemblées pour la voir partir et crache vers elles. Un coup de pagaie les éloigne de l'étrange comité d'adieu. « Un accident est vite arrivé », lui crie encore Atsehaiens au travers les formules magiques de la Robe-Noire.

Bien sûr, c'est vite arrivé. Et tout est si bien préparé pour cela, songe Petit-Renard en remarquant sur le dos de l'esclave les blessures déjà en voie de guérison, signe d'une santé vigoureuse. Atsehaiens ne le connaît pas vraiment pour croire qu'il l'éliminera. Jamais, il n'en a eu l'intention. Cependant, il ne sait qu'en faire au juste et se donne la durée du trajet pour y réfléchir.

La journée promet d'être torride, et il pagaie avec régularité malgré son impatience à mettre la main sur sa cargaison de couvertures. L'idée de défaire les liens de la femme et de lui donner une pagaie pour aller plus vite lui traverse l'esprit, mais il se ravise. Cela pourrait se révéler dangereux. De toute façon, puisque, malgré les coups, elle a refusé de travailler pour Atsehaiens, elle refusera tout autant de le faire pour lui. Mieux vaut la garder, elle, dans cet état inconfortable plutôt que de se retrouver, lui, dans une situation incontrôlable.

Pourquoi s'en est-il donc encombré? Elle n'a ni grâce ni beauté. On dirait que le Grand Esprit l'a créée à la hâte sans se soucier de lui donner quelque charme. Ses formes sont grossières, et les traits de son visage, sans finesse aucune. Pourtant, ce qu'elle est, ce qu'elle traduit dans son regard le fascine et il se félicite de l'avoir soustraite à la persécution de la Robe-Noire.

Assise au fond du canot, la Pawnise examine de temps à autre autour d'elle cherchant visiblement des points de repère. Pourquoi ne la laisserait-il pas s'échapper? Avec de la chance, elle réussira à retourner dans son pays. Elle possède force et endurance, et il est persuadé qu'elle ne tentera pas de revenir rôder autour de Kahnawake. Ainsi, jamais Atsehaiens ne la reverrait et, pour sa part, il aurait l'esprit en paix.

Cette pensée fait son chemin pendant qu'il pagaie sous le soleil ardent, s'abreuvant de temps à autre de sa main en écuelle. De crainte qu'elle ne le morde, il évite d'approcher les mains de la bouche de la femme et se contente de lui faire couler de l'eau sur la nuque et le dos pour la rafraîchir.

Au fur et à mesure qu'ils approchent de la berge, il devient évident que sa passagère tentera de fuir dès qu'elle en aura l'occasion, et il prend la décision de l'aider en ce sens.

Enfin, le canot accoste et il s'empresse de retracer l'emplacement où, selon toute vraisemblance, se trouvent cachées les couvertures. Les indications et la quantité promise par Atsehaiens s'avèrent justes. Il revient vitement au canot, rassemble des provisions de bouche et un couteau avant de dénouer les courroies qui maintiennent la femme à la traverse centrale.

Les jambes ankylosées, celle-ci se déplace avec difficulté et tombe à genoux dans l'eau. Les bras toujours ficelés le long du corps, elle se penche et boit à grands traits telle une bête assoiffée. Il la laisse se désaltérer, puis tire sur la courroie enroulée à son cou pour la faire avancer vers lui.

Cette femme, il ne l'a jamais vue debout et demeure sidéré de voir qu'elle le dépasse de plus d'une tête. Il lui montre les provisions et le couteau. « Pour toi, pour retourner dans ton pays. »

Par l'expression de son visage, celle-ci lui fait savoir qu'elle a compris, et il commence alors à défaire les liens que les Visages-Pâles, par les mains d'Atsehaiens, ont serrés sur elle. Puis, avant qu'elle ne parte, il s'offre le regard de cet être qui ne s'est jamais renié, préférant la mort à la servitude.

*

Elle a d'abord couru, simplement pour courir. Parce que les entraves étaient tombées, et que, depuis des lunes, son corps ne lui appartenait plus. Depuis des lunes, ce corps était à la merci des autres qui l'attachaient, le violaient, le frappaient, l'affamaient et l'assoiffaient.

Elle courait, simplement pour courir et se réapproprier ce corps qu'on avait capturé en son pays. Et vers ce pays, elle courait, guidée par l'instinct.

Elle se déplaçait avec puissance et agilité, mue par une incroyable énergie. Depuis des lunes, son esprit luttait à l'intérieur de son corps meurtri dans l'espoir qu'un jour ce corps lui revienne. Et voilà qu'il courait éperdument, jouissant du souffle rapide, de la sueur et de la soif.

Puis, elle a rencontré un sentier et s'est aussitôt tapie dans les broussailles. Qui dit sentier, dit homme pour l'emprunter. Et qui dit homme, dit ennemi pour la capturer de nouveau. Alors, elle s'est immobilisée derrière les feuilles, cœur battant, oreilles aux aguets.

Combien de temps y est-elle demeurée ? Impossible à dire, car, depuis sa captivité, le temps lui jouait des tours.

La marche du soleil dans le ciel n'était pas la même pour elle que pour celle de ses tyrans. Ainsi, le temps passé dans les liens lui avait paru sans fin, alors que celui de sa course effrénée paraissait n'être qu'un instant. Mais, le temps qu'elle était demeurée pétrifiée par la crainte d'être reprise, elle s'était mise à réfléchir.

Vers quoi courait-elle ? Personne ne l'attendait en son pays, ni ne la pleurait, les membres de sa famille étant soit décédés, soit capturés. Elle doutait même que son pays existe encore, car vidé de ses occupants, un pays n'est plus un pays. Pourquoi risquer sa vie à s'y rendre alors qu'il n'y a plus de raison d'y retourner ?

Accroupie dans l'ombre, elle est vite devenue la proie des moustiques, mais elle évitait tout mouvement de crainte d'être repérée par un homme venant par le sentier. Qui dit homme, dit ennemi… sauf celui qui a dénoué ses liens au lieu de s'en servir pour la noyer.

À l'homme-médecine, elle s'est mise à penser. Et à lui, elle pense encore. À ses yeux surtout, si noirs et si bridés, avec leur indéniable pouvoir de pénétration. Cet étrange petit homme l'effraie et la fascine. Autant elle s'est éloignée de lui à grande course, jouissant de sa liberté nouvelle, autant elle songe à revenir vers lui, consciente que cette liberté n'existe que dans la mesure où elle ne croise âme qui vive, car, en ce pays, à part cet homme, nul ne la regarde comme un être libre.

*

L'être libre est parti, et Petit-Renard est resté là. Désormais prisonnier d'un vague sentiment de culpabilité. Avait-il bien agi en la laissant aller ? Quelle distance parviendrait-elle à couvrir avant d'être reprise ? Et, une fois reprise, combien de temps et de coups suffiront pour qu'un jour s'éteigne dans ce visage ingrat la beauté de ce regard ?

Ce sentiment lui collait à la peau comme une saleté. Alors, il s'est départi de son pagne pour plonger dans l'eau et se purifier.

*

Derrière l'écran des arbres, elle épie l'homme-médecine. De le voir sortir de l'eau dans sa nudité complète la trouble. Qu'est-ce donc ?

Il s'ébroue, puis se passe la main sur les cheveux qu'il porte à hauteur des épaules. Elle se surprend de constater à quel point le corps de l'homme-médecine est harmonieux, comme si une aura de pouvoirs mystérieux lui en avait voilé les muscles bien dessinés et les membres proportionnés.

Craignant qu'il ne la chasse, elle hésite à se montrer et se contente de l'observer. Voilà qu'il va chercher une partie des couvertures et commence à les placer dans son canot. Le moment lui semble propice pour révéler sa présence. Elle s'empare de ce qui reste des couvertures cachées et va les lui porter. Tout occupé à sa tâche, il ne l'a pas entendue s'approcher et montre un instant de surprise en l'apercevant. Puis, une fugitive expression de bienveillance passe sur son visage lorsqu'il lui prend les marchandises des bras, signifiant qu'en acceptant son aide, il l'accepte.

Cela la ravit, mais un trouble persiste en elle. Un trouble si inexplicable et si puissant qu'elle obéit à l'impérieuse envie de se dénuder pendant qu'il termine de disposer les paquets.

Quand il se retourne, Petit-Renard aperçoit la femme à quatre pattes, prête à le recevoir, lui demandant de cette manière de l'accepter pour épouse.

Il s'agenouille derrière elle, glisse lentement la main du coccyx jusqu'à la nuque et s'enfonce les doigts dans la chevelure pour tourner la tête vers lui et plonger dans les yeux de la femme comme il a plongé tout à l'heure dans l'eau. Ces yeux où jamais n'a logé la supplication, mais où brille maintenant un intense désir.

Il l'a libérée et, de son plein gré, elle est revenue lui prêter main-forte comme l'aurait fait tout être libre. C'est Wapitik qui l'a guidée vers lui et lui vers elle. C'est ainsi.

Bien qu'elle n'ait guère de charme, un désir l'envahit et il la pénètre, accomplissant avec elle et en elle sa destinée. Elle sera sa femme.

Chapitre 15

La piste

1725, au début de la lune de la ponte des oiseaux aquatiques (début juin), rive nord de la Grande Rivière en amont des rapides de Kichedjiwan (rive nord de la rivière Outaouais en amont des rapides du Long-Sault).

Petit-Renard éprouve un certain contentement d'être, avec son frère, à l'origine du commerce des canots qui permet ainsi à leur famille de diminuer la pression de chasse sur le castor. Commerce qui n'a fait que prendre de l'ampleur au fil des ans, les coureurs des bois augmentant en nombre, et leurs embarcations augmentant en dimensions.

Afin de répondre aux demandes de ce marché, Ours-Têtu et lui se sont associés avec d'autres partenaires dont quelques-uns participent à ce voyage de livraison à Kahnawake. Choisis parmi les meilleurs canotiers, ils reconnaissent le Maître-des-Eaux-Blanches comme leur chef. Hier, ils se sont réunis autour de lui afin d'organiser le franchissement des redoutables rapides, et, ce matin, ils s'activent à lever le campement.

Certains sont accompagnés de leur femme et de leurs enfants, qui seront mis à contribution selon leurs capacités. Cette étape du parcours étant la plus ardue et la plus risquée, rien ne doit être laissé au hasard. Chacun, chacune aura ses tâches et responsabilités, que ce soit sur le plan du portage ou des passages à la cordelle. Une fois Kichedjiwan surmonté, leur convoi se rendra dans un premier temps à la pointe du lac Canassadaga pour y déposer femmes et enfants qui y séjourneront pendant que leur flottille se rendra à Kahnawake.

Petit-Renard anticipe de fructueux échanges avec Atsehaiens. Grâce aux couvertures, dont leurs concurrents français étaient privés, son frère et lui se sont ralliés de nouveaux clients, étendant ainsi leur réseau sur les affluents de la Wabozsipi. Leur réputation se répand, parfois même les précède. Ils forment déjà un tandem légendaire d'un très grand et d'un très petit homme, où l'admiration envers le Maître-des-Eaux-Blanches côtoie le respect envers le sorcier-guérisseur. Partout où ils se sont arrêtés, ils ont récolté des fourrures, court-circuitant de cette manière le comptoir de traite installé à l'emplacement du vieux chaudron.

La possession de couvertures a grandement joué en leur faveur, et Petit-Renard se sent redevable envers Atsehaiens pour cette marchandise de troc hautement prisée qui a consolidé leur renom de marchands tout en favorisant les utilisateurs de leur rivière. Il se sent redevable également pour son épouse pawnise qui lui a donné un fils nommé Wapitik en l'honneur du grand-oncle défunt qui les a conduits l'un vers l'autre. À l'ancienne esclave, il a attribué le nom d'Ikoué[1]. Il aurait aimé que cette dernière lui fasse part de celui qu'elle portait en son pays, mais jamais elle ne parle de ce qu'elle

---

1. Ikoué : femme en langue algonquienne.

fut. D'ailleurs, elle parle rarement, bien qu'elle commence à comprendre leur langue. Tout s'exprime par ses yeux, ses gestes, ses silences. Ses habitudes aussi comme celle d'aller saluer seule le lever du soleil, montrant par ce rituel qu'elle est fidèle à ses croyances.

Le regard de Petit-Renard tombe sur Ikoué en train d'allaiter leur bébé. L'extrême douceur de son expression trahit l'attachement sans bornes qu'elle lui voue. Son pays, c'est désormais cet enfant. Leur enfant qu'il a reçu dans ses mains il y a à peine trois lunes. Elles tremblaient encore, ses mains, et jamais le regard d'Ikoué ne lui avait paru si beau. Cette femme le fascine. En l'absence de beauté physique, elle porte en elle chaleur et lumière. Le nom « femme » lui convient parfaitement, car elle est LA femme. Celle qui perpétue le sang d'un homme et fait en sorte que le feu ne s'éteigne pas dans son wigwam.

Petit-Renard se sent profondément lié à Ikoué et à leur fils, mais, depuis quelques jours, il est obsédé par la perspective de revoir N'Tsuk à Canassadaga. N'Tsuk qui, à défaut d'être procréatrice, est devenue servante. Plus que la deuxième épouse de Pikamu, elle travaille à piéger les petites bêtes, tanner les peaux, gratter les fourrures, préparer les repas et faire provision de bois et de vivres. L'année dernière, il l'a trouvée amaigrie et fatiguée. Elle allait, venait, les bras occupés à mille tâches pour suppléer à l'inutilité de son ventre. Il lui avait semblé qu'elle évitait son regard, comme si elle lui en voulait d'avoir cru aux vertus de la racine de ginseng. Malgré tout, elle le troublait, exerçait sur lui un irrésistible attrait. Ikoué s'en était aperçue, et le chagrin avait voilé son regard. Petit-Renard avait alors compris qu'Ikoué le désirait de la même manière que lui avait toujours désiré N'Tsuk.

Se sentant observé, Ikoué lève le regard vers lui et sourit timidement en serrant Wapitik contre son cœur.

Petit-Renard lui répond d'un semblable sourire, puis va porter des ballots de fourrures sur la grève. En approchant de l'eau, il perçoit soudain des voix dans le grondement lointain des rapides. Celles de coureurs des bois sans doute, comme il s'en trouve chaque année pour se rendre dans la région des Grands Lacs récolter des fourrures. Ours-Têtu aussi les a entendues et le rejoint, épiant la rivière avec lui.

– Kichedjiwan leur a donné du mal, dit-il. L'eau est haute sur les berges.

– Terminons de charger nos affaires. Cela leur permettra d'arriver jusqu'à nous, ainsi nous pourrons leur demander comment cela s'est passé pour eux.

Sans se hâter, ils terminent les préparatifs de départ, disposant les charges dans les canots, rappelant à chacun les paquets dont il est responsable dans les portages et la personne avec qui faire équipe pour les passages à la cordelle. Prêts à partir, ils attendent que les Français se portent à leur rencontre.

Petit-Renard et Ours-Têtu reconnaissent ces hommes pour les avoir déjà croisés sur la Grande Rivière. Vêtus à moitié comme des Visages-Pâles, à moitié comme eux, ils savent pagayer avec endurance et vivre à leur manière. Si la plupart d'entre eux baragouinent la langue des peuples chasseurs, la totalité, par contre, maîtrisent celle des affaires conclues avec l'eau-de-feu. Intrépides autant que cupides, aucun obstacle ne saurait les empêcher de remonter le courant des rivières avec leurs canots pleins de futailles.

À leur approche, Ikoué s'empare de Wapitik qu'elle était en train d'emmailloter sur sa nagane[2]. La méfiance transpire de tout son être prêt à tuer quiconque voudrait s'en prendre à son petit.

---

2. Nagane : porte-bébé.

Occupé par cinq hommes, le plus grand des canots touche la grève en premier, suivi quelques minutes plus tard par le deuxième canot où quatre hommes prennent place. Seul le chef de la première embarcation débarque, le reste des canotiers s'ancrant solidement à l'aide de leurs pagaies pour éviter la dérive. Avec convoitise, l'homme reluque leurs nombreuses peaux et fourrures que l'exclusivité des couvertures a permis de récolter.

— Belles fourrures, dit-il s'adressant à Ours-Têtu en langue outaouake.

— Beaux canots, répond celui-ci imperturbable en reconnaissant comme sienne la facture de leurs canots.

— Oui, beaux canots, très beaux canots. Je vois, ami, que tu as encore d'autres beaux canots à échanger. Écoute, ami, tu vas te donner beaucoup de peine à leur faire passer les rapides qui sont traîtres cette année, et une fois passés les rapides, ces canots-là deviendront des fardeaux inutiles, car Onontio ne veut plus qu'il se vende ou se prête des canots[3].

— Nous n'avons pas à obéir aux lois d'Onontio, réplique Ours-Têtu sans se départir de son flegme.

— Tu dis vrai, ami. Ces lois ne concernent pas les tiens, mais si les miens n'ont pas le droit de vendre, ils n'ont pas non plus le droit d'acheter.

— Les Visages-Pâles n'ont qu'à acheter ou vendre loin des yeux d'Onontio.

— Ah! Ils sont partout, les yeux d'Onontio. Tout partout. Il sait qui de nous a un canot et qui n'en a pas. Tout cela est écrit dans son grand livre.

---

3. Pour contrer la contrebande, en décembre 1724, une ordonnance oblige tous les habitants qui possèdent des canots d'écorce d'en faire la déclaration au greffe de la juridiction royale. Il est interdit de prêter les embarcations ou de les vendre à ceux qui veulent se rendre soit en Nouvelle-Angleterre, soit dans les Pays-d'en-Haut (région des Grands Lacs) sans la permission écrite du gouverneur particulier de l'endroit ou, en son absence, du commandant.

« Faut-il croire cet homme ? » s'interroge Petit-Renard en observant Ours-Têtu qui semble ébranlé par la mention du grand livre. Les Visages-Pâles ont sur eux l'avantage de la mémoire des choses qu'ils se transmettent par de petits signes sur du papier. Une fois inscrite, cette mémoire est à la portée de quiconque sait interpréter les signes. Ainsi, elle peut voyager d'une main à l'autre, sans passer par les oreilles et la bouche qui l'entendent et la répètent parfois à leur façon.

— Je t'avertis en ami. Faire franchir les rapides à tes canots sera pour toi une peine inutile, poursuit l'homme, conscient qu'il vient de pratiquer une brèche dans l'inébranlable assurance d'Ours-Têtu. De ce côté des rapides, les yeux d'Onontio ne voient pas très bien et, par amitié pour toi, je t'offre d'échanger tes fourrures et tes canots... Cela pour t'éviter toute peine inutile.

— Mon ami français a un grand cœur, intervient Petit-Renard. Il prend le risque d'être puni par Onontio pour nous soulager du fardeau de nos canots. Que fera-t-il de ce fardeau quand il sera sur ses épaules ?

— ...

— Il lui manquera des bras pour faire avancer les canots, et il ne peut attacher nos canots derrière les siens, car cela le ralentira dans son voyage.

— ...

— J'ai fait le voyage jusqu'à Michillimakinac et j'ai vu que bien des rapides obligent au portage sur cette route. Quand les épaules de mon ami français seront en sang d'avoir soulagé les nôtres du fardeau de nos canots, nous nous sentirons malheureux de l'avoir laissé faire. Pour cette raison, nous ne pouvons accepter son offre, mais l'en remercions et lui souhaitons bonne route.

Décontenancé, le coureur des bois fait demi-tour et rejoint ses hommes.

— Quand tes épaules seront en sang, petit homme, d'avoir transporté le fardeau inutile de tes canots, tu penseras à l'offre que je t'ai faite et que tu as refusée. Pour ça, oui, tu y penseras, maugrée-t-il avec dépit avant d'ordonner le départ.

– Il y a des choses vraies dans ses paroles… Il serait sage de garder nos canots ici et d'aller vérifier. En sautant les rapides, je ferai vite, propose Ours-Têtu.

– Et moi, en t'accompagnant, je ne te ralentirai pas, approuve Petit-Renard.

*

Sauter les rapides de Kichedjiwan avec Ours-Têtu lui a donné des sueurs froides, même s'il avait pleinement confiance en son grand frère, car, cette année, les eaux sont particulièrement déchaînées. Plus d'une fois, Petit-Renard a cru s'écraser contre un rocher, et c'est avec soulagement et bonheur qu'il a entendu Ours-Têtu lancer son cri de victoire au pied des derniers remous. Sans s'arrêter à la pointe du lac Canassadaga, ils ont filé chez Atsehaiens. Les voici en sa présence, sans rien à échanger. Nouvelle, imprévisible, la situation embarrasse quelque peu Petit-Renard, et il se félicite d'avoir choisi la plus belle de ses robes de castor[4] pour l'offrir en cadeau.

– Nos mains sont vides, Atsehaiens, à l'exception de cette robe pour toi, dit-il en la lui remettant. Vois comme elle est grande et grasse. Elle est portée depuis deux ans[5]. Elle provient des Gens des Terres[6] qui maintenant font

---

4. Robe : couverture de fourrures cousues ensemble et utilisée en guise de vêtement.

5. Portée le poil contre le corps, une fourrure s'imbibait de la graisse du corps et perdait les longs poils soyeux inutiles en chapellerie, acquérant ainsi une grande valeur.

6. Gens des Terres : peuple algonquien habitant la région de la Haute-Gatineau et du lac Baskatong qui, par une série de plans d'eau, rejoint la rivière du Lièvre.

affaire avec moi. Ils me fournissent du castor et des fourrures de très grande qualité, que j'ai laissés en amont de Kichedjiwan avec les canots. Des Français nous ont avertis de la volonté d'Onontio d'interdire la vente des canots, et nous sommes devant toi pour entendre de ta bouche la vérité.

Avec satisfaction, Atsehaiens palpe et retourne la robe de ses mains expertes, puis la dépose près de lui et leur offre à son tour de remplir leurs pipes de tabac noir, signe qu'il consent à négocier avec eux en l'absence de marchandises.

Une fois leurs souffles emmêlés dans la fumée, Atsehaiens répond :

– Onontio n'est pas seul dans sa volonté. Une de ses oreilles appartient à la Compagnie[7] qui veut avoir le contrôle sur les fourrures et sur les rivières qui les transportent. À tout moment, cette compagnie peut entrer dans la maison des gens sans y être invitée et elle fouille pour trouver les marchandises des Yangisses[8]. Si elle en trouve, elle les prend et fait punir les gens qui les possédaient... Parmi ces gens, certains veulent suivre le chemin des rivières jusqu'à Michillimakinac, et plus loin encore où se trouvent de fort belles fourrures... Pour cela, ils ont besoin de canots, mais la Compagnie, qui se rend aussi à Michillimakinac et bien plus loin encore, ne veut pas de ces gens sur les rivières avec elle... Elle a parlé dans l'oreille d'Onontio, et Onontio a vu de l'intérêt à suivre les conseils de la Compagnie. Il a fait écrire dans son grand livre tous les noms des gens qui avaient un canot et leur a interdit de le vendre et même de le prêter, afin que la Compagnie soit seule à se rendre à Michillimakinac.

---

7. Compagnie des Indes occidentales.
8. En 1719, un arrêt permet aux agents de la Compagnie de s'introduire à l'improviste chez les habitants afin de s'assurer qu'ils n'en violent pas le monopole.

– Devons-nous comprendre qu'Atsehaiens ne peut plus vendre de canots ?

Un sourire rusé passe sur le visage de l'homme.

– Les Français savent fabriquer des canots à notre façon, mais entre eux, ils les vendent plus cher. Tant qu'il en sera ainsi, Atsehaiens vendra vos canots. Il connaît ceux qui désirent en acheter, et vous avez été sages de les laisser avant les rapides. C'est là un bon endroit pour les vendre.

– Les yeux d'Onontio ne voient pas bien au-delà de Kichedjiwan, car ses soldats guettent au pied des rapides. Mon frère et moi connaissons des nôtres à Canassadaga pour guider tes acheteurs et transporter leurs bagages jusqu'à cet endroit. En se déplaçant de nuit sur la rivière et ensuite sous les feuilles des arbres pour contourner les soldats, Onontio ne les verra pas.

– J'entends ce que tu dis. J'enverrai les acheteurs à Canassadaga, et ils veilleront à récompenser les tiens pour les conduire vers toi. Cette piste, plusieurs la suivront dans les années à venir. Aujourd'hui, Onontio interdit de vendre ou de prêter un canot… Demain, il interdira peut-être la rivière à ceux qui ne sont pas ses amis ou les amis de la Compagnie. Ceux-là suivront cette piste.

Tout comme les Iroquois suivent la route d'Albany. Ainsi s'étend un réseau à l'abri des yeux de l'autorité qui, chez les Visages-Pâles, ne reconnaît pas le droit au libre-arbitre de chacun. Un réseau de chemins d'eau et de pistes battues par la semelle des mocassins et foulées par les coureurs des bois pour contourner les routes où s'exercent surveillance et contrôle. Un réseau dans lequel, lui, Petit-Renard, ne peut s'abstenir de s'intégrer, même si cela l'éloigne du chemin de la Connaissance. Devenu commerçant, il se doit d'assurer un marché pour les canots, parce qu'il a vu Ours-Têtu enseigner à ses fils comment courber les pièces de bois sur le genou après les avoir amollies dans l'eau bouillante. Parce qu'il a vu les femmes écorcer et fendre en deux minces lanières les longues racines de l'épinette pour fabriquer du watap. Parce qu'il a vu Mingam prélever les écorces sur les bouleaux et s'occuper de leur trempage ainsi que du feu. Parce qu'il a vu La Souris doser la graisse d'ours dans la résine qu'Ikoué a récolté à la pleine lune, leur bébé endormi sur son dos. Parce qu'il a vu l'arc des pinces, les varangues, les lattes, les plats-bords et les pagaies un à un travaillé au couteau croche et, surtout, parce qu'il a vu, dans les yeux de chacun, la fierté.

Et, parce qu'il a vu tout cela, il établira cette piste hors de la vue d'Onontio.

*

En raison de toutes les marchandises entassées dans leurs canots, les membres de leur flottille ont choisi de faire une halte à Canassadaga plutôt que d'y passer la nuit, car elles risqueraient d'exciter la convoitise de ceux qui s'adonnent à l'eau-de-feu. L'esprit en paix, ils dormiront sur une île en aval de Kichedjiwan et, demain, ils rejoindront femmes et enfants demeurés au campement où aboutit la piste contournant la volonté d'Onontio. Tracée par Ashini, Pikamu et sa famille, cette piste leur a permis d'écouler leurs canots et de réaliser des échanges avantageux à Kahnawake. Petit-Renard s'en félicite, car, ainsi, ils pourront encore satisfaire leurs clients de la Wabozsipi et de ses affluents. L'interdiction de vendre des canots n'a fait qu'en augmenter la valeur, et il ne doute pas qu'Ashini, Pikamu et sa famille ont obtenu de généreuses rétributions pour avoir guidé les acheteurs et transporté une partie de leurs cargaisons. Il lui tarde de les rencontrer pour en discuter et pour retenir leurs services au printemps prochain.

Est-ce pour cela qu'à l'approche de Canassadaga son cœur bat plus vite? Non, il le sait trop bien. Ce qui fait battre ainsi son cœur et s'assécher sa gorge à chaque coup de pagaie, c'est la perspective de revoir N'Tsuk. De s'abreuver d'elle et de faire provision de son visage, de sa voix, de ses gestes. Cette femme habite si entièrement son âme que cela lui paraît injuste à l'égard d'Ikoué. Mais, c'est ainsi. Il n'y peut rien.

– Mes yeux ne voient personne autour de leurs abris, fait remarquer Ours-Têtu en rapprochant son canot du sien.

– Ils sont à la pêche.

– Les hommes peut-être… mais pas les femmes.

Une certaine inquiétude s'éveille chez lui et lui fait apparaître pour le moins insolite l'absence d'activités où s'est installée la famille de Pikamu, car, tout alentour, l'on va, l'on vient, et la fumée des feux monte. Que se passe-t-il donc?

Sans se concerter, Ours-Têtu et lui augmentent la cadence, ce qui incite leurs équipiers à en faire autant. Dès qu'ils touchent la grève, une nuée d'enfants curieux les accueillent. Captivés par les bâtons de feu des Yangisses solidement arrimés sur le dessus des cargaisons, les jeunes cherchent à voir en quoi consiste le reste des marchandises. Par mesure de précaution, les membres de la flottille demeurent près des embarcations alors qu'Ours-Têtu et son fils aîné l'accompagnent vers l'emplacement de Pikamu et de sa famille.

À mi-chemin du trajet, ils buttent sur Ashini, endormi par terre, le nez sur une crotte de chien que butinent des mouches. Ours-Têtu s'agenouille et le secoue fermement. L'homme grogne, esquisse le geste de le chasser. «Eau-de-feu», dit Ours-Têtu d'un ton blâmable à l'intention de son fils, dans l'espoir que cette vision de la déchéance lui serve de leçon. Ils abandonnent l'oncle à son sommeil d'ivrogne, et tous trois se pressent vers l'abri de Pikamu.

Des relents d'alcool et de vomissure les saisissent à l'entrée, ainsi que la vue des corps entremêlés où subsistent des marques de lutte, telle cette couette de cheveux dans la main de Pikamu et le sang séché sur les lèvres de sa deuxième femme. L'absence de Nuage-Rose, la fillette de cette dernière, ainsi que celle de N'Tsuk jettent l'effroi dans l'âme de Petit-Renard. Ashini aurait-il de nouveau tenté de la violenter, la poussant ainsi à fuir avec l'enfant? Visiblement, le mauvais esprit de l'eau-de-feu s'est emparé de tous ces gens qui ont contribué à l'établissement et à l'usage de la piste. Est-ce ainsi qu'on les a récompensés de leur travail?

Il n'ose croire à une telle éventualité et, pourtant, il ne peut en être autrement, car depuis que des Robes-Noires se sont installées dans le voisinage avec leurs convertis, ils y interdisent cette eau maléfique. « Où est N'Tsuk? » demande-t-il à l'un et à l'autre frôlant l'état comateux. À part des rots et des régurgitations, rien ne sort des bouches pâteuses, et il se précipite à l'extérieur vers Ashini.

– Où est-elle? Qu'as-tu fait d'elle? Où est N'Tsuk?

Il brasse violemment l'oncle qui tente de se défaire de lui.

– Laisse-moi, laisse-moi, demi-homme, bredouille Ashini.

– Où est N'Tsuk? insiste Petit-Renard en le giflant. Où est ta fille?

– Partie…

– Où? Où est-elle partie?

– Piste… Laisse-moi, laisse-moi.

– Je te tuerai si tu lui as fait mal. Tu m'entends? Je te tuerai.

Et le voilà qui court vers la piste. Affolé, alarmé. La crainte de tomber sur le cadavre de N'Tsuk le pousse à aller plus vite comme si tout se jouait sur une question de secondes. Pourvu qu'il arrive à temps, songe-t-il en repoussant la possibilité de l'irrémédiable. Tout à coup, il l'aperçoit, titubant devant lui, avec l'enfant dans ses bras.

– N'Tsuk, lui crie-t-il.

Elle se détourne et, l'apercevant, tente de s'enfuir.

– N'Tsuk ! Attends !

Elle trébuche, tombe à genoux, se relève péniblement et, étreignant la fillette de cinq ans, court quelques pas avant de retomber.

– C'est moi. C'est moi, Petit-Renard, dit-il doucement en s'approchant d'elle comme d'un oiseau prêt à s'envoler.

– Va-t'en ! Va-t'en ! lui lance-t-elle, l'œil vitreux et hargneux, les lèvres molles.

Avec désolation, Petit-Renard constate qu'elle a bu comme les autres, et il s'accroupit à proximité.

– Où vas-tu ?

– C'est ma fille, revendique-t-elle. Ne touche pas à ma fille.

– Je ne veux pas de mal à… ta fille… Où vas-tu avec elle ?

– Loin… Très loin… Personne ne fera de mal à ma fille. Va-t'en !

– Je ne veux pas faire de mal ni à ta fille ni à toi… Tu me reconnais ? Je suis Petit-Renard… Regarde mes mains…

Il les tend devant elle.

– Elles ne donnent pas le mal mais l'enlèvent… Laisse mes mains toucher Nuage-Rose.

À trois pattes, N'Tsuk s'éloigne de lui, traînant l'enfant inanimée qu'elle tient collée contre sa poitrine d'un seul bras. Il choisit alors de s'asseoir par terre dans l'espoir de la convaincre de ses bonnes intentions. La femme s'arrête à quelques pas, dépose la gamine et doucement lui peigne les cheveux du plat de la main.

– Dors, ma belle fille… dors, mon bébé…

– Il y a longtemps qu'elle dort ?

Elle lui jette un regard soupçonneux.

– C'est ma fille… ma fille à moi, répète-t-elle en enlaçant le corps inerte.

– C'est une belle fille, N'Tsuk… Tu as une très belle fille… Laisse-moi la voir.

– Tu ris de moi. N'Tsuk n'a pas d'enfant… Le Grand Esprit a fermé le ventre de N'Tsuk, réplique-t-elle dans un éclair de lucidité mêlée de rage.

– Le Grand Esprit n'a pas fermé le ventre de N'Tsuk, dit-il d'un ton persuasif. C'est le mauvais esprit de l'eau-de-feu qui a fait cela en frappant par les pieds de ton père.

Un rictus douloureux tord le visage de N'Tsuk. Ce souvenir la déchire, la détruit. Un instant, elle demeure muette, puis, d'une voix caverneuse :

– Petit-Renard a emmené le malheur dans mon ventre… Il a insulté le Grand Esprit en voulant le pénétrer… et depuis, je suis punie… Va-t'en ! Va-t'en !

Blessé et bouleversé par ces paroles, il regarde l'ivrognesse devant lui, cherchant à y retrouver la femme qui occupe entièrement son âme. Où est-elle, cette femme d'habitude si jolie en dépit des cicatrices ? Celle qu'il voit n'est que laideur et fureur, et sa bouche n'est que fiel. Qu'en a fait le mauvais esprit de l'eau-de-feu ?

– Petit-Renard apporte le malheur, et sa langue est menteuse… Il a dit que les tisanes de garentauguing permettraient à mon ventre d'avoir des bébés… Il a menti…

N'Tsuk laisse échapper un rire sarcastique.

– Quand tu m'as donné les racines, j'ai cru qu'elles étaient précieuses et miraculeuses… Ha ! Ha ! Ha ! Tu disais les avoir cueillies et séchées pour moi. J'ai cru… j'ai cru… en ta parole de mashhkiki-winini…, mais cette parole est fausse. Tout le monde cueille et fait sécher ces racines, tout le monde est un mashhkiki-winini, et toi… toi… tu ne l'es pas plus que tous ceux qui cueillent du garentauguing.

Elle atteint une partie vitale de l'âme de Petit-Renard. Une partie qu'elle a elle-même nourrie d'espoir à leur adolescence. «Tu seras un grand mashhkiki-winini», prédisait-elle. Mais voilà qu'aujourd'hui, elle ne le croit plus mashhkiki-winini. Voilà qu'au lieu du vertige d'un premier baiser, sa bouche ne déverse que désespoir et mépris.

À l'approche d'Ours-Têtu sur le sentier, elle tente de se relever avec Nuage-Rose, les yeux pleins d'effroi. N'y parvenant pas, elle ramasse une pierre et une branche par terre.

– Va-t'en, toi aussi! Ne touche pas à ma fille! Vous ne ferez pas de mal à ma fille... Personne ne lui fera du mal...

Elle se place devant la fillette et les menace de sa branche.

– Je suis Ours-Têtu, ton cousin... Tu me connais... Ours-Têtu ne fait jamais de mal aux enfants...

Il risque un pas. Aussitôt, N'Tsuk lance la pierre qu'il esquive de justesse.

– Va-t'en! Va-t'en! crie-t-elle alors, se ruant sur lui et lui assénant un formidable coup de branche sur la tête.

Pourrie, celle-ci se casse en deux. Profitant de la surprise de la femme, Ours-Têtu l'empoigne et la maintient solidement. Elle crie, elle hurle, elle se débat.

– Non! Non! Ne faites pas de mal à ma fille... C'est ma fille...

Petit-Renard se penche sur l'enfant ivre morte. Il la couche sur son avant-bras, face contre terre et lui introduit un doigt au fond de la gorge pour lui faire régurgiter le poison avalé. Il répète l'opération jusqu'à ce que les spasmes produisent le vomissement.

Pendant ce temps, N'Tsuk crie de plus belle et se débat comme une forcenée. Confuse, hystérique, elle veut se libérer pour porter secours à la fillette. Ses yeux et ses oreilles ne voient ni n'entendent la réalité. Elle est ailleurs, dans un monde où les hommes, à grands coups de pied, détruisent le ventre des filles. Un monde où elle se défend et attaque avec ses maigres moyens.

Petit-Renard frictionne les membres de la fillette qui montre des signes de recouvrement des forces. Il s'empare du petit corps tout mou, tout chaud et s'avance vers N'Tsuk toujours prisonnière des pattes d'Ours-Têtu.

— Vois, je ne lui ai fait aucun mal, dit-il pour la raisonner. Je l'ai débarrassée du poison des Visages-Pâles… Vois, elle se porte mieux déjà.

N'Tsuk cesse de se débattre et le dévisage curieusement, comme si elle venait de s'éveiller.

— C'est moi, Petit-Renard… Regarde, je n'ai fait aucun mal à ta fille et veux l'emmener au ruisseau pour la laver et la rafraîchir.

La femme sourit de soulagement à la petite qui remue la tête, et Petit-Renard fait signe à Ours-Têtu de la relâcher. Aussitôt, la main de leur cousine s'empresse de nettoyer le menton des matières régurgitées.

— Viens t'occuper de ton enfant… Viens avec moi la laver.

Le rictus douloureux réapparaît et la femme s'écroule. Secouée de sanglots convulsifs, elle se presse le visage contre les genoux de Petit-Renard.

— Le ventre de N'Tsuk est fermé, et l'autre femme de Pikamu attend encore un bébé… Fais-moi avoir un bébé… Sans bébé, une femme n'est rien pour un chasseur… Les Robes-Noires disent que le Grand Esprit me punit par mon ventre… Ils disent que tu as parlé aux esprits malfaisants et leur a permis d'entrer dans mon ventre… Dis-leur de sortir… Fais-moi avoir un bébé, supplie-t-elle… Montre-moi que tu es plus fort que leur Grand Esprit… Fais sortir les esprits malfaisants de mon ventre…

Comment peut-elle le croire capable d'une telle méchanceté? Lui? Introduire des esprits malfaisants dans son ventre? Quelle est cette histoire? Depuis quand le Grand Esprit punit-il ainsi les femmes? Pourquoi les Robes-Noires lui ont-ils mis ces sornettes dans la tête? Est-ce par de tels procédés qu'ils recrutent de nouveaux convertis? Jamais N'Tsuk n'a tenu ce langage. Le mauvais esprit de l'eau-de-feu a-t-il libéré ses véritables pensées? Les mains de la pauvre se cramponnent à ses cuisses.

– Dis aux esprits malfaisants de sortir de mon ventre, balbutie-t-elle. Pour moi... fais-le pour moi... Fais-moi avoir un bébé...

Toute parole est inutile pour la rejoindre. La consoler. La convaincre qu'il n'est responsable en rien de son infécondité et qu'il ne peut rien pour y remédier. Le trouble exquis qu'il espérait goûter en sa présence s'est mué en un indicible tourment. Au chagrin qu'il éprouve de la voir ainsi s'ajoutent la frustration de son impuissance et la torture de sa culpabilité. N'est-il pas responsable d'avoir acheminé, par cette piste, l'eau-de-feu aux lèvres de N'Tsuk et de cette enfant? Pour la femme, sa conscience peut toujours plaider le libre arbitre de chacun, mais pas pour l'enfant.

Ses yeux de commerçant n'ont pas vu que cette piste menait sur une voie sans issue pour les siens. De cela, il se sent coupable. Ours-Têtu lui pose la main sur l'épaule. Pesante et chaude, elle lui communique, par une simple pression, compassion et soutien.

Petit-Renard se tourne vers celui qui sait lire les mouvances de l'eau et celles de son âme. Son frère peut-il mesurer, cette fois-ci, à quel point il souffre? À quel point il doute? À quel point il regrette l'idée de cette piste?

Chapitre 16

Ce voyage-là

1728, en la lune des fleurs naissantes (mai),
Piwapitisipins.

Ikoué aimerait le suivre, mais Tehonikonrathe désire aller seul. Ce sera comme il dit. Elle restera ici avec leur fils Wapitik, son beau-père Mingam et ses deux femmes. Lui, il ira. Jusqu'au lac des pierres qui guérissent, par le chemin menant au pays des Pawnis. Elle, elle restera près de ce ruisseau qui, à peine né, se perd déjà dans la Wabozsipi.

L'horizon est si près en cette contrée qu'on a l'illusion de pouvoir le toucher des doigts. Cela lui a demandé du temps pour s'y habituer. Au début, elle se sentait enfermée dans les arbres. Si enfermée qu'elle étouffait littéralement, les poumons oppressés. Là où elle est née, il y avait la prairie, et l'horizon était si lointain qu'un cheval au galop ne pouvait l'atteindre. Et sur la prairie vivaient quantité de bisons à chasser. Ici, il y a des wapitis à traquer dans la forêt.

Ikoué se recueille. Chaque matin, elle vient près de l'eau saluer le lever du soleil. Ainsi faisaient son père et sa mère, chacun à son tour. Jamais en même temps. L'être seul communie plus aisément avec ce qui l'entoure et le dépasse, et elle comprend Tehonikonrathe de vouloir partir sans elle.

Malgré son ardent désir de prier l'Être suprême, son esprit lui échappe. Il s'évade vers le chemin qu'empruntera son époux. Elle aurait tant aimé pouvoir l'accompagner. Descendre la Grande Rivière, franchir Kichedjiwan et remonter la rivière qui mène, par delà un grand lac (lac Ontario), à une cataracte prodigieuse (chutes du Niagara) qui, elle, donne accès par d'autres lacs et rivières au pays des Pawnis. Elle connaît ce chemin pour l'avoir parcouru en sens inverse, les mains liées et le cou étranglé par la courroie des prisonniers. S'approcher, ne fut-ce qu'un peu, du lieu de sa naissance lui ferait un bien immense. Du moins, elle le croit. Elle a eu si froid, cet hiver. S'est crue si loin perdue, au fond des neiges. Au cœur du vent. Se rapprocher de ce pays-là, n'est-ce pas se rapprocher un peu du soleil ? De sa chaleur et de sa lumière ? N'est-ce pas se rapprocher de l'essence même de son être. Mais ce sera comme il dit. Elle restera.

Peut-être est-ce mieux ainsi. N'a-t-elle pas semé tout au long de cette route des points de repère pour une éventuelle évasion ? Comment réagira-t-elle en les retrouvant ? Son pied d'être libre pourra-t-il fouler ses empreintes d'esclave sans renouer avec tout ce qui habitait alors son âme ? Il est encore trop tôt pour retourner vers ce qu'elle fut, car ce qu'elle est maintenant commence à peine à étendre ses racines. Oh ! De toutes petites et tâtonnantes racines cherchant leur chemin vers les sources à travers l'écheveau d'autres racines depuis longtemps établies en cette terre.

Ce qu'elle est aujourd'hui se nomme Ikoué. Jadis, elle portait le nom de Rayon-de-Lune pour être née une nuit de pleine lune. Force et lumière lui furent léguées par cet astre qui contrôle la sève, l'eau et le sang. Force et lumière, elle fut et tenta de le demeurer dans cette obscurité sans fin pour son peuple. Maintenant, elle est Ikoué, la femme.

De son ventre, elle a mis au monde un pays nommé Wapitik. Et un autre pays en sortira à la saison des grands froids. Tehonikonrathe ne le sait pas encore. Elle l'en informera juste avant son départ. Cela l'aidera, au retour, à pagayer avec ardeur.

Il n'a pas encore poussé son canot à l'eau et, déjà, elle a hâte qu'il revienne. Cet homme exerce sur elle un indéniable pouvoir de séduction. Pourtant, il s'en trouve de plus grand. De plus fort. Mais ce qu'il porte en lui, nul autre ne saurait le porter.

Elle est Ikoué, sa femme, mère des pays à venir de leurs corps réunis. Ikoué à peine naissante a donné naissance. Maintenant Ikoué doit le regarder partir et demeurer avec Mingam, La Souris et Aile-d'Outarde pour enchevêtrer ses fragiles racines avec les leurs, puissantes et longues.

*

Lac Canassadaga.

Ce n'est plus pareil entre eux, pense tristement N'Tsuk en voyant s'éloigner la flottille de Petit-Renard vers Kahnawake. Il n'a pas détourné la tête pour emporter son image. Avant, il le faisait toujours et, dans son regard, luisait l'attachement profond qu'il lui portait. Mais là, il est parti, regardant droit devant, sans flancher, d'un seul coup de pagaie. Une fois ses échanges terminés chez les Iroquois, il se séparera d'Ours-Têtu et des autres et entreprendra le voyage vers le pays des pierres qui guérissent.

C'est là un voyage de grande importance pour lui, et il n'a pas précisé le temps de son retour. Peut-être ne le reverra-t-elle jamais? Ou peut-être ne la reverra-t-il

233

jamais ? Qui sait ? Elle espérait tant qu'il la regarde une dernière fois, mais quelque chose s'est passé, il y a trois ans, et depuis, ce n'est plus pareil entre eux. Elle ne se souvient pas de ce qui s'est passé au juste. C'est ainsi quand elle boit. Et cette fois-là, elle avait bu pour la première fois. Par défi, par dépit, par faiblesse. Elle avait bu pour oublier son ventre vide et celui de nouveau fécondé de la deuxième épouse de son mari. Pour oublier ce qui se dessinait de sombre pour elle dans l'avenir. Elle avait bu et boit encore. Parce que tout ce qui s'était dessiné de sombre s'est réalisé et que plus rien n'est pareil entre elle et Petit-Renard. Elle boit pour oublier que, sous l'effet de la boisson, elle lui a fait un mal dont elle n'a aucune souvenance. Un mal dont il lui tient encore rigueur. Que de fois elle a surpris chez lui un regard blessé plein de désenchantement et de reproches ! Que de fois, elle a voulu s'expliquer sans jamais ouvrir la bouche pour le faire ! Et voilà qu'il s'éloigne sur le grand lac Canassadaga et que de lui, elle ne voit que le dos.

La main de Nuage-Rose se glisse dans celle de N'Tsuk. Âgée de huit ans maintenant, elle porte encore à Petit-Renard une affection indéfectible mêlée de respect et d'admiration.

– Je le reverrai ? s'inquiète-t-elle.

– Il reviendra…

– Quand ?

Court silence. N'Tsuk hausse les épaules.

– Avant les outardes ?

Nouveau silence et haussement d'épaules.

– Quand les outardes s'en retourneront, il sera trop tard. L'eau aura lavé mes impuretés, et je ne pourrai plus lui parler sans me salir.

N'Tsuk aimerait rassurer la fillette en lui disant que Petit-Renard reviendra avant le passage des outardes, mais elle en doute fort. À son retour, Pikamu se sera probablement marié devant la Robe-Noire avec la mère de ses deux enfants, et ceux-ci auront reçu le baptême.

– À toi non plus, je ne pourrai plus parler, si tu ne te fais pas laver de tes impuretés.

Nuage-Rose exerce une pression sur les doigts de N'Tsuk.

– Viens avec nous écouter le Père. Le Grand Esprit l'a envoyé chez notre peuple pour nous parler de lui.

– …

– Le Père, il parle au Grand Esprit comme moi je te parle. Il lui demande des choses, et le Grand Esprit accepte de lui donner ces choses. Si l'eau lave tes impuretés, tu pourras demander au Père qu'il demande au Grand Esprit de te donner un bébé.

N'Tsuk cajole du revers de la main la joue douce de cette enfant dont elle s'est occupée comme une mère, exception faite de l'allaitement. Lui expliquer pourquoi elle ne se convertira pas malgré les pressions lui paraît impossible. Aucun mot ne peut l'exprimer. Les mots sont trop petits pour parler du Grand Esprit. Les employer, c'est réduire le Grand Esprit et lui faire affront. Alors, elle se tait.

– Le Père a demandé au Grand Esprit d'aider mes parents à ne plus boire de l'eau-de-feu. Il pourra t'aider toi aussi, plaide la gamine d'un ton convaincant.

Ironie du sort ? Revers du destin ? Intervention surnaturelle ? Contrairement à elle, Pikamu et sa femme ont cessé de s'enivrer.

Leur sevrage a commencé avec la mort de son père Ashini, il y a deux ans. L'esprit brouillé par l'alcool, Pikamu l'a accidentellement abattu d'un coup de feu au cours d'une chasse. Ayant reçu la décharge en plein ventre, Ashini a mis du temps à mourir dans d'atroces souffrances et, durant tout ce temps des gémissements et des pleurs, Pikamu s'est mordu les lèvres de remords.

Comment cela avait-il pu arriver? Il devait cesser de boire. Plus d'une fois, il tenta de résister à la tentation jusqu'au jour où la Robe-Noire s'offrit d'intercéder pour lui auprès du Grand Esprit. Chaque fois que le désir de boire le tourmentait, Pikamu se ruait chez le Père qui, au moyen de gestes et d'incantations, le libérait de ce désir. Puis, dans le but de lui éviter toute tentation, le Père l'incita à échanger ses fourrures à la mission établie à la pointe s'avançant dans le lac.

Petit à petit, Pikamu en vint à délaisser le réseau clandestin établi par Petit-Renard et Ours-Têtu, fréquentant ainsi de plus en plus la mission où bientôt il emmena son autre femme. Au début, ils se firent instruire ensemble, mais depuis quelque temps Nuage-Rose les accompagne. La fillette a vite compris qu'une fois sa famille baptisée et ses parents unis devant la Robe-Noire, N'Tsuk et elle ne pourront plus vivre dans le même wigwam ni même se retrouver ensemble.

– Le Grand Esprit pourrait t'aider, répète-t-elle, lui tirant légèrement le bras comme pour l'entraîner vers la mission.

N'Tsuk résiste à l'envie de la suivre. Le Grand Esprit des Visages-Pâles ne connaît rien de son cœur. C'est un Être injuste qui voit le mal en la femme plus qu'en l'homme. Un Être qui, bien qu'il lui ait donné des seins, ne peut souffrir de les voir. Comment pourrait-il aider N'Tsuk s'il ne connaît rien d'elle? Pourquoi aiderait-il N'Tsuk si elle ne veut pas devenir quelqu'un d'autre, tel qu'il l'exige?

– Je ne veux pas changer de nom, dit-elle en guise d'explication. « Ni de Grand Esprit », pense-t-elle.

Cela n'explique rien aux yeux de Nuage-Rose. Tout ce qu'elle comprend, c'est l'approche de leur séparation.

– Nous nous reverrons tous les printemps, rappelle N'Tsuk.

– Mais je ne pourrai plus te parler… Faire des paniers avec toi… Te suivre partout, insiste Nuage-Rose, la voix étranglée par l'émotion en lui tirant le bras de plus belle.

Que répondre à cette presque fille ? Son cœur de presque mère saigne autant que le sien à l'idée de cette séparation, mais elle n'y peut rien. Devant son silence, la fillette lui lâche la main et s'envole, les yeux pleins de larmes.

N'Tsuk la regarde courir avec sa peine. Elle n'y peut rien et reste près du lac, l'âme tourmentée.

Qu'adviendra-t-il d'elle ? Déjà, Pikamu ne la considère plus comme sa femme et lui demande de se trouver un autre wigwam pour y étendre sa couverture. Mais quel chasseur voudrait d'une femme incapable de lui donner des enfants ? Elle a trente-quatre ans, ses père et mère sont décédés et, à l'automne, elle n'aura plus d'époux quand Pikamu se mariera devant la Robe-Noire. Plus d'époux, plus de wigwam. Plus de territoire de chasse. Plus de canot. Le Père lui a fait savoir par Nuage-Rose qu'il consentirait à la prendre à son service pourvu qu'elle se convertisse. Cette proposition, elle ne l'a pas rejetée du revers de la main, mais elle y a longuement réfléchi.

Elle présentait l'avantage de la maintenir en relation avec Nuage-Rose et son frère de deux ans. Sans être de sa propre chair et de son propre sang, ces enfants étaient les siens dans son cœur. Elle les avait bercés, lavés, câlinés, portés sur son dos. Pour eux, elle avait cousu des vêtements et préparer de la nourriture. Et toujours, ils avaient été sa préoccupation et sa raison de vivre. Être chassée de leur vie lui paraissait insupportable. Pour l'éviter, il lui suffisait d'adopter le Grand Esprit des Visages-Pâles qui allait la détruire en mangeant son âme. Et son âme, c'était tout ce qu'il y avait eu de beau et de bon dans sa vie. Son âme, c'était le ruisseau mystérieux, elle et Petit-Renard. C'était la paix. Le bonheur. L'arrêt du temps, hors du temps des hommes.

C'était tout cela, fait de silence et de rêve. De frissons et de ferveur.

Se convertir, c'était trahir tout cela. C'était SE trahir. Et se trahir, c'était se tuer dans le cœur de Petit-Renard.

Ce dernier ne sait rien du combat qu'elle a livré pour conserver son âme, ni du prix qu'il lui en coûte. À peine arrivé, il s'est brouillé avec Pikamu qui lui a annoncé que lui et ses parents échangeraient désormais leurs fourrures à la mission et ne guideraient plus personne sur la piste. Voilà Petit-Renard reparti, sans savoir que le mariage de Pikamu la laissera dans le plus grand dénuement. Que tout ce qui lui restera, c'est son âme où il demeure avec le ruisseau mystérieux, la seule et dernière de ses richesses.

*

Enfin, pour lui seul, ce voyage de la Connaissance. Peu à peu, l'esprit de Teionshio, la femme-médecine, revient l'habiter. C'est elle qui le guidera au pays des pierres qui guérissent.

Ce matin, il s'est séparé d'Ours-Têtu à Kahnawake. Cela lui a fait tout drôle d'emprunter une route différente de celle de son frère. Une route dont le but n'a rien de commercial, contrairement à celle d'Ours-Têtu, qui retourne vers la Wabozsipi afin d'y dénicher de nouveaux fournisseurs de fourrures. Peut-être aurait-il dû l'accompagner. Ne forment-ils pas ensemble un duo phénoménal, l'un béni du manitou des eaux tumultueuses, l'autre, de celui des plantes qui guérissent ? Ensemble, ils sont très forts. On les admire, on les craint, on les respecte. Ensemble, ils sont une légende. On les consulte et on leur échange de bonnes fourrures. Qu'en sera-t-il maintenant ? Faisant équipe avec son fils Loup-Tranquille, Ours-Têtu parviendra-t-il à remplacer Pikamu et sa famille qui viennent d'affaiblir considérablement leur pouvoir de négociation, choisissant de traiter désormais avec le comptoir de la mission du lac et refusant de servir de guides sur la piste. La donne a changé à leur désavantage et, en tant que principal intermédiaire du circuit commercial, Atsehaiens le leur a très bien fait sentir. Peut-être aurait-il dû accompagner son frère, se reproche soudain Petit-Renard au souvenir cuisant du tabac blanc dont Atsehaiens a bourré sa pipe, hier, pour conclure leurs affaires. Voilà ce qui en résulte, traduisait son regard, d'apporter moins de fourrures et d'avoir des concurrents français dans la construction des canots. Atsehaiens vieillit mal. L'âge ne le mène pas sur le chemin de la sagesse, et l'amertume lui plisse le visage. Au temps de Teionshio, il prônait la transmission des connaissances à l'insu de la Robe-Noire. Aujourd'hui, comme les Visages-Pâles, il n'encourage que la circulation des articles d'échange au nom du prestige. Fut un temps où il incarnait un homme de combat et de réflexion, et son nom, Atsehaiens, «celui qui contrôle le feu», lui convenait. Aujourd'hui, avec ses muscles affaissés, il ne pourrait courir au combat, et dans ses yeux triomphe l'angoisse. C'est le feu, maintenant, qui le contrôle. Le feu des armes contre les ennemis des Français, le feu de la boisson, le feu porté dans les récoltes et les villages autagamis.

Petit-Renard branle la tête pour chasser ces pensées de marchand. Ces remords de marchand. Malgré lui cependant, les propos d'Atsehaiens reviennent à la charge. Que pouvaient attendre les siens de sa quête, argumentait-il. Auront-ils du maïs, du fer, de l'étoffe en échange de pierres qui guérissent? À peine filtrée, la menace de baisser les valeurs d'échange devait l'influencer de renoncer à son projet. Que pensera sa femme d'un homme qui ne chasse ni ne l'emmène en ses voyages?

Soudain, Ikoué se fait présente dans son esprit. Avec ses yeux de lumière dans son visage ingrat et sa douceur de mère dans ses bras puissants. Avant son départ, elle est venue vers lui et, de son index, elle lui a tracé sur la poitrine une croix entourée d'un cercle. « Les quatre directions du monde », murmurait-elle avec recueillement en promenant son doigt sur les branches du dessin imaginaire. Il pensait aux quatre conseils de l'Ancienne transmis par la Parole. « Le nid du Grand Aigle », continuait-elle en suivant le cercle. « Ici, l'homme. » Elle plaqua sa paume au centre. « Un vrai homme est celui qui sait posséder le centre sacré en son cœur. »

L'âme d'Ikoué, si belle et si forte, coula dans la sienne et s'y fondit. Dans un élan, il l'entoura de ses bras et l'étreignit, pressant sa joue contre son cou chaud. Longtemps, il demeura ainsi à sentir battre la vie dans la carotide.

« Le pays de Rayon-de-Lune est beaucoup plus loin que celui des pierres qui guérissent, lui chuchota-t-elle à l'oreille, lui dévoilant enfin le nom qu'elle portait jadis. Le long de ta route, l'âme de Rayon-de-Lune pleure encore. À ton retour, Ikoué te donnera un autre enfant. »

Il la serra de plus belle dans ses bras, reconnaissant envers son grand-oncle d'avoir guidé cette femme vers lui. Il trouvait dommage cependant qu'elle ait dû venir à lui par le chemin des esclaves. « Je ramènerai l'âme de Rayon-de-Lune », promit-il en se détachant d'elle.

Atsehaiens ne connaît pas Ikoué pour supposer qu'elle n'attend de lui que du gibier ou des marchandises. Il n'a vu en elle que l'esclave impossible à vendre. La mauvaise affaire. La denrée sans valeur. Atsehaiens s'éloigne de plus en plus du centre sacré alors qu'il atteint l'âge où il devrait s'en rapprocher. Mais lui, Petit-Renard, c'est vers le centre sacré qu'il veut voyager. Avec la paume d'Ikoué plaquée sur son cœur. Avec Ours-Têtu et tous les siens qui savent ce que représente pour lui ce voyage. Avec l'esprit de Teionshio qui lui décrivait les rivières conduisant au pays de la Grande Maison des Iroquois. L'une d'elles, la Kataracouisipi[1], mêle ses eaux à celles de la Grande Rivière dans le lac qu'il vient de traverser (lac Saint-Louis). Il en aperçoit maintenant l'embouchure telle que située par sa vieille protectrice au sud d'une grosse île (île Perrot). Jonchée d'une multitude d'îlots et traversée de rapides, cette embouchure semée d'embûches a découragé plus d'un voyageur à emprunter la rivière. « C'était sa façon à elle de protéger mon pays », racontait Teionshio, ajoutant avec tristesse que cette embouchure hostile n'avait su empêcher les Français de remonter le cours de la rivière jusqu'au pays iroquois.

Ces Visages-Pâles allaient partout avec leurs marchandises, revendiquant tous les territoires. Ils établissaient des comptoirs pour leur roi et des temples pour leur dieu. À Kahnawake, ils avaient édifié des fortifications[2]. « De qui les Français craignent-ils une attaque ? » a-t-il demandé à Atsehaiens. Celui-ci crut éluder la question en laissant entendre que cette construction visait à les protéger. Mais de qui ? De leurs frères d'Albany ? Des Autagamis que les Français s'acharnent à exterminer ? Est-ce vraiment pour protéger les Iroquois que les Français ont bâti ce fort autour de la mission ? Il ne croit pas. Les Visages-Pâles ne font rien pour le seul bien des Sauvages. Il y va toujours de leurs intérêts. À Kahnawake comme ailleurs. Mais il est préférable de n'en rien dire commande la voix des fourrures. Cette voix qui le poursuit malgré lui et qu'il aimerait faire taire pour n'entendre que le bruit des cascades de la Kataracouisipi. Se détacher du marchand n'est pas chose facile, mais se détacher de l'homme amoureux de N'Tsuk est chose encore plus difficile.

---

1. Kataracouisipi : rivière Kataracoui. Section du fleuve Saint-Laurent entre le lac Ontario et Montréal. Les Français utilisèrent l'appellation « Kataracoui » (ou Cataracoui) jusqu'au milieu du XIXe siècle.
2. Construction de fortifications à la mission Saint-Louis en 1725.

Depuis qu'elle consomme l'eau-de-feu, il y a un froid entre eux et il sent toujours dans son dos la brûlure de son regard. Il a dû se faire violence pour ne pas se retourner, craignant d'emporter d'elle une image qui ne sera plus vraie à son retour. Il ne doit pas s'encombrer l'âme du trouble sentiment qu'elle y suscite. Tout comme pour son canot, il doit voyager l'âme aussi lège que possible. Il n'emporte avec lui, outre son sac à médecines, des herbes et du tabac, que ce qui lui sera utile au cours du voyage. Pas l'ombre d'une fourrure. Les gens qu'il désire rencontrer ne parlent pas ce langage. Il doit se libérer de tout ce qui le lie au marchand. De tout ce qui l'attache encore à N'Tsuk. Seuls les yeux d'Ikoué doivent briller dans son âme.

*

Des îlots, des rochers, des bouillons, des remous. Plein d'écume blanche comme bave de rage sur la rivière. Depuis deux jours, Petit-Renard offre du tabac au manitou du torrent et passe plus de temps sur terre que sur l'eau. La Kataracouisipi se montre inhospitalière. Intraitable. « Ne m'empruntez pas, commandent ses cascades. Voyez comme je suis violente. Passez votre chemin. » Alors il poursuit son chemin sur la berge, portageant parfois le canot sur les épaules, le tirant d'autres fois à la cordelle. Son pas est mesuré et calme près de la rivière agitée. Aux endroits moins tourmentés, il remonte à la pagaie tant qu'il peut, mais jamais ne s'offense quand la rivière se rebiffe. « Il faudra te montrer patient », conseillait Teionshio. Et patient, il l'est.

Des voix d'hommes et des exclamations surmontent le bruit des remous alors qu'il arrive à un grand méandre. Sur la berge, un chemin de portage se distingue nettement. Il accoste et l'emprunte, chargé de son bagage et de son canot.

Les voix s'intensifient, exprimant la colère, le mécontentement. Bientôt, il aperçoit une barque au milieu de rapides fort dangereux. Deux hommes se trouvent à bord pour la diriger, un à l'avant, l'autre à l'arrière et, au moyen de cordes enroulées aux arbres, d'autres hommes tirent la barque à contre-courant.

– Ohé, Sauvage! l'interpelle-t-on.

Petit-Renard fait le sourd.

– Ohé! te dis-je! Halte-là! Viens donner un coup de main, sacrebleu!

Petit-Renard continue sa route, écoutant monter les jurons et les grognements. Saleté de rivière, invective-t-on. Les Visages-Pâles se comportent ainsi, insultant la rivière quand elle les contrarie et oubliant de la remercier quand, par le sens de son courant, elle devient un chemin qui marche. Et, à contre-courant du chemin d'eau, il voyage, rencontrant d'autres embarcations et d'autres Français. Mis à part le paysage de futaies de chênes et de clairières ainsi que de rares et lourdaudes barques à fond plat munies de voile, Petit-Renard pourrait se croire sur la Grande Rivière, retrouvant les mêmes motifs à naviguer. Les mêmes cargaisons de fourrures, futailles, articles de troc, provisions, hommes et équipements. Les mêmes regards inquisiteurs sur ses bagages. Il va seul, dans un canot presque vide. Il pique la curiosité, provoque les railleries, mais jamais n'excite la convoitise.

À contre-courant des ambitions mercantiles, il voyage, empruntant les larges sentiers de portage tracés par les Français le long des nombreuses cascades et des majestueux rapides. Patient avec la rivière, il se sent cependant frustré de poser le pied derrière celui des envahisseurs et de profiter d'un réseau témoignant de leur emprise.

Pendant quatre soleils, il remonte la rivière qui ne cesse de semer des embûches et arrive enfin en un lieu où les eaux s'assagissent, et que Teionshio nommait

Otondiata[3]. « À partir de cet endroit, expliquait-elle, tu n'as plus à te montrer patient avec la rivière. Tu sauras y être rendu, car les Français y ont construit des habitations pour charger de plus gros bateaux afin de se rendre au cœur de mon pays. »

Et vers le cœur de ce pays-là, il voyage. À contre-courant des hommes. Sans rendez-vous d'échange, ni la moindre intention commerciale. Il va ainsi à contre-courant d'une partie de son être, et cela lui paraît étrange. Chaque coup de pagaie l'éloigne du marchand qu'il est devenu par la force des choses. Chaque coup de pagaie le libère. Le dégage. Le purifie. Le silence règne dans sa bouche, et ses mouvements réguliers l'envoûtent et l'hypnotisent. Ici et là, il s'arrête, étudiant les sous-bois, saluant avec bonheur la présence du ginseng, cueillant plantes et petits fruits, pêchant et se baignant. La nuit, par temps clair, il dort sous les étoiles et, par temps de pluie, il sommeille sous son canot, chaque goutte autant que chaque étoile recelant le Grand Esprit.

Seul et unique par sa quête, il voyage sans crainte des hommes. Ni du mauvais sort. Teionshio le guide, et son oki le protège.

Il voyage ainsi dans cette paix jusqu'à ce qu'il arrive en face du fort Kataracoui[4] entouré de cultures. Là, voyant venir deux canots montés par des Visages-Pâles, il s'assure de la proximité de son arc et de son carquois.

Les canots se dirigent droit vers lui et l'abordent sans préambule. « Point de fourrures », constate rapidement l'un des hommes. Sachant avoir affaire à des Français,

---

3. Otondiata : La Galette ou La Présentation pour les Français. Endroit situé à la tête des rapides et des chutes du Saint-Laurent. Correspond à la ville actuelle d'Ogdensburg (État de New York) en face de Prescott (Ontario).
4. Fort Kataracoui ou fort Frontenac, érigé par celui-ci en 1673. À la fois poste de traite et poste militaire, il bénéficiait d'une situation stratégique à l'entrée du lac Ontario. Aujourd'hui, la ville de Kingston.

Petit-Renard s'adresse à eux en leur langue, ce qui efface de leur front les plis de méfiance provoqués par la vue de sa couverture rouge provenant des Anglais. Il leur raconte qu'il va au-delà du lac Ontario chercher des pierres. Aussitôt, la cupidité brille dans leurs regards jusque-là indifférents. De quelle valeur sont ces pierres? Qui les achète? À quoi servent-elles?

À la manière d'Atsehaiens, Petit-Renard se montre évasif. Dérisoires sont les armes au fond de son canot mais puissant est le verbe que le marchand utilise. Habilement, il fait valoir tout le potentiel qu'il pourrait représenter sans rien trahir du but réel de son voyage. Ne serait-il pas néfaste pour ces Français de le malmener de quelque façon? Qui sait si, grâce à lui, ils ne mettront pas la main sur une nouvelle source de richesse?

Avec empressement, on lui offre de boire l'eau-de-feu en leur compagnie. Poliment, il refuse, prétextant sa longue route. Un des hommes lui donne alors du tabac noir. « Ceci pour te rappeler que les Français sont tes amis. À ton retour, il y aura de ce tabac pour toi si tu viens nous montrer tes pierres. »

Petit-Renard accepte le tabac et acquiesce. « Prends garde aux Anglais, conseille son interlocuteur avant de le quitter. Il s'en trouve de fort mauvais à la rivière Chouaguen. »

*

Depuis trois jours, Petit-Renard voyage sans hâte, s'émerveillant des îles et des gros rochers couverts de cèdres qui parsèment l'entrée du lac Ontario et entre lesquels nagent des orignaux et des cerfs. Il s'est peu soucié des Anglais que les Français prétendent mauvais, mais depuis qu'il a aperçu une rangée de maisonnettes échelonnées devant une grosse habitation fortifiée, il s'interroge à leur sujet. Mauvais pour qui ? Pour lui ou pour les Français ?

Cette fortification [5] démontre clairement que les Anglais craignent d'être attaqués. Verront-ils en lui un des porteurs d'épée que les Français envoient perpétrer des raids meurtriers dans leurs communautés isolées ? Sa couverture rouge parlera-t-elle en sa faveur, compensant pour les rares mots qu'il connaît de leur langue ?

De la rive s'élancent deux canots dans sa direction. Il pourrait facilement fuir encore, mais décide d'aller au-devant d'eux. Bientôt, six soldats l'abordent et examinent ses bagages, puis lui font signe de les suivre. Docilement, il obéit, confiant en la protection de son oki. Dès qu'ils accostent, des marchands se pointent le nez hors de leur maisonnette et, le voyant dénué de fourrures, affichent une moue de dédain.

Rendu à l'intérieur de la fortification, un des soldats fait voir sa couverture à son supérieur qui, après l'avoir détaillé des pieds à la tête, adresse sèchement quelques paroles à un Iroquois présent dans la pièce.

– L'Habit-Rouge (l'Anglais) veut savoir ce que fait un homme sans fourrure à la rivière Oswégo [6], traduit l'interprète en sa langue.

– Dis à l'Habit-Rouge que cet homme cherche des pierres qui valent plus que les fourrures, répond-il, tentant d'exploiter les possibilités d'enrichissement que sa personne pourrait représenter.

---

5. Cette habitation fortifiée était le fort Chouaguen ou Oswégo. Construit en 1727 par les Anglais de New York, ils y échafaudaient leur diplomatie à l'égard des Indiens et y pratiquaient avec succès la traite des fourrures. Situé sur la rive sud du lac Ontario près de l'embouchure de la rivière Chouaguen ou Oswégo.

6. Rivière Oswégo (ou Chouagen) : ainsi nommée par les Iroquois et les Anglais qui l'empruntaient pour atteindre le lac Ontario où elle se jette. Les Français et les Algonquiens la nommaient Chouaguen.

À la traduction de sa réponse, un éclair d'intérêt brille effectivement dans l'œil de l'Anglais, mais l'interprète lui glisse quelques mots, faisant aussitôt naître de la suspicion. Petit-Renard en déduit qu'à cause de son accent, l'Iroquois a recommandé de se méfier de lui.

— Entends-moi, frère, dit-il à cet homme. Je suis Tehonikonrathe, fils adoptif de Teionshio du clan de l'Épervier. Par sa bouche, j'ai appris ce qu'il faut savoir des plantes et des herbes pour soigner. Là où je vais se trouvent des pierres pour guérir le mal qui gruge le corps. À mes yeux, elles ont une grande valeur, mais à ceux du Visage-Pâle, elles ne sont que des pierres. Que valent-elles à tes yeux à toi?

— Elles valent ce qu'elles valaient aux yeux de Teionshio, répond l'homme. Mes oreilles ont entendu prononcer le nom de Tehonikonrathe dans les maisons du clan de l'Épervier. Il est celui qui a délogé la Robe-Noire de la route menant Teionshio auprès des siens au Royaume des Morts. Je ferai en sorte que la route de Tehonikonrathe vers les pierres qui guérissent soit libre.

Impatient de connaître les propos qui viennent de s'échanger en langue iroquoise, le chef des Anglais se retire avec l'interprète et revient peu de temps après lui offrir trois fois la quantité de tabac des Français en signe d'amitié. Aimablement, il l'invite à s'arrêter au retour pour étudier les possibilités d'élargir cette amitié à tous les membres de sa famille, l'informant des valeurs d'échange qui ont cours à leur comptoir. Que lui a raconté l'Iroquois pour qu'il se désintéresse si rapidement des pierres et mise plutôt sur l'apport des fourrures? Sa réputation de fournisseur d'excellentes pelleteries a-t-elle accompagné celle de Tehonikonrathe? Il semble que oui. Le marchand en lui, dont il s'est éloigné à chacun de ses coups de pagaie, vient de le rattraper. Inévitablement, il doit se manifester pour faciliter ses rapports avec les

Visages-Pâles, qu'ils soient anglais ou français. L'interprète a compris cela.

– Dis à l'Habit-Rouge que je me souviendrai de son amitié au retour, mais que ma route sera longue.

L'Anglais se montre satisfait et le laisse partir. Alors qu'il se retire, l'Iroquois ajoute : « Que la route de mon frère soit bonne. Rien ne l'oblige à revenir. »

*

Pendant neuf soleils, il a longé la rive sablonneuse du lac Ontario en direction du sud-est, ébloui par la nouveauté du paysage. Sur sa gauche ondoyaient de grandes plaines où s'élevaient de rares montagnes, alors que sur sa droite régnait l'immensité de l'eau. N'habitait de nouveau dans le frêle esquif qu'une simple créature remerciant l'esprit du vent de lui être favorable. Le voilà rendu à l'embouchure de la Niagarasipi, indigné et impressionné par la fortification[7] des Français qui s'élève sur la rive est.

Atsehaiens lui a touché mot de cette installation qui irrite les Iroquois. Par elle, les Français se sont accaparés du « tonnerre d'eau[8] » qui, depuis toujours, commande les Grands Lacs. Nul ne peut traverser du lac Ontario aux suivants sans emprunter le sentier de portage que la puissante cataracte impose et, le long du sentier, les Français surveillent. Petit-Renard considère comme un sacrilège cette appropriation d'un lieu clé en permettant de contrôler les déplacements commerciaux ou militaires.

---

7. Fort Niagara : reconnu comme endroit stratégique pour la traite des fourrures et les opérations militaires par La Salle dès 1679. En 1720, Chabert de Joncaire, fils adoptif des Iroquois tsonnontouans, leur demande la permission de construire une « maison » près de leur village. En réalité, cette maison est déjà un magasin royal. En 1727, on érige des fortifications qui peuvent loger 300 hommes.
8. Tonnerre d'eau : niagara en la langue des Neutres.

Au loin, le manitou du Niagara gronde de colère et, en lui, Teionshio s'insurge.

Petit-Renard tremble de fureur à mesure qu'il approche de ce poste fortifié bâti à l'angle de la rivière et de la rive escarpée du lac. Sans se détourner, il passe devant, se fermant les oreilles aux cris qu'on lui lance de la berge. Il ne veut pas s'arrêter. Il ne doit pas. Teionshio le lui défend. Déterminé, il s'engage dans la rivière et sursaute lorsqu'un coup de feu éclate. « Va ton chemin », lui souffle l'esprit de sa protectrice. Et son chemin il va, dans cette rivière capable de contenir bien des fois la Wabozsipi. Il en longe l'escarpement, indifférent au remue-ménage qui s'y déroule. Il sait qu'on ne l'abattra pas, mais qu'inévitablement il rencontrera les Français dès qu'il devra portager. Muscles tendus, il peine dans la rivière qui déferle entre les murailles qui vont en s'élevant vers l'amont. L'eau file, s'agite, tourbillonne. Aller plus loin est une sottise, car il risque de n'y pas trouver de lieu de débarquement. Force lui est donnée d'emprunter celui qui se présente et où quatre soldats armés l'attendent.

À peine Petit-Renard met-il pied à terre qu'il se voit aborder de façon énergique. D'un seul regard, on évalue sa cargaison. « Point de fourrure. » Du coup, la considération mercantile cède la place au mépris le plus flagrant. On lui tourne autour, on le toise de pied en cap, se moquant de sa taille. Le pauvre petit homme s'est-il égaré ? Où va-t-il ainsi, sans rien à échanger ? Espère-t-il être engagé et rémunéré comme « porteur d'épée » avec son arc minable et ses flèches ? À moins que le pauvre petit homme ne soit un espion des Renards[9] ? En tel cas, il n'a guère d'intelligence. Ne pénètrent pas leur emplacement des va-nu-pieds de son espèce. Quelle est donc cette chose impie que le pauvre petit homme porte au cou ?

---

9. Renards : nom que donnaient les Français aux Autagamis.

Une main s'approche de son oki. Aussitôt, Petit-Renard la saisit.

– Pourquoi tu vois un pauvre petit homme en moi ?

Étonné de l'entendre parler français, le soldat retire la main.

– Qui es-tu, chenapan ? Où vas-tu ?

– Chercher des pierres de grande valeur.

– Des pierres précieuses ?

– Précieuse comme la vie.

Excités par la convoitise, les quatre sentinelles s'échangent un regard.

– Qui t'a parlé de ces pierres ?

– Les Anciens.

– T'as point répondu. Qui es-tu ?

– Héritier de la Parole.

– Et à qui as-tu parlé de ces pierres ?

– Avec les Anciens.

– Sont tous pareils, ces foutus Sauvages, grommelle un des soldats jusqu'alors silencieux. Ça s'ra comme pour les lingots de cuivre[10]… Ils connaissent l'endroit où les ramasser… mais quand vient le temps d'le montrer, c't'endroit, ils t'inventent des superstitions pour ne rien dévoiler. Qu'il retourne d'où il vient. Interdisons-lui le portage, termine-t-il d'un ton rude.

Petit-Renard s'adresse à lui.

– Tu dis vrai… Les Peuples d'Ici aiment point montrer où sont les richesses. Quand les Visages-Pâles voient les richesses, les mains des Visages-Pâles prennent les richesses. Je veux passer sans saluer le chef du fort car une bouche de chef commande à plusieurs mains de ramasser des pierres pour lui… Vous êtes les gardiens

---

10. Cuivre natif en provenance d'une mine dont l'existence au nord du lac Supérieur a longtemps été tenue secrète par les Amérindiens qui avaient une vénération superstitieuse pour le cuivre.

du portage… Je paye les gardiens du portage pour passer…

Les soldats se mettent à l'écart et se concertent à voix basse. Celui qui avait proposé de lui interdire le passage se montre plus enflammé que les autres et semble tous les rallier à son idée. Au bout d'un moment, c'est lui qui revient parler en leur nom.

— Ces pierres, tu as espoir de les trouver ?

— Tu vois des fourrures avec moi ?

— Non.

— Tu vois un guerrier en moi ?

— Non.

— Un guerrier fait la guerre ; point le temps de chercher des pierres… Un marchand fait des échanges ; point le temps de chercher des pierres… Moi, point guerrier, point marchand.

— Quelle part sera pour nous ?

— Je montre endroit des pierres.

— C'est point suffisant. Nous faut la moitié des pierres au retour.

— Prix élevé, mais vous êtes les gardiens du portage. La moitié des pierres pour vous.

— Qui nous dit qu'il reviendra ? T'avais point dit, Nicolas, qu'ils étaient tous menteurs, ces foutus Sauvages, soulève le plus jeune des soldats avec une soudaine réticence.

— Tais-toi, le jeunot. Y a point d'autre passage que celui-ci. Pas vrai, Sauvage ?

— Vrai… Au retour, les mains des gardiens du portage prendront la moitié des pierres.

— Y'a point d'autre passage, mais il devra passer au Petit Rapide [11] tout à fait à l'autre bout qui est à près de

---

11. Petit Rapide : rapide où la largeur de la rivière n'avait qu'une portée de fusil et où un petit fort de bois fut construit appelé fort du Portage, car le

5 lieues[12]. La sentinelle de là-bas va nous dénoncer, objecte encore le jeune homme avec une certaine inquiétude.

– La sentinelle? Elle est comme nous, la sentinelle là-bas. Je la connais. Dans c'te poste, y a que le commandant et les gardes-magasins pour s'emplir les poches. On s'arrangera avec elle.

– Et si c'était un espion des Renards?

– Non… Impossible… Les Renards détestent trop les Français pour en parler la langue. Il est sans danger, ce Sauvage. Je réponds de lui. Écoute bien, Sauvage, au passage du Petit Rapide, t'auras qu'à dire aux gardiens du portage que l'ami Nicolas répond de toi.

– L'ami Nicolas répond de moi, répète Petit-Renard en bon élève.

Ceci semble rassurer la jeune recrue qui demande encore:

– Tu dis qu'elles sont précieuses, ces pierres?

– Précieuse comme la vie, répond encore Petit-Renard en se chargeant de ses paquets pour entreprendre le long portage.

*

Depuis deux jours, il peine dans le sentier inégal et rocailleux, progressant vers le vacarme de la cataracte. Au début, ce n'était qu'un grondement lointain, puis, pas à pas, insensiblement, son oreille s'est apprivoisée au bruit grandissant du tonnerre d'eau. Maintenant, ce bruit atteint son maximum, lui donnant l'impression de faire trembler le sol. Il dépose son canot et ses effets afin de se

---

portage des chutes Niagara y finissait ou y débutait selon que l'on voyageait vers l'amont ou l'aval.

12. Lieue: approximativement quatre kilomètres.

rendre le plus près possible des chutes. Petit-Renard se laisse guider par le son. Par la vapeur d'eau. Et par cette voix intérieure de l'au-delà. Il saute des rochers, use de prudence dans les flancs abrupts, descend le long des crevasses. Sa main s'accroche tantôt aux racines, tantôt aux saillies. L'âme vibrante d'émotion, il s'approche de ce qui le dépasse et qu'il tient à honorer.

Le voici, tout au bord du gouffre, incapable d'aller plus bas ou plus loin. Il sort son tabac noir et le lance au manitou du Niagara.

Ce manitou-là est de ceux que l'on approche avec une grande humilité et une quasi-frayeur. On ne peut que le révérer, car il est la puissance même. L'idée d'invoquer son aide ou d'implorer sa clémence n'effleure même pas l'esprit. La puissance est ce qu'elle est. Aveugle. Totale. Incontrôlable. Lorsqu'elle se trouve sur la route d'un homme, elle lui fait mesurer sa petitesse et sa faiblesse.

Un tel manitou habite les Grandes Chutes de la Wabozsipi[13] et pendant des heures, Ours-Têtu demeurait à ses pieds, silencieux, rentrant en lui-même. Devant la puissance, il s'inclinait. « L'homme qui regarde du haut d'une semblable chute en vient à se penser grand, lui a-t-il dit un jour. Quand il regarde d'en bas, il voit à quel point il est petit et grimpe sagement le portage, le canot sur les épaules. »

Il imagine Ours-Têtu en sa compagnie près de ces chutes encore plus hautes, plus grandes et plus imposantes que celles de la Wabozsipi. Le sol et l'air vibrent de la présence de ce manitou de puissance. « Tu es là, puissant manitou. Tu grondes à mes oreilles et jette ton

---

13. Chute High Falls : située à environ 40 kilomètres de l'embouchure de la rivière du Lièvre et renommée pour avoir été une des plus belles chutes du Canada qui, sur une largeur de près de 65 mètres tombait de 54 m de haut. En 1913, la compagnie Maclaren y érige un barrage et un glissoir de béton et, en 1929, une centrale hydro-électrique.

eau d'en haut des falaises. Cette eau m'éclabousse jusqu'ici. Chaque gouttelette qui me touche te contient et contient le Grand Esprit comme chaque goutte de mon sang contient aussi le Grand Esprit. Par lui, nous sommes frères, et je reconnais en toi la puissance. »

Longtemps, Petit-Renard reste ainsi en adoration et parfaite communion avec la Création. Puis il remonte vers le sentier des hommes et, se sentant renforcé par l'exemple de son frère, il porte patiemment le canot sur ses épaules. Chemin faisant, il pense à Ikoué. A-t-il trahi son centre sacré en négociant son passage avec les soldats français ? Bien qu'il n'ait pas l'intention de dévoiler où se trouvent ces pierres ni d'en donner une seule, il se sent fautif. Mais, pouvait-il faire autrement ? Sans doute pas. Quiconque contrôle un sentier de portage devient automatiquement maître de toutes les allées et venues. N'est-ce pas ainsi qu'agissaient certains de ses ancêtres à partir de leur île stratégique ? Chose certaine, s'il trouve ces pierres, il ne reviendra pas par le même trajet et rejoindra plutôt Michillimakinac pour revenir par la Grande Rivière.

Parvenu au Petit Rapide, deux soldats l'interceptent et s'enquièrent de la raison de son déplacement. « L'ami Nicolas répond de moi », glisse-t-il, laissant miroiter la possibilité de réaliser des profits à l'insu de l'autorité.

Les deux hommes s'échangent un sourire de connivence et le laissent aller.

Et lui, il va. Seul dans son canot. À la recherche de ces pierres dont la valeur n'est pas celle qu'imaginent les Visages-Pâles. Dans leurs yeux, Petit-Renard voit encore s'allumer la convoitise à l'idée de mettre la main sur des pierres de grande valeur. « Des pierres précieuses ? s'informaient-ils tous. En sa réponse, il n'a pas menti : « précieuse comme la vie ».

*

La vie. Jamais elle ne lui est apparue si précieuse qu'en cet instant où il risque de la perdre. Agenouillé et ligoté face contre un arbre desséché, Petit-Renard sent ses forces l'abandonner. Parfois, son âme part en éclaireur sur le chemin de l'au-delà, s'échappant ainsi de la douleur et de la soif qui le torturent. Que font ses bourreaux pendant ce temps? Que se disent-ils à son sujet? À quel endroit de son corps et de quelle manière s'entendent-ils pour lui infliger la blessure qui lui fera trahir un possible plan d'attaque des Français? Depuis deux jours, par le fer et le feu, ils s'emploient à le faire souffrir, lui arrachant des ongles pour lui arracher des aveux. Chaque fois qu'il reprend conscience, il renoue avec une douleur plus intense, une perte de sang plus considérable. Et sur son corps sèche ce sang et, dans ses plaies, s'agglutinent les mouches. Finira-t-il tout sec et sans vie à l'image de l'arbre auquel son sort est lié?

On l'empoigne par les cheveux et on lui renverse la tête, en lui demandant pour la nième fois ce qu'il fait dans les parages. Du moins, c'est ce qu'il croit comprendre de ce dialecte de la langue anishnabecke. Dans un souffle, il répond être venu chercher des pierres qui guérissent. Saisit-on vraiment la réponse qu'il ne cesse de répéter? Si, malgré son aptitude pour les langues, il éprouve de la difficulté à comprendre ses tortionnaires, qu'en est-il de ceux-ci à son égard?

Une douleur térébrante lui transperce alors la plante du pied droit, mais il retient son cri. Sa bravoure demeure son ultime argument pour les convaincre de sa parfaite neutralité. Mais comment ces Autagamis pourraient-ils y croire? Ne l'ont-ils pas vu quitter en toute quiétude la rivière Niagara contrôlée par les Français, leurs plus grands ennemis? Ce fait ne l'incrimine-t-il pas? Comment peut-il plaider sa cause sans la maîtrise de la parole? Les mots ne peuvent rien pour lui dans les circonstances.

Seul le silence peut encore le sauver. Celui des êtres qu'aucune trahison, lâcheté ou perfidie ne feraient ouvrir la bouche. Petit-Renard ferme les yeux, retrouve en lui le visage d'Ikoué qu'il a appris à trouver beau et communie avec l'âme de Rayon-de-Lune quelque part en ce pays dans ses liens d'esclave.

D'un coup sec, l'Autagamis retire l'épée du pied trans-percé de part en part. Le sang gicle, coule et va imbiber la terre. Aussitôt, son fils applique la lame rougie d'un couteau sur la plaie afin de la cautériser. Le supplicié ne crie pas. Seule une crispation des mains trahit la douleur.

– L'autre pied maintenant, propose le fils en voulant lui prendre l'épée des mains pour passer à l'acte.

– Pas tout de suite. Attendons.

– Pourquoi? C'est un ami des Français. Achevons-le.

– Qu'avons-nous vraiment compris de son langage?

– Mon oncle, intervient un troisième Autagamis, son langage n'a rien à nous apprendre. Il n'y a dans son canot ni maïs, ni articles d'échange, ni fourrures, preuve qu'il n'a pas trafiqué avec les Français. De quoi alors s'est-il entretenu avec eux?

– Je l'ignore, mais il possède un sac à médecines et des herbages. Cela brouille ma pensée. De plus, les amis des Français qui nous font la guerre sont convertis et portent au cou des médailles ou des croix. Lui, il porte une tortue de pierre.

« Qui est donc cet homme », songe le père en obser-vant sa victime s'appuyer le front contre le tronc de l'arbre pour reprendre des forces. Il serait aisé de lui transpercer l'autre pied et de lui arracher d'autres ongles, mais à quoi cela leur servirait-il? Les mêmes paroles se retrouvent invariablement sur ses lèvres et ce qu'il croit en comprendre tient du délire. De l'invraisemblance. Quel homme sensé entreprendrait seul un si long et si périlleux voyage pour aller chercher des pierres? Ou cet homme est fou, ou c'est lui qui interprète mal son dialecte.

Son fils et son neveu se retiennent de le torturer jusqu'à ce que mort s'ensuive. Pour eux, aucun doute possible. Dès qu'ils l'ont aperçu, leurs soupçons se sont éveillés. Cela faisait trois jours que leur petit groupe surveillait cette rivière par où les troupes françaises sont susceptibles de passer pour les attaquer. Pendant six soleils, ils l'ont suivi, le laissant progresser vers le sud-ouest avant de se saisir de lui. Les Français l'ont-ils envoyé glaner des informations ? Quel rapport a-t-il avec leurs ennemis ? Aucune de ses réponses n'a été jugée satisfaisante et, maintenant, cet étrange petit homme semble résolu à se taire. Qui est-il donc ?

Son fils et son neveu s'impatientent. Il leur paraît urgent de se débarrasser de cet ennemi afin de poursuivre leur mission de reconnaissance. Mais lui, il n'est pas convaincu d'avoir affaire à un ennemi. De manière insidieuse, cet homme jette l'effroi dans son âme. La petitesse de sa taille, le talisman à son cou, son sac à médecines, la pénétration de son regard, tout concourt à faire de lui un être doté de pouvoirs surnaturels. Pouvoirs qu'il pourrait utiliser contre eux dans l'au-delà. Pour cette raison, il a permis la torture, exigeant cependant qu'aucune partie du corps ne soit amputée afin qu'une fois trépassé cet homme ne leur réclame pas ces parties.

Cela n'a assouvi que très peu la rancune de son fils et de son neveu. Les deux vouent une haine sans borne aux Français et à leurs alliés convertis qui, après les avoir affamés pendant des années en brûlant leurs récoltes, sont venus avec les grandes bouches de métal semer la mort et la destruction dans leur village. L'un a vu le sang de sa mère couler avec son lait quand la pierraille de canon lui a défoncé la poitrine, et l'autre a été éclaboussé par la cervelle de son père qu'une telle décharge avait atteint en pleine tête. L'un avait dix ans, l'autre huit [14].

– Laissons-le mourir, suggère son neveu. Partons et laissons-le aux animaux.

– J'entends ta voix, mais cet homme n'a pas une seule fourrure dans son canot, et les fourrures sont cause de la guerre. De plus, sa couverture vient des Yangisses qui nous fournissent des armes et des munitions.

– Beaucoup de Français échangent ces couvertures.

– Tu dis vrai, mais il y a cette histoire de pierres. La voix de mes ancêtres me dit-elle d'attendre ? Si ces pierres existent vraiment, il faut prendre grand soin de cet homme.

– Il se fait passer pour fou, assure son fils, renversant de nouveau la tête de son prisonnier par les cheveux et échangeant avec lui un long regard. Mais, il ne l'est pas, poursuit-il, frappant violemment derrière la nuque du supplicié de façon que son visage s'écrase contre le tronc d'arbre. Il a inventé cette histoire de pierres au cas où il serait pris. Mon cousin a raison : laissons-le mourir. Si ses intentions sont mauvaises pour nous, il ne pourra pas les réaliser, et si elles ne le sont pas, il ne sera pas mort par nos mains.

– Le cadavre d'un homme n'est pas semblable à celui d'un animal.

– On ne se soucie pas du cadavre d'un ennemi.

– J'entends ta voix, mais j'ai peur d'entendre une autre voix dans l'au-delà me demander quel souci j'ai eu du cadavre d'un visiteur.

Vaguement, à travers des bourdonnements d'oreilles, Petit-Renard entend parler d'un cadavre à disposer. Le sien sans doute. Est-il en train d'expirer ? Est-ce ainsi que

---

14. En 1716, Louis de la Porte de Louvigny avec 400 soldats, 275 Amérindiens convertis et des canons assiègent le village principal des Renards. Le canon décide de l'issue du combat.

les choses se déroulent quand le cœur s'arrête, l'esprit s'attardant un moment dans le corps sans vie ?

Le voilà ailleurs. En un printemps trépassé. Le soleil réchauffe les reins, évapore l'hiver. Dans leurs canots s'entassent les fourrures. Soudain, des cris, des coups de fusil… et la fuite éperdue… Plein de cadavres sur le sable… Une femme seule, avec son fils Wapitik et son bébé tirant avec rage les tétines des mamelles taries par l'épouvante… Une femme, seule survivante à la vengeance du castor qui a dressé contre elle son propre frère. « À qui as-tu transmis la parole, Petit-Renard ? » demande cette femme en se tournant vers lui.

– La parole meurt avec moi. Mon fils Wapitik (l'Ancienne sourit) est encore trop jeune pour l'entendre, s'excuse-t-il.

– Les Anishnabecks ont-ils cessé d'offenser le castor ?

– Non, les Anishnabecks continuent d'arracher les robes aux castors pour les apporter au Visage-Pâle.

– C'est sa propre peau que l'Anishnabeck arrache. Le castor poursuivra sa vengeance, déplore l'Ancienne.

– Le castor est cause de guerre et de mort… L'Anishnabeck arrache sa propre peau avec celle du castor…

– Quand le Visage-Pâle ne voudra plus de castors, l'Anishnabeck disparaîtra comme le castor… de la surface de la terre…

– L'Anishnabeck disparaîtra de la surface de la terre… de la surface de la terre.

La femme pleure, et ses larmes lui coulent sur le visage, abreuvant ses lèvres desséchées. Bien qu'il en éprouve un grand bienfait, Petit-Renard aimerait la consoler mais il ne sait comment. Alors, il la laisse pleurer sur lui.

L'Autagamis rafraîchit le visage et lave les plaies de leur prisonnier qu'il a détaché et étendu à l'ombre. « Cet homme ne doit pas mourir », a-t-il affirmé en l'entendant évoquer la disparition des Anishnabecks dans son délire à voix haute. Son fils et son neveu le regardent faire, mi-contrariés, mi-soulagés. Les paroles de cet homme à l'article de la mort les ont ébranlés.

Tout à coup, une dizaine d'Iroquois tsonnontouans[15] surgissent et les cernent. Aucune fuite possible. Aucun dialogue envisageable avec ces ennemis. Vont-ils les exécuter sur place ? Les faire prisonniers ? Les torturer ? Les Autagamis n'ont jamais fumé le calumet de la paix avec eux et Onontio[16]. Rien ne les empêche donc de faire de leurs personnes ce que bon leur semble. D'autant plus que si ces Iroquois ont adopté le dieu des Français, ils ont également adopté leur volonté de les exterminer. Mais, à la vue des armes anglaises dans leurs mains, l'Autagamis se permet d'espérer un possible accommodement par le biais de ce partenaire commun.

Le chef du groupe donne l'ordre de se saisir de son fils et de son neveu tandis qu'il l'envoie rouler par terre d'un solide coup de pied afin de se pencher à son tour sur le supplicié.

Les traits de Teionshio se superposent à ceux de l'Ancienne dans le délire de Petit-Renard.

– Te voilà bien mal en point, Tehonikonrathe, constate-t-elle en apercevant ses blessures.

– J'ai voyagé vers ton pays à la recherche des pierres qui guérissent, mais je n'ai trouvé que la guerre et le Visage-Pâle qui agit partout en maître… Il faut réunir tous

---

15. Tsonnontouan ou Senecas, la nation la plus à l'ouest et la plus populeuse, considérée comme la gardienne de la Porte du Soleil Couchant. La nation des Agniers (Mohawks) était considérée comme la gardienne de la Porte du Soleil Levant. À cause de leur vaillance au combat, les deux chefs de guerre du conseil de la Grande Maison étaient toujours choisis parmi les guerriers de ces deux nations.
16. Lors de la Grande Paix de 1701.

les peuples sous le toit d'une Seule Très Grande Maison…
autour d'un seul feu disaient tes paroles… Une Seule Très
Grande Maison… un seul feu pour chasser le Visage-Pâle.

Le chef iroquois s'approche l'oreille des lèvres tremblantes pour saisir les dernières paroles prononcées en
une langue qu'il comprend visiblement. Il fronce les
sourcils, jette un regard accusateur sur les Autagamis, puis
examine avec soin chacune des blessures. Sans équivoque,
son comportement indique qu'il considère le supplicié
comme l'un des leurs, et ses bourreaux, comme des
ennemis.

Un ordre bref, et les trois Autagamis se retrouvent
ligotés près du feu maudit qui les a trahis. Connaîtront-ils
à leur tour sa cruelle morsure ? Comment ont-ils pu être
si aveuglés par la haine au point d'allumer un feu signalant leur présence ?

Les Iroquois fouillent leurs bagages et reviennent avec
des armes identiques aux leurs. Le chef les compare, examine leurs balles et leur poudre, leur jetant un regard perplexe. Est-ce par mesure de précaution qu'il fait éteindre
le feu ou pour leur signifier qu'il les épargne en raison de
leur partenaire commun : l'Anglais ? À moins que d'autres
raisons motivent l'agissement de ce chef. Des raisons qui
se rattachent à cet homme de petite taille mais de grand
mystère qu'on s'emploie maintenant à soigner avec les
herbages trouvés dans le sac à médecines.

Qui, par la bouche de ce moribond, parle de réunir les
peuples dans une Seule Très Grande Maison ? s'interroge
le chef tsonnontouan. Est-ce Deganawidah [17], l'être
étrange à l'origine de la Grande Maison ? N'avait-il pas
promis de revenir si les hommes évoluaient dans
l'indifférence de leurs lois et de leurs coutumes ? Lorsqu'il

---

17. Deganawidah : un des deux fondateurs de la Confédération iroquoise.
Selon la tradition orale, il serait né sur les rives du lac Ontario.

parlait d'unir les nations du Soleil Couchant et du Soleil Levant dans une seule même grande paix, son message s'adressait-il seulement aux nations iroquoises ou à toutes celles du pays ? N'est-ce pas là la solution pour chasser le Visage-Pâle ? Entendre l'étranger délirant évoquer ce rêve fait de lui un frère d'âme. S'il meurt, les trois Autagamis mourront aussi pour le venger.

— Bois, mon frère, offre-t-il en approchant la gourde des lèvres du blessé qui entrouvre les paupières. Alors Petit-Renard boit. Autant que l'autre veut lui laisser boire. Chaque gorgée le ramenant à la réalité. À cette souffrance de son corps entier. À cette profonde douleur logée dans le pied droit. Il roule la tête, aperçoit les Autagamis ligotés à leur tour, ayant perdu toute hargne. Que se passe-t-il donc ? Il s'est évanoui entre des mains ennemies, et voilà qu'il se réveille entre des mains amicales.

— L'homme-médecine de mon village connaît les pierres que tu recherches, lui apprend l'homme.

— J'aimerais le rencontrer, répond-il faiblement.

— Je te conduirai à lui, mon frère. Maintenant, dis-moi ce que je dois faire de ceux qui t'ont réservé le sort des prisonniers de guerre ?

Petit-Renard roule de nouveau la tête en direction des Autagamis. Le plus vieux d'entre eux le fixe. Point de supplication dans son regard, ni de haine, mais une grande interrogation à laquelle il lui est impossible de répondre.

— Leur enlever la vie ne ferait pas d'histoire, ajoute son sauveur d'un ton neutre.

Mais cela ferait trois guerriers de moins pour tenir tête aux Français et, qui sait, peut-être pour déjouer leur plan d'attaque, songe Petit-Renard. Combien de femmes et d'enfants ces trois guerriers pourraient-ils protéger ? Que lui apporterait la mort de ces hommes ? Son corps en serait-il moins massacré ?

– Leur réserver le même traitement te contenterait-il mieux, mon frère? Dis-moi quel pied je dois percer de mon épée.

La rancune déferle en lui avec cette possibilité de marquer dans leur chair sa réponse à leurs questions. Jamais il n'a été possédé d'un tel désir de rendre le mal infligé. Sans doute parce que jamais une telle haine ne s'est manifestée avec autant de violence sur sa personne.

Petit-Renard ferme les yeux. Il revoit l'Ancienne prédisant la disparition des Anishnabecks, et Teionshio préconisant une Seule Très Grande Maison pour toutes les nations. Si cette maison existait, ces Autagamis ne viendraient-ils pas y réclamer de l'aide pour repousser l'Envahisseur? Mais comment une telle maison pourrait-elle exister dans la réalité quand, dans sa pensée, il refuse d'y admettre ces hommes?

– J'ai fait un long voyage... à la recherche de ces pierres... Je suis ici pour apprendre à soigner les corps...

– Garde leurs fusils en guise de réparations de leurs offenses. Tu pourras facilement les échanger contre des fourrures.

– C'est un homme-médecine qui te parle... pas un marchand...

Et leurs fusils, ils en ont besoin, pense-t-il.

L'Iroquois le fait boire de nouveau, puis:

– Mon frère parle comme celui qui serait digne d'habiter cette Seule Très Grande Maison qui se dresse dans ses rêves... Ses actions vont dans le même sens que ses paroles. Ce sera comme il dit.

*

Les Iroquois tsonnontouans ont libéré ses ravisseurs en leur intimant l'ordre de retourner dans leur pays. Avant de partir, le plus vieux des trois lui a donné tout ce qu'ils avaient de tabac afin de permettre à ses blessures de se bien cicatriser et d'effacer de sa mémoire ceux qui les lui avaient infligées. Associé à une certaine frayeur, une grande interrogation habitait toujours ses prunelles, mais ils se sont séparés ainsi, sans aucune explication.

Qu'aurait-il pu expliquer à ces hommes qui craignaient l'extermination de leur peuple et voyaient en lui une menace? Cette histoire de recherche de pierres qui guérissent leur paraissait bien invraisemblable. Chez d'autres, elle avait éveillé la cupidité, chez eux, la suspicion.

Le voilà maintenant en route pour le village de ses sauveurs situé à faible distance de la rive sud du lac Ontario. Installé au milieu du canot, le dos appuyé contre les bagages, il fait face à l'homme qui l'a abreuvé. Il ne connaît pas encore le nom de cet homme, pas plus que celui-ci ne connaît le sien. Pour l'instant, ils s'appellent « frère », respectant en cela le caractère sacré du nom d'une personne. Connaître ce nom permettrait peut-être d'établir un contact par le truchement de parenté ou de connaissances, mais tous deux semblent vouloir créer entre eux des liens sans recourir à un réseau d'alliances quelconques.

Cet homme lui fait penser à Atsehaiens lors de leur première rencontre. Dans la cinquantaine, grand et robuste, il est celui que l'on écoute et que l'on suit. Avec ses compagnons, il revenait du fort Détroit[18] où, grâce au troc de quelques fourrures, il avait eu un aperçu des conditions du marché français. La fumée du feu des Autagamis avait attiré son attention, et depuis, il veille sur lui, soignant ses blessures, l'abreuvant et l'alimentant. Se

_____

18. Fort Détroit ou Pontchartrain: en 1701, La Mothe Cadillac y établit une colonie qui devient vite un important centre de commerce. Ville actuelle de Détroit.

sentant en sécurité sous sa tutelle, Petit-Renard s'endort souvent au rythme régulier des pagaies. Chaque fois qu'il s'éveille, il demeure surpris de se trouver ainsi allongé au fond d'un canot et de rencontrer le regard bienveillant de son sauveur.

Sans son intervention, il serait mort. Est-ce son oki qui l'a guidé sur sa route ? Lorsqu'il était ligoté à l'arbre, à un certain instant, il s'est senti mourir, mais, maintenant, il croit avoir des chances de survivre en dépit de l'infection et de la fièvre qui le gagnent.

Favorisés par un vent de l'ouest, ils ont mis quatre soleils à rejoindre l'embouchure de la rivière Niagara et ils s'arrêtent maintenant sur une île afin d'y passer la nuit et d'y convenir d'une stratégie pour déjouer les sentinelles du portage. Malgré sa fièvre qui ne cesse d'augmenter, Petit-Renard les renseigne du mieux qu'il peut sur l'ami Nicolas et ses acolytes, à qui il a promis la moitié des pierres à son retour.

— Ils vont croire que nous t'avons torturé pour te voler tes pierres, prend conscience son bienfaiteur, l'air songeur.

— C'était le seul moyen de passer… Le seul… Je voulais revenir par la Grande Rivière, explique-t-il.

La main fraîche de l'Iroquois se pose sur son front brûlant et lui caresse les cheveux.

— Ne t'agite pas, frère… Tu dis vrai… c'était le seul moyen. Repose-toi. Le soleil s'est couché. La nuit nous apportera des songes… Demain, nous verrons.

*

La nuit de Petit-Renard n'a été qu'une suite de cauchemars et de lancinantes douleurs. Moult fois, il s'est éveillé en sursaut, haletant et délirant pour retomber dans un sommeil agité. Le voilà affaibli et épuisé, les paupières lourdes et la gorge sèche.

– Bien des songes t'ont visité, frère, dit son bienfaiteur qui l'observe avec un sourire énigmatique.

– Ils… ils ont torturé mon esprit.

– Ton corps est souffrant… Nous devons te mener à notre homme-médecine… Un songe m'a visité.

– Raconte.

– Une vieille femme, très, très vieille… Elle tresse un panier, et je suis devant elle. Je la trouve laide… très, très laide. Ses dents pendent par les racines, ses gencives sont pourries, et sa bouche sent mauvais, très mauvais. Je pense qu'elle est morte, mais c'est impossible, car elle tresse un panier. Je regarde ses doigts ; ils sont enflés et noirs avec des lambeaux de chair. J'ai envie de partir, mais je demeure assis en face d'elle. Rien ne se produit pendant longtemps, puis elle dit : « Je suis passée chez les Français. » Sa voix n'est pas humaine. « Je les ai presque tous tués à Niagara… Presque tous en un seul hiver. » Elle sourit, et les dents qui tenaient par les racines se mettent à tomber comme les feuilles d'un arbre à l'automne, et moi, je m'éveille. Que te dit ce songe, frère ?

– Cette femme n'était pas une vraie femme.

– Je le crois aussi… Elle m'a rappelé des paroles que j'ai entendues, enfant. Le premier hiver après la construction d'une habitation à Niagara, presque tous les Français y sont morts de maladie [19]. Cette femme était la maladie. Elle hante encore les parages, car elle m'a visité… J'ai compris son message. C'est elle qui nous aidera à passer…

Son sauveur lui passe doucement la main sur les joues.

– Ton visage porte la souffrance… On peut croire que la maladie est en toi. Laisse-nous agir et, toi, continue de demander toujours l'ami Nicolas.

---

19. Durant l'hiver 1687, presque toute la garnison, le commandant y compris, est morte de scorbut au fort Niagara.

Avant d'atteindre le Petit Rapide, ses sauveurs l'ont chaussé et enroulé dans une couverture de manière à cacher ses multiples blessures, ce qui n'a fait qu'empirer son état fiévreux. Et voilà que, mimant la panique, ils se saisissent de lui et l'abandonnent au pied des premières sentinelles aperçues.

– Ami de Nicolas, malade... Pour nous, étranger, explique le chef tsonnontouan, répétant les mots français appris pour la circonstance.

Le voyant claquer des dents, les deux soldats reculent.

– Laissez-le point ici, réplique l'un d'eux.

– Pour nous, étranger, riposte son bienfaiteur en faisant mine de s'apprêter au portage.

– L'ami Nicolas... ré... répond de moi... l'ami Nicolas, souffle-t-il péniblement en implorant les Français du regard.

– T'avise point, Sauvage... C'est un fieffé gredin, le Nicolas. Pense point rester ici que l'on te soigne. Emmenez cet homme avec vous.

– Ami de Nicolas, malade... Pour nous, étranger, répète avec mécontentement le Tsonnontouan.

– Nous n'en voulons point parmi nous. Allez, ouste ! Déguerpissez ! Offrez l'ami de Nicolas aux chutes Niagara, indique la sentinelle avec force gestes.

– Hmm... Niagara, acquiesce le Tsonnontouan, mimant qu'il a compris de se débarrasser de lui en le jetant dans la cataracte. Puis, il tend la main demandant d'être rétribué.

– Pense point être récompensé pour ta peine. Allez, ouste ! Déguerpissez !

Les soldats s'éloignent et les mettent en joue, les pressant d'obéir.

Son bienfaiteur s'empare de lui et le couche sur ses épaules à la manière d'un gibier. Ainsi, il le trimbale sans ménagement tête en bas jusqu'à ce qu'il soit hors de vue des Français, puis il s'arrête pour le transporter à la manière des guerriers blessés c'est-à-dire ligoté en position repliée, attaché sur son dos.

Petit-Renard ne tarde pas à s'apercevoir à quel point ce mode de transport est éprouvant. Les blessures se rouvrent, les membres s'ankylosent, les crampes se multiplient. Impossible de bouger, de respirer convenablement. Seule la douleur voyage dans son corps pétrifié. Sans une plainte, il endure, conscient que pour celui qui le porte, l'épreuve existe également. Il doit prendre garde à ne pas tomber afin de ne pas aggraver l'état du blessé, tout en subissant la chaleur de son corps et les pressions qu'il exerce à la longue.

Quand vient le soir, c'est une délivrance pour tous deux. Entre eux, rien n'est dit, mais tout est compris. Cette épreuve les unit. Les muscles de l'un ont souffert d'avoir été longtemps immobiles, les muscles de l'autre, d'un effort constant.

Au milieu de la troisième journée, Petit-Renard a plus ou moins conscience d'arriver au poste de surveillance de l'ami Nicolas. Son corps entier brûle de fièvre et est affaibli par une hémorragie au niveau d'une profonde incision au flanc gauche. Un choc brutal éveille la douleur dans toutes ses fibres, lorsque le Tsonnontouan le laisse choir par terre, exigeant une récompense pour l'avoir ramené.

– Quoi ? T'as l'audace de quêter pour c'te gueux ! Va plutôt le livrer aux Anglais à qui tu mènes tes castors. Nous, c'est les pierres qui nous intéressent.

S'ensuit une fouille minutieuse de leurs bagages.

– Je lui faisais point confiance, moi, s'exclame finalement la jeune recrue ne trouvant pas l'ombre d'une pierre.

– Et après ? On n'avait rien à perdre dans c't'histoire, rétorque Nicolas. Mon idée qu'il a la berlue, c'te

Sauvage… C'est un fou, pour sûr, et maintenant qu'il est malade, vaut mieux que ces gens l'emmènent.

Ficelé comme un paquet sur le sol, Petit-Renard entend argumenter sur le sort qu'on lui réserve. «Pour nous, étranger», rappelle le Tsonnontouan insistant pour être rémunéré. Sous une avalanche d'injures et de menaces, le Français s'y refuse. Encore une fois, Petit-Renard se voit traiter avec rudesse par son sauveur qui va jusqu'à lui administrer un coup de pied pour montrer sa frustration.

— Débarrasse-moi de c'te malade, ordonne l'ami Nicolas. Il est à toi. Fais-le rôtir si t'en as envie. Moi, je le reconnais point comme ami.

Sur ce, le Tsonnontouan le reprend, et, le portage étant franchi, ils poursuivent sur la rivière. Sitôt hors de la vue des Français, les canots se groupent spontanément, et ses compagnons s'esclaffent. Fiers de leur ruse, ils se paient la tête des soldats et imitent leurs manières. Son bienfaiteur dénoue les liens qui l'immobilisent et l'aide à s'installer avec le maximum de confort.

— Dans trois soleils, frère, nous entrerons dans notre rivière, lui explique-t-il.

Uni à ces hommes par la complicité de leur stratégie, Petit-Renard épouse le fort sentiment d'appartenance qui les rattache à leur rivière. Sentiment en tout point identique à celui qui le rattache à la Wabozsipi. Confiant, il se laisse emmener en leur pays.

*

Le feu et la glace, tour à tour, possèdent Petit-Renard. Penché sur lui, l'homme-médecine et son hochet. Et sa fumée. Et ses incantations. Penché sur lui, le confrère de Teionshio avec sa science. Son expérience. Son pouvoir.

Gagné par l'infection, son corps combat. Son esprit s'accroche. Il va vivre. Il le croit. Ceci n'est qu'un passage obligatoire. Une initiation avant d'accéder à la Connaissance. Sa chair apprend ce qu'est la suppuration. La puanteur du pus dans les plaies. Les frissons annonçant le feu de la fièvre. Ceci n'est qu'une expérience nécessaire. Jamais il n'a été malade. Ni blessé sérieusement. Jamais il ne s'est retrouvé sous les soins d'un autre. Rôle passif et révélateur. L'esprit en délire et en dérive, il se cramponne à l'homme-médecine et à son rituel. Grand est l'homme penché sur lui, mêlant ses incantations à ses propres hallucinations. Bénéfiques sont les esprits qu'il invoque.

Il va guérir, Petit-Renard le croit, et pourtant la mort visite ses plaies une à une. Les lèche de sa langue putride. Derrière elle, l'homme-médecine désinfecte, incise, cautérise. Il lui fait boire décoctions et infusions, psalmodie, danse autour de lui. Grand est celui-ci. Il va guérir, il le croit.

*

Il a guéri, et pitoyable est l'homme-médecine. Comme bon nombre des gens du village, celui-ci a succombé à la tentation de l'eau-de-feu et le voilà dans un état lamentable. Hier, des hommes sont revenus d'Albany avec des tonnelets et, aujourd'hui, sous bien des toits, c'est le désordre total.

– Tiens! Prends-les toutes! Toutes! Toutes les pierres... Elles sont à toi.

D'un geste gauche, le maître lance les pierres qui guérissent à la volée. Petit-Renard les ramasse et les groupe soigneusement avec celles léguées quelques jours auparavant.

– Je n'ai plus besoin de ces pierres... Je suis un vieux fou... Tu entends? Un vieux fou!

– Le mauvais esprit de l'eau-de-feu fait dire des choses qui ne sont pas dignes d'un esprit éclairé comme le tien.

– Un esprit éclairé, tu dis ? Non, mon esprit est au fond d'une nuit sans lune… La plus noire des nuits… Il ne voit rien depuis longtemps. Plus personne ne croit en moi… à part toi. Tu as vu ? Tu as vu dans le village ? On rit sur mon passage… On se moque… J'entends dire qu'on me croit inutile… Tu as entendu ?

– Ce que je vois et entends aujourd'hui dans le village est inspiré par le dangereux esprit de l'eau-de-feu qui libère ce qu'il y a de plus mauvais en l'homme.

– Ce mauvais était donc là, dans l'homme, bien caché… bien enfermé… Le mauvais esprit de l'eau-de-feu n'a fait que détacher ses liens. Ce que j'entends dans mon dos, c'est ce que l'on pense de moi. Je suis un vieux fou, un être inutile, incapable de soigner.

– Tu m'as soigné et guéri.

– Tes blessures étaient d'origine naturelle, et ton esprit avait confiance en moi… C'est parce que tu viens d'ailleurs. Ici, on ne croit plus en mon pouvoir.

Âgé de quatre-vingts ans, maigre et édenté, l'homme-médecine lui lance un regard désespéré qui se mue instantanément en une expression de méfiance.

– Pourquoi voles-tu mes pierres ? accuse-t-il d'une voix démente. Tu veux les emmener avec toi comme les Français ont fait du temps de mon père ? Avec les pierres, ils ont enlevé le pouvoir des hommes-médecines… Et toi, tu veux m'enlever mon pouvoir ? Le faire tien ?

– Tu m'as montré comment broyer ces pierres pour en faire un onguent. J'ai fait un long voyage à la recherche de ces pierres, mais je n'ai pas l'intention de t'en priver. Je ne peux faire mien ton pouvoir. Il t'appartient comme tes propres yeux… Vois, tes pierres, je te les remets toutes.

Une à une, Petit-Renard les amoncelle devant le vieillard qui, assis par terre, suit chacun de ses mouvements d'un air hébété.

– Mes propres yeux regardent par une nuit sans lune… Ils sont usés, mes yeux… fatigués d'avoir vu mourir tant de gens… tant de gens.

L'homme-médecine s'empare d'une pierre, la tournant et le retournant entre ses mains tremblantes.

– Des blessures comme les tiennes, j'en ai guéri beaucoup… Des maladies comme les nôtres, j'en ai guéri beaucoup aussi… Ce sont les autres, celles des Visages-Pâles qui m'ont fait perdre la confiance des gens.

– Nous ne pouvons rien contre les maladies des Visages-Pâles.

– Pourquoi ? Pourquoi eux guérissent-ils de ces maladies et pas nous ? Toute ma vie, j'ai employé mes connaissances pour venir à bout de leur mal. À chaque mort, je mourais aussi. À chaque mort, mon pouvoir s'affaiblissait… Aujourd'hui, on me croit un vieux fou. La maladie des Visages-Pâles est une arme redoutable… J'étais à la Grande Paix et je l'ai vu agir… Pour semer la peur, elle a pris le grand Kondiaronk [20]. Pourtant, il parlait de paix… Prends… prends cette pierre.

Le vieillard lui ouvre la main, y dépose la pierre puis lui referme les doigts dessus.

– Garde-la… À moi, elle est inutile. J'ai perdu mon combat contre la maladie des Visages-Pâles. Ils l'ont envoyée parmi nous pour nous détruire.

Des cris de dispute et des bruits de bagarre fusent à l'extrémité de la maison.

– L'eau-de-feu aussi nous détruit, avance Petit-Renard.

Le vieux maître approuve d'un hochement de tête et s'empare d'une autre pierre qu'encore une fois il tourne et retourne entre ses mains.

---

20. Kondiaronk, dit Le Rat : célèbre chef ouendat réputé pour son intelligence et sa sagesse. Partisan de la paix, il est mort de maladie contagieuse à Montréal le 3 août 1701 lors de la signature de la Grande Paix.

– Et notre esprit aussi nous détruit. Notre esprit est différent de l'esprit des animaux… Eux sont sages. Kondiaronk disait que notre esprit était la cause de nos malheurs. Cela est juste. Je ne connais pas d'ours ou de loups qui se réunissent pour faire la guerre à d'autres ours et à d'autres loups… Vois cette pierre…

La tenant à plat dans sa main, l'homme-médecine la lui présente à hauteur des yeux.

– Elle vient de la main de mon père, mais la main de mon père ne l'a pas ramassée… C'est la main d'un Erieehronon qui l'a ramassée… Son peuple connaissait l'usage de ces pierres, mais il a été détruit par la guerre. Cette pierre fait merveille pour guérir les ulcères et les tumeurs. On dit qu'elle possède le secret de guérir le mal incurable, mais le mal incurable n'est pas dans la chair des hommes. Il est dans leur esprit.

De nouveau, le vieillard lui ouvre la main, y dépose la pierre et la lui referme dessus.

– Le mal incurable, c'est l'esprit des hommes… Un vieux fou a parlé.

*

Pleine lune. Sur le village règne l'odeur sucrée de la récolte de maïs.

Avec son bienfaiteur, Petit-Renard déambule entre les longues maisons d'où montent de profonds ronflements s'harmonisant de façon cocasse aux grognements des porcs dans leur enclos. Dans chacune des cases familiales, reins fatigués et mains écorchées, femmes et filles récupèrent du dur labeur de la moisson, tandis qu'hommes et garçons se reposent de leur chasse à la tourte[21]. Ils ont

21. Gros pigeon grégaire autrefois très répandu en Amérique du Nord, dont l'espèce est disparue en raison du massacre dont elle a fait l'objet. (*Grand dictionnaire terminologique.*)

soigneusement réparé les filets servant à les piéger et les ont suspendus sous les toits. L'an prochain, lors de la migration saisonnière, ils les étendront de nouveau d'arbre en arbre et, par centaines, ces oiseaux s'y feront prendre en vol, leur garantissant ainsi de précieuses réserves de viande. Le temps froid peut venir maintenant. À l'intérieur des maisons, les épis de maïs, attachés en paquet par les feuilles qui les enveloppaient, abondent sur les râteliers de séchage qui couvrent les murs et, d'ici le départ des hommes pour la chasse, le bois de chauffage s'empilera près des portes.

Sans un mot, son hôte l'entraîne vers les champs. Sans un mot, Petit-Renard claudique derrière lui, ignorant la raison pour laquelle il a été invité à quitter son sommeil. Une douleur dans la plante de son pied droit se manifeste à chacun des pas, mais il ne s'en alarme pas. Plus grave, cette blessure prendra du temps à guérir et peut-être même l'obligera-t-elle à une boiterie permanente. Malgré les multiples invitations de son hôte à passer l'hiver auprès de l'homme-médecine, Petit-Renard a refusé, car les fréquentes beuveries du vieillard le bouleversent trop. Et puis, les siens lui manquent. Ikoué surtout. Ou Rayon-de-Lune. Avant le gel des rivières, il sera de retour auprès d'elle.

Dans la lumière blanche de la lune, son hôte circule maintenant entre les buttes de culture, et Petit-Renard pense à sa femme, avec son ventre prometteur d'une nouvelle vie. Puis l'hôte s'arrête et l'invite à s'asseoir face à lui.

– Mon frère songe à nous quitter avant l'hiver, dit-il en lui présentant la pipe afin qu'il l'allume et en tire la première bouffée.

Instant sacré en présence de l'astre nocturne que les Anishnabecks vénèrent comme une grand-mère bienveillante. Avec solennité, Petit-Renard accomplit les gestes du rituel, expirant lentement la fumée.

– J'ai choisi cet endroit pour être avec toi. Tu as vu notre maïs dans ce champ. Il est bon et abondant cette année. Tu as vu ma femme, mes filles et mes petites-filles travailler à le récolter... Quand elles ont voulu savoir ton nom, tu as dit te nommer Tehonikonrathe. Cela te convient... Tes yeux savent voir au-delà des choses, et tes oreilles savent recueillir les paroles et comprendre le silence qui, quelquefois, les contient... Par ma femme, tu as appris qu'on me nomme Poings-Serrés...

Son interlocuteur tire une longue et profonde bouffée, lui repasse la pipe, puis ferme les yeux et se recueille.

– Poings-Serrés, cela me convient... On avait nommé mon père Le Chêne. Il venait de la Porte du Soleil Levant où brûle le feu des Kanienkehakas (Mohawks). Là-bas, je ne sais comment il s'appelait, mais ici, à la Porte du Soleil Couchant, il était devenu Le Chêne. De cet arbre, il avait la force, la grandeur, la beauté. Et comme cet arbre, il plongeait ses racines ici, au pays de ma mère.

Tehonikonrathe se remémore les chênes immenses entre lesquels s'enfonçait la rivière des Tsonnontouans. Jamais il n'avait vu une telle forêt, avec des arbres si élevés qu'on pouvait y marcher sans ployer la tête et un sous-bois si clairsemé qu'on pouvait y courir sans midass.

– J'avais huit ans la dernière fois que j'ai vu mon père. Il m'avait emmené dans un champ de maïs. La lune était ronde comme elle l'est maintenant, et les épis commençaient à s'enfler dans leur robe de feuilles. Mon père me demande ce que je vois autour de moi. Je réponds: « Du maïs. » « Vois-tu autre chose ? » J'ouvre grand les yeux sans rien voir d'autre. « Regarde avec tout ce que tu es, qu'il dit. Vois les femmes qui travaillent à remplir nos entrepôts de provisions pour les temps durs. Vois les graines de semence qu'elles mettent à l'abri du feu. Vois les repas que tu manges. Ce champ de maïs, c'est toi... C'est nous. C'est hier et demain. Regarde avec ce que tu es. » Le lendemain, avec d'autres hommes, mon père partait pour le fort Kataracoui où les Français les avaient invités à un festin afin d'entreprendre des harangues de paix... C'était là une ruse pour les capturer et les envoyer de l'autre côté du Grand Lac Salé[22]. Là-bas, ils n'ont pas été traités comme des envoyés, mais comme des esclaves enchaînés à une pagaie au fond d'un grand bateau. C'est ainsi que Le Chêne est mort. De l'au-delà, a-t-il vu les Français détruire les plants de maïs à grands coups d'épée et incendier nos maisons et nos entrepôts comme ils avaient fait chez les Kanienkehakas quand il était enfant? Lorsque nous sommes revenus sur les ruines fumantes du village, j'ai cherché dans les cendres chaudes des choses à manger, mais il n'y avait plus rien... Durant l'hiver qui a suivi, ma mère et ma petite sœur sont allées rejoindre mon père au Royaume des Morts... Moi, j'ai été adopté par le frère de ma mère qui a changé mon nom. Ce que j'étais avant est parti en fumée. Aujourd'hui, je suis Poings-Serrés, et je vois avec ce que je suis... J'entends aussi avec ce que je suis. Quand tu as parlé d'une Seule Très Grande Maison pour chasser le Visage-Pâle, c'était comme l'écho de ma propre voix. T'avoir demandé ton nom à ce moment-là, j'aurais su qui tu étais. Le nom de Tehonikonrathe a fait le tour de nos maisons pour avoir permis à ma grand-mère Teionshio de retrouver mon père et tous les siens dans l'au-delà.

De se retrouver en présence du petit-fils de Teionshio émeut Petit-Renard et éclaire son esprit. Il comprend maintenant ce qui les rattache l'un à l'autre.

— Regarde ce champ avec ce que tu es, Tehonikonrathe, et dis-moi ce que tu vois.

---

22. «Le jour étant arrivé pour le festin, tous les convives furent arrêtés, et comme il n'y avait pas de logement pour servir de prison, on les mit au nombre de quatre-vingt-quinze hommes, un ceps (entrave de fer) au pied.» Gédéon de Catalogne, enseigne lors de l'expédition de Denonville contre les Tsonnontouans.

Longtemps, il regarde. Avec ce qu'il est. À la fois chasseur, marchand et mashhkiki-winini. En lui, loge la Parole. Celle des siens, nomades à la poursuite du gibier. Celle des autres, horticulteurs fixés en un même endroit jusqu'à l'appauvrissement des sols. Ainsi, il regarde. À la fois Petit-Renard et Tehonikonrathe.

À l'orée du bois, un groupe de cerfs apparaît soudain.

– Je vois ces bêtes qui ont quitté la forêt pour venir manger dans vos champs, chuchote-t-il. Dans mon pays, de telles bêtes ne se trouvent pas[23], mais nous en chassons de plus grosses que nous nommons wapitis… Dans ce champ, je vois la vie de ton peuple… Et aussi, sa mort. Il suffit d'agrandir le champ quand les bouches à nourrir se multiplient, comme il suffit de le détruire pour que les bouches rendent le dernier souffle. Dans ces bêtes, je vois la vie de mon peuple. Et aussi sa mort. Le Grand Esprit a mis les animaux sur terre pour que leur vie serve à entretenir la nôtre. Leur enlever cette vie pour ne garder que leur fourrure est un sacrilège que plusieurs commettent. Quand les animaux disparaîtront, mon peuple disparaîtra. Tout au long de ma route, j'ai vu que les Français et les Yangisses préparaient pour la guerre leurs habitations qui servent à l'échange des fourrures… Pour agrandir leur territoire, ils passeront sur nos cadavres et s'en serviront de boucliers. Ils viendront dans ton champ et dans ma forêt. Pour eux, tout cela leur appartient.

– J'entends ce que tu dis, frère, et je vois ce que tu vois. Longtemps, le rêve d'une Seule Très Grande Maison m'a habité. Aujourd'hui, ce rêve s'est refroidi, et mes poings demeurent serrés par la colère et la haine. Je te dis cela, mon frère, car demain, peut-être, le Visage-Pâle aura fait

---

23. Cerf de Virginie, communément appelé chevreuil. Originaire de la Virginie, il a lentement remonté vers le nord-est à mesure que les terres étaient défrichées.

de nous et de nos enfants des ennemis. Dans le tonnerre des armes, mes oreilles ne pourront entendre ta voix, et mes yeux ne pourront discerner ta personne… Peut-être que je te tuerai… Ou que tu me tueras… La vie, ici, est de courte durée, mais au Royaume des Morts elle dure toujours, et j'aurai grand plaisir à t'y retrouver… Nous allons nous séparer, mon frère. Laisse-moi espérer que dans l'au-delà, tu viendras avec les tiens à la Seule Très Grande Maison.

Moment de silence. D'émotion. De gêne. Adieu et rendez-vous ultimes.

– Avec les miens, j'irai visiter mon frère Poings-Serrés à la Seule Très Grande Maison.

Chapitre 17

La mauvaise femme

1728, en la lune des herbes séchées (octobre),
lac Canassadaga.

Au loin se profile le manoir bâti à l'emplacement de leur campement estival sur la pointe s'avançant dans le lac. L'âme de Petit-Renard s'agite, comme autant de sauts, de rapides et de vents contraires sur la route du retour.

Il regarde avec des yeux de rescapé. Derrière lui gronde encore la tempête qui s'est abattue au pays des Autagamis. Ceux qui l'ont torturé ont-ils survécu à l'attaque des Français qui les ont finalement rejoints par le circuit de la Grande Rivière et des Grands Lacs ? Il le souhaite ardemment, car un lien étrange l'unit désormais à eux. Ou plutôt, les unit ensemble contre le Visage-Pâle.

Il a appris la nouvelle de leur défaite par des hommes de Kahnawake croisés sur le lac. Des hommes qui ont participé à cette guerre des Français et qui, maintenant, remontent chasser vers les territoires giboyeux repérés au cours de la campagne. Ces territoires sont exploités par d'autres peuples, mais le fait qu'ils soient convertis leur permet d'y accéder grâce aux missions. Cela leur convient parfaitement, car, dans les environs de Kahnawake, le gibier se fait rare. Avec force détails, ils lui ont raconté comment, dépités de trouver la plupart des Autagamis réfugiés dans les bois, ils ont incendié leurs villages, leurs récoltes, leurs provisions et leurs semences[1]. Les cendres fument en ce pays. Ce que le fer n'a pas réussi à tuer, la famine y parviendra à coup sûr durant l'hiver. Ces porteurs d'épée ont reçu la solde promise, l'eau-de-feu pour célébrer la victoire ainsi que le butin de guerre comprenant quelques prisonniers à torturer ou à garder en captivité. Les Français leur ont garanti une ère de prospérité dans la traite des fourrures qui se voit libérée de l'arrogante insubordination des Autagamis. L'entêtement de ces derniers à vouloir conserver leur territoire les mènera à l'extermination[2] à plus ou moins brève échéance, lui ont confirmé les convertis avant de poursuivre leur route. En lui, la haine a déferlé et déferle encore, vague après vague, poussée par le vent de la colère. Cette colère immense qui le gruge. Le mine. Lui rappelle cruellement son impuissance. LEUR impuissance. À eux tous, nés de ce côté-ci du Grand Lac Salé et désormais dépendants des chaudrons, de l'étoffe, des bâtons et de l'eau-de-feu.

Le désir irrépressible de détruire les maisons des Envahisseurs et de brûler leurs provisions d'hiver monte en lui. Geste inutile. Cela ne parviendrait pas à les éliminer, car il en viendrait d'autres. Il faudrait réduire alors en cendres tous leurs bateaux dès qu'ils approcheraient de la côte. Impossible mission : il y aura toujours sur la grève un des leurs pour parler le langage des fourrures. Tel Atsehaiens.

---

1. En 1728, Constant Le Marchand de Lignery, accompagné de 400 Français et de 1 000 Amérindiens, détruit deux villages des Renards et incendie leur récolte.
2. En 1730, Coulon de Villiers conduisit une autre expédition contre les Renards. « Enfin, en 1733, cette tribu fut presque exterminée. » (*Les Canadiens du Michigan*, T. Saint-Pierre.)

Que penserait ce dernier de le voir revenir, dénué de tout et meurtri dans son corps, ramenant pour seule richesse quelques pierres au fond de son canot ? Ayant tenté de le dissuader de faire ce voyage, ne le traiterait-il pas d'insensé ? « Que pensera sa femme d'un homme qui ne chasse ni ne l'emmène en ses voyages », argumentait-il pour lui faire changer d'idée.

Une lumière se glisse dans les ténèbres de son cœur. Elle a pour source les yeux de Rayon-de-Lune. Dorénavant, Petit-Renard aimerait qu'Ikoué porte ce nom qui lui a été attribué à sa naissance. Lors de son départ, elle lui a dit que son âme pleurait le long du chemin de l'esclavage, et cette âme, il l'a épousée au poteau de torture et la lui ramène. Vers elle, il revient, sans fourrure ni marchandise, mais plus que tout autre, elle saura voir ce qu'il rapporte. « Un vrai homme est celui qui possède le centre sacré en son cœur », a-t-elle dit en posant sa paume chaude sur sa poitrine. Ainsi se sont-ils séparés, unis par la pensée et le cœur, ne laissant que le corps derrière. Par contre, avec N'Tsuk, c'est l'être entier qu'il a abandonné sur la grève. D'elle, il n'a même pas voulu emporter le regard. Il le regrette maintenant. S'il était mort sous la torture, quel souvenir aurait-elle gardé de lui ? Quelle image aurait-elle retenue ? Celle de son dos ? Et une fois dans l'au-delà à son tour, aurait-elle eu le désir de le retrouver ? Comme il regrette son geste ! Peut-être croit-elle maintenant qu'il ne l'aime plus et ne se soucie plus d'elle. Au contraire. Plus que jamais, il se soucie d'elle et de tous les siens. Quelque chose de mauvais se prépare, et ils ne pourront y échapper. Il ne cesse de rêver que Windigo les met dans son grand chaudron pour les manger. Sans distinction, le monstre avale tout rond les Peuples d'Ici et laisse échapper ensuite des rots retentissants. Du sang coule sur son menton, mais il ne prend pas le temps de l'essuyer, tout occupé qu'il est à cueillir les chasseurs endormis dans leur wigwam avec leurs femmes et leurs enfants. Voilà pour les punir de leur avidité. De leur excès. Des Visages-Pâles s'activent à entretenir le feu sous le chaudron, mais Windigo ne veut pas en manger, car il trouve leur chair trop salée.

Presque chaque nuit, Petit-Renard assiste aux goinfreries du cannibale et il lui tarde de retrouver les siens comme si, en son absence, Windigo les avait dévorés. Il lui tarde de prendre son fils Wapitik dans ses bras et de sentir la vie dans le ventre de Rayon-de-Lune. Il lui tarde de revoir sa mère, son père, sa tante, Ours-Têtu et sa famille. Il lui tarde de repêcher le regard de N'Tsuk à qui il a tourné le dos.

Dans le ciel gris prometteur de pluie passe une volée d'outardes. Par centaines, il a rencontré leurs formations voyageant en sens inverse des familles de chasseurs qui gagnent les territoires d'hiver. Le peu d'abris d'écorces qu'il aperçoit lui laisse supposer que N'Tsuk est déjà partie avec Pikamu, et il se résigne à ne la revoir qu'au printemps.

La vue des habitations installées en permanence aux alentours de la mission l'irrite. Hybrides de wigwam et de maison, elles abritent pour la plupart des vieillards convertis vivotant de charité gagnée par leur dévotion. Avec agacement, il se remémore le dernier entretien avec Pikamu. Autant il le respectait d'avoir cessé de boire l'eau-de-feu, autant il lui tenait rigueur de s'être converti et d'avoir influencé sa parenté à échanger leurs fourrures avec les gens de la mission.

Sa conversion recelait un pernicieux pouvoir de dislocation, et ce, sur plusieurs plans. Au simple niveau des échanges, la diminution des quantités de fourrures entraînait celle de ses capacités de négociation avec Atsehaiens. Ensuite, sur le plan social, les chrétiens ne vivaient plus au même rythme que les autres, s'abstenant de manger de la viande certains jours, évitant de trapper ou de pêcher d'autres jours. Ils ne se baignaient ni ne se promenaient nus comme si leur corps était une offense perpétuelle à Celui qui le leur avait donné. De plus, prêtres et Français leur réservaient un traitement de faveur, les consacrant d'emblée supérieurs aux autres du fait qu'ils avaient adopté leur Grand Esprit et, selon les humeurs de la guerre, les payaient pour qu'ils tournent leurs armes contre les leurs non chrétiens.

Comme bon nombre d'entre eux, Pikamu avait renoncé à être ce qu'il était, perdant ainsi son âme. N'Tsuk lui emboîtera-t-elle le pas? Troquera-t-elle, à son exemple, l'eau-de-feu pour l'eau du baptême? Qui sait si ce dernier regard refusé ne l'a pas poussée vers la Robe-Noire?

Personne ne vient à la rencontre de Petit-Renard lorsqu'il accoste. Envolées les ribambelles d'enfants curieux, démontés les abris d'été, partis les chasseurs et leur famille. Partie N'Tsuk. Près d'une cabane, une vieille entasse du bois. Petit-Renard la reconnaît. Grand-tante de Pikamu, elle fut parmi les premières à se faire baptiser. À l'exception de ses mocassins, elle est vêtue de tissu et porte un grand crucifix au cou. Il se rend la saluer.

À la façon dont elle l'accueille, Petit-Renard comprend qu'elle le considère comme le « petit homme du Diable ». La main sur son talisman, elle lorgne le sien et répond à ses questions avec froideur. Pikamu est parti avec sa famille il y a déjà vingt soleils, lui apprend-elle. La veille, ils ont tous reçu le baptême, et le prêtre a consacré son union avec la mère de ses enfants.

Il n'ose croire en la conversion de N'Tsuk et s'informe à son sujet. La vieille fronce les sourcils, s'accroche à son crucifix puis, d'une voix sourde:

— C'est une mauvaise femme...

— Pourquoi dis-tu cela?

— Elle offense le Grand Esprit et ne veut pas entendre sa parole.

— Elle n'est pas baptisée ?

Signe que non.

— Je connais N'Tsuk… Crois-en ce que je te dis. C'est une bonne femme.

— Le Grand Esprit ne permet pas que son ventre porte des enfants. Elle est mauvaise.

Il branle la tête, ne sachant comment persuader la vieille que le Grand Esprit n'a rien à voir avec l'infécondité de N'Tsuk. Tout ce qu'il pourrait invoquer concernant l'Être Suprême n'aurait aucune crédibilité à ses yeux. N'est-il pas le petit homme du Diable ? Il utilise alors des arguments concernant leurs traditions pour réhabiliter sa cousine.

— Elle sait bien préparer les peaux et les viandes, et elle sait aussi poser des pièges pour capturer les petites bêtes. Cela permet à Pikamu d'avoir plus de fourrures. Elle coud des habits pour lui et pour ses enfants, et prend soin d'eux comme des siens. Tout cela fait d'elle une bonne femme pour Pikamu.

— Elle n'est plus la femme de Pikamu.

— Elle n'est plus sa femme aux yeux de la Robe-Noire, mais N'Tsuk demeure bonne pour Pikamu dans ses chasses.

— Elle n'est plus avec lui. Un homme ne peut avoir deux femmes. Cela déplaît au Grand Esprit. N'Tsuk n'étend plus sa couverture près de celle de Pikamu.

— Où l'étend-elle ? demande-t-il en promenant son regard autour de lui dans l'espoir de l'apercevoir.

— Pas ici. Elle n'est plus ici. C'est une mauvaise femme.

D'un air dégoûté, la vieille poursuit son occupation, montrant par là qu'elle désire mettre fin à leur entretien.

— Dis-moi où je peux la trouver.

— Elle boit et offense le Grand Esprit avec les Visages-Pâles… Matchémanitou[3] la possède… Oh! Oui, il la visite dans son corps. Par elle, il veut notre perte. C'est une mauvaise femme, marmonne la vieille.

— Où est-elle?

— Pas ici. Va-t'en, toi aussi. Demande à Matchémanitou… À toi, il parle.

— Je partirai quand tu me diras où la trouver.

La vieille lance un regard vers la mission, comme si, de là-bas, on la condamnait d'être en sa compagnie.

— Poursuis ta route, répond-elle, lui indiquant d'un geste évasif la Grande Rivière.

— C'est une bonne femme, affirme-t-il une dernière fois avant de partir.

*

Il arrive en vue de l'endroit où aboutit leur piste, en amont de Kichedjiwan. En bordure de la forêt, un wigwam de fortune. Sur la plage, un grand canot renversé où s'allongent quatre coureurs des bois à l'abri de la pluie glaciale. Le mince filet de fumée qui s'élève des bouts de bois calcinés de leur feu atteste de la soudaineté de l'averse. Pour ces hommes qui reviennent des Grands Lacs, c'est là une halte habituelle. Ils y passeront la nuit et, demain, aux premières lueurs, ils entreprendront la descente des rapides.

Transi, exténué d'avoir portagé et tiré à la cordelle, seule la perspective de retrouver N'Tsuk motive Petit-Renard à chacun de ses efforts. La plaie de son pied droit s'est rouverte sur une pierre tranchante, alors que, dans l'eau jusqu'aux aisselles, il remorquait son canot.

Jamais sa pagaie ne lui a semblé si lourde, ni l'accostage si bienvenu.

---

3. Matchémanitou : le mauvais esprit, le diable.

Un homme chantonne parmi ses compagnons somnolents et pose sur lui le regard abruti des ivrognes.

– T'as des fourrures, Sauvage ? bredouille-t-il d'une bouche molle.

– Non.

– C'est parfait… parce que nous… d'eau-de-vie, on n'en a point… Si tu veux enfiler la Sauvagesse, te faudra attendre… Jeannot s'y trouve encore avec elle… Elle s'y connaît, la bougresse… Elle s'y connaît.

Petit-Renard aimerait ne pas comprendre ce qu'il entend. Et ne pas deviner que N'Tsuk… sous ce wigwam de fortune… avec un Visage-Pâle.

Malgré sa blessure et son extrême fatigue, il gagne à grands pas le wigwam. La pluie s'intensifie et, sous le canot, le Français répète :

– Halte-là ! C'est chacun son tour… chacun son tour.

Surpris en pleine action, le Jeannot lui ordonne de partir en l'invectivant alors que, honteuse, N'Tsuk, dont le crâne est complètement rasé, tente de se dégager sous lui.

– Holà, Sauvagesse ! J'ai payé, fulmine le coureur des bois en lui administrant une gifle.

Aussitôt, Petit-Renard plonge les deux mains dans l'épaisse et longue barbe de l'homme.

– Laisse-moi, Sauvage, ou t'auras affaire à nous. Laisse-moi ! Laisse-moi donc ! Hé, compagnons ! À l'aide ! À l'aide !

Petit-Renard l'oblige à se lever en tirant sur la barbe et le darde de son regard chargé de toute sa haine. De toute son impuissante colère. De toute sa rancœur. Il se souvient, enfant, d'avoir agrippé la barbe d'un Visage-Pâle pour l'empêcher d'importuner N'Tsuk. D'une claque, celui-ci l'avait envoyé rouler par terre. Aujourd'hui, il répète le geste, mais ne craint pas d'être neutralisé. Une telle force l'envahit que seule la mort pourrait venir à bout de lui.

Livré seul à cette fureur démentielle, ses compagnons enivrés tardant à lui porter secours, l'homme se résigne à battre en retraite. Piteusement, il relève son pantalon et recule vers la sortie.

– Tout doux, Sauvage, tout doux, là... C'est point la peine.

Petit-Renard le libère de sa prise. Tenant toujours son pantalon, l'homme tourne les talons et déguerpit. Pour la première fois de son existence, Petit-Renard trouve obscène la vue des fesses et leur administre un solide coup de pied. La douleur s'intensifie dans sa blessure, et le sang coule dans son mocassin. Ce n'est rien en comparaison de la douleur en lui.

Il revient vers N'Tsuk. Elle a rabattu sa jupe et, des mains, elle se couvre la tête. Il a envie de la battre et de la caresser à la fois. De la condamner et de lui pardonner. Mais qui est-il pour cela? Qui sont-ils dans cette tourmente qui les emporte? Que peuvent-ils?

Elle tremble devant lui, craignant ses réactions. Dehors la pluie ne fait qu'augmenter, et l'eau pénètre l'abri, s'égouttant par le toit. Croyait-elle passer ainsi l'hiver?

Petit-Renard reste debout sans rien dire. Sans rien faire. C'en est trop pour lui, et il se met à pleurer. Lui, l'homme. Lui, le mashhkiki-winini. Lui, le chasseur et le marchand. Cela l'humilie de sentir rouler des larmes de femme sur ses joues. Pourtant, au poteau de torture, pas une seule larme n'a mouillé ses yeux. Et voilà qu'elles abondent, trahissant son indicible souffrance.

Il pleure sur ce qui fut et sur ce qui est à venir. Il pleure sur son peuple, sur les Autagamis, sur Poings-Serrés, sur le vieil homme-médecine, sur Atsehaiens. Il pleure sur Ikoué ou Rayon-de-Lune. Il pleure sur N'Tsuk. Et sur tout ce qui fut délicieux avec elle au ruisseau mystérieux. Il pleure sur leurs pures amours, leur bref et fragile bonheur. Sur Ashini et sa femme. Sur son fils Wapitik, à qui il ne pourra offrir de rivière que le Visage-Pâle n'aura pas sillonnée à la recherche de fourrures.

N'Tsuk s'approche, pose sa main glacée à l'endroit où Rayon-de-Lune a dessiné le cercle sacré de la vie. L'odeur de boisson dans la bouche de cette femme aimée le répugne, et il détourne la tête.

— Mon âme... je l'ai gardée, dit-elle.

Petit-Renard se calme. Couvre de sa main celle de N'Tsuk pour la réchauffer un peu.

— Pikamu est parti sans moi. Mon père et ma mère sont morts, et je n'ai ni canot ni territoire pour chasser... Pour rester près de la mission, il fallait adopter le Grand Esprit des Visages-Pâles, mais je n'ai pas voulu.

— Tu continues de boire leur poison.

— Ce que je fais quand j'ai bu, c'est comme si une autre que moi le faisait.

— Pourquoi tes cheveux sont rasés ?

Elle baisse la tête.

— Qui t'a fait ça ?

— Les... les convertis...

— Pourquoi ?

— Pour... pour que tout le monde voit que je suis une mauvaise femme... Ils... ils m'ont chassée.

Silence. La pluie torrentielle s'égoutte abondamment sur leur tête.

— L'hiver t'aurait donné des misères, remarque-t-il en offrant son visage aux gouttes d'eau pour qu'elles se confondent à ses larmes.

— J'ai ramassé ce que j'ai pu pour cet abri. C'est sans importance. L'hiver me prendra. Dans l'au-delà, ça ira mieux pour moi. Est-ce que je pourrai t'y attendre ? Tu es parti sans me regarder...

Il étreint les doigts de la femme. Son cœur bat à tout rompre et, en lui, grandit le trouble. Il l'aime tant. Depuis toujours et pour toujours. Comment ne pas s'affliger de l'entendre parler ainsi de sa mort.

— Tu pourras m'attendre au Royaume des Morts, mais n'y va pas tout de suite.

Il se retourne vers elle, encore si belle à ses yeux en dépit de son crâne rasé et des cicatrices de son œil borgne.

— Je n'ai plus de mari, et pas un chasseur ne veut d'une femme sans enfant... Je n'ai plus de canot... plus de cheveux...

Il lui pose la main sur la bouche afin qu'elle se taise et ne lui souffle plus son haleine d'eau-de-feu au visage. Ce qu'ils ont été jadis au ruisseau mystérieux refait surface, et il se surprend du désir qui durcit sa verge. L'interdit est levé. Il peut s'accoupler avec elle, même s'ils partagent le même sang, car jamais elle n'enfantera, il le sait maintenant.

— Tu as un canot... un territoire de chasse... Tu as un mari, lui chuchote-t-il en lui mordillant l'oreille.

Doucement, sa main glisse vers la tête de la femme et la caresse du bout des doigts.

— Tes cheveux vont repousser, assure-t-il.

Il lui embrasse le cou, les épaules, puis descend à hauteur des seins qu'il effleure de ses joues, de ses lèvres, de sa langue. Les pointes des mamelons se hérissent de désir, décuplant le sien.

Cette fois-ci, l'oncle Ashini ne surgira pas pour mettre fin à leurs ébats. Le temps est enfin venu pour lui de prendre celle qui depuis toujours et pour toujours est sa compagne.

Deuxième partie

Chapitre 18

L'exilé

Juillet 1730, rade de Kébec.

— Les prisonniers sont aux fers et prêts à descendre dans les chaloupes, capitaine, lui rapporte le second en le rejoignant sur le pont.

— Ouais, grommelle Le Bourru sans détacher les yeux de la ville surplombée par le château Saint-Louis[1] dressé sur son promontoire. Fais en sorte que l'armurier et le « blond » soient les derniers à mettre pied à terre.

— À vos ordres, capitaine.

Alerte et efficace, Bonin disparaît et ne reviendra le déranger qu'une fois les ordres exécutés. Depuis le temps qu'ils naviguent ensemble, son second sait à quel point il aime savourer seul ce moment exceptionnel : l'arrivée à bon port. Que ce soit à La Rochelle, à Louisbourg[2] ou à La Martinique, c'est toujours pour lui, le capitaine, une heure de gloire. De satisfaction profonde. Encore une fois,

---

1. Château Saint-Louis : château fort que le comte de Frontenac a fait bâtir et qui servait de résidence des gouverneurs.
2. Louisbourg : ville de l'île Royale.

avec son navire de cent trente tonneaux baptisé *Le Fier*, il a réussi la Grande Traversée. Celle de l'Atlantique. De l'imprévu, des tempêtes, du brouillard et des glaces flottantes. Ils toucheront terre après plus de onze semaines de navigation. Onze semaines de misère, de travail ardu, d'espérance, de crainte ou d'attente des vents. Il était temps. Rations d'eau et de vivres allaient en s'amenuisant, et la maladie à bord, en s'aggravant. Comme d'habitude. Surtout chez certains prisonniers qui, ayant langui plus d'un an dans les prisons avant d'échouer à demi nus dans la cale de son bateau, y avaient emmené leurs ulcères, leurs vers et leurs poux. Le mal s'est propagé et, à un moment donné, le capitaine a dû remplacer des membres de son équipage par des passagers en santé. Il y eut six décès, six cadavres jetés à la mer. Mais, c'est fini, il n'y aura plus de mort, croit-il. Maintenant qu'ils sont rendus à destination, les malades s'en remettront.

Oscar Chiron dit Le Bourru observe avec une fierté bien légitime les gens massés sur la grève et ceux qui y affluent encore par petits groupes de la place du marché. Les uns viennent recevoir les marchandises essentielles à la bonne marche de leur commerce, d'autres du vin et des dentelles, et d'autres, simples curieux, viennent glaner des nouvelles de France, impatients d'apercevoir des visages inconnus ou des habits à la récente mode de la métropole[3]. Ces derniers seront servis à souhait par Auguste, ce jeune fils de noble contraint de s'assagir dans la colonie et que Le Bourru regarde s'éloigner dans la première chaloupe, l'air hautain. Qu'il aille au diable, ce vaurien! Tout au long du voyage, il n'a cessé de vouloir détrousser équipage et passagers, se risquant même à voler la médaille au cou d'un prisonnier. Quelle affaire! La colonie de Nouvelle-France parviendra-t-elle à mater ce libertin

---

3. Métropole: ainsi désignait-on la France, également appelée mère patrie.

dont les parents se sont débarrassés n'en pouvant venir à bout, et qui croit que tout lui est dû et permis ? Il en doute… Il faudrait pour cela que ce jeune noble ait à gagner son pain à la sueur de son front, ce qu'il ne sera pas tenu de faire, sa famille lui allouant une pension. Ah ! Celui-là, Le Bourru n'est pas chagriné de le voir s'en aller. C'est de la mauvaise graine. Il le sait. Les hommes, il les connaît autant que l'océan. Il les redoute, parfois les admire. Rarement les estime. Jamais ne les aime. Les hommes et l'océan, il connaît. Avec eux, il sait louvoyer.

D'un œil morne, le capitaine regarde Kébec avec, en bas, coincés entre le fleuve et la falaise, ses boutiques, entrepôts et magasins et, en haut, érigés sur le promontoire, son château, sa cathédrale, ses couvents et hôtels particuliers d'officiers et de riches marchands. C'est en haut qu'administration, expéditions et guerres se trament, en bas qu'elles s'exécutent. En haut que s'étalent les fortunes et les titres, en bas qu'ils se gagnent. Avec le commerce, surtout celui de la fourrure. Très lucratif pour ceux qui savent y faire, leur permettant même de pouvoir porter l'épée[4].

Le Bourru ajuste sa lorgnette. La vue de l'énorme commissaire du port le renfrogne. Dégageant fatuité et malversation, ce dernier est venu vérifier la présence d'engagés[5] sur son navire. Ce qu'il peut détester ce genre d'homme à la solde des puissants ! Tous ces agents, percepteurs, gabeleurs[6] et commissaires lui donnent la nausée et, de loin, il leur préfère l'océan avec ses dangers mais aussi ses ivresses.

---

4. Porter l'épée : être anobli. La noblesse canadienne n'a qu'un privilège : celui de porter l'épée ou le titre d'écuyer.

5. Engagé : personne qui s'engageait par contrat pour une durée de trois à cinq ans à travailler en Nouvelle-France au service d'un particulier, des autorités ou d'une communauté religieuse.

6. Gabeleur : celui qui était chargé de percevoir l'impôt sur le sel.

Cette fois-ci, d'engagés, il en a deux. Le Piou-Piou, orphelin d'âge inconnu qu'il a inscrit comme journalier de vingt ans, mais qui, en réalité, en fait tout au plus dix-sept, et Jean Hardouin, vingt-trois ans qui, étant armurier, vaut à lui seul deux engagés, lui permettant ainsi d'atteindre le nombre réglementaire de trois à faire passer en Nouvelle-France.

Le Bourru a-t-il des scrupules de les avoir recrutés sous l'effet du rhum et sous de fausses représentations ? Pas le moins du monde. Serait bien sot le capitaine qui leur aurait dit la vérité sur les conditions de leur contrat et sur le climat de ce pays. Les engagés auront vite fait de le constater et, s'ils sont débrouillards, ils trouveront moyen de retraverser en France. Ce ne sont pas les bateaux de pêche qui manquent, ni encore les combines que lui, Le Bourru, connaît pour les reprendre clandestinement à son bord. Mais voilà, il faut être débrouillard et « Piou-Piou » ne l'est guère. Gamin sans trop de génie, il est prédestiné à la misère. Alors, que ce soit ici ou ailleurs… En revanche, Jean Hardouin est promis à un avenir beaucoup plus reluisant. En Nouvelle-France, les armuriers sont très recherchés par les marchands de fourrures qui les envoient réparer les armes à feu des Sauvages. Dès qu'il aura terminé ses trente-six mois d'engagement, il pourra s'installer à son compte ou encore obtenir une concession. Le Bourru a prévu de le présenter à un équipeur[7] de sa connaissance qu'il s'inquiète d'ailleurs de ne pas repérer dans la foule. Aurait-il été retardé ? Empêché de quelconque façon ? Réduit à la mendicité l'espace d'un hiver ? En Nouvelle-France, qui un jour est riche, le lendemain quémande son pain, et qui est noble, le lendemain vend son épée. Il serait dommage que cet

---

7. Équipeur : celui qui organise et dispense les services d'une expédition de traite des fourrures.

équipeur ne puisse profiter des sujets d'exception que, par expérience, il a sélectionné dans sa cargaison à deux pattes. Les hommes, il connaît. Ceux qui ont du potentiel, il les détecte. Son flair ne manque pas. Ni pour ses hommes d'équipage ni pour ceux à refiler aux équipeurs, maîtres, marchands ou bourgeois moyennant une certaine rémunération en douce.

Oui, les hommes, il connaît, mais il leur préférera toujours les marchandises. Silencieuses, elles ne mangent pas, ne chient pas, ne pissent pas, ne vomissent pas. Sur elles, la maladie comme la folie n'a point d'effet, et il n'y a pas lieu de craindre révolte, agression ou mutinerie. Rentables, elles remplissent la cale de son navire et lui permettent de petits profits non déclarés sans effleurer sa conscience. Se croit-il malhonnête ? Nullement, il tire son épingle du jeu, voilà tout. Quand la corruption cessera de régner chez ceux qui le gouvernent, il abandonnera ses pratiques irrégulières. Mais ce jour n'est pas pour demain… En attendant, le capitaine anticipe les gains que ballots de fourrures, bois, barils de goudron, barils de noues de morue[8] et d'huile de leur foie, blé et chanvre lui feront réaliser au voyage de retour.

La chaloupe où prend place Auguste touche la grève. Poudré et portant perruque, il en descend avec des airs de grand seigneur. Point de valet dépêché au-devant de lui, point de voiture pour le mener au château. Il semble décontenancé et se dirige vers le gros commissaire qui, après un bref échange, reporte son attention sur Piou-Piou mimant Auguste. Ses pitreries amusent les badauds et adoucissent un bref instant la mine du capitaine. L'adolescent cherche à attirer l'attention d'un maître

---

8. Les noues de morue, riches en gélatine, servaient de matière première dans la fabrication de la colle de poisson. On les exportait en France où la colle était fabriquée.

clément. C'est tout ce qu'il sait faire, le pauvre. « Pourvu qu'il trouve », se surprend à souhaiter Le Bourru.

Pieds et poings liés, les faux saulniers débarquent à leur tour et déambulent devant tous et chacun avant de se ranger sous la garde des archers de la maréchaussée et de l'officier venus en prendre charge. Plus d'un trébuche dans ses chaînes et boitille. En mer, il les avait libérés de leurs entraves, tant l'idée d'avoir à son bord des passagers voués à la noyade lui était insupportable. Si on lui en fait le reproche, il prétextera que la maladie des membres de son équipage l'y a contraint pour avoir recours à leurs bras. Oui, il les a libérés en mer. C'était bien assez qu'ils croupissent dans l'obscure puanteur de la cale, avalent une nourriture infecte et subissent les ravages de la maladie. Être condamné pour contrebande de sel ne faisait pas d'eux des criminels à ses yeux. Ni aux yeux du peuple, d'ailleurs. Les faux saulniers ne soulagent-ils pas paysans et petites gens de la gourmande gabelle à payer pour tout achat de sel ? Et, en rendant la vie dure aux gabeleurs, n'exécutent-ils pas la sentence du peuple que la soi-disant justice étrangle ?

Ces prisonniers se résigneront-ils à l'exil à perpétuité maintenant qu'ils ont survécu à la traversée ? Ils le devraient, car, en temps normal, les galères du roi leurs sont destinées. Par chance pour eux, le monarque a besoin d'hommes au Canada et, faisant d'une pierre deux coups, Louis XV a purgé la mère patrie de ces éléments indésirables qui peuvent ici s'amender et refaire leur vie.

Hier, il les a tous fait se laver et nettoyer leurs hardes sur le pont, afin d'avoir plus de chances d'être embauchés. Tout compte fait, leur sort est plus enviable que celui de nombre d'engagés plus ou moins considérés comme des esclaves volontaires, susceptibles d'être maltraités, punis, loués, échangés ou vendus par leur maître.

La lunette du Bourru se promène dans la foule. Par expérience, il sait que dans plus d'un regard brille le froid calcul. On évalue les bêtes humaines, on les jauge, on les compare. Un tel a besoin d'un laboureur, un autre d'un serviteur. Ce prisonnier, trop grand, mangera pour deux. Celui-là, trop petit, faiblira sous les lourds colis. Celui-ci présente une mine inquiétante. Cet autre, un handicap. Il s'agit de choisir l'ouvrier qui convient. Soudain, il aperçoit le visage buriné de Louis La Ramée qui se fraie un chemin jusqu'au rivage.

— Pas trop tôt, maugrée Le Bourru, satisfait de voir arriver l'équipeur pour qui il a retenu deux bons sujets, ceux-ci se trouvant à débarquer en dernier selon leur entente habituelle.

— Vos ordres sont exécutés, capitaine. Le dernier contingent nous a quittés, l'informe Bonin en se postant à ses côtés.

— Ouais, répond Le Bourru en observant Pierre Vaillant assis dans la chaloupe avec Jean Hardouin.

Condamné aussi à l'exil à perpétuité, ce banni a commis le crime de tuer un cerf sur le domaine seigneurial. Âgé de vingt ans, il se déclare paysan, mais n'a rien de cette bête de somme dans sa démarche leste et désinvolte. Paysan, il l'est par son extrême pauvreté, c'est tout. Pieds nus, vêtu de haillons, il ne possède rien sauf ce corps robuste. Ce visage mâle et sensible. Ce regard intrépide. Ces cheveux en bataille, couleur de blé mûr. Et cette médaille de la Vierge au cou, cadeau d'adieu de sa femme. Ce pays est fait pour lui, mais il ne le sait pas encore. Pierre Vaillant croit pouvoir retraverser cet automne et retrouver cette femme. Cela ne se fera pas. Ça aussi, il ne le sait pas encore. Lui, Le Bourru, il sait. Il connaît les hommes. Et ce Pierre Vaillant, il le connaît plus que ne se connaît lui-même l'exilé. Ce pays est fait pour lui, et il ne reverra plus jamais la France. Sa femme, il devra l'oublier.

Le jeune homme tourne la tête dans sa direction et fait un léger signe de la main, histoire de confirmer leur futur rendez-vous, à l'automne. Pour une des rares fois de son existence, Le Bourru se sent fautif. À ce temps de l'année, il aura levé l'ancre depuis belle lurette, et Pierre Vaillant sera dans les Pays-d'en-Haut[9], forcé d'y hiverner. Durant d'interminables mois de neige et de froid, plus d'une fois, Le Bourru sera maudit, assassiné dans l'esprit de ce garçon qu'il a leurré au profit de Louis La Ramée. Mais, il ne pouvait en être autrement: l'équipeur avait besoin d'un homme pour un voyage de dix-huit mois, et Pierre Vaillant répondait en tous points à ses exigences.

Très fort physiquement, travaillant, souple et courageux, le métier de voyageur[10] lui convient. Comment la paysannerie française avait-elle pu façonner cet être à la dimension des grands espaces? Qu'il soit rejeté sur les côtes de ce continent où tout est possible, n'est-ce pas ce qui pouvait lui arriver de mieux?

Oui. Et Le Bourru le sait. Pour lui, l'horizon se perd à l'infini, plus loin que ne porte le regard. Pierre Vaillant l'ignore encore. Il n'a vu que des miséreux fouillant le sol pour quérir leur pitance et pour qui l'horizon se limite à leur lopin de terre. Pierre Vaillant s'ignore lui-même mais lui, il le connaît. Il l'a vu à l'œuvre tout au long de la traversée, préférant le travail à l'inaction, son pas s'adaptant au roulis avec une facilité déconcertante. Point de nausée, point de vertige. Il grimpait au mât de misaine comme pas un, transférait de lourdes charges comme le plus fort des nègres, lavait le pont comme le plus besogneux des

9. Pays-d'en-Haut: région des Grands Lacs et au-delà, dont le poste principal était à Michillimakinac. Pour y accéder, il fallait remonter le courant des rivières, principalement celui de la rivière des Outaouais. De nos jours, au Québec, cette appellation fait référence à la région de Sainte-Adèle, au nord de Montréal
10. Voyageur: homme d'équipage des canots qui se rendait dans la région des Grands Lacs et au-delà pour récolter des fourrures. Le coureur des bois accomplissait le même métier, mais de façon illicite, c'est-à-dire sans autorisation.

mousses. Rien ne le rebutait. Rien ne l'effrayait. Bien sûr, il avait sa petite idée, le Pierre Vaillant. En se rendant ainsi utile, il travaillait pour organiser un possible voyage de retour. Et lui, Le Bourru, avait profité de sa naïveté et de son ignorance en lui donnant rendez-vous cet automne pour un embarquement clandestin. Mais ni l'un ni l'autre n'y viendront. Peut-être qu'un jour, le jeune homme lui sera reconnaissant d'avoir définitivement rompu les amarres à sa place… Peut-être… C'est à souhaiter.

*

La chaloupe touche le rivage, et Pierre demeure assis, retardant ainsi le moment d'échouer au Canada. Ce sol, il n'en veut pas pour terre d'adoption et le refuse pour terre de punition. Son être entier s'en exile avant même d'y arriver. Hardouin le pousse du coude, l'incitant à se lever. Pour son compagnon, cette terre est celle de l'aventure où il est impatient de faire ses premiers pas.

Pierre se résigne, obéit aux ordres, plongeant le pied à l'eau avant de toucher terre. « Bienvenue en Neuve-France », souhaite un homme qu'il s'empresse de repérer. C'est lui, Louis La Ramée. C'est à son service qu'il doit s'engager. Hardouin aussi. Avec cet homme, ils iront faire fortune au fabuleux royaume des fourrures. Le capitaine n'a pas menti : l'équipeur vient de se faire remarquer par cette formule d'accueil, tel qu'il avait été convenu. À eux maintenant de jouer.

Pierre est grandement soulagé, car il n'en a pas pour longtemps à vivre dans cette colonie. Le temps de récolter une quinzaine de peaux de castor afin de payer son passage sur le bateau. D'après Le Bourru, c'est là chose aisée. Il suffit d'un ou de deux pots d'eau-de-vie pour les obtenir des Sauvages. Dès qu'il les aura, il repartira. Hardouin, lui, restera. Sans famille en France, sa vie commence aujourd'hui. De lui-même, il a signé un contrat l'engageant à travailler pour d'autres pendant trois ans. Après, il fera ce qu'il veut, comme il veut, où il veut.

Pierre aime bien Hardouin. Un lien s'est tissé entre eux sur le navire. Un lien tout près de l'amitié mais qui ne peut en être. Il demeure essentiel pour lui de ne s'attacher à personne. D'ailleurs, comment le pourrait-il ? Son cœur est là-bas, dans les yeux, la bouche, les cheveux et le ventre d'Isabelle.

Son cœur est dans la région de l'Ain, auprès de sa bien-aimée et de l'enfant à naître. Ici n'est présent que son corps.

Malgré lui cependant, Pierre Vaillant se laisse gagner par l'atmosphère qui règne. Sur les figures, la curiosité voisine avec l'étonnement, l'intérêt avec l'indulgence. À l'exception de quelques prêtres rigides dans leur attitude réprobatrice, la foule semble se réjouir de leur arrivée. Quel contraste avec leur embarquement à La Rochelle où on leur faisait sentir qu'ils étaient l'ivraie gâchant le bon grain ! Ici, c'est autre chose. La périlleuse traversée de l'océan semble avoir effacé leur faute avec autant d'efficacité que l'absolution du confessionnal. « Pardonné, fini, ne recommencez plus. Amen. Maintenant, roulez vos manches, on a de la besogne à faire », semblent vouloir leur faire savoir tous ces gens venus en quelque sorte les accueillir.

Sous l'ordre de l'officier, les archers de la maréchaussée les placent en deux rangées afin de les escorter vers la prison où ils seront enregistrés en bonne et due forme. Le contingent se met en branle, emprunte la petite rue longeant le fleuve où la boutique d'un exportateur rochelais attire l'attention de Pierre, Le Bourru en ayant fait vaguement mention lors d'un entretien. C'est un peu la France ici, mais beaucoup autre chose. Cela le déconcerte. Le langage, les vêtements, les maisons, les rues étroites, tout lui paraît familier et devrait donc lui procurer un certain sentiment de sécurité, or cela ne parvient qu'à le dépayser davantage. Comment peut-il à la fois se sentir un peu chez lui et tout à fait ailleurs? À son insu et à sa grande honte, cet «ailleurs» l'interpelle. Et confusément l'appelle. Mais son cœur ne saurait l'habiter, car il est resté là-bas. Dans le cœur d'Isabelle. «Elle t'oubliera», prédisait Jean Hardouin accoudé au bastingage. Le navire doublait les îles de la Magdeleine et ils s'émerveillaient des marsouins tout blancs (bélugas) d'une grosseur prodigieuse, ainsi que des baleines et des vaches marines qui s'y trouvaient en grande quantité. «Oublie-la, sinon, crédieu, tu finiras aux galères. Sitôt retourné là-bas, on te mettra la main au collet. Crois-tu que ton seigneur te laissera en paix? Crédieu! Il t'a fait mener de prévôté en prévôté jusqu'à La Rochelle… c'est point pour t'y voir revenir.»

Son compagnon parlait avec sens. Tous ces arguments n'avaient cessé de défiler dans son cerveau depuis sa condamnation, sans toutefois le libérer de son obsession et de la promesse de revenir auprès d'Isabelle. Ne fut-ce que pour la marier et donner un nom à leur enfant. «C'est folie tout ça, poursuivait l'armurier. Tant de peines pour une femme. C'est folie.» Peut-être, mais il ne peut se faire à l'idée de ne plus la revoir et de ne jamais connaître leur enfant. Cet enfant qu'ils ont conçu délibérément croyant ainsi forcer la main du père d'Isabelle qui avait accepté la demande en mariage de l'exécrable fermier général des dîmes.

Oui, revenir à tout prix, pense soudain le jeune prisonnier au souvenir de ce traître d'homme qui a fait pression auprès du seigneur pour l'exiler. Oui. Revenir et se venger. Leur cracher à la figure. Et après? Après, il ne sait toujours pas. Mourir peut-être. Combien de pauvres hères de son espèce sont morts pour la patrie? Lui, sa patrie, c'est Isabelle. Il préfère de loin mourir pour elle que mourir pour ces grands qui les étranglent et les écrasent. Oui, revenir à tout prix. Même si c'est folie. Rien ne doit le distraire de ce but. Surtout pas cet appel venu des confins d'un pays démesuré. « Pas de taille[11] à payer au Canada et de la viande à manger tant que tu peux en chasser », répétait Jean Hardouin afin de le dissuader. Ici, le fusil est le premier achat obligatoire d'un engagé, et quiconque tient une terre en roture a droit de chasse et de pêche dans les limites de sa concession. S'il avait tué un cerf ici, personne ne l'aurait ni dénoncé ni condamné.

Pierre s'imagine ramenant quantité de venaison dans la misérable chaumière de son beau-frère qui avait accueilli Isabelle une fois chassée du toit paternel à l'annonce de sa grossesse. Quel grand cœur il avait, le Gaspard, mari de sa sœur aînée Magdeleine! Un cœur beaucoup plus grand que l'unique pièce de sa masure où vivaient entassés, outre ses quatre jeunes enfants, sa belle-mère veuve et son beau-frère. Depuis des années, tout ce monde ne mangeait que pain noir, légumes bouillis, glands et racines. De viande, ils n'en rêvaient même plus et travaillaient comme des damnés pour conserver leur terre que les arriérés d'impôts risquaient de leur faire perdre à tout moment. Quand ce n'était pas la dîme qu'il fallait payer, c'était la taille seigneuriale, puis la taille royale sans compter la gabelle, la capitation[12] et les vingtièmes[13]. Plus de la moitié de leur maigre revenu y passait. Comme si ce n'était pas suffisant, il fallait acquitter les droits de fouage[14] et de pannage[15] des communaux et s'astreindre aux corvées d'entretien du château et du

---

11. Taille : redevance payée au seigneur par les serfs et les roturiers.
12. Capitation : impôt par tête, taxe levée par individu.
13. Les vingtièmes : impôt sur les biens-fonds équivalant à 1/20 du revenu.
14. Fouage : droits pour ramasser du bois.
15. Pannage : droits pour faire paître des animaux dans un champ communal.

vignoble. Et là-haut, au château, on s'y faisait la belle vie, se réjouissant et mangeant de la viande, sauf les jours maigres. Là-haut, le bois brûlait dans l'âtre, et le vin coulait dans les gosiers. Là-haut, les chiens de chasse s'empiffraient de venaison sous la table des maîtres. Et, eux, en bas, ils crevaient de froid et de faim. Isabelle dans ses bras tremblait et pleurait. Regrettait-elle de l'avoir aimé? Il eut mieux valu pour elle qu'il ne fût jamais embauché comme manouvrier à la ferme de son père. Ainsi, elle ne l'aurait jamais connu et aurait épousé le fermier des dîmes, de vingt-cinq ans son aîné, soit, mais propriétaire de dix vaches et grandement estimé du seigneur. Hélas, pour son plus grand malheur, elle s'était éprise de lui dès le premier regard. Et lui s'était épris d'elle sans jamais toutefois espérer un sentiment réciproque. Il n'était qu'ouvrier agricole et elle, la fille d'un paysan aisé possédant cinq vaches. Quand il l'a vue entrer dans l'écurie pour reblocher [16], il a cru à une apparition tellement elle était belle avec son teint pâle et ses yeux clairs contrastant avec sa chevelure de jais. Sa bouche vermeille eut aussitôt pour lui un sourire, et ainsi commença leur idylle.

Le père n'y a vu que sottise de la part de sa fille et vile intention, de la part d'un va-nu-pieds de son acabit, d'acquérir une dot alléchante. Il se hâta d'organiser le mariage, pressé de garantir un bel avenir à son enfant tout en consolidant le sien. Oh! Oui! Il eut mieux valu pour Isabelle qu'elle ne l'ait jamais connu, pense Pierre. Lui reste-t-il encore des larmes pour pleurer? Elle a perdu l'estime de ses parents, sa dignité ainsi que le père de l'enfant bâtard dont elle accouchera dans un coin de la

---

16. Reblocher: traire une deuxième fois. Tenus de donner leur lait au seigneur, les paysans ne trayaient pas complètement leur vache et la reblochaient une fois le percepteur du seigneur passé. Avec ce lait, ils fabriquaient un fromage à pâte grasse et à saveur douce nommé « reblochon ».

chaumière à Gaspard. Parviendra-t-elle à allaiter ce bébé ? Que pensera-t-elle de leurs amours si ses seins se tarissent faute de nourriture ? Son souvenir entendra-t-il gicler dans la chaudière le lait des vaches qu'elle allait reblocher ? À quoi s'accrochera-t-elle pour ne point sombrer ? À ces deux mots, par lui, mille fois répétés : « Je reviendrai. » Cette promesse d'un homme sans aveu prêt à mourir pour elle. Isabelle lui a tout donné : son cœur, son corps, son honneur. À son cou, elle a passé la médaille de la Vierge que sa grand-mère avait reçue des mains mêmes de la châtelaine pour avoir sauvé son enfant des flammes. « Elle te protègera ; je t'attendrai », avait promis Isabelle lors de son départ. Il se souvient de ce jour avec précision. Les chevaux des cavaliers piaffaient d'impatience, et le prévôt de la maréchaussée le regardait du haut de sa monture. C'en était fait de Pierre Vaillant. On allait l'expédier au bout du monde, de telle façon qu'il ne revienne jamais troubler l'ordre des choses.

Le voici rendu au bout du monde, mais il en reviendra. Tout est arrangé avec Le Bourru. Pas plus tard que cet automne, il voguera vers Isabelle. « Je reviendrai, je reviendrai », récite mentalement le jeune homme à chacun de ses pas. Cela le rassure. Le convainc. Il n'est en ce lieu que de passage et, sitôt les formalités de douane terminées et l'embauche garantie par Louis La Ramée, on le libérera de ses chaînes. Alors, s'il sait y faire, comme disait souvent Le Bourru, il reviendra.

*

*Rive nord du fleuve Saint-Laurent,
en amont de Kébec.*

Des bataillons de moustiques les assaillent de toutes parts, se glissent sous leurs hardes, se cachent dans leurs cheveux pour les piquer à leur aise. Jean Hardouin et Pierre Vaillant s'agitent, s'emportent, s'enragent. Tantôt se lèvent, tantôt s'assoient en plein dans la fumée pour connaître un répit, mais ils finissent toujours par s'étouffer.

— Ma parole, vous vous y habituerez, compagnons, prédit La Ramée fumant tranquillement la pipe en retrait des denses nuages formés par les gerbes de fougère jetées sur les tisons. Plus vous bougez, plus ça les excite, ajoute l'homme qui les mène en ce pays inconnu.

Pierre se calme. Tente de calquer son attitude sur celle du patron en qui il a entière confiance. Pour sa part, Hardouin continue de rouspéter, répétant que le contrat les liant ne faisait nulle mention de ces bestioles. La Ramée sourit, sans plus. Les récriminations de son engagé ne le dérangent guère.

Partis de Kébec au soleil levant, ils ont pagayé jusqu'au soleil couchant, ne mettant pied à terre qu'une fois pour avaler quelques biscuits et satisfaire leurs besoins. Quand ils se sont finalement arrêtés pour bivouaquer, Pierre était fatigué de plonger la pagaie à l'eau, de la retirer et de la replonger. Légère en début de journée, à la fin, elle pesait une tonne. Les muscles endoloris, la gorge sèche, les mains aussi pleines d'ampoules que la tête de vertiges, il n'aspirait qu'au repos. Tout comme Hardouin, il n'avait guère d'appétit mais une soif inaltérable. Seul La Ramée a mangé une drôle de bouillie à la farine de maïs nommée sagamité [17].

— Ma parole, bientôt, le canot, vous vous y serez faits comme moi, promettait l'homme. Suffit de s'y habituer.

C'est à espérer. Cette embarcation des plus instables a eu raison de sa force et de sa jeunesse, constate Pierre. Dès

---

17. Sagamité : ce terme, adopté très tôt par les Français, vient du mot kisagamite, de la langue algonquienne. Il signifie « le bouillon est chaud ». Ce mets consistait en une soupe à base de maïs.

qu'il s'est agenouillé dans la pince avant, s'appuyant les fesses sur une rudimentaire traverse, il a tout de suite saisi à quel point la moindre brusquerie menaçait de les faire chavirer. Première directive de La Ramée : conserver l'équilibre, et, par la même occasion, la précieuse cargaison et les non moins précieuses vies des passagers. Deuxième directive : pagayer. Troisième directive : encore pagayer. Cela semblait assez simple en théorie, mais la sollicitation de nombre de muscles pour coordonner maintien de l'équilibre et cadence du mouvement s'est fait sentir à la longue. Après des milliers de coups de pagaie s'ajoutaient à une douleur générale, celle plus concentrée au niveau de la nuque, des bras et des reins ainsi que des étourdissements dus à la déshydratation et à la réverbération du soleil.

« Crédieu de galère ! » lançait à tout moment Hardouin placé au milieu. L'armurier semblait déjà regretter de s'être engagé. Selon sa conception des choses, où était la différence entre la rame du galérien et cette grossière pagaie lui meurtrissant les paumes ? De crime il n'avait commis que celui d'espérer un meilleur sort et, de l'entendre protester, assaillait la conscience de Pierre. Débarqué les fers aux pieds, ne bénéficiait-il pas de conditions nettement plus avantageuses ? Conditions que Louis La Ramée lui a expressément recommandées de taire lors de son embauche. Cette iniquité rendait Pierre mal à l'aise face à Jean Hardouin, mais il ne devait pas s'y attarder. Pas plus qu'il ne devait développer d'amitié avec lui. Une seule chose comptait : ramasser les castors nécessaires au péage de son retour. Et des castors, il en aura plus qu'il ne lui en faut. Rien qu'en guise de salaire, La Ramée lui en a promis quarante, plus une quinzaine qu'il pourra trafiquer lui-même. Il ne sait pas encore comment pratiquer la traite avec les Sauvages, mais le maître du canot va le lui montrer et l'équiper en conséquence une fois rendus à Montréal.

Pour Pierre, chaque coup de pagaie le rapprochant du pays des fourrures le rapprochera d'Isabelle, alors que, pour Hardouin, chaque coup ne fera que le massacrer, ne le menant nulle part. Ce soir, l'armurier fait peine à voir. Ses mains ne sont qu'ampoules crevées, et ses yeux brillent de folle rage contre les nuées d'insectes sanguinaires.

— Il s'en trouve autant dans les Pays-d'en-Haut? s'enquiert celui-ci d'un ton excédé.

Placidement, Louis La Ramée nie de la tête.

— C'est toujours ça, réplique Jean Hardouin se passant le plat de la main sur la nuque et la retirant tachée de sang.

L'espoir d'un répit luit. Il ne sera ni pour ce soir ni pour cette nuit, mais il viendra en cours de route. Est-ce à cause de cette perspective que Pierre ressent soudain des démangeaisons sur tout le corps? Voilà qu'il se gratte, chasse les maringouins des mains et se regratte. À quoi bon s'efforcer d'imiter Louis La Ramée s'ils n'en ont plus pour longtemps à subir cette torture?

— Il y en a plus, ajoute ce dernier, imperturbable.

Court moment d'hébétude.

— Tu dis? demande Hardouin, incrédule.

— T'as compris. Il y en a plus. La rivière des Outaouaks (Grande Rivière), c'est un enfer.

— Crédieu de galère! Crédieu de galère!

— Mais y a plus de castors, ajoute le maître du canot.

— Les castors, ils sont pour toi. Pas pour nous.

Pierre baisse les yeux. Des castors, il y en aura pour lui à trafiquer. Pas pour Hardouin qui devra se contenter du salaire établi par La Ramée.

Enragé, l'armurier se rue vers la grève et commence à labourer de coups de pied le canot renversé. D'un bond, La Ramée le rejoint, l'immobilise par les bras derrière le dos, puis l'entraîne dans le fleuve où il lui met la tête sous l'eau. Inquiet, Pierre s'avance, prêt à intervenir.

– Halte-là, mon blond ! C'est pour lui faire reprendre ses esprits.

L'empoignant par les cheveux, le maître ressort la tête de son engagé.

– Le canot, c'est sacré : tu en prends soin comme de la prunelle de tes yeux, lui crie-t-il.

Hardouin tente de reprendre son souffle, mais se voit de nouveau la tête immergée. La Ramée répète trois fois la même opération, et trois fois martèle la même phrase. « Le canot, c'est sacré : tu en prends soin comme de la prunelle de tes yeux. » Puis, il demande à Hardouin de la lui répéter. Au bord de l'asphyxie, celui-ci y parvient à grand peine.

– Cela vaut aussi pour toi, mon blond.

La Ramée pousse son engagé vers le rivage et le laisse s'écrouler.

– Quand nous aurons ramassé les frères Gareau à Trois-Rivières, ma parole, ça ira mieux, assure-t-il en enlevant sa culotte pour la faire sécher. Puis, il se roule dans sa couverture qu'il a pris soin de faire enfumer pour la nuit.

Eux dormiront comme ils pourront. Hardouin dans ses vêtements trempés. Lui, tout près, pour le protéger d'il ne sait quoi.

*

Trois-Rivières.

– Ça ressemble à quoi, Trois-Rivières ? lui demande Hardouin, assis près de lui.

– J'en sais rien, j'y vois pas plus que toi, répond Pierre.

– Crédieu de galère ! Avoir su… « Voir du pays », qu'il a dit Le Bourru.

Malgré leur situation critique, Pierre s'esclaffe.

– Voir du pays… Hi ! Hi ! Je vois à peine le bout de ma main.

Cette réplique déride son compagnon qui renchérit.

– Moi, j'ai point vu ma bite en pissant.

Ils rient de plus belle, les yeux gonflés par le venin des moustiques qui depuis trois jours les assaillent. D'un élan spontané, Jean Hardouin lui passe le bras autour du cou, poursuivant :

– Y a point besoin de voir pour pagayer, qu'il prétend La Ramée.

Ce geste indispose Pierre tout autant qu'il lui fait du bien. Il s'était promis de ne développer aucun lien avec quiconque en ce pays, mais cela est chose impossible envers Jean Hardouin. Tous deux perdus dans ce nouveau monde, ils n'ont que l'un et l'autre pour se réconforter.

– Tu crois qu'elle va faire effet, sa graisse d'ours, avec ces crédieus de moustiques ?

– Pour sûr. Ça vient des Sauvages… Eux, le pays, ils connaissent.

– C'est à souhaiter. La Ramée, lui, il se fait point autant piquer que nous. J'ai hâte d'y voir clair.

– Ouais, moi aussi. Paraît que pétuner [18], ça les éloigne aussi.

– Faudrait p't'être s'y mettre… Suffit de s'acheter pipe et tabac à Montréal. Le reste, c'est pas sorcier.

– Ouais, mais c'est des avances, tout ça… En plus du fusil, des vêtements, de l'écarlatine [19].

– Crédieu ! Pour y voir clair, ça vaut le coup. T'as entendu ce qu'il a dit pour les portages ? Un faux pas et hop ! on se retrouve dans les rapides… « Même s'il sait nager, un gars s'y noie », qu'il a dit La Ramée.

– Ça augure rien de bon, ces portages-là.

18. Pétuner : fumer.
19. Écarlatine : couverture.

– Crédieu, t'as raison. J'aurais peut-être mieux fait d'être engagé par un habitant comme le Piou-Piou.

– Pour m'engager, La Ramée a prétendu qu'il me destinait au défrichement d'une terre.

– Hi! Hi! Imagine un peu… imagine… Hi! Hi!

Soudain hilare, Hardouin se prend les côtes à deux mains. Est-ce leur fatigue ou leur quasi-cécité qui les portent à rire maintenant de tout et de rien? Voilà que Pierre rigole sans même savoir pourquoi.

– Imagine… qu'on… qu'on rapporte à Kébec… que… que tu t'es noyé sur une terre.

Ensemble, ils se tordent de rire à en avoir mal au ventre.

– À la bonne heure! C'sont de joyeux drilles! s'exclame une voix caverneuse.

Pierre lève la tête, aperçoit vaguement trois silhouettes venant vers eux.

– Ils sont solides, pas expérimentés mais solides, assure La Ramée.

– V'là notre graisse d'ours, lui chuchote Hardouin, provoquant un nouveau fou rire.

Les frères Gareau déposent leur paqueton, puis :

– Faudra vous lever, compagnons, pour voir de quoi vous êtes capables.

– Voir de quoi, glisse encore Hardouin à Pierre alors qu'ils s'exécutent. Les voilà se retenant de pouffer.

Des deux Canadiens, c'est toujours le même qui parle. L'autre est peut-être muet comme eux sont aveugles, qui sait. Ils ne distinguent qu'une chose, comme chez La Ramée : un développement excessif des épaules.

– Les sacrés moustiques vous ont fait la vie dure, à ce que je vois.

N'y tenant plus, Hardouin recommence à rigoler.

– Ça t'amuse, toi?

– Crédieu, non… C'est que j'y vois goutte, explique l'armurier.

– Pas besoin de voir pour pagayer, réplique l'homme d'un ton impossible à définir.

– Pour pagayer, j'veux bien, mais pour portager…

– Les gros portages, c'est pas pour demain… mais t'as raison : mieux vaut les faire les yeux ouverts… Tu me plais, compagnon. Ah! Ça oui, tu me plais, Nivoigoutte. Moi, c'est Benoît, dit Grosse-Voix… Mon frère, là, c'est Aldémar, dit Belle-Voix… En cours de route, tu verras pourquoi.

Un rire général succède aux dernières paroles, et les deux frères leur serrent énergiquement la main. Puis, Grosse-Voix s'entretient brièvement avec Louis La Ramée en langue étrangère, du Sauvage sans doute, avant de lancer avec entrain :

– En route, compagnons! Les Pays-d'en-Haut nous appellent.

*

Montréal.

Ce qu'il en aura des histoires à raconter de retour dans la chaumière de Gaspard! Et des arguments à invoquer pour convaincre Isabelle de le suivre au Canada! Pourquoi pas? N'est-ce pas la meilleure chose à faire dans les circonstances? Cette idée lui a été inspirée par les frères Gareau. Non pas que ceux-ci lui en aient fait la suggestion, mais grâce à eux, Pierre a pris le pouls du pays entier. Leur entrain et leur confiance à entreprendre le voyage avaient insufflé une formidable énergie à leur petite équipée. Bien que n'y voyant guère plus malgré l'application de ladite graisse d'ours, la teneur des propos des deux Canadiens combinée à la vigueur de leurs coups de pagaie lui avait fait entrevoir une espérance d'avenir.

Pourquoi retournerait-il mourir pour Isabelle alors qu'il pouvait se marier et vivre ici avec elle jusqu'à la fin de ses jours ? Vraiment vivre et non survivre. Vivre, oui, vivre ensemble, la tête haute, sans honte et sans reproche. Isabelle venant ici, ici deviendrait désormais sa patrie. Pourquoi n'y avait-il pas songé plus tôt ? La solution était d'une évidence même. Retourner là-bas, oui. Et après ? Après, la ramener avec lui, tout simplement.

La Ramée garantit qu'il gagnera au moins cinquante-cinq castors pour cette canotée. Or, il lui en faut au plus quarante-cinq pour payer les trois passages en mer. Les frères Gareau, eux, calculent qu'il peut gagner beaucoup plus que cela, car, là où ils se rendront, les Sauvages n'ont encore aucune idée de la valeur des échanges. Ces deux-là voient grand dans l'estimation des profits et parlent carrément de faire fortune. Pierre est bien tenté de les croire, mais, par mesure de prudence, il s'en tiendra aux promesses de La Ramée. Ainsi, il consacrera les dix castors en surplus à l'aller-retour entre La Rochelle et la chaumière de Gaspard ainsi qu'à différents achats de nécessité pour Isabelle et leur enfant.

– Enfin Montréal ! Je commençais à avoir le gosier sec, s'exclame Grosse-Voix lorsque le canot accoste.

En un rien de temps, l'homme et son frère se retrouvent sur la grève, impatients de courir au cabaret.

– Holà, les frères ! Avant le p'tit verre, faut faire vos achats chez le marchand Modrière et l'avertir d'envoyer une charrette pour quérir la cargaison et le canot, rappelle Louis La Ramée.

– Ce sera chose faite, lance Grosse-Voix en s'éloignant.

– Et demain, il faudra y être de bonne heure pour le départ… C'est compris ?

Sans même se retourner, les Gareau répondent d'un simple geste de la main et se dirigent à grands pas vers la porte de la ville.

Une fois le canot déchargé et hissé sur la grève, Pierre regarde autour de lui par les fentes de ses yeux légèrement désenflés. Dans la rade, il distingue des barques de différents tonnages, avec ou sans voile, ainsi que des chaloupes accostées. Devant eux, une muraille de pierres d'une quinzaine de pieds de hauteur au bas de laquelle court un fossé d'à peu près sept pieds de profondeur.

— Avant, elle était en pieux, explique La Ramée. Ma parole, c'était plus commode, parce qu'on y avait fait des brèches pour entrer et sortir sans passer par les portes, poursuit-il en marchant de long en large pour se dégourdir les jambes.

— Mais les brèches, en cas d'attaque, y a point d'avance, soulève Hardouin.

— P't'être, mais c'est d'avance pour passer en douce des castors et de la marchandise. Elles contrôlent tout, ces fameuses portes... Jusqu'aux allées et venues de tout un chacun.

— Mais en cas de guerre?

— De guerre avec les Anglais, en principe, y en a point. De toute façon, elle se joue pas ici, c'te guerre, mais là où il y a du castor. Et encore... elle se fait par le truchement des Sauvages.

— Et les Sauvages, eux, ils attaquent?

— Ça peut arriver... mais on sait se défendre. On aura chacun un fusil, et puis nous, les Sauvages, ils nous aiment. On leur apporte quantités d'articles qui les font rêver.

Le regard de La Ramée s'arrête un instant à la cargaison de leur canot destinée à un marchand de la ville. S'y trouvent surtout des étoffes, la plupart grossières pour la traite, et quelques-unes de meilleure qualité pour le commerce dans la colonie. Dentelles, boutons, fils ainsi que futailles d'eau-de-vie complètent cet arrivage tardif.

— C'est plus grand que Kébec, Montréal? s'informe Hardouin.

– Bah! C'est différent surtout, répond La Ramée. Y a deux fois plus de monde à Kébec, mais c'sont là des moutons... Ici, c'sont des loups, et ça grouille plus. À partir de cette ville, tu peux pas utiliser autre chose que le canot pour le voyage des fourrures. C'est d'ici qu'on va partir avec tout notre gréement, et c'est ici qu'on reviendra avec nos castors. Oui, compagnons, j'vous en donne ma parole, des castors, on va en ramener à Modrière, plus qu'il n'en aura jamais vu en une seule canotée, pour sûr.

Pierre soupire de contentement à l'idée de ce retour prometteur.

– Ouais, pour sûr. Tiens, v'là la charrette qui s'amène. Chargez-moi ça, compagnons, et prenez soin de placer les futailles en dessous... Ensuite, venez me rejoindre, que j'vous présente le marchand et que vous y fassiez vos achats.

La Ramée lance une œillade furtive à Pierre, lui rappelant ainsi sa promesse d'acheter pour lui les articles de traite afin de ne pas éveiller les soupçons d'Hardouin. Le jeune homme se sent un peu fautif, mais la perspective d'un avenir de bonheur auprès d'Isabelle balaie vite ses scrupules. En un temps record et presque à lui seul, il charge la charrette, puis aide Hardouin à grimper sur les ballots, celui-ci y voyant encore moins que lui.

– Vous arrivez de La Rochelle? Comment c'est, là-bas? s'enquiert aussitôt le charretier.

– Comme d'habitude, répond Hardouin après une courte hésitation.

– Comme ça, c'est toujours et encore du castor qui arrive plein les cales, hein?

– Toujours et encore.

– J'ai ouï-dire que des bourgeois de Montréal ont dans l'idée de fabriquer des chapeaux à demi foulés de manière à tirer profit des castors qu'ils envoient à La

Rochelle. Ça serait plus payant d'exporter des chapeaux que des peaux brutes.

— Ah, bon…

— Mon idée que la métropole en voudra point.

— Pourquoi donc ?

— Parce qu'elle se soucie pas trop de nous, la métropole, maugrée l'homme à voix basse en arrêtant à hauteur de la porte flanquée de deux corps de garde.

— Alors, Boitillon, point d'eau-de-vie à déclarer pour ton bourgeois ? s'informe un jeune soldat de faction tout en inspectant sommairement le chargement.

— Mon bourgeois, il est en règle, c'est bien connu, s'offusque le charretier.

— C'est la consigne, j'y peux rien. C'est point mon intention de manquer de respect au sieur Modrière. Et qui sont ces deux-là ?

— Le sieur La Ramée a leurs papiers… Ils arrivent de La Rochelle.

— Ah, oui ? Comment c'était là-bas ? demande le gardien avec une nostalgie évidente.

— Comme d'habitude, répond Hardouin, haussant les épaules.

— Et l'hiver, il a été rude ?

— Pas plus que d'habitude.

— Ici, il a été terrible, pas vrai Boitillon ? termine le soldat en administrant une claque sur les fesses du cheval leur donnant ainsi l'autorisation d'entrer.

— Le pire que j'ai connu, confirme le charretier, commandant à la bête secouée par la claque du soldat de ralentir le pas. Vraiment le pire, poursuit-il à leur intention. Des froids, mes amis, à pierre fendre… et de la neige, de la neige presque jusqu'aux toitures des maisons. Le fleuve a mis du temps à dégeler… Pour ce qui est des semailles, on les a faites en retard.

— Le fleuve gèle ? questionne Pierre, incrédule.

– C'est croire qu'il gèle ! On s'y promène en carriole. Trois, des fois, quatre pieds de glace. D'où que tu viens, mon jeune ? J'ai idée que t'as point ouï-dire de nos hivers.

– La maréchaussée du Bugey.

Déconcerté, Pierre tente de s'imaginer tant de neige, à ensevelir Isabelle debout. Personne ne lui a parlé de cela. Sur le navire, on a bien fait mention qu'au Canada il y faisait plus froid qu'en France, mais de là à s'attendre à un tel écart.

– Le Bugey, c'est quand même plus clément qu'ici, mon jeune. Moi, j'suis de la Normandie, et c'est le pire hiver de ma vie. La disette a point aidé… Si j'avais point trouvé ni patates ni bourgeons à manger, serions morts de faim à l'heure qu'il est, ma bonne femme et moi.

Quoi donc ! La misère existe en ce pays, s'étonne Pierre. Depuis son arrivée, on ne cesse de lui faire miroiter les possibilités de s'enrichir, et voilà, que tout en bavardant, cet homme lui apprend qu'ici aussi, on peut mourir de faim. Et de froid par surcroît.

– Ici, c'est la place du marché qu'a lieu le vendredi, indique Boitillon en traversant l'espace où débouche la porte du Port.

Quelques poules échappées d'une basse-cour picorent le crottin de l'endroit bordé sur trois côtés par de solides demeures de pierres à deux étages.

– Z'avez de fort belles maisons, constate Pierre.

– Depuis le grand incendie [20], sommes censés construire en pierres. Les maisons des marchands, elles sont toujours belles. Ils font dans la fourrure… forcément, c'est payant… Dans les côtes, c'sont encore des cabanes de bois.

---

20. Le 19 juin 1721, à l'occasion de la Fête-Dieu, un arquebusier fit feu sur le toit de bardeau de la chapelle de l'Hôtel-Dieu, déclenchant un incendie qui détruisit 171 maisons.

Alors, il fera dans la fourrure, conclut Pierre, séduit par la rue passablement large où leur équipage s'engage en bringuebalant dans les ornières. Oh! Oui, il fera dans la fourrure. S'il sait y faire, il aura pignon sur ruc et, les soirs d'été, il se promènera sur les trottoirs de bois, Isabelle à son bras. Malgré la fin d'après-midi, un soleil ardent illumine tout sur son passage. Comment croire à l'hiver avec cette chaleur qui lui pénètre le corps? Comment croire à la misère avec ces habitations de maçonnerie?

– Moi aussi, j'suis de Normandie, déclare Hardouin. Y a longtemps que vous êtes ici?

– Trente-six ans.

– C'est drôle, moi, j'ai signé pour trente-six mois.

– Je me doute bien que vous êtes des engagés vu que les frères Gareau et La Ramée sont comme associés dans c'te canotée.

Pierre ne rectifie pas les faits en indiquant qu'il est condamné à l'exil à perpétuité.

– Ce qu'il y a de drôle, c'est que j'avais signé pour trente-six mois, moi aussi. Z'avez des métiers?

– Armurier, répond Hardouin avec une pointe de fierté.

– T'as de la chance; on en cherche toujours des armuriers. Et toi, le jeune?

– Euh... paysan.

– Te v'là emmanché comme j'étais. Du travail de bras, tu vas en trouver, seulement, c'est point payant. Un manouvrier, ici, peut se faire de meilleurs gages qu'en France pendant l'été, mais l'hiver, y a point de travail... Tout est arrêté.. Les navires sont partis... Y a rien d'autre à faire qu'à attendre le printemps, mais faut bien manger pendant ce temps-là... et se réchauffer en plus. Souhaite qu'il t'arrive point malheur comme moi qui me suis estropié dans un portage. Si tu veux un conseil, le mieux pour toi, quand t'auras fini ton contrat, c'est de t'installer sur une terre… Tu peux toujours t'y débrouiller. Et fais bien attention de point t'estropier. Les maîtres, ils veulent toujours que t'en transportes plus pesant et plus vite… Je t'ai vu charger la charrette dans le temps de le dire. C'est un danger qui te guette… On ambitionne toujours sur un gars costaud et travaillant… J'parle en connaissance, vu que j'étais comme toi… Vois, aujourd'hui, j'travaille pour Modrière tout comme ma femme qu'est payée à la pièce pour lui coudre des capots et des chemises de traite. Encore, on doit s'estimer chanceux de travailler pour un marchand bourgeois. C'est leur rue, ici, la rue Saint-Paul. J'ai idée que, sans eux, Montréal existerait point… Leurs familles sont parmi les plus riches du Canada, les Le Ber, les Lemoyne entre autres… Elles ont même des seigneuries. C'est sûr, leur père s'est bien placé les pieds dans le temps. Moi, mon fils pourra point dire ça. Surtout que de pieds, m'en reste qu'un de valide, ajoute l'homme avec un rire amer.

Ils arrivent au croisement d'une rue où se dresse une solide habitation à deux étages et deux cheminées.

– C'est la maison d'mon bourgeois, le sieur Modrière.

Entièrement construite en maçonnerie, elle fait rêver Pierre. Un homme qui sait y faire, disait Le Bourru, peut facilement s'enrichir en ce pays. Pourquoi ne serait-il pas de ceux-là? Il n'a signé aucun engagement le limitant à besogner pour un autre. Ces peaux de castors qu'il projette d'amasser seront pour son seul profit. Plus il en aura, plus il sera riche, car ici, tout s'évalue en castors, monnaie d'échange la plus sûre. Oui, il sera riche. Cette ambition est à sa portée pourvu qu'il connaisse la marche à suivre. Il lui tarde de rencontrer Modrière pour percer les secrets de sa réussite.

L'attelage pénètre dans la cour et s'immobilise devant une porte.

– Faut décharger et monter ça à l'étage, explique Boitillon en descendant de son banc. Pierre remarque alors son pied tordu et désaligné qui occasionne une épouvantable claudication. Cette vision freine son élan de vouloir tout transporter à lui seul pour montrer ses capacités. Savoir y faire, n'est-ce pas avant tout apprendre à se protéger ?

Il saute en bas et prête main-forte à Hardouin, puis, avant de s'emparer d'un ballot, il admire la résidence du sieur Modrière, bien plus grande et bien plus belle que celle du fermier général des dîmes à qui Isabelle avait été promise par son père. Un jour, il lui offrira une telle demeure.

*

Voilà, ils ont tout transporté à l'étage servant de magasin à la boutique qui, elle, est située au rez-de-chaussée avec les appartements du marchand. Le grenier sert, paraît-il, à stocker les grains et les fourrures. Pierre aimerait bien satisfaire sa curiosité en allant y jeter un coup d'œil, mais un jeune serviteur leur colle aux talons. Peau cuivrée, cheveux de jais et yeux bridés, celui-ci se contente de les observer et de leur indiquer où déposer caisses, barriques, et ballots. Il est impossible de savoir à quoi pense ce garçon, un Sauvage de toute évidence, qui s'exprime par une rare économie de gestes et de paroles. En vain, il a tenté de faire naître un sourire sur son visage, mais s'est vite résigné à adopter la même impassibilité.

Avant de descendre rejoindre La Ramée, Pierre promène un regard ébahi dans la vaste pièce où s'entassent, entre les piliers de bois équarris, de quoi nourrir, vêtir et outiller tous les paysans de sa prévôté assurément. Accrochés aux poutres, d'étranges objets de bois et de cuir tressé attirent son attention. Il s'empare de l'un d'eux pour l'examiner de plus près. À quoi peut bien servir cet article venant en paire ? Et à qui ? « Marcher neige », dit le jeune serviteur, voyant Pierre intrigué. Voilà les insolites chaussures qui servent à marcher sur la neige. Jugeant inutile d'arracher des explications sur leur mode d'utilisation, Pierre les remet en place. Ne va-t-il pas repasser en France avant l'hiver? Ce qui importe, c'est de savoir que de tels objets existent. Quand il reviendra avec Isabelle, il aura amplement le temps de les essayer. Pour l'instant, il n'a pas assez de ses deux yeux et de ses deux narines pour tout capter de ce centre de distribution et d'arrivage qu'est la maison du marchand. Des odeurs s'y amalgament, de multiples objets s'y empilent. Il lui semble que le cœur du pays bat ici. Que tous les réseaux s'y croisent, que tous les acteurs s'y rencontrent. Voilà la France, tout autant que le Canada, réunis sous le même toit. À lui d'apprendre et de comprendre les rouages. Avec Isabelle pour le seconder, il ne doute pas de se tailler un bel avenir dans le monde de la fourrure.

L'imperturbable indigène les dirige à travers de vastes pièces d'une rusticité surprenante. Point de bibelots, peintures et dorures comme au château du seigneur. Rien d'inutile, encore moins d'extravagant. De rares meubles aux lignes sobres, de rares tapis sur des planchers de bois. Seul luxe : de vrais carreaux en vitre aux fenêtres [21].

La voix de La Ramée leur parvient avant que Jean Hardouin et Pierre Vaillant débouchent dans la boutique proprement dite où les abandonne leur guide silencieux. Modrière est là, un peu bedonnant mais costaud, sans perruque, le visage sévère, avec des habits de bon goût et de bonne qualité. À leur arrivée, il continue de s'entretenir avec La Ramée sans leur accorder la moindre attention.

---

21. Les fenêtres des gens du peuple étaient bouchées avec du papier huilé ou un morceau de cuir parcheminé laissant filtrer une lumière jaune, d'où un éclairage très réduit à l'intérieur.

— J'veux pas d'histoire sur ce permis-là. Il m'en a coûté cher pour te l'avoir, et si c'étaient pas des frères Gareau, tu l'aurais point eu. Pas d'histoire, compris ? répète Modrière en martelant le comptoir de son index.

— Pas d'histoire, juré. C'est fini, les histoires. J'ai payé assez cher, non ? Vous en savez quelque chose… Personne n'aura à me dénoncer, c'te fois, non, personne, parce que d'histoire, y en aura point, ma parole.

Un silence durant lequel La Ramée fixe d'étrange façon le marchand qui se tourne alors dans la direction des deux hommes pour les détailler de pied en cap.

— C'est Le Bourru qui… ?

— Oui.

— L'armurier, c'est lequel ?

— Le brun.

— Hmmm. Il n'y voit guère pour l'instant. Lui faudrait d'la pommade.

Cette façon de parler d'eux, devant eux, les considérant ni plus ni moins comme des marchandises déprime Pierre. D'autant plus que seul Hardouin semble convenir du fait qu'il est armurier.

— Le blond m'a l'air costaud, constate enfin Modrière.

— Il donne pas son pareil pour transporter pesant.

— L'idéal pour les portages.

Doit-il se réjouir d'être considéré pour ses qualités de bête de somme ? En lui bouillonne un tout autre potentiel auquel vient de se greffer la dangereuse intention d'accéder à leurs désirs. « Prudence », lui rappelle l'exemple de Boitillon.

— Bon, va pour leur créance, accepte le marchand, ouvrant son brouillard et trempant sa plume dans l'encrier.

— Vous les faites au nom de Jean Hardouin et Pierre Vaillant, dicte La Ramée leur adressant un sourire entendu.

Modrière inscrit leurs noms avec application, puis, d'un geste large :

– Allez-y ! Regardez ce qui vous convient.

Que signifient ce geste et cette invitation ? Toutes ces marchandises seraient-elles à leur portée ? N'ont-ils qu'à choisir ? Pas plus que lui Hardouin n'a d'écu, et ils demeurent plantés debout dans la pièce comme deux nigauds.

– Allez-y, compagnons, allez-y. Faites vos achats. Me suis porté garant… C'est dire que j'ai confiance… Au retour, ce sera déduit de vos gages, explique La Ramée.

– J'ai tout ce qu'il faut, renchérit Modrière, écarlatine, chemise, tabac, pipe, souliers mous… Vous en aurez besoin En-Haut… Des fusils aussi, tiens, toi, l'armurier, viens voir c'te pièce-là.

Modrière dirige Jean Hardouin vers un râtelier où sont exposées quelques armes. Il s'empare de l'une d'elles et la passe à Hardouin qui, aussitôt en palpe la culasse, le pontet et la crosse à la manière d'un aveugle.

– Ça, c'est de la qualité, mon ami, vante le marchand.

– C'est de belle facture… pas vieux comme modèle.

– Pas plus de deux ans dans la métropole… Ici, c'est pratiquement nouveau.

L'index d'Hardouin effleure le poinçon de la platine y déchiffrant les lettres S et E.

– C'est un Saint-Étienne, déclare-t-il avec assurance.

– Ah ! Je vois que tu t'y connais, ami. C'est bel et bien un Saint-Étienne.

– C'est ce qu'il y a de mieux dans les troupes.

– Oui… C'est un bon fusil… Je dirais que c'est un fusil digne d'un armurier.

– Il doit point se donner.

– Ça vaut beaucoup plus qu'un fusil de traite monté par les armuriers de la colonie. Tiens, y a qu'à comparer.

Modrière remplace le Saint-Étienne par un autre fusil dans les mains d'Hardouin.

– Celui-là, c'est pour les Sauvages. De ce genre, t'auras à en raccommoder en quantité.

Hardouin tâte et soupèse, son expression confirmant les dires du marchand.

– Tu peux t'équiper d'un fusil de traite. C'est selon ta convenance… mais le Saint-Étienne, c'est vraiment digne d'un armurier… Prends le temps d'y penser, ami, termine Modrière redonnant le Saint-Étienne à l'armurier avant de retourner au comptoir où se tient accoudé La Ramée.

Légèrement frustré de se voir moins considéré que l'armurier, Pierre se console à l'idée qu'il n'aura pas à payer le gros prix pour une arme digne de lui. Le simple fusil de traite lui suffira et, quand viendra le temps de partir, il pourra toujours le troquer chez les Sauvages. De même, il achètera de préférence des articles échangeables afin de ne pas s'encombrer inutilement sur le navire.

Pendant qu'Hardouin tripote l'arme au risque de succomber à la tentation, Pierre furète dans la boutique prêtant l'oreille aux propos de Modrière.

– Grosse-Voix prétend qu'il vous faut de la pacotille et de l'eau-de-vie en quantité.

– Ma parole, j'serais porté à croire qu'il a raison. À part lui et son frère, ces Sauvages-là ont jamais rencontré ni Français ni Anglais. Paraît qu'un dé à coudre d'eau-de-vie suffit à les enivrer.

– Mieux vaut en profiter avant que la Compagnie [22] les déniche à son tour. Pourvu que Grosse-Voix ne s'ouvre pas trop le clapet sur le sujet… D'le savoir déjà au cabaret m'enchante pas trop. La Compagnie a les oreilles longues.

– Autant qu'elle a le bras long, ma parole.

---

22. Compagnie des Indes occidentales qui avait le monopole de la fourrure.

— Long jusqu'à Kébec et jusqu'à la métropole. Elle a fait prendre une nouvelle ordonnance pour empêcher la contrebande.

— Ah, oui? Celle de l'enregistrement des canots était point suffisante?

— Il semble que non… Maintenant, sous peine d'une grosse amende, même un particulier peut pas accepter des écarlatines en paiements des Sauvages, ni quoi que ce soit d'autre en provenance des Anglais.

— Ma parole, elle a le dessein de garder son monopole.

— Pour ça, oui. Sans compter qu'elle a maintenant un commerce d'importations d'articles de traite… Ça m'enlève une grosse part de clientèle.

— Grosse part de profit aussi.

Court silence pendant lequel Hardouin en profite pour demander:

— Combien il en coûte pour le fusil?

— Cinq pelus pour celui de traite, huit pour le Saint-Étienne.

— Des pelus?

— Des castors. Un pelu, c'est un castor… Tu les as pas instruits, tes hommes, mon La Ramée?

— M'a fallu leur montrer à pagayer avant. Le reste, ils l'apprendront assez vite.

Pelu: cette unité de valeur plaît à Pierre. Elle est simple, concrète, non divisible en vingt sols comme la livre. Elle équivaut au paiement en nature auquel il est habitué et elle se calcule aisément en doigts et en mains. S'il soustrait cinq pelus des cinquante-cinq que La Ramée lui garantit, il lui en reste cinquante. Si, de ce montant, il enlève les quarante-cinq pelus nécessaires au coût de trois passages, il en restera… il en restera… Voyons voir, il en restera…

— Et ça vaut combien en livres, un pelu? s'informe l'armurier.

– Ça dépend si c'est un castor gras ou un sec.

Bon, la belle affaire. Les castors n'ont pas tous la même valeur. Voilà Pierre bien embêté. Est-il payé en castor gras ou sec? Et lui, en quoi va-t-il payer Le Bourru?

– Là encore, ça dépend, poursuit Modrière. T'as le castor gras d'été et celui d'hiver. Comme t'as le castor sec d'été et le sec d'hiver.

Ça se complique drôlement. En quelle sorte de castor Pierre paiera-t-il et sera-t-il payé?

– Celui d'hiver vaut toujours plus cher. Et le gras plus cher que le sec, résume Modrière. Un gras d'hiver, ça peut chercher dans les quatre livres, alors que pour un sec d'été, des fois, c'est tout juste si on t'en donne une livre. Mais t'as pas à te casser la tête avec ça, ami. C'est pas toi qui vas fixer les prix avec les Sauvages.

– J'en doute point, sieur Modrière, mais le prix de vos fusils, il correspond à quoi au juste? En castor sec? Gras? D'hiver ou d'été?

– En castor moyen… deux livres quinze sols à peu près.

L'armurier n'en demande, hélas, pas davantage, et Pierre n'ose pas s'informer en quelle sorte de castor il sera payé. De toute façon, le savoir ne résoudrait en rien son problème, puisqu'il ignore de quel type de pelu parlait Le Bourru. Le mieux à faire, c'est de limiter les dépenses.

Hardouin s'approche du comptoir tenant fermement le Saint-Étienne.

– Va pour ce fusil, dit-il. J'aimerais aussi une pipe et du tabac.

– Du blanc ou du noir pour le tabac?

– Ce qu'il y a de mieux pour les moustiques…

– Du bon noir du Brésil qu'est arrivé de La Rochelle pas plus tard que ce printemps. Y en a pas de meilleur… Un brin plus cher, ça va de soi, mais faut y mettre le prix pour du bon.

– Va pour le tabac noir, accepte l'armurier. Ah ! Oui !
De la poudre et des balles évidemment. Pour les hardes, de
quoi j'ai besoin ?

– Suis-moi, ami, que je t'expose tout cela. Toi aussi, le
blond, viens. T'imagines pas monter là-haut accoutré de
c'te manière. À quoi ils vont penser, les Sauvages, s'ils
voient des Français vêtus de haillons ? Faut les impressionner que diable ! Vous avez ici des chemises, des capots,
des gilets, des bas, des souliers, des chapeaux. Des écarlatines aussi. Y en a pour tous les prix. Les Sauvages, ils
sont fous des étoffes, gardez vos vieilles nippes. Vous
trouverez bien à les troquer En-Haut. Allez, équipez-vous.

Ils obéissent à ce quasi-ordre, Hardouin choisissant
dans la marchandise de meilleure qualité offerte aux gens
de la colonie, Pierre, dans celle destinée à la traite. Ainsi,
l'un accumule sur le comptoir des articles totalisant une
valeur de dix-sept pelus que Modrière inscrit dans son
livre. Sont-ce des pelus gras, secs, d'hiver ou d'été ou des
pelus moyens ? Autant Hardouin semblait intéressé tantôt
à connaître la valeur de la conversion du pelu en livres et
en sols, autant il semble s'en désintéresser maintenant
qu'il a succombé à la tentation de la dépense. Avec application, l'armurier signe son nom au bas d'une colonne de
chiffres avant de s'emparer fiévreusement de ses achats.

Quand vient son tour, Pierre note un changement
d'attitude chez le marchand.

– C'est tout ? demande-t-il à la vue de la culotte, des
deux chemises de toile écrue, de la couverture, des bas et
du fusil de traite ainsi que des souliers mous nommés
souliers indiens, d'un couteau et d'une hache.

– Euh… oui… je crois.

– Te faut des munitions et de la poudre pour le fusil.

– Oui, j'oubliais.

– Une pipe et du tabac ?

– Non… Pas besoin.

— Ça me regarde point, ami, mais équiper de c'te manière, tu n'feras point long feu. T'as ni chapeau ni capot… Si l'idée de la créance te plaît point, tu peux toujours payer autrement.

Le regard du marchand, suivi aussitôt du geste de la main, se dirige vers la médaille de la Vierge à son cou.

— Là où tu vas, tout ce que tu risques, c'est de te la faire voler… ou de la perdre.

Modrière tâte, tourne et retourne la médaille.

— Avec elle, tu pourrais payer tout ça, plus les munitions, le chapeau et le capot… Même que je pourrais t'y ajouter une pipe et un peu de tabac… du blanc par contre.

Pierre saisit la main du marchand et par une légère pression lui fait comprendre d'abandonner la pièce. Pour rien au monde il ne s'en départira. Isabelle toute entière y loge. La vendre, c'est vendre cette femme qui a tout perdu pour lui. C'est vendre son enfant à naître. Son âme. Son cœur. Sa patrie.

— Jamais, dit-il d'un ton froid sans équivoque.

— À ta guise, ami, à ta guise, rétorque le marchand vexé. Mais là où tu vas, t'auras point de bonheur si mal équipé.

La Ramée lui fait de gros yeux.

— Sieur Modrière a raison… Tu risques de la perdre En-Haut. Laisse-la au moins en dépôt… Tu la reprendras au retour… C'est pas facile où on va, j'en sais quelque chose.

Sûrement que La Ramée en sait long sur tous les dangers et toutes les difficultés du voyage qu'ils entreprennent, mais, de cette médaille, il ne sait rien. D'ailleurs, personne, ni en France ni en ce nouveau monde ne peut imaginer ce qu'elle vaut à ses yeux. Elle est sa vie, son guide, son inspiration, son ange protecteur. La toucher le soir en s'endormant, c'est retraverser l'océan et rejoindre l'âme d'Isabelle.

– Au fait, d'où qu'elle te vient, c'te médaille ? demande La Ramée, l'air sceptique. Des bruits courent que tu en aurais soulagé quelqu'un du navire.

– Elle est à lui, c'te médaille, intervient Hardouin avant même que Pierre n'ouvre la bouche pour se défendre. Crédieu, oui, elle est à lui, c'te médaille. J'en suis témoin de m'être embarqué avec lui à La Rochelle et de lui avoir vu au cou.

Un élan de reconnaissance envers l'armurier se double d'un sentiment de culpabilité à son égard. Bien qu'en la compagnie de Modrière il est évident qu'on accorde la préséance à cet homme de métier, il n'en demeure pas moins qu'une fois rendu à destination, En-Haut comme ils disent, ce sera lui, le paysan venu les fers aux pieds, qui aura le droit de trafiquer pour son compte.

– À ta guise, ami, à ta guise, se résigne Modrière en revenant à son livre de comptes. N'empêche que ça demeure… louche, ajoute-t-il à voix basse, comme pour lui-même.

Pendant que le marchand opère ses calculs, La Ramée ajoute un chapeau.

– J'accepte point d'homme sans chapeau dans mon canot… ni sans capot.

Il ajoute un capot de traite et, d'une œillade, lui fait comprendre que ces articles peuvent lui être profitables. Pierre n'ose refuser.

– Ça te fera douze pelus. Signe ici.

Pierre regarde le livre de comptes sans bouger.

– Allez ! T'as plus qu'à signer… Ici.

– Euh… ben…

– Ben quoi ?

– J'sais point écrire.

– Fais un X.

Pierre s'exécute, conscient de cette lacune chez lui. Comment peut-il espérer devenir aussi prospère que

Modrière ? D'école, il n'a pas fréquentée et, sur ses doigts, il compte à la manière de ses père et grand-père. Un léger moment de découragement s'empare de lui vite chassé par la perspective de voir Isabelle tenir les livres.

*

Sainte-Anne du Bout de l'Île[23].

Les frères Gareau ronflent à qui mieux mieux, tandis que, roulé en boule, Hardouin dort déjà à poings fermés. Seul La Ramée veille, fumant sa pipe non loin du feu en face de Pierre. Quelquefois, le regard de l'homme s'aventure dans sa direction, mais se dérobe dès qu'il croise le sien. Étrange comportement. Pierre ne sait que penser du maître du canot. Paradoxalement, il se méfie de lui autant qu'il lui accorde sa confiance. Peut-il faire autrement ? Pas vraiment. La Ramée tient les ficelles de sa destinée.

Ce soir, Pierre aimerait s'entendre dire qu'il a bien travaillé. Il s'est beaucoup dépensé physiquement, bien que, selon Grosse-Voix, le rapide de l'île Perrot franchi au cours de la journée soit bien modeste, n'obligeant qu'à un court portage. « De la p'tite bière » comparé au Long-Sault (Kichedjiwan) à venir et à des dizaines d'autres en amont. « C'est pour t'y faire la main », disait encore Grosse-Voix en lui passant le collier autour de la tête, cette large sangle de cuir terminée par des lanières servant à attacher barriques et caisses sur son dos. Sur une première charge de ferrailles et d'eau-de-vie, le Canadien a ajouté un tonnelet et des sacs de balles les appuyant sur sa nuque. C'était très lourd, mais Pierre était habitué à transporter des fardeaux. À l'instar de feu son père, il était toujours désigné pour remonter dans un grand panier d'osier

23. Aujourd'hui Sainte-Anne de Bellevue.

tressé la terre et les pierres que l'hiver et les orages charriaient au pied des collines de vignes. Hardouin, par contre, a fléchi des genoux quand Belle-Voix a ajouté une caissette par-dessus des ballots d'étoffe.

— Crédieu, compagnons, ménagez-moi! Je risque de m'estropier. J'y vois point assez.

— C'est chacun sa charge dans c't'équipée.

— Mais j'y vois point assez que j'vous dis.

Alors moitié par reconnaissance, moitié par culpabilité, Pierre a proposé de prendre la caissette en question. L'armurier s'est confondu en remerciements, promettant de trimbaler toute sa charge lorsqu'il y verrait plus clair. Pierre a fait mine d'y croire, mais il ne conçoit pas comment les genoux de son compagnon cesseraient de fléchir sous les fardeaux une fois les yeux rétablis. Qu'importe, il se sent en mesure d'accepter cette surcharge qui a le mérite d'alléger sa conscience. Il transportera ce que Hardouin ne pourra prendre. Il lui doit bien ça, et puis… le lien entre eux n'a fait que s'intensifier. C'est presque ou c'est peut-être déjà de l'amitié. Tant qu'il prévoyait repartir en France définitivement, Pierre ne pouvait se permettre d'établir une relation au Canada, mais, depuis qu'il anticipe d'y revenir avec Isabelle, il se plaît à l'idée d'y avoir un ami.

Oui, cette possibilité d'un retour avec elle a changé sa conception des choses. Il se laisse maintenant charmer, gagner par ce pays en devenir. Ce soir, son corps fourbu aspire au repos, mais mille projets le tiennent éveillé. À la magnificence des paysages s'est ajoutée la beauté pleine de promesses des défrichements et des établissements aperçus. Dans son cerveau tournent encore les pales d'un moulin à farine dans le vent du majestueux lac Saint-Louis et brille la flamme du lampion qu'il a allumé dans l'église dédiée à Sainte-Anne, patronne des Canadiens dans tous leurs voyages par eau. Pas encore Canadien, il est confiant que la bonne Sainte veillera tout de même sur lui puisqu'il a la ferme intention de s'établir en ce pays avec Isabelle.

Pierre ne doute pas d'être à la hauteur de la tâche qu'on attend de lui. Plus fort que la moyenne des hommes, il a transporté aujourd'hui plus pesant que chacun des frères Gareau et il devine qu'on ne le ménagera pas dans le futur. Ses muscles sont maintenant rompus à pagayer, et ses nerfs habitués au harcèlement des moustiques. Tant qu'à la sagamité qu'on prépare au bivouac, il en aime le goût légèrement sucré et la trouve très nourrissante. De plus, Belle-Voix lui a promis qu'il pourra abattre un gibier afin d'agrémenter leur repas de viande fraîche. Pour ce faire, il lui a enseigné le maniement de son fusil de traite. Quand Pierre a tiré son premier coup d'essai sur une souche servant de cible, il a été grisé par l'odeur de la poudre et la puissance de l'arme. « T'as l'œil, a simplement dit Belle-Voix. Ta prochaine balle sera pour une bête. Faut point les gaspiller. »

Depuis, il rêve à cette prochaine balle. Ce prochain gibier qu'il mettra à mort, tel un seigneur. Point n'est besoin d'être noble ici pour chasser. D'avance, l'ancien serf savoure le moment, conscient que son identité de paysan s'écroulera en même temps que l'animal. La mort de la bête signifiera la naissance de l'homme nouveau et, il l'espère, lui fera oublier le cerf qu'il a tué avec sa faux dans la forêt du châtelain. Pierre le revoit encore se débattre pour libérer sa patte arrière du collet qu'il lui avait tendu. Les yeux blancs d'épouvante, le cerf ruait et tentait de l'encorner. Lui s'esquivait, rapide et agressif comme un loup affamé, l'assaillant par l'arrière et par les flancs avec sa lame mal affûtée. Quand il porta un coup à hauteur des vertèbres cervicales, le cerf s'écrasa comme si on venait de lui faucher les quatre pattes et il se mit à beugler, le fixant de ses prunelles apeurées. Et lui brandissait sa faux et frappait, frappait comme un déchaîné. L'animal s'est tu, mais il a continué à frapper encore et encore jusqu'au dernier tressaillement des membres. Alors là, seulement, il s'est arrêté, essoufflé et éclaboussé de sang. Le cerf gisait devant lui, la langue pendante dans les feuilles, le faisant se sentir minable. Pourquoi en était-il ainsi? Pourquoi la faim l'avait-elle forcé à cette affreuse mise à mort? N'avait-il pas agi autant en animal que le cerf lui-même dans ce combat pour la vie? Il maudissait les seigneurs qui, sans avoir le ventre creux, n'ont qu'à appuyer sur la gâchette pour abattre leur gibier. Il maudissait son sort, sa peur d'être pris en flagrant délit, son obligation à vite éviscérer, à vite traîner et bien cacher.

Ici, rien de tout cela n'aura lieu. Il possède et l'arme et le droit de chasser.

Pierre ferme les yeux. Des images, des visages naissent, s'effacent, se superposent. Isabelle, la chaumière de Gaspard, les genoux vacillants d'Hardouin, le regard en coin de La Ramée… Puis, le cri du cerf agonisant dans la forêt de l'Ain se mêle à la longue plainte d'un huard dans la nuit.

Bientôt, Pierre Vaillant va s'écrouler de fatigue et il pourra enfin dormir à son tour, pense La Ramée. C'en sera fini de cette surveillance. Celui-là, il faut l'avoir à l'œil, c'est sûr. De préférence jusqu'à la petite rivière Matawa bifurquant vers les Grands Lacs. Y parviendront-ils? Une fuite arrive si vite. Il suffit d'une parole, d'un silence, d'un geste pour dévoiler au jeune homme la réelle durée du voyage et, quand il saura, il tentera de rebrousser chemin afin d'embarquer pour la France à l'automne. C'est à lui et à ses compagnons qu'il revient de multiplier les lieues, les obstacles et les dangers avant que n'éclate la vérité. Plus ils progresseront en amont, plus les chances de Pierre Vaillant de revenir en aval s'amenuiseront et, une fois rendus à la fourche Matawa, elles seront nulles. D'ici là, il leur faut être vigilants. Dans cette tâche, il peut compter entièrement sur les Gareau, ses associés et beaux-frères. Seul l'alcool peut leur délier la langue, et leur prochaine grande beuverie n'aura lieu qu'à Michillimakinac, bien au-delà de la fourche Matawa. Le danger se trouve donc écarté. Ce ne sont pas les quelques rasades qu'ils s'accorderont en cours de route pour souligner certaines étapes ou saluer certaines connaissances des forts qui leur feront perdre de vue cette nécessité. De l'armurier, par contre, il doute. Tenu d'être à son service pendant les trois prochaines années dès l'instant de son débarquement à Kébec, Jean Hardouin n'a d'autre intérêt dans cette équipée que l'hypothétique perspective de s'établir comme bon lui semblera par la suite. Qu'adviendra-t-il s'il décide de renier son contrat et de repartir avec l'autre en France? L'autre est une force de la nature, et l'amitié ne fait que se renforcer entre eux. À lui seul, Hardouin n'aurait pas l'audace de rebrousser chemin, mais avec ce blond Hercule, il oserait. Ah! Oui! De l'armurier, il doute. Depuis les débuts, cet engagé ne perd pas une occasion de manifester son mécontentement. Quand ce ne sont pas les moustiques, ce sont les charges trop lourdes ou les heures trop longues. Il trouve toujours à redire sur la nourriture ou les conditions de travail. Le jour où il flanchera, il sera à craindre qu'il n'informe Pierre Vaillant de l'obscure machination dont il a été l'objet, et ce, dès qu'il fut repéré par Le Bourru. Le malhonnête capitaine est-il vraiment parvenu à convaincre Hardouin qu'il en était du plus grand bien de l'exilé d'oublier définitivement la France? Si oui, l'armurier se taira. Sinon…

L'exilé en question vacille, soulève péniblement les paupières de temps à autre comme pour revenir à la réalité, puis les laisse tomber, retournant dans ses songes. Patiemment, La Ramée l'observe, admirant la robustesse de son corps, et cette fougue présente en lui, même lorsqu'il s'assoupit. C'est sans doute ce qui a arrêté le choix du Bourru. Mais, au-delà de ces étonnantes qualités physiques, le capitaine n'a-t-il pas négligé de prendre en considération une faille ? L'obsession de revenir auprès de sa bien-aimée fait de Pierre Vaillant un sujet discutable, pour lequel il a payé trop cher. Un sujet qui risque de nuire au succès de leur canotée. S'il ne parvient pas à se renflouer dans ce voyage-ci, il lui faudra abandonner l'idée de se ressaisir de ses affaires et se résigner à passer le reste de ses jours comme coureur des bois. Ce n'est pas tant le style de cette vie que La Ramée appréhende, mais l'humiliation d'échouer une seconde fois aux yeux d'Élise, sa jeune épouse. Ne lui a-t-il pas promis belle maison, belles étoffes et beaux parements ? Et n'a-t-elle pas cru en lui, la benjamine des Gareau ? Si vive, si enjouée, si plaisante à regarder. Plaisante à serrer contre soi dans un lit. Plaisante à entendre chanter et rire. Après tout, n'est-ce pas un marchand-bourgeois qu'elle a épousé il y a déjà six ans ? Bien sûr, la boutique était encore modeste et, comme l'avait fait Modrière une dizaine d'années auparavant, La Ramée équipait ses anciens compagnons coureurs des bois. Et, comme l'avait fait aussi Modrière, il versait dans la contrebande pour grossir ses profits. D'un Iroquois nommé Atsehaiens qui lui procurait des marchandises anglaises, il achetait des canots qu'il revendait au prix fort, profitant ainsi de l'ordonnance qui en interdit la vente. Pour en prendre possession, ses acheteurs n'avaient qu'à emprunter la piste des Sauvages contournant les rapides du Long-Sault. Hélas, il y a deux ans, quelqu'un l'a dénoncé, et ce quelqu'un ne peut être nul autre que Modrière. L'acquisition récente de son jeune esclave panis le confirme. Il n'a pu se l'offrir que grâce à une substantielle rentrée d'argent, celle-ci provenant de la moitié de l'amende accordée au délateur. Amende tellement exorbitante qu'elle a entraîné la faillite de son commerce naissant. Ah! Le salaud! Il sait compter. Ça oui! Il a su se débarrasser d'un concurrent tout en s'enrichissant. Est-ce pour ne pas éveiller les soupçons qu'il ne s'est pas payé le luxe d'un Nègre valant le double d'un Peau-Rouge? Probablement. Ah! Le salaud! Il est prudent. C'est sûr que si lui, La Ramée, en avait eu l'occasion, il aurait agi de semblable manière. Ce sont là les règles du jeu. Étant donné que les prix sont fixes, il ne peut y avoir de concurrence. La stratégie se joue donc au niveau de la délation. C'est à qui trahirait l'autre. À qui ferait le plus de bassesses ou de faveurs pour obtenir des permis de traite. Oui, le salaud, il sait compter. Pour ça, oui. Et de plus, il se donne des airs magnanimes quand il verse un maigre six ou quinze sols pièce à ses tailleuses pour la confection de chemises et de capots de traite. Il en sait quelque chose, puisque, de tout l'hiver, il a vu Élise tailler, assembler et coudre les étoffes grossières, s'usant les yeux à la lueur de la chandelle et soufflant sur ses doigts gelés sur l'aiguille. Où trouvait-elle le courage de fredonner? Le cœur de lui sourire? Vaillante, elle besognait dans leur logis mal chauffé, confiante en lui et en ses capacités de se repartir en affaires. Tout irait bien au printemps, prédisait-elle et un jour, Modrière se passera d'elle. Un jour, ils rouleraient carrosse et auraient de beaux enfants. Un jour, il lui procurerait tout ce dont elle a envie. En attendant, elle cousait en fredonnant. Ou fredonnait en cousant. Chez elle comme chez son frère Aldémar dit Belle-Voix, chant et travail allaient de pair, et la vie en leur compagnie s'en trouvait agrémentée. Il semble que Modrière croit la tenir en otage du fait qu'elle travaille pour lui, sinon il n'aurait pas investi autant dans cette canotée. En la gardant à sa merci par la nécessité du pain quotidien, le rusé marchand voit en elle la garantie de leur retour dans dix-huit mois. Là, il se trompe. Et royalement! Si les choses tournent mal, le cadet des frères Gareau, coureur des bois comme le reste de la famille, aura pour mission de la conduire à Michillimakinac et, de là, ils émigreront tous vers la Louisiane, laissant impayées leurs dettes. Que fera-t-il alors d'Hardouin et de Vaillant ? Il les libérera tout simplement. Ce sera à eux de choisir. Ou ils tenteront l'aventure dans ces contrées sans loi ni foi, ou ils reviendront à Montréal. Avoir leur âge, La Ramée n'hésiterait pas à choisir l'aventure, mais voilà, il dépasse la quarantaine et aspire à un mode de vie moins ardu. Celui de Modrière lui conviendrait tout à fait et serait l'aboutissement de tant d'efforts consentis depuis que, simple manutentionnaire pour une maison d'exportation de La Rochelle, il s'était mis à rêver devant l'avalanche de ballots de fourrure en provenance du Canada. Pourquoi ne s'embarquerait-il pas pour ce pays de Cocagne ? Ses employeurs y faisaient, de toute évidence, de bonnes affaires. Qu'espérait-il obtenir d'eux en demeurant à leur service ? Est-ce qu'une fois rendu vieux ou malade, ils s'occuperaient du nommé Louis Valet ? Pas le moins du monde. Des hommes comme lui, il y en avait à profusion.

Un jour, il s'en est ouvert à Le Bourru à qui il livrait, de la part de ses patrons, les ballots à transporter en pacotille [24]. Celui-ci eut tôt fait de donner corps à son rêve en lui dénichant un boulot sur *La Marie-Joseph*, barque de trente tonneaux cabotant entre Kébec et Montréal. Ce qu'il a ramé sur cette fichue barque ! Naviguer sur le fleuve Saint-Laurent n'était pas une sinécure. Il avait tout à apprendre. Quand la voile ne suffisait pas, il fallait y aller de la force des bras et toujours peiner comme un forçat pour le chargement et le déchargement. Cependant, rien ne le rebutait. Son ardeur au travail n'avait d'égale que sa

---

24. En pacotille : ballot de marchandises que l'équipage d'un navire pouvait transporter avec lui sans payer de fret.

foi en l'avenir, et on se mit à le surnommer Louis Valet dit La Ramée. Le jour où il s'engagea comme voyageur dans la boutique de Modrière, il signa simplement Louis La Ramée. Dans le monde de la fourrure, c'est sous ce nom qu'il serait connu.

Sur *La Marie-Joseph*, il avait appris qu'il y avait de l'argent à faire dans ce commerce dont il avait vite saisi le mécanisme, somme toute assez simple. Les profits étaient variables selon le rôle qu'on y tenait. Les plus faramineux allaient à l'exportateur, le prix d'un castor vendu aux chapeliers parisiens valant deux fois et demie celui qu'il lui en coûtait. Mais qui dit exportateur dit entreprise ayant de bons contacts et des capitaux pour en assurer l'exploitation, ce qui était hors de sa portée. Par contre, le rôle d'équipeur-détaillant comme Modrière lui allait comme un gant et permettait de rafler la meilleure part de ce qui restait du gâteau. Tant de possibilités se présentaient de gagner un sol par-ci par-là. Frais de transport, de manutention, d'entreposage, de préparation de canotée, d'achat, de charrois et de réparation des canots. Il suffisait de payer les gages en castors secs, d'économiser sur les vivres ou de gonfler la dette des analphabètes en leur faisant signer n'importe quoi comme Pierre Vaillant l'a fait en reconnaissant par son X avoir acheté de l'eau-de-vie et des articles de traite. C'est si facile d'embrouiller les nouveaux venus avec le prix des pelus! Avant qu'ils n'en connaissent la différence à la vue et au toucher, cela prend des lunes, et tout maître d'un canot se garde bien d'instruire ses employés en cette matière. Ils sont là pour pagayer et portager, pas pour traiter avec les Indiens. La Ramée en sait quelque chose, car avant d'échanger son premier pot d'eau-de-vie, il en a bavé sous le collier de portage. Et tiré des coups de pagaie. Quelquefois cependant, il faut laisser luire cette possibilité d'avancement. Dans le cas de Pierre, cela s'imposait. Il devait le motiver à s'enfoncer davantage vers l'intérieur des terres tout en le dissociant d'Hardouin exclu d'un tel privilège. Ainsi, l'un et l'autre partagent avec lui un secret désavantageux pour chacun d'eux. Rien de tel pour mieux les manipuler.

Louis La Ramée remue les tisons agonisants, faisant naître une petite flamme. À sa grande surprise, il croise le regard de Pierre et s'en trouve embarrassé comme si celui-ci avait pu lire ses pensées. Depuis quand l'observe-t-il ?

— Tu ferais mieux de dormir, conseille-t-il. Prendre des forces pour le Long-Sault…

— Vous, vous ne dormez pas ?

— Oui, bien sûr… J'allais justement me coucher.

La Ramée joint l'acte à la parole, étend sa couverture enfumée par terre, ce qui incite le jeune homme à en faire autant.

La petite flamme s'est amenuisée et danse faiblement entre eux. Louis La Ramée ne voit plus luire les prunelles de Pierre, mais perçoit le mouvement de sa main touchant la médaille à son cou comme il fait toujours avant de s'endormir.

Le maître du canot ferme les yeux à son tour. Il n'a pour se rappeler Élise que le grand vide qu'elle laisse contre son flanc. Elle lui manque déjà tellement. Dix-huit mois sans elle lui paraissent une éternité. À quoi pense-t-elle en ce moment ? Après le repas du soir, s'est-elle promenée dans les rues pour se rendre jusqu'au fleuve et regarder en amont où il se trouve à des lieues d'elle ? Puis, s'en revenant par la place du marché, s'est-elle imaginée habitant une de ces solides maisons de pierres qui y débouchent ? L'aimera-t-elle encore si cette canotée échoue ? Chantera-t-elle encore ? C'est un marchand-bourgeois qu'elle a épousé. Pour elle, la course des bois signifie absence prolongée des hommes et augmentation de la tâche des femmes. Aussi loin que ses souvenirs la ramènent, elle voit sa mère et ses sœurs veiller au bétail, à la maison et aux champs. De cette vie, elle ne veut pas. Et, de cette vie, il lui a promis qu'elle n'en aurait plus. Il redeviendra un marchand-bourgeois et, cette fois-ci, en toute légalité. Modrière ne pourra rien contre lui puisqu'ils sont associés en quelque sorte, celui-ci ayant échangé une partie de son permis de traite contre le transport de ses marchandises de Kébec à Montréal et une partie contre le partage des profits à venir. Le fait d'être en règle leur permet maintenant d'hériter du vocable de « voyageur » au lieu de « coureur des bois » à connotation méprisante. Belle-Voix et Grosse-Voix s'en contentent. Lui, il vise plus haut. Rien ne l'éloignera de son but. Dommage pour Vaillant et pour Hardouin. Ce sont là les règles du jeu.

Chapitre 19

Fort du Lièvre

*Fort du Lièvre, confluent
des rivières du Lièvre et des Outaouais.*

— On passe la nuit ici, compagnons, se refaire des forces pour les Chaudières, leur annonce La Ramée alors qu'il aligne le canot parallèlement à la plage afin de le décharger.

Hardouin débarque et, dans l'eau jusqu'aux genoux, il maintient l'embarcation, pendant que le reste de l'équipe empile rapidement la cargaison sur la grève en faisant la chaîne.

— Transportez tout ça au fort, et venez nous y voir après, leur ordonne le maître du canot, emboîtant vivement le pas à ses beaux-frères qui se dirigent vers une palissade de pieux.

— Ils appellent ça un fort ? s'étonne Hardouin dont les yeux commencent à désenfler.

— Ça m'en a tout l'air. À moi, il semble encore plus petit que celui de la rivière Petite-Nation qu'on a vu hier, poursuit Pierre.

— Comme ouvrage défensif, c'est pas rassurant… Des pieux, crédieu, on peut y mettre le feu et, les Sauvages, ils y ont pensé, c'est sûr.

— Ouais.

Court silence laissant tout à coup entendre des bruits suspects dans la forêt. Ce craquement, n'est-ce pas un de ces barbares qui rôde, prêt à leur fondre dessus pour les dépouiller de leurs marchandises ?

— Ne lésinons point sur la prudence, ami, suggère Hardouin en mettant son arme à feu à portée de main.

Ils enfilent leur collier de portage, puis, chacun son tour, ils attachent les charges sur le dos de l'autre au moyen des lanières, selon l'enseignement des frères Gareau. Tel que Pierre l'avait supposé, les genoux d'Hardouin ne se sont pas renforcés avec l'amélioration de sa vision, et il hérite donc des cargaisons les plus lourdes. Ferrailles, caissettes et futailles le meurtrissent et l'écrasent de leur deux cents livres et plus.

À pas lents, soufflant et peinant, Hardouin tenant son fusil Saint-Étienne, ils pénètrent dans le fort. Aussitôt un soldat-commis du nom de Fabien se porte à leur rencontre et les dirige vers un entrepôt. Construit en billots superposés, il est situé à quelques pas d'une habitation du même genre à peine plus grande où Grosse-Voix se fait entendre de l'extérieur. Des rires, des exclamations marquent des retrouvailles. Leurs compagnons sont ici en pays de connaissance. Eux, pas.

— Z'êtes des nouveaux, hein ? remarque le commis-soldat en les accompagnant au canot pour le deuxième voyage. Z'êtes chanceux, l'eau est point trop haute en ce temps-ci de l'année.

— Qu'est-ce que ça change que l'eau soit haute, s'informe Hardouin.

— C'est plus dur dans les portages… Des fois, on peut même pas y aller à la cordelle au Long-Sault… En plus du fourniment, faut transporter le canot sur les épaules.

— Crédieu de galère ! Comme ça, on a eu la partie facile, tu dis ?

– Eh, oui.

– C'était la partie facile, t'entends ça, Pierre? Qu'est-ce que ça sera aux Chaudières?

– Oh! Les Chaudières! Faites mieux de vous reposer un brin avant… Prenez des forces ce soir, les garçons, parce que demain… Oh, oh! Les Chaudières! Ça, c'est du portage! Si vous y tombez, c'est fini… Plus d'un s'y est noyé.

– Ça augure mal, maugrée l'armurier.

À leur grande surprise et déception, Fabien, âgé d'une trentaine d'années, se contente de les regarder se charger mutuellement sans lever le petit doigt.

– Allez-y pendant que j'surveille c'qui reste, dit-il en guise d'explication, comme s'il avait lu dans leurs pensées. Les Sauvages, l'eau-de-vie, on dirait qu'ils la sentent de loin pour venir la voler… Tu peux laisser ton fusil ici; j'y suis pour guetter, ajoute-t-il.

Chargés comme deux bourriques, Pierre et son compagnon repartent vers l'entrepôt. Avant même d'y arriver, ils entendent tonitruer Grosse-Voix. « Ah! Le "p'tit homme du Diable" vous donne encore des misères? » Bien qu'inaudible, la réponse de l'interlocuteur traduit cependant une grande contrariété. De qui s'entretient-on dans la maison du commandant de ce fort sans garnison?

– Crédieu! Le diable, moi je crois qu'il est en enfer, et l'enfer, il est au Long-Sault, s'exclame l'armurier pendant qu'il se fait délester de son fardeau. T'as trouvé ça facile, toi?

– Le Long-Sault, non, mais le reste, ça allait bien.

Encore sous le charme de ce tronçon du bief, Pierre se remémore les pins immenses bordant la rivière élargie qui, tout au long de cette vingtaine de lieues, dégageait une impression de beauté et de grandeur. Comment cette majestueuse rivière au paisible cours en arrivait-elle à se comporter de si violente et impétueuse façon au Long-

Sault ? On dirait deux entités différentes. Voire opposées. L'une sereine, l'autre tourmentée.

— C'est du Long-Sault que je te parle, crédieu. Pas du reste.

— Le Long-Sault, à dire vrai, je croyais point qu'il s'en trouvait de pire.

Composé de trois rapides, le Long-Sault s'échelonne sur une distance de plus de quatre lieues et a exigé d'eux tellement d'efforts soutenus qu'une fois franchis, Pierre a eu la conviction d'avoir subi l'ultime épreuve. Mais tel n'est pas le cas. Il semble plutôt que des épreuves de ce genre se multiplient et s'intensifient d'amont en amont. Sont-elles toutes entrecoupées d'intervalles pendant lesquels la rivière en profite pour les envoûter, se faisant belle et complaisante ?

— Crédieu de galère ! Chaque fois qu'on pense avoir accompli un exploit dans c'te foutue canotée, on se fait dire qu'il y a pire, bien pire, bien, bien pire plus loin, fulmine l'armurier en le délestant à son tour. C'est comme ces foutus Sauvages dont il faut prendre garde maintenant, poursuit-il de retour vers la plage, donnant libre cours à son exaspération. Voilà qu'ils sentent l'eau-de-vie à distance… et qu'il faut tout mettre à l'abri pour ne pas être volés. Encore si tout le monde mettait la main à la pâte…

Hardouin lance un regard de travers à Fabien qui feint de ne rien comprendre.

— Il me semblait que c'était chacun sa charge, dans c't'équipée… Eux, ils sont là à prendre une tasse, pendant que nous, on s'esquinte à transporter tout ça. Crédieu de galère ! On en a encore pour…

L'armurier s'arrête, tentant d'évaluer la cargaison empilée devant eux.

— Trois voyages chacun, affirme Pierre.

— Moi, je dirais quatre. Un peu moins. Trois, peut-être… Oui, peut-être qu'à trois chacun, on y arriverait. Faudrait que tu prennes gros.

De nouveau, ils se chargent mutuellement, puis, à pas mesurés, retournent à l'entrepôt. Au moment où Pierre termine de décharger son compagnon, Belle-Voix se pointe dans l'embrasure.

— Hé! Nivoigoutte! Amène-toi! Le patron te demande. T'as des armes à réparer ici.

— Des armes à réparer? Tout de suite?

— C'est pas pour demain, certain… Emmène ce qu'il te faut.

— Et le déchargement?

Belle-Voix lance une œillade à Pierre.

— T'es bon pour faire ça tout seul, mon blond. Fabien s'occupera de fixer tes charges: il sait y faire.

L'armurier ramasse la caissette renfermant ses pièces et ses outils et, non sans soulagement, suit Belle-Voix, laissant Pierre devant l'exténuante besogne à accomplir.

Le jeune homme revient vers la rivière et, sans un mot, se laisse empiler sur le dos une montagne de marchandises.

— Tu peux en prendre encore? s'informe Fabien étonné de son silence.

— Oui, un peu encore.

— … du plomb… et de la poudre… Tiens, là, ça va?

— Un peu encore.

— Une futaille ici… une autre là. Dis-moi, t'es bon pour une autre?

— Une autre.

— Ben, voilà l'autre. Y a plus guère de place pour attacher autre chose. Si tu parviens à l'entrepôt avec tout ça, t'es drôlement costaud… À l'œil, t'en as pas loin de trois cents livres.

Toujours à pas mesurés, Pierre se dirige vers l'entrepôt suivi du commis qui, pour ne pas être en reste, s'est encombré de l'arme d'Hardouin en plus de la sienne.

— Ton bourgeois, il a fait un bon coup en t'engageant, commente-t-il chemin faisant. Te laisse pas exploiter par lui… Ils sont tous pareils, les bourgeois… Faut point trop leur faire confiance.

Pierre souffle sous la charge, importuné par la présence de l'homme. Il aimerait être seul avec ce poids qui veut l'écraser contre le sol et le briser en deux. Portant là tout le faix de son existence, seul le souvenir d'Isabelle lui donne la force d'avancer. Pour elle, il déplacerait des montagnes entières.

— Y a pas à dire, t'es costaud, constate Fabien avec une admiration non voilée, en le délestant. Mais, sois prudent… Ne le fais pas trop savoir à ton bourgeois… À la manière que tu as fait ça, je me doute que tu peux transporter plus pesant encore, mais il serait mieux pour toi qu'il n'en sache rien.

— Y a que toi pour lui dire.

— Alors, il saura rien, promet Fabien.

— Les bourgeois, tu n'as pas l'air de les aimer.

— Bah ! Ils sont comme les commandants et les patrons. Pour eux, on est là pour obéir et travailler… Ce qu'un homme peut avoir dans la tête ou dans le cœur, ils n'en ont rien à faire.

Curieusement, de retour à la plage, Fabien s'offre à prendre des colis.

— Juste pour te donner un coup de main, ami… J'y suis point tenu.

Pierre apprécie l'aide et termine la tâche en trois voyages, tel qu'il l'avait estimé.

— T'as pas un peu soif? demande alors Fabien en lui remettant le collier de portage d'Hardouin.

— Oui, beaucoup.

— On peut se payer un pot d'eau-de-vie. Ça n'y paraîtra point… Celle pour les Sauvages, suffit d'y ajouter de l'eau, et le tour est joué. Ton bourgeois, il en saura rien ; les Sauvages non plus.

Déjà, la main du commis-soldat se porte sur un pot d'eau-de-vie qu'il a mis de côté à l'insu de Pierre.

– J'ai soif pour de l'eau, précise l'exilé embarrassé par l'offre.

– T'as qu'à boire à la rivière pour de l'eau. Pour l'alcool, ton patron, il t'en offrira point… Pourtant, tu en mérites autant que lui. Plus même. J'ai vu que tu transportais pesant… Très pesant… Lui, il a rien transporté. Une petite rasade, ça n'y paraîtra point…

– Fais comme tu veux… Moi, je m'en vais manger là-bas et ce qui se passera ici, mon bourgeois le saura pas plus qu'il saura que je peux transporter très pesant.

Fabien ébauche un sourire d'entendement.

– T'as tout compris, ami. Allez, bonne soirée, et prends des forces pour Les Chaudières.

*

À comparer avec la grande et solide demeure du sieur Modrière, la résidence du commandant ne paie pas de mine, constate Pierre. Par contre, à comparer avec la chaumière de son beau-frère Gaspard en France, c'est le luxe et, à comparer avec leur bivouac à la belle étoile, c'est le très grand luxe.

Un toit contre la pluie, des murs contre le vent, une table, des bancs, des ustensiles et des plats d'étain pour manger, des paillasses pour dormir, des réserves de vivres et de boisson, des chandelles de suif pour s'éclairer, que désirer d'autre ? Un bon repas ? Il a mangé comme un roi ! Fesse d'ours, viande boucanée de wapiti, brochet, galette de maïs aux framboises, le tout agrémenté d'une chope de rouge ont fait son délice. « Mange tout ton saoul », qu'il a dit La Ramée en lui donnant du vin. Quand il a vu ça, le Fabien, son visage s'est allongé. Les bourgeois, faut peut-être pas tous s'en méfier.

Rassasié, le jeune homme promène un regard ébahi autour de lui, s'attardant au comptoir où les Sauvages ont l'habitude d'étaler leurs fourrures dans l'espoir d'obtenir les marchandises exposées sur les tablettes le long du mur. Dans un coin, Hardouin travaille à la lueur d'une chandelle. Rapportées défectueuses par les Sauvages, les armes qu'il répare leur seront de nouveau échangées contre du castor et de la pelleterie.

— C'est d'adon pour moi, La Ramée, que j'puisse tirer profit de ces armes-là, parce qu'avec le « p'tit homme du Diable » dans les parages, c'est de moins en moins facile, avoue le commandant grandement éméché.

— Ah! Celui-là, tonne Grosse-Voix, il est à redouter. Les Sauvages prétendent qu'il a des pouvoirs… qu'il peut parler au démon.

— Foutaise! réplique le commandant. Il a un pouvoir, c'est vrai… oui. Il a un pouvoir parce qu'il connaît la valeur des choses… C'est ça, son pouvoir. Faire de la contrebande avec les habitués[1] de la mission du Sault Saint-Louis, réplique le commandant en lorgnant La Ramée du coin de l'œil.

— Ben moi, il me donne des frissons, confesse Grosse-Voix. Ces yeux quand il nous regarde… On voit bien qu'il rêve de nous faire la peau.

— Mon frère a raison, il fait peur ce Sauvage-là et, quand l'autre qui en fait presque le double est avec lui, ça devient inquiétant… J'aimerais point me retrouver seul dans leurs pattes.

— Ma parole, compagnons, vous prêtez foi aux sornettes de ces barbares. Des pouvoirs? Voyons donc! s'exclame La Ramée. Le commandant a raison, le seul pouvoir qu'il a, c'est de connaître la valeur des choses et de faire de sacré bons canots. Pour ça, oui.

---

1. Habitué ou domicilié : Indien converti habitant dans les missions.

– Ben, sont païens lui et sa famille… La croix, ils lui crachent dessus. Ça fait bien l'affaire du Diable, explique Grosse-Voix pour sa défense.

– Ceux où vous allez, ils sont païens aussi, n'est-ce pas ? fait valoir le commandant se versant de nouveau à boire.

– Forcément. S'ils connaissent point la valeur des échanges, ils connaissent point Notre Seigneur.

– Qu'ils soient païens ne diminuera point vos profits, au contraire. Mais imaginez que le « p'tit homme du Diable » les rencontre avant vous.

– Là, ça irait mal. Faudrait échanger au prix des Anglais.

– Voilà… Il faudrait que j'échange au prix des Anglais. Sans eau-de-vie, y aurait point lieu d'avoir une factorerie [2] ici… Tant que le « p'tit homme du Diable » ne voudra point en échanger, on pourra toujours tirer notre épingle du jeu… mais le jour où il s'avisera à en traiter, ça serait aussi bien de lui laisser c'te rivière, conclut le commandant avant de vider son verre d'un trait. Puis, le remplissant de nouveau ;

– Une vraie nuisance, cet homme. Pour moi s'entend. Il y en a eu pour traiter avec lui et bien s'en tirer.

Le regard du commandant louche encore une fois dans la direction de La Ramée, histoire de lui faire savoir qu'il n'est pas né de la dernière pluie et qu'il sait à qui il a affaire.

– Ouais, pour moi, c'est une vraie nuisance. À cause de lui, y a presque rien que les ivrognes pour faire affaire avec nous… Et les ivrognes, ils sont point drôles. Oh, non ! Même qu'ils sont dangereux. Tout leur côté barbare refait surface. Ils pensent juste à t'arracher le cœur ou la peau du crâne… Ah ! Les chiens ! Vrai comme je vous

---

2.   Factorerie : comptoir de traite dans le langage de l'époque.

parle, il m'en est arrivé un ce printemps avec un scalp qu'il disait être celui d'un Anglais. Demandez à Fabien. Hein, Fabien ? Bon, où est-ce qu'il est passé, celui-là ?

— Il est parti pisser, répond Pierre convaincu que, dans l'entrepôt, le commis se consacre plutôt à diluer l'eau-de-vie destinée à la traite.

Que lui importe. Il veut en savoir plus sur le récit de ce scalp et s'imagine avec horreur une chevelure étalée tout bonnement sur le comptoir parmi les fourrures d'animaux.

— Tu l'as pris, ce scalp, demande La Ramée.

— Écoute bien… « Qu'est-ce qui me prouve que c'est un scalp d'Anglais », que je lui dis au Sauvage. Le chien me répond point. « Où tu l'as pris », que je demande encore… Toujours aucune réponse. Tout ce qu'il veut, c'est l'eau-de-vie. Moi, je refuse. Je me dis que c'est peut-être un scalp de Français… Mais lui l'entendait pas ainsi. Il a sorti son poignard et me l'a mis sur la gorge… Alors là, j'ai dit à Fabien de lui donner de l'eau-de-vie et il est parti.

— Et le scalp ? interroge Pierre.

— Il est encore ici… Attends… Je vais te montrer.

L'homme titube vers le comptoir et fouille dans le bas d'une tablette.

— Le voilà, s'exclame-t-il en lançant l'objet qui aboutit au beau milieu de la table.

Tous les regards se braquent sur lui pendant une minute de silence, et Pierre ne peut faire abstraction qu'un jour cette chevelure a appartenu à un Européen. Un haut-le-cœur s'empare de lui.

Grosse-Voix prend délicatement le supposé trophée de guerre et fait couler entre ses gros doigts de fins cheveux châtains bouclés.

— Sont doux… on dirait des cheveux de femme.

— Ils ne tuent tout de même pas les femmes, s'indigne Pierre, complètement bouleversé.

– Quand ils sont ivres, ils tuent n'importe qui... Souvent des enfants... À Montréal, y en a eu une couple...

– Des enfants? Mais pourquoi?

– Tout ce qu'il peut y avoir de plus mauvais dans le cœur d'un homme se trouve dans celui d'un Sauvage qui a trop bu. Le lendemain, lui-même se souvient plus de rien, mais si c'est toi qui lui as vendu l'eau-de-vie, il dira que c'est toi, le responsable... Ils sont comme ça... Hmm... on dirait vraiment des cheveux de femme.

– Mais ce n'en sont point, affirme La Ramée en prenant la chevelure des mains de Grosse-Voix. Tu t'souviens du Bouclé, c't'engagé qu'on disait qu'il avait déserté?

– Oui, sa canotée se rendait au fort Témiscamingue.

– Oui, celui-là. Eh bien, je mettrais ma main au feu que c'est à lui, ce scalp.

– Hmm... Possible, il avait des cheveux semblables à ceux-ci.

– On l'a jamais retrouvé nulle part.

– Ils l'auront mangé, c'est tout, explique calmement Grosse-Voix.

– Manger? s'exclame Hardouin, scandalisé et incrédule. Jusqu'alors silencieux et besogneux, l'armurier abandonne son ouvrage pour voir de près le scalp que tient La Ramée.

– Ouais, t'as bien compris; ils l'auront mangé tout simplement.

– C'est dégoûtant!

À reculons, Hardouin s'éloigne, n'osant à peine regarder la pièce morbide.

– C'est dans leur nature... Ils dévorent leurs ennemis. Des fois, ils les torturent... Ça, c'est bien pire. Des heures, des jours de souffrance... Moi, j'aimerais mieux qu'on me fende la tête et qu'on me mange tout rond plutôt que d'être brûlé et découpé vivant.

Pierre sent les poils se hérisser sur tout son corps. Du coup, ses intentions changent. Pas question de faire courir de si grands dangers à Isabelle. Il comprend maintenant la raison d'être de la palissade ceinturant l'église de Sainte-Anne ainsi que les deux forts entrevus sur le rivage du lac Saint-Louis[3].

– Vous vous êtes bien gardés de nous le dire à Kébec, accuse Hardouin, fixant La Ramée avec colère.

– Bah! À Kébec, c'était pas nécessaire… À Montréal, non plus. Mais ici… ici, j'aime autant vous avertir. Vous les connaissez pas comme nous on les connaît. Vous parlez même pas leur langue et ne faites point la différence entre une tribu et une autre. Vous êtes mieux d'nous rester collés aux flancs, si vous tenez à vos chevelures, termine La Ramée, relançant le scalp au milieu de la table.

– Crédieu de galère de crédieu de galère, ronchonne Hardouin, retournant rapidement à son ouvrage comme pour s'y réfugier.

Pierre avance l'index vers les boucles soyeuses. Au contact de l'une d'elles, il sent son estomac se contracter violemment et se précipite vers la sortie. Tandis qu'il régurgite copieusement son repas, il a l'impression de vomir le pays en entier avec ses eaux tout aussi trompeuses que ses habitants.

---

3. Le fort Rémy à Lachine et le fort Rolland au coteau Saint-Louis. Ces forts servaient principalement de comptoir de traite.

Chapitre 20

Asticou

Rivière Outaouak.

Belle-Voix s'arrête de chanter et automatiquement, ils ralentissent la cadence.

– C'est elle, dit-il, la Grande Chaudière.

Un bruit lointain se fait entendre.

– C'est pour bientôt ? s'informe Hardouin.

– Deux lieues environ…

– On l'entend de si loin ?

– Ma parole, oui, s'exclame La Ramée à la gouverne, la Grande Chaudière, elle s'annonce de loin. Allez, compagnons ! À nous de l'affronter. Allez, hop ! Hop ! Hop !

Le maître du canot prend la relève pour leur insuffler de l'ardeur et, une fois la cadence rétablie à son goût, il se tait. Seules s'entendent les cinq pagaies plongeant à l'unisson et le bruit de fond omniprésent de la Grande Chaudière.

Pierre communie avec l'atmosphère qui règne à bord. Il y a chez les voyageurs d'expérience tels La Ramée et les frères Gareau non pas une tension mais une gravité inhabituelle. Cette cataracte en amont leur impose un si profond respect à distance que le jeune homme appréhende le moment de se retrouver en sa présence.

Commencée à la toute première lueur, la journée promet d'être torride, et des nuées de moustiques les tourmentent déjà, formant des halos autour de leur tête en l'absence de vent. Tant que Belle-Voix chantait *À la claire fontaine*, ces légions de tortionnaires ne l'importunaient pas trop, car il s'était réfugié dans les paroles qui donnaient un sens à sa présence dans cette galère. La promesse faite à Isabelle se confondait au « Jamais je ne t'oublierai » de la chanson, mais, maintenant que Belle-Voix s'est tu, il ne cesse d'entendre tournoyer les insectes par-dessus ce bruit de fond qui s'accentue.

Hardouin n'en mène pas plus large que lui, cramponné à l'aviron, la chemise trempée de sueur au milieu du dos. Au bout d'une lieue environ, La Ramée rompt le silence.

— C'te chute sur votre gauche, on l'appelle le Rideau. On peut se glisser derrière sans s'y faire mouiller.

— Comment ça sans s'y faire mouiller ? s'exclame Hardouin d'un ton sceptique, profitant de l'occasion pour ralentir.

Les regards se tournent vers les eaux d'une rivière[1] se précipitant du haut d'une falaise sous forme d'un voile liquide de grande beauté.

— Vrai comme j'suis là, Nivoigoutte, confirme Grosse-Voix. Moi-même, j'suis passé entre c'te voile et la falaise derrière.

— Sans te mouiller ?

— Sans me mouiller autre que le poudrin. Juré, craché, assure le Canadien lançant un jet de salive dans la rivière.

— Crédieu ! J'aimerais m'y essayer.

Le maître du canot s'empresse d'anéantir tout espoir d'une halte rafraîchissante.

---

1. La rivière Rideau avant qu'elle ne soit canalisée.

– Au retour, compagnons. Nous faut passer les Chaudières avant la nuit. Allez, hop ! Hop ! Hop !

Au retour, il aura ce qu'il lui faut de castors pour repasser en France, réfléchit Pierre. Et une fois rendu, que fera-t-il ? Il ne sait plus. De nouveau, c'est l'impasse. Le scalp d'hier a changé ses plans. Jamais il ne mettra en péril un seul des cheveux d'Isabelle. Saleté de Sauvages qui l'empêchent de fonder un foyer en ce pays !

La rage alimente ses coups de pagaie. Cristallisée à l'origine sur les Sauvages, elle s'étend maintenant à tous ceux qui se sont employés à façonner sa destinée. À la mener à leur guise et selon leurs lois. Dès sa naissance, sa vie ne lui appartenait déjà plus. Simple promesse de main-d'œuvre pour le seigneur des lieux, elle fut vouée au labeur et à l'ignorance, complice idéale de l'asservissement. Point d'avenir pour lui. Point d'espoir. Il allait grandir en ployant la tête et engendrer des petits qui, à leur tour, grandiraient en ployant la tête. Puis l'échine. Et le corps entier, toujours plus courbé vers le sol à y gratter leur pitance. Pour finir, plié en deux, inutile tas d'os usés à la corde. Telle était sa destinée jusqu'à ce que le sourire d'Isabelle se glisse dans sa minable existence. Quel bonheur inespéré d'être aimé d'elle ! Si fragile bonheur, incompatible avec sa condition, et si vite ravi par la main de l'autorité paternelle. Puis déraciné par celle de l'autorité seigneuriale. Saleté de fermier des dîmes ! Saleté de châtelain ! Le voilà, par leur faute, penché sur sa pagaie, harcelé par les moustiques, écrasé sous le soleil, à s'approcher d'un gouffre dont le grondement s'intensifie. Il ne sait pas au juste ce qui l'attend en amont, sauf que cela n'aura rien d'agréable et de facile.

Inéluctablement, Pierre s'en rapproche, comme il se rapprochera de l'inconnu à son retour en France. Cet « après », à l'image de la Grande Chaudière dont il ne connaît rien, sauf le désagrément. Saleté de Sauvages ! Par leur faute, son rêve d'offrir un pays à Isabelle et à leur enfant lui file entre les doigts.

De nombreuses et maigres îles rocheuses jonchent maintenant la rivière. On les dirait jetées là par quelque main maléfique dans l'unique intention de les embêter. S'y accrochent sapins, cèdres tordus, broussailles enchevêtrées leur conférant un aspect rébarbatif que le bruit de roulement de tambour amplifie. Tantôt, le canot les contourne. Tantôt, il se faufile entre elles. Nul doute, La Ramée, à l'arrière, et Grosse-Voix, à l'avant, les dirigent en toute connaissance des lieux.

L'air se rafraîchit au fur et à mesure que la force du courant augmente, et chacun porte attention aux brefs commandements criés d'une voix forte. Frisés d'écume, des remous s'agitent tout autour d'eux, les éclaboussant parfois et chassant momentanément les moustiques. L'embarcation s'engage dans un sinueux passage par la droite et aboutit dans une crique rocheuse où gronde le fracas de la chute coiffant l'endroit d'un nuage de vapeur.

– Pieds à terre ! hurle La Ramée.

Pieds à l'eau serait plus juste, car c'est la position qu'ils adoptent pour décharger le canot, Hardouin et La Ramée le maintenant par chacune des pinces, les trois autres transférant les paquets sur une berge étroite surplombée d'une falaise abrupte, presque à la verticale. Pierre trouve aberrant de débarquer en cet endroit. Comment aller plus haut ou plus loin avec ce mur de pierre ? La Ramée aurait-il le dessein de l'escalader ? Il n'y a même pas de place pour le canot une fois la cargaison empilée sur les roches, ce qui oblige Hardouin et La Ramée à demeurer dans l'eau.

– Allez, mon blond, on grimpe là-haut, indique Grosse-Voix en s'emparant d'une corde.

Bien qu'il juge l'idée insensée, Pierre suit le Canadien, s'agrippant comme lui aux saillies et aux pieds d'arbustes malingres pour parvenir au sommet d'où la corde est lancée et aussitôt nouée à la pince avant.

– Allez, on tire, mon blond. Oh ! Hisse ! De toutes tes forces ! Allez ! Oh ! Hisse !

Une fois le canot sorti de l'eau et appuyé contre la paroi, Belle-Voix grimpe à son tour et vient souquer avec eux.

Pierre tend les muscles à l'extrême, faisant sienne cette folle entreprise. Il devrait se ménager et plutôt prendre garde de ne point s'estropier au lieu d'y aller avec tant d'ardeur. Mais il n'y peut rien ; c'est dans sa nature. Et dans ses gènes. D'où son nom transmis en même temps que cette force hors du commun par des générations de servage : Vaillant. Ainsi s'appelait son père, et Vaillant s'appellera son enfant. C'est tout ce qu'il a à lui laisser.

Tirée par en haut, poussée par en bas, l'embarcation progresse vers le sommet, et La Ramée veille à étendre leurs couvertures aux endroits de la paroi susceptibles de l'endommager. Pendant ce temps, Hardouin dirige la pince arrière, multipliant ses efforts sans doute autant que ses « crédieu de galère » que le tumulte empêche d'entendre.

La difficulté de l'exploit ne réside pas seulement dans le fait de paumoyer le canot, mais aussi dans la nécessité de ne pas l'abîmer, ce qui décuple la force à déployer pour y parvenir.

Une fois la pince au sommet, Grosse-Voix hurle à Pierre d'aller remplacer Hardouin, alors que lui-même remplacera La Ramée arc-bouté à mi-chemin de la paroi, et où son frère viendra le rejoindre. Les rôles sont inversés, les trois plus forts s'employant à pousser, les deux autres au sommet à hisser et à veiller à la protection de leur moyen de transport.

– Oh ! Hisse ! Oh ! Hisse ! scande la voix caverneuse surmontant le vacarme assourdissant.

À l'unisson, Pierre et les deux Canadiens poussent de toutes leurs forces, y allant des épaules et des bras. Des milliers de moustiques les harcèlent et se noient littéralement dans la sueur qui les inonde. Pierre est dans un état second où la réalité s'estompe. Tout n'est que tourbillons tumultueux d'eau et d'insectes, chaleur et soif intolérables, douleur des muscles et essoufflements. Pourquoi tant trimer? Comme il envie ses compagnons d'avoir une possibilité d'avenir! Lui, il n'a que son nom, ses muscles et cette vie que l'Autorité peut faucher. Cette vie qui bat puissamment dans ses tempes et dont il s'empiffre avant de la perdre. Comme il se sent vivant! Si vivant!

Finalement, au bout d'incroyables efforts et de multiples jurons, le canot prend place sur le cap rocheux.

— Beau travail, compagnons. Beau travail, félicite La Ramée en l'inspectant. Prenez le temps de souffler.

«Comme si c'était nécessaire de le dire», trahit l'expression d'Hardouin s'affalant par terre alors que les Gareau marchent en direction de l'abîme mugissant. La tête en feu et la gorge sèche, Pierre les suit, moitié dans l'intention de se rafraîchir, moitié par curiosité. Les deux frères semblent l'ignorer et s'arrêtent à la limite d'un escarpement rocheux. Les gestes autant réglés que leurs coups de pagaie, ils sortent alors leur pipe qu'ils bourrent de tabac noir.

— Asticou, dévoile Grosse-Voix en indiquant une sombre cavité au centre de blancs bouillons.

Fasciné, Pierre y aperçoit des torrents d'eau s'engouffrer dans un trou qui semble sans fond.

— Vrai comme j'suis là, lui crie enfin Grosse-Voix, un homme y est déjà tombé pour ressortir vivant dans la rivière par un passage souterrain.

— Vrai comme j'suis là, moi, je m'y noierais, réplique Pierre incrédule.

L'homme lui pose la main sur le bras.

— T'as raison. Asticou, vaut mieux l'honorer.

Ce disant, cérémonieusement, les deux frères pigent une pincée de tabac et la lancent en direction du gouffre noir, puis ils se signent.

– Dommage que t'aies point de tabac à lui offrir, mais tu peux toujours faire ton signe de croix, poursuit Grosse-Voix en allumant sa pipe.

– Pourquoi?

– Pour garantir ta protection.

Partagé entre le désir de porter foi à cette superstition et celui d'en rire, Pierre se signe hâtivement à tout hasard. Grosse-Voix sourit.

– C'est la coutume du pays, dit-il lançant un regard discriminant vers La Ramée et Hardouin qui ne s'y plient pas. Les Sauvages prétendent qu'on ne peut passer ici sans rendre hommage à l'esprit d'Asticou.

– Asticou?

– Le grand chaudron… la Grande Chaudière si t'aimes mieux.

En revenant vers le maître du canot et l'armurier, Pierre se sent vaguement Canadien d'avoir observé la coutume et d'avoir appris son premier mot d'amérindien.

Le temps d'une pipée, et ils redescendent chercher la cargaison, puis ils renversent le canot et le chargent sur leurs épaules.

– Doucement, compagnons, ordonne La Ramée en tête. Prenez garde où vous mettez les pieds, ajoute-t-il à l'intention des deux novices.

Lentement et au même pas, ils longent la chute, la frôlant parfois de si près qu'elle leur crache ses embruns. Cela les rafraîchit tout en rendant cependant humides et glissantes les roches sur lesquelles ils doivent passer. Grondant à leurs mollets, la rivière les guette, prête à ne faire d'eux qu'une bouchée.

Confiant d'être protégé d'obscure manière par la coutume du pays, Pierre n'en demeure pas moins prudent et repère branches et obstacles sur son parcours. Ne suffit-il pas d'un faux pas pour lui briser l'épaule? L'image de Boitillon avec son pied tout croche le hante. Sans doute hante-t-elle aussi tous les autres, car ils se taisent jusqu'à ce que Belle-Voix crie «Trois cents» à un moment donné.

— Trois cents quoi? demande Hardouin.

— Des pas, Nivoigoutte.

— Tu comptes les pas?

— Pour sûr.

— Combien il en faut?

— Six cent quarante-trois.

— Crédieu de galère! Pas même la moitié!

— Presque, presque la moitié, compagnons. Allez, doucement, encourage La Ramée.

Pierre mesure la différence d'instruction entre lui et ses compagnons, car ce chiffre lui paraît abstrait. À quoi équivaut-il en mains? Il essaie de se le figurer, mais au-delà du chiffre cent, il éprouve bien des difficultés à calculer et décide de se concentrer sur sa tâche, l'important étant de savoir qu'il est à peu près rendu à mi-chemin.

Enfin, ils atteignent le terme du portage, y laissent le canot et reviennent sur leurs pas. Le temps d'une pipée, et ils se ceinturent la tête de leur attelage de bête de somme.

— Seulement la moitié, la charge, décide La Ramée. Vaut mieux deux voyages que s'éreinter pour la journée.

Chargés à moitié, ils vont, les genoux moitié moins fléchis, le dos moitié moins courbé sous le poids. «Trois cents», crie encore Belle-Voix. Ce jalon maintenant les situe. Temps et distance perdent de leur abstraction, et chacun remarque un détail identifiant la mesure.

Le portage prend deux fois plus de temps, mais qu'importe! Beaucoup moins fatigués, ils rechargent le canot et reprennent la pagaie. À peine une lieue plus loin, La Ramée ordonne d'accoster de nouveau. Cette fois-ci, seule la cargaison sera transportée, tandis que le canot sera halé à la cordelle par Hardouin tirant sur la rive et La Ramée veillant à faire passer l'embarcation par-dessus les rochers aigus.

Avec les frères Gareau, Pierre se retrouve sous les fardeaux à peiner deux fois moins, mais en deux fois plus de temps. Un peu plus éloigné des remous cette fois-ci, le sentier pénètre des taillis qui les embarrassent, les fla-gellent et les éraflent au passage. Le jalon se situe main-tenant au beau milieu, soit à trois cent cinquante pas. Heureusement, Hardouin et La Ramée viennent leur prê-ter main-forte une fois le canot rendu à destination.

Avant de recharger, La Ramée distribue du wapiti séché qu'il a pris soin de prendre au fort du Lièvre. Sans un mot, mangeant et se désaltérant à même la rivière, ils apprécient la halte et, à l'instar des frères Gareau, Hardouin en profite pour s'allumer une pipée, soufflant sa fumée sur un halo de moustiques.

Tout comme les siens, les yeux de l'armurier sont pratiquement désenflés, constate Pierre. C'est, paraît-il, dû au fait que le venin des bestioles les a maintenant immu-nisés. Bien sûr, ils se font piquer tout autant, mais l'effet n'est plus aussi invalidant. Avant leur départ à l'aube, il a bien pensé s'enduire de graisse d'ours, mais Grosse-Voix a préféré la ménager, prétendant que c'était pur gaspillage de s'en mettre, car les Chaudières allaient la laver avec le flot de leur sueur. L'homme avait raison. Pierre a l'impression que son corps n'a été qu'une éponge durant le portage de la Grande et de la Petite Chaudière. L'eau qu'il a bue, il l'a rendue par toutes les pores de sa peau. Transpirera-t-il au-tant dans le portage de la Troisième Chaudière ? L'absence de vent rend la chaleur suffocante, et il apprécie de s'être acheté un chapeau pour se protéger du soleil ardent.

— En route ! décide La Ramée en se levant prestement pour donner l'exemple.

– Crédieu de galère! peste Hardouin, se tenant les reins.

– Ne reste qu'un portage. Allez, embarquez-moi tout ça.

– Crédieu de galère! Quand va falloir tout le débarquer?

– Tu verras bien. Allez, ouste!

Afin de ménager l'armurier, Pierre se réserve les colis les plus pesants et l'aide tant qu'il peut. Au lieu de lui permettre de se reposer, cette halte a simplement permis à son compagnon de se rendre compte qu'il venait d'atteindre les limites de son endurance. Les yeux hagards, il s'exécute en automate et marche d'un pas chancelant.

Ils reprennent la pagaie et, à la façon dont Hardouin la plonge dans l'eau, il est évident qu'il n'y met aucune ardeur. Cependant, le maître du canot n'en souffle mot, espérant sans doute le voir récupérer un peu de vigueur.

Au bout de deux lieues, le fort courant les oblige à toucher terre et à décharger pour le dernier portage. Cette fois-ci, La Ramée dispense Hardouin de cette corvée, l'autorisant à souffler avant le halage du canot à vide.

Comme pour le premier passage à la cordelle, La Ramée demeurera dans l'eau afin d'éviter que le canot ne heurte les écueils rocheux de la berge.

– Combien de pas, celui-ci? s'informe Pierre pendant que Belle-Voix fixe les charges sur son dos.

– Sept cent quarante.

– C'est le plus long? demande le jeune homme dont les capacités mathématiques sont dépassées par ce nombre.

– Des Chaudières, oui, c'est le plus long, mais en amont…

– Oui, je sais, en amont y a pire, bien pire, bien bien pire, termine Pierre en jetant un regard inquiet vers Hardouin qui tire la corde le long de la rivière. Pourvu qu'il porte attention où il met les pieds, pense le jeune homme en accomplissant le premier des sept cent quarante pas.

Le soleil descend à l'horizon quand, des milliers de pas plus tard, Pierre se libère du collier de portage. Imprimée sur son front et ses tempes, la sangle s'est taillée une tranchée dans son épaisse chevelure blonde où s'emmêlent branchages et ramilles. Des coulisses de sang et de saletés lui zèbrent le cou et le visage, tandis que ses vêtements sont complètement trempés de sueur. Est-il si exténué qu'il n'en a plus conscience? Il ne sait pas au juste, mais il se sent toujours dans cet état second, grisé par une incroyable sensation de vivre.

Assis sur un rocher, Hardouin, distrait, contemple les flots, étranger à l'ordre de La Ramée, toujours à l'eau, de rembarquer la cargaison.

– Nivoigoutte, gueule le maître du canot. Tiens ton bout!

L'armurier sursaute et voyant ce qu'on attend de lui, se lève péniblement.

– Courage! Au campement! Allez! exhorte La Ramée, son attention fixée sur le plus abattu d'entre eux. Celui-ci pénètre à l'eau, puis, soudain, perd pied et disparaît aussitôt.

La Ramée plonge. Simultanément, Grosse-Voix saisit le rebord du canot. La tête d'Hardouin émerge. Les yeux horrifiés, il hurle, bat des bras, puis sombre de nouveau, alors que La Ramée nage dans sa direction pour le rattraper. Y parviendra-t-il avant que le courant ne s'intensifie et ne les emporte? Vitement, Grosse-Voix confie le canot à Pierre et, s'emparant de la corde, se précipite avec son frère pour suivre la descente du naufragé. Mus par une énergie surhumaine, les deux hommes courent en sautant les rochers et les obstacles avec facilité et agilité, bondissant et se déplaçant comme des cerfs en fuite.

Pierre aperçoit La Ramée qui agrippe de justesse la chevelure de l'armurier refaisant surface. Attachée à un bout de bois, la corde est lancée, mais manque sa cible. Le nageur tente de revenir vers la rive en traînant le malheureux dont les bras se démènent frénétiquement. Quelques brasses encore, et il devra abandonner son engagé s'il ne veut pas périr avec lui. La corde est relancée et, cette fois-ci, La Ramée parvient à la saisir. Avec force et adresse, les frères Gareau les halent, et, bientôt, La Ramée touche la rive avec le rescapé.

De l'endroit où il se trouve, Pierre ne voit plus Hardouin entouré de ses sauveteurs. Un froid le saisit à l'idée que son compagnon a peut-être rendu l'âme. Dans l'eau jusqu'au bassin, il maintient le canot et n'entend plus que cette puissante rivière qui pousse contre ses jambes et lui sape le dessous des pieds. Des pensées et des sentiments refont surface dans son âme agitée. Jamais il n'aurait cru La Ramée capable d'un tel acte de bravoure envers un simple engagé. Faut-il y voir une grandeur d'âme ? Une raison suffisante pour lui accorder entière confiance et fidélité ? Ou est-ce cette rivière qui les rend solidaires ? La sachant si aveuglément puissante, ont-ils d'autre choix que de s'unir contre elle ?

Au bout d'un temps interminable, ses équipiers reviennent. Les deux frères soutiennent Hardouin qui tient à peine sur ses jambes, alors que La Ramée suit derrière d'un pas fatigué. L'armurier tousse, crache et respire par brèves saccades.

– T'as bu toute une tasse, Nivoigoutte, taquine Grosse-Voix en aidant le rescapé à s'asseoir.

Celui-ci lance à la ronde un regard reconnaissant en balbutiant des remerciements.

– C'est comme pour le canot, lui crie La Ramée. Chacun doit prendre soin des autres comme de la prunelle de ses yeux.

Voilà. Ces paroles les cimentent avec efficacité. Pierre défie la rivière du regard, se sentant fort et protégé. Elle aura beau faire, tant qu'ils seront responsables les uns des autres, elle ne pourra rien contre eux.

— Prêt à continuer, demande La Ramée en le fixant droit dans les yeux.

— Prêt, répond Pierre, déterminé à agir et à se dépenser avec loyauté pour le bien de tous.

*

La beauté tranquille des îles, passé le portage de la Troisième Chaudière, surprend Pierre et le réconcilie avec la rivière. Bordées de vignes et peuplées de noyers, elles sont comme autant de havres de paix parsemées à l'entrée d'un lac[2].

À l'horizon, le soleil couchant dore des écharpes de nuage et empourpre le creux des vaguelettes où rutilent les derniers reflets de la lumière du jour. Bientôt, ce sera la nuit. Le campement. Le repos.

Un huard hurle sa longue plainte, couvrant le bruit de fond des chutes en aval. À défaut d'avoir vaincu les hommes, elles les ont soudés, et Hardouin pagaie de son mieux, désormais redevable de sa vie au maître du canot.

Alors qu'ils approchent du lieu du campement, une fumée attire leur attention sur un rudimentaire abri d'écorces et un canot renversé.

— Des Sauvages, renseigne La Ramée.

— Pas nombreux, précise Belle-Voix. À peine de quoi traiter.

Qu'importe, pense Pierre, s'ils ne sont pas nombreux, ils ne sont guère dangereux. C'est ici que commence son

---

2. Lac des Chaudières ou des Chênes.

apprentissage. À lui d'observer comment s'y prendre pour dépouiller ces barbares de leurs castors.

En débarquant, Grosse-Voix grommelle : « Le p'tit homme du Diable » avec mécontentement. Pierre remarque alors une silhouette insolite qui se dirige vers eux.

Une légère claudication de l'individu fait balancer de façon saccadée ses cheveux à hauteur d'épaules et maintenus par un bandeau sur le front. Par la grandeur de la taille, on dirait un enfant, mais la musculature du corps vêtu d'un simple pagne révèle un adulte.

« P'tit homme du Diable », répète Grosse-Voix, les dents serrées. Pierre remarque à quel point le Sauvage inspire crainte, répulsion, respect et indignation. Doit-il s'armer de son fusil ? Quel danger représente-t-il ? Sur ses gardes, il suit La Ramée et les frères Gareau qui se portent à sa rencontre.

Le maître du canot s'adresse à lui en Indien. Ne comprenant rien à cette langue gutturale, Pierre tente de lire sur les visages et se bute à celui, hermétiquement fermé, de l'indigène. Aucune émotion n'y filtre, et l'absence totale d'expression le glace. Pierre se remémore le scalp et les propos de la veille à son sujet. Selon Grosse-Voix, le voilà en présence d'un païen à qui le diable a donné des pouvoirs. Doit-il y porter foi ou, à l'instar de La Ramée et du commandant du fort du Lièvre, attribuer ces pouvoirs au réseau de contrebande dont il fait partie ?

Soudain, le masque impassible de l'Autochtone se tourne vers lui, laissant s'échapper de ses yeux fortement bridés un regard diabolique. Pierre sent les cheveux lui dresser sur la tête et porte instinctivement la main sur la médaille de la Vierge.

Devant ce geste, l'homme du diable laisse apparaître une réaction et le fixe longuement. Croit-il par là l'intimider et lui faire abandonner sa médaille pieuse ? Il se trompe grandement. Pierre soutient le regard terrifiant du Sauvage, allant jusqu'à le défier. Cette protection du ciel, c'est Isabelle qui la lui a attachée au cou. Jamais, il ne s'en départira. Ni n'altérera sa foi en elle. Cet homme devant lui concrétise l'obstacle au succès de leur canotée et l'entrave à ses projets. Sans des intrus de son acabit, le commerce irait rondement, et l'établissement en ce pays ne présenterait aucun risque. Mais il est là, ce serviteur du diable, à leur mettre des bâtons dans les roues avec ses connaissances marchandes et ses pouvoirs maléfiques. Il est là, à guetter le moment propice pour prélever leur chevelure.

Sans lui, ils n'auraient pas à remonter cette rivière pendant des lieues, ni à peiner sous des fardeaux en ménageant le moindre pas, ni à se faire dévorer par les moustiques et risquer leur vie à tout moment. Sans lui, ils n'auraient pas à aller si loin, car ce sont les Sauvages qui viendraient à eux, comme ils le faisaient jadis.

Sans lui, Pierre offrirait ce pays à son enfant et ne se retrouverait pas de nouveau aux abords d'un gouffre à l'image de la Grande Chaudière lors de son retour en France. Hélas, cet importun est là et il compte bien y rester traduit le regard noir et luisant planté dans le sien.

La Ramée se glisse entre eux, permettant ainsi qu'ils cessent de se dévisager l'un l'autre. Il prononce quelques paroles d'un ton poli, puis, sans plus, l'homme s'en va.

Pierre s'attarde au balancement des cheveux qui confère à la silhouette un caractère bizarre et inquiétant. N'est-ce pas là l'image du démon échappé de l'enfer ?

À l'instant où sa main abandonne la médaille, l'homme du diable se retourne vivement et lui décoche un dernier regard. Cette fois-ci, Pierre baisse les yeux, glacé d'une inexplicable horreur.

Chapitre 21

En amont

Île aux Allumettes.

— Les Sauvages, ils disent que les yeux d'Onontio, notre gouverneur général, eh bien, ils ne voient point en amont du Long-Sault. Crois-moi, Nivoigoutte, les yeux du bon Dieu non plus n'y voient point en amont, confirme Grosse-Voix en étendant des rameaux de fougère sur les braises.

Durant quelques secondes, tout semble s'éteindre à l'intérieur du périmètre de pierres, puis, de denses filets de fumée se faufilent entre les végétaux, se lient et, portés par la faible brise, s'étendent en direction du canot renversé. En enfumant ainsi couvertures et lieu de repos forceront-ils les moustiques à leur accorder une trêve ? C'est à souhaiter. Omniprésentes, voraces, infatigables, ces bestioles s'avèrent le pire des fléaux. Quelques heures de sommeil sans leur infernal harcèlement leur feraient le plus grand bien.

Assis par terre, jambes repliées devant soi, tous fument la pipe à l'exception de Pierre.

— Par chance, crédieu ! s'exclame Hardouin.

– Par chance aussi qu'il n'y ait point eu de grand portage aujourd'hui. Ici sur l'île, c'est seulement deux petits portages vite faits. Il m'a bien semblé par contre t'y voir les jambes mollir plus qu'à l'accoutumé… Ça serait point en rapport avec ta Sauvagesse d'hier?

– Et tes jambes à toi, elles n'étaient pas plus faibles? riposte l'armurier avec un sourire amusé.

– Moi, j'ai l'habitude des Sauvagesses… et mes jambes, ce sont point les tiennes, mais je dois convenir… oui, je dois convenir, Nivoigoutte, que tu m'as impressionné de t'être payé une femme après le portage du Grand Calumet. Celui-là, c'est le plus long. Combien de pas, Belle-Voix?

– Deux mille trente-cinq.

– Deux mille trente-cinq, c'est dire que l'amour, ça te requinque un homme.

Hardouin laisse échapper un petit rire qui se communique instantanément au reste du groupe. Bien que la veille, Pierre ne se soit accordé aucune licence à la factorerie de Coulonge, il participe à l'exubérance du lendemain. Complice de ses équipiers dans le travail ardu, il l'est aussi dans le plaisir et ne porte aucun jugement sur leur conduite. C'est chacun selon sa pensée, soutiennent apparemment les Sauvages. Lui, sa pensée, elle est toute entière habitée par Isabelle. Comment une pauvre Sauvagesse pourrait-elle l'en déloger?

– Ce n'est point moi qui l'ai payée, c'te Sauvagesse, mais Pierre, précise l'armurier en lui dédiant un regard reconnaissant.

– C'est que trop vrai, remarque Belle-Voix. Elle ne t'a donc point tenté?

Pierre hésite à répondre. Âgée d'environ seize ans, la fille était assez jolie et démontrait déjà un savoir-faire surprenant en matière de séduction. Elle habitait une des cabanes d'écorces dressées autour de la palissade du fort

Coulonge[1]. Dès leur arrivée, elle a jeté, semble-t-il, son dévolu sur lui, le suivant partout et lui caressant les bras et les cheveux. Cela l'embarrassait, mais il ne savait comment l'éconduire, car elle-même ainsi que bon nombre des siens présentaient déjà des signes d'ébriété avancée. Arrivés la veille, ces Sauvages avaient commencé à trafiquer au fort Coulonge et considéraient leur venue comme une possible concurrence permettant de faire augmenter la valeur des échanges. Le voyant transporter une très lourde charge, le père de la fille paria un castor gras contre un pot d'eau-de-vie qu'il pouvait transporter plus lourd. Pierre sauta vite sur l'occasion de gagner ce premier pelu et releva la gageure, sûr de l'emporter. Massif comme un rocher et rompu aux portages dès l'enfance, son rival lui livra une chaude lutte, mais il n'avait pas, comme lui, l'image d'Isabelle pour le stimuler. Faut-il qu'elle soit exceptionnelle pour que l'espoir de la revoir lui ait permis de remporter ce pari après l'interminable portage du Grand Calumet! Hélas, il n'a pu mettre la main sur ce pelu rudement gagné, La Ramée intervenant à la fin de l'enjeu. Aucun de ses hommes ne devait recevoir de castors dans les limites de la factorerie. Content de conserver sa monnaie d'échange pour une éventuelle pinte d'eau-de-vie, le père lui offrit tout de même sa fille dans l'intention d'honorer son pari.

— Elle était jolie, mais la mienne est encore plus jolie, répond enfin Pierre en guise d'explication.

— Mais la tienne, elle est de l'autre côté... Si tu t'étais contenté de celle-là, jamais elle ne l'aurait su, rétorque Hardouin d'un ton désinvolte. Remarque que je ne m'en plains point.

---

1. Fort Coulonge: poste de traite érigé vers 1680. Il s'élevait un peu en amont du confluent des rivières Coulonge et Outaouais. Endroit commercial stratégique, il était situé entre l'île aux Allumettes et l'île du Grand Calumet.

– Ah! Les Sauvagesses! Elles t'ont une manière de satisfaire un homme, s'exclame Grosse-Voix qui s'était éclipsé pour la nuit dans une des cabanes. La prochaine fois, mon blond, je te conseille d'y goûter.

Dubitatif, Pierre hoche la tête.

– Qui lui dira à l'autre? poursuit Grosse-Voix. Hein? Personne. Elle habiterait Trois-Rivières, Kébec ou Montréal, qu'aucun d'entre nous ne te trahirait.

– Ma parole, il dit vrai. Personne ne te trahirait, mon blond. Nous cinq, c'est comme les cinq doigts de la main. L'un peut faire ce qu'il veut sans rendre de compte à l'autre, mais nous sommes tous de la même main, résume La Ramée.

Effectivement, depuis le sauvetage d'Hardouin, une telle solidarité a soudé le groupe que Pierre en est venu à considérer ses compagnons un peu comme les membres de sa famille. Certes, ils ont chacun leurs vues et leurs défauts, mais il s'en accommode très bien. Benjamin du groupe, il retient les leçons de chacun.

Hier, l'eau-de-vie aidant, ils se sont livrés à des comportements frisant la débauche. En guise de remerciements pour son sauvetage, Hardouin avait offert de leur payer à boire, demandant à La Ramée de déduire cette dépense de ses futurs gages. L'accord du maître du canot avait alors ouvert la porte à tous les excès qui, déjà, prévalaient à leur arrivée. Dus à la présence inattendue de Sauvages venus faire la traite à cette époque tardive, ces excès se manifestèrent autant à l'intérieur qu'à l'extérieur de la palissade. Pierre n'avait ni bu ni couché avec une femme, préférant observer les us et coutumes de l'endroit.

– La prochaine fois, songes-y, mon blond, recommande Grosse-Voix. Tu ne sais point de quoi demain sera fait.

Court moment de silence.

– Ouais, t'as raison, demain, on sait point de quoi il sera fait, reprend l'armurier. Suffit d'un faux pas, d'une distraction… et hop, on se retrouve à l'eau. Moi, je regrette point ma nuit d'hier, et puisque Grosse-Voix prétend que les yeux du bon Dieu ne voient point en amont du Long-Sault, j'suis prêt à recommencer, crédieu, oui !

Rire général.

– Rendu En-Haut, t'auras qu'à choisir, promet Belle-Voix. Moi, j'en ai une qui m'y attend et qui m'a déjà donné un beau garçon. Elle me sert bien… Pour un coureur des bois, c'est l'idéal.

– Pour un « voyageur », mon frère. Nous voilà voyageurs maintenant, rectifie Grosse-Voix avec un brin d'ironie.

– Est-ce que c'est loin encore, En-Haut, demande Pierre profitant de l'occasion.

– Patience, mon blond. Patience. Ma parole, on y arrivera, assure le maître du canot, évasif.

– Et les limites de la factorerie de Coulonge, elles se terminent où, au juste ?

– Là où les yeux des d'Ailleboust[2] ne peuvent plus voir. La traite, sur une grande partie de l'Outaouak, c'est leur affaire. C'est pour c'te raison que je t'ai privé de ton pelu, hier. Ces gens-là, ce sont des nobles, tu comprends ? Ils ont des amis bien placés partout, et, pour eux, les lois ne sont pas les mêmes.

– Vrai comme j'suis là qu'elles sont point les mêmes, renchérit Grosse-Voix. C'sont de sacrés ferrailleurs[3]. Eux, d'interdictions de duel, ils n'en tiennent point compte et, de congés, ils n'en ont point besoin à Coulonge pour faire

---

2. D'Ailleboust : les descendants de Charles d'Ailleboust des Musseaux à qui Frontenac concéda, en 1682, malgré l'interdiction de la politique de Paris, la seigneurie d'Argenteuil, afin qu'elle serve de base aux opérations de traite sur l'Outaouais au seigneur et à ses héritiers.
3. Ferrailleurs : escrimeurs.

la traite. Ils n'ont qu'à dire qu'elle relève du poste du Long-Sault tenu par leur cousin d'Ailleboust de Cuisy. Et là, au Long-Sault, z'avez vu comme ils les surveillent, les congés ? De l'autre côté, en France, c'est la même chose, j'imagine, non ?

— De l'autre côté, les seigneurs payent point la taille royale, confirme Pierre.

— Ben nous, de c'te taille royale, on n'en paie point non plus. Y a que le cens et la dîme qu'il nous faut payer, renseigne Grosse-Voix.

— Crédieu ! Vous êtes comme des nobles… En plus, vous avez le droit de chasser.

— Attends de voir… En-Haut, sommes comme des rois, promet Belle-Voix.

— Ouais, comme des rois, corrobore son frère. Personne pour nous surveiller, nous commander, nous interdire… La liberté, quoi ! Les missionnaires n'ont d'emprise que sur les convertis… Et encore, pour les convertis, entre l'eau bénite et l'eau-de-vie, le choix est point difficile. Mais là où on va, imaginez qu'ils sont point convertis et qu'ils ne savent point la valeur des articles. Pour une poignée de verroterie, on aura plus de pelus que les sieurs d'Ailleboust n'auront jamais, tout nobles qu'ils soient.

— Sans parler qu'il suffira d'une gorgée d'alcool pour les enivrer, surenchère La Ramée. Ceux d'hier, ce n'était pas leur première cuite. Vous avez-vu comment ils étaient ?

Dépravés, pense Pierre. Complètement dépravés. Comment pourra-t-il oublier cette vision d'enfer d'un homme courant derrière sa femme en brandissant une hache, et de ces deux autres se mordant comme des bêtes en roulant dans la poussière ? Comment pourra-t-il oublier les cris, les pleurs des bébés affamés et les hurlements de leurs chiens durant la nuit, et, à l'heure de leur départ, à l'aube, ce vieillard en colère les menaçant de son arc bandé ? Que vociférait-il en sa langue ? D'un coup de poing sur la nuque, l'homme qui avait parié avec lui l'avait assommé par derrière. Le vieux s'était écroulé. De lui, Pierre ne garde que le souvenir de ses yeux fixes et d'un filet de bave coulant de sa bouche édentée. Était-il mort ? Cela semblait n'avoir aucune importance aux yeux de son agresseur. Ni aux yeux de La Ramée et des frères Gareau. Hardouin avait posé la question. Personne n'avait répondu, et ils s'en étaient allés.

Toujours plus en amont. Cette fois-ci, il leur fallait se rendre au-delà de la chasse gardée de la famille d'Ailleboust. Quiconque contreviendrait à l'interdiction de servir des boissons enivrantes aux Sauvages dans les limites du tronçon qu'elle s'était appropriée sur la rivière, se verrait automatiquement traîner devant la justice du pays. À défaut, les représentants de la noble famille n'hésiteraient pas à la rendre eux-mêmes à la pointe de leur épée.

La liberté d'action et la possibilité d'un commerce plus que lucratif semblaient remonter le courant, devançant ainsi leur progression. Aller en amont devenait de plus en plus difficile, mais de plus en plus prometteur. En-Haut, ils seraient, non pas des nobles, mais des rois. Et des pelus, ils pourraient en obtenir à profusion en violant les lois sans danger aucun.

En amont, c'était le paradis accessible par l'enfer. Suffisait de s'y rendre pour faire le pied de nez aux d'Ailleboust que les autorités n'importunaient pas, ainsi qu'au « p'tit homme du Diable » que les mêmes autorités ne pouvaient importuner.

En amont, ils iront comme les cinq doigts d'une même main, attirés par le rêve et poussés par la nécessité.

En amont, ils seront des rois.

Chapitre 22

Baptême

Rive sud de la rivière des Outaouais,
en amont de l'île aux Allumettes.

— Crédieu ! On se croirait un jour saint pour finir si tôt, fait remarquer Hardouin en déposant son dernier ballot sur le sable de la plage.

— Pas saint mais sacré, laisse tomber La Ramée avec un air de mystère après avoir tiré le canot hors de l'eau avec les frères Gareau.

— Qu'est-ce à dire « pas saint mais sacré » ?

— Tu verras, compagnon, tu verras.

Le maître du canot empoigne l'épaule de son engagé. Déconcerté, celui-ci lance un regard à la ronde et s'aperçoit que les deux Canadiens posent à leur tour la main sur chaque épaule de Pierre. Instinctivement, le jeune homme ébauche le geste de se défaire d'eux.

— Tout doux, mon blond. On te veut point de mal, rassure Belle-Voix. En seulement, c'te pointe de sable dans la rivière, on ne peut la passer sans respecter la tradition.

— La tradition ?

— Oui, viens que l'on t'explique.

Les deux frères entraînent Pierre tel un prisonnier jusqu'aux côtés de l'armurier.

— Voyez c'te falaise en face? commence La Ramée d'un ton solennel.

— Crédieu, oui! Avec c't'hauteur, faudrait être aveugle pour ne point la voir, réplique l'armurier dans l'intention de faire rire ses compagnons à l'étrange et imprévisible comportement.

— On la nomme le Rocher à l'Oiseau[1]. D'ici, on les voit point, mais les Sauvages y ont peint des dessins… il y a bien longtemps.

— Les dessins y étaient à l'arrivée des tout premiers Français, précise Belle-Voix.

— Un des dessins représente un oiseau. D'après leur légende, c't'oiseau aurait sauvé la vie d'un bébé tombé en bas de la falaise.

— Vous avez point envie de nous y jeter tout de même? s'exclame Hardouin avec une pointe d'inquiétude.

Grosse-Voix s'esclaffe.

— Vous y jeter? Jamais de la vie, Nivoigoutte! On a trop besoin de vos bras. Vous y jeter, qu'est-ce qu'il va chercher là, le bougre?

Sur ce, Grosse-Voix plonge les doigts dans la tignasse de Pierre et la frotte vigoureusement.

— Hein, mon blond? Qu'est-ce qu'il va chercher là?

Ne sachant à quoi s'en tenir, Pierre sourit.

— Ma parole, pour qui vous nous prenez? s'offense La Ramée.

— Mais c'est quoi, c'te tradition? riposte Hardouin sur la défensive.

---

1. Rocher à l'Oiseau: falaise de 500 pieds de haut tombant dans l'Outaouais où sont peints à l'ocre rouge des dessins préhistoriques. Il se trouve en amont de l'île aux Allumettes, sur la rive nord, dans la municipalité de Sheen-Esher-Aberden et Malakof.

Une expression mielleuse gagne le visage de La Ramée.

– Oh ! Elle te fera point grand mal, compagnon, mais vous faut la subir… sinon… pas question d'aller plus loin pour vous deux.

– Comment ça ? Pourquoi ?

– Sur c'te pointe, y a un rite pour ceux qui remontent l'Outaouak pour la première fois. Vous avez vu comme c'te pointe est longue à s'avancer dans la rivière et comme la plage est belle ? Pour c'te raison, on la nomme la Pointe-au-Baptême.

Hardouin tente soudain de se libérer.

– Holà ! Je ne sais point nager et le baptême, je l'ai eu aux Chaudières.

La Ramée le retient fermement.

– C'était point un baptême mais un accident. Ici, c'est autre chose : ça porte bonheur pour le reste du voyage. Me crois-tu assez bête pour risquer ta vie après que j'ai mis la mienne en péril pour te la sauver ? s'emporte le maître du canot.

Hardouin se ravise, se montre docile.

– Tous ceux qui sont passés ici la première fois se sont fait baptiser. Moi, mon frère, La Ramée, on l'a tous été, ajoute Grosse-Voix regardant tantôt Pierre, tantôt l'armurier. Alors, z'allez suivre sagement et nous laisser faire, termine-t-il en s'avançant vers l'eau. Puis, dans l'eau.

Pierre suit sans opposer la moindre résistance. Cette tradition lui plaît et, pour rien au monde, il ne voudrait s'y dérober. Ne concrétise-t-elle pas l'aboutissement de son rude apprentissage ? Ne le consacrera-t-elle pas voyageur ?

Escorté de Grosse-Voix, il s'avance dans l'eau. L'expérience est nouvelle. Fascinante. Les yeux fixés sur la falaise, il pénètre la masse fluide, univers en mouvance sur lequel il voyage depuis des jours. Univers mystérieux, porteur de vie et de mort. Contre qui l'on se bat. Avec qui l'on progresse.

Combien d'hommes avant lui sont descendus dans l'eau pour s'y faire baptiser ? Ce rite ne l'unit-il pas à tous ceux-là ?

L'émotion le gagne à l'idée de raconter à Isabelle la légende du bébé sauvé par un oiseau. Ce bébé, n'est-ce pas un peu le sien chutant vers l'enfer social réservé aux enfants illégitimes ? Et lui, n'est-il pas un peu cet oiseau le rescapant de justesse ? De toutes ses fibres, Pierre adhère à la conviction que ce rite le protégera et le fera revenir le dos courbé sous une montagne de pelus.

— Que la rivière te baptise, prononce le Canadien en lui donnant une formidable poussée.

Les yeux fermés, Pierre se laisse sombrer, surpris par le bruit de l'onde murmurant d'incompréhensibles secrets. Pour la première fois de sa vie, il se retrouve complètement immergé et éprouve une sensation de légèreté comme si, du coup, il se voyait libéré du poids de son passé et de sa naissance qui a fait de lui un serf. La rivière le lave, l'absout de ses fautes et de ses erreurs. Un homme nouveau émergera. Libre et fort. La rivière le purifie, l'accepte et le fortifie. Le voilà en son sein lui qui, depuis des jours, en sillonne la surface et en côtoie les rapides. Le voilà en elle comme le fœtus est en la mère, uni d'insondable manière à son propre enfant. Une poigne solide l'y arrache et, tel le nouveau-né, Pierre s'emplit les poumons d'air.

— Nous faut arroser ça, maintenant, mon blond. À toi de nous offrir à boire.

Ils reviennent vers la plage.

— Crédieu de galère, peste Hardouin étouffé. Le souffle saccadé, il tousse et crache, la morve pendue au bout du nez. Le soutenant par le bras, La Ramée l'accompagne.

– Tu te feras jamais à l'eau, Nivoigoutte, si tu t'épouvantes de la sorte.

– Facile à dire, crédieu de galère… Quelqu'un a parlé d'arroser ça ? Je boirais volontiers autre chose qu'une tasse d'eau.

Cette répartie les fait rire.

– Vrai comme j'suis là, un baptême, ça s'arrose, confirme Grosse-Voix. Et deux, ça s'arrose deux fois plus. Allez, mon blond, à toi l'honneur de rafraîchir nos gosiers.

Signe qu'il respecte dorénavant toute volonté de La Ramée, Hardouin ne s'ombrage pas d'apprendre que Pierre dispose d'eau-de-vie et d'articles de traite à échanger aux Pays-d'en-Haut. Au contraire, il semble plutôt s'en réjouir, profitant de l'occasion de s'enivrer à bon compte.

Un pot d'eau-de-vie est débouché. Puis deux. Et trois avant que les frères Gareau n'en manifestent les effets. L'un chante, l'autre raconte, enfonçant à tout bout de champ ses gros doigts dans la tignasse de Pierre. « Hein, mon blond », répète-t-il avec un attachement quasi paternel. N'ayant pas l'habitude de la boisson, quelques rasades ont suffi à Pierre pour lui procurer un état de bien-être et d'insouciance. Au début, il s'alarmait de voir baisser sa ration d'eau-de-vie, mais maintenant, il n'en a cure. Seule lui importe cette communion d'âme avec ses compagnons.

– Vive la tradition ! s'exclame-t-il.

– Vive la tradition et longue vie à tous ! reprend La Ramée choquant sa tasse contre la sienne.

– Vive les voyageurs ! poursuivent les frères Gareau.

– Vive la France ! propose Hardouin, tendant sa tasse vide que Pierre remplit aussitôt de bon cœur.

– Vive la France et vive la Neuve-France ! ajoute ce dernier.

À ces mots, les deux frères s'enflamment.

– Là, tu parles, mon blond. Vive la Neuve-France !

Ainsi, ils boivent, assis en rond autour du feu de fumée, de moins en moins sensibles aux piqûres des moustiques et à l'humidité de leurs vêtements. De plus en plus réceptifs et sujets aux confidences. Entre deux gorgées d'alcool, ils avalent leur sagamité, contemplant la noire façade du Rocher à l'Oiseau que les rayons du soleil couchant effleurent.

Des huards iodlent et s'échangent de longues plaintes, plongeant par intervalles dans la majestueuse rivière. Pierre la trouve d'une beauté sans pareille. Nulle part en France une telle rivière n'existe, il en est persuadé. Tantôt, elle impose, tantôt, elle charme et, d'autres fois, elle terrifie. La remonter, c'est découvrir ses mille et un visages. C'est la surprendre dans ses multiples lits, essuyant ses sautes d'humeur ou abusant de ses langueurs.

Ce soir, elle s'étale devant lui. Large et calme, semblant dormir au pied de la falaise légendaire. En arrière-plan, une lointaine colline s'arque doucement.

Ce soir, cette rivière, Pierre l'aime et regrette de lui en avoir tant voulu dans les portages. Demain pourtant, il lui en voudra encore, il le sait, mais à l'instant, entre elle et lui, c'est la trêve. Alors, il en profite et se laisse imprégner du sens sacré de l'endroit et du moment. Qu'ont ressenti, avant lui, les voyageurs assis à sa place? Et avant eux, les Sauvages? Qu'est-ce qui les a inspirés à peindre cette falaise? Comment ont-ils procédé? Une atmosphère mystérieuse et grandiose émane du lieu, et il est troublé par la légende de cet oiseau sauvant un bébé.

Tout son être maintenant tend vers Isabelle. N'eut été de cette saleté de Sauvages, peut-être un jour aurait-il pu lui montrer cet endroit. Une chose est sûre, il lui aurait offert un pays où vivre ensemble avec leur enfant dans la dignité.

— Te voilà bien songeur, mon blond, remarque soudainement Grosse-Voix. C'est la rivière qui en est cause?

– De ce que j'ai vu en France, il n'y en a point d'aussi belle.

– Et tu as beaucoup voyagé en France ?

– Du Bugey jusqu'à La Rochelle.

– Moi, la France, j'y ai jamais mis le pied. Dis-moi, en lieues, ça fait combien ? s'informe le Canadien.

– Je saurais point le dire… Ça m'a paru long.

– Aussi long que de Montréal à ici ?

– Difficile à dire… Ici, on voyage sur l'eau, mais, depuis Kébec, assurément, c'est la même distance. Peut-être plus.

– Que te semble, Nivoigoutte ? demande Grosse-Voix, se tournant vers l'armurier.

– Je saurais point dire non plus : tout c'que j'connais de la France, c'est la Normandie, mais, crédieu de galère, j'croirais qu'ici, c'est bien plus grand vu qu'on est encore loin d'être rendus aux Pays-d'en-Haut.

Pierre sursaute, frappé par ces dernières paroles.

– Quoi ? Que dis-tu là ?

Un silence s'ensuit durant lequel La Ramée tente en vain de faire de gros yeux à l'armurier pour le faire taire. Ne s'en apercevant pas, celui-ci répond :

– Crédieu de galère, c'est pas pour demain, ni pour bientôt… Un baptême, ça se trouve forcément au début… Y a qu'à calculer jusqu'au retour, qui sera point avant l'automne prochain.

– Quoi ! Point avant l'automne prochain ?

Pierre se lève d'un bond, mitraillant d'un regard furieux le maître du canot. Constatant sa bévue, Hardouin tente de la réparer.

– Non… non. Qu'est-ce que j'dis là… C'est c't'automne, oui, c't'automne que nous revenons, pas l'automne prochain… Oublie ça.

La Ramée affiche une moue de mécontentement.

– Non, tu as dis vrai la première fois. C'est l'automne prochain, hein, Grosse-Voix ?

Pierre s'avance vers le Canadien.

— T'avoir dit la vérité, tu serais point venu, explique celui-ci embarrassé.

— Comme ça, le retour est prévu pour l'automne prochain… Z'êtes tous au courant, sauf moi.

Pierre promène un regard circulaire et s'arrête sur Hardouin.

— Même toi, tu l'savais, et tu m'as rien dit… Pourquoi ? Je te croyais mon ami.

L'armurier baisse les yeux, honteux.

— … J'ai transporté une partie de ta charge tout le temps.

— Figure-toi donc que moi aussi, j'ai porté une partie de ta charge puisqu'une partie des marchandises de troc était à toi. Ça, tu ne me l'as point dit, toi non plus, que t'avais le droit de troquer.

Pierre accuse le coup.

— T'as raison, mais l'avoir dit, cela n'aurait rien changé. C'était convenu de c'te façon avant même que je débarque à Kébec.

Hardouin ouvre des yeux étonnés.

— Avec Le Bourru ? s'informe-t-il.

— Parfaitement, avec Le Bourru.

— Il nous a bien eus, tous les deux…

— Comment ?

— Toi aussi, c'était convenu de c'te façon avec lui… Il a jamais eu l'intention de te reprendre à son bord.

— Tu mens.

— Crédieu non, j'mens point.

— Oui, tu mens. Le Bourru, il a garanti de me prendre à l'automne.

— Il ment point, intervient La Ramée d'une voix autoritaire. À cette heure, Le Bourru doit déjà voguer vers la France… C'était son idée de te laisser ici.

— Ah, oui ? Son idée ? Elle faisait bien votre affaire, son idée, hein ? Hein, Grosse-Voix ? Ça vous arrangeait bien d'avoir mes bras… Quel nigaud je suis ! Vous m'avez menti, vous m'avez tous menti… tout ce temps-là. Même Modrière le savait aussi, j'imagine.

— C'était pour ton bien, argumente le maître du canot. Crois-moi, c'est mieux comme ça.

— Mon bien ? Qu'est-ce que vous pouvez bien savoir de mon bien ? lance Pierre en s'éloignant d'eux à grandes enjambées.

Le long de la rivière, il se met à courir vers l'aval, les fuyant et fuyant la réalité qui le rattrape et lui broie le cœur. Le paysage tangue devant ses yeux, et il se sent chuter dans le vide sans qu'aucun oiseau sauveteur n'en soit alerté. Il court, trébuche sur les rochers et les épaves, patauge dans l'eau, s'empêtre dans les broussailles. Perdu au bout du monde, chacun de ses pas ne le mène nulle part et se perd aussitôt dans l'immensité. Il y a trop de distance entre lui et le port de Kébec. Jamais il n'y arrivera. Finalement, il s'arrête, puis s'écrase sur une roche près de l'eau. Les nuées de moustiques le rejoignent et assaillent sa tête enfiévrée. Ils s'introduisent dans ses oreilles où il entend battre son cœur, lui mordent les tempes, le front, la nuque, les paupières. Il les laisse faire, étourdi, engourdi. Viendront-ils à bout de lui sucer tout le sang ?

— Les galères t'attendent là-bas, affirme la voix de La Ramée dans la pénombre.

Pierre se retourne, aperçoit la silhouette de l'homme qui se découpe sur la faible clarté subsistant à l'horizon.

— C'est elle qui m'attend… Je lui ai promis de revenir.

— Revenir, tu pourrais toujours… mais après ?

Cette sempiternelle question, posée par un autre que lui, lui donne le vertige. Après, il ne sait pas. Pierre se tait, entend grincer dans le sable les pas du maître du canot qui s'approche et lui pose doucement la main sur l'épaule.

— Après, mon blond, tu seras enchaîné aux galères pour la vie…

Il aimerait se soustraire au geste mais n'en fait rien, tant la chaleur de cette paume le réconforte.

– Oublie-la… C'est mieux pour elle et pour toi.

– Je ne peux pas.

– Tu crois qu'elle va t'attendre toute sa vie ? Qui te dit qu'elle ne t'a pas déjà oublié ? Penses-y… Tu tiens vraiment à passer le reste de tes jours à fond de cale à ramer sans même voir où tu vas ?… Ici, t'as une chance… Ici, quand tu rames, tu sais où tu vas et tu y vas pour toi… Pas pour le roi. C'est folie de retourner là-bas… Tu le sais… Oublie-la.

Pierre serre la médaille de la Vierge. Il revoit sa belle Isabelle la lui attacher au cou sous le regard autoritaire du prévôt de la maréchaussée. Les chevaux piaffaient d'impatience. « Elle te protégera… Je t'attendrai », avait-elle dit alors qu'on les séparait. C'est folie de retourner là-bas, il en est conscient. Comme c'était folie pour eux de s'aimer. Et comme c'est sans doute folie d'éprouver un tel désespoir devant l'impossibilité de tenir sa promesse.

– C'est point facile, je sais…, mais il te faut l'oublier, mon gars.

La voix grave de La Ramée et le tapotement consolateur de sa main lui font penser aux témoignages usuels lors d'un enterrement. C'est bien d'un deuil qu'il s'agit sauf que, dans les circonstances, il n'y a pas de cadavre.

Sa belle Isabelle, il doit l'emmurer vivante avec les pierres du passé. La sceller dans son âme malgré lui. Jamais, il n'arrivera à temps au port de Kébec où le dernier bateau lève l'ancre en novembre. Le voilà prisonnier de ses compagnons qui, pour son bien, lui tendent la pelle pour enterrer sa femme… Et son enfant.

Les enterrer ici même et maintenant. Se creuser un grand trou dans le cœur et y coucher sa bien-aimée au ventre habité de cet enfant qu'il ne connaîtra jamais : le leur. Puis, avec cette pelle, jeter sur son adorable visage le sable du sablier, chaque grain étant un instant sans elle.

Devant cette fosse, Pierre tremble, parcouru de frissons, et une douleur lui étreint la poitrine. Il retient un cri d'impuissance, puis éclate en longs sanglots.

*

La Ramée, parfois marche devant pour guider Pierre entre les obstacles, parfois marche à ses côtés, l'entourant d'un bras consolateur. Le jeune homme a tant pleuré sur sa roche que cela a ébranlé le maître du canot. Il comprend toute cette douleur à cause d'une femme. S'il venait à perdre Élise, sans doute pleurerait-il aussi longtemps.

Dorénavant, ses beaux-frères et lui n'auront plus à monter la garde jusqu'à l'embouchure de la rivière Matawa. Le danger que Pierre fasse demi-tour est écarté : il a compris l'impossibilité et l'inutilité d'un tel geste.

De temps à autre, le jeune homme laisse échapper un soupir nerveux, et un tremblement parvient encore à secouer son corps robuste. Qui est donc cette femme capable de terrasser le blond Hercule ? La Ramée ne sait rien d'elle et n'en saura probablement jamais rien non plus. Habituellement, entre hommes, lorsqu'ils se parlent de femmes, ils évoquent celles de passage auxquelles ils se savent invulnérables. Mais celles capables de les faire pleurer, rager ou languir, ils les taisent jalousement, n'osant admettre qu'elles leur possèdent l'âme.

L'obscurité règne lorsqu'ils arrivent au feu agonisant. Silencieux, les autres attendaient leur retour. D'un pas las et défait, Pierre passe devant eux sans les saluer, se glisse sous le canot puis s'enroule dans sa couverture en leur faisant dos.

Ils s'échangent un regard grave. Se comprennent. Se taisent. Il n'y a rien à dire pour panser une si grande blessure. Ils s'enroulent à leur tour pour la nuit. Chacun dans sa couverture. Chacun dans ses pensées.

Chapitre 23

Désertion

Le lendemain soir, plus en amont.

Bien que ses compagnons semblent s'être endormis, Pierre se contraint à l'immobilité. Mieux vaut attendre encore un peu avant de mettre son plan à exécution. C'est maintenant ou jamais l'occasion de leur fausser compagnie. Dix-huit jours se sont écoulés depuis son débarquement à Kébec. Il est encore temps d'y retourner pour monter clandestinement à bord d'un vaisseau en partance pour la France.

Hier, à la même heure, il avait sombré dans un sommeil agité. Furieux d'avoir été trompé par eux, il se voyait en même temps touché de leur sollicitude. En particulier de celle de La Ramée. Complètement démoli, il ne songeait alors qu'à prouver sa reconnaissance en continuant de peiner pour lui sous le harnais. Son avenir venait de s'arrêter brusquement et tombait droit dans l'eau comme le Rocher à l'Oiseau.

Aujourd'hui, tout a changé. Le hasard a bien voulu lui offrir un moyen de descendre jusqu'à Kébec, et il compte bien s'en servir. Une importante avarie au canot est à l'origine des événements qui l'ont amené à concevoir son plan de désertion.

Alors qu'affectés par la gueule de bois ils pagayaient sans trop d'entrain, un afflux d'eau dévoila une grave déchirure de la coque. Comment avait-elle bien pu se produire? Ils prenaient tous grand soin de leur embarcation, et les récents rapides n'avaient guère été tumultueux. Sans doute un écueil à fleur d'eau en était-il la cause. La Ramée n'eut d'autre choix que d'en effectuer la réparation sur-le-champ. On déchargea le canot, le tira sur la berge et le renversa à l'ombre d'un feuillage afin qu'il sèche sans que le soleil n'amollisse trop la gomme de pin mêlée de graisse d'ours imperméabilisant les coutures.

Pendant que Belle-Voix et La Ramée réunissaient l'écorce, le watap, la gomme et les outils nécessaires au radoub, un canot apparut en aval et se dirigea vers eux.

— Tu vois, mon blond, quand des Sauvages s'alignent de c'te façon, c'est pour faire affaire, lui apprit Grosse-Voix, l'entraînant par le bras vers la rive.

Moitié pour se faire pardonner, moitié pour le consoler, le Canadien lui avait offert le matin même de lui enseigner les trucs du métier. La première leçon commençait.

— Faut d'abord les observer. Ceux-là sont vêtus de tissu… Vois, la vieille au milieu porte une jupe, et les deux hommes, qui doivent être ses fils ou ses neveux, portent un chapeau avec des plumes… C'est dire qu'ils ont l'habitude de trafiquer et qu'ils aiment bien nos tissus… Dès que t'as la chance de jeter un œil dans le canot, tu remarques d'abord leurs écarlatines… Si elles sont rouges avec une bande noire, elles sont anglaises. Dans ce temps-là, si le butin t'intéresse, tu leur offres du tabac en cadeau et les traite comme des amis, ce que font jamais les Anglais.

388

– Si j'ai point de tabac ?

– T'offres de la pacotille : des peignes aux femmes, des perles de verre aux enfants. Aux hommes, t'offres de l'eau-de-vie. Toujours. Rares sont ceux qui te la refuseront.

Le canot accosta et, en bon élève, Pierre nota en même temps que son maître les écarlatines anglaises.

– Saleté de « p'tit homme du Diable », ronchonna Grosse-Voix tout en accueillant les visiteurs d'un geste de salutation.

Les deux hommes débarquèrent, tandis que la vieille demeura recroquevillée à sa place. Elle lui faisait pitié avec ses jointures noueuses, ses doigts tordus et une expression de souffrance marquant son visage émacié. Elle osa un regard dans sa direction et sembla soudain émerveillée de le voir.

– Les cheveux blonds, ça les fascine, lui glissa Grosse-Voix avant de s'entretenir avec les hommes en leur langue. Ceux-ci lui présentèrent des fourrures. Après un bref examen, le Canadien refusa d'un signe de tête et les leur remit. Que se passait-il ? Pourquoi n'en voulait-il pas ?

– Castors d'été, fit savoir Grosse-Voix. Ça vaut point la peine de s'en encombrer.

Un des Sauvages lui brandit alors les pelus sous le nez, haranguant en sa langue. Pierre n'y comprenait rien, évidemment, sauf que l'autre insistait. Grosse-Voix en profita pour approfondir la leçon.

– Regarde : le poil est point brillant et y a point de duvet, expliqua-t-il en promenant son doigt dans la fourrure… Le duvet, c'est ce qu'y a de plus important… Et puis, ce castor est encore humide… Ça fait point longtemps qu'il a été écorché… Et regarde ici…

L'homme retourna la pièce, côté peau.

– Regarde c'te quantité de petits trous… il a été tué au fusil. Il vaut rien, ce pelu.

– Même pas une pacotille ?

– C'est de l'eau-de-vie qu'ils demandent, et ce pelu en vaut point une goutte, termina Grosse-Voix, lançant l'article à la figure de l'Autochtone avant de tourner les talons.

– Ickote wabo, ickote wabo, répétaient en même temps les deux Sauvages, brandissant de nouveau les castors sous le nez de Pierre.

Amusé, Grosse-Voix rit de le voir ainsi aux prises avec ces barbares et lui cria :

– Ickote wabo, c'est l'eau-de-feu. Le « p'tit homme du Diable » n'a point voulu leur en échanger ni les gens à la factorerie de Coulonge. À toi de t'en débarrasser, mon blond.

Pour il ne sait quelle raison, Pierre regarda la vieille qui ébaucha ce qui devait être un sourire. L'idée jaillit alors. Ce n'était plus cette femme qu'il voyait, mais le canot dans lequel elle prenait place. Plus petit que le leur, il se révélait l'embarcation idéale pour redescendre jusqu'à Kébec par voie d'eau. À lui seul, il pourrait facilement le manœuvrer et le portager. Pierre répondit d'un sourire à la vieille et, par signes, fit comprendre à ses fils qu'il irait les rejoindre en amont durant la nuit.

– Moi, (il posa la paume sur sa poitrine) donner à toi (cette fois-ci, sa paume toucha la poitrine de son interlocuteur) ickote wabo quand eux (il indiqua ses compagnons affairés à la réparation) dormir (il mima quelqu'un endormi).

– Oh ! Oh ! Ickote wabo, dit le Sauvage, effectuant les mêmes gestes pour montrer qu'il avait compris.

Mais s'il n'avait pas compris, s'interroge soudain le futur déserteur. Bof ! Il en sera quitte pour une remontrance quand La Ramée le reprendra quelque part en amont. Devra-t-il marcher bien loin dans l'obscurité pour trouver le campement de ces Sauvages ? N'est-ce pas là un projet téméraire ? Ne risque-t-il pas de s'y blesser ?

Ou de s'y perdre ? Et que feront ces êtres primitifs lorsqu'il sera à leur merci ? Lui arracheront-ils la peau du crâne ?

Curieusement, plus le moment de partir approche, plus les questions de ce genre se multiplient. Tout au long de la journée, elles lui ont à peine effleuré l'esprit, et, maintenant, elles le bombardent incessamment. Et puis, comment réagiront ses compagnons ? Sans lui, pourront-ils poursuivre jusqu'à cette très lointaine tribu ? La réussite de cette expédition n'est-elle pas garante de l'apport de ses muscles ? Ne se sent-il pas un peu fautif de les laisser tomber ? Oui et non. De part et d'autre, il y a eu tricherie, et c'est seulement hier que la vérité a éclaté en face du Rocher à l'Oiseau.

Pierre serre la médaille, implorant la mère de Dieu dont les traits se confondent à ceux d'Isabelle. « Bonne sainte Mère, protégez-moi… guidez-moi… aidez-moi. »

De profonds ronflements lui indiquent le moment de partir. C'est maintenant ou jamais. À lui de décider.

Faisant fi des questions qui le harcèlent autant que les moustiques, Pierre opte pour l'adieu à ses compagnons. Un adieu le plus silencieux possible. Pour ce, il habitue ses yeux à l'obscurité, repérant son fusil, quelques effets personnels et provisions à emporter ainsi que la futaille d'eau-de-vie. Afin de ne pas trébucher et de sonner l'alarme, il revoie un à un dans sa tête tous les gestes qu'il aura à faire, puis les exécute avec la concentration d'un chat approchant sa proie.

Une dernière fois, il tend l'oreille aux ronflements, pets et grognements de ses compagnons, puis s'enfonce dans la nuit.

*

Il n'a pas marché plus d'une heure avant de les trouver et en moins de temps qu'il ne faut pour le dire, les Sauvages ont roulé par terre, ivres morts. La vieille a mis moins d'empressement que ses fils à boire, préférant se laisser envoûter par ses cheveux blonds, les caressant à loisir de ses doigts arthritiques. À un moment donné, elle a demandé quelque chose à un des fils qui s'est approché, le couteau à la main. Le temps était-il venu pour lui de passer au scalp ou au poteau de torture? À la manière dont il a réagi, l'homme devina ses craintes et, en riant, lui donna le couteau afin qu'il se coupe lui-même une mèche pour sa mère. Celle-ci reçut la boucle de cheveux avec un bonheur touchant et, comme pour l'en remercier, fit honneur à la futaille et tomba à son tour, complètement assommée par l'alcool.

Pierre troque sa couverture contre une des leurs, puis décide finalement de prendre les trois en échange de la futaille, car les couvertures anglaises trouveront facilement preneurs. Sans la moindre hésitation, il emporte également les castors secs, met le canot à l'eau, le charge et le pousse au large.

Le voilà parti. À lui d'agir avec prudence et intelligence. Ce canot, c'est sa planche de salut. Il ne doit pas s'attarder à éprouver des remords. Ni face à ces Sauvages. Ni face à ses compagnons. Il a volé les uns, déserté les autres, soit. Mais il ne pouvait faire autrement.

Il embrasse la médaille vitement portée à ses lèvres et plonge la pagaie dans l'eau, grisé par un sentiment de victoire.

*

«Ah! Le chien! Ah! Le chien!» lance à tout bout de champ le maître du canot déchaîné, frappant du pied tout ce qui se trouve sur son passage. En proie à une vive colère, il arpente la grève, les yeux pleins d'éclairs, la bouche remplie d'injures. «Ah! Le chien! Le sale chien! Me faire ça… Sale chien!»

Les autres se taisent, démontés de constater l'amputation d'un doigt à la main de leur équipe. Ils se sentent trahis. Chacun à sa façon avait compati aux malheurs de Pierre, et malgré cela, il les a abandonnés durant la nuit. Lui comptait pour chacun d'eux, mais eux n'ont jamais compté pour lui, vient-il de leur faire savoir.

– Nous faire ça à nous… Oui, à nous, compagnons. C'est à nous qu'il a fait ça, rugit La Ramée, les vrillant de son regard courroucé.

– On peut p't-être le rattraper, risque Grosse-Voix. En y allant à fond de train, nous quatre.

– Nous quatre ? Trois et demi, tu veux dire, rétorque méchamment La Ramée visant l'armurier. Allez savoir l'avance qu'il a, ce mécréant. Ah ! Il est futé, le chien ! Il est point parti à pied.

Sur ce, le maître du canot s'arrête devant Grosse-Voix qui, penaud, baisse la tête. À l'aube, le Canadien a relevé les traces de Pierre jusqu'au campement des Sauvages. L'état d'ivresse comateux de ces derniers, l'absence de leur canot et la présence d'une couverture française et d'une boucle blonde encore dans la main de la vieille lui ont clairement démontré comment le déserteur avait procédé. Du coup, il s'en est voulu de lui avoir accordé sa confiance. D'une certaine manière, Grosse-Voix se tient pour responsable de cette défection, mais, à la façon dont son beau-frère le dévisage, il conclut que celui-ci le tient pour responsable d'une manière plus que certaine.

– C't'idée de lui avoir montré à traiter. T'aurais pu attendre qu'on soit rendu, reproche La Ramée.

– J'pouvais point prévoir.. qu'il… qu'il ferait ça… J'l'aimais bien, ce blond.

– Ah ! Il a bien joué son jeu, le chien. Ils nous a tous eus. C'est point dit qu'il va réussir… Descendre la rivière, c'est pas comme la remonter…. Suffit de passer tout droit aux lieux de portage pour se retrouver dans les chutes, fait remarquer Belle-Voix.

La Ramée s'assoit enfin sur un ballot, s'efforçant au calme.

— C'est point dit, en effet. Il est fort, le chien, et futé avec ça, mais la rivière, il en sait pas assez sur elle… Et puis, il sait point nager… Non, c'est point dit qu'il va se rendre… Et nous non plus. Avec trois hommes et demi, j'vois point comment on pourrait faire tous les portages qui nous attendent. Qu'est-ce que vous en pensez?

Bien que La Ramée s'adresse à ses associés, Hardouin riposte d'un ton vexé:

— Le demi-homme pense qu'il faudrait retourner à Montréal.

— T'ombrage point, l'armurier, explique le maître du canot. J'en ai point contre toi… Quand il s'agit de raccommoder un fusil, tu donnes point ta place… Seulement, tes genoux fléchissent souvent sous la charge, et en amont…

— C'est plus difficile, je sais.

— Euh. Oui… En amont, sans ce chien, on y arrivera point, je pense.

— En effet, corrobore Grosse-Voix. Pour rejoindre c'te tribu, y a quantité de portages.

— Ne reste qu'à redescendre à Montréal alors, conclut Hardouin sans cacher son intérêt pour la chose.

— Si on redescend, faudra rendre des comptes à Modrière, et Modrière, il se gênera point pour dénoncer Pierre. Ma parole oui, il se gênera point, le salaud. La dénonciation, ça le connaît.

— Tu dis vrai, beau-frère. Si le blond parvient à descendre la rivière, Modrière lui fera point de quartiers. Surtout avec la dette qu'il a.

— Et le navire, il prendra point, résume Belle-Voix.

— Non, il prendra point, répète son frère, songeur.

– Ma parole non, c'est sûr, il finira aux galères.

Ils s'échangent un regard, tous habités par la même répugnance à dénoncer l'un des leurs. Quels que soient les ennuis que Pierre leur a apportés, il n'en demeure pas moins de la même pâte qu'eux. De cette pâte que la couronne, l'élite et la soutane exploitent, manipulent, façonnent selon leurs intérêts. Cette pâte nommée «peuple» et considérée comme la lie du genre humain par ceux qui s'enrichissent à ses dépens. Cette pâte en laquelle réside le ferment de l'indépendance que les possibilités de ce pays ne font que gonfler.

– Ce serait bête de survivre à la rivière et d'se faire reprendre par Modrière, convient le maître du canot. Nous voilà presque rendus au fort Témiscamingue... Autant continuer. Nous y trouverons p't'être un homme de peine prêt à s'embarquer avec nous... Sinon, nous y passerons l'hiver et reviendrons rendre des comptes à Modrière au printemps... De c'te façon, si Pierre survit à la rivière, p't'être qu'il trouvera un navire pour l'autre côté...

Chapitre 24

Le danger est passé

Quatre jours plus tard, rive nord
de la rivière des Outaouais, à mi-chemin
entre les Chaudières et le fort du Lièvre.

Par intervalles, son corps exténué succombe au sommeil, mais son esprit demeure en état d'alerte. Un mélange de pensées et de paysages y bouillonne, accompagné du bruit incessant de l'eau.

Chaque fois qu'il s'éveille, Pierre tend l'oreille au grondement lointain de la Grande Chaudière qu'il a réussi à franchir aujourd'hui. Et chaque fois, il se dit à haute voix : « Le pire est fait… Le danger est passé… Dors maintenant. » Mais des images lui contractent les muscles, des craintes lui font battre le cœur. Tout se confond alors, le jour et la nuit, le rêve et la réalité. Sans ordre aucun, il revoit diverses étapes de sa fuite et revit d'intenses émotions, la peur revenant sans cesse à la charge. Peur d'être rejoint par La Ramée, peur d'être entraîné dans les chutes, peur d'être mis sous arrêt par les commandants des forts, peur de rencontrer des Sauvages hostiles. De se retrouver seul en pays étranger. Il se voit chuter du Rocher à l'Oiseau vers le grand chaudron et, juste avant de toucher les eaux noires tombant dans l'abîme, il bondit. Et s'éveille en sursaut, abasourdi de constater qu'il a dû dormir puisqu'il vient de se réveiller. Il tend l'oreille à la Grande Chaudière vaincue. «Le pire est fait... Le danger est passé... Dors maintenant.»

Depuis son évasion, Pierre ne s'est accordé que bien peu de repos, préférant voyager de nuit quand la rivière le permettait. Il était urgent de mettre de la distance et de multiplier les obstacles entre lui et La Ramée. La première nuit, il n'a pas arrêté de pagayer et, à l'aube, il doublait la Pointe-au-Baptême. Sans doute ses compagnons s'étaient-ils déjà aperçus de son absence. Comment réagissaient-ils? La Ramée allait-il décider de le rattraper?

Il supposait que oui, et cela lui insufflait une énergie incroyable. De les croire à ses trousses décuplait ses forces. Il avait vite compris que pour un meilleur équilibre et un plus grand contrôle, il valait mieux s'accroupir légèrement en deçà du centre. Ainsi, il faisait corps avec le léger esquif qui filait, propulsé par ses bras puissants et entraîné par le courant. La notion de temps s'effaçait, et il ne ressentait ni la faim, ni la fatigue, ni l'assaut des moustiques. Au soleil couchant, il franchit les deux petits portages de l'île aux Allumettes, et il s'arrêta un temps pour avaler un peu de viande séchée, histoire de récupérer. Il reprit la route de manière à passer le fort Coulonge à la faveur de l'obscurité et consacra une partie de la journée suivante à la traversée de l'île du Grand Calumet. Sans Belle-Voix pour y jalonner les deux mille trente-cinq pas, ce portage lui parut interminable d'autant plus qu'il perdit la piste de vue et erra dans la forêt, canot et bagages sur les épaules. Il faillit bien céder à la panique. L'idée de tourner en rond pendant que ses poursuivants gagnaient du terrain le poussait à aller plus vite. Heureusement, des propos de Grosse-Voix lui revinrent en mémoire. « Pour aller vite dans les portages, faut marcher lentement : il n'y a point un pas en trop. » Il s'arrêta, reprit son calme et parvint à retrouver la piste.

Sur le lac des Chats, il commença à ressentir une certaine fatigue. Une pluie fine s'était d'abord mise à tomber, et, peu à peu, un brouillard s'intensifia. Par mesure de prudence, il s'approcha de la rive nord où s'effectuaient les portages afin de ne pas la perdre de vue. Tout s'estompait autour de lui, se perdait et se confondait dans la grisaille. Tout n'était que vertige et étourdissement dans sa tête. Il pagayait en automate, les yeux rivés sur la frange sombre des arbres. Le bruit régulier de sa pagaie dans l'eau l'hypnotisait, devenant comme son souffle et comme le battement de son cœur. Lui-même se métamorphosait. Il n'était plus Pierre Vaillant mais un homme-canot. Qui allait d'un danger à l'autre, ses poursuivants derrière, les pièges de la rivière devant. Qui allait sur l'eau et sous la pluie, l'esprit vacillant. Quand sa vigilance était-elle tombée ? Il n'en savait rien, sauf qu'à un moment, le grondement puissant de chutes en aval le tira de sa torpeur. Il se rappela les nombreux chenaux tombant en cascades entre des îles dont une seule permettait le portage dit « des Chats ». La rapidité du courant sous son embarcation le terrifiant, il voulut aussitôt regagner la berge que le brouillard avait complètement noyée. Il sentit alors sa perte de contrôle. Il avait beau pagayer avec ardeur, il faisait du sur-place et dès qu'il s'arrêtait, la rivière parvenait à l'entraîner un peu plus vers les remous. Il lutta désespérément contre l'eau, invoquant la Vierge, Isabelle et l'esprit des Sauvages tout à la fois. Quand il parvenait à gagner une brasse, il en perdait deux, dès qu'il relâchait la cadence. À bout de forces, il s'arrêta, et la rivière l'emporta. C'en était fini de lui. Son canot allait se fracasser et lui, se noyer. Soudain, il nota un ralentissement dû à un contre-courant provoqué par un récif et pagaya en déchaîné. De peine et de misère, il réussit à se soustraire à l'emprise du courant et aboutit par miracle sur l'île du portage. Essoufflé, transi, tremblant, il se traîna sous le canot renversé et sombra dans une quasi-inconscience. La nuit durant, il entendit tomber la pluie et mugir de rage les chutes voraces auxquelles il venait d'échapper. Par légions, les moustiques firent banquet de sa chair et de son sang. Sans graisse d'ours pour le protéger, il se voyait livré à leur sanguinaires agapes.

À l'aube, les oreilles lui brûlaient et ses yeux recommençaient à enfler. Il se sentait fiévreux, courbaturé dans tout son corps et tenaillé par une douleur aux reins. Il avala un peu de farine de maïs délayée dans l'eau et entreprit le portage, faisant bien attention aux pierres mouillées et au sol que la pluie rendait boueux et glissant. Elle se poursuivait, cette pluie, lui traversant les vêtements et les os, et seule le motivait la perspective de se retrouver dans le grand et magnifique lac dont les berges boisées de chênes et de noyers l'avaient charmé. Après une journée pour en accomplir la traversée de douze lieues, il s'arrêta à l'endroit où ses compagnons et lui avaient bivouaqué après le portage des Chaudières. À son grand soulagement, le « p'tit homme du Diable » n'y était plus. Il y dormit par petits bouts, y mangea par petites bouchées, de plus en plus importuné par le harcèlement des insectes. S'il venait à presque perdre la vue comme lors de son arrivée, jamais il ne pourrait franchir les trois portages de la Grande Chaudière. Au cours de la journée, la pluie avait fait place à une chaleur étouffante, ce qui semblait avoir favorisé l'agressivité et la voracité des maudites bestioles. Ce qu'il aurait donné pour avoir de quoi s'allumer un feu ! Afin d'échapper à leur furie collective, il n'eut d'autre ressource durant la nuit que de s'avancer dans l'eau jusqu'à hauteur des épaules et de s'immerger la tête, retenant son souffle le plus longtemps possible. La fraîcheur de l'onde l'apaisa tout en lavant les innombrables morsures de son corps. Mugissante, la Grande Chaudière ne cessait de le défier, mais l'angoisse desserrait un peu son étreinte. Il se sentait en mesure d'en venir à bout. N'avait-il pas transporté bien plus lourd et bien plus encombrant avec ses compagnons ? Cette fois-ci, avec un canot d'une grande légèreté et presque pas de bagages, il ne devrait éprouver aucune difficulté. Et, une fois passé la Grande Chaudière, il pourrait respirer. À défaut de le capturer en amont de ces rapides, La Ramée ne se risquerait sûrement pas en aval. Cela n'en valait pas le coup. Ou du moins, Pierre l'espérait-il.

« Le pire est fait… Le danger est passé… Dors maintenant », s'entend-il prononcer. Sa propre voix le surprend. Il ouvre les yeux dans la nuit. Tout près, la rivière coule, et le passage de légers nuages devant la lune tantôt allume, tantôt éteint des étoiles au front des vagues. Derrière lui gronde la Grande Chaudière, furieuse qu'il lui ait passé entre les pattes. Que d'efforts il a dû consentir pour descendre son canot de la falaise sans l'abîmer. Dans sa fuite, il avait omis de se munir d'une corde, objet indispensable en tel cas. Il dut se dévêtir et nouer ses vêtements bout à bout pour s'en fabriquer une. Une fois la dure besogne accomplie, il a minutieusement inspecté l'embarcation. Plus que jamais, il comprenait la phrase que La Ramée avait fait répéter de force à l'armurier. « Le canot, c'est sacré. Tu en prends soin comme de la prunelle de tes yeux. » Ses gestes devenaient ceux du maître du canot et, à sa grande surprise, il éprouva une certaine sympathie à l'égard de cet homme. Le prochain danger maintenant est celui d'être repéré par le commandant du fort du Lièvre. Pour cette raison, Pierre repartira d'ici une ou deux heures afin de profiter de la noirceur. Pour l'instant, il doit dormir. Il referme les yeux, entend tourner les moustiques autour de lui. Un léger sourire glisse sur ses lèvres. Il a trouvé moyen de contrer leurs attaques en s'enduisant de glaise, et ce répit est des plus salutaires. «Le pire est fait… Le danger est passé… Dors maintenant», marmonne-t-il, touchant la médaille à son cou avant de sombrer pour de bon dans un sommeil réparateur.

*

Une drôle de plainte lui parvient. Qu'est-ce donc? Un bébé? Un enfant? Le petit dernier de sa sœur Magdeleine qui émet toujours de tels grognements en s'endormant? Le voilà allongé près d'Isabelle dans la chaumière de Gaspard. Elle remue les pieds et se colle davantage contre lui. À moitié endormi, il la serre dans ses bras, jouissant de la tiédeur de son corps et de l'odeur de ses cheveux. «Notre bébé, murmure-t-elle, notre bébé pleure.» Il est donc né? Depuis quand? Est-ce un garçon? Une fille? Où est-il, ce bébé qui pleure drôlement?

Pierre s'éveille et aperçoit deux oursons s'empiffrant dans ses provisions. «Ouste! Chenapans!», crie-t-il se glissant de dessous le canot. Les jeunes bêtes reculent de quelques pas, puis reviennent s'enfouir la gueule dans sa viande séchée et sa farine de maïs. Il s'élance alors vers elles et administre un coup de pied à la première venue. Soudain, la mère en colère surgit des broussailles et fonce sur lui. Pierre se fige, l'ourse s'arrête, se balançant d'un côté à l'autre sur ses pattes antérieures comme si elle hésitait à poursuivre la charge.

Pierre cherche son fusil, la poudre et les balles du regard. Le tout se trouve à une dizaine de pas à peine, mais il juge n'avoir pas le temps de s'en emparer et de préparer son tir. La bête se dresse, menaçante, alors qu'un des oursons revient mettre son museau dans les provisions et que l'autre continue d'émettre des petits cris plaintifs en se réfugiant près de sa mère.

Pierre aperçoit alors sa hache près du canot. Il suffirait d'un bond pour s'en emparer. Dans le cas d'une lutte, ses chances sont faibles avec une hache, mais, sans celle-ci, elles sont nulles. Il se précipite pour s'en saisir donnant sans le savoir le signal d'attaque à l'animal qui se rue et le renverse d'un coup de patte. Pierre roule, se retrouve sur le dos et lève les bras pour se protéger du monstre qui l'assaille.

Dieu fasse qu'il s'éveille en sursaut de ce cauchemar. Sa vie en Neuve-France ne peut se terminer d'une aussi absurde manière... Les grognements de la bête se confondent avec ceux de la Grande Chaudière. « Le danger est passé... » Il va s'éveiller de ce cauchemar... Il va se libérer de ces crocs et de ces griffes brisant ses os et faisant jaillir son sang.

Chapitre 25

Mashhkiki-winini

Quelques heures plus tard, sur la Grande Rivière.

Petit-Renard repère la pointe où, lors de son naufrage, il avait aperçu de grands esturgeons en période de frai. Il prévoit y camper durant quelques soleils afin que ses femmes y cueillent des framboises qu'elles mettront à sécher et que, pour sa part, il y pêche de ces savoureux poissons qu'il s'emploiera à fumer.

Il s'est rappelé de cet endroit en passant devant au cours du trajet vers l'Île[1]. L'Unique. Celle jetée par le Grand Esprit dans les rapides et grâce à laquelle ses insulaires étaient devenus maîtres de la rivière. Son arrière-grand-père étant de ceux-là, il éprouvait le besoin de s'y retrouver et de la faire découvrir à ses femmes.

Sur l'Île, il s'est senti profondément troublé. Remué autant par la colère que par la tristesse. Pour les Français, elle n'était qu'une île différenciée des autres par ses courts sentiers de portage. Ils y passaient courbés sous leurs fardeaux, ignorant ce qu'elle fut jadis. Mais, pour lui, elle

---

1. Île Morrison, au sud de l'île aux Allumettes.

était un lieu sacré. Tandis que ses femmes installaient l'abri près de l'eau, il errait, l'âme en attente, renouant avec l'émotion qu'il avait connue la première fois qu'il s'y était arrêté au retour de son périple dans la région des Grands Lacs. À cette époque, il s'était senti fautif de ne pas s'être attardé à visiter l'Île, trop pressé de retrouver les siens. Il rapportait dans ses bagages son sac à médecines et le désir de découvrir les pierres qui guérissent, ignorant encore s'il allait se consacrer à devenir marchand ou mashhkiki-winini. Finalement, dix ans plus tard, il était devenu à la fois l'un et l'autre, Petit-Renard et Tehoni-konrathe, et, sur l'Île, il se promenait, une force obscure guidant ses pas. À un certain endroit, il aperçut des vestiges de bois envahis de mousse, tous de semblables dimensions et ayant la même orientation. Une étrange atmosphère émanait de ce lieu, et il s'accroupit face aux formes rectangulaires où, supposait-il, des morts pourraient être allongés. Il observa longuement ces vestiges et découvrit de légères traces de couleur ocre et rouge. Étaient-elles dues à la main de l'homme? Son regard buta alors sur les contours d'une pièce de bois plate enfoncée dans le sol. Il la délogea et découvrit la gravure d'une figure d'homme coiffé d'un panache, confirmant qu'il se trouvait bel et bien dans un cimetière.

Avec recueillement, il caressa d'un doigt ce visage inconnu grossièrement taillé dans le bois. D'après le panache de plumes sur la tête, sans doute était-ce celui d'un chef. La présence de ces morts confirmait l'existence des Gens de l'Île et prouvait la véracité de la Parole. Ce qu'ils furent s'infiltra en lui, et des voix anciennes se mêlèrent au bruit des rapides. Les voix des enfants de la Grande Rivière, réclamant vengeance et justice, s'unirent à la sienne dans cette inutile requête. À quoi bon? Le puissant Étranger prenait partout la place. Peu lui importait que cette place fût habitée ou sacrée.

Il replaça la plaque de bois face contre terre, croyant ainsi étouffer ces voix qui le perturbaient. Cela faisait près de deux ans qu'il s'était rendu au pays des pierres qui guérissent, et bien des choses avaient changé en lui et autour de lui. L'amertume et l'impuissante rage lui rongeaient l'âme, et son ressentiment à l'endroit du Visage-Pâle allait grandissant. Il lui en voulait pour tous les siens sombrant dans l'eau-de-feu ou reniant le Grand Esprit. Il lui en voulait pour l'extermination des Autagamis et pour toutes les futures tribus qu'il allait éliminer dans sa soif de fourrures. Il lui en voulait pour cette boiterie permanente et cette douleur le tenaillant par mauvais temps. Il lui en voulait même parfois d'être aux prises avec deux femmes qui ne s'entendaient guère.

Il s'éloigna du lieu, poursuivi par ces voix que lui-même avait éveillées. Encore une fois, il erra, cherchant à fuir, et tomba sur une colonie de plantes vulnéraires aperçues au lac des pierres qui guérissent (lac Erié). Celles-ci [2] s'avéraient très efficaces pour soigner plaies, blessures, abcès, contusions et furoncles. Il s'agenouilla sur le sol sablonneux où elles prospéraient et les contempla. Il n'en cueillit aucune, car le rhizome, occupé à transformer ses grappes de fleurs en baies, n'était pas prêt à livrer ses pouvoirs médicinaux. Comme pour le ginseng, il faudrait patienter jusqu'à l'automne.

Elles lui parlaient du vieil homme-médecine et de Poings-Serrés. Le souvenir de ces Iroquois tsonnontouans l'accabla davantage. C'était la deuxième plante qui évoquait leur pays. La première, il l'avait découverte au lac des Chats et il avait fait provision de ses fleurs aux propriétés multiples [3]. Il s'étonnait de constater comment de

---

2. Polygonelle articulée (*Polygarum vulgare*) : plante typique des Grands Lacs et qu'on trouvait à la hauteur de l'île aux Allumettes.
3. Millepertuis de Kalm ou herbe de la Saint-Jean de Kalm, tonique, stimulante, stomachique, antispasmodique, fébrifuge et emménagogue.

simples plantes parvenaient à faire revivre tout un pays et tout un peuple. De les découvrir là, sur des îles de la Grande Rivière, l'intriguait. Était-ce le Grand Esprit qui, se rendant les semer sur les rives des Grands Lacs, en avait échappées des graines au passage ? Qu'était-il advenu de ceux qui l'avaient recueilli et soigné ? Est-ce qu'un jour il aura à leur faire la guerre ? De tout cœur, il espérait que non. Les choses déjà lui paraissaient si absurdes. Et parfois si pénibles quand ses femmes se jalousaient.

Ikoué n'avait rien caché de sa peine et de son désaccord lorsqu'il était revenu avec N'Tsuk. Il avait eu beau l'assurer qu'elle garderait toujours ses privilèges de première épouse, l'ancienne esclave n'oubliait pas que N'Tsuk fut la première dans son cœur. Elle refusa d'emblée de porter l'ancien nom de Rayon-de-Lune, car celle-ci était morte, disait-elle. Pourquoi Petit-Renard voulait-il ressusciter une morte ? Pensait-il ainsi se débarrasser d'Ikoué ? Ikoué était sa femme et la mère de ses deux fils. Jamais N'Tsuk ne lui donnera d'enfant.

Quand elle nourrissait le dernier-né, Ikoué aimait exhiber aux yeux de N'Tsuk ses mamelons gorgés de lait qu'elle faisait gicler d'une pression des doigts. « Essaie d'en faire autant », trahissait son regard blessé. N'Tsuk baissait les yeux, résignée. Jamais, elle ne s'est plainte du comportement d'Ikoué qui, dans les débuts, s'est évertuée à lui rendre la vie difficile. N'Tsuk acceptait son sort, somme toute préférable à celui qui lui était réservé hors de la communauté du lac Canassadaga.

Dans leurs rapports sexuels, Ikoué veillait à ce qu'il la prenne plus souvent, tel que peut l'exiger la première épouse. Ainsi en était-il également des meilleurs morceaux de viande et des plus beaux poissons.

Petit-Renard s'en était ouvert à son père à qui le ménage à trois réussissait. « Mes femmes sont sœurs, les tiennes sont étrangères. » Mingam tenait là un argument.

Aile-d'Outarde et La Souris se sont toujours comportées comme les meilleures amies du monde. Elles se partageaient le même homme, le même canot, le même wigwam, les mêmes tâches et, exception faite de l'allaitement, les mêmes soins à accorder aux enfants. Ce qui valait pour Ours-Têtu et sa sœur Brume valait également pour Petit-Renard, et vice versa. Hélas, Ikoué ne délègue aucune responsabilité à N'Tsuk concernant les enfants. Farouchement, elle garde ses petits bien collés à ses flancs, laissant encore Wapitik boire à son sein à l'occasion. Tout ce qui les touche relève d'elle uniquement. Cela chagrine grandement N'Tsuk qui aimerait tellement leur coudre des vêtements et s'occuper d'eux comme elle faisait avec les enfants de son ex-mari Pikamu.

« Ikoué n'est pas de ce pays, avait ajouté Mingam. Elle est comme un grand brochet dans le ruisseau de la petite truite. Il lui faut s'habituer aux eaux froides et vives, et s'habituer de plus à une seconde épouse. Fais en sorte qu'elles se connaissent mieux l'une l'autre. Emmène-les avec toi, loin du groupe. Que chacune fasse sa place avec toi. Après, elles viendront faire leur place avec nous. »

Son père a eu raison de le conseiller en ce sens. Depuis qu'ils ont entrepris ce voyage, Ikoué se montre plus conciliante. Elle ne voit pas encore une amie en N'Tsuk, mais sûrement une aide appréciée. Quelquefois même, elles agissent en tandem sans se consulter, l'une accomplissant les tâches en parfaite complémentarité avec l'autre. Ces moments-là lui font espérer une possible harmonie entre elles.

Un canot renversé sur la pointe attire l'attention de Petit-Renard. Qui donc occupe ce lieu où il prévoyait s'installer pour quelques jours? Sûrement des gens imprudents pour laisser ainsi à l'action du soleil la résine de calfeutrage. Ou des gens ivres. Cette vieille arthritique, peut-être, dont les deux fils cherchaient à échanger des peaux de castor sans valeur contre de l'eau-de-feu. Quand ces derniers ont constaté qu'ils n'en obtiendraient pas une goutte de lui, ils ont repris leurs castors pour tenter leur chance chez les Visages-Pâles. Sans doute ont-ils trouvé de quoi s'enivrer, car aucun homme sensé n'agirait de la sorte.

Simultanément, ses deux femmes se tournent vers lui, une expression d'inquiétude sur leur visage. Quelque chose cloche dans la présence de ce canot à cet endroit et à cette heure du jour. Normalement, on devrait apercevoir plus de bagages et distinguer des corps endormis, mais on n'en voit qu'un seul. Qui est-ce ? Rare est celui qui voyage seul, Petit-Renard en sait quelque chose, et, habituellement, celui-là est d'une grande prudence.

Petit-Renard scrute la berge à la recherche d'indices permettant de voir si d'autres personnes accompagnent l'individu endormi, mais il n'en trouve aucun. D'un signe, il indique à ses femmes son intention d'accoster.

Au fur et à mesure qu'ils approchent, formes et faits se définissent. L'homme ne dort pas, mais gît là, inconscient. Il a les cheveux blonds et les vêtements maculés de sang.

– Un Visage-Pâle, crache Ikoué avec mépris.

– Là où on voulait s'installer, ajoute N'Tsuk avec une moue de déception alors que le canot atteint la rive.

Petit-Renard débarque, et, aussitôt, Wapitik l'imite, tout disposé à le suivre.

– Reste avec maman, Wapitik.

Le garçon rouspète. Âgé de six ans, il n'aime pas qu'on le confine avec des femmes alors qu'il pourrait participer à des tâches d'homme.

– Prends ton arc, Wapitik, pour nous protéger, suggère N'Tsuk avec sérieux.

Aussitôt, le gamin s'exécute et monte la garde près du canot.

Sur le sol, l'empreinte d'une ourse et de ses oursons. Éparpillés tout autour, des restes de viande séchée et de farine de maïs. Les causes du drame sont on ne peut plus claires.

Petit-Renard s'agenouille près de la victime étendue sur le dos, la main droite à portée du talisman à son cou. Il reconnaît le jeune homme dont l'équipe avait accosté en amont des chutes Asticou à la tombée du jour et qui l'avait défié d'un regard plein de haine et de peur. D'emblée, il sut qu'entre eux, aucune entente ne serait possible. Pourtant, quand il l'a vu se saisir de sa médaille, Petit-Renard s'est rendu compte qu'ils n'étaient guère différents l'un de l'autre, chacun d'eux souhaitant la disparition de l'autre et puisant sa force dans un talisman.

Cette fois-ci pourtant, ce geste n'a pas assuré la protection du Visage-Pâle. Il gît dans une mare de sang séché, le bras gauche brisé et déchiré par les crocs, les flancs lacérés.

— Il est mort, annonce-t-il aux femmes.

En un rien de temps, Wapitik le rejoint, l'arc à la main.

— Makwa, s'exclame le gamin, reconnaissant l'empreinte de la bête.

— Oui, mawka l'a tué.

Fier de ses connaissances, Wapitik poursuit sa lecture des traces pendant que les femmes s'approchent, Ikoué portant le bébé dans sa nagane, sur son dos. Elles s'arrêtent devant le cadavre qu'elles considèrent longuement avec gravité.

— C'est celui qui porte lourd, remarque Ikoué.

Petit-Renard acquiesce et se surprend d'être désolé dans son for intérieur, de la mort de cet être doté d'une remarquable force physique. À l'instar de ses femmes, il avait admiré sa capacité de porter avec aisance les plus lourds ballots lors du chargement de leur canot. Que fait-il ici, séparé de ses compagnons? Ceux-ci n'avaient aucun avantage à se défaire de lui. Serait-ce lui qui les a quittés?

– Est-ce qu'il a de la famille et des siens pour le pleurer ? interroge Ikoué.

N'en sachant rien, N'Tsuk hausse les épaules, et son attitude, tout comme celle d'Ikoué, trahit une certaine compassion envers le malheureux.

Ils se taisent un temps, respectant le passage de la mort qui conserve son sens sacré, bien qu'il s'agisse de celle d'un étranger. Puis, Petit-Renard se met à examiner avec soin le canot qu'il croit reconnaître comme étant celui des deux hommes et de leur mère arthritique. L'odeur caractéristique des bourgeons de peuplier baumier imprégnée dans une des couvertures anglaises confirme ses soupçons. Il s'en empare et la renifle. Oui, c'est bien là l'odeur de l'onguent qu'il a donné à la vieille pour la soulager de ses douleurs. La pauvre lui faisait tant pitié, qu'à défaut d'échanger les piètres castors de ses fils, il n'avait pu la laisser partir sans lui faire don de ce remède. Que fera-t-elle maintenant sans cette précieuse couverture réchauffant ses os tordus ?

Suivant son exemple, Wapitik fouille dans les effets et découvre les peaux de castors tués au fusil. Il y a donc eu troc, et ce, probablement contre de l'eau-de-feu en quantité suffisante pour saouler fils et mère, et les dépouiller de leurs canot et couvertures. L'acte paraît ignoble à Petit-Renard. Juste est la condamnation de l'ourse.

– Makwa l'a bien puni, déclare-t-il, revenant auprès de ses femmes. Makwa l'a détruit, parce que, avec son eau-de-feu, il détruit les nôtres. Il a volé le canot et les couvertures, et makwa lui a pris la vie. C'est bien fait pour lui.

Le début de compassion dans l'âme de ses femmes se mue en une soudaine aversion, et elles s'éloignent quelque peu du corps, comme s'il pouvait en émaner des maléfices.

– Est-ce que ses compagnons vont s'occuper de lui ? s'informe N'Tsuk.

— Je ne crois pas… Ils seraient déjà là.

— Qu'est-ce qu'on fait? Les chrétiens enterrent leurs morts…

— Qu'ils les enterrent alors… Nous, nous ne sommes pas chrétiens.

— Mais, s'ils ne viennent pas?

— Makwa viendra le manger… Ce sera ainsi.

— Oui, ce sera ainsi. Makwa l'a tué, que makwa s'en occupe, approuve Ikoué, faisant valoir son opinion.

— Tu parles avec sens, ma femme, réplique-t-il. Ramassons ses affaires et partons. Cet endroit n'est plus un bon endroit pour s'installer.

En peu de temps, les femmes réunissent les quelques effets du mort, pendant que Petit-Renard vérifie l'état du canot laissé au soleil. À certains endroits, la résine a subi l'assaut des rayons ardents, mais les dommages s'avèrent moins importants qu'il ne l'avait d'abord cru. Il le charge sur ses épaules et le met à l'eau afin d'en éprouver l'étanchéité qui lui semble acceptable. Cela vaut la peine de l'emporter avec eux.

Alors qu'il se tourne vers ses femmes pour leur signifier de partir, Petit-Renard les aperçoit, serrées l'une contre l'autre près du cadavre, se chuchotant à l'oreille. Rêve-t-il? Ne dirait-on pas deux sœurs s'échangeant des confidences? Jamais il ne les a vues si rapprochées, et il demeure un long moment figé et muet devant la scène. Que se passe-t-il?

Intrigué, il s'approche d'elles, craignant qu'à chacun de ses pas la magie de l'instant ne s'envole. Toutes deux ont le regard braqué sur la tête du Français.

— Nous voulons sa chevelure, réclame Ikoué.

Ce «nous», pour la première fois, dans la bouche d'Ikoué le transporte de bonheur. Lui suffira-t-il de prélever le scalp pour que ce rapprochement perdure? Il lui répugne de le faire dans ces conditions, car il ne s'est pas battu contre cet ennemi qui, officiellement, n'en est pas un. Lointaine, la voix de Teionshio lui rappelle qu'un scalp de Français ou d'Anglais, c'est du pareil au même pourvu qu'il représente un Visage-Pâle de moins. Il hésite.

– Pour tout le mal que son peuple a fait au peuple des Pawnis. Il a échangé les miens comme on échange des castors. Il nous a arrachés vivants à nos familles et à notre pays… Je veux ses cheveux qui sont comme l'éclat du soleil, exige Ikoué.

– Nous en ferons des parures pour nos habits, explique N'Tsuk.

Ce « nous », pour la première fois, dans la bouche de N'Tsuk. Dans son œil valide luit la même fascination pour la couleur de la tignasse, combinée au même désir de vengeance envers celui qui la porte.

– … et pour les habits des enfants, ajoute-t-elle, la voix chargée d'espoir.

Comment ne pas acquiescer à sa demande ? À leur demande ? Après tout, ce Français n'a eu aucun scrupule à dépouiller une vieille arthritique de sa couverture. Pourquoi en aurait-il, lui, à le dépouiller de sa crinière dorée ? Bien sûr, la fierté d'un trophée de guerre ne s'y rattachera aucunement, mais l'assouvissement de la rancune de ses femmes y verra un exutoire. De l'une, le Visage-Pâle a fait une esclave, de l'autre, une mauvaise femme. Au tour de ces dernières, maintenant, de s'accaparer de cette seule partie de son identité digne d'être soustraite aux pattes de makwa.

À quel ancêtre appartient cet esprit qui lui présente ce scalp capable de réunir ses femmes ? Le refuser, n'est-ce pas refuser que l'harmonie s'installe sous son wigwam ?

Petit-Renard s'empare de son poignard et s'agenouille près de l'Étranger…

*

Vaguement… des voix. Si lointaines et étrangères. Sur son front glacé, une présence qui glisse dans ses cheveux, les empoigne et lui renverse la tête. Il se sent mal dans cette position… Une voix claire d'enfant maintenant… Il ne comprend pas ce qu'elle dit… C'est un petit Sauvage… Qui est-il? Que fait-il près de lui? Où est l'ourse et ses oursons? Il faut l'avertir du danger.

Pierre parvient à entrouvrir ses paupières de plomb et aperçoit le « p'tit homme du Diable » penché sur lui, le couteau à la main pour le scalper… Sa chevelure finira parmi les castors sur le comptoir d'une quelconque fac-torerie… Non! Il ne veut pas mourir de si triste, si absurde et si misérable manière. Rassemblant tout ce qui lui reste d'énergie, il laisse échapper une plainte et porte la main à sa médaille.

Petit-Renard demeure pétrifié, alors que ses femmes reculent d'un pas, effrayées. Il lui paraît impossible que cet homme ait pu survivre à une si grande perte de sang. Il y a à peine quelques minutes, il n'a décelé aucun signe de vie chez lui. Son porte-bonheur l'aurait-il ressuscité? Le Français s'y accroche avec autant de ferveur et de confiance que lui-même s'accrocherait à son oki. Cet homme, il ne peut le tuer sans se tuer. Petit-Renard abandonne les cheveux, remet le poignard dans sa gaine.

Wapitik l'observe. Auparavant enthousiaste à l'idée d'apprendre comment scalper, le voilà partagé entre le questionnement et la crainte inspirée par ce cadavre revenu à la vie.

Une seconde plainte s'échappe, plus faible que la première. Petit-Renard appuie l'oreille contre la poitrine du moribond et en perçoit le souffle à grand peine. Assurément, cet homme n'en a plus pour longtemps à vivre, mais il ne lui appartient pas de l'achever. Plus main-tenant. Il pourrait tout simplement s'en aller, le laisser mourir et revenir le scalper, mais ce faisant, il trahirait l'essence même de ce qu'il est : un mashhkiki-winini.

Le Grand Esprit a semé les plantes qui soignent et guérissent, et, dans son cœur, il a semé le désir de les connaître et d'apprendre à s'en servir. Le Grand Esprit lui demande-t-il de mettre son savoir à l'épreuve avec ce corps à l'article de la mort ?

De manière plus approfondie, il examine les blessures, sous l'œil attentif de Wapitik qui, en tout et partout, aime marcher dans ses pas. Peut-être est-ce à ce fils qu'il lèguera un jour la Parole. Il n'en sait rien encore, mais, à l'instant même, c'est sa nature entière qu'il lui lègue par ses gestes et cette phrase qu'il prononce d'un ton solennel et décisif : « Je vais le soigner. »

Chapitre 26

Le pont

Pointe de l'attaque de l'ourse
devenue pointe de Makwa.

Le blessé s'agite grandement. À ses tremblements spas-
modiques a succédé une forte fièvre. Le délire le fait
parler. Le fait crier. Le fait pleurer. Tour à tour, sur ses
lèvres desséchées, les mêmes mots reviennent, dévoilant
les tourments de son âme. Une telle détresse l'habite que
le mashhkiki-winini doute de pouvoir le sauver.

Cela le dérange. D'inexplicable façon, il considère
désormais le jeune homme comme sa créature. Quand il
l'a trouvé, hier, ce blessé s'apprêtait à traverser au
Royaume des Morts, mais, grâce à son intervention, il est
encore du monde des vivants. Comme si, par ses mains,
cet homme était né une seconde fois. Ou encore comme
s'il l'avait saisi de justesse aux portes de l'au-delà. Et cela
le dérange de le perdre. En réalité, ce qui le dérange le plus
n'est pas de le perdre, mais d'en éprouver de la tristesse.
Est-ce là un sacrilège ? Une indécence ? Ne prônait-il pas,
hier, que l'ourse avait bien fait de détruire ce Visage-Pâle
qui détruisait son peuple ? Pourquoi éprouve-t-il de la

compassion aujourd'hui ? Pourquoi a-t-il caché le canot et les effets de son patient, afin qu'aucun Français ne le découvre ?

« Non… non… pas les galères… Pas les chaînes… non, pas les chaînes », répète le blessé en roulant la tête et en serrant les poings, les muscles tendus.

Voilà sans doute la raison. Cet homme n'est pas en ce pays de son plein gré, et les siens ne veulent plus de lui. Quel agissement incompréhensible de la part des Visages-Pâles ! Comment peuvent-ils rejeter ce jeune homme doté d'une force hors du commun ? N'est-ce pas là un gaspillage éhonté, une perte pour leur société ? D'autant plus qu'une femme enceinte dépend de lui de l'autre côté du Grand Lac Salé. Qui est-ce qui chasse pour elle, là-bas, si lui est ici ? Et quels bras la protégeront si ceux de cet homme se voient enchaînés à la rame d'une galère ?

« Non… non, pas les chaînes… pas les chaînes », poursuit le blessé.

Les chaînes existent donc aussi pour les Visages-Pâles. Qui ou quoi les autorise à priver de liberté leurs semblables ?

« Le Bourru… salaud… son bateau parti… parti… salaud… parti sans moi… Isabelle, attends-moi… attends-moi… Isabelle… Isabelle… Je reviendrai… reviendrai, Isabelle… Attends-moi… Isabelle… »

Ce nom de femme, sans cesse, revient hanter le blessé. À la fois torture et béatitude. Raison de vivre ou de mourir. Cette Isabelle est le cœur de sa détresse et de son ivresse.

« Je reviendrai… Attends-moi, Isabelle… »

Le malheureux porte la main à sa médaille. Ses paupières tressautent, et son souffle s'accélère. D'un coup, il ouvre grand les yeux et, l'apercevant à son chevet, tente de soulever la tête, la mine horrifiée.

« P'tit homme du Diable... du Diable... L'enfer... non, pas l'enfer... Non, pas l'enfer pour toujours... pour toujours... Isabelle... non... »

Dans son délire, Pierre se retrouve en enfer. L'ourse a exécuté la condamnation des hommes, et ses péchés l'ont mené au lieu du supplice. Le diable se penche vers lui, avec ses yeux bridés, semblables à deux fentes d'où s'échappe le feu de la punition éternelle... Il aurait dû se méfier quand il l'a vu sur son chemin. « Tu es à moi, maintenant », semble-t-il lui dire. À moi pour toujours, et ton Isabelle, jamais, tu ne la reverras... »

Le feu lui brûle les tempes, lui assèche la gorge. Proie des flammes et de la souffrance, Pierre tente d'échapper au diable qui se penche de plus en plus vers lui. Une fraîcheur sur son front et son visage. « Pas peur... pas peur », dit doucement le diable.

« Pas peur... pas peur », répète le mashhkiki-winini en épongeant son patient qui, de toute évidence, le craint. Cela n'augure rien de bon pour sa guérison. Pour avoir été lui-même sous les soins d'un homme-médecine, il sait à quel point la confiance contribue au rétablissement. Comment peut-il soigner convenablement ce jeune homme qui semble voir en lui un monstre mal intentionné ? Il a beau avoir cautérisé toutes les plaies avec de la gomme de sapin, replacé et immobilisé les os brisés de l'avant-bras, dans ces conditions, il doute de le sauver.

Avec précaution, il glisse le bras sous les épaules du Français et le soulève afin de lui faire boire l'infusion fébrifuge à base des fleurs cueillies au lac des Chats. « Connaître les herbes et les plantes est une bonne chose, disait Teionshio, mais convaincre l'esprit du malade que tu peux le guérir est encore mieux. » Comment parviendra-t-il à convaincre cet esprit aux antipodes du sien ? Ne se sont-ils pas tous deux repoussés dès leur premier regard ?

« Pas peur… pas peur », répète-t-il, usant de toute la douceur dont il est capable.

« Pas peur… » Le diable se montre gentil, puis le force à avaler un liquide tiède et amer qui lui coule aux commissures des lèvres et sur le menton. « Bois… Bon pour guérir… Bois… Bon pour guérir… » De quoi le diable parle-t-il donc ? On ne peut guérir de l'enfer… « Tehonikonrathe soigne toi… Tehonikonrathe est plus fort que l'ourse… Tehonikonrathe connaît les plantes… Tehonikonrathe est là… Pas peur, pas peur… Bois, Tehonikonrathe va guérir toi. »

De nouveau le liquide dans sa bouche. Est-ce un poison qui le fera davantage souffrir ou une mixture capable de le guérir ? Grosse-Voix prétendait que le « p'tit homme du Diable » avait des pouvoirs pour soigner. Pourquoi lui en ferait-il profiter ? « Bois… pour revoir Isabelle. » Pour elle, Pierre aurait vendu son âme au diable, alors il veut bien boire ce que ce dernier lui fait couler dans la bouche. Peu importe ce qu'est cette boisson pourvu qu'il revoit Isabelle.

Le blessé boit docilement à petites gorgées. Les dernières paroles ont porté leurs fruits, et l'homme-médecine devine leur effet bénéfique sur la guérison. « Pour revoir Isabelle… Guérir pour revoir Isabelle », chuchote-t-il à l'oreille de son patient pour les lui im-planter dans l'esprit.

« Guérir pour revoir Isabelle », marmonne le jeune homme en s'endormant.

Le mashhkiki-winini croit maintenant qu'il peut le sauver. Une force hors de son contrôle agit dans l'esprit de ce corps massacré. Une force qui porte le nom d'une femme. Si puissante par-delà le Grand Lac Salé.

Désormais, cette femme existe entre eux. Comme un pont entre la vie et la mort. Entre ce côté-ci et l'autre côté du Grand Lac. Entre lui et l'autre.

Un pont qu'il emprunte en toute connaissance et conscient des conséquences. Si, grâce aux paroles prononcées à l'oreille du mourant, celui-ci survit, le mashhkiki-winini devra en assurer la réalisation. C'est ainsi qu'il pense. Autant il respecte les plantes qu'il utilise pour soigner le corps, autant il doit respecter les paroles qu'il prononce pour soigner l'âme.

«Guérir pour revoir Isabelle», répète-t-il au blessé endormi.

Chapitre 27

Toute-puissante Ikoué

Pointe de Makwa.

L'orage a éclaté, et les voilà groupés dans l'abri, à l'étroit avec le Visage-Pâle qui gémit et délire. Inconscient de leur présence et de sa propre vie.

Depuis quatre soleils, le ciel accumulait la sueur de la terre, et les nuages se gonflaient, montaient haut comme des montagnes en fin d'après-midi, menaçant de se rompre. Avec N'Tsuk, Ikoué s'empressait de remplir les contenants d'écorce de toutes les framboises séchées, et elle retournait celles en voie de l'être, redoutant sans cesse l'ondée capable de gâcher leur ouvrage. Heureusement, elles ont terminé juste avant le premier coup de tonnerre et, d'un œil plein de satisfaction, la première épouse contemple à présent leur formidable provision entassée dans l'abri.

Sans la participation de N'Tsuk, il n'y aurait pas autant de contenants remplis à ras bord des délicieux fruits. Celle-ci n'a pas sa pareille pour récolter. Ses doigts vont partout et vite et, d'instinct, elle déniche toujours les plants aux fruits les plus gros, les plus abondants et les plus juteux.

Un instant, le regard d'Ikoué glisse vers la deuxième épouse occupée à coudre un panier d'écorce avec le watap. Que peut-elle lui reprocher? Rien. Il ne peut s'en trouver de plus travaillante et de plus accommodante. Depuis qu'elle est arrivée parmi eux avec son crâne rasé, elle la seconde avec zèle et abnégation. Aujourd'hui, ses cheveux lui touchent les épaules, mais N'Tsuk n'a pas changé d'attitude. Non, vraiment, Ikoué n'a rien à lui reprocher, sauf le fait d'occuper la première place dans le cœur de son mari.

Elle aurait accepté tout autre que N'Tsuk en tant que deuxième épouse, et le choc a été brutal lorsqu'elle a compris que Petit-Renard en avait fait sa femme. Elle l'a aussitôt rejetée et s'est évertuée à la rabaisser à cause de son infécondité. Lors du départ de Petit-Renard en quête des pierres qui guérissent, il lui avait promis de ramener son âme, mais il était revenu avec N'Tsuk lui proposant par la même occasion de reprendre le nom de Rayon-de-Lune. Pourquoi? Pour lui, elle a toujours été Ikoué. N'était-ce pas une façon de se défaire d'elle? Rayon-de-Lune vivait sur la prairie et ne connaissait pas Petit-Renard, alors qu'Ikoué vivait dans son wigwam et s'apprêtait à lui donner un deuxième fils. Non, ce n'est pas son âme qu'il a ramenée, mais une rivale capable de la blesser. Oh! Sans un geste ni une parole ni même un regard. Sa simple présence suffit et, quand Petit-Renard a des rapports sexuels avec N'Tsuk, Ikoué entend qu'il jouit avec plus d'intensité. D'ailleurs, elle les a déjà observés à leur insu près du ruisseau mystérieux. L'extase qu'elle a vue sur le visage de son mari lors de ce coït ne cesse de la tourmenter depuis. Il lui préfère N'Tsuk, c'est évident, même s'il tente de le cacher. Elle le sent dans tout son être, et elle exerce sa revanche par le biais des enfants que N'Tsuk n'aura jamais.

Roulement de tonnerre au loin. Ikoué cajole la tête du petit qu'elle allaite en fredonnant les trois mêmes notes à répétition pour l'endormir. Né durant la lune longue et froide (janvier), il a les yeux fortement bridés de son père et d'elle, à l'instar de Wapitik, il possède l'ossature costaude. Sain et vigoureux, il pleure rarement. Pour l'instant, il tète avec volupté, les yeux clos et les petits doigts mobiles exprimant son bien-être. En même temps que le lait, un courant d'amour coule vers l'enfant et une jouissance quasi sexuelle gagne Ikoué. N'est-ce pas aussi Petit-Renard qu'elle nourrit au sein? Que de suprématie elle détient sur N'Tsuk!

Ikoué observe son époux lavant méticuleusement les plaies du Visage-Pâle avec une décoction de makikio-tache[1]. Tel qu'il l'avait appréhendé, les blessures infligées par l'ourse se sont infectées et risquent de se gangrener. Agenouillé à ses côtés, Wapitik partage son attention entre les gestes de son père et le corps nu et pâle du blessé devenu encombrant depuis que l'orage les a contraints à se réfugier à l'intérieur. Au début, N'Tsuk et Ikoué voyaient comme une trahison le fait que leur mari consa-cre temps et énergie au chevet de ce Visage-Pâle dont elles avaient réclamé la chevelure. De courtes allusions au cours de la cueillette en firent mention, traduisant leur déception mais aussi leur prudence à ne pas mettre en doute ouvertement le bien-fondé de cette décision. Petit à petit cependant, la compassion revint les ébranler, et Ikoué en eut honte, s'empressant de refouler ce sentiment. La pitié que lui inspirait le jeune homme n'était-elle pas un affront à son peuple et à elle-même?

– Crois-tu qu'il est différent des autres? lui avait demandé N'Tsuk, mine de rien.

---

1. Makikiotache: «comme le crapaud», sarracénie pourpre (*Sarracenia purpurea*), plante carnivore employée contre les plaies suppurantes. Ses feuilles en forme de gobelet capturent et mangent, comme le crapaud, les insectes qui s'y aventurent. Ces feuilles servaient aussi de gobelets et de jouets aux enfants.

– Sans doute, avait-elle répondu, il n'a presque pas de poils sur son visage.

– Ni sur son corps, avait ajouté N'Tsuk.

Du coup, elles se sentirent autorisées à souhaiter sa guérison et convinrent que la couleur exceptionnelle de ses cheveux devait en faire un être à part. Qu'il ait été en possession du canot et des couvertures de trois des leurs avait sûrement une explication. Du moins l'espéraient-elles.

Lumière blanche de l'éclair aussitôt suivie d'un formidable coup de tonnerre. Ikoué sursaute malgré elle, arrachant le tétin de la bouche du bébé qui cherche à le reprendre. Simultanément, le blessé laisse échapper un cri, s'agite, parlant cette langue qu'elle ne comprend pas. Tehonikonrathe lui fait couler de l'eau sur le front et, d'un geste doux, lui caresse les cheveux, répétant toujours les mêmes mots. « Pas peur… Guérir pour revoir Isabelle. » Le jeune homme se calme en même temps que le poupon, à qui Ikoué remet le tétin en bouche.

Le regard de cette dernière s'attarde à la poitrine haletante du blessé, puis glisse dans le creux au bas de la cage thoracique, s'accroche au nombril et longe le ventre, suivant une fine ligne de poils dorés en direction du pubis. Le désir s'éveille en elle. Puissant et interdit. Des fantasmes s'ébauchent et l'assaillent. Elle s'imagine cueillir le pénis dans sa toison lumineuse, l'emmener en érection et le prendre tout entier en elle en s'assoyant dessus à califourchon. Le blessé se laisserait faire, docile et dépendant. Son époux ne dirait rien non plus et aurait à souffrir à son tour de voir l'extase sur son visage. Elle ressent une forte pulsion de sexe et de violence combinés. Autant elle a envie de violer ce jeune homme à sa merci, autant elle a envie de le materner. Elle s'imagine le faire jouir et le faire souffrir en même temps.

« Non… pas les galères… pas les galères… Non, non… pas les chaînes », délire le blessé au souffle court et saccadé. Semblable au souffle de Tehonikonrathe quand il prend N'Tsuk la nuit.

— Qu'est-ce qu'il dit? demande Wapitik à son père.

Tehonikonrathe va-t-il enfin le traduire? Jusqu'à maintenant, il s'en est abstenu, gardant l'étranger tout entier dans son mystère.

— Il a peur d'être fait prisonnier et de se faire enchaîner, répond-il en accordant un regard à Ikoué.

Celle-ci baisse les yeux comme s'il voyait dans son âme. Le fait que ce Français ait connu tout comme elle les entraves accentue davantage l'attirance et le désir.

— Quels ennemis veulent le faire prisonnier? s'informe Wapitik.

— Ce sont les siens. Ils veulent l'attacher à la pagaie d'un très, très gros canot.

— Pourquoi les siens agissent comme ses ennemis?

— Je ne sais pas…

— Ils ne sont pas comme nous, constate l'enfant en posant la main contre le flanc de l'homme, ses doigts bruns écartés contrastant avec la peau blanche.

Ikoué en éprouve des frissons, et son trouble ne fait qu'augmenter. Pour n'en rien trahir, elle accorde son attention au bébé qui s'est endormi, une goutte de lait à la commissure de ses jolies lèvres.

« Attends-moi, Isabelle… Attends-moi… Je reviendrai… Je reviendrai… »

— Et là, qu'est-ce qu'il dit, papa?

— Il parle à sa femme. Il lui demande de l'attendre, car il a promis de revenir vers elle et vers l'enfant qui est dans son ventre.

— Où se trouve sa femme?

— De l'autre côté du Grand Lac Salé… Très loin.

N'Tsuk a cessé de coudre et écoute attentivement, le panier en chantier sur les genoux. Petit-Renard, maintenant, s'adresse à elle.

— On l'a séparé de sa femme et envoyé ici. Lui, il veut la revoir et connaître son enfant, mais les siens de l'autre côté du Grand Lac Salé ne veulent pas qu'il revienne. Ils ont l'intention de l'enchaîner à la pagaie d'un très grand canot s'il revient.

— Le malheureux, laisse échapper tristement N'Tsuk.

« La malheureuse », pense Ikoué tout en jalousant cette inconnue d'être l'objet d'un tel amour. Elle doute que, pour elle, Tehonikonrathe traverserait le Grand Lac Salé au risque d'être enchaîné en arrivant. Pour N'Tsuk, oui, il le ferait, mais pas pour elle. Cela la fait souffrir. Inexorablement. Et renforce son sentiment à l'endroit du blessé. De tout cœur désormais, elle souhaite sa guérison et regrette d'avoir réclamé son scalp sans même le connaître.

— Pour traverser, il faut un très grand canot... Vas-tu aider oncle Ours-Têtu à lui en faire un, s'enquiert Wapitik pour qui la guérison ne fait aucun doute.

— Ton oncle n'en construit pas qui traverse le Grand Lac Salé.

— Sans canot, il ne pourra pas retourner chez les siens.

— Il y a de ces grands canots à Kébec. Par la Wabozsipi, on peut s'y rendre... Je lui montrerai le chemin.

Leur mari les consulte tour à tour du regard, et ni l'une ni l'autre ne manifestent leur désapprobation. Cela semble lui convenir.

— Si les esprits le laissent dans le monde des vivants, ce sera ainsi. J'irai avec lui.

*

Térébrante douleur s'intensifiant quand le « p'tit homme du Diable » incise, presse et suce les plaies, recrachant le pus. Sans une plainte, Pierre subit ce supplice, et chaque fois qu'il le peut, il intercepte le regard du guérisseur. Ces yeux-là ont pris possession de son être affaibli. Eux qui, auparavant, le terrifiaient, maintenant le subjuguent. Tant que ces yeux seront là, vrillés aux siens, la mort ne pourra rien contre lui. Sa vie entière s'est réfugiée dans les noires et magiques prunelles du « p'tit homme du Diable ».

Un lien l'unit à celui qui le soigne. Un lien qui va au-delà de celui de la dépendance et qu'il a peine à admettre. Ce lien est-il le produit de ses hallucinations ? Possible. La fièvre le possède encore et l'empêche de départager le réel de l'irréel, le délire de la réalité, le vrai du faux. Il ne connaît rien de l'intention de ces gens qui l'ont recueilli, et, pourtant, il se sent en sécurité dans leur abri d'écorce.

Le « p'tit homme du Diable » finit d'appliquer des cataplasmes de feuilles sur ses blessures, s'accroupit à son chevet et glisse les doigts vers la médaille de la Vierge à son cou. Jamais encore Pierre n'a permis à qui que ce soit de s'en emparer, mais, cette fois-ci, il laisse l'homme la prendre et se pencher vers elle pour la regarder tout à son aise. L'odeur tenace de la fumée se dégage de sa chevelure et lui donne à penser qu'à l'extérieur, on s'affaire à boucaner.

– Esprit protecteur ?

Ces mots français devraient le surprendre, mais l'accent lui en paraît familier.

– Oui… un esprit protecteur.

– Une femme ?

– La mère du Christ.

– Connais point.

– Le Christ… l'homme de la croix.

– Je connais la croix des Français. La mère du Christ, autre côté du Grand Lac Salé ?

– Non… non. Elle… elle est au ciel et me protège.

Pierre indique le ciel. Pourquoi s'entretient-il de la Vierge Marie avec ce païen ? N'est-ce pas peine perdue de vouloir lui faire comprendre la foi qu'on peut avoir en une médaille ? À sa grande surprise, l'indigène détache le talisman à son cou et le lui présente.

– Oki… un esprit protecteur.

Une petite pierre aux allures de tortue se balance devant ses yeux. Vraisemblablement, l'homme aimerait qu'il la prenne et l'examine, mais Pierre y voit un geste sacrilège envers sa propre religion. Cependant, pour ne pas le froisser, il fait mine de s'y intéresser.

– C'est une tortue?

– Oui. De nombreuses lunes passées, quand eau était partout, la tortue portait la terre. Quand grand-mère est arrivée au Royaume des Vivants, père à elle donné oki… Avant de partir vers pays des morts, grand-mère donné oki à moi.

Voyant qu'il ne désire pas y toucher, le « p'tit homme du Diable » renoue le talisman, et Pierre se sent fautif d'avoir cru ce Sauvage insensible à toute forme de spiritualité. Bien sûr, cette histoire de tortue qui portait le monde relève de la pure fantaisie, mais il ne peut que se désoler de constater que l'Autre y croit.

– Qui a donné oki?

– Une femme… ma femme.

Mensonge : Isabelle n'est pas sa femme, mais il n'a pas envie d'expliquer ce qu'est le mariage. Dans son cœur, elle l'est depuis le premier regard et le restera jusqu'à sa mort. Qu'y comprendrait cet homme qui possède deux femmes. Parler d'amour ne rime à rien avec lui, et Pierre ferme les yeux pour signifier qu'il désire mettre fin à leur entretien.

« Isabelle ? », s'informe le guérisseur. La prononciation du nom de sa bien-aimée lui rappelle une phrase. « Guérir pour revoir Isabelle. » C'était donc lui qui la lui répétait dans ses délires. Que sait-il d'autre à son sujet ? Le soigne-t-il dans le but de retirer quelque argent en le livrant aux autorités françaises une fois guéri ? Après tout, aux yeux de ces gens, tout a une valeur marchande et peut se négocier. Soudain, il lui paraît invraisemblable d'avoir été recueilli par simple bonté d'âme. Qu'il a été naïf de se croire en sécurité entre leurs mains ! Qui sait si son soi-disant bienfaiteur n'envisage pas quelque arrangement avec les Anglais ?

Le regard noir et brillant s'enfonce dans le sien et, cette fois-ci, le terrifie comme lors de leur première rencontre. Leur incompatibilité n'était-elle pas évidente à ce moment-là ? Faut-il qu'il ait été faible pour s'accrocher à ce suppôt de Satan et voir en lui son salut. Un grand frisson le fait trembler et instinctivement, Pierre porte la main à sa médaille.

– Pas peur… guérir pour revoir Isabelle, répète le « p'tit homme du Diable » d'une voix persuasive.

Mais il n'est pas dupe et voit trop bien dans son jeu maintenant. Toute cette douceur, ce dévouement et ces bons soins comportent un prix que lui ou les autorités françaises devront payer. Pierre se soustrait au geste de mansuétude qu'ébauche le guérisseur et se soulève sur sa couche.

– Guérir pour me vendre, hein ? Qu'est-ce que ce que je vaux, moi ? Un chaudron de cuivre ? Une couverture anglaise ? Ouais, bien sûr… une couverture rouge.

Soudain, le « p'tit homme du Diable » lui plaque la main sur la bouche et lui fait signe de se taire. Vainement, il tente de se dégager, mais son assaillant intensifie la prise, lui broyant littéralement les joues. S'approchant le visage tout près du sien, il le paralyse de ses yeux de feu et, par signes, lui commande encore le silence.

Dénué de tout moyen de défense, le blessé obéit et, soudain, il entend des Français arriver par la rivière. Il croit reconnaître la voix de Fabien, le soldat-commis du fort du Lièvre. Voilà son heure venue. De pitoyable manière, son évasion s'arrête ici. Il a échappé au danger des rapides et survécu à l'attaque de l'ourse pour être bêtement dénoncé en échange de quelques marchandises. À défaut de l'avoir capturé, on n'a qu'à ramasser son inva-lide carcasse. En désespoir de cause, Pierre implore du regard le « p'tit homme du Diable » qui, progressivement, relâche l'étreinte et lui intime une dernière fois l'ordre de se taire avant de se porter à la rencontre des visiteurs.

Le déserteur entend crisser le canot sur le sable de la grève, et son cœur s'emballe, battant à grands coups dans sa poitrine. Que va-t-il advenir de lui ? Avec force, il étreint la médaille, priant Isabelle et la Vierge, la Vierge et Isabelle.

– Z'avez fait bonne pêche ?....

Oui, c'est bel et bien Fabien, celui-là même qui lui recommandait de se méfier des bourgeois.

– Hmm, répond le « p'tit homme du Diable ».

– Si z'en avez de trop, on en prendrait.

– Je pêche pour famille à moi.

– Bah ! Z'avez pas fini de pêcher... C'sont de gros esturgeons.

– Hmm.

– Z'auriez pas vu un des nôtres ? Il a les cheveux comme le soleil.

Pierre entend violemment battre ses tempes et, malgré lui, sa respiration s'accélère, risquant de le trahir. Ne lui reste-t-il que quelques secondes de liberté avant que le « p'tit homme du Diable » ne réponde ?

– Point vu.

Le blessé soupire de soulagement.

– C'est un mauvais homme. Il a volé le canot et les écarlatines d'une vieille femme et de ses deux fils.

Devant ce crime perpétré envers les siens, son guérisseur persistera-t-il à le cacher, s'affole Pierre.

– Hmm.

N'y a-t-il pas dans ce « hmm » une intonation de profonde déception ? Quelques détails scabreux de plus feront-ils changer d'avis son protecteur et complice ?

– À la factorerie de Coulonge, ça s'est su. On prétend qu'il a redescendu la rivière.

– Vu un homme aux cheveux comme le soleil à
Asticou. Avec quatre autres, en route vers Michillimakinac.

– Les siens sont rentrés dans une grande colère, parce
qu'il a volé cette femme et ses fils. Pour cela, ils l'ont chassé.

Quel mensonge éhonté, habile et dangereux ! En effet,
si les Français se sont débarrassés d'un des leurs ayant
commis une injustice envers des Sauvages, pourquoi un
Sauvage s'encombrerait-il d'un individu si immonde ?

– Grande colère dans cœur à moi… Homme aux
cheveux comme le soleil est mauvais.

Pierre saisit l'indignation et la condamnation dans le
ton du guérisseur et espère avoir la chance de s'expliquer
et de lui faire savoir qu'il a laissé sa propre couverture à
l'arthritique. Pour la première fois depuis ce vol, il ressent
des remords avec une intense acuité tout en se répétant
qu'il ne pouvait agir autrement.

– Pour apaiser ta colère, nous te donnerons des
cadeaux en échange de cet homme.

– Cet homme doit apporter écarlatine sur les épaules
de la vieille femme malade. Cet homme doit remettre le
canot. Loi des Anishnabecks dit : « Cet homme doit réparer la faute. »

– Nos lois disent que cet homme doit être puni, termine le Français, laissant filtrer sa conviction en la
suprématie des lois des Européens sur celles des Sauvages.

Pierre écoute le bruit des pagaies propulsant le canot
en amont, et toute la tension de son corps se relâche. Un
élan de reconnaissance l'envahit. Il lui tarde de remercier
le guérisseur qui, maintenant, s'entretient avec ses
femmes. De quoi discutent ces gens d'un ton mécontent ?
S'entendent-ils pour lui faire expier son crime selon leurs
lois ? Ne s'est-il pas réjoui trop tôt d'avoir échappé aux
Français ? Sur quoi s'est-il basé pour croire qu'entre leurs
mains son sort sera meilleur ? N'ont-ils pas l'habitude de

la torture et du scalp? Ne convoitent-ils pas sa chevelure qui les fascine? Dès qu'il sera considéré comme définitivement disparu par les Français, ne pourront-ils pas le maltraiter à loisir? En faire leur prisonnier, leur esclave, leur jouet? Exercer dans sa chair leur frustration à l'égard des Européens? Aucun des siens n'en saura jamais rien, et, peut-être qu'un jour, au comptoir d'une factorerie, Grosse-Voix retournera son scalp dans ses mains en disant: «Mon blond, il avait les cheveux de c'te couleur. Il s'est sauvé, et on l'a jamais revu.»

Quel imbécile il est d'avoir obéi à son ravisseur et, de surcroît, d'avoir cru en ses bonnes intentions! Brusquement, son sauveur pénètre dans l'abri et le fait sursauter.

— Français chassé toi. La vieille femme malade est sans écarlatine, déclare-t-il d'une voix rauque.

— J'ai laissé mon écarlatine à la femme… Elle n'aura pas froid. À ses fils, oui, j'ai pris le canot, mais j'ai donné de l'eau-de-vie en échange.

— La langue des Visages-Pâles dit toujours des mensonges.

— Je dis la vérité. L'homme qui vient de te parler a dit des mensonges. Je n'ai pas été chassé par mes compagnons. C'est moi qui me suis sauvé pendant leur sommeil.

— Pourquoi?

— Pour retourner à Kébec et, de là, m'embarquer pour la France. J'avais besoin d'un canot.

— Tu es seul. Pourquoi trois écarlatines?

— Pour les échanger contre des castors.

— Tu as besoin de castors?

— Oui, il me faut des castors pour prendre le bateau. Tout était à échanger: mon fusil, ma poudre, mes hardes.

— Pourquoi les oreilles à moi doivent croire la langue à toi?

— Parce que je le jure… Je le jure sur la Vierge… et sur la tête d'Isabelle.

Ce disant, Pierre prend sa médaille et regarde sans broncher le « p'tit homme du Diable » qui le considère gravement. Ce païen est-il en mesure d'évaluer ce que signifie un tel serment ? Après tout, à ses yeux, la Vierge ne représente pas plus que la petite tortue de pierre pour un Français.

— Si je ne t'ai pas dit les choses comme elles sont, Isabelle mourra, reprend-il d'une voix vibrante de sincérité.

Le guérisseur acquiesce d'un hochement de tête et s'accroupit près de lui.

— Isabelle est souvent dans les paroles à toi. Isabelle est vérité.

D'être cru soulage Pierre sans toutefois éliminer les craintes et les inquiétudes concernant son avenir. Ce Sauvage le déconcerte. De lui, il ne sait que craindre, que penser ou qu'espérer. Un monde les sépare. Vaste comme la grande eau salée. Et pourtant, dans cet océan de différences, des îlots de similitudes émergent.

Tout primitif qu'il soit, l'indigène semble très bien saisir la passion et les tourments de son âme. Contrairement à Jean Hardouin et à ses compagnons français, il n'y voit là ni folie ni invraisemblance. Connaîtrait-il l'amour pour en détecter les ravages et le pouvoir dans le cœur d'un étranger ? Alors que depuis sa condamnation à l'exil, on lui conseille d'oublier Isabelle, ce Sauvage, n'a cessé, à son oreille de moribond, de la lui rappeler pour le rattacher à la vie. Quel être énigmatique !

Avec attention, Pierre examine l'homme. Jamais encore il n'avait remarqué les nombreuses cicatrices qui couvrent son corps nerveux aux muscles bien découpés. Sans doute a-t-il été torturé, car les blessures qu'inflige un animal ne présentent ni cet aspect ni cette répartition. Impressionné autant qu'effrayé, il s'imagine être lui-même livré aux pires supplices. Les hommes s'entendent si bien pour infliger le mal aux autres. Tant de moyens existent en France pour faire souffrir et expier les fautes : le carcan, le fouet, le fer rouge, les fourches patibulaires, la roue, le pilori, l'éviscération. Sans doute les Sauvages en ont-ils de plus atroces encore.

— Que vas-tu faire de moi ? demande-t-il avec appréhension.

Le « p'tit homme du Diable » laisse naître un indéchiffrable sourire fugitif.

— Tehonikonrathe veut entendre histoire à toi. Pourquoi peuple à toi chassé toi de pays à toi ?

Formulé de cette façon, l'exil prend tout son sens et ravive le déchirement.

— Parce que j'ai tué un cerf dans la forêt du seigneur.

Incrédule, le guérisseur fronce les sourcils alors qu'à lui-même, la raison de cette sentence paraît exagérée, toute véridique qu'elle soit. Un temps passe.

— Ici, dans la forêt, les Français chassent wapitis, ours, mooses[2]. Sur lacs, sur rivières, les Français tuent canards, outardes. Français tuent les tourtes en grand nombre, même au printemps quand les tourtes pondent des œufs. Autre côté du Grand Lac Salé, les Français agissent de manière différente ?

— Oui. De l'autre côté, pour chasser, un homme doit être un seigneur, un noble ou être le roi… Il doit posséder des terres, des forêts à lui.

— La forêt du Grand Esprit est pour tous les hommes… La terre de chasse est pour chaque famille. Autre côté, la terre de chasse est point pour chaque famille ?

— La terre de chasse est point pour chaque famille.

Pierre n'a qu'une vague idée de la notion de terre de chasse et présume qu'elle peut se comparer à celle de la propriété des nobles.

---

2. Moose : signifie mangeur d'écorces et désigne l'orignal ou élan d'Amérique.

– Les hommes ne partagent point la terre de chasse ?

– Non… Oh ! Non ! Ces hommes ne partagent point. Ils prennent même aux petits.

– Ces hommes ont quantité de viande à manger ? Des vêtements ? Une habitation ?

– Oh ! Oui ! Ils ont tout cela… Si tu voyais leur château…

– Château ?

– Une très, très grosse habitation de pierres avec des endroits pour y faire un gros feu en hiver et n'y avoir point froid comme dans nos chaumières.

– Autre côté, toi, petit ?

– Oui, très petit.

Si petit depuis qu'il a goûté à la liberté de ce pays aux vastes possibilités. Oui, si petit là-bas, le paysan, cet être sans valeur, sans ressource et sans pouvoir.

– Pourquoi un homme est petit quand un autre, grand ? Bras à toi, très forts, courage très grand. Les yeux des Français ne voient point valeur à toi ?

– Oh ! La valeur est de naissance… Celui qui naît dans une grande habitation est grand. Celui qui naît dans une petite habitation est petit.

– Autre côté, habitation donne la valeur à homme ?

– Oui. La valeur d'un homme dépend aussi de son père ou de sa mère.

– La valeur d'un homme vient des ancêtres, non de lui-même ?

– Oui.

– Pourquoi un très petit comme toi, chassé dans la forêt d'un grand ?

– Parce que… la famille avait faim… Depuis longtemps, n'avions point mangé de viande.

Les mots s'étranglent dans la gorge de Pierre et, malgré lui, des larmes lui montent aux yeux. Qu'il était fier d'apporter cette venaison dans la mansarde de Gaspard !

Comme son bonheur était grand de les voir tous se régaler et sa satisfaction profonde d'avoir nourri son enfant dans le ventre d'Isabelle ! Jamais sa misère ne lui est apparue aussi grande et absurde qu'en cet instant où, homme blessé et traqué, il la raconte à cet être libre en mesure de l'anéantir. Il détourne la tête, serre mâchoires et paupières, mais le souvenir de ce festin l'envahit. Dans les yeux de ses neveux et nièce, il revoit briller la gourmandise et, dans ceux de leurs parents, la reconnaissance. Isabelle lui pressait les doigts, l'admirant en silence, et il se promettait de retourner chercher dans la forêt ce qu'il faudrait pour les nourrir convenablement.

— Tehonikonrathe a déjà pleuré, confesse le « p'tit homme du Diable ».

Alors, silencieuses et nombreuses, les larmes filent sur ses tempes, et, machinalement, Pierre étreint sa médaille.

Son patient pleure. Quel est donc ce pays d'où il vient ? Qui sont ces grands qui, ayant tant à manger, interdisent à ceux qui n'ont rien à se mettre sous la dent de chasser dans leur forêt ? D'où tiennent-ils le droit d'enchaîner leurs semblables et de les séparer de leur famille ?

Tehonikonrathe peut concevoir que ces grands aient arraché de son pays et de sa famille le fils de Teionshio, car celui-ci était considéré comme un ennemi, mais ce garçon qui subit le même sort est l'un des leurs. Et, s'ils le capturent lors de son retour, ils l'enchaîneront au banc des ennemis dans les galères.

Qu'il lui fait peine à voir ce jeune étranger ! Et à quel sombre destin il s'expose en revenant vers cette femme ! Destin qu'il redoute et au-devant duquel il souhaite aller malgré tout. Du fait qu'il lui ait sauvé la vie, Tehonikonrathe se reconnaît une certaine responsabilité dans l'accomplissement de ce destin et s'entend lui promettre :

— Tehonikonrathe conduit toi à Kébec par le chemin des rivières…

Pierre n'ose croire en ces paroles. Pourquoi ce Sauvage ferait-il cela pour lui?

– Cœur à toi, autre côté du Grand Lac Salé. Un homme ne peut vivre sans cœur… Après la saison chaude vient la saison froide… Après la saison froide, Tehonikonrathe conduit toi à Kébec.

– Les bateaux partent avant la saison froide, fait remarquer Pierre, honteux d'abuser de cette offre inespérée. Son guérisseur va-t-il s'en offusquer et l'annuler? Après tout, il ne lui appartient pas de fixer la date du départ, mais, au printemps, l'enfant à qui il veut donner son nom sera déjà né.

– Avant le long voyage, tu dois retrouver force et réparer faute. Ici, la valeur d'un homme vient de lui seul, déclare le « p'tit homme du Diable » d'un ton péremptoire.

*

Avant de partir étendre les filets avec N'Tsuk, Tehonikonrathe a mentionné à Ikoué qu'il serait bénéfique pour le blessé de boire le surplus de lait qu'elle laisse à Wapitik. À elle de faire comme elle l'entend.

L'idée de laisser le jeune homme la téter n'est pas sans remuer ses sens ni sans satisfaire le besoin de rendre la pareille à son mari. Croit-il qu'elle ignore ce qui se passe entre lui et N'tsuk dès qu'ils se retrouvent seuls? Il n'a nullement besoin de sa deuxième épouse pour étendre les filets. C'est à l'homme de ramener les produits de sa pêche et aux femmes d'aller les quérir dans le canot.

Assise à l'entrée de l'abri, Ikoué réfléchit, cajolant les cheveux de Wapitik qui, gavé d'esturgeon et de framboises, s'est endormi près d'elle, la tête sur son bras replié. À vrai dire, le gamin n'a pas réellement besoin de ce lait. C'est plutôt elle qui a besoin d'en faire étalage aux yeux de sa stérile rivale. Ce soir, de savoir les vides mamelles de cette dernière en train d'exciter la chair de son mari la mortifie. Si doux est l'air, si sensuels les parfums de la forêt, de l'eau et de la fumée. Si propice le moment, ses enfants reposant doucement. Qu'est-ce qui la retient d'offrir son mamelon aux lèvres de l'étranger et d'y puiser de délicieux plaisirs tout en parachevant l'œuvre de guérison de Tehoni-konrathe? Pourquoi ne se l'approprierait-elle pas par le don, qu'elle seule peut faire, de cet aliment de vie? Est-ce la gêne? L'indélébile ressentiment à l'égard des Visages-Pâles? L'impression de se trahir? Ikoué n'en sait rien, mais le désir la tenaille de plus en plus.

Des bruits en provenance de la couche du Français lui indiquent que celui-ci s'est éveillé, et elle se glisse en silence dans l'abri afin de s'étendre à ses côtés.

Appuyée sur un coude, elle lui caresse les cheveux. Surpris, il la regarde et la laisse faire.

« Tu es beau, dit-elle en pawnis. Tes cheveux ont l'éclat du soleil et tes yeux, comme l'eau, changent, montrant un jour la couleur du ciel et l'autre jour, la couleur des feuilles. »

Parler sa langue lui fait grand bien et remet de l'ordre dans son âme. Les mots viennent sans qu'elle y pense et ce qu'elle était s'ajuste à ce qu'elle est devenue.

« Ton pays est loin de toi… Mon pays est loin de moi. Dans ton pays, ta femme attend que tu reviennes. Moi, dans mon pays, personne n'espère mon retour. Les tiens nous ont arrachés à notre pays et dispersés… Je devrais te haïr pour cela… Trouver ta figure laide et ton corps repoussant… Mais je te trouve beau, et j'ai le désir de toi…

« Si tu étais dans mon pays, parce que tu es jeune et beau, on te soignerait. Quand tu serais guéri, on t'offrirait en sacrifice à Tirawa[3]. »

---

3. Tirawa: principal dieu des Pawnis à qui l'on offrait de jeunes, beaux et robustes captifs en sacrifice afin qu'il accorde ses faveurs au peuple pawnis.

Du bout des doigts, Ikoué effleure les rares poils blonds des joues et du menton.

« On aurait rasé les poils de ton visage, car Tirawa préfère les hommes sans poil. À l'aube, on t'aurait emmené nu, hors du village, en direction du soleil couchant. Un feu serait déjà allumé sous l'échafaud, et on t'attacherait par les pieds et les mains aux poteaux de chaque côté de toi. Puis, celui qui t'a capturé te transpercerait de sa flèche. À ce signal, tous les hommes et enfants mâles décocheraient leurs flèches en toi. Ton sang coulerait sur le feu sans l'éteindre. Puis, un homme viendrait enlever toutes les flèches, sauf la première, et il entaillerait ta poitrine. »

La main d'Ikoué frôle la cage thoracique du blessé, glisse dans le creux de l'abdomen et étend sa paume sur le nombril.

« Il plongerait la main dans l'ouverture pour se barbouiller le visage de ton sang pour signifier aux femmes de te frapper à leur tour avec un bâton ou une lance. Puis, on laisserait les flammes te brûler. Avec tes cendres, on se frotterait le corps et le corps de nos enfants en demandant à Tirawa de nous donner de bonnes récoltes et du succès dans nos guerres… L'homme de la première flèche jeûnerait pour porter ton deuil et demanderait pardon à Tirawa d'avoir pris ta vie, car lui seul serait responsable d'avoir pris ta vie, sa flèche étant la première et la seule demeurée en ton corps. Il te pleurerait comme on pleure un frère… »

Ikoué voit la frayeur hérisser la peau blanche et traverser les yeux pairs qui suivent ses moindres mouvements.

« Je te sens trembler, et cela me fait du bien. Cela est bon. Je cueille ta peur dans ma main en pensant aux mères de mon peuple qui tremblent pour leurs enfants dans leur hutte de terre… Leurs enfants qui deviennent tes esclaves… Ton souffle est inquiet, et cela satisfait Rayon-de-Lune… Elle peut prendre ta vie. Tu es l'esclave de Rayon-de-Lune. »

Ikoué se colle l'oreille sur le nombril et jouit d'entendre le cœur marteler les côtes et le souffle se précipiter. Le Visage-Pâle frissonne, mais elle sait que ce n'est pas de désir.

« Tu es l'esclave de Rayon-de-Lune, poursuit-elle, léchant le ventre à petits coups. Tirawa nous a abandonnés, et j'ignore pourquoi. Faire couler ton sang n'ouvrirait pas ses oreilles plus grandes. Tirawa n'entend plus supplier la bouche des Pawnis. »

Pierre sent descendre la main de la femme vers son pubis. Qu'est-ce qu'elle attend de lui ? Que fera-t-elle de lui ? Pourquoi le « p'tit homme du Diable » l'a-t-il laissé à sa merci ? Où est passée l'autre femme qui, malgré son œil borgne, n'a pas un aspect aussi terrifiant que celle-ci dont les gestes et les regards sont imprégnés de la froideur du bourreau et de la brûlure de l'obsession. La langue qu'elle utilise diffère de celle employée habituellement entre eux, et cela ne fait qu'amplifier sa frayeur.

La main glacée s'empare fermement de ses organes génitaux, lui coupant le souffle. Visions et récits d'horreur déferlent. « Les burettes, elles te les arrachent avec leurs dents, racontait Grosse-Voix, ou elles te les cisaillent avec un couteau. »

Pétrifié, Pierre implore du regard la clémence de la robuste femme à l'expression inquiétante.

« Rayon-de-Lune aime cueillir la peur dans ton pénis. Il est mou, et cela lui plaît davantage que s'il était dur… Ta peur est grande, et Rayon-de-Lune aime la provoquer dans ton corps. Aime la prendre dans toute sa main. La voir briller dans tes yeux qui changent… »

Elle sent l'homme sous sa totale domination. Toute puissante, elle tient sa vie. Elle tient sa mort. Au cœur de la prairie, au temps de la lutte, Rayon-de-Lune aurait opté pour son sacrifice. Que fera Ikoué, au cœur des forêts et en ce temps de changement ?

La main relâche l'étreinte sur le pénis de Pierre, s'attarde un instant dans le poil du pubis et remonte vers le ventre. L'index maintenant tourne autour du nombril pendant que la femme parle d'une voix presque douce.

« Par ton nombril, tu étais attaché à ta mère dans son ventre. Ikoué maintenant lèche ton nombril comme la mère lèche et mange celui du nouveau-né. »

La femme lui lèche le pourtour et l'orifice du nombril, puis y plaque encore une fois l'oreille.

« Tu es l'enfant d'Ikoué maintenant. Ma main te caresse. Ma main te protège. Ne crains rien. Tu es l'enfant d'Ikoué… Rayon-de-Lune ne pourra te faire mal… »

Le jeune homme prend de grandes respirations, pendant qu'elle revient s'étendre à ses côtés, lui démontrant de l'affection. Pour l'aider à se calmer davantage, Ikoué fredonne, comme avec son nourrisson, pendant que ses doigts cajolent les cheveux d'or.

Cette simple mélopée de trois notes, répétée pendant l'allaitement, met Pierre en confiance. Épuisé par la peur, il ferme les yeux et s'abandonne à la mansuétude de la femme. Un liquide tiède lui coule sous le nez. Il ouvre les yeux, aperçoit le mamelon offert et, par pudeur, tourne la tête de côté. La femme la lui retourne doucement et, faisant gicler le lait, force le tétin dans sa bouche.

« Bois : tu es l'enfant d'Ikoué. Mon lait te redonnera ta force. »

La toute-puissante Ikoué fredonne la mélopée de la mère tout en caressant la tête du jeune homme qui la tète. Un courant merveilleux fait de tendresse et d'excitation sexuelle parcourt ses fibres.

Chapitre 28

Ankwi [1]

Pointe de Makwa.

Depuis deux jours, une chaleur torride persiste en cette fin d'août. Du moins, Pierre estime-t-il être rendu approximativement en ce temps de l'année, d'après les calculs qu'il ne cesse d'effectuer depuis sa convalescence. Moult fois, il compte et recompte, priant le nom d'Isabelle sur le chapelet de ses doigts. L'idée de ne la revoir que l'été prochain lui est insupportable. Tant de jours le séparent d'elle qu'il est vain et désespérant de vouloir les calculer. Mieux vaut s'en tenir au décompte du temps écoulé depuis son arrivée à Kébec et ne pas penser à tout ce qui peut se produire d'ici son retour en France. Hélas, une vision d'horreur l'a solidement harponné dans un cauchemar et, depuis, lui fait sentir la morsure de son impitoyable crochet chaque fois que son esprit s'accorde le rêve de la serrer de nouveau dans ses bras. Et si elle épousait le fermier général des dîmes sur l'ordre de son père? Ou, pire encore, si elle y consentait? Étant donné

---

1. Ankwi: camarade d'homme, beau-frère.

qu'il ne reviendra pas cet automne, pourquoi l'attendrait-elle indéfiniment, s'exposant à une vie de misère et d'opprobre avec un enfant bâtard sur les bras? Lui serait-elle infidèle d'unir son corps à celui du fermier si celui-ci la désirait toujours pour femme? N'est-ce pas plutôt lui qui a été infidèle en puisant autre chose que le lait aux seins d'Ikoué? Dieu ne le punirait-il pas alors de la trouble et fautive jouissance à laquelle il a succombé avec cette païenne? Comment s'expliquer son propre comportement? Il a peine à se comprendre. Il a beau se répéter qu'en l'absence de récipient, c'était le moyen par excellence de boire ce précieux liquide sans en perdre une goutte, cela n'efface pas le plaisir qu'il y a pris. Un plaisir charnel et profond dont les racines s'enfonçaient très loin en lui. La première fois, la gêne s'était mêlée à la crainte et au dégoût. Ikoué l'effrayait avec son visage rude et ses grandes mains fortes. D'elle, il craignait le pire, mais, petit à petit, à chaque gorgée, caresse et mélopée, il sentait croître un sentiment entre eux. Un sentiment vague et confus de deux états, mère-fils et homme-femme inextricablement emmêlés. Sa faiblesse et sa dépendance le rendaient perméable et redevable de l'affection d'Ikoué, et il en vint à attendre le moment de se retrouver seul avec elle.

Était-ce par pudeur ou pour ne pas choquer le « p'tit homme du Diable » que l'allaitement avait lieu dans l'intimité de l'abri? Quand Ikoué y pénétrait, tout son être se tournait vers elle, comme la plante vers le soleil. Sans un mot, elle lui caressait les cheveux et lui léchait le nombril avant de lui présenter le sein, le taquinant parfois en faisant gicler le lait autour de sa bouche. De la voir sourire rendait presque beau son visage. Sitôt que ses lèvres s'emparaient du tétin, il fermait les yeux et s'abandonnait au bien-être et au sentiment de sécurité qu'il goûtait entre ses bras, se délectant de l'entendre répéter inlassablement la mélopée qu'elle chantait aussi à son petit et qui le déculpabilisait. Elle l'aimait comme son enfant, voulait-il se convaincre. Et lui l'aimait comme une mère... Et pourtant, ce n'est pas envers son bébé qu'il se sentait fautif, mais bien envers Tehonikonrathe. Ce matin, celui-ci lui a annoncé qu'il le jugeait suffisamment rétabli pour remonter sa rivière avec eux. Ils lèveront le camp en soirée afin de passer au fort du Lièvre à la faveur de l'obscurité. Étant donné qu'Ikoué devra se dépenser très fort physiquement en cours de route, elle aura moins de lait et le réservera pour le bébé. À son grand étonnement, il n'y avait ni colère ni rancœur dans la voix du guérisseur, et rien dans son attitude qui trahissait une quelconque jalousie. «Bonne Sainte Vierge, aidez-moi», s'est-il surpris à invoquer, se sentant tout à coup abandonné parmi ces gens, nus à longueur de journée, où la fornication avait libre cours.

Le rire en cascade du bébé arrache Pierre à ses réflexions. Il soulève la peau à l'entrée de l'abri pour observer la famille au complet se baignant dans la rivière. Comme il aimerait se retrouver dans l'onde fraîche! On l'y a bien invité, mais il a refusé prétextant la crainte d'être repéré par des voyageurs français. En réalité, il y voyait comme un interdit et un blasphème. Une sorte de profanation envers l'eau du baptême et envers celle dans laquelle il a été immergé en face du Rocher à l'Oiseau. Ne ferait-il pas définitivement faux bond à ses compagnons en se joignant à ces gens et en partageant leur joie de vivre? Car c'est bien cette simple joie de vivre qui resplendit sur leur visage cuivré et qui lui fait envier leur sort.

Comment demeurer insensible au spectacle? Une telle innocence s'en dégage. Ne commet le mal que celui qui le conçoit. Et eux n'en conçoivent aucun dans leurs agissements. Pierre s'attarde à Ikoué plongeant son petit dans la rivière et le levant au bout de ses bras vigoureux dans la lumière du soleil comme pour l'offrir au ciel. Des gouttes d'eau s'égrènent sur elle en même temps que le rire de son enfant. Tant de force et de générosité émanent de cette femme ! Une totale et pure générosité qui octroie à ses seins lourds une signification sacrée. Qu'il y ait bu en croyant offenser le Seigneur ne relève que de lui. Elle, elle l'y a laissé boire en obéissant au maître de la vie. Et à sa nature de mère qui lui confère un statut privilégié auprès du guérisseur. Entre ce dernier et cette femme, les rapports diffèrent de ceux qu'il entretient avec l'autre femme. Quand il l'approche, ses regards et ses gestes sont empreints de vénération. D'un respect indéniable et d'une volonté de lui plaire puisqu'il lui offre toujours à manger en premier les produits de sa chasse ou de sa pêche.

Actuellement, il se tient auprès d'elle avec le fils aîné qui plonge la tête la première derrière lui et réapparaît devant, tout excité de lui passer entre les jambes sous l'eau. Exclue de ces joies familiales, l'autre femme s'occupe à remplir de moules un panier d'écorce qu'elle remorque à la flotte. Avec une souplesse et une rapidité incroyables, elle évolue dans l'onde, plongeant et nageant sans relâche. Quelquefois, elle demeure si longtemps immergée qu'il en suffoque. Pourtant, quand elle revient à la surface, elle ne manifeste aucune panique et reprend son souffle comme si de rien n'était. Quel contraste avec la réaction d'Hardouin quand La Ramée lui avait immergé la tête ! Qu'est-il advenu de l'armurier depuis qu'il est seul à porter sa charge ? Maudit-il son nom à chaque pas des portages où il lui faut peiner davantage ? Pierre espère que non, car, n'eût été le fait qu'ils se sont mutuellement bernés, une solide amitié aurait pu naître entre eux. Les bases en étaient jetées et sont demeurées en lui. Inutiles. Jamais il ne reverra ce compagnon d'infortune ni ne réentendra fuser ses « crédieu de galère ». Cela le chagrine et lui fait prendre conscience à quel point désormais il est seul. Désire-t-il vraiment s'enfoncer avec ces gens jusque dans leur terre de chasse, s'isolant ainsi davantage? Ce soir, lorsqu'il quittera la rivière des Outaouaks pour remonter celle du «p'tit homme du Diable», il dira adieu à ce cordon d'eau le reliant à la Neuve-France. Définitivement et volontairement, il quittera les siens. Il est encore temps de changer d'idée. Il lui suffit tout simplement de se rendre aux autorités, mais ce faisant, il ne pourra retourner vers sa bien-aimée.

La vision d'Isabelle épousant le fermier général des dîmes l'assaille et, pour s'y dérober, Pierre s'emploie à démêler l'écheveau des sentiments qui existent dans le ménage à trois évoluant sous ses yeux. Pas facile quand on ne comprend rien à la langue. Ne reste alors que les intonations et expressions. Là encore, souvent, les expressions sont masquées, les intonations, contrôlées. La plupart du temps, il lui est impossible de savoir vraiment ce que pensent ces gens. Même le jeune Wapitik fait preuve d'un hermétisme déroutant. L'autre jour, le garçon l'a fixé pendant d'éternelles minutes, en silence, entraînant tout le monde à faire de même. Ses yeux semblaient lui reprocher de boire le surplus de lait auquel il avait droit auparavant. Puis, il a prononcé quelques mots qui ressemblaient à une interrogation que son père a traduite: «Pourquoi, dans ton pays, les tiens te traitent comme un ennemi?» Il n'a su que répondre mais, à cette question, il s'est rendu compte combien leurs sociétés étaient différentes. N'était-il pas primordial qu'il sache un tant soit peu naviguer au sein de cette famille? Sur qui doit-il copier son comportement vis-à-vis de chacune des femmes? Sur le guérisseur ou sur son fils Wapitik? Pierre aimerait bien le savoir, car sa situation ne lui autorise aucun impair.

Son hôte lui a raconté, en bref, l'histoire de ses femmes, ce qui lui a permis de noter l'étonnante facilité avec laquelle ce Sauvage perfectionne l'apprentissage du français. D'origine pawnise, Ikoué n'a pas trouvé preneur sur le marché des esclaves en raison de son âge et de son indocilité apparente. Elle vient de la prairie où paissent les bisons. Elle avait tout à apprendre ici, de leur langue au réseau de leurs cours d'eau, en passant par les différents animaux du pays. N'Tsuk, pour sa part, est de la famille du guérisseur, a-t-il cru comprendre. Elle a été tant battue par son père en état d'ivresse qu'elle a perdu l'usage d'un œil et la capacité d'enfanter. Quand son ex-mari a choisi de s'unir devant le prêtre avec la femme qui lui avait donné deux enfants, N'Tsuk s'est retrouvée seule et sans ressource, n'ayant que son corps à livrer pour survivre. Sans le Visage-Pâle, les choses se seraient passées autrement, a précisé le « p'tit homme du Diable ». Ni l'une ni l'autre ne serait sa femme, car aucune d'elles n'aurait vécu de si tragiques événements. N'est-ce pas le Visage-Pâle qui a distribué l'eau-de-feu et acheté des esclaves?

Comme il s'est senti fautif en mesurant les répercussions de leur commerce sur les populations autochtones! Lui-même n'avait eu aucun scrupule à transporter les futailles d'eau-de-vie capables de leur procurer de précieuses fourrures pour presque rien. Et n'a-t-il pas envié le sort de Modrière en mesure de s'offrir un jeune esclave? Qui sait si ce garçon ne venait pas de la même tribu qu'Ikoué? Peut-être même en est-il le frère. Ces fortunes considérables des marchands de fourrure étaient-elles toutes fondées sur autant de misère et de souffrance parmi les Sauvages? D'où lui venait la conviction que ces gens n'étaient ni plus ni moins que des bêtes sans sentiment, ni valeur ni religion? Qu'est-ce qui l'aveuglait, lui, Pierre Vaillant, au point de se croire en droit légitime de les dépouiller pour s'enrichir? À moins qu'il ne soit actuellement aveuglé par leur simple joie de vivre et leur générosité. Ces gens le traitent comme un visiteur de marque, lui, le paysan illettré. Le condamné à l'exil. Ne doit-il pas tout de même se méfier de leur comportement et se garder d'avoir une foi absolue en l'offre invraisemblable d'être conduit à Kébec au printemps? Pourquoi tant de bonté de la part du « p'tit homme du Diable »?

Le jeune Wapitik revient à la nage vers la berge, grimpe droit vers l'abri, s'agenouille et, sans un mot, lui tend la main l'invitant à le suivre. Pierre ne peut refuser et se laisse entraîner vers la rivière.

Son pas est incertain lorsqu'il pénètre dans l'eau, sa démarche, hésitante sur les petits cailloux du fond. Wapitik lui montre alors où poser le pied et veille à libérer la voie de quelques branches et morceaux de bois. Le gamin sourit, heureux de lui être agréable, tandis que Tehonikonrathe et ses femmes le regardent venir vers eux.

Rendu à mi corps, Pierre frissonne et craint soudainement que le sol ne se dérobe sous ses pas. Contrairement aux Sauvages, il ne sait aucunement nager. Autant ceux-ci évoluent avec aisance en milieu aquatique, autant il s'y sent en péril.

Quelques pas de plus, et l'onde fraîche touche l'attelle d'écorce soutenant son bras fracturé. Le guérisseur s'approche alors, l'en débarrasse et lui demande de faire quelques pas encore de manière à ce qu'il sente flotter son avant-bras.

– Bouge tes doigts, ta main, ton bras dans l'eau, conseille-t-il en lui montrant quelques mouvements et en insistant sur les adjectifs possessifs qu'il a appris récemment.

Pierre s'exécute aussitôt, heureux de l'aisance avec laquelle il utilise ce membre qu'il a craint de perdre. Une entière confiance l'unit à ce petit homme dont la science est grande, et le pouvoir de guérison reconnu par les siens. Avec application, il répète les mouvements, ébahi par l'importance et la gravité de ses plaies. L'agression des dents et des griffes se distingue nettement dans sa chair, confirmant à quel point sa survie tient du miracle. Le guérisseur lui tend la main et lui demande de la serrer tant qu'il peut, puis il examine un à un les réflexes de ses doigts.

— Ton bras sera comme avant, assure-t-il enfin.

— Grâce à toi. Merci.

— Le puissant Grand Esprit met les plantes pour soigner… Tehonikonrathe cueille les plantes.

— Sans toi, je serais mort.

— Le mashhkiki-winini t'a empêché de rejoindre l'au-delà… Moi, je voulais te scalper.

Cette vision du « p'tit homme du Diable » penché sur lui avec son couteau ne relevait donc pas de ses délires. Lui confessera-t-il à son tour avoir désiré la disparition de tout Sauvage faisant obstacle à ses projets ?

— Ton peuple détruit mon peuple et prend mon pays… L'homme seul ne répond point pour tout un peuple.

La tentation de lui dévoiler que la haine était réciproque brûle les lèvres de Pierre, mais il se tait. Sa position lui semble trop précaire.

— Avant, dans tes yeux, je voyais la haine et la peur… Aujourd'hui, je ne vois point de haine et une peur plus petite, poursuit son hôte en posant sa main sur la poitrine de Pierre.

— Ma main sent battre ton cœur… Cela est bon, Ankwi.

— Ankwi ?

— Ankwi… comme mon frère.

— Ankwi, répète Ikoué s'avançant et faisant couler l'eau sur sa tête.

— Ankwi, prononce N'Tsuk en lui touchant les cheveux avec gêne et émerveillement. À sa grande surprise, les deux femmes s'emploient à le laver de leurs mains, chacune le flattant et le caressant au passage, toutes deux se délectant de plonger les doigts dans sa chevelure. Nullement vexé, le guérisseur sourit de les voir faire.

Soudain, Pierre sent qu'on l'agrippe par les chevilles sous l'eau. C'est Wapitik qui le force à écarter les jambes. Ce qu'il fait. Le garçon passe entre elles et émerge devant lui.

— Ankwi, lance-t-il joyeusement.

Sa voix porte sur l'eau. « Ankwi » répète l'écho.

Chapitre 29

Hospitalité

En la lune des changements de couleur
(septembre), Piwapitisipins.

Quand ses fils reviendront, pense Mingam, ils dresseront
ensemble la nouvelle habitation familiale d'hiver. Elle
s'élèvera là, tout près de la vieille où il loge pour l'instant
avec ses femmes et sa petite-fille de dix-huit ans, Sève-
du-Printemps.

Revenu depuis peu au territoire de chasse, il attend
l'arrivée d'Ours-Têtu et de Petit-Renard. Lequel débou-
chera en premier au méandre du ruisseau mystérieux ?

Assis, jambes croisées devant lui, sur un rocher parmi
les bouillons, il médite. Il aimerait bien consulter quelqu'un de plus sage et de plus vieux que lui. Quelqu'un de
sa race et de sa culture qui aurait déjà composé avec les
changements auxquels il fait face, mais, dans la soixantaine, Mingam est le doyen du groupe familial et ce qu'il
vit, aucun de ses ancêtres ne l'a vécu avant lui.

L'Ancienne lui soufflera-t-elle tout de même un
conseil de l'au-delà ? C'est elle qu'il est venu rejoindre à la
naissance du ruisseau. Son esprit y erre autant qu'aux

Grandes Chutes où il a reconduit son corps avec l'oncle Wapitik. Mingam se souvient. Entend encore le vieux chien Atim hurler sur la berge, et il revoit l'Ancienne allongée au fond du canot, toute bien peignée et vêtue de sa plus belle robe, avec son petit panier décoré où il avait déposé des poils de porc-épic. Il revoit sa bouche ouverte et revit le même désemparement à l'idée qu'aucune réponse ne s'y entendra jamais plus. Comment savoir ce qu'il faut faire, ce qu'il faut dire et ce qu'il faut taire ? Comment déceler les signes par lesquels elle pourrait communiquer avec lui ? Il y a bien longtemps qu'elle ne l'a visité en ses songes. L'aurait-elle oublié lui qui, toujours, s'est souvenu d'elle ?

« Entends-moi, grand-mère. Mon âme est si tourmentée. Vois, je suis ici où tu as guidé mes premiers pas. Cet endroit, tu y es revenue te réfugier avec ma mère et mon oncle Wapitik... Aujourd'hui, les enfants de ton sang y reviennent passer l'hiver... Sur la Wabozsipi, mes fils sont en route... Ours-Têtu descend du nord, et Petit-Renard remonte de la Grande Rivière où il est allé avec ses femmes afin qu'elles se regardent comme des sœurs. »

Mingam observe Sève-du-Printemps qui retourne une à une les noix en train de sécher et durcir. Cueillies vertes et enduites de gomme au pied des grands noyers, ces noix se couvriront lentement d'une écaille brune et pourront être longtemps conservées à condition de les mettre hors de portée des écureuils. Cette année, il y en a eu à profusion à l'île du lac Tapani où ils estivent depuis que les Français se sont accaparés du site du vieux chaudron. Cette île représente aussi un lieu de rendez-vous pour les bandes des Gens des Terres qui fréquentent les eaux du lac Baskatong. Elles y troquent les produits de leur chasse contre les marchandises que ses fils obtiennent à Kahnawake. Au hasard de ces échanges, Loup-Tranquille, frère aîné de Sève-du-Printemps, s'est épris d'une femme qui lui a donné un garçon au cours de l'été. Quelle émotion Mingam a ressentie de tenir dans ses mains son arrière-petit-fils ! Une émotion cependant teintée d'inquiétude. Que réserve l'avenir à cet enfant ? Comment pourra-t-il, en tant qu'aïeul, le guider alors qu'il n'a su influencer sa propre fille Brume et qu'il ne sait pas comment venir en aide à Sève-du-Printemps ?

Le regard de Mingam s'attarde sur sa petite-fille qui, pressée de trouver une consolation au ruisseau mystérieux, a pris place dans le premier canot à s'y rendre, soit le sien. Élancée et racée, elle allie la beauté à la force et fait tourner les yeux des garçons sur son passage. Hélas, un seul a conquis son cœur, mais leur union est impossible, car le soupirant est converti. Il porte le nom chrétien de Paul et il lui a demandé de se faire baptiser afin de pouvoir s'unir à elle devant la Robe-Noire. Et cela, Sève-du-Printemps ne le veut pas. Elle ne le peut pas. L'exemple de Brume l'en empêche. Épouser cet homme en reniant le Grand Esprit signifierait se retrancher définitivement des siens dans l'au-delà. L'autre jour, il l'a surprise à pleurer, seule sur ce rocher. « Comme l'eau ne peut s'arrêter de couler, a-t-elle dit, mon cœur ne peut s'arrêter de l'aimer. » Sans un mot, il a posé la paume de sa main sur le front de Brume, priant les manitous de le préserver de l'eau du baptême. Lui-même se désole que Paul ne puisse être le mari de sa petite-fille, car cet excellent chasseur possède de grandes qualités d'homme.

« À cause de la Robe-Noire, j'ai vu pleurer ma petite-fille, grand-mère. J'ai vu pleurer ma fille et ma femme. Elles croient que je ne les vois pas essuyer leurs larmes en cachette lorsque vient le temps de se séparer. Mais, toutes leurs larmes, je les ai comptées. C'est sur leurs joues qu'elles roulent et dans mon cœur qu'elles tombent. Il y en a beaucoup, mais elles croient que je n'en connais aucune… J'entretiens chez elles cette pensée. Quand s'achève la courte et rare visite de Brume, je trouve toujours une besogne à faire et les laisse se serrer l'une contre l'autre. Chaque fois est un dernier adieu. Nous ne pouvons nous rencontrer qu'en cette vie. Parce qu'ils sont baptisés, Brume et ses quatre enfants ne nous rejoindront pas au Royaume des Morts où tu nous attends. J'aurais tant aimé que tu les rencontres, grand-mère, mais ce ne sera pas possible… Ils iront là où le Grand Esprit des Français aura décidé, soit dans un endroit de bonheur éternel, soit dans un autre lieu de supplices sans fin. Ce Grand Esprit prend ombrage facilement et s'offusque à tout propos. De voir Brume nous manifester son affection suffit pour qu'il l'envoie brûler pour toujours dans les flammes. Après chacune de nos rencontres, ma fille demande à la Robe-Noire d'intercéder pour elle et pour ses enfants auprès du Grand Esprit des Français afin qu'il ne lui garde pas rancune… Ma fille a abandonné son âme à la Robe-Noire, grand-mère, et je n'ai rien pu faire pour l'en empêcher.

« Il est difficile de porter la Parole que tu m'as léguée. Les oreilles pour l'entendre se font rares et, sans oreilles pour l'entendre, la Parole ne vaut rien. À mon tour, je l'ai léguée à Petit-Renard. Il connaît plusieurs langues et a voyagé sur plusieurs rivières… Ses oreilles ont entendu la Parole des autres peuples de ce pays, et cette Parole croit que l'au-delà est maintenant divisé en deux. D'un côté se trouvent les convertis et les Visages-Pâles, de l'autre se dresse une très grande maison où les feux de diverses tribus brûlent. Est-ce vraiment ainsi au Royaume des Morts ? »

L'eau bruit. S'agite tout autour de Mingam, immobile sur son rocher. Quand ses fils arriveront, ils construiront le wigwam. De jeunes arbres au tronc souple attendent leurs bras pour être coupés, fichés en terre et ployés au sommet alors que les écorces de bouleau attendent les mains de leurs femmes pour être assemblées et cousues.

Depuis quelque temps, le froissement sec de Pipounoukhe [1] a remplacé le doux murmure de Nipinoukhe [2] dans les feuillages, et, parfois, Mingam sent son haleine fraîche dans le vent. Au matin, il arrive à Pipounoukhe de poser sa grande main de glace sur le sol, givrant ainsi les plantes. Il leur faut se préparer à sa venue. Pendant longtemps, Pipounoukhe restera avec sa neige et son froid. Pendant des nuits entières, il soufflera du nord sur leur abri où leur feu ne devra pas s'éteindre. Pendant des jours complets, il les maintiendra prisonniers dans la fumée de leur cabanage où les provisions ne devront pas manquer.

Avec contentement, Mingam aperçoit La Souris et Aile-d'Outarde venir prêter main-forte à Sève-du-Printemps. Comme il aime ses femmes! Toutes deux lui font battre le cœur, chacune à sa manière. Par leurs innombrables gestes de patience, elles assurent la vie et la perpétuent. Que serait-il sans elles? Que seraient-elles sans lui? Sans ce gibier qu'il leur procure et ce canot qui les transporte.

L'homme sourit doucement au souvenir du garçon pubère qu'il était. «Deviens un bon chasseur et toutes les femmes voudront devenir ton épouse», lui avait dit grand-mère alors qu'il désespérait de trouver un jour une compagne. Son aïeule avait vu juste. Elle savait ces choses de la vie qu'on apprend avec le temps. À l'époque, la perspective qu'un bon chasseur comme Paul puisse être refusé en raison du Grand Esprit n'existait pas. Aujourd'hui, c'est différent. Ce qu'il apprend de la vie, il ne sait en disposer. Et nulle réponse ne lui vient de l'au-delà. Nul signe tangible ne lui apparaît.

«Entends-moi, grand-mère. Guide-moi. Je te sens si près de moi en cet endroit, et pourtant mes oreilles

---

1. Pipounoukhe : de pipoun, hiver. Esprit qui ramène la saison froide.
2. Nipinoukhe : de nipin, printemps. Esprit qui ramène l'été.

n'entendent pas ta voix. Peut-être l'uniras-tu à celle de Pipounoukhe quand l'eau des lacs se taira sous la glace et que celle du ruisseau mystérieux continuera de bruire dans le silence de la neige. »

Le regard de Mingam se promène autour de lui, caressant les arbres, les plantes, les rochers vêtus de mousse et les remous brodés d'écume. Il aime ce lieu plus que tout autre. Ce lieu qui n'appartient qu'à eux et qui le console de ces autres endroits saccagés et profanés par l'Étranger. Ici, il renoue avec ses ancêtres chassant le wapiti dans les pruchières. Ici, il est chez lui.

Soudain, La Souris s'arrête de travailler et tend l'oreille, aussitôt imitée par les deux autres femmes. Les voyant descendre joyeusement vers le ruisseau, Mingam se lève. Elles ont capté le bruit d'un canot en approche que le tumultueux bavardage des remous l'empêche d'entendre. Elles parient entre elles qui, d'Ours-Têtu ou de Petit-Renard, apparaîtra, et Mingam se dresse sur la pointe des pieds pour mieux voir. Enfin, la solide Ikoué paraît, pagayant à la pince avant. La joie qu'elle fait naître meurt immédiatement à la vue d'une tête blonde derrière elle. Ahuri, Mingam sent ses jambes s'amollir. Il ferme les yeux, puis les rouvre, croyant vivre un mauvais rêve. Qu'a bien pu penser Petit-Renard en dévoilant à un Visage-Pâle ce lieu sacré ? N'est-ce pas là une trahison de la part de ce fils à qui il a transmis la Parole et qui, par ce geste, s'en montre indigne ? Est-ce là la réponse de l'au-delà ? Abandonné par l'Ancienne et trahi par son fils, Mingam demeure pétrifié sur son rocher pendant que le canot touche la grève où les femmes interloquées se taisent.

*

Bien que le guérisseur l'ait prévenu de la consternation que provoquera son arrivée, Pierre demeure stupéfait devant les trois femmes abasourdies qui le toisent en silence. Par la petitesse de la taille, il devine laquelle est la mère de son bienfaiteur et il se tourne d'emblée vers elle dans l'espoir d'en être accepté. Il sait à quel point ces gens se méfient de ses semblables et ce que représente pour eux cet endroit où aucun Français n'est encore venu. Il aimerait tant connaître leur langue pour les rassurer. Leur expliquer qu'il n'est ici que de passage. Pourquoi Tehonikonrathe ne le fait-il pas? Pourquoi demeure-t-il immobile et muet devant sa mère dont les yeux trahissent autant d'amour que de reproches? Finalement, la femme caresse les cheveux du guérisseur, lui passe doucement la main sur le visage, le cou, les épaules, la poitrine et les bras. Celui-ci fait de même, ses gestes montrant un respect et un profond attachement.

Elle échange quelques paroles avec lui, regardant en direction d'un homme debout sur un rocher au centre d'un petit torrent.

– Ankwi, viens demander l'hospitalité à mon père, dit gravement Tehonikonrathe en se dirigeant vers cet homme.

Embarrassé, Pierre le suit. Cet homme sur son rocher le gêne et l'impressionne. Il voit bien qu'il le dérange. Pire, qu'il le perturbe et même l'agresse par sa simple présence. Consciencieusement, Pierre marche dans les traces du guérisseur, adoptant en tout point sa démarche révérencieuse et presque sa faible boiterie.

Les nombreux pas qu'il a faits en ce pays d'espace infini déferlent dans sa mémoire à partir du tout premier, le pas de l'exil, alors qu'il débarquait chaînes aux pieds. Il se revoit marcher dans les portages et réentend Belle-Voix compter les pas. Ceux qu'il fait actuellement sur la mousse et les roches glissantes peuvent le ramener vers Isabelle, et il se surprend à être de plus en plus intimidé au fur et à mesure qu'il approche de l'homme sur son rocher.

Arpenter la galerie des Glaces pour obtenir audience auprès du roi aurait sans doute le même effet.

Tehonikonrathe s'arrête, les pieds dans l'eau devant son père. Pierre demeure derrière, tête basse et yeux posés à terre.

Mingam n'a pas bougé. Parce qu'il ne le pouvait pas, tellement la déception et la colère le clouaient sur place. Il a laissé Petit-Renard s'avancer, s'approchant ainsi du lieu magique d'où jaillit le ruisseau. Ce lieu jadis témoin de ses jeux d'enfant et de ses impossibles amours naissantes. Lieu sacré. Vainement, Mingam a espéré le voir rebrousser chemin devant l'ampleur du sacrilège et, maintenant, ce fils se tient devant lui avec l'Étranger.

— Mon cœur est heureux de revoir mon père en bonne santé, mais malheureux de voir l'ombrage du tourment sur son front... Vois ce jeune homme. Makwa l'a laissé pour mort et moi, le mashhkiki-winini, je l'ai soigné et gardé dans cette vie... On lui a fait traverser le Grand Lac Salé contre sa volonté. Son désir est de retourner dans son pays, car là se trouve sa femme qui attend un bébé de lui... Les siens le traitent en ennemi, lui mettant des chaînes aux mains et aux pieds... Ils veulent le garder de force en ce pays ou l'attacher à la pagaie d'un de leurs grands canots... Moi... ton fils... j'ai promis de le conduire à Kébec par le chemin des rivières... Lui, l'Étranger, par ma bouche, te demande l'hospitalité.

Mingam regarde le jeune Français, cou ployé, dans une attitude respectueuse. C'est la première fois qu'il voit un Visage-Pâle se comporter ainsi car toujours il a vu chez lui le mépris. Cela cache-t-il de sournoises et malveillantes intentions? Qui sait si, découvrant la richesse de leur territoire de chasse, il ne la convoiterait pas et ne reviendrait pas la piller? Blessé, démuni et rejeté des siens, il semble inoffensif, mais qu'en sera-t-il lorsqu'il aura repris ses forces? Malgré sa maigreur, la carrure de ses épaules révèle un homme costaud.

– Mon cœur est heureux de revoir mon fils en bonne santé... mais mon âme est tourmentée par le mal que les Français ont apporté à notre peuple en même temps que leurs chaudières, leurs haches et leurs couvertures. Notre peuple ne peut refuser l'hospitalité, même si c'est un ennemi qui la demande... Moi, Mingam, je suis fidèle à nos coutumes... Dis à ce jeune homme que mon habitation est la sienne. Mon feu, le sien. S'il n'a pas de couverture, il prendra la mienne pour s'étendre, et nous lui donnerons à manger les meilleurs morceaux... Aujourd'hui, il demande une petite place. Peut-être que dans quelques soleils, il voudra une plus grande place... Et dans quelques lunes... peut-être prendra-t-il toute la place comme ont fait les siens sur la Grande Rivière. Je ne peux savoir si nous courrons à notre perte en lui accordant l'hospitalité. Il peut tenter de nous faire changer notre façon de vivre et nous faire abandonner le Grand Esprit, mais lui refuser l'hospitalité, ce serait changer de nous-mêmes notre façon de vivre, termine Mingam d'un ton solennel, convaincu d'avoir été inspiré dans ses propos par l'esprit de l'Ancienne.

Il descend de son rocher, va vers le visiteur et lui étreint les épaules en signe de bienvenue. La reconnaissance qu'il voit dans les prunelles levées alors vers lui dispense son fils de traduction.

Chapitre 30

Purification

Piwapitisipins, au début de la lune
des herbes séchées (octobre).

Plus grand que tout autre, Ours-Têtu se voit aussi plus plié que tout autre dans l'étuve exiguë où sont confinés les hommes. Sa tête parfois effleure les couvertures qu'ils ont jetées sur les bâtons fichés en cercle dans le sol et ployés de manière à former un dôme sous lequel ils se sont glissés. Pressés contre lui, d'un côté, se trouve son frère Petit-Renard, et, de l'autre, le Visage-Pâle. En face de lui, assis entre ses petits-fils, préside son père Mingam, rythmant ses psalmodies de son tambour.

La sueur pisse par toutes les pores de sa peau, s'égoutte au bout de son nez et de son menton, s'amasse dans les légères cavités formées par ses clavicules. Agglutiné à celui de l'Étranger, son bras droit lui donne la désagréable sensation d'une brûlure, alors que son bras gauche collé à celui de son jeune frère ne parvient pas à le réconforter.

Que lui arrive-t-il en ce lieu de purification où ils se ramassent nus les uns contre les autres pour transpirer abondamment ? Comment traverser les remous qui agitent soudain son âme et dont il n'a pas l'habitude ? Ses pensées et ses sentiments ont toujours filé droit comme des rivières paisibles. Prendre des décisions, arrêter un choix, rien ne lui a été plus facile jusqu'à ce jour. Une fois suffisait pour peser le pour et le contre, et s'en tenir à sa résolution. Mais, la présence de ce Français agit comme un arbre jeté en travers du courant. En lui, tout n'est désormais qu'inquiétudes et interrogations.

De toutes ses fibres, Ours-Têtu rejette cet inconnu. L'idée de partager leur wigwam avec lui l'horripile, et il en veut à Petit-Renard d'avoir contraint leur père de lui accorder l'hospitalité. Son frère savait pertinemment que Mingam ne pouvait refuser sans se renier. Ne comprend-il pas tout le danger que représente cet homme parmi eux ? Ce chrétien ne tentera-t-il pas d'influencer sa fille à se convertir ? Pourtant, Petit-Renard n'ignore pas la grave perturbation qu'entraînerait la conversion de Sève-du-Printemps. Ne souffrent-ils déjà pas tous d'être coupés de Brume ? Que de fois il a vu les yeux rougis de sa mère lorsque sa sœur disparaissait avec ses beaux enfants au méandre du ruisseau mystérieux ! N'est-ce pas ce qui attend sa femme Neige-d'Été, si leur fille venait à céder aux exigences de son amour envers Paul ? Petit-fils du Hibou pourtant demeuré fidèle à leurs croyances, Paul serait un gendre parfait, s'il ne s'était converti à la mission du lac Canassadaga. Adroit, travaillant, courageux, il ne consomme pas l'eau-de-feu. Sève-du-Printemps aura tout l'hiver pour se languir de lui et, qui sait, se laisser convaincre par le Visage-Pâle de l'épouser.

Comme il en veut à Petit-Renard de l'avoir introduit au sein de leur famille ! Et comme il déteste cette colère dont il aimerait se libérer dans ce petit temple suffocant conçu pour purifier leur âme et leur corps.

Pendant six soleils, ils ont jeûné, ne buvant que de l'eau, et l'Étranger a vu fondre sur ses os la chair qu'il avait commencé à regagner. Quand est venu le temps de les accompagner, il se trouvait déjà affaibli mais manifestait le désir d'observer leurs coutumes. Cependant, quand, par l'intermédiaire de Petit-Renard, on lui a demandé de se départir du talisman à son cou, il a refusé. Pour rien au monde il ne s'en départirait, démontrait son attitude, et lui, Ours-Têtu, pour rien au monde il n'aurait accepté qu'il les rejoigne dans l'habitacle sans l'enlever. Il y voyait un geste de profanation. Il incombait à l'Étranger de rester hors de la tente de sudation, s'il tenait à y introduire l'image d'un manitou incompatible avec les leurs. Que lui a dit Petit-Renard pour le convaincre ? Il ne le sait, mais, docilement, le jeune homme a remis son oki dans la main d'Ikoué.

À cet instant, cet inconnu se tait à ses côtés, imitant leurs gestes et supportant la chaleur accablante. Par moments, il se penche comme eux pour respirer au niveau du sol un air légèrement plus frais. Par moments, aussi, il souffre d'étourdissements et s'appuie alors contre lui, déclenchant dans tout son être une réaction de répulsion. Cette peau blanche et moite collée à la sienne le brûle sans merci. Il aimerait que jamais son frère n'ait eu à en guérir les plaies.

« Protège-nous des maladies », psalmodie maintenant Mingam. Les esprits répondront-ils à ces suppliques ou les puniront-ils de leur imprudence d'avoir accepté ce Visage-Pâle ? Quelle folie ! Que sa colère est grande et plus grande encore la tristesse qu'elle jette dans son cœur ! Lui sortira-t-elle de l'âme en même temps que sa sueur ? Lui coulera-t-elle sur la peau, lui rafraîchissant ce bras qui brûle contre celui du Français ? Cet Étranger que tous nomment Ankwi sauf lui. Dans sa bouche, ce mot serait mensonge. Il ne saurait le prononcer.

Ours-Têtu glisse un regard vers Petit-Renard et se remémore avec nostalgie les bains de vapeur où tous deux s'unissaient d'étrange et solide manière. Nés de mères différentes, ils devenaient comme des jumeaux au sein de la sombre et chaude matrice où ils se recroquevillaient, l'un complétant l'autre. Il se souvient du manitou des eaux qu'ils ont invoqué ensemble dans cette étuve afin qu'il l'assiste dans la construction du canot de Petit-Renard devant le mener sur la route de la connaissance. S'il avait su alors que cette route allait l'éloigner de la sienne, aurait-il construit ce canot d'homme seul? Oui, sans doute, car, confusément, Ours-Têtu devinait qu'en forgeant ce canot, il forgeait le destin hors de l'ordinaire de son jeune frère.

Dès l'enfance, Petit-Renard a manifesté des dispositions pour l'approfondissement des questions spirituelles. Et, dès l'enfance, lui, Ours-Têtu, a su qu'il lui incombait de protéger ce frère presque deux fois plus petit que lui et de faire en sorte qu'il puisse s'accomplir. Petit-Renard est devenu Tehonikonrathe, l'Esprit-brillant, le mashhkiki-winini. Et ce Tehonikonrathe est très loin de lui en ce moment, même si son bras se presse contre le sien. Cet esprit brillant n'entend pas sa colère ou peut-être fait mine de ne pas l'entendre. Et lui, Ours-Têtu, il s'ennuie de Petit-Renard, car Tehonikonrathe ne s'occupe à présent que du Français. Ses yeux et ses oreilles sont tournés vers cet inconnu qu'il traite en frère. Il lui a offert de partager leur feu et leur nourriture. De participer à leurs chasses. Que sait-il, ce Visage-Pâle, de l'esprit des animaux que Mingam implore maintenant? Il a raconté comment, en son pays, il a tué un cerf avec une faux sans jamais mentionner avoir demandé pardon à ce cerf de lui avoir pris la vie. Les esprits des bêtes toléreront-ils sa présence dans leur groupe de chasseurs? Cette présence que lui, Ours-Têtu, juge intruse. Cette terre de chasse n'est-elle pas sacrée? Il n'a pas assez de doigts de main et de doigts de pied pour compter les générations des leurs qui y sont montés quand les outardes descendaient du nord. Léguée de père en fils, elle fut transmise à Mingam par l'Ancienne en même temps que la Parole, et Ashini s'en est vu lésé. Pourtant, jamais Mingam ne lui a interdit l'usage de cette terre, s'en considérant simplement comme le gardien. Et voilà qu'aujourd'hui Mingam permet aux pieds de l'Étranger d'en fouler le sol et que lui, Ours-Têtu, pressenti comme le prochain gardien, s'en alarme.

Mingam cesse de taper du tambour et demande aux femmes à l'extérieur d'apporter d'autres pierres incandescentes. Ce qu'elles font avec célérité, laissant pénétrer une bouffée d'air frais lorsqu'elles soulèvent les couvertures. Cela les revigore un peu, mais le soulagement qui en résulte est aussitôt contré par l'augmentation de la chaleur ambiante. À sa connaissance, se rend compte Ours-Têtu, c'est la première fois qu'il participe à une aussi longue et torride séance de sudation. Mingam en est l'initiateur et le responsable. Il sait qu'en chacun d'eux résident des poisons dont ils doivent se débarrasser avant d'entreprendre les froides saisons. De ces poisons qui enveniment leur esprit et minent la santé de leur corps.

Leur père se tait maintenant, courbé sur son tambour. Seuls s'entendent leurs souffles pénibles. Pas un mouvement ne les parcourt. Les pores s'ouvrent toute grandes, alors que, mal oxygénés, les poumons se ratatinent. La tête tourne, la sueur ruisselle sur le corps.

Ours-Têtu ferme les yeux pour rentrer davantage en lui-même. Il s'y rencontre à la recherche de Petit-Renard dans les pruchières où hivernent les wapitis. Désespérément, il court dans les sentiers des bêtes, tentant de déceler dans les traces de leurs sabots l'empreinte des mocassins de son frère. Avec lui, il veut chasser encore et goûter l'ultime complicité des prédateurs traquant leurs proies. Oh! Oui! Avec Petit-Renard, il veut chasser encore. Petit-Renard, ce frère jumeau de mères différentes dont Tehonikonrathe l'a séparé et que l'Étranger, maintenant, accapare. Ce frère qui est revenu transformé à chacun de ses voyages, leur ramenant tantôt Ikoué, tantôt N'Tsuk et, à présent, cet intrus. Ce frère qui n'entend pas ou fait mine de ne pas entendre sa colère. Cette colère qu'il doit lui dire afin d'en être libéré. Cette colère qu'il va lui dire…

– Mon frère Petit-Renard m'entend-il?

– Il t'entend.

– En moi, il y a de la colère. Elle franchit mes lèvres à cet instant, car la garder dans mon cœur… c'est comme garder un ver dans la viande. Avec le temps, le ver fait des petits qui finissent par manger toute la viande… Avant, mes yeux voyaient bien dans l'âme de Petit-Renard. Aujourd'hui, ma vue est troublée par la présence de Tehonikonrathe… Avant, avec Petit-Renard, j'allais chasser, et, ensemble, nous ne formions qu'un seul chasseur dans deux corps différents. Aujourd'hui, Tehonikonrathe impose l'Étranger, mais nous ne pourrons pas former un seul chasseur dans trois corps différents… Cet étranger, mon frère, tu le nommes Ankwi… Ce nom n'est pas dans ma bouche, car cet homme n'est pas dans mon cœur, même s'il habite notre wigwam. Cela est ma pensée, mais la tienne est différente. Tu as agi selon ta pensée en emmenant ce Visage-Pâle sur notre terre de chasse. Moi, j'agis selon ma pensée en lui fermant l'entrée de mon cœur…

« Avec l'Étranger, l'inquiétude s'est installée dans notre demeure et me fait craindre des jours sombres. Que fera Tehonikonrathe si l'Étranger nous donne une maladie? Que fera-t-il encore si l'Étranger persuade ma fille d'adopter son Grand Esprit? Nous ne savons pas de quoi demain sera fait. Il en a toujours été ainsi, mais avant, je dormais la nuit… Voilà… J'ai vidé mon âme de la colère, mais l'inquiétude y est restée. »

La main de Petit-Renard lui caresse l'avant-bras pendant un long moment, amenant une certaine paix en lui. Puis, d'une voix très douce, il répond.

— J'accepte de me charger de ta colère, mon frère, mais je suis malheureux de ne pouvoir déloger l'inquiétude dans ton âme… Tehonikonrathe a beaucoup voyagé dans le canot que tu lui as construit, mais, dans son cœur, Petit-Renard est toujours resté près de toi… Tu crains les maladies des Visages-Pâles que cet homme pourrait apporter. Moi aussi, je les crains, car Tehonikonrathe ne sait les soigner… Mais ces maladies, nous risquons de les ramener nous-mêmes chaque fois que nous allons échanger et que nous rapportons des marchandises… Tu crains que ta fille renie notre Grand Esprit. Pourquoi l'Étranger parviendrait-il à la persuader, alors que Paul, qu'elle aime de tout son cœur, n'y est pas parvenu ? Voilà ma pensée. Je nomme Ankwi l'Étranger, car j'ai confiance qu'il saura respecter ce que nous sommes. Vois, il n'a ni calendrier ni chapelet comme en ont les convertis. Il vit chaque jour à notre manière mangeant de la viande quand nous en mangeons et joignant ses mains aux nôtres dans nos ouvrages… J'ai confiance qu'il saura respecter notre terre de chasse. Quand il retournera de l'autre côté du Grand Lac Salé, il emportera dans son souvenir comment chassent les hommes d'Ici dans leur forêt. Cela lui sera une consolation. Je lui montrerai à étudier les traces et le vent, mais, avec toi, je chasserai, et nos deux corps ne formeront qu'un seul chasseur… Ta bouche ne peut l'appeler Ankwi, et je respecte ta pensée, mais mon cœur souhaite qu'un jour ce mot puisse loger à l'aise dans ta bouche, termine Petit-Renard en lui pressant affectueusement la main.

Ours-Têtu sent que le bras de l'Étranger le brûle un peu moins. Les propos de son frère ont dissipé une part importante de sa crainte. En effet, cet homme ne saurait convertir sa fille, puisque Paul n'y est pas parvenu. Pour le reste, il verra bien. C'est à l'Étranger de faire en sorte que le nom d'Ankwi puisse loger à l'aise dans sa bouche.

*

Elles ont cuit la bannique[1], les viandes et les poissons. Rassemblé quantité de cerises, prunes, mûres et noisettes. Préparé le thé et le tabac. Quand les hommes sortiront de la tente de sudation, ils se jetteront d'abord dans le ruisseau pour s'y laver et viendront ensuite s'asseoir sur leur natte, afin qu'elles leur servent à boire, à manger et à fumer. Puis, quand ils se seront rassasiés, les femmes et les enfants mangeront à leur tour.

Tout est prêt. Regroupées près du feu extérieur, les femmes attendent. Dans le nouveau wigwam dont elles ont cousu les écorces, deux bébés dorment, gavés du lait maternel, tandis que Wapitik traîne alentour, salivant à la vue des mets variés et appétissants. Il soupire d'ennui et de désappointement, se sentant exclu des hommes autant que des femmes. « Va chasser des perdrix pour maman », lui propose Ikoué en lui présentant son arc et ses flèches. Remonté par cette demande, le gamin déguerpit avec ses armes sous l'œil vigilant de sa mère.

La Souris observe sa bru et remercie le grand-oncle Wapitik de l'avoir conduite vers Petit-Renard. Nulle femme ne pouvait mieux lui convenir, et il semble que la présence d'Ankwi au sein du ménage à trois de son fils ait contribué à en diminuer les tensions en équilibrant le partage des sentiments. Considéré comme fils adoptif d'Ikoué, il habite le cœur de cette dernière avec autant de légitimité que N'Tsuk celui de Petit-Renard.

---

1. Bannique, bannock : genre de galette à base de farine de maïs.

— Montre le oki d'Ankwi, demande La Souris à l'ancienne esclave avec une pointe de curiosité.

Fière de l'intérêt suscité par la médaille, Ikoué la lui passe aussitôt.

— Qui est cette femme ? s'informe La Souris en examinant la pièce au creux de sa main.

— Ankwi dit que c'est un manitou.

— Une femme-manitou ! C'est la femme de Matchémanitou[2], s'exclame La Souris en laissant tomber la médaille comme si celle-ci venait de la brûler.

Interloquée, Ikoué s'apprête à la reprendre.

— N'y touche plus. La femme de Matchémanitou est mauvaise.

— Très mauvaise ! confirme Neige-d'Été en se penchant pour mieux voir la médaille par terre. Oui, c'est vraiment une femme, poursuit-elle. Il n'y a qu'une seule femme-manitou : l'épouse de Matchémanitou. Elle fait mourir les hommes et les enfants.

— Chez les miens, on dit qu'elle pourrit aussi les viandes, renchérit Doigts-Agiles en se servant d'un petit bâton pour amener le maléfique objet sous ses yeux.

Intégrée à la famille depuis un an par son union avec Loup-Tranquille, la jeune femme étudie longuement l'effigie qui pourrait porter atteinte à son poupon né au cours de l'été.

— Oui, c'est elle. C'est la femme de Matchémanitou, confirme-t-elle enfin.

— Ankwi dit que ce manitou est bon, plaide Ikoué.

— La femme de Matchémanitou ne veut que le malheur des gens, répète Neige-d'Été avec conviction.

Au moyen du petit bâton, Aile-d'Outarde s'empare de la médaille pour l'examiner à son tour. Doyenne des

---

2. Matchémanitou : le Mauvais Esprit dont la femme était la seule divinité féminine.

femmes, son opinion est cautionnée par l'expérience et par une plus grande connaissance des croyances étrangères acquise auprès de sa fille convertie.

– Brume dit que cette femme est la mère de l'homme de la croix, remarque-t-elle. Les convertis croient que cette femme veut du bien aux hommes, même si les hommes ont torturé son fils.

– Moi, je ne veux pas de bien à ceux qui ont torturé mon fils, lance La Souris. Depuis ce temps, il boite et porte des cicatrices sur tout le corps. Cette mère n'a pas de cœur… Comment peut-elle à la fois aimer son fils et ceux qui l'ont tué? C'est là la preuve qu'elle est un mauvais manitou.

Un mouvement de recul chez certaines, puis un long silence de réflexion font suite à cette dernière affirmation.

Déchirée entre la défense de son enfant adoptif et la protection de ses propres petits que ce fétiche pourrait lui ravir, Ikoué n'ose le reprendre.

– Elle nous portera malheur. Il faut s'en débarrasser, suggère Aile-d'Outarde. On ne peut lui laisser habiter notre wigwam tout l'hiver… Chez les convertis à Canassadaga, elle s'est multipliée d'étrange façon et se trouve dans chaque grain de leur chapelet.

– Tu dis vrai, approuve N'Tsuk. Elle se trouve dans tous les grains des chapelets et se nomme Marie… Je sais, car Pikamu a suivi l'enseignement du Père avant de se faire baptiser. Il faut saluer Marie chaque fois qu'on touche un grain de chapelet. Je ne veux pas que nos manitous nous abandonnent à cause d'elle. Cela peut les ombrager de la savoir parmi nous. Ankwi pourrait l'accrocher à une branche dehors, propose-t-elle.

Une expression de soulagement passe sur les rudes traits d'Ikoué à l'idée de ce compromis acceptable.

– Non, il faut le détruire, exige Aile-d'Outarde d'un ton vindicatif, convaincue d'extirper ainsi à la racine le mal qui lui a ravi sa fille et ses petits-enfants. Tous les soirs, Ankwi salue Marie… Il n'acceptera pas de laisser son oki à la branche d'un arbre.

Puis, se tournant vers Ikoué :

— Est-ce que ton mari consent à laisser son oki quand il va chez les chrétiens ?

— Non, admet cette dernière, l'air confus.

— Pour cette raison, à Canassadaga, les convertis disent que Petit-Renard est le serviteur de Machémanitou. Brume n'a pas le droit de lui parler depuis qu'elle est convertie. Détruisons ce oki avant qu'il se change en grains de chapelet, maintient Aile-d'Outarde.

— Ankwi n'a pas de chapelet, objecte Ikoué.

— Ça se fabrique, un chapelet.

— Petit-Renard dit qu'Ankwi parle à sa femme quand il touche son oki, rappelle N'Tsuk. Demandons-lui s'il consent à laisser son oki au dehors de notre wigwam. S'il refuse, nous le détruirons.

— Non, nous devons le faire tout de suite… pendant que les hommes sont ensemble. Ce Français risque d'apporter le malheur à nos enfants et petits-enfants avec son oki. C'est nous qui accouchons et allaitons. C'est à nous d'agir, car les hommes, souvent, ne pensent pas comme nous, déclare Aile-d'Outarde.

— Oui, détruisons le oki du Visage-Pâle approuvent d'une seule voix La Souris, Neige-d'Été et Doigts-Agiles.

— Jetons cette femme-manitou dans le ruisseau, recommande Doigts-Agiles.

— Non… pas dans le ruisseau. Elle déchirera nos filets et fera verser nos canots. Brûlons-la plutôt, décide Aile-d'Outarde en soulevant du petit bâton la chaînette du fétiche maudit et en l'approchant du feu au-dessus duquel il balance.

— Non, intervient Sève-du-Printemps jusqu'alors silencieuse et demeurée à l'écart.

D'un geste rapide, la jeune femme attrape la médaille sous les yeux consternés de ses parentes.

– Cette mère est une mauvaise mère, Sève-du-Printemps. Elle te fera du mal, te séparant pour toujours de ta famille. Jette-la toi-même dans le feu, demande Aile-d'Outarde d'un ton combinant la mise en garde et la supplique.

– Je ne peux pas.

– Pourquoi?

– À cause d'Ankwi… Il sera malheureux sans elle, et dans son cœur, il y aura de la colère contre nous.

– La colère d'Ankwi contre nous t'importe-t-elle plus que la colère de nos manitous?

Pour toute réponse, Sève-du-Printemps enferme la médaille dans son poing qu'elle porte contre son cœur et s'éloigne le long du ruisseau.

Chapitre 31

?

En la lune où il gèle (novembre), Piwapitisipins.

Cette nuit, lui assure-t-on, l'eau gèlera. Autour du wigwam, tel un tir sporadique de fusils, les arbres pètent de froid. Cela est bon signe, lui assure-t-on encore. La glace s'épaissira vite et leur permettra ainsi de poursuivre leurs activités de chasse en troquant le canot contre les raquettes et le tabagane [1] afin de se déplacer sur les voies d'eau.

Les femmes ont travaillé toute la journée à préparer la viande et les peaux des wapitis qu'ils ont ramenés hier. C'était de toute beauté de les voir faire, pense Pierre. Elles s'acquittent de leurs tâches avec la plus parfaite sérénité et traitent les carcasses des bêtes comme un bien commun. Aucune ne prétend avoir droit à plus de venaison qu'une autre, et aucune ne besogne moins qu'une autre. Ensemble, elles œuvrent patiemment. Vaillamment. Ce que les chasseurs laissent dans le canot ou devant le wigwam, elles l'apprêtent, le transforment, le conservent. De leurs mains naissent nourriture, provisions, habits.

---

1. Tabagane : toboggan, mot algonquin francisé.

Absorbé dans ses pensées, Pierre passe une main distraite sur l'épais tapis constitué de petites branches de sapin piquées dans le même angle et de façon très serrée dans le sol. Quel confort comparativement au plancher de terre battue de la chaumière de Gaspard où ce qu'ils peuvent récupérer de paille tient lieu de lit ! Ici, les femmes n'ont qu'à aller dans la forêt cueillir ce qu'il leur faut pour couvrir le plancher et entretenir le feu, mais là-bas, il faut payer au seigneur la moindre brindille et le moindre fagot. Là-bas, les femmes n'ont pas cette possibilité d'œuvrer ensemble pour le bien de la famille au sens large. Du fruit de leur labeur, il reste bien peu pour les leurs, une fois les parts du roi, du châtelain et du curé prélevées.

Machinalement, Pierre porte la main à sa médaille, et sa pensée vole vers sa bien-aimée. Que fait-elle à l'heure présente ? Pense-t-elle à lui aussi souvent qu'il pense à elle ? Le croit-elle mort, ne l'ayant pas vu revenir ? Cessera-t-elle de l'attendre ? Il a vu rougir, jaunir et roussir les feuilles. Spectacle féérique. Puis il les a vues tomber, chacune d'elles dans sa chute égrenant le temps qui le sépare d'Isabelle. Au printemps, quand elles habilleront de nouveau les branches nues et grises des arbres, Tehonikonrathe le reconduira à Kébec. Quand la reverra-t-il ?

Se sentant observé, Pierre lève la tête et promène un regard circulaire, rencontrant les yeux des femmes rivés sur lui, ceux de Sève-du-Printemps brillant d'étrange façon dans la pénombre. Depuis qu'elle lui a remis sa médaille au sortir de la tente de sudation, elle ne cesse de l'observer à la dérobée, et il n'a toujours pas compris comment sa médaille est passée de la main d'Ikoué à celle de la jeune femme.

La Souris chuchote quelque chose à l'oreille de son fils, et celui-ci vient le rejoindre à l'endroit qui lui est désigné le long de la paroi, à gauche de la porte.

– Les femmes ont des questions pour toi, Ankwi…
Par ma bouche, je ferai connaître les questions des
femmes et tes réponses. Viens. Approche du feu où elles se
trouvent.

Il obéit, désireux de mieux comprendre ce qui se passe
du côté des femmes. Du côté des hommes, sa situation lui
paraît claire. Seul Ours-Têtu ne le nomme pas encore
Ankwi, mais montre cependant qu'il l'apprécie pour ses
qualités de chasseur et surtout pour son étonnante force
physique. Par contre, toutes les femmes l'appellent Ankwi,
sans que, toutefois, la méfiance se soit éteinte dans leurs
prunelles.

– Ankwi, tu as tué un gros wapiti. Une grande force
habite en toi. À toi seul, tu as transporté comme deux
hommes.

Quel agréable souvenir ! Avec son fusil, il a tué son
premier wapiti. Jamais le châtelain n'abattra dans sa forêt
de cerf aux bois plus immenses et plus majestueux. Quelle
euphorie il a goûtée ! De voir s'écrouler la bête lui a
procuré un sentiment de puissance et, du coup, il s'est
senti un seigneur. Se grisant de l'odeur de la poudre, il
observait les derniers soubresauts de l'animal atteint en
pleine tête. Puis, Tehonikonrathe est arrivé et s'est
recueilli un moment. «Demande pardon à ton frère
d'avoir pris sa vie. Remercie ton frère, car sa vie deviendra
ta vie. »

Son frère, cette bête à la cervelle éclatée ? Comment
peut-on nommer «frère» ce qui se déplace à quatre
pattes ? Pour ne pas offenser son hôte, il a fait mine de se
recueillir sentant croître en lui une légitime fierté due à
son adresse et à la précision de son tir. Ses forces étant
presque entièrement revenues, il en a fait la démonstra-
tion, jouissant dans son for intérieur de l'expression
admirative de ses compagnons de chasse, particulièrement de celle d'Ours-Têtu.

– Quand tu as déposé ton wapiti devant la porte du wigwam, les femmes ont agi envers toi comme agissent les femmes des chasseurs… Bien des fois, leurs yeux ont vu ta main sur ton oki. Ainsi, ta pensée rejoint ta femme de l'autre côté du Grand Lac Salé. La femme de ton oki n'est point la femme de l'autre côté du Grand Lac. La femme de ton oki pénètre avec toi dans le wigwam sans demander leur consentement. La femme de ton oki n'aide point les femmes dans leurs tâches… La femme de ton oki est un manitou; elle peut apporter le malheur. Depuis notre purification par la sueur, les femmes sont inquiètes… Elles ont agi comme tes épouses quand tu as déposé le wapiti à la porte du wigwam. En échange, elles veulent entendre tes réponses.

– Je répondrai à leurs questions, prononce-t-il avec assurance.

En tant que doyenne, Aile-d'Outarde prend la parole. Toute la maisonnée lui prête une grande attention et, à la façon dont les regards convergent sur lui, Pierre devine le vif intérêt que suscitent ses réponses.

– La première épouse de mon père dit: « Le Grand Esprit a choisi le ventre des femelles pour déposer la vie. Dans la forêt, tous les ventres des femelles portent des petits ou forment des œufs. » Les convertis disent: « Le Grand Esprit des Français a déposé son fils dans le ventre d'une femme nommée Marie. » Marie est la femme sur ton oki?

– Oui, Marie est la femme sur mon oki, et elle est la mère du fils de Dieu… ou Grand Esprit comme tu le nommes, confirme Pierre.

– Aile-d'Outarde demande pourquoi les Robes-Noires refusent de déposer la vie dans le ventre des femmes, alors que Dieu, comme tu le nommes, a choisi de déposer son fils dans le ventre de Marie?

Yeux braqués sur lui. Les voilà suspendues à ses lèvres. Cette question le décontenance. Surtout posée de cette façon. Pierre prend le temps de réfléchir, beaucoup de temps, mais il panique intérieurement. Les prêtres ont toujours insinué qu'ils s'abstenaient de relations sexuelles avec les femmes afin de se garder purs. C'est donc dire que les femmes ne le sont pas du fait de leur nature. Employer cet argument ne ferait que soulever l'indignation et aggraverait l'incompréhension de ces dernières.

– Les Robes-Noires ne m'en ont point donné la raison, se résout-il à répondre.

Déception générale chez ses hôtes et, dans l'œil bridé de Tehonikonrathe, cette lueur qui le transforme aisément en « p'tit homme du Diable ».

– Question de ma mère La Souris. Comment les Robes-Noires peuvent interdire ou permettre à un homme et une femme de vivre ensemble quand prendre une femme est une chose inconnue des Robes-Noires ?

– C'est Dieu qui les guide, répond-il spontanément.

– Si Dieu les guide, Dieu ne désire pas ton union avec Isabelle.

Quelle grossière déduction ! Il répugne à Pierre de s'aventurer dans le dédale de leurs lois et coutumes pour démontrer que ce n'est pas Dieu qui refuse son union avec Isabelle, mais bien les hommes qui ont établi à vingt-cinq ans l'âge de la majorité autorisant le libre choix de l'époux ou de l'épouse. D'instinct, il porte la main à sa médaille et, d'une voix solennelle :

– Dieu est d'accord pour nous unir… Ce sont les hommes qui ne le sont point.

– Pourquoi ?

– Parce que le père d'Isabelle avait choisi un autre homme pour s'unir avec elle.

– Dans ton pays, la volonté des hommes est plus respectée que la volonté du Grand Esprit ?

– Quelquefois, reconnaît Pierre, serrant les poings au souvenir du père d'Isabelle et du fermier général des dîmes.

La traduction que fait Tehonikonrathe semble inspirer au groupe un courant de sympathie à son égard.

N'Tsuk alimente le feu de quelques bouts de bois et, d'une voix contenue, exprime ses interrogations au guérisseur.

– Les Robes-Noires disent : « Quand Dieu veut punir une femme, il ferme son ventre. » Marie a donné un fils à Dieu… D'autres femmes prétendent être aussi les épouses de Dieu et se ferment elles-mêmes le ventre. De quoi se punissent-elles ?

Silence entrecoupé par le craquement du bois sec soumis aux flammes. Soudain, l'éclatement d'un arbre dans la forêt fait sursauter Pierre. Un frisson lui parcourt l'échine, et il sent le froid se glisser dans son dos. Vainement, il attend un argument percutant. À défaut, après un long moment, il hausse les épaules. Ikoué parle alors, et la véhémence dont elle fait preuve lui attire l'approbation muette du groupe.

– Toutes les mères défendent leurs enfants au péril de leur vie, dit Ikoué. Vois, makwa : makwa est une bonne mère, mais Marie est une mauvaise mère. Elle lèche les mains des assassins de son fils.

Marie, une mauvaise mère ? Quel sacrilège ! Cette bonne Sainte Vierge veille sur lui depuis sa condamnation. Comment convaincre Ikoué de cela ? C'est peine perdue. Jamais il n'y parviendra. La pauvre le couve d'un regard affectueux et inquiet où clairement se lit la certitude de lui être une meilleure mère que Marie.

– Ikoué ne doit pas s'inquiéter, dit Pierre. Marie sait que je n'ai pas fait de mal à son fils.

Cela suffit à calmer la Pawnise. Aile-d'Outarde revient à la charge avec une question à laquelle sa bru Neige-d'Été adhère aussitôt. Pesant bien ses mots, Tehonikonrathe en fait la traduction.

– Quand l'eau a coulé sur le front de ma fille Brume, elle est devenue l'enfant du Grand Esprit des Français. À sa mort, elle ira rejoindre tous les enfants du Grand Esprit des Français. Les Robes-Noires disent : « L'homme de la croix a été le premier à recevoir l'eau sur son front. » Si lui est le premier, sa mère est devenue l'épouse du Grand Esprit sans avoir reçu l'eau sur son front. Où se trouve Marie dans l'au-delà ?

Incapable de répondre, Pierre baisse la tête. Ces gens dont il avait sous-estimé la capacité de réfléchir aux choses surnaturelles soulèvent des points qui ne lui ont jamais effleuré l'esprit. Pour lui, ce qui sortait de la bouche d'un prêtre était indiscutable. Pour eux, ce ne l'est pas. Parviendra-t-il à se sortir de ce guêpier ? Jusqu'à maintenant, il a fait piètre figure.

— Où se trouve Marie dans l'au-delà ? redemande le « p'tit homme du Diable ».

— Elle est avec son fils, l'homme de la croix qui a fait couler sur son front l'eau du baptême, avance-t-il en désespoir de cause d'un ton impatient.

Voilà. Supposons qu'il en fut ainsi, pense Pierre, pressé d'en finir avec ce tribunal d'inquisition.

— Où se trouvent la mère, le père, la grand-mère et le grand-père de Marie dans l'au-delà ? questionne le gué-risseur, la flamme diabolique s'intensifiant dans son œil rusé.

— Je ne sais point.

— Chez les Visages-Pâles, la Parole se transmet par des traces sur du papier. Cela n'est pas dit, dans le livre des chrétiens, où se trouve la parenté de Marie ?

— Oui, cela est dit dans le livre des chrétiens… mais je ne sais point lire.

— Tu ne sais point entendre la parole d'un livre, s'exclame Tehonikonrathe, incrédule et désappointé.

— Non, je ne sais point entendre la parole d'un livre, réplique Pierre excédé. Cela n'a point d'importance où se trouve la parenté de Marie.

– Pour nous, cela a beaucoup d'importance, car nous sommes séparés des nôtres dans l'au-delà par l'eau du baptême, fait remarquer son hôte laissant filtrer une fine ironie.

Que de différences entre eux quand Dieu s'en mêle, songe Pierre. Pourquoi se trouve-t-il soudain à bout? Est-ce parce qu'il fait face à leur ignorance et à la sienne? À sa naïveté? À sa peur de l'après-mort? D'obscure façon, il envie maintenant ces Sauvages qui voient un frère dans la bête abattue. Qu'est-ce qui l'attend, lui, quand il aura rendu son dernier souffle? La condamnation éternelle, voilà ce qui l'attend pour avoir copulé hors du mariage. L'expiation de ses fautes semble son lot, autant sur terre que dans l'au-delà.

Tantôt, lorsque Tehonikonrathe faisait mention de sa force hors du commun, on le regardait comme un demi-dieu et lui-même se sentait supérieur à eux. Maintenant, il se surprend à les envier et se rend compte qu'ils sont déçus par le peu d'éclaircissements qu'il apporte.

– La colère entre facilement dans le cœur du Visage-Pâle, glisse le « p'tit homme du Diable ».

Pierre sent ses joues en feu, alors que ses reins se glacent. Le froid s'intensifie, resserre le cercle de chaleur. Tehonikonrathe le surveille. L'étudie plutôt. Et rien de ce qu'il pense ne filtre à travers l'expression de son visage. Quelque chose en cet homme séduit Pierre autant qu'il l'inquiète. Est-ce à Dieu, est-ce à la Vierge qu'il s'attaque par le biais de ces questions posées par les femmes? Comment savoir s'il en fait une traduction fidèle? N'est-il pas finalement plus à craindre que son frère Ours-Têtu qui affiche clairement sa position en refusant de le nommer Ankwi? Est-ce le diable qui lui permet de lire aisément dans son âme? Où est-ce lui, Pierre Vaillant, qui la lui aurait dévoilée entièrement dans ses délires? Le guérisseur est en mesure d'interpréter ses moindres silences ou réactions. Avec quel sens parvient-il à le flairer? À le deviner? À déceler cette colère naissante?

Deux femmes n'ont pas encore posé leur question; Doigts-Agiles et Sève-du-Printemps. Tenant son bébé bien au chaud dans ses bras, la première se berce doucement d'avant en arrière, alors qu'assise près d'Ours-Têtu la deuxième lui accorde une attention soutenue depuis le début.

Un temps passe sans que personne n'émette un son, laissant entendre le crépitement du feu entrecoupé par le claquement subit du bois soumis à la chute rapide de la température. Jusqu'où celle-ci descendra-t-elle? Il n'a pas connu de froid si intense en France et appréhende grandement l'hiver. «Bonne Sainte Vierge, aidez-moi», se répète-t-il à maintes reprises.

D'un ton enjoué, Doigts-Agiles lance quelques mots qui les font tous rire. Se payent-ils sa tête? Qu'il aimerait connaître leur langue! Il sait déjà bon nombre de mots, mais il n'a pas encore saisi comment les agencer pour exprimer une pensée, de sorte qu'il ne peut qu'avoir une vague idée du sujet de leur conversation, et encore…

— Doigts-Agiles demande si la Robe-Noire a autorisé l'accouplement de Dieu avec Marie?

— Dieu n'a point besoin de l'autorisation des hommes… Il est tout-puissant, et Il a choisi Marie pour être la mère de son fils, explique Pierre, déçu du peu de sérieux que prend la tournure des choses. Seul à défendre sa foi, il ne parvient pas à en restaurer l'image déformée par ces païens. Eux ne la voient qu'à travers leur existence et leurs coutumes. Ils n'en ont entendu que des bribes qu'ils comparent à leurs superstitions. Comment leur faire comprendre ce qu'il ne comprend pas lui-même? L'essentiel n'est-il pas d'y croire? Lui, il croit que Marie, sa bonne Sainte Mère, le protège et qu'elle l'aidera à revenir auprès d'Isabelle. Voilà tout.

Sa réaction à leurs rires et la traduction de sa réponse ramènent une certaine gravité, suivie d'un moment de réflexion. Enfin, Sève-du-Printemps s'adresse directement à lui sans le quitter des yeux un seul instant alors que son oncle la traduit.

— De l'autre côté du Grand Lac, une femme attend ton retour. Son ventre porte ton enfant. Sève-du-Printemps demande si ton accouplement avec Isabelle a été autorisé par la Robe-Noire?

— Non.

— Cela a fâché ton Dieu?

— Oui.

— Paul dit : « Quand Dieu est fâché, il jette les hommes et les femmes dans un grand feu au centre de la terre. » Seras-tu jeté dans ce feu?

— Oui.

— Ton malheur est grand, Ankwi. Les hommes t'ont séparé des tiens de ton vivant, et, à ta mort, Dieu va te séparer des tiens, car tu brûleras dans ce feu au centre de la terre... Paul dit : « Dieu parle par la bouche de la Robe-Noire et entend par ses oreilles. » Tu dis : « Dieu autorise ton union avec Isabelle. » Les oreilles de la Robe-Noire n'entendent pas toujours les paroles de Dieu?

— Elles n'entendent pas toujours, confesse-t-il.

— Les oreilles de Marie entendent toujours les paroles de Dieu, son époux?

— Oui, elles les entendent toujours...

— Ainsi, Marie peut t'aider à retourner vers Isabelle pour t'unir à elle devant la Robe-Noire. Ainsi, toi et Isabelle ne brûlerez point dans ce grand feu.

— Oui, je crois que Marie peut m'aider. Isabelle le croit aussi. Elle m'a donné ma... mon oki pour qu'il me protège et que je revienne vers elle.

— Sève-du-Printemps a empêché les femmes de détruire ton oki, car ton malheur la rend triste... Depuis, son cœur tremble… Marie agit comme une mauvaise mère envers son propre fils. Comment Marie agira envers les non-convertis ?

— Marie ne vous veut aucun mal.

— Même si, pour t'aider, Marie doit nous sacrifier ?

— Je ne permettrai point qu'elle vous sacrifie pour moi…

— Les oreilles de Marie t'entendront ? Paul dit : « Seule la Robe-Noire peut parler à la famille de Dieu. »

Pierre se tait. Avec quelle clarté, par la bouche de Tehonikonrathe, Sève-du-Printemps vient de décrire son malheur ! Il est séparé d'Isabelle et des siens de son vivant autant qu'il le sera après sa mort. Peut-on être plus seul au monde, et cela pour l'éternité ? Que son destin diffère de celui du châtelain, né pour faire bombance ici-bas et jouir, là-haut dans le ciel, du bonheur éternel ! Comment ne pas conclure que les oreilles de la Robe-Noire entendent tinter autant les écus que les paroles de Dieu ? Est-ce écrit dans les livres saints que Dieu parle par la bouche des prêtres ? Le Maître de la vie approuve-t-il l'alliance du clergé et de la noblesse ? L'exilé se remémore Auguste, ce fils de noble qui lui avait volé sa médaille sur le bateau du Bourru. Ne se vantait-il pas d'avoir engrossé quatre servantes sans que cela l'ait empêché de s'agenouiller à la Sainte Table pour recevoir la communion aux côtés de ses honorables parents à Pâques ? Il lui avait suffi pour cela de se confesser, alors que les servantes, sitôt congédiées et chassées, portaient le fardeau de leur péché, indignes de pénétrer dans le lieu du culte. Le Maître de la vie autorise-t-il vraiment de telles iniquités ?

— Les oreilles de Marie t'entendront ? redemande Tehonikonrathe.

Que répondre ? Le voilà grandement ébranlé, non pas en la croyance de Dieu, mais en celle du pouvoir que s'octroient les prêtres. Ces femmes qu'il pensait éclairer de ses lumières l'ont précipité, malgré elles, dans d'obscures ténèbres. Il se sent une responsabilité vis-à-vis de ces gens qui l'ont recueilli et soigné, et qui le traitent en ami. Il comprend leur crainte et aimerait vraiment les rassurer. Devra-t-il, pour cela, se départir de sa médaille? Il n'a ni le goût ni les compétences pour soutenir plus longtemps l'échange avec le « p'tit homme du Diable ».

D'un geste résigné, Pierre détache la chaînette de sa médaille et la tend à Sève-du-Printemps.

— Marie est entrée avec moi dans votre wigwam sans avoir obtenu votre consentement… Avec elle, la peur est entrée, et cela m'attriste… Je te remercie d'avoir empêché tes parentes de jeter mon oki au feu. Je te demande maintenant de le garder en un endroit qui vous convienne jusqu'à mon départ.

Sève-du-Printemps hésite à s'emparer de la médaille et se tourne vers Aile-d'Outarde, sa grand-mère. D'un signe, celle-ci traduit l'approbation du groupe à ce qu'il en soit ainsi. Les yeux brillant d'émotion, la jeune femme prend la médaille.

— Ankwi retrouvera son oki, promet-elle.

Pierre éprouve un certain vertige lorsque les doigts se ferment sur l'image de Marie confondue à celle d'Isabelle. Il se sent nu, tombant dans le grand vide éternel sans rien pour le rattacher à cet autre monde, de l'autre côté du Grand Lac. Il rencontre le regard satisfait du « p'tit homme du Diable » et se met à prier la Vierge dans son for intérieur, la suppliant de ne pas lui tenir rigueur de son geste.

L'éclatement d'un arbre le fait sursauter encore. Cette nuit, alors que le Grand Esprit transformera rapidement l'eau en glace pour que ses enfants puissent continuer à se déplacer sur les lacs et les rivières, lui, orphelin du Père Éternel, il tremblera, recroquevillé sur sa couche. Plus démuni que jamais sans sa médaille à toucher avant de s'endormir.

Chapitre 32

Chasse à l'ours

1731, en la grande lune (février), Piwapitisipins.

Dans la nuit, le tambour résonne. Mingam psalmodie, chante, supplie.

Avec l'esprit de Makwa, il s'entretient.

Demain, dans sa ouache [1], ils iront tuer la bête.

Pays de sortilèges.
De nouveaux dieux
Nés au creux des neiges.
Puisse l'esprit de Makwa
Ne pas voir de vengeance en son geste.
Demain, dans sa ouache, il devra tuer la bête.

Oui, demain, Pierre ira vers la tanière où dort l'animal sous les racines d'un arbre renversé. Avec les hommes, il ira le surprendre et lui enfoncer dans le cœur la lame d'une épée emmanchée au bout d'un bâton. C'est ainsi que les hommes ont décidé de cette chasse, et Makwa

---

1. Ouache : mot algonquin signifiant cavité, trou, terrier.

déterminera si Ankwi est digne de vivre au sein de la grande famille anishnabecke.

— Ne vois pas de vengeance, demande Mingam.

— Ne vois pas de vengeance, répète Pierre à maintes reprises en cette langue qu'il commence à saisir. Assis autour du feu avec les chasseurs, il participe à la cérémonie clôturant deux jours de jeûne et de préparation. Tout autour, les femmes et les enfants y assistent avec gravité. Demain, à la porte du wigwam, les chasseurs ramèneront soit le cadavre de makwa, soit celui d'Ankwi. L'esprit décidera.

— Laisse-toi tuer, Makwa, implore Mingam. La vengeance n'habite pas le cœur d'Ankwi. La vengeance n'habite pas nos cœurs. Nous mangerons ta chair, Makwa. Nous boirons ton huile. Avec ta peau, nous nous réchaufferons... Sois bon pour nous, Makwa... Ne blesse pas nos chasseurs.

Pays de sortilèges. Le cœur de Pierre bat au son du tambour. Demain, il surprendra l'ours endormi. Un très grand mâle observé par Ours-Têtu au cours de l'automne. Demain, ce sera lui ou l'animal. Ce soir, il chante avec ses hôtes... Demain, ceux-ci pratiqueront peut-être un rite funèbre autour de son corps déchiqueté.

Pierre a peur. Il revoit sans cesse la mère animale en colère se ruer sur lui, et il se surprend à supplier l'esprit de Makwa. Pays de sortilèges. «Il ne peut y avoir de vengeance entre l'homme et les bêtes, lui a appris Mingam. Si l'esprit des bêtes décidait de se venger des hommes, les hommes seraient les grands perdants. Tu ne dois pas tuer makwa par esprit de vengeance, mais seulement pour que sa vie devienne la tienne.»

Pays de sortilèges. Qui est-il devenu au fin fond des neiges? Un Sauvage? Un païen? Qu'est-ce qui le distingue des autres, outre la couleur de ses cheveux et de sa peau? Comme eux, il vit, mangeant les mêmes choses, se vêtant de même manière. Les femmes lui ont cousu une couverture avec les peaux de castors qu'elles ont grattées et nettoyées avec la moelle de wapiti. Comme eux, il la porte en guise de mante, le poil à l'intérieur, et enfile des midass confectionnées avec la peau des pattes du wapiti. Comme eux, il sait maintenant courir en raquettes, confectionner des pièges pour capturer différents animaux et prendre le castor au filet sous la glace. Comme eux, il compte sur les doigts des mains et des pieds, et lit les empreintes au sol. Comme eux, il respecte les os des castors, jetant au feu ceux qui sont morts sous l'assommoir et ramassant ceux pris aux rets pour les remettre à l'eau. Comme eux, il respecte le feu, évitant de cracher sur lui, sur les braises ou la cendre. Comme eux, il remercie Dieu de chaque gibier et se surprend parfois à remercier aussi l'animal abattu. Comme eux, il grelotte en chien de fusil sur sa couche quand les froids impitoyables font craquer les bois et les glaces. Comme eux, il respire l'air, face contre terre, quand les grands vents rabattent la fumée dans le wigwam. Pays de sortilèges. Pays de neige où naissent les légendes. Le fils du Grand Esprit s'est accouplé avec la Grande Ourse et a donné naissance à la race mi-dieu, mi-animale appelée anishnabecke. Demain, l'ours aura à reconnaître si, oui ou non, Pierre se montre digne d'être adopté par des Anishnabecks.

— Pardonne-nous, Makwa, de vouloir prendre ta vie… Ne nous blesse pas, poursuit Mingam en frappant du tambour.

*

Au centre, le feu éclaire faiblement le wigwam. Incapable de s'endormir, Pierre regarde s'échapper la fumée par l'ouverture d'où il aperçoit les étoiles. À la même heure, dans la forêt, l'ours roupille, ignorant que son haleine a trahi sa présence en formant du givre sur le toit de sa tanière. Demain, ils auront à se rencontrer, et l'un d'eux aura à mourir. «Pourvu que ce soit la bête», souhaite le jeune homme en se tournant du côté d'Ikoué, ronflant sur la couche habituellement réservée à N'Tsuk. Question de lune chez les femmes, c'est au tour de la seconde épouse de dormir sous la fourrure du «p'tit homme du Diable». Pierre partage celle de sa mère adoptive, mais tous deux sont enroulés dans leur couverture respective. Entre eux, une fois l'allaitement terminé, il n'y a plus eu de vague et troublant désir sexuel. Seule une grande affection a survécu et, en ce moment, il aimerait se pelotonner contre elle comme un enfant apeuré. De se blottir dans les bras vigoureux de sa mère adoptive l'aiderait sûrement à trouver le sommeil, mais elle dort si profondément qu'il n'ose la déranger. Et puis, elle est dans sa lune, période de purification de son corps. D'elle-même, elle s'isole au sein du groupe, s'abstenant de préparer la nourriture et de toucher aux autres. Une force maléfique pourrait émaner d'elle et saper l'énergie vitale de ses semblables. Superstitions? Peut-être pas. En France n'insinue-t-on pas qu'une femme ayant sa menstruation peut faire tourner le lait et la crème? Mieux vaut ne pas trop approcher Ikoué, car, demain, il a besoin de toute son énergie. «Bonne Sainte Vierge, aidez-moi», prie-t-il. Je ne veux pas mourir… Aidez-moi à tuer cet ours…» Une question saugrenue lui traverse l'esprit: «Marie avait-elle ses règles?» Vite, il la chasse de crainte de commettre un sacrilège. Le tambour de Mingam commence à résonner dans sa tête et se confond à sa supplique. Marie croit-elle qu'il l'a abandonnée en se départissant de sa médaille? La prie-t-il en vain, en cette nuit qui sera peut-être sa dernière?

Le bébé de Doigts-Agiles émet de petites plaintes. Pierre se soulève sur un coude et observe la mère imprimer un mouvement au hamac suspendu aux perches de l'habitation. En peu de temps, le poupon se rendort, et Pierre en profite pour regarder ces gens dans leur sommeil. À la faible lueur du feu, il distingue les silhouettes à l'emplacement de chacun et chacune, les hommes à la périphérie, les femmes et les enfants groupés autour du feu. Chaque famille s'est réservée un endroit, et aucune n'empiète sur celui de l'autre, bien qu'il n'y ait pas de cloison et que les dimensions soient restreintes. Un grand respect règne sous ce toit. Respect des uns envers les autres, respect du feu, respect de la nourriture, respect du manitou du Nord qui s'offense de voir leur porte orientée dans sa direction. « Si on met la porte au nord, expliquait Tehonikonrathe, le manitou peut croire qu'on cherche à l'épier et il peut souffler plus fort et plus longtemps. En la mettant à l'est, chaque jour nous saluons le soleil à son lever. » Respect de chaque personne telle qu'elle est, quel que soit son âge ou sa pensée.

En lui aussi le respect est né. Sa vision a totalement changé depuis la première fois où il a entendu parler des Sauvages. Quand il a posé le pied dans ce pays, il n'avait que l'intention de les dépouiller de leurs fourrures pour retourner en France avant l'hiver. Maintenant qu'il vit parmi eux et à leur manière, il pense autrement.

Si cette nuit est sa dernière, il emportera dans l'au-delà la vision de ces êtres libres partageant leurs tâches, leur feu et leurs provisions en toute égalité et fraternité. N'est-ce pas ainsi que devraient vivre les hommes?

Soudain, dans la pénombre, Pierre voit luire le regard de Sève-du-Printemps. Depuis quand l'observe-t-elle? Un instant, il pense à faire mine de ne pas la remarquer, puis se ravise et se laisse happer par ce regard où brille le désir.

Il lui aurait été possible d'en arriver à un rapport sexuel avec elle. Que de nuits il y a pensé, envahi par autant de remords que d'incontrôlables réactions physiologiques! La chevelure noire d'Isabelle se confondait avec celle de Sève-du-Printemps, son corps s'incarnant dans celui de cette jeune et belle Sauvagesse. À diverses reprises, des occasions se sont présentées, et chaque fois, il les a repoussées au nom de sa fidélité à Isabelle et par respect pour cette fille qu'il a l'intention de quitter au printemps. Pourquoi amorcer une relation à laquelle il prévoit mettre bientôt un terme? Ce serait abuser d'elle et de la confiance que lui accordent ces gens. Ce serait décevoir Tehonikonrathe et ulcérer Ours-Têtu.

Les yeux de Sève-du-Printemps contiennent tant de candeur. Tant d'attachement que cela l'ébranle. Doucement, il lui sourit et voit briller une larme comme réponse.

Si cette nuit est sa dernière, il emportera aussi cette larme dans l'au-delà et peut-être le soulagera-t-elle des feux de l'enfer.

*

Le lendemain.

Comme les autres, Pierre s'est noirci le visage et n'a pas mangé, ne buvant que de l'eau. Maintenant, il attend le signal de Mingam qui, lui, attend que le soleil se hisse au-dessus de la forêt pour permettre au groupe de partir. C'est ainsi. L'astre du jour doit être témoin de la bravoure d'un chasseur. Ou de sa mort.

Avec une acuité inconnue jusqu'à ce jour, Pierre voit, entend et goûte la vie. Un glaçon accroché à la branche d'un sapin, le murmure des remous à la naissance du ruisseau, le sang à l'intérieur de ses joues qu'il mordille nerveusement, tout cela lui apparaît d'une grande et fragile beauté. D'un prix inestimable. Il s'attarde à chacune de ses expirations. Pendant combien de temps encore formeront-elles de petits nuages de souffle visible? Quand, pour lui, le temps s'arrêtera-t-il ici-bas pour devenir éternel au Royaume des Morts?

D'une gravité solennelle, ses compagnons gardent le silence. S'il le voulait, Pierre pourrait leur fausser compagnie. Rien ne l'oblige à affronter ce danger et encore moins à se plier à leurs coutumes et décisions. Il lui suffirait de prendre son fusil et d'aller abattre la bête endormie dans son gîte. En cela, il agirait comme un Visage-Pâle, ce qu'il est.

Rien ne l'empêche de changer d'avis. Bien sûr, Tehonikonrathe en serait déçu, mais il irait tout de même le reconduire à Kébec, puisqu'il l'a dit. Et, le dire, chez ses hôtes, équivaut à le promettre. Que gagnera-t-il à risquer ainsi sa vie? Il se sent comme un condamné à l'échafaud misant sur la maladresse du bourreau pour obtenir grâce. Que gagnera-t-il qui pourra lui servir en France? Rien. Ce qui se passera dans ce pays, dans le silence de la neige, restera dans ce pays et, au printemps, le sang de l'ours ou le sien se mêlera aux rigoles. On parlera de lui, au présent ou au passé, mais nulle oreille française n'en ouïra un seul mot. Qu'est-ce qui l'oblige à se priver de son fusil au profit de cette primitive épée emmanchée au bout d'un bâton? Il n'a pas à prouver sa valeur à ces gens qui l'ont pris au piège de leurs sortilèges. Cette histoire d'être à la hauteur de la grande famille anishnabecke relève du pur sacrilège. En acceptant de s'y conformer, ne renie-t-il pas ce qu'il est? Un Visage-Pâle.

Sous l'action du froid, une goutte de morve lui pend au bout du nez. Pierre n'ose l'essuyer du revers de la main de peur d'effacer le charbon lui barbouillant le visage. Sa figure doit être aussi noire que celle de makwa afin de l'induire en erreur, lorsqu'il émergera des torpeurs de son hibernation. Et lui, son visage, Pierre l'a noirci plus que les autres, assombrissant également sa chevelure dorée. Il n'y a que la couleur pâle de ses yeux pour le trahir, mais, à son éveil, makwa sera confus. Du moins, il l'espère.

La sécrétion morveuse le chatouille en glissant le long de la cloison nasale, et il se surprend d'en être ennuyé. Est-il encore un Visage-Pâle pour réagir de la sorte ? Il en doute. Tant de conceptions, d'opinions, de croyances ont été bouleversées qu'il ne sait plus au juste qui il est. Peut-être après tout n'est-il en cet instant présent qu'un chasseur qui aura à se mesurer à la bête.

Des pas bruissent sur la neige foulée du campement. Sève-du-Printemps en tête, le groupe de femmes s'avance vers lui. Sérieuses et dignes, elles se déplacent en bloc, comme mues par une seule volonté, et s'arrêtent à sa hauteur. La jeune femme lui tend alors sa main ouverte où repose la médaille de la Vierge.

— Quand makwa a fait couler ton sang, tu portais ton oki à ton cou. Il ne faut pas tromper l'esprit de Makwa… C'est selon notre pensée, traduit pour elle Tehonikonrathe d'une voix neutre.

Sève-du-Printemps lance un regard furtif du côté des hommes qui, par leur attitude, montrent qu'ils respectent leur décision.

— Dans notre cœur, tu es un fils et un frère, Ankwi. Si aujourd'hui, tu dois traverser au Royaume des Morts, notre douleur serait grande de savoir que tu brûles dans un grand feu au centre de la terre… Ma main est la main de toutes les femmes ici présentes, et leur bouche parle par la mienne, poursuit la jeune femme par le truchement de Tehonikonrathe. Reprends ton oki : c'est ta croyance. Il te protégera.

Pierre s'empare de la médaille et, tremblant d'émotion, tente d'ouvrir la fermeture de la chaînette. Les doigts de Sève-du-Printemps se substituent alors aux siens, et elle lui montre son désir de la lui passer au cou. Il se penche légèrement vers elle en inclinant la tête pour le lui permettre. Le souvenir d'Isabelle faisant le même geste jaillit en lui. Tout l'amour du monde se trouvait dans les yeux d'Isabelle à ce moment-là, comme tout l'amour du monde réside aujourd'hui dans ceux de Sève-du-Printemps. Un amour sans mesure et d'une grande innocence. Elle lui chuchote quelques mots à l'oreille. Des mots très doux qu'il entend pour la première fois et qui le troublent.

Un rayon de soleil lance le signal du départ. Le groupe s'ébranle derrière Mingam. Pierre regarde étinceler le glaçon à la branche du sapin et tend l'oreille à l'infatigable murmure du ruisseau. Sa langue ne goûte plus le sang, car il ne se mordille plus l'intérieur de la joue. D'un geste rapide, il s'essuie le nez, effaçant quelque peu le noir sur sa lèvre supérieure. Qu'importe. Marie est de nouveau avec lui.

*

Du sang plein les mains, Pierre court sur ses raquettes. « Va porter la nouvelle aux femmes », lui a dit Mingam.

Tout s'est déroulé tellement vite qu'il a peine à croire que la chasse est déjà terminée. Et l'ours bel et bien abattu. Sans cesse, les mêmes images reviennent bombarder son cerveau. Les petits yeux bruns clignant d'étonnement à l'intrusion de sa cachette, l'énorme masse assoupie tentant de se relever et, l'espace d'un instant, la partie vitale exposée où, de toutes ses forces, il a plongé la lame d'épée, se reculant ensuite vitement pour éviter un coup de patte toutes griffes sorties. Grognant autant que se lamentant, l'ours a bondi, s'enfonçant davantage la lame dans le corps et faisant craquer le bâton sous son poids. Puis, il s'est rué vers eux, mais, aussitôt, s'est enlisé dans la neige. Là, l'ours s'est arrêté. Un filet de bave rouge coulait de sa gueule entrouverte, et il promenait sa grosse tête chancelante autour de lui comme cherchant à repérer son agresseur dans le groupe. Les petits yeux bruns se sont fixés sur les siens, semblant dire : « Je te reconnais… Tu es le Visage-Pâle qui veut être à la hauteur des Anishnabecks… Vas-tu prendre ma vie sans me demander pardon ? »

Alors, dans la langue de ses hôtes, Pierre a imploré son frère makwa de bien vouloir lui pardonner de prendre sa vie, utilisant les termes qu'il avait entendus dans la bouche de Tehonikonrathe.

Haletant, l'ours a lancé un long gémissement et s'est affaissé. Après le dernier soubresaut, ils sont demeurés un moment à distance avant de l'approcher, puis Mingam a allumé sa pipe, l'a mise dans la gueule de la bête, soufflant la fumée pour qu'elle lui sorte par les narines. Ensuite, il a demandé à Pierre de couper la langue et de la mettre dans son sac.

Ayant retiré son arme brisée, on l'a envoyé porter la nouvelle aux femmes afin qu'elles préparent un festin. Il n'était pas question qu'il les aide à transporter l'ours jusqu'au campement. Sa mission était accomplie ; la leur, consistant au transport de la carcasse, commençait.

Pierre court, léger et agile, animé d'une énergie incroyable. Déjà, il regrette la présence de ses compagnons de chasse. Ce qu'il vient de vivre avec eux l'a profondément marqué. La mort de l'ours les a unis pour la vie.

À la vue du campement, il ralentit l'allure et aperçoit Sève-du-Printemps tournée dans sa direction. « Ankwi a tué l'ours », lance-t-elle avec soulagement en l'apercevant.

Lentement, il revient vers elle avec une grande fierté, comme le chasseur revient vers sa femme.

*

Ankwi est à l'honneur. À lui les meilleurs morceaux et le privilège de boire le bouillon en premier. À l'exception de

N'Tsuk et de Sève-du-Printemps, tous l'accompagnent autour du feu, car, selon leurs coutumes, les femmes ou les filles sans enfant mangent en dernier.

Il aurait aimé célébrer avec Sève-du-Printemps qui a œuvré pour lui remettre sa médaille, mais, tout compte fait, il estime que c'est mieux ainsi. Dans les regards de la jeune femme et dans ses propres réactions, quelque chose l'effraie et le fait se sentir fautif envers Isabelle. Est-ce le démon qui se sert d'elle pour le faire succomber? Était-ce le diable, dans les petits yeux bruns de la bête blessée, qui l'a poussé à faire acte de foi envers les superstitions des Sauvages? Est-ce encore lui qui leur commande de manger à outrance quitte à s'en rendre malades? N'est-ce pas là une imprévoyante gourmandise? Qui sait si, demain, la chasse sera bonne?

— En vérité, je mange, répète Mingam en lâchant un rot retentissant.

— En vérité, je mange, reprend Pierre en éructant à son tour.

— Ho! Ho! Ho! poursuivent les chasseurs en signe de contentement alors que les femmes, mordant à belles dents dans la chair, participent à leurs réjouissances.

— Maintenant, la langue de Makwa va nous dire comment seront nos prochaines chasses… Sors-la de ton sac et mets-la sur les braises, indique Mingam.

Pierre obéit, et le groupe se concentre sur le morceau de viande qui commence à griller. Le voyant se tordre sous l'action de la chaleur, les chasseurs soupirent de satisfaction.

— Makwa dit que nos prochaines chasses seront bonnes, assure Mingam.

Voilà. Makwa a parlé. Ils peuvent continuer à manger tout leur saoul. Ce qu'ils font, jetant par respect de la bête ses os au feu.

Quel contraste entre la façon dont ils ont mangé le cerf qu'il a tué dans la forêt du seigneur et celle dont ils consomment cet ours! Là-bas, tout affamés qu'ils étaient, ils avalaient leurs morceaux à la sauvette, veillant à ne laisser nulle trace de leur repas. Clandestinement, ils dévoraient le fruit défendu, priant pour que Pierre n'ait pas à payer pour son crime. N'avait-il pas péché contre son seigneur et, par extension, contre son roi et contre Dieu? Ici, on se réjouit et on l'honore. L'admiration luit dans les yeux des femmes, la considération dans ceux des hommes. Ici, il est maintenant digne des Anishnabecks. Là-bas, il était et sera toujours une bête de somme sous le joug de son seigneur et, par extension, sous le joug de son roi et de Dieu.

Ours-Têtu s'empare de sa pipe et la bourre de tabac noir, puis, à sa grande surprise, il la lui présente, disant simplement:

– Fume, Ankwi.

Pour la première fois, ce nom d'acceptation dans la bouche du géant taciturne. Ici, dorénavant, il est des leurs.

Chapitre 33

Un pays

1731, en la lune de la ponte
des oiseaux aquatiques (juin), Piwapitisipins.

Wapitik écoute sa mère parler de l'endroit qui l'a vu naître. Bien qu'Ikoué s'adresse à lui, tous prêtent l'oreille à son récit. Groupés autour du feu que, par moments, on étouffe avec des végétaux humides pour provoquer une dense fumée afin d'éloigner les moustiques, ils demeurent assis en rond sous les étoiles.

Quand le soleil s'est couché, les oiseaux se sont tus dans les feuillages tout neufs et, dans les étangs, les batraciens ont entonné leur étourdissant coassement. Demain, le soleil se lèvera un peu plus tôt et se couchera un peu plus tard. Wapitik aime cette lune où les jours plus longs lui permettent de s'amuser plus longtemps sur les bords du ruisseau mystérieux à chercher des œufs de canard ou à surprendre des tortues pondant les leurs, tout roses et gluants, dans un trou de sable. Quelquefois, il attrape de grosses grenouilles vertes que l'on fait griller sur les braises et il ramène des tas d'écrevisses dans la sacoche que sa maman lui a confectionnée. Mais, ce qu'il préfère, c'est accompagner les hommes lorsqu'ils vont lever les filets tendus dans la Wabozsipi. Chaque fois, il s'imagine partir pour une longue expédition au cours de laquelle il se distinguera. La Wabozsipi n'est-elle pas ouverte sur le monde ? Le bruit rythmé des pagaies fendant l'eau, les nuées d'oiseaux qui montent des roseaux de-ci de-là, la brume qui s'étend, mystérieuse et susceptible de voiler un ennemi à l'affût, tout cela l'excite et lui fait vivre des moments palpitants. Hélas, le retour au campement met toujours fin à la formidable aventure échafaudée dans sa tête, et Wapitik ne se console qu'en imitant les hommes à leur descente du canot en y laissant le poisson pour les femmes. Ah ! Ce qu'il donnerait, demain, pour accompagner son père et Ankwi jusqu'à Kébec où, paraît-il, un manitou fait monter et descendre les eaux sur les battures.

Le récit de sa mère s'entremêle à ses fantasmes d'enfant, et le voici dans la prairie, à observer les bisons en train de brouter. La prairie ressemble à une savane sans fin où ondoient des vallons herbeux, lui décrit sa mère, et le bison est une bête immense à grosse tête large couverte d'une épaisse crinière et armée de deux petites cornes recourbées. Wapitik voit très bien les bisons dans son imagination, avec leur croupe étroite plus basse que leurs massives et puissantes épaules. Il les entend souffler et détecte leur odeur dans le vent. Vêtu d'une peau de loup pour les tromper, il les guette et s'avance à quatre pattes. En troupeau, les bisons ne craignent pas les loups, ce qui lui permet de s'approcher avec sa lance. D'un coup précis et violent, Wapitik frappe ce point situé derrière la dernière côte, perçant ainsi le diaphragme. « Le bison a fait bien des veuves », raconte Ikoué. De lui, le bison ferait un héros, pense Wapitik. Il reviendrait au campement avec la langue au fond de sa sacoche et, comme Ankwi, il aurait droit aux honneurs et aux meilleurs morceaux au cours d'un festin.

C'est la première fois que sa mère parle de son pays. De son enfance. De cette graisse de la bosse du bison que les Pawnis savouraient dans leurs huttes de terre. De ces champs où elle cultivait le maïs avec toutes les femmes et les filles de la tribu. De ces chevaux qu'elle avait aperçus montés par des hommes et qui ressemblaient à des wapitis sans bois. Voilà Wapitik sur sa monture poussée au galop. Il court plus vite que le vent sans s'essouffler et couvre de grandes distances sans se fatiguer. Son cheval est son prolongement et le bien le plus précieux qu'il possède. Avec lui, il pourchasse les bisons, les traquant de près et décochant ses flèches en ce point fatal, derrière la dernière côte.

Des images se forgent, des paysages s'inventent. Le pays de sa mère se crée dans son imaginaire sur la base des similitudes : un bison ressemble à… la prairie ressemble à… la graisse de bosse, ça goûte comme… la hutte de terre, c'est grand comme… Cela lui fait penser aux soirées d'hiver quand Ankwi racontait son pays. « Un château, c'est comme… Un navire, c'est comme… » Dans la voix de sa mère, Wapitik retrouve la même tristesse que dans celle d'Ankwi qui, demain, entreprendra le voyage devant le ramener vers les siens. Est-ce la raison pour laquelle ce soir sa mère lui parle de son pays où jamais elle ne retournera, car plus personne ne l'y attend ? Plus personne ne la pleure dans sa tribu, car sa tribu n'est plus. Des coureurs des bois ont surgi à l'improviste alors que les femmes déposaient les graines dans le sol et que les gamins s'amusaient à courir autour des cultures comme de jeunes daims. Les grands-mères, mères et tantes sont tombées sous les balles, et tous ceux et celles vibrant de jeunesse furent capturés. Ligotés. Entraînés et tirés à la suite des Visages-Pâles. Dans cette colonne de futurs esclaves, Ikoué, jadis Rayon-de-Lune, tentait de libérer sa jeune sœur et son petit frère. Hélas, jamais elle n'a pu délier leurs liens et jamais ne les a revus. Le regard de Wapitik dévie un instant vers Ankwi. Un Visage-Pâle… c'est comme lui. Il n'a pas à se créer d'image. Les hommes qui ont fait couler le sang et les pleurs de la tribu de sa mère lui ressemblaient. Même peau, même regard pâle. Mêmes poils sur la figure.

Malgré lui, l'enfant éprouve soudain de la rancœur envers Ankwi qu'il considère un peu comme son grand frère, ayant tous deux bu le même lait au sein d'Ikoué. Cette rancœur en lui, ne devrait-il pas la déceler aussi dans la voix de sa mère qui, à sa grande surprise, en est totalement dénuée? Son père a-t-il bien fait de soigner Ankwi plutôt que de le scalper tel que convenu au début? Somme toute, que ce Visage-Pâle parte est une bonne chose. Une très bonne chose. Auparavant, l'idée de ne plus jamais revoir Ankwi lui causait du chagrin; maintenant, elle le soulage. Oui, elle le soulage, car, à présent, vit en lui ce ressentiment.

Lorsqu'ils ont recueilli Ankwi, Wapitik avait d'abord éprouvé de la compassion à son égard. Puis, de l'admiration à cause de sa force exceptionnelle. Et finalement de la vénération quand il a tué l'ours d'un seul coup. Mais désormais, à cause de cette tristesse sans haine dans la voix de sa mère, il ne peut plus aimer Ankwi. Qu'il parte! C'est mieux ainsi.

«En cette lune, dans la prairie, termine Ikoué, les veaux des bisons gambadent dans les fleurs.» Puis, la voix se brise et, d'un geste très doux, elle lui caresse les cheveux. Quand il sera grand, il l'emmènera voir gambader les veaux des bisons dans les fleurs, se jure Wapitik en serrant les poings. Quand il sera grand, il tuera tous les Visages-Pâles qui voudront s'emparer des enfants pour les enchaîner. Que parte Ankwi! C'est mieux ainsi. Qu'il retourne vivre dans son pays. Cet obscur, étrange et inhospitalier pays.

Le regard de Wapitik revient vers Ankwi. Tête basse, l'air songeur, l'homme semble épouser la tristesse de sa mère. Les poings du gamin se relâchent un peu, et il se blottit contre Ikoué comme pour lui témoigner son affection et son soutien. Durant un long moment, on n'entend que les grenouilles s'égosillant sans relâche, puis le Visage-Pâle parle, utilisant leur langue avec un accent.

– Vous m'avez traité comme on traite un frère… Comme on traite un fils… Dans mon pays, les miens n'auraient pas partagé leur feu, leur toit, leur nourriture avec l'un des vôtres arrivé les chaînes aux pieds… À Montréal, j'ai vu un garçon pawnis servir dans la maison d'un marchand. Mes yeux ne voyaient qu'un esclave. Aujourd'hui, mes yeux voient qu'il était le frère… le fils de quelqu'un. Qu'il avait coutume de vivre dans une prairie et non entre les murs d'une habitation de pierres. Vous avez ouvert mes yeux et mes oreilles. Maintenant, je vois et j'entends le mal que mon peuple fait aux Peuples d'Ici, mais mes mains sont impuissantes à réparer les injustices. J'aimerais te redonner ton pays, Ikoué, et faire revivre ceux et celles que tu as vu mourir, mais je ne le peux pas.

« Vous avez ouvert mes yeux et mes oreilles. Avant, je voyais en vous des sources de fourrures. Aujourd'hui, je vois un père, une mère, des sœurs, des frères… Aujourd'hui, j'entends votre langue. Je suis l'un d'entre vous et, demain, je partirai… Mon cœur est partagé entre le chagrin de vous quitter et l'espérance de retrouver les miens.

« Dans mon pays, Ikoué, il y a aussi des veaux qui gambadent dans les prés en cette lune. Leur mère donne plus de lait, et nous en gardons plus pour nous-mêmes quand les yeux des maîtres ne nous voient pas… Nos cultures croissent dans les champs… De l'orge, de l'avoine et du seigle pour les petits comme moi… Du blé pour les grands… Nous ne mangeons pas tous les mêmes fruits de la terre. Celui qui s'empiffre des meilleurs fruits n'a jamais semé ni récolté. Dans mon pays, il y a ceux qui sont nés pour être des esclaves, et les autres, pour être des maîtres… Mon cœur est triste de voir que les injustices de mon pays ont traversé le Grand Lac Salé. Là-bas, je suis né pour être un esclave, mais, parmi vous, je pourrais vivre librement. Ce n'est pas vers mes chaînes que je retourne. Mon pays, mon vrai pays, il est dans le cœur d'une femme… Il est dans l'enfant qu'elle a eu de moi… C'est vers ce pays-là que je retourne. »

Ankwi se tait, et, de nouveau, on entend les grenouilles s'égosiller. N'Tsuk pose une brassée de feuillages sur le feu. Aussitôt, la pénombre s'épaissit, et, profitant de l'absence momentanée de la fumée, les mouches noires multiplient les assauts. Wapitik lève la tête vers sa mère. Elle le presse avec une telle ferveur qu'il comprend tout ce qu'il représente pour elle. Si le pays d'Ankwi se trouve dans le cœur d'une femme et dans l'enfant qu'elle a eu de lui, le pays de sa mère se trouve désormais en lui, Wapitik. C'est toute la prairie qu'elle étreint en même temps que lui avec une infinie tendresse. Ses poings se desserrent et, quand les flammes reviennent jeter leur faible lueur, Wapitik voit Ankwi avec les yeux d'un frère.

*

Le lendemain.

Le canot est chargé de tout ce dont ils auront besoin en cours de route. Voici venu le temps des adieux, et Pierre se surprend de l'émotion qui le gagne.

Groupés devant lui, les membres de sa famille adoptive sont venus lui témoigner leur affection. Digne et sage patriarche, Mingam prend la parole.

— Quand Pipounoukhe t'a amené en même temps que la saison froide, mes yeux ont vu un intrus. Tu étais encore faible d'avoir survécu aux griffes et aux crocs de makwa. Je suis un Anishnabeck, et un Anishnabeck se doit d'accorder l'hospitalité… Pour cette raison, tu as étendu ta couverture près des nôtres. Tu n'avais pas ma confiance alors, Ankwi, et je t'ai observé. La grande force que le Grand Esprit t'a donnée, tu l'as employée à nous aider… Dans ta bouche, je n'ai entendu que paroles de respect envers notre Grand Esprit… Quand Pipounoukhe t'a amené en même temps que la saison froide, il nous a fait un cadeau. Ta présence a réchauffé nos cœurs. Aujourd'hui, tu pars alors que Nipinoukhe est arrivé avec la saison chaude… Ton absence va refroidir nos cœurs.

Mingam lui présente un collier où sont enfilées les canines et les griffes de l'ours qu'il a tué et le lui passe au cou.

— Makwa a voulu notre rencontre en faisant couler ton sang… et le sang de makwa a montré ta valeur. Tu as ma confiance, Ankwi… Mon esprit t'accompagne, fils.

L'homme lui serre les avant-bras avec chaleur, et Pierre sent pénétrer en lui le regard calme et fier de ce souverain des forêts.

— Plutôt mourir que de trahir ta confiance, Mingam, promet-il.

Ours-Têtu s'approche alors et lui tend un couteau croche qu'il a tiré d'une des côtes de l'ours.

— Le mot « Ankwi » a mis du temps à rejoindre mon cœur et ma bouche, mais maintenant il y est pour toujours. En ton nom, je remettrai le canot, les couvertures et les deux castors que tu as pris aux gens et j'ajouterai trois castors que tu as capturés en guise de réparation. Que le Maître de la Vie veille sur toi, Ankwi, dit-il en lui serrant également les avant-bras avant de céder sa place à Ikoué.

Grande et forte, elle s'avance et lui caresse les cheveux, le visage, les épaules, les bras, la poitrine. Ses mains se repaissent de lui, reviennent sur les joues et le menton qu'elle a tenu à raser elle-même. Elle prononce quelques mots en langue pawnise… Des mots dont il a vague souvenance et qui ne lui permettent pas de reconnaître si ce sont là gestes de femme ou gestes de mère. Il la regarde avec des yeux d'homme et d'enfant. La trouve belle sans qu'elle le soit. Ses traits sans charme, ses membres sans grâce se voient éclipsés par ce regard sans fausseté et sans restriction. Par elle, il a déjà été terrifié. Par elle, il a été nourri.

– Ikoué n'oubliera pas son fils.

– Son fils n'oubliera pas Ikoué, répond-il en lui caressant à son tour les cheveux du plat de la main. Son fils n'oubliera pas Rayon-de-Lune, ajoute-t-il tout bas à son oreille, lui signifiant ainsi qu'il verra désormais en tout esclave le fils, la fille, le frère, la sœur de quelqu'un.

Sans un mot, elle se départit d'une sacoche portée en bandoulière. Confectionnée de retailles de peaux de wapiti, elle est décorée de motifs géométriques en perles de verre.

Pierre l'accepte, la tourne et la retourne entre ses mains, passe et repasse l'index sur les petites perles qu'il l'a vu coudre minutieusement une à une près du feu. Avec quelle patience, quel amour, elle a travaillé à cet ouvrage qu'il ignorait lui être destiné !

– Son fils n'oubliera pas Ikoué, répète-t-il en la prenant dans ses bras et la serrant contre lui.

Aile-d'Outarde s'avance ensuite et lui offre de la part des femmes trois paires de mocassins et une de leur plus vieille couverture de castor qui vaut à elle seule quantité de pelus. Tour à tour, elles viennent lui démontrer leur affection, passant leur main dans ses cheveux, sur ses joues, sur ses bras. Il s'abstient de les remercier malgré le désir qu'il en a. Tehonikonrathe lui a appris que selon leurs coutumes, il revient à celui qui donne de remercier, car celui qui accepte le présent accepte en même temps l'amitié symbolisée par cet objet.

Sève-du-Printemps s'approche en dernier et lui donne une ceinture de tête qu'elle a brodée de poils de porc-épic. Un trouble envahit Pierre au souvenir de la déclaration qu'elle lui a faite au hasard d'un moment d'intimité. « Si Marie est incapable de te faire traverser de l'autre côté du Grand Lac Salé, reviens et prends-moi comme épouse. En reniant ton Grand Esprit, tu échapperas aux flammes du grand feu au centre de la terre et, à ta mort, tu nous retrouveras dans l'au-delà pour y faire toujours bonne chasse et bonne pêche. » Avec quelle belle innocence elle s'offrait pour partager sa vie, lui offrant par la même occasion le bonheur éternel avec les siens ! Il suffisait pour cela qu'il renie son Dieu. Autrefois, la proposition l'aurait scandalisé, mais, après avoir vécu parmi eux, elle ne faisait que le navrer. Sève-du-Printemps ne lui proposait-elle pas l'équivalent de ce que lui offrait Paul, c'est-à-dire l'abandon de ses croyances pour épouser celles de l'autre et se retrouver après la mort avec le peuple de l'autre ?

La jeune femme lui ferme les doigts sur la ceinture de tête.

— Si je te revois et que tu la portes, je comprendrai.

Lui aussi comprend. C'est sans équivoque. Elle lui baise les mains, puis se recule, le contemplant de pied en cap. Lui aussi la contemple. S'imprègne une dernière fois de son image qui, dans les nuits de sortilèges et les moments de faiblesse, se substituait à celle d'Isabelle. L'a-t-il aimée ? Il n'en est pas certain et se félicite de n'avoir commis aucun acte qui aurait pu le faire croire.

La voix claire de Wapitik se fait soudain entendre.

— Mes mains sont vides, Ankwi. Garderas-tu le souvenir de moi, demande-t-il en levant la tête vers lui.

Pierre s'accroupit.

— Ce que tu m'as donné ne se prend pas dans les mains, Wapitik. Tu seras toujours comme mon frère dans mon souvenir et chaque fois que je nagerai, mon esprit volera vers toi qui me l'as enseigné.

Le gamin sourit à l'évocation de cette leçon de natation où tous deux avaient trouvé leur lot d'amusement et de satisfaction. Puis, sa mine s'assombrit et d'un ton inquiet :

– Si tes mains sont attachées à la pagaie d'un très grand canot et qu'il chavire, comment pourras-tu nager ?

Pierre lui pose les mains sur les épaules. Il aimerait le rassurer, car, ainsi, il se rassurerait lui-même, mais il ne trouve rien à répondre. L'enfant vient de décrire la pire des éventualités que comporte ce voyage. Éventualité à laquelle tous ont réfléchi sans l'exprimer. Est-il vraiment décidé à courir ce risque ? Ici, n'est-il pas un homme libre, vivant en toute fraternité et égalité avec ces gens ? Ne se reprochera-t-il pas sa décision à chacun de ses coups de rame s'il échoue sur les bancs d'une galère ?

– Si je me vois attaché à la pagaie d'un très grand canot, je vivrai dans mon esprit avec toi… Avec vous tous, dit-il en pressant les paumes sur les épaules de Wapitik.

Puis il se lève et, d'un pas déterminé, se dirige vers le canot, suivi du « p'tit homme du Diable ». Rien ne doit le faire fléchir. Rien ne doit le faire faiblir. Il prend place dans la pince avant et les regarde une dernière fois, le cœur gros. Exilé volontaire, il quitte ce pays d'accueil pour l'inconnu.

Chapitre 34

Retour au bercail

*1731, 25 juillet, rive nord
du fleuve Saint-Laurent en amont de Kébec.*

Dès le premier champ de blé aperçu, Pierre s'était mis de nouveau à rêver d'un établissement en ce pays. Voilà du blé pour le peuple. Et des chevaux dans les pâturages ainsi que des bêtes à cornes et des moutons. Voilà une maison de pierres avec toit de bardeaux, dépendances de bois avec toit de chaume. Voilà un grand potager et des volailles. Et des porcs à engraisser. Et un puits pour l'eau. Et un four à pain. Pain de blé pour le peuple. Était-ce possible ?

Oui, lui répondait chacun des champs de blé se dévoilant à mesure qu'ils descendaient le fleuve vers Kébec. En certains endroits, il avait vu des vergers et, partout, des chaloupes ou des canots montés sur la grève au pied de petits sentiers menant aux habitations à l'intérieur desquelles il s'imaginait vivre avec Isabelle.

Le spectacle des fermes longeant le rivage avait ressuscité le rêve de faire de ce pays sa patrie. Ce rêve qu'il avait abandonné au fort du Lièvre à cause du terrible danger que représentaient les Sauvages. Bien sûr, pour qui œuvrait dans la fourrure en distribuant de l'eau-de-vie, le danger existait, mais pour celui qui, comme lui, n'aspirait désormais qu'à s'établir sur une terre concédée, rien n'était à craindre du côté de ces prétendus barbares. À présent qu'il les connaissait mieux, Pierre savait qu'il suffisait de les respecter pour être respectés d'eux en retour.

Tel que promis, Tehonikonrathe l'avait conduit par les voies d'eau. Il avait emprunté un trajet qu'il nommait «chemin détourné de l'Ancienne», lui expliquant que, jadis, ce trajet permettait aux siens de rejoindre les Français à Métabéroutin ou Trois-Rivières tout en évitant leurs ennemis. Ce circuit était constitué de deux principales rivières dont l'une, la Wabozsipi, était parfaitement connue de son guide et dont l'autre, la Métabéroutinsipi (rivière Saint-Maurice) lui était uniquement connue par la transmission de la Parole. Le périple consistait à remonter le cours de la première et à descendre le cours de la deuxième jusqu'à Trois-Rivières, tout cela dans un dédale de ruisseaux, de lacs, de baies, et de chenaux entrecoupés de rapides. Or, bien que Tehonikonrathe n'eût navigué que par la pensée sur la dernière section, il les avait menés avec une parfaite aisance, s'arrêtant aux bons endroits pour portager et empruntant les chenaux et les ruisseaux adéquats. Ensemble, ils avaient parcouru près de quatre cents lieues subissant parfois des pluies interminables, parfois l'aveuglante réverbération du soleil sur l'eau, parfois des vents contraires engendrant de dangereuses vagues sur des lacs immenses. Ils avaient rencontré différentes bandes de chasseurs, aperçu toutes sortes de bêtes venant s'abreuver et quantité d'aigles-pêcheurs plongeant la tête la première.

Le soir, près du feu, Tehonikonrathe s'entretenait avec lui, perfectionnant sans cesse sa maîtrise du français. Sa méfiance coutumière envers les Visages-Pâles s'était accrue, car il craignait qu'Ankwi tombe de nouveau entre leurs mains. Pour cette raison, ils avaient filé tout droit devant Trois-Rivières à la faveur de l'obscurité. Le souvenir d'Hardouin, de La Ramée et des frères Gareau lui revint alors à la mémoire. Qu'étaient devenus ses compagnons ? Pierre se surprit à s'inquiéter pour l'armurier qui, seul du groupe à n'avoir pas la connaissance du pays et des rouages de la traite, était en situation d'être exploité et leurré. De légers remords naquirent, et il s'empressa de les éloigner en se remémorant le complot dont il avait été victime et auquel Hardouin avait participé. Complot ourdi sur le bateau du Bourru. Ainsi donc, avant même qu'il ne débarque à Kébec, il avait été convenu entre le capitaine et La Ramée qu'il y resterait pour de bon. C'était mal le connaître. Lui, la Nouvelle-France, il s'en était exilé avant même d'y mettre les pieds. Sa patrie se nommait Isabelle, et, vers elle, il voguerait, n'en déplaise au Bourru. Alors qu'il pensait de la sorte, un rayon du soleil levant illumina un champ de blé et il se mit à rêver... À ce blé pour le peuple... À cette patrie pour lui et pour Isabelle. Il élaborait mille projets, faisant naître des images de bonheur. Il se voyait dans son champ à herser, à semer, à récolter. Il se voyait revenir du moulin et offrir de la belle farine blanche à Isabelle. Il se voyait nourrir de son travail des enfants à eux. Des enfants sains et vigoureux à qui il enseignerait ce qu'il a appris sur la valeur des hommes au ruisseau mystérieux.

Il s'était mis à rêver et rêve encore ce soir en compagnie de Tehonikonrathe qui boit du thé à même le chaudron. Demain, ce dernier prévoit arriver à Kébec à la fin du jour. Que se passera-t-il alors ? Comment procéderont-ils ?

Ils n'en savent rien ni l'un ni l'autre, et il semble tout à coup essentiel à Pierre de partager son rêve avec son

compagnon. Il se doit de l'informer de son désir de revenir s'établir, mais il ne sait trop comment aborder le sujet.
Il a bien deviné qu'aux yeux de ses hôtes, tout Visage-Pâle
est un intrus. Sera-t-il considéré comme tel si, au lieu de
faire ses adieux à ce sol, il ne lui disait qu'un au revoir?

Comment savoir? Tehonikonrathe est si impénétrable.
Pierre examine l'homme. D'après ce qu'il en sait, le
guérisseur serait âgé d'environ trente-cinq ans. Curieusement, autant sa petite taille le fait paraître plus jeune,
autant son discours trahit un homme beaucoup plus
vieux. Cette Parole dont il est à la fois l'héritier et le
testateur fait finalement de lui un être sans âge véritable
et, en sa présence, il est intimidé. Comme s'il était en
présence de tous les peuples de ce pays, et que sa voix
résumait toutes leurs voix.

— Ankwi est songeur, remarque Tehonikonrathe.

— C'est à cause du blé, répond-il spontanément.

— Le blé est pour les Français comme le maïs est pour
nous...

— Je suis français.

— Je sais, Ankwi... J'ai vu tes yeux caresser le blé. Que
t'a-t-il dit?

— Il m'a dit de revenir avec Isabelle.

— Hmm... Pour semer du blé?

— Oui.

Tehonikonrathe lui passe le chaudron avec le restant
de thé que Pierre avale d'un trait.

— Mon arrière-grand-père se nommait Loup-
Curieux. Il vivait au pays des Ouendats... Le pays du
maïs. Quand les Français se sont installés, Loup-Curieux
venait porter du maïs jusqu'à Kébec avec les peaux et les
fourrures... Tous les Peuples d'Ici mangent le maïs, et
quand les Français veulent les détruire, ils brûlent les
récoltes, les entrepôts et les semences. Souvent, j'ai voulu
brûler les récoltes des Visages-Pâles pour les chasser, mais,

si tu confies à la terre un grain de blé, je le respecterai, Ankwi.

Pierre sourit, soulagé par cette acceptation sans condition.

— Tu devras avoir beaucoup de pelus pour revenir dans le grand canot avec ta femme… Cela n'était pas prévu… Nous avons, en plus de la vieille robe donnée par les femmes et celle qui t'a servi, autant de beaux castors que tous les doigts des deux mains, mais je n'ai point l'habitude de traiter avec les Français. Ils donnent moins que les Yangisses pour un même pelu… Vois, les marchandises des Yangisses ne sont pas dans mon canot, car, à Kébec, se trouve l'habitation d'Onontio.

Cet intérêt que porte Tehonikonrathe à obtenir le plus possible pour leur butin et garantir ainsi le retour d'Isabelle touche énormément Pierre. Cependant, il doute de pouvoir réunir la somme nécessaire pour deux passages de retour. Pour l'instant, cela ne l'inquiète pas. Une fois auprès d'elle, il trouvera bien le moyen de payer les coûts du voyage.

— Grâce à toi, Tehonikonrathe, notre canot se trouvera en face de Kébec au prochain coucher du soleil. Ta parole était de m'y conduire par les chemins d'eau, ce que tu as fait. C'est maintenant à moi d'agir parmi les miens. C'est avec le capitaine d'un navire qu'il faudra traiter nos fourrures, car un capitaine sait où les mettre pour les transporter sans frais en France et les vendre à bon prix là-bas.

— Agiras-tu ainsi, Ankwi, avec le capitaine du navire qui t'a mené sur nos rivages ?

— S'il se trouve à Kébec, pour sûr, c'est avec lui que j'agirai ainsi.

*

26 juillet, dans la rade de Kébec.

Le Bourru se trouve quelque part dans la ville de Kébec, et Pierre l'attend en compagnie de Tehonikonrathe. Il l'attend dans leur canot immobilisé près de son navire en rade qu'il a reconnu à leur arrivée, à l'heure où l'ombre se faufilait sur les berges. Dans leur dos, le couchant dardait ses derniers rayons de feu qui ricochaient sur le toit du château Saint-Louis, en haut de la falaise. Des bruits leur parvenaient de la ville; pour lui, familiers, pour Tehonikonrathe, nouveaux. De si grosse agglomération, le Sauvage n'en avait pas encore approché, et il tendait l'oreille au pas des chevaux ainsi qu'aux nombreuses voix. Celles des pêcheurs, débardeurs, commis d'entrepôts, enfants et promeneurs profitant de la dernière clarté par cette douce journée d'été. Du coup, Pierre s'est senti en France. La musique de sa langue lui remuait l'âme, et il se délectait de l'entendre. Doucement, leur canot s'est glissé entre les navires au mouillage pour se tapir contre le flanc du *Le Fier* que Tehonikonrathe voulait à tout prix goûter du bout de la langue. L'ayant trouvé salé, il s'est accroupi sans plus dans le canot.

Pendant longtemps, ils ont épié les sons, les paroles, les mouvements. Nullement inquiétés, les hommes de garde avaient relâché toute vigilance et s'adonnaient au jeu. Des rires, des exclamations, des jurons fusaient, laissant supposer que l'alcool était de la partie. À un moment donné, Pierre a entendu quelqu'un nommer Le Bourru, et son être en alerte s'est tendu vers les propos étouffés d'une conversation. Il parvint à comprendre que le capitaine était descendu effectuer des visites et qu'il devait revenir le lendemain. Alors, depuis, il l'attend. Le Bourru se trouve en ville, et lui, confiné dans le canot. Patient, ravalant sa colère, serrant, desserrant les poings. Il l'attend en silence, se faisant violence pour ne pas aller ouvrir les portes de toutes les maisons jusqu'à ce qu'il tombe sur lui.

Ils auraient pu descendre sur la grève pour se dégourdir les jambes, se restaurer et revenir avant les premières lueurs, mais il n'ose pas s'éloigner du navire et demeure collé contre son flanc comme un veau contre sa mère. Là se trouve son salut.

Pierre n'a ni faim, ni soif, ni ne ressent la fatigue. L'esprit en état de veille, il recueille de nouvelles informations sur le moment prévu du départ. C'est une question de jours apparemment. Ils attendent la livraison de cinquante barriques de capillaire[1] que doit leur faire parvenir la supérieure de l'Hôtel-Dieu, et, par la suite, ce sera une formalité d'obtenir le permis de lever l'ancre. Est-ce à cette religieuse que Le Bourru paie une visite ou à quelque bougresse de la basse-ville que fréquentent les matelots? Se trouve-t-il en bas avec les petits, ou en haut avec les grands? Comment se comporte le capitaine lorsqu'il n'est pas seul maître après Dieu à bord de son navire? S'efforce-t-il à la bienséance? À l'honnêteté? Ce doit être assez cocasse d'observer cet homme rompu aux combines frauduleuses faire affaire avec une religieuse. Cette idée pourrait faire sourire Pierre, mais il y a en lui trop de rancune pour qu'il en soit ainsi. Combien de livres ou de pelus Le Bourru a-t-il touchés pour le livrer à La Ramée? Avec quelle mesquinerie il l'a berné! Et avec quelle naïveté, lui, il s'est laissé berner! Comme il avait confiance en ce capitaine à qui il avait raconté son histoire! Et comme ce dernier semblait compatir à ses malheurs! Tout au long de la traversée, Le Bourru lui a fait accroire qu'il pourrait repasser en France au cours de

---

1. Capillaire: (*Adiantum pedatum L.*) plante médicinale de type fougère dont on faisait un sirop pectoral ou que l'on buvait comme du thé pour guérir plusieurs maladies du foie et des poumons. Durant les années 1730 à 1740, l'Hôtel-Dieu en envoie régulièrement au marchand apothicaire Feret de Dieppe. La récolte de cette plante était surtout effectuée par des Hurons (Ouendats) de la mission de Lorette.

l'automne. *Le Fier* serait là pour lui. Il suffisait de ramasser une quinzaine de pelus pour remonter à bord, et le tour était joué. *Le Fier* l'attendrait même quelques jours s'il le fallait. Quel menteur ! Sitôt la cargaison à fond de cale, *Le Fier* est reparti. Adieu, Pierre Vaillant. À toi, le Canada, les mouches noires et les maringouins. À toi, les milliers de coups de pagaie sous les ordres de La Ramée. Les centaines de pas de portage sous le collier et le canot. Adieu, Pierre Vaillant. *Le Fier* n'a jamais eu l'intention de te reprendre. Ni de t'attendre.

C'était mal le connaître. *Le Fier*, Pierre a bien l'intention de le reprendre, et il attend. Il attend Le Bourru, quelque part dans la ville endormie.

— Il est là, souffle tout bas Tehonikonrathe.

Pierre écarquille les yeux, épie la grève. Rien ne bouge encore. Seule la lumière éclaire maintenant le château sur son promontoire et les trois clochers des églises.

— Qui ? Où ? s'informe-t-il sur le qui-vive.

— Le manitou des eaux… Il se retire.

— Ah, lui, laisse tomber Pierre avec désappointement.

Le « p'tit homme du Diable » fronce les sourcils. Ce manitou dont il a appris l'existence par la Parole est, pour lui, sujet de vénération. Pour Pierre, il n'est que la marée.

Le jeune homme regrette déjà sa répartie, mais il est trop tard pour la rattraper. En deux mots, elle vient de démontrer ce qui les différencie.

Au même instant, une cloche tinte, éveillant dans l'âme de Pierre un élan vers le ciel. Un besoin de reconnaître l'Être Suprême et d'en obtenir quelque protection. Il échange un long regard avec Tehonikonrathe, retrouvant dans les yeux bridés l'étincelle inquiétante de leur première rencontre. Bien qu'il lui soit possible de toucher l'homme du doigt, Pierre sent que, tout à coup, des lieues l'en séparent. Une autre cloche tinte. Et une autre. Et une autre.

Tehonikonrathe se détourne pour observer la ville d'où montent les voix d'airain.

— La voix de la cloche, prononce-t-il avec une inquiétude respectueuse.

Hier, il s'est renseigné si la grosse habitation de pierres ceinturée d'un rempart se dressant en haut de la falaise correspondait à ce qu'il leur avait décrit comme étant un château. Pierre a répondu par l'affirmative, ajoutant qu'il s'en trouvait de plus grands et de plus beaux en France, mais qu'ici ce château était l'habitation d'Onontio. Tehonikonrathe croit-il que c'est dans cette demeure que son ancêtre Loup-Curieux se rendait marchander au siècle passé? Comment réagit-il à la vue de ces églises élançant fièrement leur clocher? De ces maisons, tantôt serrées les unes contre les autres en bordure du fleuve, tantôt plus imposantes, entourées de jardins sur les hauteurs? De ces entrepôts, remparts, rues et installations portuaires? Le voilà aux prises avec la réalité présente. À l'importance de la ville où arrivent et d'où repartent les vaisseaux vers l'autre côté du Grand Lac Salé. Ancienne, la Parole n'a pu lui léguer cette vision. Tehonikonrathe doit s'ajuster. S'adapter. Reconnaître qu'en cet instant même s'élèvent des milliers de prières vers le Dieu Tout-Puissant, alors que seule la sienne s'adresse au manitou de la marée.

Impénétrable, le «p'tit homme du Diable» observe Kébec, et Pierre ressent un malaise en sa présence. Ensemble mais séparés par leurs pensées, ils assistent au réveil des hommes. Ces hommes qui, tout près d'eux sur le bateau, toussent, crachent, pètent, grognent, jurent et s'activent. Qui, dans le port, s'interpellent, poussent et tirent rames et embarcations. Qui, dans les rues, vont et viennent. En sabots dans la basse-ville, en attelage dans la haute.

Le temps passe. Interminable. Des crampes nouent leurs muscles, creusent leur estomac. Du haut du pont, des matelots leur décochent des regards méprisants et des insultes. La fatigue fait son œuvre. À quoi rime cette attente, s'interroge Pierre au bout d'un long moment. Tehonikonrathe tiendra-t-il le coup, se demande-t-il au bout d'un très long moment. Et si Le Bourru ne venait que demain, s'imagine-t-il enfin au bout d'un très, très long moment. À quoi bon? Pourquoi s'imposer plus longtemps cette torture du corps et de l'esprit? Pourquoi l'imposer à son compagnon? J'attendrai jusqu'à ce que l'ombre du clocher touche telle maison, décide Pierre. L'ombre touche la maison, et il établit un nouveau jalon dans le temps: jusqu'à ce que ces deux barques se croisent... Les barques se croisent... À quoi bon rester plus longtemps, se répète-t-il, cherchant un nouveau jalon. Deux silhouettes attirent soudain son attention. D'un bon pas, elles se dirigent vers le rivage où sont accostées différentes embarcations. J'attendrai jusqu'à ce que ces deux personnes montent à bord de l'une d'elles, et, après, c'est sûr, je partirai, convient Pierre. Les deux individus poussent une chaloupe à l'eau et y prennent place. L'un, en culotte et chemise, s'empare des rames, l'autre, en redingote, s'assoit sur le banc de proue.

– C'est lui, souffle Pierre d'une voix coupée par l'émotion.

Imperturbable, Tehonikonrathe ne bronche pas, et Pierre s'alarme. Le « p'tit homme du Diable » a-t-il attendu tout ce temps à ses côtés pour lui signifier maintenant qu'il l'abandonne? Pourquoi demeure-t-il figé dans sa pose comme une statue? Ne voit-il pas s'approcher Le Bourru? Ne leur faut-il pas l'intercepter? Pierre s'empare d'une pagaie. À l'instant où il va la plonger à l'eau, son compagnon le lui interdit d'un signe de main. Le même signe que pour lui imposer l'immobilité quand s'approchait le gibier. « Laisse venir la bête vers toi, Ankwi, lui enseignait-il. Plus elle s'approche, plus tes chances sont grandes, et plus les siennes sont petites. »

Ce simple geste explique l'attitude déroutante de Tehonikonrathe qui agit exactement comme à la chasse. À ses yeux, Le Bourru est un gibier, et c'est ainsi qu'il le traite, le laissant établir de plus en plus de distance avec le rivage, et de moins en moins avec eux.

Pierre adopte cette attitude, conscient qu'il s'apprêtait à agir avec trop de précipitation, et il s'en remet à son compagnon pour choisir le moment d'aborder la chaloupe. Les poings et l'estomac noués, les mâchoires serrées, il sent déferler en lui un courant qu'il a peine à maîtriser. Se contraindre à ces derniers instants d'attente exige toute sa volonté. Enfin, le signal est donné, et en quelques coups de pagaie, ils arrivent à la hauteur du Bourru.

Stupéfait, l'homme le fixe comme s'il venait d'apercevoir un revenant.

– Bien le bonjour, Le Bourru !

Le regard du capitaine glisse vers Tehonikonrathe, puis revient vers lui.

– C'est moi qu'il attend, *Le Fier* ? Content de voir que tu as gardé ma place à bord… C'est beaucoup plus grand que tu disais, ce pays. J'ai point été capable de revenir l'automne dernier… Non… M'a fallu passer l'hiver ici… Combien t'as touché pour me refiler à La Ramée ?

– Ce pays, il est mieux pour toi que celui de France, répond enfin Le Bourru. Tu ferais bien d'y rester.

– T'as raison… Ce pays, je vais y revenir avec ma femme et mon enfant… J'ai ce qu'il faut de fourrures pour payer nos passages.

– C'est point assez, riposte le capitaine sans même évaluer leur butin.

– Possible, admet Pierre, mais avec ce que t'a donné La Ramée, ça devrait suffire.

– C'était pour ton bien que j'ai fait ça. J'te croyais moins nigaud… J'ai voulu t'épargner les galères, Pierre Vaillant. C'est là que tu finiras.

– Pierre Vaillant? J'ai ouï-dire qu'il était mort… Ouais, quelque part dans les Pays-d'en-Haut… On va effacer le nom de ce forçat quand sa canotée va revenir à Montréal… Ouais, il est bel et bien mort, Pierre Vaillant… M'en vais porter la nouvelle à sa femme.

Calculateur, le capitaine se passe le revers de la main sur le menton.

– Bel et bien mort? s'assure-t-il.

– Pour sûr… Il aura point survécu à l'hiver.

– Ouais… Approche ton canot que je tâte tes fourrures.

Pierre s'exécute, et la main du Bourru plonge dans la fourrure et le duvet.

– Y en a pour un passage, sûrement pas pour trois.

– Avec c'te vieille couverture?

Pierre soulève la robe donnée par les femmes lors de son départ.

– À elle seule, elle vaut un passage… Tu trouveras point de castor plus gras.

Le Bourru tâte et soupèse la pièce.

– Le compte y est point quand même, argumente-t-il. Après tout, je cours le risque de payer une amende si tu quittes le pays sans autorisation… Me la faut, c't'autorisation pour te prendre à mon bord, à moins que…

– À moins que quoi?

– … que tu sois homme d'équipage, insinue Le Bourru en enveloppant d'un regard connaisseur les robustes épaules du fuyard.

– Alors, je suis ton homme. Dis-moi ce qu'il faut faire, conclut Pierre sans cacher son contentement.

– Viens porter les fourrures dans ma cabine. Après, tu aideras à charger des barriques, termine Le Bourru sans cacher le sien.

*

Dans la ville de Kébec.

Modrière fulmine. Il marche à grands pas, respire à grands coups, les yeux et le front rétrécis par la colère. Où donc est passé ce chenapan d'esclave ? Lui aurait-il causé une si grande frayeur lorsqu'il l'a rabroué au sortir du château à la suite de son audience – que voilà un grand mot – avec le marquis de Beauharnois[2] ? Peut-être n'aurait-il pas dû crier si fort, ni allier le geste à la parole en lui bottant le derrière. Mais les soldats au garde-à-vous l'observaient, et il s'est senti dans l'obligation d'exercer son autorité devant eux. Le garçon a filé, les jambes à son cou, le laissant pantois devant la résidence du gouverneur général. Chenapan d'esclave ! Il ne perd rien pour attendre. Ce qu'il va payer pour le faire courir ainsi à sa recherche dans les rues de Kébec ! Décidément, ce n'est pas sa journée.

En rogne, ses souliers du dimanche abîmés d'avoir descendu l'abrupte côte rocailleuse et poussiéreuse, le marchand se dirige vers le port, se sentant humilié. Offensé. Il a dû en faire des courbettes pour obtenir un permis de traite ! Et quel prix il lui en a coûté ! C'est du vol. De l'exploitation. De l'abus de pouvoir. Oui, c'est tout ça réuni, mais gare à celui qui en ferait mention. Surtout ici, à Kébec, où les murs ont des oreilles. À Montréal, ville de marchands, c'est autre chose. Là-bas, ils ne se gênent pas entre eux pour critiquer l'administration du commerce et ceux qui la pratiquent à leur avantage. Oui, à Montréal, c'est différent ; les rues sont larges et les esprits ouverts. À Kébec, les rues autant que les esprits souffrent

---

2. Charles marquis de Beauharnois de la Boische : gouverneur général de la Nouvelle-France. Il était l'autorité suprême dans la colonie.

d'étroitesse. On s'y donne du « monsieur le marquis » par-ci, du « madame la comtesse » par-là, et, à travers bals, réceptions, langage, accoutrements, on y reproduit la cour de France à petite échelle. Par comparaison, Montréal est canadien. On y reçoit les fourrures et on y expédie les marchandises de traite. Montréal fourmille de coureurs des bois au printemps et à l'automne. Porte des Pays-d'en-Haut, carrefour des routes, terminus de la voie fluviale, Montréal est le cœur de la colonie, mais Kébec en est la tête. Et c'est la tête qui mène... comme bon lui semble. Elle représente le Roi, mais le Roi est bien loin. Hélas. Il ne voit pas ce qui se trame ici, dans les coulisses et les antichambres. Ni ce qui se négocie dans ses magasins et sur ses vaisseaux. L'intendant Dupuy a bien tenté de mettre le souverain au courant, mais on l'a rappelé au printemps de 1728. Comme quoi on ne peut dénoncer qu'un plus petit que soi, non un plus grand[3]. Modrière n'a d'autre choix que de se taire et de donner à son tour dans le « monsieur le marquis » et la courbette.

Ah ! Si le Roi savait... Comment les choses lui sont-elles présentées à la Cour ? Ainsi, que lui a-t-on dit de la guerre contre la nation des Renards ? Qu'elle fut une victoire sans doute. Une brillante et éclatante victoire. Après tout, elle lui en a coûté cent mille écus. Tout cet argent et ces hommes de troupe que le monarque avait envoyés auraient cependant mieux assuré la défense et le commerce de la Nouvelle-France s'ils avaient servi à démolir le fort anglais de Chouaguen. Mais Beauharnois n'a rien fait en ce sens, préférant faire la guerre aux Renards et profiter des castors qu'il a récoltés au cours de

---

3. Claude-Thomas Dupuy, intendant de 1726 à 1728, a présenté un mémoire sur les troubles arrivés en 1727 et 1728 après la mort de Mgr Saint-Valier. Une partie du clergé, soutenue par le marquis de Beauharnois, gouverneur général, s'est rebellée contre lui.

cette campagne sur la route de la fourrure[4]. Ah! S'il savait, le Roi. S'il savait… Ainsi, ce vin et cette eau-de-vie que l'on transporte sur ses vaisseaux en dépit d'une interdiction et sur lesquels on ne prélève pas les droits d'entrée. Ainsi cette contrebande que l'on encourage et ce commerce défendu de la farine avec les Anglais. Ah! S'il savait, le Roi, s'il savait… Les marchands d'ici en auraient long à lui raconter. Mais à quoi bon? On ne peut dénoncer un plus grand que soi. Le poids n'y est pas, et les racines du pouvoir sont nouées entre elles par le sang et les alliances. Les gardes-magasin du Roi, les contrôleurs, le commis des trésoriers généraux de la marine, l'agent de la Compagnie des Indes et les fermiers généraux présentent tous un lien quelconque avec monsieur le gouverneur général. À eux tous, ils ont accès à la caisse du Trésor royal, à la caisse du Domaine et à celle de la Compagnie des Indes, ce qui leur donne un million de fonds. Allez donc dénoncer ces gens-là quand on est simple marchand! On risquerait de tout perdre. Peut-être même d'échouer au cachot comme cela est arrivé à certains fidèles conseillers de l'intendant Dupuy. C'est à peine si on a osé protester quand Beauharnois a fait saisir tout le courrier sur les vaisseaux du Roi et a pris connaissance de toutes leurs lettres. Quelle frustration il a ressentie lorsqu'il a reçu, à l'instar des autres marchands, ses factures et ses comptes décachetés! De quel droit les autorités mettaient-elles si effrontément leur nez dans leurs affaires? Œuvrant elles aussi dans le commerce de la fourrure, ces autorités n'étaient-elles pas coupables de concurrence déloyale? Mais allez donc le dire, quand on est simple marchand. Et

---

4.   Extrait du mémoire de l'intendant Dupuy: « […] ces sauvages Renards n'ayant dans le vray servi que de prétexte à faire faire sur le compte du Roy une dépense de cent milles écus […] Mr de Beauharnois a sçu s'en servir pour traiter et achetter à son profit toute la pelleterie qui s'est trouvée à traiter dans l'espace de 1 200 lieues qu'on a fait parcourir à ces troupes ».

à qui le dire ? À qui ? Au Roi ? Il est bien loin, le Roi… Ah, ce chenapan d'esclave ! Où peut-il bien se cacher ?

Modrière débouche sur la place du marché où il soulève machinalement son chapeau au passage du buste de bronze de feu Louis XIV, puis il se dirige vers la rade, convaincu d'y trouver le jeune Pawnis fasciné par les navires. Il regrette un peu de se l'être procuré et, ma foi, s'il trouvait à le revendre à bon prix, il s'en débarrasserait. Non pas que le jeune esclave soit rebelle ou malfaisant, mais plutôt parce qu'il l'embête. Oui, c'est ça, il l'embête. Plus hermétique qu'une huître, on ne peut jamais savoir ce qu'il pense. Quelquefois, un drôle d'éclair traverse son regard, et bien qu'il ne soit âgé que de douze ans environ, cette lueur n'a rien de rassurant. En tant que maître, il a bien tenté de le faire instruire des vérités de la foi afin qu'il soit baptiser du nom de Neptune, mais il comprend à peine la langue française. Quel esprit réfractaire ! Il se l'est acheté sur un coup de tête, à moitié pour impressionner les autres, à moitié pour se satisfaire. La mimique de La Ramée lorsqu'il l'a vu à son service ! Cet ancien concurrent en a sûrement déduit qu'une partie de la prime de sa dénonciation y était passée. Ce n'est pas un sot, ce La Ramée, et, s'il semble si bien connaître sa façon d'agir, à lui, Modrière, c'est que cette façon est aussi la sienne. Ah ! Non, ce n'est pas un sot. Pourvu qu'il se soit rendu dans cette région où les Sauvages n'ont pas coutume de traiter avec les Français. Il fonde tant d'espoir sur cette canotée surtout depuis que le sieur de La Vérendrye est parti au début de juin[5] avec ses trois fils et une cinquantaine d'engagés à la découverte de la mer Vermeille. Dans ses canots, il y avait pour deux mille livres de pacotilles à offrir en cadeaux aux Sauvages de la part du Roi qui,

---

5. Le 8 juin 1731, La Vérendrye part de Lachine à la découverte de la mer Vermeille ou mer de l'Ouest (océan Pacifique).

effectivement, en a financé l'achat. Le reste de l'expédition se financera par les profits escomptés de la traite des fourrures. Ah! Dieu fasse que La Ramée ait déjà distribué sa pacotille, coupant l'herbe sous le pied à ce La Vérendrye! Les beaux profits qu'ils feront alors.

La vue de Neptune, assis sur un quai en compagnie d'un Sauvage, lui fait presser le pas. Ce qu'il va payer le chenapan! Il a beau porter des habits français, il n'en demeure pas moins du même acabit que l'autre, plus âgé, vêtu d'un simple pagne.

Les deux indigènes regardent s'approcher une chaloupe de chargement avec la même passive attention. Qu'est-ce donc qui les intéresse tant? Serait-ce la tête blonde du rameur? Sans doute. Cette couleur de cheveux les captive. Ah! Ce qu'il va payer le chenapan!

Soudain, Modrière s'arrête. Cette tête blonde ne lui semble pas inconnue. Son regard revient vers la chaloupe qui accoste, et il observe le rameur qui se dirige vers des barriques. Le marchand n'ose croire ce que voient ses yeux. Ce jeune homme ressemble à s'y méprendre à celui qui fait partie de la canotée de La Ramée. Comment s'appelait-il déjà? Vaillant. Oui, c'est ça, Pierre Vaillant. Ce dernier avait les yeux passablement gonflés par le venin des moustiques quand il l'a vu, mais il jurerait ses grands dieux qu'il s'agit là du même homme. Pourtant, c'est impossible. À l'heure qu'il est, cet exilé se trouve à des centaines de lieues de distance, apprenant des frères Gareau comment échanger un petit miroir contre de vieilles couvertures de castor. Quelle ressemblance tout de même! À l'instant où Modrière s'apprête à repartir en vue de corriger son esclave, il aperçoit le sosie de Pierre Vaillant s'emparer d'une barrique avec facilité. « Z'auriez dû le voir trimbaler les futailles comme si elles ne pesaient point », lui avait rapporté Boitillon avec admiration.

Alors, Modrière croit ce que voient ses yeux. C'est bien le même homme. Cet exilé a déserté sa canotée et s'apprête à repasser en France. Ah! La canaille! Il a sûrement compromis l'expédition de La Ramée qui, peut-être, file déjà vers la Louisiane. Ah! Les canailles! Les canailles! Le marchand retient son envie de se ruer sur le coupable, recule en douce et, une fois hors de vue, court avertir le maître du port. Il va payer cher, le Pierre Vaillant! C'est un petit. Très petit. Ce qu'il va te le dénoncer!

*

Rue Saint-Pierre.

Assis devant la porte de la prison attenante aux magasins du Roi, Tehonikonrathe attend en compagnie de Neptune. Penaud, le garçon se frotte encore l'oreille par laquelle son maître l'a saisi, le faisant se soulever sur la pointe des pieds.

Que se passe-t-il à l'intérieur de ces murs où des hommes armés ont traîné Ankwi? Avec l'extrême rudesse dont ils se sont emparés de lui sur la rive, Tehonikonrathe peut facilement deviner de quelle manière on le traite en ce moment. Que faire pour lui venir en aide? Rien. Tout comme à ce jeune esclave, on lui a interdit l'accès à ce lieu de séquestration. « Dehors, les Sauvages! » Le marchand, lui, a pu pénétrer. Tout au long du trajet vers la prison, celui-ci n'a cessé de bombarder Ankwi d'injures et de questions. « Voleur! Déserteur! Où est rendue la canotée? Où sont les autres? Les as-tu tués, mécréant? » Garrotté et malmené, Ankwi se taisait. L'inéluctable venait de se produire, et il demeurait sans expression comme soudain privé de sa raison. « Assassin! Il les a tués! Il a tué ses compagnons! Les a volés, c'est sûr… Fouillez le bateau… Fouillez le bateau, s'énervait le marchand. » « En temps et lieu. En temps et lieu », répétait le maître du port qui avait capturé Ankwi.

« Pierre Vaillant, vous êtes en état d'arrestation. » Ça s'était passé si vite. Chargé d'une barrique, Ankwi n'avait pu résister à l'assaut brutal qui avait suivi cette phrase. À coups de crosse de fusil, on l'avait presque assommé afin de lui passer des fers aux chevilles et aux poignets. Puis, on l'avait traîné, tiré, poussé, et Tehonikonrathe avait suivi derrière comme le jeune esclave.

« Va mourir », laisse tomber celui-ci d'un ton fataliste. Tehonikonrathe se tourne vers lui, et son cœur s'afflige. Ce garçon, il avait prévu de l'emmener dès qu'Ankwi serait monté à bord du bateau. En lui, il voyait le frère d'Ikoué. Sans doute pas son frère par le sang, mais sûrement son frère d'âme. Lorsqu'il l'avait vu arriver tout essoufflé près de l'eau avec sa mine farouche et ses vêtements français, il avait tout de suite deviné ce qu'il était et l'avait salué en pawnis, tel qu'Ikoué le lui avait enseigné. Ils s'étaient vite compris l'un l'autre, et il tardait à Neptune de s'enfuir avec lui en canot. Mais son maître a surgi avant que la chose ne soit possible. Et maintenant, ils savent tous deux que plus jamais l'occasion ne se représentera. C'en est fait de la liberté. Et pour Neptune. Et pour Ankwi qui, selon le jeune esclave, va mourir.

« Lui mort... lui libre », poursuit le garçon sans se départir de son fatalisme.

Tenonikonrathe comprend ce que veut insinuer le garçon, mais il s'insurge contre l'absurdité de la chose et contre la résignation de Neptune à trouver la liberté dans la mort. De son index, il trace alors à son intention un cercle sur le sol, puis l'invite à continuer le dessin. À sa grande joie, il voit Neptune tracer sans hésitation la croix des quatre directions du monde à l'intérieur du cercle, prouvant ainsi qu'il a gardé souvenance des croyances de son peuple. Avec solennité, Tehonikonrathe pose sa main à plat sur le centre sacré, puis la transpose sur le cœur du garçon sans prononcer une seule parole. «La liberté se trouve aussi dans le centre sacré», signifie son geste. «Et en mon centre sacré, je la conserverai», signifie l'expression du garçon. Tout est dit et, ensemble, ils continuent d'attendre sans plus échanger. Enfin, le marchand apparaît.

– J'ai bien envie de te faire payer, chenapan, mais, grâce à toi, nous avons mis le grappin sur ce forçat et ce brigand de capitaine.

– Nous n'avons point de preuves pour le capitaine, sieur Modrière... Nous faut voir avant, réplique le maître du port qui le talonne à la tête de ses six hommes.

La petite troupe redescend vers la plage d'où, à l'exception du marchand, elle monte à bord d'une chaloupe pour se diriger vers *Le Fier*.

– Ah! Les canailles! grommelle Modrière pour lui-même... Vont jeter le butin à l'eau, c'est sûr... Pas fou, Le Bourru... Ils y vont pour rien...

Mains dans le dos, l'homme marche de long en large, accordant de temps à autre un regard à la chaloupe qui aborde le navire du capitaine suspect.

– Ils ont déjà jeté le butin à l'eau. Pas fou, Le Bourru... Non, pas fou... Ah! Les canailles! MON butin. Oui, chenapan, c'est mon butin qu'il a jeté à l'eau, ce corsaire de capitaine, fulmine Modrière s'adressant à son inexpressif esclave.

– Tu ne dis rien? Ça te convient, chenapan, que ton maître ait des misères, hein? Avec quoi crois-tu qu'il a payé son passage, le Pierre Vaillant, questionne Modrière furieux.

Impassible, Neptune soutient toute la haine et la rage que l'homme dégage.

– Avec les fourrures de ma famille, lui répond Tehonikonrathe.

Étonné de l'entendre s'exprimer en français, Modrière pivote dans sa direction.

— Qui es-tu, toi ?

— Le frère de Pierre Vaillant.

— J'aurais pu le jurer. Quelle ressemblance ! s'exclame le sarcastique marchand.

— Ta canotée a remonté la Grande Rivière sans lui.

— Quoi ! T'as des nouvelles de ma canotée. C'te Grande Rivière, c'est quoi ? La rivière des Outaouaks ?

— Les Français nomment ainsi la Grande Rivière.

— Dis-moi où est ma canotée.

— Elle a remonté.

— Jusqu'où ?

— Au-delà d'Asticou où j'ai trouvé mon frère blessé à mort par une ourse.

— Quelle histoire me racontes-tu là, brigand ? Prends garde ! Je peux te faire mettre aux fers et t'envoyer croupir au cachot avec ton frère.

Tehonikonrathe approuve d'un hochement.

— Tu as ce pouvoir sur moi, concède-t-il. Le Visage-Pâle est l'homme du fer… Le Sauvage, celui de la fourrure… Toi et moi avons négocié ensemble par d'autres bouches et par d'autres mains.

— Quoi ? Qu'inventes-tu là ? Moi, j'aurais négocié avec un Sauvage de ton espèce ?

— Un de ces intermédiaires porte le nom de La Ramée.

— Ah ! Le bandit ! Il s'est débarrassé de Vaillant pour se rendre en Louisiane. Oui, c'est ça. C'est ça, hein ?

— Il a poursuivi sa route et, moi, j'ai soigné mon frère.

— Et ces fourrures, elles sont de ta famille, tu dis ?

— Oui, mais à l'heure où toi et moi parlons, elles sont au fond de l'eau. Il ne sert à rien d'attendre.

— Ah ! Les canailles ! Les canailles ! Il va payer de sa vie, le Pierre Vaillant. Et toi aussi, tu risques de payer… Tu sais ce qu'il en coûte d'aider un déserteur, hein ? C'est bien ce

qu'il est, un déserteur et un voleur par-dessus le marché...
Il me doit une jolie somme. La potence sera son lot...
Oui, c'est ce qu'il mérite : la potence... Grands Dieux ! J'ai
tout perdu dans c'te canotée. Tout perdu, constate le
marchand avec effarement, indifférent à la chaloupe du
maître du port déjà sur le chemin du retour, signe que
l'inspection fut de courte durée.

– Mon frère t'a volé ?

– Oui... Ses hardes, son fusil, la marchandise de
troc... J'ai la preuve. Il a signé.

– Si mon frère meurt, tu perdras beaucoup plus.
Vivant, il peut te rembourser... Mort, il ne peut rien.

– De toute façon, s'il meurt point, ce sont les galères
pour lui... D'une manière ou d'une autre, il va payer,
voilà tout.

– Quand la colère s'en ira, tes oreilles pourront mieux
comprendre comment obtenir réparation de mon frère...
Quand la colère s'en ira, viens me voir... Je serai devant la
prison... Toi et moi savons que le capitaine s'est débarrassé des fourrures... On ne peut agir d'autre manière là
où les yeux d'Onontio peuvent nous voir, termine
Tehonikonrathe en indiquant le château Saint-Louis sur
son promontoire.

*

Tel que Modrière l'avait prévu, Le Bourru s'en sauve. On
n'a rien trouvé sur son bateau pouvant l'incriminer, et son
second ainsi que ses hommes jurent l'avoir vu chasser
Pierre Vaillant qui a tenté par tous les moyens d'embarquer clandestinement. En dernier recours, le fugitif aurait
offert son aide au chargement de la chaloupe s'imaginant
par là gagner la faveur des matelots. L'affaire s'est arrêtée
au bureau du capitaine-maître du port qui a même remis
en vigueur le permis, momentanément suspendu, de lever

l'ancre. Quant à Pierre Vaillant, il appert que l'intendant rendra sa sentence demain, et que celle-ci sera la peine de mort. Dans les coulisses, on chuchote que le sieur Hocquart ne peut faire autrement que d'appliquer cette peine à un détenu condamné à l'exil, car, au cours de l'hiver, il a fait pendre en effigie le nommé Claude Lebeau[6], jeune libertin en exil qui s'était enfui en Hollande via Boston après avoir volé de la poudre au magasin du Roi. Cette exécution symbolique se voulait un exemple pour le peuple. La sentence fut-elle prononcée après que le jeune noble fut hors de danger? Fort possible, car entre gens de la haute, on se protège. Pierre Vaillant, lui, fait partie du menu fretin. Le voir se tortiller au bout d'une corde sur la place publique frapperait davantage la conscience populaire que ne l'a fait le balancement d'un mannequin de paille. La simple désertion lui aurait peut-être valu les galères à perpétuité, mais, à ce crime, s'ajoute le vol dont lui, Modrière, l'a formellement accusé, certifiant avoir preuve de sa signature dans ses registres. Comme il regrette ces actions dues à la colère! Surtout depuis que ce curieux de petit homme lui a fait prendre conscience de tout le potentiel que représente le nommé Vaillant. Fort comme pas un, il parle un dialecte algonquin et sera, affirme ce Sauvage, respecté par les gens de son peuple partout où il ira. De plus, il connaît la valeur des fourrures et, pour lui, les rivières et les forêts ont moins de secrets que pour la plupart des voyageurs. Peut-il trouver meilleur homme pour ses canotées? D'autant plus que Pierre Vaillant pourrait apprendre de son frère sauvage certains chemins de la contrebande qu'un marchand avisé pourrait emprunter à l'occasion. Nul

---

6. Claude Lebeau est condamné par contumace le 12 janvier 1731 à être pendu et étranglé jusqu'à ce que mort s'ensuive. Le 13 janvier, il fut pendu en effigie.

doute que Pierre Vaillant deviendrait le complice idéal s'il parvenait à lui épargner potence et galères, conclut Modrière.

Il s'est entretenu avec lui dans son cachot, histoire de vérifier les dires du Sauvage. D'abord réticent et vindicatif à son endroit, le prisonnier s'est montré réceptif dès que fut abordé le mobile de ses actes criminels. Cette femme qu'il désire aller chercher en France pour la ramener dans cette colonie semble être sa seule raison de vivre. Si, pour elle, il a risqué et risque de mourir, que ne serait-il prêt à faire pour l'homme qui la lui ramènerait, en l'occurrence, pour lui-même, Modrière? C'est ce qu'il a promis sous forme de sous-entendus. Subtilement, il a semé le grain de l'espérance dans le cœur passionné du jeune accusé. Si jamais il se voyait acquitté, quel homme dévoué Pierre Vaillant lui ferait!

Hélas, il est trop tard pour retirer son accusation. La justice poursuit son cours. Ou plutôt, elle s'enlise dans l'ornière qu'il a lui-même creusée, aggravant malhonnêtement la peine de Vaillant qui, ne sachant lire, a signé pour une partie de la dette de La Ramée. Foutue colère! Elle l'a gardé trop longtemps en sa possession. Quand ses oreilles se sont ouvertes aux propos sensés du Sauvage, sa bouche avait déjà vomi tant de fiel sur la tête de Vaillant qu'il était impossible de l'en laver. Que peut-il faire maintenant, lui, le marchand, pour éviter cette imminente condamnation à mort? Se rétracter ne ferait qu'affaiblir sa crédibilité aux yeux des autorités. Il ne reste de valable que la solution suggérée par le Sauvage, soit celle de lui obtenir une audience auprès d'Onontio.

*

27 juillet, château Saint-Louis.

L'apparence du Sauvage Tehonikonrathe déçoit le gouverneur général. Ce nom iroquois lui avait fait imaginer un homme de grande taille et musclé comme le sont la plupart d'entre eux, mais voilà que s'avance vers lui un fort petit homme affublé d'une légère boiterie. Le visage entièrement peint de vermillon, il porte ses cheveux à hauteur d'épaules, retenus par un bandeau joliment décoré de poils de porc-épic. Vêtu d'une chemise trop ample pour lui et d'un pantalon, il a conservé ses mocassins et un sac en bandoulière orné de plumes, de griffes et de dents. Voilà donc l'homme. Qu'est-ce qui a bien pu inspirer l'intendant [7] à le faire paraître devant lui ? Relation diplomatique... cas complexe... pression du marchand Modrière. L'affaire Vaillant n'est plus aussi simple qu'elle semblait l'être de prime abord. Le gouverneur général veut bien le croire, mais de là à favoriser une audience pour ce genre de guérisseur, il y a sans doute exagération sur l'importance de ce dernier. Mais enfin, puisque le voilà, aussi bien entendre ce qu'il a à dire.

— Je te salue, Onontio... Avec toi, je parlerai comme avec Onontiogoa qui règne par-delà le Grand Lac Salé.

Cette introduction dans un français convenable ainsi que le regard aiguisé de l'individu surprennent le gouverneur général.

— Je viens te demander, Onontio, le pardon de mon frère, Pierre Vaillant... Ta parole est puissante, car elle peut lui enlever la vie ou l'enchaîner à la pagaie de vos grands canots... Ta parole est encore plus puissante, car

---

7. Gilles Hocquart : intendant de la Nouvelle-France. Ses charges consistaient en la sécurité intérieure, la prospérité économique, l'application de la loi et le maintien de l'ordre. Dans la plupart des causes, il jugeait sans appel et prononçait la sentence le jour même. Il envoyait les causes susceptibles d'incidence diplomatique ou militaire au gouverneur général.

elle peut lui conserver la vie... Entends ma parole, Onontio. Ferme tes yeux sur l'affront que mon frère t'a fait. Il porte une femme dans son cœur et cette femme attend son retour de l'autre côté du Grand Lac Salé. Son désir était de la ramener dans ce pays pour y semer le blé. Mon frère a passé l'hiver dans notre wigwam. Il n'a point pris une de nos femmes par respect pour celle qu'il porte dans son cœur. Par son agissement, il nous a fait voir ce qu'il y a de bon chez les Français.

– Je t'entends, Tehonikonrathe, mais, par son agissement, ton frère nous a fait voir ce qu'il y avait de mauvais chez les Français... Lui permettre de vivre, ce serait autoriser les autres à agir comme lui... Il faut le punir.

– Je t'entends, Onontio, mais la mort est-elle une punition ? Certains se la donnent eux-mêmes... La mort t'apportera le cadavre de mon frère... Chose inutile pour toi et pour Onontiogoa... Vois maintenant ce que t'apportera sa vie. Il possède une très grande force, et son courage est grand. Il a tué un ours d'un seul coup d'épée... Partout où il ira chez les Anishnabecks, il sera respecté... Il connaît le langage des miens, la lecture des empreintes des animaux et le chemin des rivières. Il sait vivre comme un Sauvage, mais c'est un Français.

– Il y en a beaucoup, de ces coureurs des bois.

– Je t'entends, Onontio, mais un seul a pour frère Tehonikonrathe...

Le Sauvage laisse planer un silence avant de poursuivre.

– J'ai lu dans les yeux d'Onontio que ma petite taille le surprend... Les Français ont besoin de bons guerriers sauvages pour les accompagner sur le sentier de leurs guerres. Onontio se demande à quoi peut servir l'homme qui se trouve devant lui.

Le gouverneur général sourcille. Tehonikonrathe vient de lire dans sa pensée. À quoi ce drôle de personnage peut-il lui être utile, se demandait-il justement.

— Vois en moi un homme-médecine, Onontio. Vois en moi un homme qui a beaucoup voyagé. J'ai étendu ma couverture chez les Iroquois de Kahnawake et chez les Iroquois tsonnontouans, chez les Népissingues, les Outaouaks, les Attikameks, les Mistassins… Je suis chez moi dans les longues cabanes et j'y parle la langue de mes hôtes… Je suis chez moi sous les wigwams et j'y parle la langue de mes hôtes… J'ai beaucoup voyagé pour apprendre comment soigner… Je suis allé chercher des pierres qui guérissent au lac des Erieehronons et pour m'y rendre, il m'a fallu rencontrer les Yangisses au fort de la rivière Chouaguen.

Le gouverneur général réagit malgré lui. Chouaguen, cet affront des Anglais en plein territoire français; cette calomnie de l'ex-intendant Dupuy selon laquelle il a préféré ses intérêts personnels à ceux du Roi en n'en expulsant pas les Anglais. Aurait-il dû, aurait-il pu les en chasser? L'Histoire tranchera. Lui, il a jugé qu'il valait mieux mâter les Renards, n'en déplaise à nombre de marchands qui persistent à croire que l'expédition de 1728 lui a servi de prétexte pour récolter des fourrures.

— Que sais-tu sur le fort Chouaguen?

— C'est une habitation de guerre et de traite. Les Yangisses offrent beaucoup plus que les Français pour un même pelu, mais moi, je suis un homme-médecine. Mon langage n'est pas celui des fourrures.

— Dis-moi, quels sont les Sauvages qui traitent avec les… Yangisses.

— Tous ceux qui parlent le langage de la fourrure traitent avec les Yangisses, Onontio. Quelquefois, ils ont la peau rouge, quelquefois, blanche et d'autres fois, ils traitent au nom de la Robe-Noire…

L'esprit incisif de Tehonikonrathe impressionne le gouverneur général. Avec quelle clarté et justesse il vient de dépeindre le tableau du commerce des pelleteries ! Tout est affaire de prix... Là se trouve le nœud du problème : ces fameux prix anglais qui drainent par la contrebande les pelus de l'arrière-pays, et que la Compagnie des Indes prétend ne pas pouvoir concurrencer. Que vaudrait la Nouvelle-France sans le pelu ? Ne compte-t-il pas pour 75 pour cent de son économie ? N'est-ce pas lui qui permet d'importer de France tous les articles dont la colonie a besoin ? Mais comment réprimer la contrebande ? La métropole a beau avoir multiplié ordonnances, règlements et amendes, rien n'a réussi à stopper ni même à ralentir le trafic clandestin. En obtenant les produits d'Albany, les Canadiens évitent de payer les droits de 25 pour cent à la compagnie française qui détient le monopole des fourrures. De plus, chacun de leur pelu leur est payé comptant et leur procure beaucoup plus. Dans un sens, le gouverneur général les comprend, ces Canadiens. C'est affaire de prix. Il lui est arrivé et il lui arrivera encore de fermer les yeux sur certains échanges prohibés. Surtout de la part des marchands, car, sans marchand, point de pelu. Et point de pelu, point d'économie. Il est vain, de la part de cet étrange petit homme, de vouloir faire accroire que son langage n'est pas celui de la fourrure. Prend-il le représentant du Roi pour un dupe ? Ayant la liberté de commerce depuis le traité d'Utrecht, les Sauvages ont vite compris comment en tirer profit. Surtout les Iroquois qui bénéficient du protectorat des Anglais. Et cet étrange petit homme ne porte-t-il par un nom iroquois ?

— Tu dis ne pas parler le langage des fourrures, Tehonikonrathe. Pourtant, tu en parles avec justesse.

— J'ai beaucoup voyagé, Onontio. Partout où je suis allé, j'ai gardé mes oreilles ouvertes.

— Alors, dis-moi ce que tu as entendu sur la guerre...

– Une guerre est à venir entre les Yangisses et les Français.

– Ainsi, les Yangisses du fort Chouaguen t'auraient parlé d'une guerre éventuelle. Que sais-tu d'autre ?

– L'attaque se fera du côté du fleuve.

– C'est prévisible, en effet. Parle-moi des Tsonnontouans, s'enquiert le gouverneur général, satisfait des réponses qui corroborent ses propres prévisions.

– Ils sont les gardiens de la porte du Soleil Couchant… Par eux, j'ai été délivré du poteau de torture des Autagamis et, depuis, je les appelle mes frères.

Les Autagamis, ces satanés Renards. Que voilà un intéressant point commun entre eux ! Sûrement que cet homme lui donnera raison de s'acharner à détruire ces indésirables.

– Ainsi, les Autagamis sont tes ennemis, résume Onontio.

– Ils ont cru que je venais de la part des Français… Ils sont les ennemis des Français.

– Mais toi, est-ce que tu les vois comme tes ennemis ?

– Pour moi, un ennemi est celui qui veut voler mon âme. Vois.

Ce disant, Tehonikonrathe exhibe sa poitrine zébrée de cicatrices.

– Les Autagamis ont torturé mon corps… Dans ma chair, c'est la chair du Français qu'ils ont torturée. Cela doit-il faire de moi l'ennemi des Français ?

Question embêtante. Le gouverneur général aurait tant aimé l'entendre vociférer contre ces Renards qui ne seront, bientôt il l'espère, que chose du passé. Quelle jouissance il a connue au début de l'été quand Coulon de Villiers[8] a conduit à ses pieds leur chef implorant la

---

8. En 1730, les Renards (Autagamis) subissent une écrasante défaite par les troupes de Coulon de Villiers appuyées par 1 400 Indiens de l'Ouest. Le 18 juin 1731, leur chef demande grâce pour les survivants.

clémence des survivants! Mais de clémence pour ce peuple qui nuisait au commerce en interceptant la route du Mississipi, il n'était point question. La ligne dure fut maintenue, et les survivants, éparpillés chez les domiciliés à titre d'esclave. Ce peuple récalcitrant doit disparaître. L'économie du pays l'exige.

Tout brillant qu'il soit, Tehonikonrathe est-il en mesure de comprendre cela? Sans doute pas, songe l'homme d'autorité. Par contre, l'homme-médecine devine très bien le peu de contrôle qu'il a, en tant que gouverneur général, sur un Sauvage païen, donc non reconnu comme sujet français. Un Sauvage qui, de surcroît, prétend ne point parler le langage des fourrures, mais en connaît tous les rouages et les principaux acteurs. Un Sauvage trilingue, fait extrêmement rare sinon unique, qui nomme frères les membres de la belliqueuse nation des Tsonnontouans que les Anglais courtisent et frère aussi ce Pierre Vaillant accusé de désertion et de vol. Vraisemblablement, l'affaire est plus délicate qu'il ne le pensait. Et ce personnage, plus important qu'il n'en a l'air. N'est-ce pas ce que signifiait cette affirmation : « Un seul a pour frère Tehonikonrathe. » Qu'entend-il par là? Qu'il userait de son influence auprès de ses autres frères tsonnontouans pour les encourager à pencher définitivement du côté anglais dans le cas où Pierre Vaillant serait exécuté? En tant que représentant du Roi, il ne peut pas minimiser l'importance de ces Français qui, une fois reconnu comme « frère » par une tribu indienne, y acquièrent prestige et influence. N'est-ce pas par l'intermédiaire de Joncaire, un de ces frères adoptifs, que la France a pu s'installer à Niagara? Qui sait si ce Pierre Vaillant n'aura pas un jour un rôle à jouer sur le plan du commerce ou de la guerre? Le marchand Modrière n'a-t-il pas tenté de retirer son accusation alléguant tout à coup que le déserteur pourrait lui être plus utile vivant que mort. C'est ce que soutient également Tehonikon-rathe. Ils n'ont pas tort. Ce pays a désespérément besoin d'hommes. Et pour les terres. Et pour les troupes. En sacrifier un seul de la trempe de Pierre Vaillant, n'est-ce pas un gaspillage éhonté? Surtout quand il a pour frère ce rusé de Tehonikonrathe dont la Nouvelle-France pourrait avoir besoin. Car, enfin, ce vaste pays, ce sont les Sauvages qui le connaissent le mieux...

Le gouverneur général se remémore la lettre de Pierre Gauthier de La Vérendrye au sujet du Kristinos Auchagah [9] qui lui avait dessiné le trajet pour se rendre à la mer Vermeille. « Il est le plus en état de guider le convoi », certifiait l'explorateur. Peut-être que Tehonikonrathe sait où se situent les grands gisements de cuivre natif. Peut-être aussi qu'il connaît d'autres plantes que le ginseng et la capillaire que la colonie pourrait exporter. Il lui fera rencontrer le docteur Sarrazin [10], histoire de faire jauger ses connaissances et d'en savoir plus long sur ces pierres qui guérissent dont il a fait mention. C'est seulement à la suite de cet entretien qu'il prendra une décision au sujet du nommé Pierre Vaillant.

– Je t'ai entendu, Tehonikonrathe... J'agirai comme Onontiogoa, notre père à tous qui vous aime et qui aime ce pays... Tu m'as demandé de voir en toi un homme-médecine. Ainsi, je verrai en toi un homme-médecine et te ferai connaître un des nôtres qui parle le langage des plantes médicinales. Il est vieux, et sa connaissance est

---

9.   Kristinos: Cri. Ce trajet dessiné par Auchagah devint la grande route de l'Ouest.
10.   Docteur Michel Sarrazin (1659-1734): chirurgien, médecin et natura-liste. Il a publié, entre autres, *Histoire des plantes du Canada*. Tout au long de sa carrière en Nouvelle-France, il a herborisé et envoyé nombre de spéci-mens au Jardin royal des plantes, dont le ginseng dès 1704, longtemps avant le père Lafitau, jésuite. Il serait l'initiateur de l'industrialisation du sucre d'érable.

grande. Avec lui, tu échangeras. Demain, je ferai connaître ma décision.

– Tehonikonrathe aura grand plaisir à échanger avec l'homme-médecine des Français et il garde en son cœur l'espoir que son frère verra plus d'un soleil se lever.

L'étrange petit homme recule avec respect, puis quitte la pièce. Le gouverneur général soupire. Ce genre de rencontre lui laisse toujours l'impression que des choses lui ont échappé. Cette fois-ci, l'impression est presque une certitude. Quel énigmatique personnage que ce Tehonikonrathe !

*

28 juillet, place du marché[11].

Tehonikonrathe a rencontré le mashhkiki-winini des Français. Moment inoubliable. Seule comptait pour eux la Connaissance. Il n'y avait ni Visage-Pâle, ni Sauvage, ni écart d'âge. L'esprit vif, le septuagénaire prenait des notes, posait des questions, lui montrait des spécimens. Depuis son arrivée au pays, il y a déjà une cinquantaine d'années, il n'avait cessé d'en étudier les plantes. Il s'était entretenu avec bon nombre de mashhkiki-wininis et avait voyagé jusqu'au pays de Poings-Serrés. Les pierres qui guérissent, il connaissait. La plante garentauguing aussi – qu'il nommait ginseng – ainsi que quantités d'autres dont il avait utilisé les vertus. Onontio a dit vrai : le savoir de cet homme est immense, et son expérience à soigner les gens, deux fois plus grande que la sienne. Avec lui, Tehonikonrathe s'est senti en confiance et il lui a exprimé ses craintes de voir leurs plantes médicinales exportées. N'y aura-t-il pas, dans un avenir plus ou moins rapproché, la

---

11. Aujourd'hui, place Royale.

course des plantes, comme il y a actuellement celle de la fourrure ?

Le mashhkiki-winini français a semblé comprendre ses inquiétudes et ne s'est pas offusqué devant son refus de dévoiler l'emplacement de colonies de garentauguing le long de la Grande Rivière, leur entretien se devant d'être un échange de la Connaissance. Il en est ressorti avec un profond respect envers le docteur Sarrazin, ainsi qu'avec l'amer constat de la supériorité que l'écriture lui octroie. En effet, tout ce que cet homme a appris au cours de son existence réside dans des signes magiques tracés sur le papier. Une fois mort, sa parole sera toujours entendue. Quiconque sait interpréter ces signes pourra l'entendre. Comme son sac à médecines lui paraît maintenant dérisoire en comparaison des livres et des cahiers où figurent des dessins ! Comme il jalouse aussi chez cet homme sa capacité à guérir les maladies qui foudroient les Sauvages !

– Dis-moi comment guérir les miens de vos maladies, lui a-t-il demandé.

– Quand la maladie se répand, beaucoup meurent même chez les Français mais, les tiens, moi-même, je ne saurais les guérir, a répondu le docteur Sarrazin.

Décourageant pronostic. Les Peuples d'Ici seraient donc condamnés à disparaître à plus ou moins brève échéance.

L'âme sens dessus dessous, il a erré dans la ville de Kébec, l'esprit visité par celui de Loup-Curieux. Que ressentait son ancêtre lorsqu'il allait dans la maison d'Onontio ? Comment se vêtait-il ? Où négociait-il ses fourrures ? Où dressait-il son abri ? Depuis longtemps, l'empreinte de ses pas s'était effacée dans les rues, mais quelque chose de lui subsistait. L'invitait à rendre hommage au manitou de la marée et à ne pas se trahir en dépit de la supériorité des Visages-Pâles sur le plan technologique. Ces Visages-Pâles qui le regardaient de haut dans les vêtements trop amples prêtés par le marchand Modrière et qui le faisaient se sentir intrus chez les Intrus.

À la fois Tehonikonrathe et Petit-Renard, il n'a pas l'impression d'être chez lui à Kébec, mais chez les Français. C'est ici qu'ils débarquent de leurs grands bateaux, c'est d'ici qu'ils repartent avec les pelus. Quand il a attendu Le Bourru avec Ankwi, il a eu amplement le temps d'examiner la construction du navire. Impressionnant savoir-faire. Malgré lui, il ne pouvait s'empêcher d'admirer l'œuvre. Faire un canot est une chose, mais construire une telle embarcation en est une autre. Ours-Têtu lui-même le reconnaîtrait. Dans son canot d'écorces cousues de watap résineux, il longeait les flancs salés de la voiture d'eau capable de traverser le Grand Lac en captant le vent dans ses voiles. Il était dépassé. Parachuté dans un autre univers : celui des Visages-Pâles. Univers qui sape le sol des forêts pour y substituer les rues de cette ville où le transport des hommes et des marchandises est parfois effectué par des chevaux. Des chevaux qui, à leurs sabots, portent des fers. Des fers qu'il a vus rougir dans le feu d'une forge. Qu'il a entendu marteler sur l'enclume. Ting! Ting, teding! Ting! ting, teding! Petit rebondissement du marteau… teding. Gestes réguliers et étudiés de l'homme au tablier de cuir. Pshh! Souffle de la pièce qu'on plonge dans l'eau. Obéissance de la bête qui se laisse prendre les pattes, une à une. Ting! Ting, teding! Bruits qu'il entendra toujours jusqu'au fin fond des forêts. Ting! Ting, teding! L'homme du fer… L'homme du feu… À qui l'on obéit… De gré ou de force.

Univers d'inégalités et de contradictions. Qui le heurte et l'impressionne. Et lui fait craindre le pire pour Ankwi. Qu'a décidé Onontio à son sujet dans son château? Le représentant d'Onontiogoa a-t-il vraiment pris au sérieux les informations sur la guerre à venir avec les Anglais? De simples déductions qu'il avait tirées à la vue des canons [12] installés sur une pointe de roches et dirigés vers le fleuve… Quel effet leur entretien a-t-il eu? Il saura bientôt, a certifié le marchand Modrière en lui recommandant d'attendre sur la place publique.

Cet endroit où est exposé un buste lui glace l'âme. Hier, il s'y est longuement attardé, fasciné par l'assurance et la prestance de cet homme décapité à hauteur d'épaules. Qui est-il? Un ennemi ou un ami? Il porte le regard au loin avec fierté. Que voit-il? Ébloui, Tehonikonrathe a touché la peau de bronze et en a été grandement troublé. Ces traits, ces longs cheveux bouclés, cette expression et ce regard saisis dans une matière dure le confondaient. Avait-on emprisonné l'âme dans cette tête de métal comme on avait emprisonné Dieu dans l'habitation où tintait la cloche… Cette cloche dont la Parole dit de se méfier…

Tehonikonrathe réprime un frisson. Comme cet endroit lui glace l'âme! Des gens s'arrêtent. Le dévisagent. Quelquefois passent leur chemin, d'autres fois restent et s'attroupent, conversant entre eux et jetant à l'occasion des regards sur une plateforme de bois dressée au centre. Bientôt, il en vient à comprendre que cette plateforme a un lien avec Ankwi, et son cœur se resserre. Les Français le mettront-ils à mort sous ses yeux? Devant ces gens qui soudain affluent au son d'un tambour?

Des hommes armés débouchent sur la place. Fusil à l'épaule, marchant au même pas, deux devant Ankwi, quatre derrière lui. Vêtu d'une robe grise, un homme suit, récitant des prières. «Ankwi», crie-t-il pour se faire remarquer. Le condamné le repère, mais aussitôt on le

---

12. Batterie royale : installée en 1691, après la chaude alerte provoquée par l'attaque de l'amiral Phipps, l'année précédente.

bouscule et on le pousse. Les chaînes à ses pieds soulèvent la poussière, et Tehonikonrathe s'afflige des fers qui lui écorchent les chevilles.

« Oyez ! Oyez ! » Roulement de tambour. Attroupement. Silence qui tombe d'un coup quand monte Ankwi sur la plateforme derrière un homme portant cagoule. À son cou ne brille plus la médaille de Marie. L'absence du oki inquiète Tehonikonrathe. Son frère lui paraît plus vulnérable que jamais.

« Vu les conclusions de l'intendant du Roi, le vingt-huitième jour de ce mois et ouï le rapport du conseiller-commissaire, tout considéré, le gouverneur général a déclaré et déclare ledit Pierre Vaillant, déjà condamné à l'exil à perpétuité en Canada, d'intention de désertion ainsi que d'intention de ne point honorer une dette de vingt-quatre livres contractée à l'égard du Sieur Modrière, marchand ayant boutique rue Saint-Paul à Montréal. Pour réparation de quoi l'a condamné et le condamne à être conduit sur la place publique de la basse-ville de Kébec où il devra subir six heures de carcan, à la suite desquelles six heures, il subira l'impression de la fleur de lys au fer chaud et sera battu de vingt coups de fouet. Après quoi, ledit Pierre Vaillant sera incorporé dans les troupes afin d'y servir son Roi pendant les cinq années à venir. Suite auxquelles cinq années, ledit Pierre Vaillant devra servir le Sieur Modrière jusqu'à compensation de sa dette. »

Nouveau roulement de tambour. L'homme à la cagoule force Ankwi à s'agenouiller près d'un poteau où est fixé un collier de métal qu'il lui ajuste au cou. Puis, il le laisse ainsi et repart avec les brigadiers à l'exception de deux d'entre eux en faction de chaque côté de la plateforme. L'homme à la robe grise adresse quelques mots au condamné, puis disparaît à son tour. Ne reste que la foule. D'abord interdite. Figée momentanément d'un élan de compassion. Puis, un murmure passe. Quelques femmes se signent et s'éclipsent. Des hommes les suivent, front baissé, mains dans les poches. Restent les curieux, les badauds, les voyeurs. « Voilà ce qu'il en coûte », lance une voix que Tehonikonrathe reconnaît pour être celle de Modrière.

Accompagné de Neptune, le marchand s'approche de la plateforme. « Oui, bonnes gens, voyez ce qu'il en coûte de vouloir déserter sans honorer ses dettes… Cela ne lui fait-il point un joli collier ? »

Certains rigolent.

— M'est idée qu'il flanchera d'ici quatre heures, s'exclame l'un.

— D'ici cinq, rétorque un autre.

— Vous n'y êtes point, riposte une femme, il fera ses six heures.

— Avec c'te chaleur qui s'annonce ? Jamais de la vie ! Il flanchera que je dis. Dans quatre heures, il flanchera. J'en parie une livre.

— Je te relance, ce sera point avant cinq heures : c'est un costaud.

— Six, oui, six heures, j'en mettrais ma main au feu, soutient la femme.

— Brûlez-vous point la paume en vain, la dame. La chair grillée sera la sienne.

Nouveau rire. Des parents poussent leurs enfants vers la plateforme ou encore les hissent sur leurs épaules afin qu'ils puissent mieux voir. Voilà où mène la désobéissance, avertissent-ils.

Sous un masque impassible, Tehonikonrathe s'insurge. Bras croisés, il observe Modrière se repaître du malheur d'Ankwi tout en menaçant Neptune d'un tel sort si l'idée lui prenait de vouloir fuir. Ou de désobéir. Il ne comprend pas ce concept d'obéissance si contraire à celui du libre arbitre. Chez les Visages-Pâles, ce concept prime. Les chevaux autant que le fer rougi s'y soumettent. Les enfants font selon la volonté des parents ; les parents, selon la volonté d'Onontio ; Onontio, selon la volonté d'Onontiogoa. Les soldats font tous selon la volonté d'un autre soldat au son du tambour, leurs gestes étant ceux d'un seul homme. Qu'en est-il de leur pensée ? Chaque individu n'a-t-il pas la sienne propre ? Chaque homme n'est-il pas maître de sa volonté ?

Il ne comprend pas les Français. Comment un peuple qui sait construire des vaisseaux, léguer la connaissance par l'écriture et pétrifier un visage dans le métal peut-il traiter en ennemi un des siens ? C'est absurde. Il comprendrait si Ankwi avait trahi. Mais tel n'est pas le cas. Ankwi n'a rien fait pouvant nuire à ces gens qui le narguent et parient sur son endurance.

L'humeur ombrageuse, Modrière s'approche.

— Il a de la chance de t'avoir, le brigand.

— …

— J'sais point ce que t'as raconté à monsieur le marquis pour qu'il le garde à son profit dans les troupes… Moi, c'est pour mon profit que j'aurais aimé l'avoir, mais je verrai point la couleur de mon argent avant cinq ans.

— …

— Tu n'dis rien ? As-tu compris la sentence ? Considère-toi chanceux. Tu aurais pu te retrouver à ses côtés pour avoir aidé un déserteur.

— J'ai aidé mon frère.

— Pour sûr, la belle affaire. Ton frère, évidemment, ça se voit à l'œil… Eh bien ! Regarde-le pâtir, ton frère. Il en a pour six heures à ce carcan.

— …

— Ça te dit quelque chose, six heures ?

Tehonikonrathe fait signe que non, ce qui déclenche une attitude condescendante chez le marchand.

— Eh bien, le soleil aura le temps de monter à son plus haut et de redescendre un bon bout… Vois, les gens s'en vont. De temps en temps, ils viendront vérifier où il en est. Aussi bien t'en aller… Tu ne peux plus rien pour lui maintenant.

– Je reste.

– À ta guise. Neptune restera aussi. Si tu t'avises de filer avec mes hardes, il viendra m'avertir… T'as compris, Neptune ?

– Oui, maître.

– S'il fiche le camp, tu m'avertis, sinon, gare à toi : tu finiras de c'te manière, termine l'homme en indiquant l'échafaud d'un geste de la tête avant de les quitter.

Tehonikonrathe s'approche de la plateforme de façon que le condamné puisse le voir.

– Je suis avec toi, Ankwi, dit-il en sa langue.

– Il est défendu de lui parler. Recule, Sauvage, ordonne un brigadier.

Tehonikonrathe recule. Limité dans ses mouvements, le supplicié le regarde. Comment les Visages-Pâles peuvent-ils assujettir à ce collier de fer un homme qui mérite pour seul collier celui de griffes et de dents d'ours assemblées par Mingam ? Une expression de reconnaissance glisse sur le visage d'Ankwi qui semble puiser force et réconfort en lui. Alors, Tehonikonrathe reste là, Neptune à ses côtés, déterminé à y rester jusqu'à la fin de l'exécution.

*

Pierre se souvient d'avoir entendu sonner l'Angélus au clocher de l'église donnant sur la place publique [13]. Depuis, une éternité s'est écoulée. Combien de temps lui reste-t-il à subir le carcan ? Deux heures ? Une heure ? Trente, dix minutes ? Il ne sait plus. Le décompte lui a échappé.

---

13. Église Notre-Dame-des-Victoires.

Les muscles noués et douloureux en raison de l'immobilité et la gorge sèche, il vacille sous un soleil impitoyable, la moindre défaillance l'étranglant aussitôt. Pour surmonter l'épreuve, il se remémore la promesse de l'aumônier de faire traverser Isabelle en Nouvelle-France afin de les unir par les liens sacrés du mariage. À condition qu'elle soit demeurée célibataire, il va de soi. Pourquoi n'est-il pas de retour, ce bon père récollet venu le confesser en prison et lui suggérer de lui confier la médaille de la Vierge pour éviter que le bourreau ne s'en empare ? L'aurait-il abandonné ? « Je m'en vais prier pour toi, mon fils », lui a-t-il assuré il y a de cela quelques éternités. Le doute assaille Pierre. Et si le prêtre était tout bonnement parti avec sa médaille, la considérant comme une juste rétribution pour son intervention auprès de Dieu ?

Quand il se laisse aller, Pierre sent le cercle de fer s'enfoncer dans la chair de son cou, le faisant suffoquer. Puis, un engourdissement le saisit au niveau des bras et le délivre un peu de la douleur. S'ensuit une dangereuse indifférence à ce qui l'entoure. Mourir. En finir une fois pour toutes. Survient alors dans son esprit le lever du soleil sur un champ de blé le forçant à rouvrir les yeux pour tomber dans ceux de Tehonikonrathe qui lui a promis de respecter la semence mise en terre par sa main. Non ! Il ne finira pas immolé sur la place publique ! Un jour, il ramènera de la farine à Isabelle… Un jour, il rompra le pain pour ses enfants. « Tiens bon, tiens bon, malheureux, lui crie une femme, te reste la demie d'une heure. »

Il lui reste la demie d'une éternité. Pierre s'accroche au regard de Tehonikonrathe, mais soudain un voile noir obscurcit sa vision, et ses oreilles se mettent à bourdonner. Va-t-il s'évanouir, s'asphyxiant ainsi dans son collier de métal ? Non ! Il ne faut pas ! Le père Fortin entreprendra des démarches pour faire traverser Isabelle… « Le v'là qui flanche, perçoit-il au travers une rumeur confuse. Tiens bon! Tiens bon!» s'égosille toujours une femme.

Pierre étouffe. Il se rappelle son baptême en face du Rocher à l'Oiseau… L'oiseau qui plongeait pour sauver un bébé tombé de la falaise… Son bébé… qui chute dans le vide, l'entraînant vers le gouffre de la Grande Chaudière. Sa gorge émet un faible râle, tandis que la rumeur monte tout autour. Il veut se relever, mais, contractés par des crampes, ses muscles refusent d'obéir. Le voilà objet de raillerie et de paris. Sa vie entière ne vaut-elle que le prix d'une gageure aux yeux des siens? Dans sa tête résonne le tambour de Mingam lors de la sudation. Il revoit Ikoué et tous les membres de sa famille adoptive lui offrant des cadeaux d'adieu. Ne sont-ils pas plus les siens que ceux qui assistent au spectacle de son exécution? Enfin, ses muscles se relâchent et lui permettent de se soustraire à la strangulation du carcan. Il reprend haleine et retrouve les yeux de Tehonikonrathe qu'accompagne Neptune. Outre la couleur de la peau et des cheveux, quelle différence y a-t-il entre lui et ce garçon? Ne sont-ils pas tous deux exilés et tenus d'obéir sous peine de châtiments? N'aurait-il pas mieux fait de rester au sein de sa famille adoptive où il pouvait jouir d'une totale liberté? Sève-du-Printemps serait devenue sa femme et, au lieu de farine, il lui aurait ramené du gibier.

Un mouvement passe dans la foule qui ne cesse d'augmenter. De nouveau bat le tambour et défilent les brigadiers. Le supplice du carcan s'achève. Avec effroi, Pierre prend conscience qu'il ne sera délivré de cette souffrance que pour en subir une plus atroce. Les pas lourds du bourreau ébranlent la plateforme, alors que le visage bienveillant du père récollet s'approche enfin près de Tehonikonrathe. Le supplicié entend brasser les tisons où rougit la fleur de lys, et l'angoisse lui noue les entrailles… Un tremblement convulsif s'empare de lui, et il s'écroule à l'instant où l'on déverrouille le carcan. Deux mains puissantes le relèvent, fixent les chaînes de ses poignets au poteau et lui arrachent sa chemise. Pierre lance un regard suppliant à son tortionnaire, mais ne voit que deux trous dans la cagoule. L'exécuteur des basses œuvres n'a pas de visage. Sans identité, il agit au nom de tous.

Roulement de tambour. « Oyez ! Oyez ! » Son cœur se débat furieusement, et il tremble de tous ses membres. La peur qu'il ressent ne ressemble en rien à celle qu'il connaissait avant d'aller surprendre l'ours endormi, car alors il avait des possibilités de s'en sortir. C'était lui ou l'ours, mais, devant le bourreau, il n'a aucune chance. Il se réfugie dans le regard de son guérisseur qui lui a raconté n'avoir pas laissé échapper un seul cri lors de sa torture. « Je suis avec toi… Sois digne d'être mon frère », semble-t-il lui dire.

Roulement de tambour. Silence. Cous tendus, sur la pointe des pieds, la plèbe observe les moindres gestes du bourreau, et l'esprit de Pierre se retire dans celui de Tehonikonrathe. Il ressent la chaleur du fer rougi à proximité de son épaule droite, avant que la fleur de lys incandescente ne le transperce d'une fulgurante douleur. L'odeur de la chair grillée lui fait vomir de la bile. Il serre poings et dents, se sent défaillir, mais aussitôt se cramponne au regard du « p'tit homme du Diable ».

Le voilà marqué à vie du sceau de la Royauté qui trône ironiquement en face de l'échafaud dans le buste de bronze coulé à la gloire du défunt monarque. Les hommes viennent d'inscrire dans sa chair la faute que Dieu a effacée par l'absolution du père Fortin qui prie, yeux clos, près de Tehonikonrathe. À ce prêtre, il a tout confessé de ses amours et de ses fautes inextricablement emmêlées. Il a tout dévoilé des défaillances de sa foi, de ses pensées troubles quand Ikoué l'allaitait et de la tentation qu'il a combattue auprès de Sève-du-Printemps. Il a tout raconté de son désir de déposer dans la terre de ce pays la semence du blé. La semence d'une race à sa mesure. Ou à sa démesure.

Le bourreau fait claquer le fouet en l'air au grand contentement de la foule. Cet homme le répugne et le terrifie. À sa merci, Pierre espère qu'il ne lui accordera pas le mérite d'une seule plainte.

Roulement de tambour. Sifflement du fouet, claquement, douleur cuisante qui lui traverse le dos. Un! Nouveau sifflement et claquement. Nouvelle douleur. Deux! Il se sent humilié d'être traité ainsi devant son guérisseur. Sifflement, claquement, douleur. Trois!

— Pourquoi peuple à toi chassé toi de pays à toi, lui avait-il demandé dans un français encore rudimentaire.

— Parce que j'ai tué un cerf dans la forêt du seigneur, avait-il répondu, en se rendant compte de l'absurdité de la chose dans le regard de l'autre. Sifflement, claquement, douleur. Quatre!

Aux yeux de Tehonikonrathe, de faute, il n'a commise que celle d'avoir volé un canot et des couvertures. Sifflement, claquement, douleur. Cinq!

« Il faut expier tes péchés, mon fils, si tu veux un jour revoir Isabelle. » Sifflement; il lui faut expier dans sa chair qui tressaille. Claquement; expier par la douleur qui s'intensifie d'un cran. Six!

« Guérir pour revoir Isabelle », répétait le « p'tit homme du Diable » penché sur ses blessures avec ses prunelles noires le gardant sous leur emprise. En lui, Pierre a cru. En lui, il croit toujours, fidèle au pied de l'échafaud, lui transmettant force et volonté. Sifflement; ses cheveux se hérissent. Claquement; le mal se répand. Sept!

Le récollet continue de prier, les yeux fermés. Est-ce Marie qui a guidé ce prêtre vers lui afin qu'Isabelle puisse lui revenir? Sifflement; il inspire. Claquement; il expire brusquement. Huit!

La souffrance voyage le long de son échine, gagne sa nuque. Pourquoi ne le regarde-t-il pas, ce bon père récollet? «Désobéir aux hommes est une faute très grave, mais désobéir à Dieu en succombant à la femme est une faute bien plus grave encore», condamnait-il. Sifflement; la peau de son dos tressaute. Claquement; sa carcasse s'ébranle sous le choc. Des élancements lui font nouer les poings. Neuf!

Lui faut-il payer de cette souffrance la jouissance qu'il a connue auprès d'Isabelle? Qu'y a-t-il chez la femme qui déplaise tant à Dieu? Selon les Sauvagesses, c'est là un comportement inadmissible et injuste de la part du Grand Esprit des Français. Sifflement; il halète. Claquement; son dos n'est que feu. Dix!

Dix. Comme autant de doigts aux deux mains, dirait Tehonikonrathe qui l'encourage toujours par sa présence. Il lui reste à subir autant de coups de fouet. Pierre se sent faiblir. «Aidez-moi, bonne Sainte Vierge», prie-t-il, espérant que l'homme de Dieu, à l'instar de l'homme du Diable, lève enfin les yeux vers lui. «Marie est une mauvaise mère.» Sifflement; il se rappelle Ikoué lui léchant le nombril. Claquement; Ikoué le nourrissant de son lait. Onze!

Le mal voyage dans toutes ses fibres, et il sent ses genoux fléchir. Comme ceux d'Hardouin sous les fardeaux. Il se concentre. Résiste. Revoit Sève-du-Printemps lui remettre sa médaille afin qu'elle le protège de l'ours. Sifflement, claquement; le sang coule sur ses reins. Douze!

Pays de sortilèges et de sacrilèges. A-t-il donc tant péché contre Dieu? Sa survie ne lui commandait-elle donc pas de s'adapter aux coutumes de ses hôtes? Mérite-t-il ces coups qu'on lui porte avec fureur? Et les hommes?

Quels sont donc ses crimes envers les hommes ? Sifflement ; ses muscles se contractent. Claquement qui lacère davantage. Treize !

Et les hommes, eux, n'ont-ils point commis de crime envers lui ? À partir de Le Bourru jusqu'à Modrière qui, présent dans cette foule, a considéré tantôt que le carcan lui faisait un joli collier. Sifflement ; la peur se mue en rage. Claquement ; la douleur devient une arme qu'il retourne contre ceux qui la lui infligent. Non, il ne criera pas. Non, il ne flanchera pas. Un jour, il ramènera à Isabelle de la farine toute blanche. Quatorze !

Il servira cinq années dans les troupes et après, il servira le temps nécessaire pour acquitter sa présumée dette envers Modrière et après, il s'établira avec Isabelle… Sifflement ; il glisse un regard vers son confesseur en prière. Claquement ; il revient puiser dans le regard de Tehonikonrathe la force de se montrer digne de lui. Quinze !

La douleur l'habite, devient partie intégrante de son être. Il lui reste autant de coups à recevoir que les doigts d'un pied. Pierre fixe son regard sur Tehonikonrathe qui a réussi à lui épargner les galères. Tehonikonrathe, son frère, son ami. Sifflement ; Tehonikonrathe qu'il a craint et détesté. Claquement ; Tehonikonrathe qui a failli prélever son scalp. Seize !

Tant de haine entre eux au début. Tant d'incompréhension. D'ignorance.

— Comment pourras-tu nager si tes mains sont attachées à une grande pagaie, s'inquiétait Wapitik.

— Je vivrai alors en esprit avec toi, avec vous tous.

Mais pendant combien de temps aurait-il survécu sur les bancs d'une galère avec les souvenirs du mode de vie qu'il a connu auprès de ces gens ? Sifflement ; un mode de vie répréhensible. Claquement ; un mode de vie qu'il lui faut expier. Dix-sept !

Expier pour revoir Isabelle. Qu'il en soit selon la volonté de Dieu, cette volonté que les hommes font respecter. Sifflement, claquement. Dix-huit !

Mains crispées, Pierre halète. De nouveau, ses oreilles bourdonnent. Sa vision se brouille. « Clémence ! Clémence ! » lancent quelques voix de femme dans la foule. Qu'y a-t-il donc chez elles qui déplaise tant à Dieu ? Sifflement. Il appréhende le coup, se raidit malgré lui. Claquement. Dix-neuf !

Il tombe accroupi, suspendu de tout son poids aux fers qui lui mordent les poignets. « Clémence ! Clémence ! » demandent maintenant aussi des hommes. Des hommes avec qui il se sent appelé à bâtir un pays où le blé croîtra pour le peuple. Il doit se plier à leurs us et coutumes. Payer le prix de sa réintégration. Sifflement du fouet. Tehonikonrathe repartira vers les siens. Désormais, c'est parmi les Français qu'il va vivre. Claquement. Vingt !

Voilà le châtiment de Dieu et des hommes appliqué. Les oreilles de nouveau bourdonnantes, la vision obscurcie, Pierre chancelle pendant que le bourreau le libère de ses chaînes. Luttant de toutes ses forces pour ne pas s'évanouir, il s'effondre, plié en deux. Quelqu'un l'abreuve. « C'est fini. Bois, mon fils. » Pierre entrouvre les paupières. « Au contraire, tout ne fait que commencer », pense-t-il en embrassant la médaille de la Vierge que le prêtre présente à ses lèvres. Par ses souffrances, il vient de réhabiliter l'exilé et de lui offrir l'espérance d'une patrie à retrouver dans le cœur d'Isabelle. Il cherche le « p'tit homme du Diable » et l'aperçoit qui s'en va en boitillant suivi du jeune esclave. Le reverra-t-il un jour ?

Bibliographie

ASSINIWI, Bernard. *Histoire des Indiens du Haut et du Bas Canada, tome 2. Deux siècles de civilisation blanche (1497-1685); tome 3, De l'épopée à l'intégration (1685 à nos jours)*, Montréal, Leméac; *La médecine des Indiens d'Amérique*, coll. «Nature et mystères», Montréal, Guérin littérature.

BEAULIEU, Alain, et Roland VIAU. *La grande paix, chronique d'une saga diplomatique*, Montréal, Éditions Libre Expression.

BEAUVAIS, Johnny. *Kahnawake, a Mohawk look at Canada, Adventures of Big John Canadian, 1840-1919.*

BERTOLINO, Daniel. *Légendes indiennes du Canada*, Paris, Flammarion.

BILODEAU, Rosario, COMEAU, Robert, GOSSELIN, André, et Denise JULIEN. *Histoire des Canadas*, Montréal, Éditions Hurtubise HMH.

BOILEAU, Gilles. *Le silence de ces messieurs*, Oka, Terre indienne, Montréal, Les Éditions du Méridien.

CAPPS, Benjamin. *Les Indiens*, Éditions Time-Life.

COURSOL, Luc. *Lac-du-Cerf*, La Mémoire du Temps.

DECHÊNE, Louise. *Habitants et marchands de Montréal au XVIIᵉ siècle*, coll. «Civilisations et mentalités», dirigée par Philippe Ariès et Robert Mandrou, Montréal, Éditions Plon.

DESROSIERS, Léo-Paul. *Iroquoisie,* tomes 2, 3 et 4, Sillery, Éditions du Septentrion.

DUNN, Guillaume. *Les forts de l'Outaouais,* Montréal, Édition du Jour.

FOURNIER, Martin. *Pierre-Esprit Radisson (1636-1710), aventurier et commerçant,* Sillery, Éditions du Septentrion.

GAFFIELD, Chad (directeur), CELLARD, André, PELLETIER, Gérald, VINCENT-DOMEY, Odette, ANDREW, Caroline, BEAUCAGE, André, FORTIER, Normand, HARVEY, Jean, et SOUCY, Jean-Marc. *Histoire de l'Outaouais,* Institut québécois de recherche sur la culture, 1994.

GAGNON, Ernest. *Le fort et le château Saint-Louis (Québec). Étude archéologique et historique,* Québec, Typographie Léger Brousseau, 1895.

GÉLINAS, Claude. *Commerce des fourrures et société autochtone en Haute-Mauricie à la fin du XVIIIᵉ siècle,* CÉLAT, Université Laval, Sainte-Foy.

GERMAIN, Georges-Hébert, sous la direction scientifique de Jean-Pierre Hardy, illustrations originales de Francis Back. *Les coureurs des bois, La saga des Indiens Blancs,* Montréal, Éditions Libre Expression, 2003.

GUINARD, Joseph-E, o.m.i. *Les noms indiens de mon pays, leur signification, leur histoire,* Rayonnement.

GRATTON, Philippe. *Les paysans,* Éditions du Burin.

JACQUIN, Philippe. *Les Indiens Blancs, Français et Indiens en Amérique du Nord (XVI-XVIIIᵉ siècle),* Montréal, Éditions Libre Expression.

LACHANCE, André. *Vivre à la ville en Nouvelle-France,* Montréal, Éditions Libre Expression.

LAMOUREUX, Gisèle, et autres. *Plantes sauvages printanières, guide d'identification* Fleurbec, Québec, Fleurbec éditeur; *Plantes sauvages des lacs, rivières et tourbières, guide d'identification,* Fleurbec, Fleurbec auteur et éditeur.

LAPOINTE, Pierre-Louis. *Au cœur de la basse-Lièvre, la ville de Buckingham de ses origines à nos jours, 1824-1990,* tous droits réservés, ville de Buckingham.

LESSARD, Rénald. « Aux XVII et XVIIIe siècles, l'exportation de plantes médicinales canadiennes en Europe », Québec, *Cap-aux-Diamants*, n° 46, été 1996.

MARIE-VICTORIN, frère. *Flore laurentienne*, Montréal, Les Presses de l'Université de Montréal.

MARTIN, Paul-Louis. *La chasse au Québec*, Montréal, Boréal.

RADISSON, Pierre-Esprit. *Les aventures extraordinaires d'un coureur des bois. Récits de voyage au pays des Indiens d'Amérique*, Québec, Éditions Nota Bene.

ROQUEBRUNE, Robert de. *Les Canadiens d'autrefois*, Montréal, Fides.

SAINT-PIERRE, T. *Histoire des Canadiens du Michigan et du comté d'Essex*, Ontario, Montréal, typographie de la Gazette, 1896.

TREMBLAY, Roland (sous la direction de). *L'éveil et l'ambassadeur. Essais archéologiques et ethnohistoriques en hommage à Charles A. Martijn*, Recherches amérindiennes au Québec.

TRIGGER, Bruce. *Les enfants d'Aataentsic. L'histoire du peuple huron*, Montréal, Éditions Libre Expression; *Les Indiens, la fourrure et les Blancs, Français et Amérindiens en Amérique du Nord*, Montréal, Boréal.

Dictionnaire biographique du Canada, de 1701 à 1740, vol. II, Québec, Les Presses de l'Université Laval.

Rapport de l'archiviste de la Province de Québec, 1920-1921.

Rapport de l'archiviste de la Province de Québec, 1922-1923.

Rapport de l'archiviste de la Province de Québec, 1926-1927.

Rapport de l'archiviste de la Province de Québec, 1927-1928.

Un mémoire pour l'avenir. L'archéologie et la MRC d'Antoine-Labelle, brochure publiée par la MRC d'Antoine-Labelle dans le cadre d'une entente avec le ministère des Affaires culturelles, 1991.

Remerciements

D'abord transmise oralement, la Parole le fut ensuite par l'écriture. J'aimerais remercier en premier lieu les gardiens et gardiennes de la Parole qui, par leurs écrits, contribuent à garder vivante notre Histoire. Afin de les connaître, j'invite donc le lecteur à consulter la bibliographie où leurs noms et leurs ouvrages figurent.

À mon ami Jean-Claude Bonvallet, caméraman donc homme d'images mais aussi de vision, j'exprime toute ma reconnaissance pour les recherches effectuées en France et qui ont nourri mes personnages ayant traversé le Grand Lac Salé. Mes remerciements également à Pierre Borduas, de la MRC Antoine-Labelle, à Anne-Marie Balac, archéologue au ministère de la Culture et des Communications, à Danielle Pigeon, passionnée du ginseng, à Arianne Themens pour sa participation en tant que recherchiste, ainsi qu'à mon amie Gisèle Desautels Caumartin qui m'aide dans la première révision des textes.

Table

Première partie

Deuxième partie

À lire,
le premier tome de la saga *Feu*,
La rivière profanée

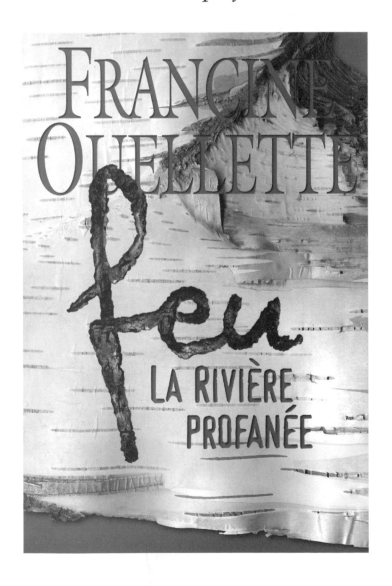

Cet ouvrage a été composé en Minion corps 13/15
et achevé d'imprimer au Canada en octobre 2005
sur les presses de Quebecor World Lebonfon, Val-d'Or.